U0938315

中文的一門學課

許子東文集
（第七卷）

許子東現代文學課

（增訂本）

許子東 著

商務印書館

出版統籌：杜　辰
責任編輯：張澤林
裝幀設計：涂　慧
排　　版：肖　霞
責任校對：趙會明
印　　務：龍寶祺

許子東現代文學課（增訂本）

作　　者：許子東
出　　版：商務印書館（香港）有限公司
香港筲箕灣耀興道 3 號東滙廣場 8 樓
http://www.commercialpress.com.hk
發　　行：香港聯合書刊物流有限公司
香港新界荃灣德士古道 220-48 號荃灣工業中心 16 樓
印　　刷：美雅印刷製本有限公司
香港九龍觀塘榮業街 6 號海濱工業大廈 4 樓 A 室
版　　次：2025 年 7 月第 1 版第 1 次印刷

ISBN 978 962 07 4737 3（平裝）
ISBN 978 962 07 4744 1（毛邊本）
Printed in Hong Kong

許子東 :《許子東現代文學課》, 上海 : 上海三聯書店 , 2018 年。

許子東 :《許子東現代文學課》, 香港 : 中華書局 , 2018 年。

《許子東文集》出版說明

《許子東文集》十一卷，前三卷均為現代作家論，第四至第六卷是論文集和兩項專題研究，第七至第九卷都是以文本細讀為中心的文學史論述。第十卷為作者自傳，曾在人民文學出版社出版，現為增訂本。第十一卷為媒體言論集，收錄若干過往節目觀點與報刊文章。

上世紀八十年代的中國現代文學研究者，大都從作家論起步，之後進入文學史、古代文學、文化研究、人文學史或思想史等領域，很少有人一再重複現代作家論。文集作者卻在幾十年間，先後寫了三本作家論（《郁達夫新論》《細讀張愛玲》《重讀魯迅》）。對於這種目前在學術生產工業中已經不佔主流的研究方法和出版體例的長期堅持，在學界引起注意。第二卷《細讀張愛玲》（張愛玲逝世三十週年紀念版）是皇冠版和中華書局《張愛玲的文學史意義》兩書的合併，另附討論《色，戒》《小團圓》的電視談話。《重讀魯迅》的重點是魯迅對「主奴關係」的研究。全書並非企圖研究魯迅是怎樣一個人，或者還原魯迅作品的本意，而是記錄作者幾十年來閱讀 / 重讀魯迅作品的閱讀經歷以及體會感悟的變化過程。一百年來，魯迅的作品照見了國人走過的道路，照見了世人的面貌與內心，也照見了中國的理想與現實。文集作者半生都在着迷郁達夫的真率、張愛玲的優美和魯迅的深刻。

文集第四卷收集作者從 1984 年到 2014 年間的論文與隨筆，其中大部分寫於八、九十年代，曾經發表於《文學評論》《文藝理論研究》等學術期刊。〈當代小說中的現代史〉原是其中一篇論文的題目，預示了後來的研究方向，現作為文集第四卷書名。整個第四卷反映作者八十年代之後很長時間在學術上的猶豫和嘗試，從分析文學現象到試驗理論方法，從注重現代文學到關心當代小說。文集第五卷是一項藉用俄國形式主義理論的專題研究，開始於 1989 年芝加哥大學的魯思訪問研究計劃，1997 年作為博士論文提交香港大學。2000 年以《為了忘卻的集體記憶 —— 解讀 50 篇文革小說》為書名，由北京：生活・讀書・新知三聯書店出版（三聯・哈佛燕京學術叢書）。該書的台北麥田繁體版書名是《當代小說與集體記憶 —— 敍述文革》。人民文學出版社 2011 年再版時題為《許子東講稿（卷一）—— 重讀「文革」》。此書主題原是擔心國人健忘，可是時代循環，過去不會消失，人既有可能兩次進入同一河流，書也還沒有完全過時。文集第六卷是《小說香港》。作者長期在香港的大學任教並擔任中文系主任，曾經編選了四五本「香港短篇小說雙年選」。編選過程中閱讀了數千篇香港本土的中短篇小說（主要是九十年代的作品），同時也首次在嶺南大學開設香港文學的課程。卷六的部分內容曾以《香港短篇小說初探》為書名出版，2007 年獲第九屆香港中文文學（文學評論）雙年獎。

第七卷《許子東現代文學課》是作者在香港嶺南大學一年級本科課程的錄音文字，當時有騰訊新聞現場直播。課堂實錄文字或有資料不全等缺陷，但也保留了直播的氣氛及現場效果，成為一本文字、資料、音頻及視頻同時存在的教科書。《許子東現代文學課》收入文集卷七，大幅增加了研究性質的論文和其他講座文字、直播對談。《重讀二十世紀中國小說》（上下）及續篇《二十一世紀中國小說選讀》是作者近年的工作，有別於傳統的從時代或從作家出發的文學史模式，這幾冊重讀和選讀，努力嘗試以文本細讀為主體，重新梳理文學史發展線索。

整套文集，既有文體分類，也按時序編排。除了第三卷《重讀魯迅》，文集其餘各卷基本按寫作與出版時序編輯。

《許子東現代文學課》編輯說明

2016 年 9 至 12 月，騰訊新聞簽約直播了香港嶺南大學中文系 CHI105（Modern Chinese Literature 中國現代文學 1917–1949）課程的全部現場講課實況。這是一門一年級本科的必修基礎課。2018 年理想國和上海三聯出版了該課程的講稿文字《許子東現代文學課》。同年香港中華書局出版了《許子東現代文學課》的繁體修訂版。此書被不少海外學院用作中國現代文學史的教學參考書。

收入《許子東文集》第七卷時，又新增「集外集」，包括近年一系列學術論文，以及與學界同行的直播對談。是為增訂本。

自序：不可能完美的「經典課堂」

高全之在《張愛玲學・增訂版序》中說：「我一向好奇課堂裏老師們如何教讀張愛玲。有位在大學教文學的朋友幾次會面都直誇〈封鎖〉好，讚完偏不說好在哪裏。」

說實在的，我也一向好奇課堂裏老師們如何教讀我喜歡的作家，卻一直很少有機會聽到、看到人家的課堂。最後，竟追隨了魯迅小說人物的命運，從企圖「看人」走到了「被看」。2016 年夏，騰訊新聞的負責人邀請我參與「經典課堂」欄目。欄目宗旨是選擇一些著名大學內持久受歡迎的課程，通過騰訊網向海內外現場直播，讓其他學校及大學以外的人們可以同步接收。我在香港嶺南大學教書，正好香港的大學資助委員會（UGC）近年在實行研究評審（RAE）時，也特別強調學術的影響（impact），大意是希望「學術研究可以帶來超越學術界的社會影響」。一門課程，一項研究，要改變社會當然不自量力，但即使只為稻粱謀，期待自己教的課對學生乃至社會有些影響，也是正常的教師責任。嶺南大學是香港規模最小的公立大學，但追溯歷史，1888 年在廣州創立，早於京師大學堂，當時有「南嶺北燕」之說。後來也有陳序經、陳寅恪等學者，確實「著名」。「中國現代文學」，則是所有開設中文課程的大學必備基礎課。我在嶺南大學教這門課已近二十年，雖然學生反應一直不錯，獲得兩次「優異教學獎」，但講到「經典課堂」，怎麼敢當？不過騰訊解釋，不一定是課堂「經典」，主要是內容「經典」。四書五「經」、春秋「典」律是「經典」(classics)，現代中國文學中，「魯郭茅巴老曹」，還有沈從文、張愛玲等，不也是「經典」嗎？這樣理解以後，我也就大膽接受了騰訊的邀請，在 2016 年 9 月到 12 月，將我正好在教的「中國現代文學課」全程直播。這本書就是課堂上的現場錄音文字。

其實，在哈佛、史丹佛等學校也有類似的課堂直播，一般是大學安排，目的是推廣本校課程。不像騰訊新聞作為商業傳媒公司，卻也承擔公共教育的某些責任。

關於線上課堂直播，學術界也有不同意見。一是擔心名校大課播出，影響其他學校的類似課程。這種擔心現在看來不是很必要。因為上課總是人對人效果最好，直播課程取代不了面對面的教學。尤其是人文學科如文學、哲學等學科，一向沒有標準答案，也從來沒有所謂的最好課程。作為「經典課堂」，最多只是多提供一個參考、一種選擇而已，就像多了一本有視頻的參考書。

另一種顧慮是「個人知識產權」。至少在我服務或客座的大學裏，有部分老師似乎不太喜歡「外人」來旁聽或者錄音錄影。我講的還不是內地大學裏的課堂監控系統，而是指為了教學評審，其他老師來聽課打分提意見，或者社會上的人跑來聽課(據說在北大，很多課容許甚至鼓勵「外人」聽課)。在香港的大學制度中，教學效果評分直接關係到老師的薪金、續約、職稱等，大學老師於是將課堂看作「自己的園地」，或者還擔心課堂直播後，同樣題目再也沒法到處演講……所以騰訊新聞的課堂計劃開始不那麼順利。說實話，我也不怎麼擔心這個問題。因為講的是文學課，同一門課，今年講的和去年、前年都不一樣，明年也會不同。所以直播也好，錄影也好，真的無所謂。

對一門課來說，教材很重要。比如教中國現代文學，無論是沿用唐弢的《中國現代文學史》，或教育部指定教材《中國現代文學三十年》（錢理群、温儒敏、吳福輝著），還是夏志清的《中國現代小說史》，其實都是在選擇這個領域中的權威著作（我在香港教書，同時選用後兩種）。可是偏偏現在某些大學裏的研究評審乃至職稱評審，只要是教材，便不受重視。這是一個很奇怪的現象。雖然，論文是學術的前沿，教材是成果的累積，但文學論文每年幾百上千，能有多少比王瑤、朱光潛的教材有更大的學術貢獻？又有多少期刊文章能夠比劉大杰、游國恩或章培恒等人的文學史更有學術影響？在現行以理工科規則管理文科研究的所謂「與國際接軌」的學術管理體制中，項目基金大於研究成果，期刊級別大於著作影響，長此以往，大學教育的生命意義何在？這也是我願意參與騰訊課堂計劃的原因之一。因為我相信，教學是大學之本，教學是推動學術發展的動力之一。

我的「中國現代文學課」直播，在嶺南大學也碰到一些具體問題。感謝大學校長委員會的支持，批准這項計劃並就知識產權等問題協助我與騰訊新聞簽約。學校相關部門也給予騰訊的技術人員很好的協助。一開始聲音效果有些問題，後來逐步改善。我還必須徵求修課的一百多位同學的書面同意，一一簽名，因為在直播過程中，他們可能會被錄音錄影。少數不願出鏡的同學，要安排他們坐在課堂一角，保護私隱。我不想為了直播效果而改變課程的設計。這是嶺南大學中文系一年級的基礎課，學生是交了學費來的，直播不應該影響他們正常上課。我只在課程安排中做了微小調整（增加了原定在選修課講的沈從文和張愛玲），使用的教材和講課的觀點一如往常，同時基本上也沒有違反騰訊關注的一些尺度。我在課上說了，希望成千上萬的線上聽眾觀眾，看到的是一種不可能完美但完全真實的香港的大學課堂實況。

整個現代文學課共十二節，其中第四節我請北京大學的陳平原教授代課，講魯迅、周作人與中國現代散文的發展。因為那天上課時間，我正主持一個學術研討會。本來也想請與會的王德威教授講一課，但他也因為同一時段要在會上發言，所以沒能前來。陳平原教授的講稿存目，特此說明。

海內外有很多大學，幾百上千的老師在教中國現代文學，其中有很多名師、名家，很多也是我的同行、同學、同事。所以在整個課程直播計劃中，我都是懷着忐忑不安和謙卑的心情 —— 我想再三說明，這不是一部文學史稿，也不是研究論文，這只是課堂錄音。所以一定會有很多即興、疏漏或不嚴謹。這也不是專家匯集的集體著作，只是「一家之言」。如果其中偶有研究心得，和他人的現代文學研究不同，那應該感謝香港開放的學術環境；倘若其間很多缺失錯誤，則都是我「一人之言」的不足。

感謝理想國的約稿，感謝中華書局（香港）有限公司出版「文學課」的繁體版。在把直播內容變成書稿的過程中，我加了一些必須有的註釋，略略改動個別口語，但基本保持上課的原生態。明知淺陋，還是拋磚，期望能答謝騰訊新聞的文化公益心，也期望大學能更加重視在第一線講台上辛苦工作的老師。本書簡體版今年 6 月在北京的新書發佈會，有一百八十萬人收看騰訊新聞的直播。感謝李歐梵教授、王德威教授和梁文道先生為本書寫推薦語，他們的鼓勵支持更使我慚愧自己應該做得更好。感謝曹凌志、黎耀強、白靜薇的幫助，這次繁體版在文字細節上做了一些修訂和補充。

至於我對於中國現代文學的看法，對於各種中國現代文學史的看法，對於中國現代文學這門學科的看法，在講課時都有提及，這裏就不再重複了。

須要說明的是，這門課原來是一整年，現在壓縮到一個學期，既要講「五四」起源、各家流派，又要從作品入手，重點討論「魯郭茅巴老曹」等，還要兼顧詩歌、小說、散文、戲劇四個文類，總體上只能比較簡略。希望以後有機會擴展成一部相對完整的中國現代文學史。

目錄

第十二講　魯迅是一座山，但張愛玲是一條河

集外集

附錄

現代文學課

第一講

現代文學與「五四」文學革命

第一節　甚麼是「中國現代文學」

時間、空間、語言和性質

今天第一課，只講「中國現代文學」的定義和「五四」文學革命。

「中國現代文學」，是中國內地學界的概念，1949 年以前是「現代」，1949 年以後是「當代」。它與西方的「現代」既有關聯，又不等同。比如西方的現代主義（modernism）、現代性（modernity）、現代化（modernization）都和「中國現代文學」的「現代」不是一回事。

做研究的一個起點，就是定義（definition）。一個概念，一個說法，若不明白，先問定義。「中國現代文學」，這是學科的名字，但如果中間加上兩點，「中國・現代・文學」，就是做學問了。這三個不同概念及其相關關係，就有無窮的討論餘地。討論「現代文學」有很多切入角度，第一是「時間」，第二是「空間」，第三是「語言」，第四是「性質」。

子東說

我認識的第一位作家是許傑先生。我曾經問他，甚麼是文學？他說，「在我的後園，可以看見牆外有兩株樹，一株是棗樹，還有一株也是棗樹」，這就是文學，因為打破了語言的常規。文學就是對於語言的一種陌生化。一般語言表達總是追求表達更快更直接，比如說「我家後院有兩棵棗樹」。如果說家後院有兩棵樹，一棵是棗樹，那等於在說另外一棵肯定是別的樹，否則就是腦子出問題。

先來看「時間」，「中國現代文學」的時間範圍：1917 年到 1949 年，這是中國內地主流學界的定義，這個階段稱為「現代」。在海外，英文的「contemporary」基本是「現在、當下、同時代」的意思。在海外，基本上沒有 1949 年以後是「當代文學」這個特定概念。香港中文大學的黃繼持教授他們討論過，凡是古代文學以後的都稱為現代文學[1]，台灣也是這樣。2009 年，我們在嶺南大學曾召開「當代文學六十年」國際學術研討會，會後出版論文集《一九四九以後》[2]，王德威專門寫序向台灣和海外讀者解釋「當代文學」這個概念，並解釋「現代」「當代」的關係與界線。

子東說

在這之前，1840 年到 1917 年，或者準確說是 1840 年到 1911 年，這個階段叫「近代」，之後叫「現代」。「現代」以後，稱為「當代」。這是中國內地學術界的一個官方定義。

但在中國內地，「現代文學」特指「五四」以後到 1949 年以前的文學，已是約定俗成。北大的陳曉明教授把現代與當代的分界線劃在 1942 年[3]，雖不是主流觀點，也說明「中國現代文學」有不同的時間定義。

再來看「空間」。「中國現代文學」發生在甚麼地方？它的空間定義是甚麼？內地學術界近年有人（比如說南京大學的丁帆教授，現在是中國現代文學研究會的會長）提出一個概念，叫「民國文學」[4]，吉林大學的教授張福貴好像是「民國文學」這個概念的發明者。[5]「民國文學」既是時間概念，也是空間概念，在時間和空間的意義上都牽涉台灣，又有些混淆。幾十年前的中國內地是不講「民國」這兩個字的，叫「舊社會」，但也不好叫「舊社會文學」，所以叫「中國現代文學」。

「民國」這個概念現在重新用，說明現在中國的政治開放開明，尊重歷史事實。今天有很多人提出「民國文學」，其實這個概念在時間範圍和空間界限都有含混之處。而且，「民國文學」裏，還有寫舊體詩、文言的文學，這些都不在「中國現代文學」的範圍內。

子東說

> 雖然當時有日本人侵略，有軍閥割據等等，但國號還是「中華民國」，那時的世界各國都承認中華民國。只有日本政府管叫「支那政府」，用「支那」兩個字就是不尊重中華民國的政府。

「民國文學」是用漢語的白話文寫成的。民國除了漢族，還有滿族、藏族、回族等。這裏又有空間界限的問題了，但「中國現代文學」討論的只是漢族的文學，所以在「時間」「空間」之外，還有一個非常重要的限制性定義，就是「語言」。而且就漢語的白話來說，還有「新白話」和「舊白話」的區別：《水滸傳》《紅樓夢》是舊白話，巴金、老舍這些是新白話[6]，都是白話文，但它們是不同的。「中國現代文學」討論的是新白話，就是現代漢語。

除了這些限定外，「中國現代文學」還把民國時期大部分中國人看的文學排斥掉了——通俗文學、流行文學。通俗文學、流行文學在「五四」時期的中國被稱為「鴛鴦蝴蝶派」，也叫「禮拜六派」[7]，其實還包括民間流行的俠義公案小說等。當時廣告是這樣說的：「寧可不討小老婆，不可不看《禮拜六》。」我在另外一門「現代文學選讀課」裏，會專門講鴛鴦蝴蝶派的作家張恨水，講《啼笑因緣》，講到他對於言情小說、連載文學的影響，還有他對於今天香港、台灣（比如瓊瑤）的影響。講茅盾時，也會提到張恨水的一些作品。但是整體來說，「中國現代文學」是不包括鴛鴦蝴蝶派的，是反對娛樂、消閒、賺錢的文學的。當然，這個問題很複雜，有很多相對立的概念，應用之文與文學之文、雅與俗、大眾與嚴肅、流行文學與純文學等，有很多這樣的概念互相矛盾，以後會仔細梳理。和科學相反，文學就是要把「簡單」的問題複雜化。

與西方現代主義的分別

「modern」這個概念，在民國時不翻成「現代」，翻成「摩登」。如果有人稱讚你「摩登女郎」，你馬上會想起張愛玲時代那個掛曆，還有《良友》雜誌。現在「摩登」這個詞本身不夠摩登了。

子東說

> 「摩登」是「modern」的音譯。當時有很多這樣的音譯，比如「煙士披里純」。我非常喜歡這個翻譯。「煙士披里純」是很流行的一個文學術語，啥意思？「inspiration」，靈感。這個靈感是怎麼來的？要抽煙，要披着被子躺在那裏，然後就「純」了。

胡適也曾稱讚「煙士披里純」「直譯有『神來』之意」[8]，他認為是梁啟超翻譯的，其實梁啟超是「抄譯」了日本人德富蘇峰的同名文章[9]。

第二個是「modernization」，現代化。今天現代化是整個中國的國家方向：全民現代化，用電器，用汽車。比較學術的一個概念還有「modernism」，現代主義。「化」變成「主義」，貌似升了一級。其實，「modernism」是西方的一個文學流派，從十九世紀末、二十世紀初開始，一直到 1945 年第二次世界大戰結束，這是西方的「modernism」。它跟「中國現代文學」是兩回事。「modernism」是指誰呢？是指喬伊斯、福克納、海明威……「二戰」以後，「modernism」就沒落了。今天西方的文學文化潮流叫甚麼？「postmodernism」，後現代主義，和現代主義又很不一樣。香港的同學們都是伴隨後現代主義長大的。現代主義就是「我從哪裏來、我是誰、我到哪裏去」等很深奧的問題，後現代主義就是畫罐頭一排，Hello Kitty 或抽水馬桶也可以是藝術。西方現代主義恰巧跟中國現代文學同一個時期，但不要混淆。中國現代文學裏也有現代主義，比如說魯迅的《野草》，比如說新感覺派的小說，比如說李金髮和卞之琳的詩，但不是主流。中國現代文學的主流是現實主義加上浪漫主義。而現實主義、浪漫主義恰恰是西方十八、十九世紀的文化成果。

因為中國之前跟西方比較隔絕，所以一旦打通，首先接受的是西方在上一個世紀佔主流的文學，托爾斯泰、狄更斯、巴爾扎克、雨果、拜倫……所有這些人成為魯迅等人對話的對象，少數的人關心杜斯妥也夫斯基，關心 T. S. 艾略特、威廉・福克納就更晚了。所以，西方現代主義跟中國現代文學雖然在同一個時代，卻是很不同的兩種文學。

還有一個更複雜的概念，就是「現代性」（modernity）。英文詞彙在後面加上「ty」，事情就複雜了。「sexy」是性感，「sexuality」就複雜了。就好像「modern」，講「摩登」是小市民，可是討論「現代性」，就是社會科學院學術項目的熱門題目。哈佛的王德威教授有個觀點，說「沒有晚清，何來『五四』」，因為晚清文學裏，已充滿了「被壓抑的現代性」[10]。這個看法，在北京學術界有很大反響。

子東說

「現代性」，簡單講就是一種和現代化進程有關的意識形態。具體講可以很複雜，反正現在很多教授寫論文必談「現代性」。「能指」和「所指」之間充滿歧義：有的把讚揚鼓吹「現代化」稱為「現代性」，有的把懷疑反省「現代化」稱為「現代性」，有的把二十世紀六十年代中國革命也稱為「現代性」，近年更有人將西方價值觀統稱為「現代性」。北京青年學界流行「超克現代性」的説法，關於「超克」這個概念，更加複雜，我們以後再講。

任何概念，外延總和內涵成反比。「中國現代文學」，乍一看定義很寬泛，其實是比諸如「民國文學」等概念更有限制。首先，從時間上看，現代文學只到 1949 年，「民國文學」反而在台灣延續至今。第二，從空間地域看，現代文學不包括少數民族文學。在北京的中國社會科學院，有一個中國文學研究所，還專門另有一個少數民族文學研究所，為了體現國家意識。第三，從語言上看，文學的國語，國語的文學，很少關注文言文學。第四，從性質上講，「五四」新文學排斥、反對娛樂讀者性質的通俗文學和流行文學。

定義是一個非常有用的方法，兩種情況下同學們要用。

一種是寫論文，當你處理一個題目，比如討論「女性文學與王安憶」，這種時候，一定要先給「女性文學」一個定義。因為「女性文學」可以有不同的理解：女人寫的，寫女人的，寫女權的，等等。所以一定要定義。

一種是找工作面試時，人家問你，哪個大學的中文系好？怎麼回答？同學們先不要馬上回答，最好的方法是倒過來問提問的人，不管他是李嘉誠也好，TVB 也好，投行也好，先問他，怎麼定義「好」？因為「好」有各種各樣的定義，規模大是好，錢多是好，校園漂亮是好，專家多是好……用這個時間取得兩個信息：第一，進一步了解提問人到底想問甚麼；第二，給自己一個思考的時間。

為甚麼現在要討論「定義」？因為「中國現代文學」要討論的問題都包括在裏面。

與中國古代文學的分別

「民國文學」這個學科概念也受到批評。北大一些學者的意見是，這個概念沒有解釋為甚麼不包括文言和通俗文學，也沒有說明中國現代文學的基本特點。具體來說，即中國現代文學跟中國古代文學最大的分別在哪裏？

同學們肯定在想：「當然是現代人寫現代的，古代人寫古代的。」洛杉磯的迪士尼裏，有一個全景電影是中國山水，很好看，但主持人讓我忍不住笑出來 —— 一個古人走出來，用英文說：「I am Li Bai.」然後跟所有人介紹說：「我是中國的詩人。」當時我突然有一個聯想：假如真是在唐朝碰到李白，李白會怎麼介紹自己？「白，隴西布衣」？「我本楚狂人」？還是「我是一個詩人」？當然，他絕不會說「我是中國的詩人」。巴金旅法，郁達夫留日，聞一多留美，下筆之初便自知自己是中國的讀書人。那時有人提名魯迅得諾貝爾文學獎，魯迅就說，我不夠資格，我看中國現在也沒有甚麼人夠資格。魯迅馬上就把自己跟中國掛起鈎來。中國現代文學的作家們有一個非常清醒的意識：他們是中國的作家。

子東說

1927 年 9 月 27 日，魯迅在寫給臺靜農的信中說：「9 月 17 日來信收到了。請你轉致半農先生，為我，為中國。但我很抱歉，我不願意如此。諾貝爾賞金，梁啟超自然不配，我也不配，要拿這錢，還欠努力。世界上比我好的作家何限，他們得不到。你看我譯的那本《小約翰》，我哪裏做得出來，然而這作者就沒有得到。或者我所便宜的，是我是中國人，靠着這『中國』兩個字罷，那麼，與陳煥章在美國做《孔門理財學》而得博士無異了，自己也覺得好笑。我覺得中國實在還沒有可得諾貝爾賞金的人，瑞典最好是不要理我們，誰也不給。倘因為黃色臉皮人，格外優待從寬，反足以長中國人的虛榮心，以為真可與別國大作家比肩了，結果將很壞。」

而在古代的作家，他們就是文人，不需要為中國寫作（屈原的國也不是今天意義的「民族－國家」），也不為君王寫作，而是為「天下」寫作：「先天下之憂而憂，後天下之樂而樂」。「天下」有兩個意思。

第一個意思是普天之下，包括所有的地方，除了大海，或者包括大海。第二個意思是甚麼？皇帝從來不是最高的。中國的皇帝跟日本的天皇不一樣，日本的天皇等於天，中國的皇帝一直是天子，天的兒子，所以一造反就說「替天行道」，士大夫可以反皇帝，但是不能反天下。天意才是最高的。這套文化觀念根深蒂固，無論漢代、唐代、宋代，都有「天下」的概念。

可是，近現代文學的背景變了。第一，現代知識告訴我們，中國不是天下，只是一國。第二，近現代中國還是一個被欺負的國家，當時快要滅亡的國家。於是，「民族－國家」（nation-state）這個概念進入了現代文學的核心，這是西方文化的影響。不要以為西方文化的影響就是不好的，「民族－國家」這個最關鍵的概念是從歐洲出來的：講同樣的話，長得一樣，是一個民族。一個民族變成一個國家，這個國家就有權利獨立，這個是文藝復興以後的觀念。歐洲的官方語言原來都是拉丁文。拉丁文就像中國的文言一樣，歐洲的各個國家就像河北、四川、廣東一樣。可到文藝復興時，英國人翻譯自己的《聖經》，義大利可以有但丁，每個國家有自己的語言，因此歐洲出現了「民族－國家」的概念。這個概念通過帝國主義殖民或革命進入全世界，在中國最初是被迫接受。中國本是「天下」，是「被國家」了；「被國家」了以後，毛澤東就說，一定要「自立於世界民族之林」。不再是「天下」的樹林，而是「世界」的樹林，還站得非常困難。這是整個中國現代文學的基礎。

胡適的一篇文章開啟中國現代文學，就是發表在《新青年》[11] 上的〈文學改良芻議〉。這篇文章是 1917 年初發表，到現在已經一百年。具有「民族－國家」概念的中國現代文學，後來被概括成「反帝反封建的新文學」。這個概念是不是符合現代文學創作的實際情況？等到具體閱讀作品時再討論。

簡單來說，我們怎麼定義「中國現代文學」？民國時期以白話文為主的、體現現代「民族 —— 國家」意識的新文學？ —— 這個冗長又面面俱到的定義，還是不能窮盡我們要講的意思。

從學術界或者教科書的角度看，最早出現的概念是「新文學」，然後才「變成」了「中國現代文學」，近年又出現「民國文學」的概念。「新文學」突出的是與古典文學與晚清近代文學的區別；「現代文學」是一個約定俗成的時間概念，同時意味着是使用現代漢語的文學；「民國文學」更強調文學與國家政體之間的關係。

子東說

晚清近代文學與「五四」新文學的關係相當複雜：狹邪青樓小說和俠義公案文學在民國時期其實也一直存在，擁有大部分讀者卻影響不了主流意識形態。晚清譴責小說和梁啟超提倡的「小說革命」直接引發了「五四」新文學。香港沒有「五四」，所以言情俠義公案一直是文壇主流，現在再加上神魔穿越等，甚至也是新世紀中國網絡文學的主流。而這些文學現象通常都不在「中國現代文學」的基本定義之中。

「中國現代文學」這門學科是大學中文系的必備課，但這門學科在不同地方都有不同發展。在中國內地，它是重點學科，非常熱，因為是「勝利」的歷史。在北京、上海、深圳的書城，總會看到有一層都是文學書，古典文學最多佔三分之一，現代文學所佔櫃枱超過古典文學，還有相當一部分是流行文學。很多人坐在地上看漫畫，還有很多人坐在地上讀魯迅。在內地，「中國現代文學」這個學科是被誇大的，不僅是書城，學校裏古代文學與現代文學的課程比例也是六四，甚至五五。香港應是七三。

在台灣，這門課不那麼「熱門」，因為是「失敗」的歷史。很多年來，好些作家的作品在台灣是被禁止的，在蔣經國解除戒嚴以後，台灣才可以出版巴金、魯迅這些人的書。以前都是禁書，叫做「匪區作家」。很多台灣作家到了美國才讀到魯迅。在海外，一方面中國現代文學是研究中國文化的入門，另一方面，北美、歐洲和日本的中國現代文學研究也有很高的成就。

香港沒有內地的限制，也沒有台灣的限制，所以從來都可以讀各種各樣的中國現代文學書籍，魯迅、梁實秋、張愛玲、徐志摩，甚至張資平這些「漢奸作家」的書，在香港都能讀到。另外，香港沒有「五四」革命的反傳統，沒有徹底的白話文運動，所以香港的文言保留得最好。從地名到民俗，香港的傳統文化保留得相對完整。所以，在香港講「五四」又有一番特別的語境。這是我個人的觀點。

第二節　留學生們的救國之道

關於「五四」的不同看法

「五四」有三個不同的定義，三個相通而又不同的意思。

第一個定義是學生運動。1919 年 5 月 4 日，因為巴黎和會，北大的學生上街遊行，火燒趙家樓。那次運動之所以成功，不只靠學生，還有工人罷工，商人罷市。學生罷課容易，商人罷市比較難，商店不做生意，是切肉之痛。看看香港的情況，一有公民抗命，都知道商人是甚麼態度。所以，當時學生一罷課，工人一罷工，商人一罷市，政治形勢才整個改變，「五四」運動是中國現代革命的一個起點。這是「五四」第一個定義，跟文學的直接關係不大。

子東說　北大教授陳平原曾組織中文系的學生，從沙灘老北大出發，重走「五四」路。他們根據考證，幾點鐘走過長安街、東交民巷，怎麼去趙家樓。一路走得很辛苦。中間經過天安門，還不讓走了，因為被警察攔住。警察打電話給校方，證實是學生在重走「五四」路，才讓他們繼續走。按照陳平原教授的說法，中間的這個風波，使同學們增進了對「五四」歷史的真實感受，知道「五四」到底是怎麼回事。

第二個定義，是 1917 年到 1923 年的白話文運動以及新文學運動的開始。1917 年 1 月是胡適的文章首倡，2 月是陳獨秀的文章聲援。這次革命來得快，誰都沒想到，胡適後來說，我以為這個要鬥爭二三十年[12]。結果兩三年以後，在 1920 年，北洋政府就通過了在小學教白話文，語言的改變要推行，規定三年時間。到了 1923 年，全國中學開始使用白話。留學美國的幾個學生提出建議，到全中國實現用白話教書，這中間最多只用了六年，非常厲害。但也有研究者指出，北洋政府反應得很快，老百姓的反應反而沒那麼快，很多年以後老百姓還喜歡看鴛鴦蝴蝶派，還喜歡看文言，讀新文學的還是全部人口裏的少數，這是非常有趣的現象。民國時期，「純文學」用白話，但在日常生活中，文言仍被廣泛使用。1935 年時，林語堂在《論語》發表了〈與徐君論白話文言書〉，表達不滿：

> 今日有中國學生學白話，畢業做事學文言，此一奇。白話文人作文用白話，筆記小札私人函牘用文言，此二奇。報章小品用白話，新聞社論用文言，此三奇。林語堂心好白話與英文，卻在拼命看文言，此四奇。學校教書用白話，公文佈告用文言，此五奇。白話文人請帖還有「謹詹」「治茗」「潔樽」「屆時」「命駕」，此六奇。古文愈不通者，愈好主張文言，維持風化，此七奇。文人主張白話，武夫偏好文言，此八奇。

香港的情況，是到 1927 年魯迅來港演講後，才有人用白話文寫文章，比胡適提出新文學整整晚了十年。一直到 1935 年，香港的大學裏才可以用白話文教書、用白話文寫作。1935 年，許地山到香港大學中文系做系主任。那時香港只有一所大學，就是香港大學，因為他做系主任，所以港大允許白話文，等於白話文在香港獲得官方地位。文言與白話並存的情況，在香港更加普遍，今天看也未必只是壞事。

子東說　港大本來是請胡適的，胡適不來，推薦許地山。

第三個定義，當我們講「『五四』新文學」，常常是泛指二十世紀二三十年代的新文學。

關於「五四」的不同看法，除了錢理群、溫儒敏、吳福輝的《中國現代文學三十年》[13] 和夏志清的《中國現代小說史》[14] 外，我這裏還列了幾個名字，先簡單地提一下。

子東說　還有一種「『五四』形象」的穿衣風格，最簡單的方法就是戴一條圍巾，一邊垂下來在胸前，另一邊甩過去，這和胡適也有關係。

余英時是錢穆的學生，美國普林斯頓大學的大學講座教授，目前在台灣看來是最有名的華人知識分子，學問很好。

第二位是李澤厚。這是我個人認識的、目前健在的內地最好的學者。他在美學方面的名聲僅次於朱光潛。朱光潛早過世了，李澤厚還活着，住在美國。他寫了一本很有名的書，叫做《中國現代思想史論》[15]，討論魯迅、陳獨秀、胡適這些人的思想。他說那一代知識分子身上有兩個任務：第一個任務叫「啟蒙」，喚醒大眾；第二個任務叫「救亡」，國家要亡了，必須救國。兩個工作本來可以統一，但在當時中國的具體政治現實環境下，啟蒙與救亡經常發生矛盾。這是李澤厚對中國現代文學的概括。我們很慚愧，做中國現代文學研究多年，還沒有這麼清晰地提出一條主線。

第三位是林毓生，是芝加哥大學的教授，他有一個重要的觀點。大家都說魯迅、陳獨秀、胡適這一代人是反儒家的，說孔教吃人、儒教吃人，比如魯迅的〈狂人日記〉，比如祥林嫂。林毓生說，不對，這代作家不是反儒教的，恰恰他們是太儒教了。用思想、文化來解決社會問題，這正是儒家思想的核心[16]。當一個古代國家轉向現代國家，其他國家都是依靠軍事、經濟、法律，只有中國要依靠思想。雖然這些人嘴裏說要反儒家，其實他們骨子裏是真正的儒家。

還有一位是李歐梵，他是我的老師，哈佛大學的教授。1989 年我去芝加哥大學做訪問學者也是他的邀請。他說「五四」講民主，講科學，但民主、科學至今都沒有成功，只有一個東西好像成功了，就是進化論。簡單地說，甚麼東西都是愈新愈好，三觀之中，唯有中國人的時間觀變了[17]。這一點我們在討論魯迅時詳細來講。

本課程的指定教材是錢理群、溫儒敏、吳福輝三人的《中國現代文學三十年》，與夏志清《中國現代小說史》的中譯本。錢理群等人都是王瑤的學生，王瑤則是朱自清的學生，也是這門學科的創建人。自從他的《中國新文學史稿》在二十世紀五十年代初問世以後，中國內地先後出版了一二百本現代文學史，不僅是學術工業重複生產，也體現幾十年來文化政治語境天翻地覆。黃修己教授為此還寫了《中國新文學史編纂史》。基本上，中國現代文學史一直在改寫中：在二十世紀五六十年代，愈改愈「革命」，愈改愈痛苦；到了八九十年代，愈改愈開放，但也十分艱難。錢理群他們這本是「王瑤 —— 唐弢」系列中較晚近的一本，也是教育部的指定教材。夏志清這本，可能有很多缺憾，但始終堅持個人觀點，一個人寫的文學史，令人佩服。香港同學問：考試用哪本？回答是：都可用都可不用，都可借鑒都可批評。這不僅是香港學院的優勢，也是所有大學裏最基本的學術精神。另外，王德威等學者又在編寫一本最新的中國現代文學史，是英文的，匯聚海內外很多學術權威，遲早也會有中譯本，大家也可參考。恐怕沒有哪個學科，有這麼多不同版本的現代史。不論是中國現代美術史、中國現代軍事史、中國現代電影史、中國現代思想史，還是法律、醫學、航海、農業……甚至二十世紀中國史，都不會有二百多種。為甚麼中國現代文學史的數量這麼多？作為一個思考題，也許這門課結束時，同學們可以回答我。

中國文學承擔的家國使命

我剛才講到，「五四」和「新文化運動」導致二十世紀中國社會的變革。全世界主要的國家都有一個從傳統社會向現代社會轉變的過程，比如英國革命、法國革命、美國獨立、日本明治維新、俄羅斯十月革命，德國談不上革命，國力崛起較晚。這些國家從傳統轉到現代的過程當中，都有一些最重要的人物，這些人物大部分是哲學家，有的是經濟學家，有的是將軍，有的是政治家。但沒有一個像中國一樣，是由研究文字和文學的人發動的。放眼全球，這是一件令人非常驚訝的事情！整個中國的現代社會變化是由文學運動產生，而文學運動起源於兩篇討論怎麼寫文章的文章。

這裏有偶然因素，也有必然原因。必然原因是中國儒家的「文以載道」主流，文章、文人跟政治歷來關係很深，中國文學在國家社會當中擔任的使命是高過很多國家的。

偶然原因可能是，中國人在鴉片戰爭以後承受了很大的社會壓力，大家都在想救國之道，偏偏被幾個留學生在美國的一個湖上划船時想出來。當初和胡適討論最關鍵問題的，還有一個人叫梅光迪。梅光迪後來是中央大學的文學院院長，「五四」時，他被認為是保守的「學衡派」，英文非常好，但他說中國古文非常重要。梅光迪、任鴻雋都是胡適留美時期的朋友，〈文學改良芻議〉就是他們當年在美國划船論詩爭論的結果。據胡適的日記引述，有一個人說，我們預想中國十年後有甚麼思想？胡適說這個問題最為重要，吾輩人人心中當刻刻存此思想[18]。他想好十年以後要有甚麼思想，氣魄非常大。即使今天，想這同樣的問題，我們還是很困難。然後胡適給任鴻雋寫了一首詩：「救國千萬事，造人為最要，但得百十人，故國可重造。」[19]如果有我們這麼百十個人，中國就有得救了。

子東說 任鴻雋的女朋友是陳衡哲，據說胡適跟任爭得那麼厲害，很大一部分原因是要在這個女生面前爭出一個名堂，結果就把中國文學爭成現在這個面貌。

他們在美國讀書，是考取了庚子賠款。八國聯軍打到北京，慈禧太后西逃，叫李鴻章簽約，中國要賠世界列強四億五千萬兩銀子。當時中國的人口是四億五千萬，相當於每個人一兩銀子，中國當年被徹底搞慘，就是因為庚子賠款。而且原本說的是銀子，日本人說銀子貶值了，要金本位，要折算成金子賠，這筆錢好像又變成十億。後來沒有賠足，德國戰敗撤銷了欠款，蘇聯革命也撤銷了。美國把這筆錢用在中國的教育文化上。日本最摳，怎麼都不肯免。中國這筆錢一直賠到二十世紀二三十年代，但這筆錢造就了一批中國留學生。後來有人說，美國人很陰險，不拿中國的土地，不拿中國的財產，他就給中國辦學校，訓練中國人的思想，培養最成功的就是第二批留學生中的胡適。當然，胡適當時也不知道自己會起甚麼作用。當時留學生一個月八十塊美金，相當於一百多塊銀洋，這在當時不得了。他從每年的獎學金拿出一個月寄到家裏，就足夠家裏用了。他是成績好考出來的。

胡適和陳獨秀——這兩個新文學開端的人，他們在一百年前的今天用兩篇文章啟動了現代中國文化政治的巨大變革，其中一個是 1879 年出生，一個是 1891 年出生，也就是說，一個是七十後，一個是九十後。我們這門課要討論的作家，包括後來的魯迅、茅盾、郁達夫這些人，都是八十後和九十後。當初，他們這一代人做事情的時候，都非常年輕，就是今天意義上的八十後、九十後。

子東說

> 如果在今天，有一個年輕人做了甚麼事情、得了甚麼獎、寫了甚麼文章、在甚麼位置，人們會特地講一句「九十後」，表示這麼年輕很難得，也表示如有問題應原諒。而在一百年前，胡適他們都是這個意義上的「九十後」。

現代作家們的家庭規律

大部分中國現代作家的父親，都在這些作家未成年時去世了。這不是偶然現象，而是包含某種規律性。比如魯迅的父親是在他十五歲時去世的；郁達夫的父親是在他三歲時去世的；老舍的父親，死於八國聯軍攻城時，老舍當時不到兩歲；茅盾也是，父親在他十歲的時候就去世了。魯迅講過一句話，他說當從小康人家墮入困境時，你最容易看見世人的真面目[20]。

這裏面有兩點非常重要。第一，小康人家。不是小康人家，你根本沒權利讀書，也根本不識字，那時候中國人識字率大約百分之二十（大約，詳細需要考證）。所以魯迅這樣的作家，家裏一定是有些錢的，更何況他們要到大城市讀書，還要出國留學。第二，這個錢不能愈來愈多，要愈來愈少。錢愈來愈多的人很得意，是富二代、官二代，開跑車、吃好東西、找女人，通常不做文學，也看不見世人的真面目。那麼，在甚麼情況下，一個有錢人家的境況會往下走呢？一般就是父親去世。父親一去世，家境就往下走，雖然還有些家底，但是愈來愈慘。講魯迅時再詳細講。當然，這講的是現代作家，當代作家已經不一樣了。余華、莫言、王安憶等，他們的家庭情況各不相同。

子東說

常有同學問我讀文科好還是讀商科好，我最簡單的建議是看家裏的情況。家裏要是股票炒得很成功，發大財，就會讀商科，要子承父業。比如王健林的兒子肯定很難學文學。剛才也講到李澤厚，很多人不知道李澤厚，但知道李澤楷，如果讓李澤楷讀文學，那也是資源錯配。如果是世家出身，家裏很有文化底子，自己又在這個社會上覺得處處碰壁，又有對人性了解的追求，就可能會讀文科。

還有一個規律性，這些現代作家的啟蒙老師大都是母親。中國現代文學裏面說父親好的極少，算來算去好像只有一個半。一個是冰心，她不僅有個好老公當科學家，還有個好老爸開軍艦，真難得。半個是誰呢？就是朱自清爬鐵路月台那個老爸。除了這一個半，幾乎找不到哪個作家說他老爸是好的。曹禺的戲劇裏面寫出來的父親都是周樸園那個德性。巴金《家》裏的高老太爺，也是個反面角色。這些作家寫的父親，要麼去世，要麼保守、專制，但他們筆下的母親都是好的，比如魯迅的「魯」，就是用了母親的姓。母親被作家恨的大概只有張愛玲，以後再來講這個特例。

一個並不例外的例外者

胡適的父親叫胡傳，是商人，也讀書，還在台灣做過官，在胡適四歲時去世了。胡傳過世時，遺囑寫得清清楚楚，兒子將來要從文，要做讀書人。胡適的母親是他父親的續弦，大約小三十歲。在這個大家庭裏，母子互相拉扯，兒子就是母親的生命。所以，胡適不管甚麼人的話都可以不聽，但一定要聽母親的。很多中國現代作家都是這個人生模式：父親去世了，母親和兒子互相擁有。老舍和母親、郁達夫和母親、魯迅和母親、胡適和母親，這是有共同規律的。

母親最重要的願望和指示是甚麼？娶妻生子。當時的普遍情況是，母親已經指定了一個原配夫人，但他留學以後又找到新的愛情。魯迅、郭沫若、郁達夫……很多人都碰到這樣的問題。只有胡適是例外，他在這一點上備受歷史寵愛，他也覺得自己是吃小虧佔大便宜。蔣介石後來搞「新生活運動」，胡適被人推崇為道德楷模。為甚麼？同學們可以看看胡適的照片，穿長衫，一條圍巾，戴最流行的眼鏡，風度翩翩，現在沒有幾個文人有這樣的風采，後來還做中華民國駐美大使。而他妻子江冬秀卻是一個小腳老太太，不識字。可胡適永遠帶着她，到美國各路訪問下來，都攙着這個舊式女人，讓美國人真是感動，他們覺得中國的知識分子真是好。當然，後來大家查出來，胡適跟一個叫韋蓮司（Edith Clifford Williams）的美國女人，通信通了不知道多少封。余英時還研究過胡適的婚外戀。

胡適在安徽讀書，到上海讀了幾家學校，最有名的一家叫中國公學。當時他也不大喜歡上海，因為不會講上海話，說上海是一個眼界不寬的商埠。其實那時正好是創造上海的時候，上海話就是那時形成的。北京話、廣州話都是世代居住本地的人們的方言，上海話卻和本地人（浦東、川沙、金山、奉賢）的母語很不一樣，是由江蘇、浙江等「外來人」在城市生活中自然形成的「新方言」（現在，又在與普通話的融合中走向消亡）。胡適的上海語言經驗，後來體現在他對吳語

《海上花列傳》[21] 的興趣上。胡適考大學，家裏很多人幫忙，他當然也聰明，考取以後，到美國康奈爾大學讀農科。當時有規定，美國贊助的留學生，百分之八十都要讀實用的農科、機械、造船，只有百分之二十可以讀商科、文科。康奈爾是長春藤名校。

子東說

胡適曾在《海上花列傳・序》中寫道：「我們在這時候很鄭重地把《海上花》重新校印出版。我們希望這部吳語文學的開山作品的重新出世能夠引起一些説吳語的文人的注意，希望他們繼續發展這個已經成熟的吳語文學的趨勢。如果這一部方言文學的傑作還能引起別處文人創作各地方言文學的興味，如果從今以後有各地的方言文學繼續起來供給中國新文學的新材料、新血液、新生命，——那麼，韓子雲與他的《海上花列傳》真可以説是給中國文學開一個新局面了。」

胡適在美國，經歷過一次蘋果測驗，就像魯迅看幻燈片一樣重要。學生要給三十多種不同的蘋果貼標籤，要分出三十多種不同的蘋果。一查字典，這個是佛羅里達的，這個是密蘇里的，不少美國學生很快貼好了，胡適貼了半天搞不好。他開始反省了，該不該做這個事情？他的志向是提出未來中國十年的思想，他的勇氣是「但得百十人，故國可重造」。這時，他給哥哥寫信，說在這裏學的農科在中國沒有用，要轉到哲學系。胡適從康奈爾大學轉到哥倫比亞大學，博士論文就是後來的《中國哲學史大綱》[22]。為甚麼要轉到哥大呢？因為胡適在康奈爾讀書時整天演講，喜歡辯論。他每年參加幾十次演講，講中國應該怎麼樣，中國國防應該怎麼樣，中國海軍應該怎麼樣，又關心古代的墨子……甚麼事情都去關心，精力充沛，忙得要命。因為演講太多，誰都認識他，結果在這個小地方待不下去了，人家覺得這個學生不務正業。康奈爾大學在伊薩卡山城，是很小的地方，哥倫比亞大學在紐約市，沒人認識他，比較自由。

子東說

農業轉到哲學，這個選擇頗有象徵意義：中國現在每年的一號中央文件總是關於農村問題，誰都知道農村問題是中國的根本。但很快，大家的注意力又都會轉向意識形態，不由自主！

1917 年寫了〈文學改良芻議〉後，胡適就收到蔡元培的聘書，北大請他做教授。正好他博士考試通不過——因為答辯委員會只有一個人懂中文，杜威也不懂，所以他用英文寫的《中國哲學史大綱》沒有通過，正在苦悶。

他最早的博士文憑是 1927 年獲得的，那時他在中國已經非常有名了，所以學校補給他的。當然，在二十世紀三四十年代，胡適一共拿了三十五個榮譽博士學位，拿遍全世界有名的大學博士學位，當時最有名的說法就叫「胡博士」。很多人一開口就說「我的朋友胡博士」，其實在新文學的最初十年，他的博士學位還沒真正拿到。後來美國幾十個大學都給他博士學位，是因為他對中國文化的貢獻。

中國現代作家多有第二次婚姻，胡適卻是一個例外。雖然也有些女朋友，夫人卻只有江冬秀。胡適的思想非常洋化，外表也非常洋化，是一個自由主義者，可是他內心一直有一個中國傳統文化的道德標準。

第三節　兩篇文章啟動了文化政治的大變革

胡適：〈文學改良芻議〉

〈文學改良芻議〉的要點是「八不主義」，其中最重要的是第八條。要理解這篇文章的歷史意義，就要看大背景。為甚麼一句「不避俗字俗語」是胡適的巨大貢獻？還會導致中國現代文學的革命？這要回到我們香港。1840 年之前，中國覺得自己是「天下」，是天朝。那時東印度公司要買中國的茶葉，用鴉片付賬。後來打了一仗，中國戰敗，這就是中國近代史的一個起點。自那以後，中國人發現我們的「天下」已經「被國家」了，從那以後不斷被打，一直到八國聯軍侵華，整整六十年，中國不斷地被欺負，愈來愈弱。這時，所有的中國人，尤其是讀書人，都在思考中國怎樣可以不再弱下去。一般的思路是兩條。一條是船堅炮利有科學，所以有張之洞的「中學為體，西學為用」，引進科學技術，這是一條路。但另外一個思路，是說國弱的重要原因是中國的漢字。漢字太難了，別的國家的文明是「我手寫我口」，說出話就能寫成字。那時有一個很矚目的傳單，胡適也收到了，叫：「漢字不滅，中國必亡。」當然，現在內地報紙會說，這可能是「西方反動勢力」要消滅中國文化的陰謀，但在當時卻是救國的旗號，識字這麼難，大部分的人不識字，國家就沒法富強。

當時知識界一直在爭論，想辦法從文字改革入手救國家。一個方案就是羅馬化，後來也一直在做，比如中文拼音，曾經有一度也講世界語。在二十世紀三十年代，瞿秋白還討論過「五四」白話文的歐化或大眾化問題。晚清時期的共識是，文言好在寫詩弄文學，如果只是做生意耕田做工，用白話就行了。古人說「士農工商」，商在最後。當時有王照[23]、勞乃宣[24]提倡文字改革，建議一種學校教文言，一種學校教白話。中國有句老話叫「將相本無種」，胡適在《中國新文學大系》第一卷的導言裏寫了，說小孩子學的文字是為他們長大後使用的，他們若知道社會的上等人看不起這種文字，並不用這種文字著書、做官，肯定不願自己從一開始就輸在起跑線上[25]。

子東說

香港直至今天，任何合同、任何文件下面都有一句話：當中英文本發生矛盾時，以英文為準。所以香港的中學幾十年來實行英校中校雙軌制，學生、家長還是大都喜歡上英校。從香港的情況出發，很容易理解清末推廣文言和白話雙軌教育為甚麼不成功。再窮的小學生也要讀文言。為甚麼？他們覺得文言是高級的。

所以，到胡適、梅光迪他們在美國再討論時，爭論的就是一條：梅光迪贊成白話是好的，賣豆漿白話好，做機器也是白話好，做官也是白話好，甚至文學也沒關係，寫小說也是白話好；但是有一樣東西，白話是不如文言的，就是寫詩。到今天為止，甚至我私下也這麼認為：「五四」的小說、散文、戲劇都不錯，可是新詩能不能比得過中國的舊體詩？這是有疑問的。所以，梅光迪的觀點非常開放，他說中國是詩的國家，只要有中國詩存在，中國的文言就不能被白話取代。胡適的觀點大概是說，做工種地是白話好，做生意當官也是白話好，寫小說散文白話好，就是寫詩也是白話好。這就是胡適勇敢的地方。胡適不是甚麼大的文學家，他其實缺乏藝術天才，但是為了證明白話也能寫詩，他不怕「犧牲」，寫了一本《嘗試集》[26]。他最有名的詩句是甚麼？「兩個黃蝴蝶，雙雙飛上天。不知為甚麼，一個忽飛還。」不要笑，九十後的胡適在那時挺身而出，他的白話詩在中國詩歌史上沒多大成就，卻為漢語的改革作出了重大貢獻，使白話文在數年之後成為所有中小學的官方語言。

所以，他的「八不主義」的第八條是最重要的：「不避俗字俗語。」俗字俗語就是白話。文言是甚麼？之乎者也。小時候，我父親老講，你們只知道「的了嗎呢」，不知道「之乎者也」。說實在話，現在要用「之乎者也」寫一封比較長的文言的信，我們都寫不好。但在當時，在上千年科舉制度訓練下的文言語境中，寫一句「教我如何不想她」[27]或者「一步一回頭地瞟我意中人」[28]，卻是意義重大的突破。就是這個女字旁的「她」字，也是那時在爭議聲中創造出來的。

有人會說，不避俗字俗語有甚麼難的。這使我想起哥倫布豎雞蛋。當年，哥倫布從西班牙出發發現美洲，很多王公大臣說，這有甚麼稀奇，不就是開船一直往前，撞到一個地方，就叫美洲了嗎？哥倫布拿起煮熟的雞蛋，說誰能把雞蛋豎在桌上，把它豎穩？大家覺得沒甚麼難的，可是怎麼豎雞蛋都會倒下來。最後大家說，請教哥倫布先生，你豎豎看。熟雞蛋有一頭是空的，哥倫布一磕，就豎起來了。他們說這有甚麼難的，這個我也會。哥倫布說，那你們剛才怎麼不磕？

世界上有很多事情就是這樣，你做完了，別人覺得天經地義。今天我們覺得，「我手寫我口」寫白話文，這有甚麼難的呢？白話早就有了，《水滸傳》《紅樓夢》都是偉大的白話文學作品，胡適這麼一個二十多歲的、在美國留學的、哲學論文還沒通過的人提出來，有甚麼了不起。可是，這是胡適最早提出來的。

陳獨秀：〈文學革命論〉

〈文學改良芻議〉發表在兩個地方，一個是《新青年》，一個叫《留美學生季報》[29]。發表在《新青年》，在國內引起非常大的反響，美國的《留美學生季報》卻一點反應都沒有。也就是說，當時的留學生不覺得胡適的觀點有甚麼重要。可是他們沒想到，在中國有多少人糾結在梅光迪的問題裏，有多少人覺得中國的文字要改，不改國家要亡。可是怎麼改呢？中國文化這麼好的東西，我們的唐詩宋詞，怎麼能夠把它廢了呢？中國所有的教書先生都是從小讀這個，大半輩子教這個，怎麼可能？結果胡適做成了。當然，很大的原因是因為陳獨秀。

子東說　唐德剛在《胡適雜憶》中透露，胡適當時寫的〈文學改良芻議〉，原是給美國的《留美學生季報》用的，只是抄了一份給陳獨秀主持的《新青年》。

陳獨秀和胡適不一樣，不是溫文爾雅的。看看這兩篇文章的題目，非常有意思：胡適的題目是〈文學改良芻議〉，「芻議」，就是說我的這個觀點不太成熟，剛剛提出來。陳獨秀不一樣，看看他寫〈文學革命論〉—— 誰反對我？三門大炮轟你們！那時陳獨秀還不是馬克思主義者。

子東說

中國人這套道德我們是最熟悉的，自己第一篇寫的文章就叫「初探」，我後來寫了本討論香港小說的書，也叫《香港短篇小說初探》。中國人喜歡這樣來表達問題。在美國開會，華人學者上來作報告時，就說這個研究剛剛起步，我的看法還不成熟，拋磚引玉，請大家批評，云云。有個不懂中文的美國教授馬上打斷他，既然這麼不成熟，還跑來講甚麼。中國人說，這只是禮貌。

這兩個討論怎麼寫文章的人 —— 胡適後來成了蔣介石的朋友，是國民政府駐美大使，是民國最重要的知識分子之一；陳獨秀則是中國共產黨的創始人之一，也是二十世代中國最重要的知識分子之一。當他們第一次提出這些觀點時，兩個黨都沒有成立，他們只是想怎麼寫文章。可是，他們的共同點都不是熱愛文學，都是把文學作為工具，兩個人都不是文學家。只是，胡適把文學作為工具，目的是文字改革、語言改革；而陳獨秀把文學作為工具，要社會改革、政治改革，這是第一個不同。第二個不同更重要：一個是「改良」，一個是「革命」。其實後來一百年的中國歷史，一直猶豫掙扎在「改良」和「革命」之間，是英國模式還是法國道路，決定了一百年間中國的文學、文化、政治的各種選擇，這麼巧合地出現在新文學的第一個篇章上，像是某種預言。

下一堂我們會詳細講比這兩位更重要的、一生肩負着救亡和啟蒙的雙重責任、又遊走在改良與革命之間的魯迅。

延伸閱讀

胡適：《建設理論集・導言》，趙家璧主編《中國新文學大系》（影印本）第一卷，上海：上海文藝出版社，2003 年。

胡適：《胡適日記》，太原：山西教育出版社，1997 年。

胡適：《胡適留學日記》，北京：同心出版社，2012 年。

唐弢：《中國現代文學史簡編》，北京：人民文學出版社，1998 年。

王瑤：《中國新文學史稿》，上海：上海文藝出版社，1982 年。

周策縱著，陳永明、張靜譯：《「五四」運動史：現代中國的知識革命》，北京：世界圖書出版公司，2016 年。

唐德剛：《胡適雜憶》，桂林：廣西師範大學出版社，2015 年。

司馬長風：《中國新文學史》，香港：昭明出版社，1975 年。

余英時：《余英時訪談錄》，北京：中華書局，2012 年。

李澤厚：《中國現代思想史論》，北京：生活・讀書・新知三聯書店，2008 年。

林毓生著，穆善培譯：《中國意識的危機：「五四」時期激烈的反傳統主義》，貴陽：貴州人民出版社，1986 年。

黃繼持：《現代化・現代性・現代文學》，香港：牛津大學出版社，2003 年。

錢理群、温儒敏、吳福輝：《中國現代文學三十年》，北京：北京大學出版社，1998 年。

李歐梵、季進：《李歐梵季進對話錄》，蘇州：蘇州大學出版社，2003 年。

王德威：David Der-wei Wang (Editor), A New Literary History of Modern China, Cambridge: The Belknap Press of Harvard University Press, 2017.

王德威、陳思和、許子東：《一九四九以後：當代文學六十年》，上海：上海文藝出版社，2011 年。

王德威、許子東、陳平原：〈想像中國的方法：以小說史研究為中心〉，《當代作家評論》，2007 年。

陳平原：《二十世紀中國小說史》第一卷，北京：北京大學出版社，1989 年。

陳曉明：《中國當代文學主潮》（第二版），北京：北京大學出版社，2013 年。

1 黃繼持：《現代化・現代性・現代文學》，香港：牛津大學出版社，2003 年。

2 〔美〕王德威、陳思和、許子東：《一九四九以後》，香港：牛津大學出版社，2010 年。

3 陳曉明：《中國當代文學主潮》（第二版），北京：北京大學出版社，2013 年。

4 「以前談百年文學避不開要談民國文學。早在 2003 年，吉林大學張福貴教授就曾提出將中華民國文學作為現代文學的命名，同時主張將當代文學命名為中華人民共和國文學。顯然那時候時機並不成熟。我是一直拖到 2009 年才在現代文學年會上重新提出百年文學的概念，為迎接國內即將開始的紀念辛亥革命一百週年熱潮做準備。2009 年 9 月，我在成都參加中國現代文學研究會第十屆年會，做了一個《新舊文學的分水嶺：尋找被中國現代文學史遺忘和遮蔽了的七年》的主題發言。」參見丁帆在《長江文藝》2016 年第八期訪談。

5 參見丁帆、張福貴教授 2014 年做客杭州師範大學的共同對話，旨在探討民國文學史的斷代問題。

6 李陀：〈當代中國大陸文學變革的開始〉，《新地》雜誌，第一卷第六期，1991 年。

7 「禮拜六派」是於民國初年出現的文學流派。1914 年，鴛鴦蝴蝶派因以《禮拜六》週刊（1914 年 6 月 6 日星期六創刊，1916 年停刊，至 1921 年復刊）為主要陣地而得名。

8 胡適：〈送梅覲莊往哈佛大學〉自注，《嘗試集》，頁 186，上海：亞東圖書館，1920 年。

9 〈靜思餘錄〉，《國民叢書》第四冊，東京：民友社，1893 年。

10 〔美〕王德威：《被壓抑的現代性：晚清小說新論》，北京：北京大學出版社，2005 年。

11 陳獨秀於 1915 年 9 月 15 日，在上海創辦《青年雜誌》，後改名為《新青年》（自 1915 年 9 月 15 日創刊號至 1926 年 7 月終刊，共九卷 54 號），掀起新文化運動，提出並宣傳科學（「賽先生」Science）、民主（「德先生」Democracy）和新文學。

12 胡適編選：《建設理論集》，趙家璧主編《中國新文學大系》第一卷，上海：上海良友圖書印刷公司，1935 年至 1936 年。

13 錢理群、溫儒敏、吳福輝：《中國現代文學三十年》，北京：北京大學出版社，1998 年。

14 《中國現代小說史》一書先是以英文寫成。1961 年，夏志清的 A History of Modern Chinese Fiction，1917－1957 由美國耶魯大學出版社出版。《中國現代小說史》的第一個中譯繁體字版本由香港友聯出版社於 1979 年出版，劉紹銘等譯。

15 李澤厚：《中國現代思想史論》，北京：生活・讀書・新知三聯書店，2008 年。

16 〔美〕林毓生：《中國意識的危機：「五四」時期激烈的反傳統主義》，貴陽：貴州人民出版社，1986 年。

17 李歐梵、季進：《李歐梵季進對話錄》，蘇州：蘇州大學出版社，2003 年。

18 胡適：《胡適的日記》，香港：中華書局，1986 年。

19 胡適：《胡適留學日記》，海口：海南出版社，1994 年。

20 魯迅：《吶喊・自序》，北京：人民文學出版社，1973 年。

21 胡適：〈海上花列傳・序〉，《海上花列傳》，上海：亞東圖書館，1930 年。亦收入《胡適文存》第三集第六卷，台北：遠東圖書公司，1953 年。

22 《中國哲學史大綱》原為胡適留學美國哥倫比亞大學時的博士論文〈中國古代哲學方法之進化史〉，他於 1917 年據此編成在北京大學教授中國哲學史的講義。1918 年 7 月經整理後，在 8 月得蔡元培作序，1919 年 2 月由上海商務印書館出版。

23 王照：生於 1859 年，是近代拼音文字提倡者、「官話字母」方案的制定人。《官話合聲字母》於 1901 年在日本出版。後在北京修訂重印，名為《重刊官話合聲字母序例及關係論說》（北京官話字母義塾 1903 年版，北京拼音官話書報社 1906 年翻刻）。這是中國首套漢字筆畫式的拼音文字方案，聲母五十個、韻母十二個，採聲韻雙拼的方法，並以點標示聲調。

24 勞乃宣：生於 1843 年，是清末著名等韻學家，著有《等韻一得》，也曾參與清末的切音字運動，即漢語拼音運動，依王照的《官話合聲字母》增訂成《增訂合聲簡字譜》。

25 胡適編選：《建設理論集》，趙家璧主編《中國新文學大系》第一卷，上海：上海良友圖書印刷公司，1935 年至 1936 年。

26 胡適：《嘗試集》，初版於 1920 年，由上海亞東圖書館印行，共出十四版，直到抗戰事起無再版。

27 〈教我如何不想她〉是劉半農於 1920 年在英國倫敦大學留學時所作，為中國早期廣為流傳的詩作。參見《揚鞭集》節選。

28 汪靜之：《蕙的風》，北京：人民文學出版社，1983 年。

29 《留美學生季報》是由一羣留學生組建社團而創辦的刊物。清宣統三年（1911 年），東美學生會編輯出版的中文雜誌《留美學生年報》共出版了三期，後於 1914 年 3 月正式改組成為《留美學生季報》，為中國留美學生會會刊。《季報》每年一卷，一卷四期，分別為春季號、夏季號、秋季號和冬季號，三十二開本，於上海出版，共出版了五十期。從創刊到 1916 年底由中華書局印行，1917 年後由商務印書館印行，至 1928 年停刊。參見唐德剛：《胡適雜憶》，桂林：廣西師範大學出版社，2005 年。

第二講

魯迅是狂人還是阿 Q？

第一節　北大與《新青年》的分化

胡適與「整理國故派」

為甚麼要花兩堂課（可能還不止）來講一個作家魯迅呢？

這裏有兩個原因。一是個人興趣。我比較喜愛魯迅，甚至超過我有專書研究的郁達夫和張愛玲。我讀魯迅，是在人生非常艱苦的時期。痛苦經歷了，「奴隸」也做了，在社會底層生活，才有點理解魯迅。而且，我最早愛上魯迅的不是他的小說，是他早期的雜文《熱風》，這是我一輩子喜歡魯迅的個人原因。

第二，從課堂教學的原因來講，中國現代文學裏，魯迅最重要。有一個研究魯迅的日本人，非常出名，叫竹內好。竹內好認為魯迅「不愧是可以與孫文相提並論的現代中國的代表性人物」。[1] 這個評價非常高。如果有人講二十世紀中國最重要的人物，很快就會數到魯迅，而不會是其他作家。甚至在現代中國思想方面，魯迅也是其中最重要的人物之一。反過來講，不讀魯迅，肯定讀不了中國現代文學史。

子東說　現在北京學界流行的學術新詞「超克」，就來自竹內好在二十世紀四十年代的一篇文章〈近代的超克〉，當時的背景是日本如何

overcome 西方。我們既不應為了竹內好當過日本兵而否定其魯迅研究，也不該為了今天需求而忘卻「超克」的歷史語境。

講魯迅，必須先講魯迅與《新青年》的關係。

當時北大有幾個非常出色的學生，傅斯年、顧頡剛、羅家倫等，聽說原來老先生的課要改成一個從美國回來的洋博士教，年紀跟他們差不多，二十幾歲的九十後，喝了點洋墨水就來給他們講墨子。他們很不服氣，所以準備好了搗亂。胡適還沒來上課，學生們已經串通好了，要準備給他提刁鑽的問題。結果他們聽了一陣子胡適的課，覺得有點東西，學問也許並不很扎實，但觀點很新，以後就認真聽課了。這段事情胡適也有記載，他說那時還好顧頡剛幫我，要不然我一上課就被學生們弄下來。

傅斯年、顧頡剛後來都是非常重要的人物。魯迅在〈阿 Q 正傳〉裏說「胡適之先生的門人」，就是諷刺他們。後來，《故事新編》還把顧頡剛寫成一個小丑。其實顧頡剛是非常好的學者，有一本很有名的著作叫《古史辨》[2]。《詩經》《論語》《孟子》這些古籍的現代整理，比如誕生年代、背景、記錄、流傳，很多都是由顧頡剛這一輩「五四」學者做的。數千年來，國人一直把「四書五經」當作經典，一定要背，就像我們後來讀《反杜林論》[3]。很多人背得滾瓜爛熟，考出榜眼探花，但是並不知道它到底是哪一年由誰寫成，或有甚麼版本異同。這些考證工作是由顧頡剛這批人做的，這就是「整理國故」。多少年後，哈佛漢學家宇文所安（Stephen Owen）講到這一點，還是既羨慕又嫉妒。

子東說

宇文所安曾在〈過去的終結：民國初年對文學史的重寫〉一文中說：「『五四』一代人對古典文學史進行重新詮釋的程度，已經成為一個不再受到任何疑問的標準，它告訴我們說，『過去』真的已經結束了。幾個傳統型的作者還在，但是他們的著作遠遠不如那

些追隨『五四』傳統的批評家們那樣具有廣大的權威性。」(參見《他山的石頭記》)

這些學生當時就支持了胡適，形成了胡適這一派。傅斯年後來在台灣做「中研院」院長。他做台大校長時，在「四六」運動中保護學生，後來一直受到敬重。羅家倫也很重要，「五四」運動時，學生去趙家樓砸曹汝霖的房子，當時有兩個人出來支持學生，一個是文科學長(等於現在的系主任)陳獨秀，另一個就是羅家倫。「五四」運動剛爆發不久，他就寫文章，提出了「五四」的歷史意義[4]。當時這等於是一個暴亂事件，可是他賦予它非常莊嚴的意義，這是一種參與革命的歷史意識。這就是羅家倫，非常了不起。今天我們知道，「五四」改變了整個中國的命運。

子東說

「五四」有四個意義：第一是白話取代文言；第二是引進了「德先生」(democracy)、「賽先生」(science)，反對禮教；第三就是啟蒙救國，要喚醒大眾；第四是進化論，強調今天比昨天好，明天比今天更好，我們要向前進，這麼一個進化論的時間觀。哪一個對後來影響最大呢？很難說。

「改良」與「革命」

北大聘蔡元培做校長時，有人勸蔡元培不要去，因為北大以前叫「京師大學堂」，名聲並不好，很多富二代、官二代。那時有一個說法，說北京八大胡同的常客是「兩院一堂」。八大胡同就是妓院集中的地方。甚麼叫「兩院一堂」呢？民國初年，有所謂參議院、眾議院，就是那些「貪官」，常常光顧八大胡同；「一堂」就是京師大學堂。這個學校名聲差到這個地步，是蔡元培改造了京師大學堂。

子東說

有一次到新浪去做節目，新浪就在北京大學的對面，隔着北四環。站在大樓上，隔着巨大的落地玻璃，我就感慨，隔了一條馬路，跨了中國文化一百年。為甚麼一百年？對面是北京大學嘛。胡適、李大釗這些重要的人物都曾在紅樓時期的北京大學，那時是中國文化的中心；而今天，影響中國文化的是門戶網站。所以說，隔了一條馬路，文化變遷跨了一百年。新浪的人聽我這樣說，便告訴我，許老師，潘石屹有一次也站在這個位置上，卻說了一番和你不一樣的話。潘石屹是北京房地產的大鱷，所有的SOHO都是他蓋的。他的感受不一樣，說怎麼四環邊上還有這麼一片平房啊？應該可以買地蓋樓。旁邊的人馬上補充說，潘總，那是北京大學（其實過去是燕京大學）。

《新青年》原來叫《青年雜誌》，1915年改的刊名。1917年，胡適發表了〈文學改良芻議〉，陳獨秀又發表了〈文學革命論〉，促成了「五四」文學革命。《新青年》這個名字，便道出了那個時代的聲音。這裏有兩個關鍵字：第一個是「青年」，第二個是「新」。我們以後還會講「進化論」在中國的影響。《新青年》早期的主要作者有李大釗、陳獨秀、胡適、錢玄同、魯迅、周作人等。李大釗是最早的共產黨，非常樸實的一個文化人，一個政治家，但是被張作霖殺害了。在他以後，左派最重要的人物就是陳獨秀。《新青年》發表胡適的文章不久，俄國就發生了十月革命。上次講過，胡適跟陳獨秀分別用了兩個重要的詞，一個叫「改良」，一個叫「革命」。

凡是古代或近代社會要轉型到現代社會，基本上就是兩個方式：一個是英國模式，一個是法國模式。英國是君主立憲，皇帝還在，但權力掌握在上議院和下議院，這樣完成了現代的革命。大部分的北歐國家，比如瑞典、荷蘭、丹麥，還有日本，都有國王、王后、王子，但他們都是民主國家，這是英國模式。其實英國也流血，光榮革命打來打去，也很慘烈的，但是最後保留了皇室。法國模式就是第三等級革命推翻皇帝，後來鬧了很多年，你死我活，波瀾壯闊。美國獨立有一部分是法國的道路，但是後來形成的政策制度大部分是模仿英國，是兩者的折中。最典型走法國道路的是俄國，還有中國。隔了差不多一百年了，中間革命代價慘重，現在還有很多討論：我們當初有沒有可能走改良的道路？換句話說，清朝有沒有可能君主立憲，像康有為、梁啟超想的那樣？當然這都是事後的討論，最根本的核心是我們要正視：當時我們走革命的道路而不是改良，是有一定的必然性；今天要反思革命重提改良，也有它的必然性。所以，這個討論在史學界、政治學界都非常有意義。

剛才講了北大當年的風氣不好。蔡元培一去，採取了兩個措施。第一，請有名的教授，比如說周作人、胡適，魯迅也請了。蔡元培請教授只要學問好，不問是新是舊，不問是保守還是開放，所以請了胡適這派的年輕教授，還請了保守派，就是拖辮子的辜鴻銘。

子東說

辜鴻銘學問非常好，英文也非常好，可是有一個荒唐的觀點，張愛玲在〈色，戒〉[5] 裏面還引用了：男人是茶壺，女人是茶杯。張愛玲在〈色，戒〉裏還提出了另一個說法：愛情的道路，男人是通過胃，女人是通過陰道。但張愛玲不贊成這個說法。很多人把這句話忘掉了，以為張愛玲是贊成這個說法。愛情道路究竟經過哪裏我們不好說，但茶壺茶杯論顯然荒唐，鼓吹一男多妻，典型的男權觀點，必須批判。

陳獨秀離開北大

陳獨秀支持學生運動，非常大膽，是當時思想界的領袖，可是這位領袖的個人生活把人看呆了。他一共有四個太太：其中有一個從來不出面，也搞不清楚真假；最後一個太太姓潘，是比較公開的；最妙的是中間兩位太太，一位叫「高大眾」，一位叫「高小眾」，兩人是同父異母姐妹，和平共處。據說高大眾非常保守，不識字，陳獨秀說和她隔了不止一代；而高小眾是北京女師大的學生，一個崇拜他的新青年，所以他其實是和小眾一起生活的。那時不僅一夫多妻不犯法，社會輿論也開通，他這樣的家庭生活，也沒有引起多大非議。

可是陳獨秀有另外一件事情備受爭議，就是他在幫助學生運動的前後，也去八大胡同。此事很有名，現時在搜尋引擎上一打「陳獨秀」三個字，很快就有陳獨秀八大胡同事件對歷史的影響等條目出來。為甚麼說對歷史有影響呢？當時不少人批評陳獨秀，校長蔡元培保他，說他學問好，他在知識界的影響大，這和私德是兩回事，除非他犯法。當時嫖娼是合法的，沒有理由處罰。雖然蔡元培保他，但是大學裏面有保守勢力，他們可以同意辜鴻銘的「茶壺茶杯論」，卻不允許陳獨秀去八大胡同。最後撤掉他文科學長的職務，保留了教授，陳獨秀一氣之下離開了北大。胡適在 1936 年談到此事：「獨秀因此離開北大，以後中國共產黨的創立及後來國中思想的左傾，《新青年》的分化，北大自由主義的變弱，皆起於此晚之會。獨秀在北大，頗受我與孟和的影響，故不十分左傾。獨秀離開北大後，漸漸脫離自由主義的立場，就更左傾了。此夜之會，……不但決定北大的命運，實在開後來十餘年的政治與思想的分野。此會之重要，也許不是這十六年的短歷史所能論定。」[6]

照胡適的邏輯，陳獨秀去八大胡同還真是對歷史產生影響。政治及歷史與性之關係，這不是太奇怪的偶然性嗎？其實，中國共產黨要成立，有共產國際的指令，陳獨秀不南下，也可能會有別的人來做這件事。不會因為陳獨秀不離開北大，受胡適的影響，共產黨就不成立，後來就不走這條道路。但是，有時候偶然因素也會有一些偶然的影響。

《新青年》分化的標誌就是：一派主張激進社會革命；一派趨向於文化反傳統，改造「國民性」；另一派主張「整理國故」。

胡適這一派開始也反傳統，比如〈文學改良芻議〉，但後來認為不應該打倒孔家店，不能說禮教吃人，中國的傳統文化有很多好的東西，需要整理。拉開一百年再看，三派都有道理：要政治救國，可以；要文化救人心，也行；要整理國故，也很了不起。可在當時這是水火不容的，這就是《新青年》的分化。

一百年後再看「主義」，意義何在呢？幾年前，我在香港九龍的寓所招待一些朋友，有黃子平、閻連科、劉劍梅、甘陽、陳平原、夏曉虹等。甘陽現在提倡「通三統」(即要同時繼承孔子、毛澤東、鄧小平的傳統)。陳平原主張建構統合儒家傳統與「五四」新傳統的「通二統」。眼看我們一些從二十世紀八十年代開始「從文」的同行，現在也分化了。但大學老師自覺操心民族文化方向，恐怕也還是「五四」精神的遺傳。

子東說 可參看甘陽的《通三統》和陳平原的〈走不出的「五四」〉。

第二節 「永遠正確」的魯迅

關於魯迅的評價

討論「五四」的意義之後，再看魯迅的作用。第一，魯迅用白話做了小說的實驗，是最早而且最成功。第二，魯迅也批判禮教吃人。第三，魯迅也啟蒙。這裏有點不同，魯迅說了他是「遵命」啟蒙[7]，是聽別人的將令，也就是說並不完全是他的本意。遵誰的命？遵陳獨秀，遵胡適，你們說要怎麼做，我就怎麼做。第四，魯迅堅定地相信進化論。從理論上講，魯迅就是「五四」的方向，魯迅的影響就是「五四」的影響。當然，這是教科書式的結論，實際情況要複雜得多。

廟裏的神像，每個時期都會被人塗上新的油彩。魯迅還在世的時候，跟文壇大部分的人都吵架，魯迅罵過的人多過他稱讚的人。但是當他去世時，文壇暫時統一了，大家都紀念他是民族魂，這是民國時期在上海最大的一次出殯。魯迅去世以後，跟他反目的人大都也來稱讚魯迅。

子東說

魯迅去世時體重只有七十幾斤，他最後看病其實是誤診。現在有人拿出當年的 X 光片出來，說打針出錯，而負責他的醫生是一個日本人。但是魯迅一直堅持找這個日本醫生。

這裏稍微講講魯迅研究史。魯迅作品自發表之日起，便有不少評論，有彈有讚。陳西瀅、成仿吾、梁實秋等都對魯迅有不同角度的批評。最早評論《狂人日記》的記得是傅斯年，注意魯迅文學成就的是沈雁冰，從政治角度稱讚魯迅的是瞿秋白。瞿秋白是陳獨秀之後的共產黨負責人，但他沒做多久就被批評為錯誤路線下台了。那時他躲在上海，和魯迅成為朋友。瞿秋白說魯迅是「封建宗法社會的逆子，是紳士階級的貳臣，而同時也是一些浪漫蒂克的革命家的諍友」[8]。這裏他給魯迅三個定位：一個是「封建宗法社會的逆子」，魯迅家裏原是有錢的，他是背叛出來的；第二，他是「紳士階級」，其實講的就是士紳階級，但他又是他們的叛徒；第三，他是浪漫的革命家的好朋友，卻是說實話的好朋友，這些浪漫的革命家指的是創造社、「左聯」一些人。這是對魯迅最早的政治評價。

子東說

瞿秋白也是我父親的老師。我父親常常回憶說他在上海大學時，和戴望舒、丁玲一起聽過他的課。

對魯迅最關鍵的評價，當然是在他去世幾年以後，毛澤東說的一段話：「二十年來，這個文化新軍的鋒芒所向，從思想到形式（文字等），無不起了極大的革命。其聲勢之浩大，威力之猛烈，簡直是所向無敵的。其動員之廣大，超過中國任何歷史時代。而魯迅，就是這個文化新軍最偉大和最英勇的旗手。魯迅是中國文化革命的主將，他不但是偉大的文學家，而且是偉大的思想家和偉大的革命家。魯迅的骨頭是最硬的，他沒有絲毫的奴顏和媚骨，這是殖民地半殖民地人民最可寶貴的性格。魯迅是在文化戰線上，代表了全民族的大多數，向着敵人衝鋒陷陣的最正確、最勇敢、最堅決、最忠實、最熱忱的空前的民族英雄。魯迅的方向，就是中華民族新文化的方向。」[9] 三個「偉大」，五個「最」，這樣說過之後，魯迅的地位就徹底奠定了。即使在台灣，都很少人說魯迅不好，但他的作品一度是禁書。

小時候的印象，「文革」時甚麼書都不可以讀，唯獨魯迅的書可以讀。那時讀的書是 1973 年版的《熱風》，一本對我影響很大的書。既然「文革」時甚麼書都不能看，怎麼論證魯迅偉大呢？原來魯迅和「左聯」的周揚、夏衍、田漢、陽翰笙吵過架。這四個人當時負責和魯迅聯絡，是「左聯」的領導，魯迅給他們起了一個外號，叫「四條漢子」[10]。所以，在「文革」時，人們就說魯迅早就看穿了「四條漢子」的面目，而這四個人一直被重用到 1966 年。說起來，魯迅眼光厲害，早就知道了他們有問題。

子東說

前些年，浙江文藝出版社想出新版《魯迅全集》，要對《魯迅全集》做一些新的注解，而且找了很多名家來做註釋。魯迅提到很多人，罵了很多人，稱讚很多人，都要做一個解釋，這個解釋其實都有傾向性的。最後這個出版計劃未獲批准。

「文革」結束，要批判「四人幫」，魯迅又起作用了。據說張春橋十幾歲時喜歡寫詩，筆名叫狄克，寫了一首愛情詩，裏面說到貓。但是魯迅不喜歡貓，尤其是他住的地方，貓老在那裏叫春。他寫過一篇很有名的散文〈狗・貓・鼠〉，就是講這件事。也許，他就是不喜歡張春橋的詩。當然了，魯迅非常「英明遠大」，在 1936 年就寫了一篇文章，說狄克這個人很不好。「文革」後我就看到有篇文章，說魯迅「火眼金睛」，一早就拆穿狄克的陰謀。其實，魯迅不喜歡狄克，也因為狄克批評蕭軍的《八月的鄉村》。

所以，魯迅「永遠正確」。二十世紀八十年代要思想啟蒙，要喚醒民主意識，魯迅當然又是反專制的旗幟。九十年代中國出現商品化了，很多人經商，有些知識分子不滿意，要罵商人。錢理群說他在北大開課，學生們最喜歡魯迅罵梁實秋是資本家的乏走狗。魯迅在每一個時代都可以被很多人所用。魯迅自己其實也早有預言：「待到偉大的人物成為化石，人們都稱他偉人時，他已經變了傀儡了。」[11]

魯迅研究簡史

關於魯迅的研究，我這裏帶來一些自己書架上的書，你們看看：丸山升的《魯迅・革命・歷史》[12]、藤井省三編的《魯迅事典》[13]。在「文革」以前，中國最流行的研究魯迅的書，是華東師大歷史系教授李平心的《人民文豪魯迅》，這本書是比較左的，從政治角度講魯迅的戰鬥精神，但核心觀點影響很大：「魯迅是現代中國號召思想革命和堅持戰鬥現實主義最英明、最強毅的先驅人物。他的思想不僅是中國人民要求進步，渴望光明的意志最集中的表現，同時也是中國民主革命運動往前發展和走向深入的最明確的反映。」[14]

子東說

李平心寫了很熱情的歌頌魯迅的書，自己卻在 1966 年自盡。他是我父親很好的朋友。

日本最有影響的漢學家竹內好，也是專門研究魯迅的，他的成果反過來又影響了中國現在的魯迅研究，是研究中國思想非常重要的一個學者。代表二十世紀五十年代魯迅研究成就的，是陳涌，他是「文革」後中國文藝評論界的左派代表人物，很有影響力。「文革」以後有一位學者叫王富仁，他是北京師範大學的教授，後來到汕頭大學做教授，學術界對他的評定，是「結束了魯迅研究的陳涌時代」，這是很高的評價。

子東說

後來長篇小説《白鹿原》得獎，據説陳涌幫了很大的忙，他是真心誠意的左派。我個人是不在乎左派右派，主要看你的信念是不是真的相信。

還有李歐梵的《鐵屋中的吶喊》英文版，這本書在觀點上受了夏濟安很大影響。夏濟安講過一個故事：隋煬帝時，李世民召集各路好漢造反，結果事情敗露，只好逃走。隋兵想用一個鐵閘門把他關住，這時，一位俠客用身體把鐵閘擋住，讓好漢們都逃走，自己反被這個鐵閘軋死了。夏濟安還引了魯迅的話：「從覺醒的人開手，各自解放了自己的孩子。自己背着因襲的重擔，肩住了黑暗的閘門，放他們到寬闊光明的地方去；此後幸福的度日，合理的做人。」[15] 他論述魯迅的核心意象，就是「黑暗的閘門」[16]，他說，魯迅覺得他要做的事就是扛住黑暗的閘門，讓年輕人去到一個光明的世界，而他自己是要被閘死的。這是夏濟安最基本的觀點，魯迅是這麼一個英雄。

子東說

夏濟安是夏志清的哥哥，兩兄弟都是台大的教授，是《現代文學》雜誌流派的老師輩人物。錢谷融先生對我說，夏濟安的學問比夏志清更好。

那麼，這個「閘門」是甚麼呢？一是中國傳統文化，二是內心的悲觀主義。就是魯迅身上背負的這兩個東西，使他走不遠；但是，他願意讓年輕人走。這是夏濟安最基本的觀點，魯迅是這麼一個悲劇的英雄。這也是一個進化論的觀點。

子東說

「進化論」在中國：嚴復和伊藤博文是同學，兩個人一起到英國留學。伊藤博文回到日本，一手推動了明治維新；嚴復回到中國，翻譯了《天演論》[17]。赫胥黎的《天演論》，就是演化的意思。本來是講自然界的，但中國那時國弱，所以用自然界的規律解釋社會歷史發展。嚴格來說，這叫社會達爾文主義，是錯誤的學說。理論上，政治社會不像自然界，不是簡單的強者吃掉弱者，否則就是社會叢林原則。但實際上還有很多人相信，認為有了實力才能講道義。

八十年代後的魯迅研究，推薦兩個人。一個是汪暉，他寫了《反抗絕望》。汪現在比較有爭議，被認為是「新左派」理論的代表。他其實也受了夏濟安的影響，不是只強調魯迅的戰鬥性和光明面，而是注重分析魯迅的「黑暗面」。魯迅有一句話很有名：「絕望之為虛妄，正與希望相同。」[18] 就是說，我相信這個世界是絕望的，所以這個世界是虛妄的，可是怎麼證明你絕望呢？就像沒辦法證明有希望一樣，也沒辦法證明一定是絕望；我沒辦法說將來一定會更好，但我也不可以說將來一定會更壞。這樣的話，今天聽來還是令人怦然心動。所以魯迅要反抗絕望。還有錢理群，是很有激情的魯迅研究者，他在北大開魯迅專門課，很受學生歡迎。另外，魯迅博物館的館長孫郁、寫《魯迅傳》的朱正、中國作協的閻晶明等等，都是研究魯迅的專家。做中國現代文學研究的人，大部分都會研究魯迅。魯學和紅學，是中國的兩門顯學。

第三節　從周樹人到魯迅

人生中的幾件大事

一百年前，魯迅也是八十後，他比陳獨秀少兩歲，浙江紹興人。相對來說，魯迅的生活經歷是比較簡單的，不像其他作家。比如，胡適做過駐美大使，又在台灣做「中研院」院長，解放軍包圍北平時，傅作義在最後時刻給他留了一架飛機，讓他和陳寅恪一起離開北平，經歷過很多大起大落的事情。再比如郭沫若，他是北伐軍總政治部副主任，後來撰文討蔣，流亡日本；1936 年被蔣介石原諒，回國擔任抗日高官；建國後做了政務院副總理、人大常委會副委員長等，一直是政治地位很高的作家。郁達夫沒官做，但愛情風風火火，最後在南洋當翻譯被暗殺，很是浪漫傳奇。相比之下，魯迅的生平一點也不傳奇，但研究他生平的著作是最多的——因為他的精神歷程，最能體現現代中國的精神歷程，直到今天還是。魯迅的生平，就是讀書、教書、寫書。有個說法，認為人應該「士、農、工、商」甚麼都做做，魯迅卻工、農、商都沒做過，一直是士。

關於魯迅早年的生平，有兩件事要重點講。竹內好講到魯迅生平，提了三個疑問：一是祖父去世與魯迅父親生病的影響；二是魯迅跟羽太信子的關係；第三，到底周氏兄弟之間出了甚麼事情。[19] 後兩件事可能有關聯。

魯迅人生的轉捩點是十三歲，這一年，祖父出事，父親生病。他祖父是一個官員，出了甚麼事呢？魯迅的回憶裏也語焉不詳。一般認為是科場舞弊。中國的科舉制度是世界文明的重要部分，是中國傳統社會數千年維持社會公平、政治清明，使得下層寒門人士能夠有向上階梯的一個重要途徑。即使到了社會腐化墮落如清朝，科舉制度還是非常嚴格，科場舞弊是死罪。祖父一出事，魯迅父親被革了秀才，然後生了病。三年以後，他父親去世，只有三十六歲，這一年魯迅十五歲。

子東說

以前都批評科舉不好，「八股文」是個貶義詞，「范進中舉」是個悲劇。但是在長遠的人類文化角度來看，比起同時代的中東、歐洲等世界各個地方的情況，中國的文官科舉制度是具有普世性價值的，當時代表先進的文化。

父親生病這幾年，對魯迅一生產生了重大的影響。他整天去買藥，把家裏的好東西拿去當鋪換錢。在少年周樹人看來，去當鋪是非常有失尊嚴的。藥裏面還有叫藥引，是蟋蟀。蟋蟀不貴，貴的是要原配蟋蟀。魯迅就特地把它記下來，認為這種胡說八道騙病人的錢，害得他家破人亡。[20] 他當時覺得，中醫是庸醫，騙人誤國。當然，這個看法是偏激的。

子東說

怎麼來證明這個蟋蟀是原配？最多不過是捉姦捉雙而已嘛，到野地裏看到兩隻蟋蟀在交配把它抓住。可是，怎麼知道它不是小三？或者是購買性服務？這完全是胡說八道嘛！當年在百草園掀起一塊石頭，兩隻原配或不原配的蟋蟀各奔東西，兩個未來的文豪周樹人和周作人，趕緊分頭追捕……各位「腦補」一下，這也是中國現代文學史中的一個畫面。

魯迅人生的第二件大事，就是在日本留學時在課間看了一段幻燈片。魯迅在〈吶喊・自序〉裏有很詳細的描寫。幻燈片講日俄戰爭期間，一個中國人被認為是俄羅斯人的間諜，因此被日本人殺頭。但是不光殺頭，還要找人去看，圍觀的是中國人，被殺的也是中國人，可那些看客表情非常麻木。從那天起，魯迅就覺得做醫生沒用。本來他要做醫生救國的，可如果國民的精神是傻的，身體再健壯又有甚麼用？照樣被人殺頭。於是魯迅要棄醫從文。

子東說

在核電站出事前，有一度，國人去日本旅遊，熱門景點就是魯迅在仙台上課的教室。這是非常反諷的：據說魯迅當初選在仙台學醫，就是為了避開國人。沒想到，他讀書的地方變成今天國人的旅遊點。大家去買電飯煲之餘，看看魯迅在仙台讀書的地方。

後來美國漢學家周蕾研究中國文學與視覺藝術的關係，就從魯迅看幻燈片入手[21]。日本有學者去仙台，在學校檔案裏怎麼也找不到魯迅講的幻燈片。竹內好從魯迅寫的〈藤野先生〉裏又發現，其實他還受了別的刺激，有別的屈辱，並不是完全因為愛國才棄醫從文。而且，還考證出他的醫學成績不怎麼好。但是，藤野先生後來在回憶裏又對他很寄予希望。魯迅在〈藤野先生〉裏有一段話，說到藤野先生勸他將來好好做事：「小而言之，是為中國；大而言之，是為學術。」這句話，魯迅還把它記在心裏一生。

子東說

日本的漢學家考證很仔細，我真是佩服。有一個漢學家研究郁達夫，根據郁達夫的日記和〈沉淪〉等小說，畫了一個郁達夫嫖妓的地圖。還有一個漢學家是永駿，大阪外國語學院的校長，寫了一篇文章，為了考證茅盾在日本的一個情人也是中國人，把那時的電費單都查出來，查出上面的名字是秦德君。

在日本從文完全不成功，魯迅和弟弟編了《域外小說集》，銷路很不好。回國後，魯迅就做了教育部的官員，抄古書。從 1911 年到 1918 年，是魯迅身體、精神最好的時候，整天抄古書，收入也不錯。很多人說魯迅之所以深刻，跟他抄古書的經歷有關。魯迅不像胡適、陳獨秀那些人，一面做文學，一面做領袖，一面做教授，很風光。魯迅這種在教育部的官員，規規矩矩地抄古書，腦子裏卻想着古今中國。這使人想起卡夫卡。卡夫卡的正職是保險公司的職員，寫出了《城堡》這樣可以概括整個現代官僚社會的著作，影響了西方整個二十世紀。

「鐵屋」啟蒙的悖論

後來，《新青年》的錢玄同來找魯迅約稿，說我們辦了一個雜誌提倡白話，有胡適、陳獨秀等支持，但也沒甚麼好的作品，聽說你的文章寫得好，所以請你來寫寫。關於這次會面，魯迅在《吶喊》自序裏有一段對話：

> 「假如一間鐵屋子，是絕無窗户而萬難破毀的，裏面有許多熟睡的人們，不久都要悶死了，然而是從昏睡入死滅，並不感到就死的悲哀。現在你大嚷起來，驚起了較為清醒的幾個人，使這不幸的少數者來受無可挽救的臨終的苦楚，你倒以為對得起他們麼？」
>
> 「然而幾個人既然起來，你不能說決沒有毀壞這鐵屋的希望。」

這個比喻，後來李歐梵用來概括魯迅，書名就叫《鐵屋中的吶喊》。這是魯迅一輩子創作的核心，也象徵了當時大部分中國知識分子的兩難處境。

子東說

美國曾有一座堅固的監獄，現在已經開放作博物館了。這座監獄設備不錯，有單間，有馬桶，有水龍頭，有一個窗，可以看到海景，還正對着三藩市市中心——非常繁華、非常「頹廢」的一個城市，週末晚上燈紅酒綠。但我認為它是世界上最殘酷的監獄。這就是魯迅講的，要是鐵屋子開了窗你還走不出去，就比睡死過去還痛苦可悲。

今天看這個啟蒙的悖論，有三層意思：

第一，魯迅的開窗啟蒙成功了。在民國期間，中國大約有四億五千萬人，小學以上水準的有二成多，其中也許有十分之一的人讀《新青年》、魯迅、郁達夫、巴金。換句話說，只有全中國人口的百分之二。而恰恰是這百分之二改變了中國的方向，引導了中國的變化，少數人啟蒙了大多數人。魯迅「開了窗」，毛澤東和鄧小平「開了門」。

第二，革命尚未成功，同志仍須努力。啟蒙了，喚醒羣眾了，可是隔了若干年，無數的羣眾陷入了另外一種昏睡。1966 年 8 月，老舍在「文革」中被打，後來自沉於太平湖。打老舍的就是某中學在廣場跳孔雀舞的純真少女們。今天回頭看，官方都已做了定論，黨中央《關於建國以來黨的若干歷史問題的決議》認為「文革」造成了中國的十年浩劫（現在又有個說法叫「艱辛探索」？）。可是在這「十年浩劫」當中，我們的廣大民眾是被喚醒了還是又一次昏睡？有多少人選擇性集體失憶？今天的讀書人，比如錢理群、李澤厚、夏濟安等很多人都覺得魯迅的事業沒有完成，還要繼續做。當然，更大的意義是在文化層面。

想像一下，假如現在有一個巨大的機器，把全國所有的網絡直播都放在同一個熒幕上，會看到甚麼？絕大部分是一些網紅，說皮膚，說口紅，下面有很多點讚，送甚麼遊艇之類。在這個大眾化的「小時代」裏，嚴肅節目的點擊量是非常邊緣、非常有限的。假如魯迅還在世，不知他的微博有多少點擊率。我大概查過，看誰的微博粉絲最多，排名前三的皆是當紅女星，兩三千萬粉絲。她們的微博在講些甚麼？「我的一個扣子掉了」，下面幾千回帖；「頭髮最近又染了一個顏色」，又是一羣粉絲。在文化的意義上，今天是不是還是很多人處在魯迅所講的狀態？他們只是以不同的方式睡覺。這是第二層意思。想想魯迅的「鐵屋中的吶喊」，早有悲觀的預言。

子東說　我碰到北大的錢理群，說你有沒有看網上的現象？他說不能看，一看就瀉氣，一看就不知道該做甚麼。

第三層，可是，你到底是誰？有沒有資格啟蒙別人？魯迅的意義是大家都在睡着，他醒着，這叫世人皆醉我獨醒。我們都是相信他的。如果比喻成「中毒」，我們都是中了魯迅的「毒」，現在給同學們上課，我相信我說的是對的，希望能影響你們。同學們可能嘴角一撇：你講的那些對我們來說有甚麼用？要是換馬雲來，大家精神就好起來了。在香港，甚至北京、上海，李澤厚沒人知道，李澤楷個個都知道。

啟蒙（enlightenment），這個概念有一部分是從法國的盧梭、伏爾泰來的。現在，中文講「啟蒙」有兩個意思，一是指第一個老師，就是開導「蒙昧」。父親、母親，或幼稚園老師、小學老師，總之是最早教你知識的人。第二個意思，是在你已經懂得很多之後的某一天，有一件事、一個人、一句話，「啪」地一下，把過去不明白或者誤解的問題全解開了，把你過去崇拜的東西摔碎了。這樣的一個火花，在禪宗叫「棒喝」[22]。東西都在，你看不見，劃一個火，山洞裏的東西就全看到了。

法國革命的基礎是啟蒙運動，盧梭講天賦人權，伏爾泰講自由平等，狄德羅講理性崇拜。康德的一個總結很有名，他說法國啟蒙主義可以歸結成一句話，人和人的智力、財力、能力天差地別，但是差距再大，一個人也不能決定另一個人的命運[23]。人跟人的差別可以巨大，比如智商、情商可以差一百倍，財產可以差一億倍。比如比爾・蓋茨的財產比我多一億倍，但是我今天這樣講話，他不能要求我不這麼講話。這是現代民主社會的文化基石，這是一人一票制的哲學基礎。

再回頭看魯迅的「鐵屋」啟蒙，會不會有人懷疑啟蒙者的權力？怎麼肯定世人皆醉我獨醒？誰來判斷甚麼狀態是醉，甚麼狀態是醒？「憂國憂民」，夏志清的英文直譯是「為中國痴迷」，obsession with China，會不會也是一種「執迷不悟」呢？所以，關於魯迅的「鐵屋」比喻，可有三種不同的解釋：第一，這個意象隱喻了整個現代中國文明的解放史；第二，「五四」過去一百年，我們需要繼續啟蒙的精神；第三，要用現代民主觀念來反思「五四」的啟蒙。

子東說

劉紹銘中譯本將夏志清小說史中的 obsession with China 譯成「感時憂國」，令人聯想到屈原、杜甫的精神傳統。其實 obsession with China 也可直譯為「中國痴迷」或「國家痴迷」，並不完全是贊同的意思。

當然，還可能有第四，現在有人說，永遠無法叫醒裝睡的人……

第四節　魯迅與幾個女人

甘願被舊文化束縛

魯迅的情感生活並不像陳獨秀、郭沫若、郁達夫等同代文人那麼複雜，但他身邊的女性對他一生影響巨大，尤以母親為最。魯迅尊重他的母親，一再說她是他的啟蒙老師。第二個對魯迅影響巨大的女性是朱安。魯迅二十五歲結婚前想辦法要取消這門舊式婚姻，但他母親不同意　　道理很簡單，取消婚約就是休妻，等於毀了朱安一生。所以魯迅必須從日本回來結婚。可他結婚第四天就走了，他們也沒有行夫妻之實。有人後來問魯迅，你的婚姻是甚麼情況，魯迅說朱安女士

「不是我的妻子，她是我媽媽的媳婦」。說此話時，魯迅好像也是半個阿 Q。是「自欺欺人」的半個，不是「欺軟怕硬」的半個。

子東說 其實，在唐代，也有女人協定離婚又再婚的記載，女性被道德習俗壓迫近千年，是逆向地與時俱進的。

他雖然在婚姻上甘願被舊文化束縛，但並不處於昏迷狀態，這就是「肩住了黑暗的閘門」。魯迅清楚他所堅持的道德是他不相信的，是舊的，是應該拿掉的。

但是，人在很多情況下是沒辦法的，比如在這裏，他對母親的孝道是第一位的，就得遵從舊時的婚姻，但是他不希望別的人也這樣。魯迅有很多時候是這樣的，他沒辦法，但知道這是不對的，並不是昏迷。這就是夏濟安觀點的深刻之處。

最早的啟蒙思考

從自己與朱安的無奈婚姻開始，魯迅開始了他最早的啟蒙思考，他寫了一篇文章，叫〈我之節烈觀〉。〈狂人日記〉講禮教吃人，而禮教吃人最好的例子在《彷徨》裏，那就是〈祝福〉。〈祝福〉可以作為〈狂人日記〉的注解。但是，魯迅的相關思想在這之前就形成了。那就是〈我之節烈觀〉[24]。

先說「節」。一個男人在政治上、文化上、學術上喪失了他原來堅持的原則，比如周作人、汪精衛，才是「晚節不保」。可是，在女人身上，「節」不指思想行為，專指身體。「烈」就更不公平了。打仗犧牲的女子，比如劉胡蘭，並不叫「烈女」，叫「女烈士」；一個女人做了英雄，叫「巾幗英雄」「女英雄」，不叫「英雌」，也不叫「英女」。只有誓死保衞身體貞節的女人，才能叫「烈女」。顯然，這套語言系統是非常男性中心主義的，充滿性別偏見。

子東說

嚴格說來，趙一曼、劉胡蘭也是「烈女」，剛烈犧牲的女子。可是，在這種情況下，人們不用「烈女」這個概念。像一位同學講的，「烈女」是用在這種情況：有人要強暴你，你及時跳了河，這個叫烈女。

魯迅說，道德應是人人能遵守的美德；如果是少數人才能遵守的美德，那就不叫道德，這是一些人特別的美德。道德應當是適用於每個人的，比如要忠誠，要愛國，總之是每個人都可能做到的。魯迅又說，假如一個女人很想做節女，可丈夫身體一直很好，也不去世，那麼，她不是不做節女，是做不到嘛。再假如，一個女人很想體現忠貞做烈女，可是丈夫一直在家，也沒有強徒來污辱她……她不是不做烈女，也是沒法做。

魯迅就從這些最簡單的道理，指出中國人要遵守的禮教是荒謬的。在祥林嫂的故事裏可以看到，禮教的吃人非常簡單，不是賀老六，也不是狼叼走兒子，不是主人家對她不好，關鍵是柳媽勸了她一句話，說你一輩子有兩個男人，死了以後到了陰間，這兩個男人要爭你，所以要捐門檻，否則你就是髒的。祥林嫂虔誠地相信了這個道理，但她捐了門檻後，大家還是看不起她。女人不能有兩個男人，這個觀念滲入很多人的心底。

在遠古時代，男人和女人的關係可能是這樣的：男人本來沒辦法或不需要控制女人，直到溫度變低了，吃的東西難找了，找尋食物時男人比女人有體力優勢，這時男人就要保障他的東西留給自己的後代，母系社會就開始瓦解。當男人要出去打獵，幹活去了，有別的男人在旁邊窺伺，也想來山洞，想得到這個女人。那男人怎麼防止這個女人和別的男人在一起呢？我看來看去，從這個時候起，男人控制女人，從古至今就是三個方法：

第一個方法，把她關起來，不讓任何人進來。聽上去很野蠻，但這個方法用了幾千年。中國古代的女人結婚後不能見外人。直到現在，中東很多國家還是這樣，女人只能見丈夫、兄弟和父親，不能見外人。丈夫要把她關起來，以確保以後孩子的身份。

第二個方法，就是用物質籠絡。男人對女人說，不要理別的男人，我打獵的羊腿歸你，包你半個月不愁吃。別的男人要找她，也都是搞這些花樣：我這裏有好看的石頭，我這裏有半隻雞。今天，羊腿變成 LV 、 Chanel ，但還是一個道理。

第三個方法，是在她腦子裏面嵌一個晶片，晶片的核心程式就是：女人一輩子只能跟一個男人，只要多一個男人，就不是好女人。這個觀念打進腦子以後，哪裏要貞節帶，哪裏要 LV 啊，哪裏要籠子關啊？自然而然地，只要有別的男人接近她，她就自殺，成烈女了。

數千年來，男人控制女人的方法，說來說去就這三招，魯迅當時就看清楚了。

子東說

> 我去維也納看佛洛伊德故居，那裏還保留着當年的原貌，周圍一排都是現在住的人家。國外很多名人故居的保護基本都是一整片的。英國湖畔詩人柯勒律治，寫《簡・愛》的勃朗特，他們的故居，都是如此。這樣才能體會他們當初在這裏研究、創作、生活的很多細節。魯迅的故居在魯迅博物館裏面，旁邊有很多現代化的高樓，看上去就像個被切割的模型。

好在有許廣平

魯迅「肩住了黑暗的閘門」，克己復禮，孝敬母親，守着媳婦。在北京八道灣買了兩進四合院，和周作人合住後，還要面對弟媳羽太信子。周氏兄弟雖性格不同，但都有志文學，都有大才，感情一直很好。可是，突然兩兄弟反目，魯迅就搬出去了。後來回來拿東西時又吵了一次，從此兩兄弟不見面。周作人後來做漢奸，在北平寫了很多回憶魯迅的文章，卻從來不提這件事。魯迅也從來不提這件事，到底發生甚麼事情誰也不知道。比較多的猜測是，魯迅可能冒犯了羽太信子，使得兩兄弟反目。此事沒有證據，只是文壇八卦。這兩兄弟都是何等人啊？一定是涉及極嚴重的私隱、倫理、感情和尊嚴，兩位文壇大師才會徹底翻臉，且到死都不說。不管怎樣，與女人的關係，影響了魯迅的生活。

好在他最後有許廣平。魯迅和許廣平是師生戀。如果放在今天，魯迅也可能會有麻煩：他和夫人住在一起，又和女學生好了，頻繁通信，還因女學生支援學潮。後來，魯迅去廈門教書，朱安和母親沒有去。之後在廣州和許廣平同居，仍不是他公開的愛人，不是他的太太，只是他的助手。想想看，這件事情要是發生在今天，在網上被人爆料的話，網民會怎麼形容？思想界的領袖、文壇大師，卻……事情後來是用最通俗的方法解決的，許廣平懷孕了，他們才承認是夫妻。魯迅去世以後，官方也承認許廣平是他正式的太太，魯迅的稿費歸許廣平，他的全集也是許廣平來編。

子東說

有的說法是，魯迅離京是因為北洋政府迫害，而王曉明的《無法直面的人生——魯迅傳》則認為，這更多是因為許廣平的關係。

延伸閱讀

胡適：《胡適來往書信選》，北京：中華書局，1979 年。

郁達夫：《回憶魯迅：郁達夫談魯迅全編》，上海：上海文化出版社，2006 年。

瞿秋白編：《魯迅雜感選集・序言》，貴陽：貴州教育出版社，2014 年。

李平心：《人民文豪魯迅》，上海：心聲閣，1941 年。

竹內好著，李心峰譯：《魯迅》，杭州：浙江文藝出版社，1986 年。

夏濟安著，萬芷均等譯：《黑暗的閘門：中國左翼文學運動研究》，香港：香港中文大學出版社，2015 年。

周海嬰：《魯迅與我七十年》，海口：南海出版公司，2001 年。

丸山升著，王俊文譯：《魯迅・革命・歷史：丸山升現代中國文學論集》，北京：北京大學出版社，2005 年。

錢理群：《心靈的探尋》，北京：生活・讀書・新知三聯書店，2014 年。

王富仁：《中國文化的守夜人：魯迅》，北京：人民文學出版社，2002 年。

李歐梵著，尹慧珉譯：《鐵屋中的吶喊》，杭州：浙江大學出版社，2016 年。

藤井省三：《魯迅事典》，東京：三省堂，2002 年。

孫郁：《魯迅憂思錄》，北京：中國人民大學出版社，2012 年。

王曉明：《無法直面的人生：魯迅傳》，上海：上海文藝出版社，2001 年。

---

1 〔日〕竹內好著，李心峰譯：《魯迅》，杭州：浙江文藝出版社，1986 年，頁一四。

2 論文集《古史辨》匯集了二十世紀二三十年代史學界研究和考辨中國古代史料和文獻典籍的文章，內容涵蓋對古傳說、三皇五帝的古史系統、「陰陽五行說」的起源、《周易》《詩經》等經書的考證，以及對儒、墨、道、法各家的研究等。其中一、三、五冊由顧頡剛編輯，四、六冊由羅根澤編輯，七冊則是呂思勉、童書業合編，有 350 篇，共七冊。

3 〔德〕恩格斯：《反杜林論》，原題《歐根・杜林先生在科學中實行的變革》，1878 年出版德文本。中文譯本是二十世紀六七十年代中國知識分子的必讀書。

4 「五四運動」這個名詞也是由羅家倫最早提出來的，他在 1919 年 5 月二 16 日的《每週評論》第二十三期上用「毅」為筆名發表了一篇文章，題目就叫〈「五四運動」的精神〉。參見胡適：〈紀念「五四」〉，載《獨立評論》，1935 年。

5 張愛玲：〈色，戒〉，首載於台灣《中國時報・人間副刊》，1978 年 4 月 11 日。

6 胡適：《胡適來往書信選》，北京：中華書局，1979 年。

7 魯迅：〈吶喊・自序〉，《魯迅論創作》，上海：上海文藝出版社，1983 年。

8 瞿秋白編：《魯迅雜感選集》序言，上海：青光書局，1932 年。

9 毛澤東：〈新民主主義論〉，《毛澤東選集》第二卷，北京：人民出版社，1991 年。

10 魯迅：〈答徐懋庸並關於抗日統一戰線問題〉，《作家》月刊第一卷第五期，1936 年。

11 魯迅：《華蓋集續編・無花的薔薇》，《魯迅全集》第三卷，北京：人民文學出版社，1973 年，頁 256。

12 〔日〕丸山升著，王俊文譯：《魯迅・革命・歷史：丸山升現代中國文學論集》，北京：北京大學出版社，2005 年。

13 〔日〕藤井省三：《魯迅事典》，東京：三省堂，2002 年。

14 李平心：《人民文豪魯迅》，上海：心聲閣，1941 年。

15 魯迅：〈我們現在怎樣做父親〉，原載《新青年》六卷六號，1919 年 11 月 1 日。

16 〔美〕夏濟安：《黑暗的閘門：中國左翼文學運動研究》，香港：香港中文大學出版社，2015 年。

17 〔英〕赫胥黎著，嚴復譯注：《天演論》，北京：商務印書館，1981 年。

18 魯迅：《野草・希望》，《魯迅全集》第二卷，北京：人民文學出版社，1981 年。

19 〔日〕竹內好著，李心峰譯：《魯迅》，杭州：浙江文藝出版社，1986 年，頁 40–44。

20 魯迅：〈父親的病〉，《朝花夕拾》，北京：人民文學出版社，1972 年。

21 〔美〕周蕾著，孫紹誼譯：《原初的激情：視覺、性慾、民族誌與中國當代電影》，台北：遠流出版公司，2001 年。

22 葛兆光：《禪宗與中國文化》，上海：上海人民出版社，1986 年。

23 〔美〕丹尼爾・貝爾著，趙一凡、蒲隆、任曉晉譯：《資本主義文化矛盾》，北京：生活・讀書・新知三聯書店，1989 年。

24 魯迅：〈我之節烈觀〉，《魯迅全集》第一卷，北京：人民文學出版社，1981 年。

第三講

魯迅對「五四」的懷疑和反省

第一節　〈狂人日記〉：唯一看破禮教吃人的人，投降了

「瘋」與「狂」之區別

〈狂人日記〉是魯迅第一篇白話文作品，是總綱。這種情況很少見，某個作家的第一篇作品，變成了後來百年文學的提綱。文學和科學不同，科學總是新的比舊的好，有了新的，就淘汰舊的，文學不是的。第一篇作品就是最好作品的作家有很多，張愛玲、郁達夫、曹禺都是。作為文學史的現象來講，也不奇怪。中國文學最好的作品是甚麼？雖然後來有唐詩、宋詞、元曲、明清小說，但是〈國風〉和〈離騷〉是中國文學無可替代的高峯。

魯迅的〈狂人日記〉影響了百年來很多中國作家的創作，一直到當代。比如，殘雪的〈山上的小屋〉、余華寫〈一九八六年〉，都是〈狂人日記〉在當代的延續。而且，〈狂人日記〉最代表「五四」精神，一是借用了西方小說的形式，二是嘗試了白話文，三是批判禮教，四是進化論的觀點。這是〈狂人日記〉的基本特點，也是「五四」新文化的四個要點。甚麼是「狂人」？英文叫「mad man」，是「瘋子」。但「瘋」和「狂」有重要的區別。「瘋子」與「天才」之間，隔着一個「狂人」，

狂人跟瘋子、天才都只差半步。在中文裏，與「狂人」相關的，有很多概念，比如狂、癲、瘋、野、痴、愚、傻、蠢⋯⋯《辭海》裏，「狂」有三個意思：第一個意思是精神病；第二個意思是重情任性，放浪恣肆；第三個意思是狂放不羈，過於進取。這後兩個意思，並不是貶義，比如「我本楚狂人，鳳歌笑孔丘」「必也狂狷乎」「狂者進取」。「狂人」在中文裏是多義的。

「瘋」與「狂」顯然是有重要區別的。但吊詭之處在於，〈狂人日記〉的主人公既是一個瘋子，又是一個狂人。按醫生的角度來看，主人公是一個典型的被迫害狂、妄想狂，覺得所有人都要吃他，都看着他笑，他很害怕。這是一個典型的精神病患者。魯迅曾學醫，寫了一個很真實的病人，有真實的原型。但換個角度看，他又是一個鬥士，挑戰舊禮教，世人皆醉我獨醒。小說巧妙地利用了「瘋」和「狂」的語意上的含糊。新批評理論有一個重要的觀點：語意的含糊不是錯，而是文學的魅力。如果說得很清楚，就不是文學性；意思模糊，左可以理解，右也可以理解，這才是文學性。各種各樣的曖昧、歧義、朦朧，都是文學的魅力。「狂人」這個題目，本身就很曖昧。

子東說

新批評派學者燕卜蓀肯定語意含糊的好處:「能在一個直接陳述上加添細膩意義的語言的任何微小效果」,「任何語義上的差別,不論如何細微,只要它使同一句話有可能引起不同反應」,便值得研究。可參見《朦朧的七種類型》。

後來德國接受主義學派雖與新批評南轅北轍,卻也認為語意含糊形成作品的召喚結構,如伊瑟爾所認為的,文學語言包含許多意義未定性和意義空白。這種意義未定性和意義空白是文學作為讀者接受並產生效果的基本條件。文本中的未定性與意義空白,是創作意識與接受意識的橋樑,是前者向後者轉化的條件。「作品的未定性與意義空白促使讀者去尋找作品的意義,從而賦予他參與作品意義構成的權利」——這就是作品的「召喚結構」。參見伊瑟爾《文本的召喚結構》。

「吃人」的寫實與象徵

小說裏的「吃人」是一個比喻，讀〈祝福〉就知道，禮教會把一個人害死。但是，「吃人」又很寫實。小說裏講過幾種吃人的形態，比如講到狼子村時，說「不是荒年，怎麼會吃人」，意思是：到了非常困難的荒年時，就可以吃人。歷史上有「易子而食」，就是鬧饑荒時，家長不忍心吃自家餓死的小孩，就跟別人家換着吃。這是一種。小說裏還說到「爺娘生病，做兒子的須割下一片肉來，煮熟了請他吃，才算好人」，這是我們特有的一種「道德的吃法」，就是符合禮教的吃人。還有一種，小說裏也寫了，抓到敵人時，可以把他的心肝炒了吃，來表達憤怒。

漢學家葛浩文，是莫言小說的主要英語翻譯者。莫言獲諾貝爾文學獎，葛浩文功不可沒，有人甚至說他翻譯的英文比莫言的中文還漂亮。[1]（我並不同意這樣的說法。）葛浩文有一次演講，就是討論「吃人」的文化。究竟人類文明史上有哪幾種不同的「吃人」呢？

第一種「吃人」就是為了生存。這種吃人在世界各國文獻裏都有記載，是人類的普遍問題，各個民族、各個時期都有過。當人快餓死的時候，就去吃其他的人，尤其是吃已經死掉的人。在 1972 年，有一架飛機在南美迫降，死了不少人。那麼，活着的人可不可以吃死去的人，來生存下去？那些倖存的人展開了激烈的、關於人道主義的爭論。

第二種吃人，就是吃敵人身體的一部分。把敵人身體上的某一部分，比如頭顱、心肝吃掉，來宣泄仇恨，表示敵人的徹底消滅。秋瑾同時代的革命黨徐錫麟，被人炒了心肝吃掉，已經快到清末民初的時候了。這也是刺激魯迅寫〈藥〉的很重要的原因。雖然在魯迅看來，這是一個惡習，但吃掉敵人的習俗也是很多民族都有的。

有一種極端的說法，說世界上只有三種動物是吃同類的，一種是蟑螂，一種是老鼠，一種就是人。當然這是瞎說的，是誣衊人類，因為動物界吃同類的動物還有很多。但據說，獅子是無論如何都不吃死掉的獅子，而人類會吃死掉的人類。因此，人類雖然很聰明，是食物鏈的最頂端，但境界不高尚。〈狂人日記〉裏就把人和動物做了很多比較，短短的幾篇日記裏面講了好多種動物，獅子、狼、狗、狐狸、兔子。這是有意把人性和動物性比較。

有兩種吃人方式可能是中國人特有的。一種就是「易子而食」，或是把兒子煮了給父母吃，這是一種道德的吃人。最有名的例子，是《左傳》裏晉文公重耳出逃時，一個大臣割了自己腿上的一塊肉給他吃；而主君也照樣能吃下去，感慨他對國家的貢獻。這在歷史上，是非常忠君愛國的、非常高尚的行為。

還有第四種「吃人」，很可能是我們都會有的。為了營養，為了美味，為了美容。吳組緗的小說〈官官的補品〉[2]，講一個地主的兒子，身體不好要補養。本來要買牛奶，但牛奶很貴，就找來家裏一個長工的老婆，剛生完小孩，叫她把人奶給他。主人公以第一人稱寫道：人真是聰明，找牛幹甚麼呢，人多好呢，這麼好的奶，對身體又好。

子東說

今天網上常常也有揭露，有很多地方提供人奶，有的甚至和色情業相聯繫。這也不單是我們，據說外國也有，還有罐裝的。但他們規定是：生了小孩後，沒有母乳的人才可以買。這個是第四種吃人，僅僅是為了營養，還不是為了生死。如果說一喝人奶癌症就沒了，那也許衛生部還會同意。現在不是，它就是補身體、美容。這是否人道？

所以，魯迅講的「吃人」，既是象徵，又是寫實。既講實際上的吃人習俗，又講禮教怎麼限制人的靈魂。在文學手段裏，單純的象徵容易，單純的寫實也容易，最難的就是把象徵和寫實結合起來，渾然天成，這是最高的文學手法。魯迅的《野草》裏有篇散文詩叫〈影的告別〉，影子隱喻了他自己，他說：「然而黑暗又會吞併我，然而光明又會使我消失。」[3]，這是一個思想家的困境和彷徨，不能與黑暗妥協，又受不了革命。可又是寫實的，因為影子就是這樣的。一般的評論只講象徵，卻忘了它的寫實層面。〈狂人日記〉的隱喻層面，現在看來有點太露。比如「趙貴翁」「古久先生」，都是比較明顯的象徵，稍稍有點簡單化。

子東說

張愛玲也是一樣。〈第一爐香〉的女主人公想知道一個男人愛不愛她，就抬起頭來想看他的眼睛，可是他戴着墨鏡，她怎麼都看不到他的眼睛，只看到墨鏡裏自己縮小的身影。這個描寫多厲害！這是寫實的，對着墨鏡看，當然看到自己；但實際的意思是：她根本抓不住這個男人的心，只看到自己非常可憐。[5] 這種又寫實又象徵的技巧，非常高。

個人與羣體的對立

除了「瘋」與「狂」之區別、「吃人」的寫實與象徵之外，〈狂人日記〉值得關注的第三點，就是魯迅小說的基本模式：個人與羣體的對立。

我最早讀魯迅的小說時，非常震驚。因為在我成長的年代，個人跟羣眾如有矛盾，一定是羣眾對。當然，有一個個人比羣眾更對，但是他說了，羣眾是真正的英雄，所以我們都相信羣眾。我從小就知道，凡一件事情，很多人說不對那就一定不對，一定是我錯了。直到讀魯迅的雜文小說才知道，有可能個人是對的。我也可能就是這個人。

有兩個強大的力量一直都在支持羣眾，一個是主流意識形態，「羣眾」之前加上「人民」就總歸是正確的。現在被稱為主旋律，在二十世紀五六十年代，真的是主流。另一個是市場經濟，講銷量，講讀者，講點擊率。流量也是靠羣眾來的，少數人講得再好也沒有用，幾十萬點擊量就是厲害。可是偏偏魯迅支持個人。

〈狂人日記〉裏，很多人都覺得主人公是傻瓜，可實際上他是對的，只有他才看到了歷史的潮流。當然，他最後也自我否定。但是，在羣體與個人對立的情況下，〈狂人日記〉站在了「個人」的立場上，是個人向庸眾宣戰，這是魯迅早期的思想。當然，魯迅寫得更多的是「眾人」，在分析一個一個的「吃瓜羣眾」。但〈狂人日記〉寫的是「個人」，而這個人，在眾人眼裏是有病的，是「癲佬」。但狂人想說的是：說不定你們在睡覺，我在叫醒你們。這個人物的反轉，是這篇小說的基本主題。最早的「狂人」是企圖「看人」（救人），其實也「被看」（被救）。後來的〈阿 Q 正傳〉和〈示眾〉，更多只是「被看」。（我在本書自序中說過，本想看人家教書，結果卻是「被看」。）如果說魯迅自己也是半個「狂人」，那是病中反抗「看人」的半個，而非最後被招安的半個（至少到 1936 年是這樣，倘若魯迅很長壽，後面的情況就不知道了）。

子東說

最近內地有一個網絡用語，羣眾前面加了兩個字「吃瓜」，把看熱鬧的旁觀者稱為「吃瓜羣眾」，不要小看這麼一個網絡用語，就有魯迅精神滲透在裏面：對國民性的批判，對羣眾大多數的懷疑。「羣眾是真正的英雄」，但「吃瓜羣眾」就不一定了。

進化論和魯迅的懷疑

〈狂人日記〉還有一個要點，就是進化論。之前講過，影響「五四」的，有科學、民主、進化論三大主要思想。

科學，理論上是勝利了，今天中國人都相信科學。但也未必全然相信，因為還有一些科學是不能被懷疑的，而科學的精神是：任何東西都可以被懷疑。所以在某種程度上，我們距離科學精神的真正實現，還有很大的發展空間。

民主，當然我們知道中國是人民民主專政，人民作主。但是，也有一些非常普遍的誤解。民主也有幾種。一種誤解是，你是民，我是主。當然這個是錯誤的。第二種誤解非常普遍，要為民服務，要為民作主。「當官不為民作主，不如回家種白薯。」這句話看上去對，實際上有問題。「為民作主」，主語無論是誰，總之人民自己沒法作主，才需要有人作主，所以還是要呼喚包青天。歸根到底，民主的最終目的不是要清官。

其實，「五四」以後直到今天，進化論遠比科學、民主更深入人心。在中國古代，人們對於時間的概念有兩種，一種是循環論，一種是退化論。甚麼是退化論呢？就是說中國最好的時候，是上古時代；中國最好的皇帝，是堯舜禹，三皇五帝；過去的是最好的，聖賢都是古人。而我們今天總難企及堯舜禹湯，「世風日下，人心不古」的說法，就是歷史退化論。另外，還有一個循環論，《三國演義》的第一句「話說天下大勢，分久必合，合久必分」，你方唱罷我登場，主張歷史是循環的。

清末，赫胥黎《天演論》譯成中文後，中國人慢慢接受了一個新的時間觀，就是把臉轉過來了，以前看前人、先人，現在要進步，看未來。現在有很多話語，具有不證自明的正能量。比如說「前進」，往哪裏前進？向未來前進。未來一定會更好，這就是進化論。為甚麼？物競天擇啊，留下來的都是好東西。世界是競爭的，歷史的車輪滾滾向前勢不可當，反動勢力終將滅亡，正義終將勝利——把一切都歸結到這樣一個線性時間的發展上來。

剛才講的這些主流意識形態的話語，其實已滲透到每個人的腦子裏，不僅在中國內地，也在香港和台灣。同學們看今天在香港的街上，新鴻基、新地、新時代、新世紀、新光、新世界、新同樂……一大堆「新」，很少有哪家店以「舊」命名的。「老」還有一些，「舊」非常罕見。香港雖然很重視文物保留，願意保護舊建築，但在語言上改得非常徹底。

子東說

> 我剛來香港時，看過一個香煙廣告，一個男青年在女家抽煙，結果女家看不起他：「仲食煙？真係老土！」反對抽煙我理解，但是為甚麼說它是「老土」呢？「老土」這個字又很難翻譯。「old」在英文裏是好的，「countryside」也是好的，老字號、老傳統，「OLD NAVY」在美國是個品牌。在我們的傳統裏卻是「out of date」，是「老土」。不要小看「老土」這個口語，充滿了進化論的精神，非常有文化。「老」代表了時間，「土」是代表空間。一個詞，便是時間跟空間的結合，來表示「out of date」。

「新」就是好，這就是「五四」的現代性和主流意識形態。「五四」文學從魯迅開始便形成了一個思想潮流，假定「新比舊好」「西比中好」「城比鄉好」。這個歷史潮流有它積極的意義，因為中國的傳統社會形態凝固太久了，矯枉必須過正。〈狂人日記〉的最後一句話非常出色：「救救孩子……」因為魯迅的確相信希望在青年。

小說中有一句：「沒有吃過人的孩子，或者還有？」魯迅覺得他自己也是「吃過人」的。他自己的生活狀態，也並不是全新的。所以竹內好說，魯迅的真誠在於他承認自己虛偽。比如魯迅在〈吶喊・自序〉裏說：「既然是吶喊，則當然須聽將令的了，所以我往往不恤用了曲筆，在〈藥〉的瑜兒的墳上平空添上一個花環，在〈明天〉裏也不敍單四嫂子竟沒有做到看見兒子的夢，因為那時的主將是不主張消極的。至於自己，卻也並不願將自以為苦的寂寞，再來傳染給也如我那年青時候似的正做着好夢的青年。」所以，魯迅厲害在甚麼地方？別人都說自己說的是真話，只有魯迅說，我未必都說真話，你們都以為我是直抒胸臆，其實我說話有很多顧忌，我只是不願意把黑暗的東西太多地影響青年人。按現實的情況，〈藥〉裏的墳大概是會被人踩掉，將來或成戰場，或土地流轉成為高爾夫球場之類。有人紀念夏瑜，紀念秋瑾，這是魯迅人為加上去的花環，光明的尾巴，他都告訴我們了。所以，魯迅一方面振臂高呼「救救孩子」，這是一個時代的強音；另一方面，他非常清醒地知道，很難救。後來他更發現，孩子們也可以很壞。這個悲觀的結局，魯迅在〈狂人日記〉開篇就用文言交代了，除了在技術上讓習慣文言的讀者有一個過渡外，更深的意思是預先交代失敗的結果。唯一能看破禮教吃人的人，最後怎麼樣了？投降了。他病好了又去做官了。沒有懸念，道路是曲折的，前途是灰暗的。狂人的聲音，非常積極，非常戰鬥，非常徹底，或者說，是最勇敢、最堅定、最正確的——但魯迅也深深地懷疑自己所做的事情究竟有沒有效。

子東說

「文革」結束時，劉心武寫了一篇〈班主任〉，在藝術上跟〈狂人日記〉不能比，但也標誌一個時代的改變：結束了「文革」時代，開啟了「新時期文學」。小說裏也有一句口號：「救救被『四人幫』坑害了的孩子！」——小說批判一個受了左傾思想影響的女生，她把戀愛看作壞的，所以主人公也要「救救孩子」。這種「救救孩子」的呼喊，不知以後還會不會重現。

第二節　〈阿 Q 正傳〉：喜劇始，悲劇終，一個象徵性的預言

「阿 Q」這個名字

〈阿 Q 正傳〉是魯迅最有名的小說。〈狂人日記〉在思想上非常重要，但是從文學來講，〈阿 Q 正傳〉是更重要的作品。

「阿 Q」這個名字，有幾個解釋。其實，我們叫「阿 Q」，不符合魯迅的原意。照魯迅的說法，這個人叫「阿 Quei」。小說的前言有介紹，因為不知道他是不是生在中秋節，所以不能說「桂花」的「桂」；也不知道他的哥哥是不是叫「阿富」，所以也不能說是「寶貴」的「貴」。因為搞不清楚是哪個「Quei」，只好用拼音的第一個字母「Q」來概括他。[5] 所以，「阿 Q 正傳」應該是讀作「阿 Quei 正傳」。「Quei」在民國時是羅馬音，用現在的拼音，應該說「阿 Gui 正傳」。

周作人另外有一個解釋。他說，魯迅本意就是要用這個「Q」字，因為「覺得那 Q 字上邊的小辮好玩」[6]。魯迅不是寫「國民性」嗎？國民性是麻木的，看人殺頭也沒表情，「吃瓜羣眾」只是看熱鬧，沒有同情心。其實國民性就是圓圓的一張臉，沒有嘴、沒有眼睛、沒有鼻子。「Q」字的尾巴就是清代留的辮子，漢人被清人統治近四百年，最大的恥辱就是要留這個辮子。反清最重要的兩個標誌，就是：男人割辮，女人放腳。所以，「Q」就是一張麻木的國民的臉，留了一個辮子。

「精神勝利法」的層次和界定

精神勝利法最基本的出發點，就是「情理不分」，這是生理 / 心理

基礎。精神勝利法有三個層次。

第一個層次，變換角度，以獲得心理快感。比如，這裏有半瓶水，你可以說「只有半瓶水」，也可以說「還有半瓶水」。兩個說的都是事實，但表述角度不同，對心理造成的影響也不一樣。但精神勝利法，是選擇從快樂的角度出發，去看待這個事實。

同樣是事實，同學們來嶺南大學，也是「半瓶水」。有的同學可能填了港大，也填了嶺南，結果收到嶺南的通知。這件事情有兩種解讀方法。前一種解讀方法是：我會考成績只差一點，怎麼就到了嶺南呢，應該去港大的；但也可以反過來講：我住在屯門，離嶺南這麼近，何必跑去港大呢，而且嶺南中文系本來就不比港大差。這都是事實。但是，這兩種事實對你的心理影響不同。如果同學們覺得，去港大天天坐車那麼遠，很辛苦，還沒有宿舍，哪有嶺南宿舍漂亮啊。這就說明你們已經具備了阿 Q 的第一個條件了，進入了精神勝利法的入門階段。就是說，同樣是事實，你們會選擇從高興的點出發，去看這個事實。

第二個層次，虛擬事實，再轉換角度，以獲得心理快感。這也是阿 Q 一出場就帶我們進入的一個層次。要自然而然地、不自覺地、潛意識地將被迫害的處境假想成善意、合理或者意外、偶然，然後弱勢個體才能心理平衡。

還是「半瓶水」的例子。比如在爬山途中或在沙漠，應該為半瓶水慶幸還是懊惱呢？其實要看另外半瓶水是怎麼沒有的。如果另外半瓶水是自己不小心打翻或偶然事故，無可挽回，那還是慶幸留下半瓶比較正能量，心裏比較好受。但如果是被不講理的同伴或路人搶去喝了，甚至是無理取鬧的人故意打翻，也是無可挽回，人家已經揚長而去，打架報警都已太遲，這時應該怎麼調整心態呢？如何安慰自己？

怎樣再走下去？精神勝利法的初級階段，便悄悄進入了第二個層次，就是怎樣面對、處理自己的屈辱感。

子東說

> 魯迅少年買藥的屈辱，後來因不堪鄉鄰污衊他偷家裏財物的流言而離鄉讀書，在仙台又有日本同學造謠說他成績作弊……魯迅後來說，一旦「辯誣」，已經屈辱。屈辱感是魯迅精神的一個重要心理資源，也是魯迅精神與中國國民心態的一個相通點。

阿 Q 一出場就被人打了，痛、難過、丟臉。怎麼辦？「我總算被兒子打了，現在的世界真不像樣……」這就不是簡單換一個角度了，因為對方並不是他的兒子，他只是虛構了一個事實，讓自己開心。可見，精神勝利法從一開始就和屈辱有關。我們在日常生活中，很多事情都是靠着這種層次的精神勝利法來維持的。

第三個層次，也是虛擬一個事實再變換角度，以獲取心理快感或安慰；不同之處是，這個虛構是以自虐的方式產生的。這也是比較難的一個層次。阿 Q 的精神勝利法有一個頂級的表現：他被人打了，人家又知道他的精神勝利法，知道他要說甚麼「兒子打老子」，所以就抓着他的辮子，逼他說「這不是兒子打老子，是人打畜生」。於是他只能說：「打蟲豸，好不好？」因為辮子在人家手裏，痛。最後輸得一塌糊塗，不僅皮肉痛楚，而且顏面全失。這時候，阿 Q 怎麼讓自己繼續快樂地生存下去？他說，這個手是我的，這個臉是他的，然後他就啪啪打臉。痛了吧？求饒了吧？啪啪再打。求饒了吧？然後非常得意地擎着自己的手，感受着他人的臉，覺得勝利了。這是精神勝利法的高級階段。這就是以自虐的行為，製造某種虛構的東西，來滿足精神的勝利。

子東說

> 魯迅也舉過一個自我安慰的例子。有一次，北洋政府的某種紙幣突然宣佈作廢，大家在懊喪中過了兩天後，銀行又宣佈紙幣可以

兑換銀元，兩塊換一塊。於是人們紛紛排隊去銀行。魯迅也去了，捧着一袋銀元幸福地離開。回家路上突然想到，我本來有二百元，現在只有一百元了，為甚麼還這麼高興呢？顯然，魯迅是看到了自己心裏的阿 Q 之後，才看到了人們心裏的阿 Q。但是，在人人想做趙家人的時候，能看到並承認自己是阿 Q，其實也就是「狂人」了。

今天有些地方，明明沒有很高的 GDP，怎麼辦？阿 Q 精神的第一個階段：我沒有這麼高的 GDP，但比旁邊的省要高，比去年要高。阿 Q 精神的第二個階段：雖然 GDP 沒有這麼高，但我把一些不應該報的東西也報進去，本來可以不報的東西也報進去，搞一個虛的數目，搞得 GDP 也很高。我們每年有統計，比方說國家統計是一萬億，但每個省又有一個統計，各個省的統計最後加起來是一萬一千億，多出來的一千億哪裏來的？還有阿 Q 精神的第三個階段：為了虛造 GDP，搞有毒的土地，搞假藥，害自己本省的人，來取得一個資料上的勝利。這樣一種虛妄而且自虐的精神勝利法，到底是階級固化秩序當中的弱者生存策略，還是我們民族的集體無意識，或者是一種普遍的人性特點？

精神勝利法有三種不同的界定。

第一種，說這是弱勢羣體心理，尤其是階級固化的弱勢羣體心理。魯迅自己在《阿 Q 正傳》的俄文版序[7]中提出來，他說中國過去人分十等，自己的手還看不起自己的腳。阿 Q 為甚麼老是要「精神勝利」？因為他老受氣，總被人看不起，他又看不起別人。所以，精神勝利法的要害，是欺軟怕硬、自欺欺人。

第二種，說這是中國的民族性，這也是魯迅的說法。魯迅說，國人在過去幾千年裏習慣了在不合理的統治下幸福生活，就是「做穩了奴隸的時代」，只要有口飯吃，生活還不錯，不殺我，就可以。這是國民性。雖然也曾被另外一種文明長期地統治，但中國文化的生命力是很強的。這在世界歷史上也比較少見。

第三種，說這不是中國人的問題，全世界的人都有。欺軟怕硬、自欺欺人，如何處理屈辱感，也是普遍的人性困境。

子東說

我做過簡單的課堂調查，關於精神勝利法，在香港的大學裏，大多數學生認為是普遍人性；在上海、北京的大學裏，大多數學生認為是國民性；而在美國加利福尼亞大學洛杉磯分校的討論課上，更多學生認為是階級固化秩序當中的弱者生存之道。不同國家、地域、語境對阿 Q 精神的不同理解很有意思，值得思考。

阿 Q 精神有很大的壞處，不承認失敗。如果一個人從不失敗，當然就沒法真正地勝利，好處就是自殺率低。我們相對來說自殺率低，碰到了再大的難處，中國人的說法是「沒有過不去的坎」「好死不如賴活着」或者，退一步海闊天空。日本的國花是櫻花，很漂亮，很絢麗，但一過季節就沒了。日本武士崇尚剖腹，要麼做英雄，要麼就自殺。中國人喜歡甚麼花？梅花，冬天再冷都不死，生命力頑強。中國人不喜歡櫻花，生命時間太短。民族性也體現在一些共同的審美符號裏面。

對革命的象徵性預言

阿 Q 的評論史，也是中國當代文學評論的發展史。二十世紀五十年代的馮雪峰、何其芳等名家都為之頭痛：阿 Q 明明是農民（理應勤勞、勇敢、善良），阿 Q 精神卻是欺軟怕硬、自欺欺人。怎麼解釋呢？於是有人說阿 Q 屬於「落後農民」，有人（李希凡）說阿 Q 精神是剝削階級對勞動人民的毒害，等等。

子東說

關於阿 Q 的解讀，可參看《「論『文學是人學』」批判集》第一集。

〈阿 Q 正傳〉最初是一個「搞笑」的小說，編輯孫伏園在北京《晨報副刊》設了一個專欄叫「開心話」，約魯迅寫稿，魯迅就寫了。〈阿 Q 正傳〉的開始是很「搞笑」的。

因是連載，魯迅也是寫一段發一段。連載小說是影響文學生產的重要形式，比如張恨水、金庸的連載小說。連載的過程，也是創作的過程。可是，魯迅不是讓連載形式影響、改變小說的結構內容，而是反過來了。魯迅連載兩次以後，編輯孫伏園就看出這個小說的嚴肅性了，他的報紙讓步了，把它搬到文藝版去，以報紙遷就作家。這是文化工業和作家之間的一個經典協調。那時的報紙跟現在不一樣。所以，〈阿 Q 正傳〉開始是喜劇，到後來是悲劇。

喜劇始，悲劇終，其實就是魯迅一直講的有關革命的故事。〈阿 Q 正傳〉不只寫精神勝利法，還提前預告了中國二十世紀的革命，尤其是六七十年代的革命。魯迅自己有一段非常有名的話，1927 年，魯迅說：「革命、反革命、不革命。革命的被殺於反革命的。反革命的被殺於革命的。不革命的或當作革命的而被殺作反革命的，或當作反革命的被殺於革命的，或並不當作甚麼而被殺於革命的或反革命的。革命，革革命，革革革命，革革……」這是寫於〈小雜感〉的一段話。今天重讀「文革」的歷史，會發現魯迅已經把這些事情都寫在前面了。

子東說

小說中的兩段「優勝記略」有重大分別，前者阿 Q 是被侮辱與被損害者，後者阿 Q 是被侮辱與損害他人者。被小尼姑罵「斷子絕孫」，喚醒了阿 Q 的性意識，然後對吳媽「性騷擾」，然後在未莊失去生計，然後進城偷盜，然後革命造反不成，然後被當作亂黨誤殺……作家畢飛宇認為，摸小尼姑的頭，是阿 Q 一生行為和命運的轉折點。

我考查了不少文學作品裏的紅衞兵、造反派，發現魯迅在〈阿 Q 正傳〉裏都寫了，就是一個普通年輕人的基本命運。阿 Q 的革命動機，既有很合理的一面，也有很合理的另一面。這話有點繞口，但不難明白。首先，動機合理，就是要平等。不許姓趙，被人欺負，在村裏沒有地位，甚麼都不能做，所以他要翻身。這是正當的，是所有革命的動力。但阿 Q 的翻身，不僅是為了天下太平、平等、自由，他的翻身，是最好能睡地主的牀和小老婆。一講到革命，他就已經把村裏那些女人的樣子想了一遍了，覺得革命以後他都可以佔有。在阿 Q 這裏，革命的動力，一方面是爭取平等，一方面是掠奪有錢人的東西。

子東說

陳丹燕採訪過上海的老黃包車夫，你們當初拉人力車是不是被欺負？那些老人說，是被欺負，坐在後面的洋人都不跟我們説話。要右轉也不説「turn right」，只拿一個手杖，在我的右肩一敲，我就得往右轉，在左肩一敲，我就得往左轉。這個故事很有階級壓迫的意涵，作家就繼續挖掘，那你當時心裏是怎麼想的？是不是想推翻這些有錢人，然後大家平等，建立新的社會？老車夫説，我當時是真的想，我立下志氣，一定要改變命運。那你做甚麼？我要坐在車上，讓別人拉我。這就是阿 Q 的革命。他的革命不是要平等，而是要享受成果。

革命有兩種，一種叫「平民革命」，一種叫「貧民革命」，一字之差，天壤之別。「平民革命」就是法國革命，追求自由、平等。「貧民革命」，就是打土豪，分田地，搶東西，睡地主的老婆，把有錢人的東西都拿來享受。阿 Q 是第二種。所以，人追求理性是合理，無限追求快樂也是人性。「文革」時的造反派，打着很神聖的旗幟，或許也有各種各樣的動機，比如讀書成績不好，在班上被有錢人或幹部子弟欺負，被女生看不起，等等。

〈阿 Q 正傳〉裏更妙的地方，就是寫出革命當中的阿 Q，是一個非常矛盾的狀態。一方面，他造反，膽子很大，去城裏去搶人家的東西，回到村裏很神氣，趙家的人叫他「老 Q」。另一方面，後來阿 Q 被人一抓，前面來了一個人，很高大，好像很有威嚴的樣子，阿 Q 就不自覺地撲通跪下去了，奴性十足。在「文革」裏，也能看到很多這樣的人。不論是早期保衛紅色江山的紅衛兵，還是不滿社會固化秩序的造反派，都可以真心擁抱理想，充滿革命激情，挑戰反抗權貴。然而只要一聽到上面有甚麼精神，有甚麼表態，卻又可以馬上瀉氣，像阿 Q 般不自覺地撲通跪下（甚至還不清楚眼前是誰）。今天的網絡上，是不是還常見這樣有奴才血統的革命戰士呢？（注意，是奴才，而不是奴隸，這兩個概念在魯迅筆下有重大區別。）而且，革命也要爭資格。為了爭取一個革命的資格，是比革命本身更大的問題，如果這個資格沒爭到，就只能是犧牲品。除了精神勝利法，〈阿 Q 正傳〉還是一個有關中國革命的象徵性預言。如果說二十世紀是中國革命的世紀，一定要選一個作品來表現中國革命，那部作品就是〈阿 Q 正傳〉。

第三節　〈肥皂〉與〈傷逝〉

又曲折又美麗又變態的性幻想

〈肥皂〉在魯迅的小說裏，相對來說不大引人注意。夏志清說它是寫得很好的小說[8]，竹內好說它是寫得不好的小說[9]。

小說裏的四銘先生是一個讀書人，有點地位。回家路上，看到一個穿得很破的小姑娘，在幫奶奶要飯。有幾個光棍就嘲笑她，說如果拿個肥皂洗洗就會好得很。後來，男主人公就買了一塊肥皂，回家送給了妻子。小說一開始，是妻子在家裏做事，四銘先生進來：

他好容易曲曲折折的匯出手來，手裏就有一個小小的長方包，葵綠色的，一徑遞給四太太。她剛接到手，就聞到一陣似橄欖非橄欖的說不清的香味，還看見葵綠色的紙包上有一個金光燦爛的印子和許多細簇簇的花紋。秀兒即刻跳過來要搶着看，四太太趕忙推開她。

「上了街？……」她一面看，一面問。

「唔唔。」他看着她手裏的紙包，說。

於是這葵綠色的紙包被打開了，裏面還有一層很薄的紙，也是葵綠色，揭開薄紙，才露出那東西的本身來，光滑堅致，也是葵綠色，上面還有細簇簇的花紋，而薄紙原來卻是米色的，似橄欖非橄欖的說不清的香味也來得更濃了。[10]

魯迅寫文章向來惜墨如金，很少這種大段大段的描述，這個地方卻花了這麼多篇幅去寫一塊肥皂及包裝 —— 而這一段正是小說的精髓，是魯迅非常罕見的寫「性」的文字。整整一段寫肥皂，怎麼剝開，甚麼顏色，細看肥皂的葵綠色，誰是敘述者……讀者旁觀者清，知道這個男人買肥皂送給妻子，是因為路上看到那個少女乞丐，產生了性幻想。後來他被妻子拆穿了，還對兒子發火，剛好有其他客人來，便講了些虛偽又放蕩的話。最後，妻子第二天早上用了肥皂。

這裏有兩個關鍵的問題。第一，四銘先生的性幻想有沒有錯？現代人受了佛洛伊德的理論影響，知道人的潛意識裏充滿了被壓抑的性幻想。男生看到維密女模，女生看到哪個「小鮮肉」，有性幻想，這是正常的。但是，性幻想也是有禁忌的。「本我」總是無限地追求快樂，看到異性的身體，看到性的挑逗，就會有性的想像。「超我」會根據對象與「我」的社會關係，來規定可不可以有這樣的想法，以及可不可以

「意識到」有這樣的想法。

雖然從法律上講，強姦妓女與強姦修女同罪，但對性工作者和宗教工作者產生性幻想，有沒有道德上的差異呢？〈肥皂〉裏的少女，是一個孝順的乞丐，和四銘先生隔着禮教與社會身份兩重禁忌。這已經和一般的路人不一樣了，接近於修女的情況。比如去看病時，看到英俊的醫生或漂亮的護士，這時的潛意識會自然而然壓抑性幻想。面臨倫理關係時，「超我」最強大。比如曹禺的《雷雨》，寫兄妹在不知情的情況下發生了亂倫，然後兩個人就崩潰了。人倫關係愈近，性幻想的自由就愈低。

第二個問題，四銘先生給妻子買肥皂時，知不知道自己對女乞丐有性幻想？這是整個小說的關鍵。這篇小說可以理解成兩個版本：一個是批判舊禮教，揭露偽君子；另一個是顯示新舊交替時期士大夫的人性困境。文學的閱讀不像科學，沒有絕對的結論，但可以分別朝兩個方向做一下沙盤推演。

如果他是知道的，那麼這個人可能是非常理性的偽君子。他在外面受了誘惑，沒去妓院或別的地方，而是用合法、合理的方式轉移到妻子身上，來宣泄性慾。這是很理性的，也是一些西方電影裏的常見橋段；這也是很下流的，明知對行乞孝女想入非非是不道德的（根據四銘先生的禮教），還要這樣對待妻子。

如果他不知道，這個小說就更深刻。佛洛伊德講，在人的潛意識裏，理性是不知道自己的非理性的，這個才是作家厲害的地方。也許四銘先生對孝女禮教真的讚賞，所以性幻想被壓抑到無意識層面。四銘先生沒意識到自己對孝女的慾念，真心相信禮義廉恥，相信女人不該讀書，相信世風日下。他也許真的只想買一個肥皂，讓太太打扮一下。直到一個更粗鄙的同道點穿，他才明白自己有多下流。他的「超我」和「本我」是隔絕的。這樣來看，〈肥皂〉真是一個很精彩的小說，要像小說中一層層剝開包裝紙一樣來閱讀。

佛洛伊德厲害的地方，是告訴我們，決定我們生命的最重要力量，可能是我們自己不知道的。文學厲害的地方，是可能知道作品主人公自己不知道的東西。文學評論厲害的地方，就是可能知道作家自己不知道的東西。

子東說

> 魯迅花這麼多筆墨寫肥皂，寫怎麼一層層剝開包裝，透露出怎樣的潛意識？背後這種性苦悶，這種又曲折又美麗又變態的宣瀉，非常耐人尋味。

對「五四」啟蒙主題的活生生的反省

〈傷逝〉是魯迅筆下唯一一篇愛情小說。〈傷逝〉在中國曾經家喻戶曉，在二十世紀六七十年代，幾乎人人都讀過。在我小時候，這是唯一可讀的愛情小說。小說裏的愛情方式給了我們根深蒂固的影響，我從那時就學會了談戀愛最基本的方法——和女孩子談文化。

有人很刻薄地總結了，說男生追女生歸根結底就是三招。第一個，曬肌肉，現在這招也靈。比如寧澤濤，小鮮肉，奧運都沒進複賽，還不能批評他，很多人說這是永遠的男神。韓國明星都教授，不單曬肌肉，也曬顏值，曬髮型。第二個，用錢砸。樓契本寫了女生的名，第一次見面就買 LV，而且砸錢砸得不能太粗魯，要很含蓄。第三個，叫文化洗腦。讀書人肌肉不發達，錢也不多，說來說去只有第三招。一見面就講文化，女生就睜開了大大的眼睛，崇拜地看着你——涓生當初就是這樣對子君的。

涓生跟子君的戀愛過程是一個象徵，他們不僅是戀人，涓生還扮演了老師的角色，子君不知不覺地做一個學生。大約有半年的時間，一直是涓生在說、子君在聽，然後子君突然說了一句：「我是我自己的，他們誰也沒有干涉我的權利！」可以想像這半年來，涓生一直在跟子君講甚麼？主要是歐洲浪漫主義文學的主題，大概就是要個性解放，不要聽家庭的，女人要決定自己的命運，愛是最崇高的，不能講封建傳統門當戶對……講了這麼多，子君終於醒悟了。所以，除了男女關係、師生關係外，還有第三層象徵意義，就是啟蒙者和大眾的關係。為甚麼是大眾呢？看魯迅的原文：「這幾句話很震動了我的靈魂，此後很多天還在耳中發響，而且說不出的狂喜，知道中國女性，並不如厭世家所說那樣的無法可施，在不遠的將來，便要看見輝煌的曙色的。」[13]

這個小說最後是悲劇收場。是甚麼原因？有幾種說法。第一，因為單純的愛情至上、個性解放，是不可能成功的。如果整個社會力量都站在你的對立面，而你又相信感情的力量，這將是一個很悲壯的人生。按照浪漫主義的觀點來說，人生就是應該在這種地方堅持的，在大部分時候，我們可以走現實主義路線，計算、考量、權衡，但總有一些極重要的事情，需要任性，需要堅持自己。雖然小說結局是「現實主義」地告敗，但同一時段魯迅與許廣平的關係，卻是「浪漫主義」地成功。

第二，就算兩個人真的在一起了，但社會阻力太強大了，所以最終還是悲劇。後來的評論家從這裏還引出一個馬克思主義的結論，個人是不能解放自己的，除非解放全人類。所以《共產黨宣言》第一句是：「全世界無產者聯合起來。」[12] 意思是說，共產主義不會在一個國家實現，要麼全世界，要麼一個國家也不成功。

第三，子君在婚後變庸俗了。戀愛的時候講浪漫主義，結婚以後就柴米油鹽。其實，子君的形象非常感人。我第一次看時，印象最深的一幕，不是他們要好，而是子君離開。子君走的時候，把僅有的錢放在桌子上，讓涓生還能活下去。

最後一種，是涓生的錯。涓生跟子君說，要個性解放，要自由。但是他們在一起時，涓生沒錢了，生活不下去，最後還對子君說，我不愛你了，我們承受不住了。這不就等於是把她喚醒，卻無力為她開闢活的道路？這篇小說就是一個「鐵屋」比喻。在某種意義上，這篇小說是魯迅對「五四」啟蒙主題提出了活生生的反省。

子東說

我曾經說過一句非常理想主義的話：結婚時要多看對方的缺點，離婚時要多想對方的好處。

如果說「五四」是一場革命，魯迅對這場革命貢獻最大，也最早懷疑革命能否成功。

延伸閱讀

魯迅：《小說二集・導言》，趙家璧主編《中國新文學大系》（影印本）第一卷，上海：上海文藝出版社，2003 年。

周作人：《魯迅小說裏的人物》，北京：北京十月文藝出版社，2013 年。

竹內好著，李心峰譯：《魯迅》，杭州：浙江文藝出版社，1986 年。

陳涌：《魯迅論》，北京：人民文學出版社，1984 年。

夏志清著，劉紹銘等譯：《中國現代小說史》，桂林：廣西師範大學出版社，2014 年。

伊藤虎丸著，李冬木譯：《魯迅與日本人：亞洲的近代與「個」的思想》，石家莊：河北教育出版社，2000 年。

朱正：《魯迅傳》，北京：人民文學出版社，2013 年。

木山英雄著，趙京華譯：《文學復古與文學革命：木山英雄中國現代文學思想論集》，北京：北京大學出版社，2004 年。

丸尾常喜著，秦弓譯：《「人」與「鬼」的糾葛》，北京：人民文學出版社，2010 年。

王富仁：《中國反封建思想革命的一面鏡子：〈吶喊〉〈彷徨〉綜論》，北京：中國人民大學出版社，2010 年。

汪暉：《反抗絕望 —— 魯迅及其文學世界》（增訂版），北京：生活・讀書・新知三聯書店，2008 年。

---

1 〔德〕顧彬：〈莫言講的是荒誕離奇的故事〉，德國之聲，2012 年 10 月 12 日。

2 吳組緗：〈官官的補品〉，《一千八百擔》，北京：華夏出版社，2009 年。

3 魯迅：〈影的告別〉，《野草》，北京：人民文學出版社，1973 年。

4 張愛玲：〈第一爐香〉，《張愛玲短篇小說集之二》，香港：皇冠出版社，1991 年。

5 魯迅：〈阿 Q 正傳〉，《阿 Q 正傳》，北京：人民文學出版社，1976 年。

6 周作人：《魯迅小說裏的人物》，石家莊：河北教育出版社，2002 年。

7 魯迅：〈俄文譯本《阿 Q 正傳》序及著者自敘傳略〉，原載《語絲》週刊第三十一期，1925 年 6 月 15 日。

8 〔美〕夏志清著，劉紹銘等譯：《中國現代小說史》，桂林：廣西師範大學出版社，2014 年。

9 〔日〕竹內好著，李心峰譯：《魯迅》，杭州：浙江文藝出版社，1986 年。

10 魯迅：〈肥皂〉，《彷徨》，北京：人民文學出版社，1973 年。

11 魯迅：《彷徨・傷逝》，《魯迅全集》第一卷，北京：人民文學出版社，1973 年。

12 〔德〕馬格斯、安格爾斯合著，陳望道譯：《共產黨宣言》，上海：社會主義研究社，1920 年 8 月初版。

第四講

周氏兄弟與二十年代的美文 *

現代散文三章

〈立論〉：如果鼓勵說假話，這個社會就會腐化

雖然本課程第四堂由陳平原教授代課，講了現代散文之興起，但我們仍有幾篇散文要讀。

現代散文基本上是四個潮流，第一個方向是戰鬥的、批判的雜文匕首，魯迅是最好的代表，諷刺批判，非常辛辣。這個風格在魯迅的雜文裏體現得最好，後人很少能學。

> **子東說**
>
> 李敖、陶傑也是這樣的寫法。雖然魯迅這樣的寫法是被讚揚的，但實際上，他的批判文風是後繼乏人的。

魯迅的文章確實經久耐讀，他的很多格言都是通過雜文隨筆給人留下深刻印象，比如他說人生一是要生存，二是要溫飽，三是要發展[1]，然後還說：「闊的聰明人種種譬如昨日死。不闊的傻子種種實在昨日死。曾經闊氣的要復古，正在闊氣的要保持現狀，未曾闊氣的要革新。大抵如是。大抵！」[2]等，這些話當年對我的三觀有很大的影響。

---

* 陳平原主講存目，許子東另外課堂補充。

〈立論〉[3] 是很著名的一篇文章，講一個小孩滿月，來了一個客人說他將來升官，大家很開心；第二個客人說他將來發財，大家感謝；第三個客人跑來說這個小孩將來要死的，當然被大家打了一頓。魯迅發了一句感慨：說真話的要被打，說謊話的得好報，怎麼辦呢？這話非常深刻。古今中外，這個現象都存在着，這是一個殘酷的現實。

其實，魯迅在這裏偷換概念。因為魯迅描述的是一個禮節問題。小孩將來要死的科學事實是不用說的，每個人都會死。如果碰到任何一個人都說「你會死」，是永遠被人打的，雖然你說的是真理。就好像魯迅說花是植物的生殖器[4]，送枝玫瑰給人時，也不會有人喜歡聽「送你一個生殖器」，雖然這是真理。魯迅在這裏偷換概念，他用禮節上的習慣來揭示出一個觸目驚心的社會現象。

禮節上的話，重要的不是真實，而是真誠。比如寧波人請客吃飯的話是：「小菜沒有，白飯吃飽。」其實準備了一桌子菜，吃都吃不了。這是一個習慣，客人也不會覺得被騙。你要說我們虛偽，那日本人更虛偽，他們請吃飯怎麼說？「甚麼也沒有，請吃吧。」而西方人請你到家裏吃飯，就會說我太太的手藝有多麼好。每個民族都有自己的一套禮節，比如美國人一見面：「How are you ？」中國人一見面，就問：「吃飯了沒有？」日本人會問你是不是「元氣」，你身體好不好？其實都只是 say hello。魯迅在這裏偷換概念，他用的是一個世俗禮節的場景，在禮節層面上不講真理，講真誠，不講客觀事實，講主觀態度。

子東說

> 當然，禮節背後可能都有集體無意識。有人分析中國人老是講「吃」，說明這個民族幾千年的集體無意識是「民以食為天」。這當然是開玩笑，在人類歷史上，中國人解決糧食問題的能力好過大部分同時期的其他民族，所以人口多。

但有些事是要真實的，比如牽扯到專業的、道德的和政治的意見。比如做老師、做醫生、做公務員時，要打分、寫病例、出報告，這就是專業意見。不能出於私人的原因而說假話。在這種時候，說假話是違背道德。一個社會如果鼓勵說假話，這個社會就會腐化，容易出現專制，因為沒人敢說真話。這才是魯迅〈立論〉的立論，今天尤其不能忘卻。

在社會上，要面對真實與利益，更多是在這兩者之間選擇。在專業意見和一般禮節的中間地帶——這個地帶，我們叫「社交」，就是人與人的關係，不管是面對面的交往，還是在 Facebook、微博、微信上，都會大量出現這樣的情況，而這個中間地帶模棱兩可，既要講真實，又要顧人情，怎麼辦？有一個觀點叫「犬儒」（Cynic），雖然知道，但不說。有點像季羨林說的「假話全不說，真話不全說」。沒辦法說所有的真話，但至少可以不說假話。還有一個意思：可以有觀點，有鋒芒，但說話不要太露，不要太得罪人。這和〈立論〉裏的那個人差不多，說不了真話，但又不想說假話，最好的方法就還是今天天氣哈哈哈。

順便講相關的兩個故事。

第一個故事，是關於體温表的寓言。一個體温表很老實，量出主人的體温太高，主人發火，把它摔斷了。另一個體温表進化了，不僅能量體温，更能測量心情，可以根據主人的心情給出讓人滿意的温度。這樣一個自動調節的體温表，暫時讓人舒服，但其實非常危險。而這恰恰建立在人性的需求基礎上。

第二個故事是真實的。華東師大教授許傑，是文學研究會的老作家，在《中國新文學大系》可以找到他，茅盾編的《小說一集》選了他的小說〈慘霧〉[5]。許傑先生在 1957 年成了右派，後來又平反。因為他和我父親是同鄉，所以我考研究生時去找他，問他借過書。有一次我去他家，看到走出來一個人，大概有六七十歲，有點駝背，衣服也很破。他從許傑先生家出來，很深地吐了一口痰，用腳踩了踩就走了。其實那是許傑先生以前的學生。許傑先生被打成右派時，班上學生都得表態，有些學生沉默，有些學生揭發，也有一些學生寫信說他是好的，不是右派。後來，一些寫信的學生也被打成右派。這個學生流放青海時二十歲，二十多年後「文革」結束，他才被調回江南。可這個學生在二十多年裏，已經結婚、離婚、勞改、坐牢，經歷了無數的事情，變成了我當時看到的那個樣子。

講這兩個故事，是希望同學們記住，人還是應該說真話。在這個世界上，說真話常常要付出代價。但一個懲罰說真話的社會，則須要付更大的代價。

子東說 後來華東師範大學成立校友會，請我和上海的新聞出版局局長孫顒回去作報告感謝母校，我們被稱為「傑出校友」。當時我講了這個故事，說這位同學也是我們的傑出校友。

〈故鄉的野菜〉：胃比腦袋重要，本我比超我重要

現代散文的兩大潮流，是魯迅和周作人。魯迅是戰鬥批判的，周作人是文人的「沖淡」。周作人對於散文的文字提了兩個標準，「簡單」和「澀」。魯迅散文是一針見血，有力量，像剛才講的〈立論〉，把怎麼做真實的人、社會怎麼扭曲人等問題全提出來。周作人不是，他要的好像是清茶，茶葉是綠的，看上去很淡，像清水，其實很有味道，喝的時候有點苦，喝完後又有點甜。總而言之，它的味道是比較複雜的，這是周作人對散文的標準。他的味道要較大年齡才能體會。青少年讀〈故鄉的野菜〉，會覺得很淡。周作人就是追求淡。但是不是只有

淡呢？不是。「簡單」容易，「澀」亦不難，難是難在又「簡單」又「澀」，兩者混合。

子東說

打個比方，如果巴金是朱古力牛奶，茅盾是卡布奇諾，老舍是紅茶，那周作人就是上乘的龍井了。

〈故鄉的野菜〉[6] 第一句話：「我的故鄉不止一個，凡我住過的地方都是故鄉。」然後說：「我在浙東住過十幾年，南京東京都住過六年，這都是我的故鄉；現在住在北京，於是北京就成了我的家鄉了。」這段話要仔細掂量。如果有人問在座的同學：「你是哪裏人？」你肯定會說，是香港人。也許後來在巴黎生活很多年，也最多是說：巴黎是我的第二故鄉。可是周作人無所謂，哪裏都是他的故鄉。這段話雖然很淡，但分量非常重，非常「反動」。「反動」在哪裏？南京、東京都住過六年，南京是當時的民國首都，而東京是日本的首都。如果是階級鬥爭覺悟高的人，馬上會說他將來做漢奸，這是早就留下伏筆了。

周作人後來在北平就不走了，還在偽政權做了文化官員，可這篇文章寫得很早。「五四」初期，周作人提倡「人的文學」和「平民文學」，是一代大師，可他這麼早就把中國和外國的地方完全並列在一起，「南京東京都住過六年，這都是我的故鄉」。他的家國觀念是怎麼回事呢？這也可以說是世界意義的、比較超前的家國觀念。從傳統社會到現代社會，最大的分別就是從身份到契約。在傳統觀念裏，中國人是黑頭髮、黃皮膚、黑眼睛，是龍的傳人，這是一個身份，無可改變的。但是現代的國家制度是靠契約確定，比如美國的公民，不論甚麼種族膚色血統，必須要宣誓效忠美利堅。在民主國家的概念裏，契約說明一切，契約可以改變身份。周作人在二十世紀二十年代就接受了早期的空想社會主義的概念，提倡「新村文化」，[7] 只要在哪裏生活，哪裏就是故鄉。

然後他從家鄉的菜講起，講到歷史典故裏的菜，又講到日本的菜，講到最後發現：原來浙東的菜還是最好吃的。從理性上來說，國家、城市不重要，哪裏都可以生活，沒有理由強調鄉土國家高於一切；可是，就飲食來講，哪裏的東西都比不上家鄉的東西好，母親做的菜是最好的菜。人有兩件事最難改變，一個是語言，一個是胃。世界觀可以改，國籍可以改，口音可以改，生活方式可以改，可一到吃東西，卻還是喜歡家鄉菜。我開始不懂，為甚麼這個胃這麼難改，後來看了佛洛伊德的理論才有點搞清楚。佛洛伊德說「本我」是無限追求快感，而快感是緊張狀態的消除。嬰兒的緊張狀態首先來源於飢餓，這時母親給嬰兒吃點東西，就可以消除緊張，這就形成了嬰兒最早記憶的快感和本我。媽媽做的菜永遠是最好吃的菜，大約是這個道理。

周作人之所以覺得他的野菜這麼重要，是因為胃比腦袋重要，本我比超我重要。這篇散文有雙重的主題，第一層是理性上的家國觀念，哪裏都是家鄉；第二層是情感上的家國情感，浙東才是故鄉。

〈「春朝」一刻值千金〉：春天睡懶覺的兩個理由

再看第三篇，梁遇春的〈「春朝」一刻值千金〉[8]。這個流派成就比較大的是梁實秋和林語堂，後來對香港散文的影響也是最大的。余光中等寫散文的學者，繼承的都是《雅舍小品》的傳統。但梁遇春是個早逝的天才，他是這一派的創始人，英文的「essay」加上晚明的性靈，是周作人概括的「五四」散文的精華。英文「essay」和晚明小品最重要的相通之處，就是沒有直接的功利目的，不像魯迅要批判現實、改造社會，也不似冰心、朱自清那樣溫柔敦厚的人倫雞湯，也不似郁達夫、豐子愷那樣感悟性情、拯救靈魂。〈「春朝」一刻值千金〉好像甚麼概念都沒表達，他是在開玩笑，只是幽默。幽默和諷刺最重要的區別是：諷刺是感情的，有目的的；幽默是理智的，無目的。

那麼，春天睡懶覺，有甚麼好處呢？

梁遇春講遲起，但重要的不是他喜歡遲起，而是他替遲起找的兩個理由。第一個理由，詩人、畫家為了追求自己的夢幻，實現自己的痴癲、痴怨，寧肯犧牲一切物質的快樂，受盡親朋的詬罵，也要從藝術裏得到無窮的安慰，這是他們的真實世界。換句話說，梁遇春把睡懶覺比作藝術，而且比喻得非常恰當。

我們之前說過，按照康德關於審美的定義，人有三種快樂。第一種快樂，是得到利益，或肉體上直接獲得快感，比如突然中獎得了一大筆錢，或者有人在海邊幫你按摩。這是人類動物性的基礎。第二種快樂，雖然不帶來利益，也不帶來快樂，但是很高尚、很正確、很道德的。比如幫媽媽倒茶，扶弟弟去醫院看病，在街上做公益。這些事沒有直接的好處，雖無本我的快樂，卻有超我的滿足。第三種快樂，沒有利益滿足，也沒有道德滿足，但你還是感到快樂，這就是藝術。比如，人總有一個時候，看見一個月亮，看見一片樹林，走在夜晚的小路上，非常安靜、舒服，得到心靈的喜悅。這是審美的境界。

子東說

「愉快的東西使人滿足，美的東西單純地使人喜愛，善的東西受人尊敬（讚許）……在這三種快感之中，審美的快感是唯一的、獨特的一種不計較利害的自由的快感。」（康德《判斷力批判》第五節，朱光潛譯）

現在，梁遇春把睡懶覺比作藝術，振振有詞。其實，他比魯迅更加赤裸裸地偷換概念。因為他在牀上睡懶覺，直接有身體的好處，在滿足人的肉體需求。他是把肉體的快樂，上升到藝術的境界。讀者都被他騙了。當然，這是幽默。這就是他厲害的地方，乍一看好像很對，但仔細一想不恰當，證據和立論不恰當。

他還有一個理由證明遲起的好處：有一個美麗的早上，一天才有意義，等於說人的青春美麗，一生就會美麗。結果，他不幸二十幾歲就去世了。這代表了一種人生觀，追求當下的快樂，不去想以後的事情。假定現在有一盆你很喜歡吃的水果——比如草莓——都是你一個人的。有的人先吃大的，有的人先吃小的。這是代表了兩種最基本的人生觀：先吃小草莓的人，明天永遠更美好，因為下一個草莓一定比現在吃的這個更大，未來充滿了期待；先吃大草莓的人，享受的每一樣東西永遠是最好的，因為最好的草莓已被吃掉了，下一顆在現有的草莓裏還是最好的。這是完全不同的兩種人生觀，前者是「明天永遠更美好」，後者是「有花堪折直須折，莫待無花空折枝」。梁遇春鼓吹的是後一個：早上美好就行了，接下來讓它忙吧，我有一個美好的早上就夠了。

延伸閱讀

周作人：〈新村的理想與實際〉，收入《藝術與生活》，北京：北京10月文藝出版社，2011年。

梁實秋：《雅舍小品》，南京：江蘇文藝出版社，2010年。

梁遇春：《春醪集》，北京：人民文學出版社，2000年。

---

1 魯迅：〈忽然想到（六）〉，《魯迅全集》第三卷，北京：人民文學出版社，1981年，頁45。

2 魯迅：〈小雜感〉，發表於《語絲》週刊1927年12月17日第四卷第一期，後收入《而已集》。

3 〈立論〉是魯迅於1925年創作的一首散文詩，最初發表於1925年7月13日《語絲》週刊第三十五期，後收入《野草》。

4 魯迅：〈新秋雜識（三）〉，《魯迅全集》第五卷，北京：人民文學出版社，1981年。

5 茅盾編選：《小說一集》，趙家璧主編《中國新文學大系》第三卷，上海：上海良友圖書印刷公司，1936年。

6 〈故鄉的野菜〉創作於1924年2月，最初發表於同年4月5日的《晨報副鐫》，後來先後收入周作人的自編文集《雨天的書》《澤瀉集》和《知堂文集》中。

7 周作人：〈新村的精神〉，《民國日報・覺悟》第二十三至二十四期，1919年。

8 梁遇春：《春醪集》，上海：北新書局，1930年。

第五講

郁達夫：民族・性・鬱悶

第一節　中國現代文學的青春期

一幅文壇的紛爭地圖

在《新青年》分化以後的二十世紀二十年代，中國文學界出現了很多不同的色彩。「五四」時期是中國現代文學的青少年期，也是中國現代文學風格流派最發達、最繁榮的時期。這有點像人的青春期，十五六歲或十七八歲，也許是談戀愛、寫詩最重要的時期，過了就過了。對二十世紀中國文學來說，「五四」就是這樣一個青春期。當時，「文學研究會」和「創造社」是最重要的文學社團。

文學社團要變成一個文學流派，通常要有四個條件。第一，要有幾個作家，有點名氣，有些成就。第二，要有志同道合的文藝觀點。第三，要有一個自己的陣地。換句話說，要有一個可以穩定發表作品的地方，通常會辦一個雜誌，或者有人本來就在辦雜誌或報紙，然後拉他入社團，來支持自己的流派。第四，要有自己的批評。創作之外，要有同一陣營或友好社團的人來評論。做得好，就變成了一個流派，或者說風格。一般來說，流派、風格愈多，文學界就愈繁榮，愈熱鬧。

先看文學研究會、創造社出現的大背景。

在《新青年》以後的二十世紀二三十年代，出現了哪些流派？我們從「左」和「右」開始講起。這兩個概念，後來在不同時期、不同語境中，變得十分混亂。法國大革命提倡自由、平等、博愛。最簡單的理解，強調自由的就是右派，強調平等的就是左派，博愛的是中間派。

子東說

看《鏘鏘三人行》就知道了：梁文道是坐在左邊的，他是一個強調平等的人，老是關心弱勢羣體。我是坐在右邊的，是最關心自由價值的，這是個人意願。竇文濤當然是博愛，他坐在中間，左右兼顧，左右逢源，也左右為難。所以，我們三個人基本上學習法國大革命的三個精神，也分左右，這是最簡單的例子。

具體在「五四」時期來講，革命是「左」，比如陳獨秀；改良是「右」，比如胡適。再具體來講，這兩派怎麼看待中國傳統文化？右派偏向於保存傳統，左派偏向於反傳統。最基本的定義是「自由」和「平等」，右派主張所有的人一起跑步，跑得遠、跑得快的就拿得多，這樣是公平的社會；左派主張不管你怎麼跑，大家都要吃得差不多，這才是好的社會。一個是機會平等，一個是結果平等。在今天回過頭來看，都是為中國好，為中國民眾好，但主張是很不一樣的。

要補充說明的是，我們現在只是講新文學的流派，沒有包括當時最保守的派別，比如晚清遺老林琴南、學衡派的梅光迪，還有吳宓等。這一派裏，其實真正的大師是王國維[1]。王國維是最典型的傳統文人，學問非常好，同時西學也極好。他跳湖自殺，因為看不下去社會文化變革。今天看來，王國維是「反動」派，因為他反對中國文化當時的變動方向。

除了保守派以外，新文學裏比較「右」的就是胡適這一派，《現代評論》和新月社。胡適的學生傅斯年、羅家倫、顧頡剛都是「整理國故派」，把所有的古代文獻到現代重新整理。更加偏右的，是《現代評論》[2]的主編陳西瀅[3]，凌叔華的丈夫，跟魯迅老是吵架，後來是聯合國教科文組織的一個官員。和這一派比較接近，同學們又比較熟悉的，就是「輕輕的我走了，正如我輕輕的來；我輕輕的招手，作別西天的雲彩」的徐志摩[4]，還有聞一多[5]、朱湘[6]、陳夢家[7]等，都是新月派。他們在藝術上不贊成藝術直接為政治服務，尤其不願為「左翼」的政治寫作，一般就被排在比較偏右的位置。因為胡適的關係，這一派作家與當時國民政府的關係也不那麼緊張敵對（聞一多是個例外）。而且，這些作家大都是英美留學。

夏志清有一個非常重要的觀點，說中國的現代文學作家中，凡是英美留學回來的就比較保守，凡是日本留學回來的就比較激進，這是非常有意思的一個觀察[8]。為甚麼？因為他們出去留學都是二十世紀初，當時西方已經進入了資本主義的成熟期，過了諸如「法國大革命」那樣的造反歲月，出現了所謂「世紀末」情調，接下來就出現了現代派。所以，去歐美留學的人回來，不會那麼激憤，覺得中國有的問題，其實西方也有；而且，在西方人看來中國有不少東西很美好，比如科舉，比如詩詞。所以這一派比較傾向於改良，比較珍視中國的傳統。而日本正處在明治維新之後，正在激烈地拆掉傳統，走向現代社會，試圖「脫亞入歐」，而且走得比中國成功。在世界文化發展鏈條裏，日本比西方晚了百年，又比中國早了幾十年，它還處在對「現代性」的憧憬中，介於中國與西方的發展時序之間。因此，當時去日本留學的人，不管性格怎麼樣，郁達夫也好，魯迅也好，都比較激進。而且，日本的環境也特別刺激中國人的民族自尊心。講〈沉淪〉時再專門講這個原因。

子東說　從文化背景、精神資源看，「五四」作家有留日、留美和本土三派；一百年後今天的中國作家，卻都共享同一個文化背景和精神資源，那就是舉世無雙的「文化大革命」——「艱辛探索」。

早一批回來的留日學生，就是周氏兄弟。周氏兄弟很有趣，一方面很激進，說自己心中有個「流氓鬼」，同時又有非常紳士的一面。魯迅很講究書本要有毛邊，周作人更不用說，喝茶，聽雨。他們是很矛盾的，因為他們在「左」和「右」中間。周作人和魯迅一起辦的雜誌叫《語絲》，據說這個名字是當時隨便在一本書上挑了兩個字。內容上不管政治，也不管左右，就是寫散文。雖然後來兄弟反目，但這個流派延續到林語堂、梁實秋，影響到今天香港的小品專欄。小品文，最初是淡化政治的中間派。

比他們再稍「左」一點，但總體還是中間派的，就是文學研究會。比如茅盾、巴金、老舍、沈從文，都是廣義的文學研究會的成員。文學研究會派別的作家，是中國「五四」文學的主流。從人數、陣容上看是這樣，從觀念、創作傾向看也是如此。如果說從歐美回來的是紳士，從日本回來的是戰士，那麼文學研究會大部分是本土讀書人，是中國國學培養出來的新派教授。

創造社的幾個創始人都是日本留學生，創辦不久就和文學研究會發生爭吵，互相諷刺，其中的文學傾向、政治背景以及個人恩怨後來曲折延續了幾十年。「五四」以後中國文學尤其是小說創作，最重要的就是這兩個流派，一是為人生的藝術，一是為藝術的藝術。除了一些表面的文人爭吵、意氣用事或誤會誤解外，兩個流派的文學主張分歧也有重要的理論意義。即使在拉開歷史距離、足夠客觀的今天，也可能會陷入兩難的選擇。

創造社其實有兩個：早期創造社和晚期創造社，性質、主張、人員、功能都很不一樣。郁達夫是早期的，郭沫若是貫穿的，但後期是傾向於革命派的，和太陽社一樣。創造社的人，不少成為共產黨的重要官員，在地下狀態活動，直接從事革命鬥爭，如成仿吾[9]、李初梨。他們是革命派和實踐派。

還有一些比較小的流派，也不應忽視，如淺草社[10]、沉鍾社[11]、莽原社[12]。到了二十世紀三十年代以後，最重要的兩個流派，一個是現代派，一個是「左聯」。現代派是施蟄存、劉吶鷗、穆時英、李金髮、戴望舒等，《現代》是一個雜誌的名稱[13]，既代表二十世紀三十年代的左右之外不成功的第三條文學道路，也的確名副其實地與當時的西方現代主義文學關係最近。「左聯」是更重要的文學組織，之後再講。總之，我們現在 mapping 的，是當時文壇的左右紛爭圖，裏面最重要的，是文學研究會和創造社。

文學研究會：文學是為人生的藝術

文學研究會的作家人數最多，1921 年 1 月在北京成立，發起人有鄭振鐸、葉紹鈞、周作人、王統照、許地山、沈雁冰、耿濟之、蔣百里等，後來加入的有冰心、廬隱、許欽文、許傑[14]、王魯彥、朱自清、老舍、沈從文等。文學研究會派別的作家是中國「五四」文學的主流，從人數、陣容上看是這樣，從觀念、創作傾向看也是如此。

文學研究會的大部分人都在北京。這些作家風格很接近，可是他們沒有雜誌，就拉攏沈雁冰成為社團的主要人物。沈雁冰當時很年輕，二十幾歲，主編中國最主要的一個文學雜誌《小說月報》，由商務印書館出版，原來刊登文言小說，沈雁冰改版後登白話小說，然後變成文學研究會的基本陣地。夏志清有個概括，他說文學研究會是一個對文學抱着嚴肅態度而深具學術氣氛的團體[15]。有一種文學分類的說法，即通俗文學與嚴肅文學。通俗文學泛指娛樂的文學。但這些概念推敲起來都有些問題，不是說娛樂的文學就不嚴肅，不能說金庸寫《鹿鼎記》就不嚴肅。但一般說來，嚴肅文學自覺有營養，甚至像藥一樣有治病的功能；通俗文學則更關心如何讓人舒服。這的確是兩種不同的文學態度。

當時的文學主流是俠義公案和鴛鴦蝴蝶派。通俗文學最多言情小說，包括今天香港同學們熟悉的深雪、李敏、亦舒、瓊瑤等，都是批量製造愛情故事。這在當時也是主流。文學研究會表示反對，認為寫東西是有責任、有使命的，是要為社會好的，不只為了消遣和娛樂。

子東說

鴛鴦象徵愛情，一男一女。蝴蝶呢？它把花裏的花粉到處傳播，說得好聽是媒婆，說得不好聽就是性行業的經紀人。有些東西用科學一講就很令人驚訝。比如花，我們都覺得很美好，可魯迅說，花其實是植物的生殖器[16]。雖然從生物學的角度看也是事實，但作為人類約定俗成的文化行為，科學跟文學不能越界。歷史螺旋式發展，今天又到了「娛民政策」的時代，應該重新認識文學研究會的嚴肅態度：為人生的藝術。也可以重新思考，瓊瑤等是否等於鴛鴦蝴蝶派？

嚴肅態度是相對鴛鴦蝴蝶派而言，學術態度則是相對創造社而論。創造社是由一羣相信天才、相信靈感的文人組成，好像不需要多讀書，人品道德和文學成就也沒必然關係；文學研究會認為作家要多讀書，要有才能訓練，要有學術追求，相信人品與文品有聯繫，作家應該為人正派，講究道德修養。

葉聖陶[17]是文學研究會最有代表性的作家，代表作是《倪煥之》[18]，講一個有新思想的老師鬥不過學校的舊環境。還有短篇〈遺腹子〉[19]也很好。他的後代現在還在寫小說：葉兆言。最早的中學教科書，都是葉聖陶等人主持選編的。二十世紀三十年代有一份《中學生》[20]雜誌，還有個開明書店[21]編中學教材，主編是三個人：葉聖陶、夏丏尊[22]、朱自清[23]。換句話說，當時的中學語文基礎是由他們決定的，這個基礎就是文學研究會的方向，關心社會，温柔敦厚，代表了文學國語的主流派。比如郁達夫的作品，他們選〈釣台的春晝〉、〈一個人在途上〉，而不會選〈沉淪〉。

子東說

開明書店往事：1925 年，原商務印書館《婦女雜誌》主編章錫琛，因提倡「新性道德」引起爭議，被迫離職，其後創辦《新女性》雜誌，銷路很好，促成開明書店的成立。1926 年 8 月 1 日，章錫琛、章錫珊兄弟在上海寶山路寶山里六十號章錫琛家中創辦開明書店。1929 年，開明書店改組為股份有限公司，杜海生、章錫琛先後任經理。開明書店規模擴大後，發行所遷至福州路，總店搬至梧州路三百號。1937 年淞滬會戰中，梧州路總店因戰事而毀。1941 年，范洗人在廣西桂林設立總辦事處，後遷至重慶，1946 年才遷回上海，又於台灣開設分店。1950 年，位於內地的開明書店申請「公私合營」，後遷北京，於 1953 年 4 月與青年出版社合併為中國青年出版社。

特別要提一下許地山[24]。他也是文學研究會的主要作家，福建人，在台灣出生，留學海外，又執教香港大學，對香港新文學有重大影響。因為他在港大做中文系主任，白話文在香港才成為正式的語言。他寫得很好的作品有〈春桃〉《玉官》〈商人婦〉等，最好的是《玉官》[25]，是寫他母親的，講她吃教會飯，在教會裏打工，可隨身的口袋裏老放着一本《易經》，就是這麼一個很現實的人生，而且不矛盾。

還有〈春桃〉[26]，故事是講春桃的丈夫被抓去當兵，傳來消息說死了，但其實沒死，只是瘸了腿。丈夫回來以後，發現春桃和另外一個男人同居了。這個男人在照顧春桃時，以為她丈夫已經去世了。於是，回來的丈夫說，我走吧，你已經和春桃建立了家庭生活，我又是個廢人。另一個男人說，你是她合法的丈夫，現在又殘疾了，你不能走，我離開吧。當兩個男人很尷尬地相互謙讓時，春桃來了，她說，我的事情我決定，你們兩個都不走。一個很浪漫的女權故事，還專門拍成電影。〈商人婦〉[27]的女主人公，是和祥林嫂一樣命運的人，兩次婚姻不幸，但最後靠宗教和讀書，找到自己的生路，得到了一個相對幸福的結局。

許地山有個筆名叫「落花生」，意思是人生應該像花生一樣，果子結在地下看不見的，但最有價值的東西是在地下，這是他的人生哲學。他的格言是：「人間一切的事，本來沒有甚麼苦與樂的分別。你造作時是苦，希望時是樂。臨事時是苦，回想時是樂。」

文學研究會的作家們，大多是大學教授，學問也都很好。比如鄭振鐸[28]，他早年商務印書館版的《文學大綱》[29]是我的啟蒙讀物。編寫這部書時，他只有二十幾歲。當初，他們這一代人做大事的時候，就是今天意義上的八十後、九十後，非常年輕。

創造社：文學是為藝術的藝術

早期創造社的這一批成員，也都是八十後、九十後，如郭沫若、郁達夫、成仿吾、張資平[30]、田漢[31]、鄭伯奇[32]。他們有一個共同點，都在日本留學，都很傲嬌自戀，都喜歡文學，而且看不慣國內的文學，既看不慣鴛鴦蝴蝶派，也看不慣文學研究會。他們覺得文學研究會是一批學究，帶着功利目的，寫「血和淚」，想救社會。他們說，文學不應該救社會，文學就是為藝術，不應該有目的。文學也不應該靠學問，文學就要靠「靈感」。這幾個人還有一個共同的特點——沒有一個是學文學的。郭沫若是學醫的，郁達夫是學經濟的，成仿吾是學造軍火、造大炮的，張資平是學地質學的，他的小說集叫《衝擊期化石》。

子東說

郁達夫原本讀經濟——我原以為他的性格不適合讀經濟——後來回國教書，據説他給所有的學生都是 A，説大家都不容易。可是等到晚年，才發現他真有經濟才能，開了個酒廠做老闆，還發了財。

這幾個留學生在日本湊在一起，要成立一個團體，要改變中國文壇，十分驕傲自信。其中，郭沫若是一個重要的人物。創造社和文學研究會不一樣，文學研究會是靠集體的力量，十幾個作家一樣重要。創造社雖然有 56 個人，但重要的人就是郭沫若和郁達夫。兩人無形之中有分工，郭沫若的成就是詩歌和戲劇，郁達夫的成就是小説和散文。

我們一般不把胡適當作詩人，而叫作文學史家。

郭沫若這個領域對手比較少，尤其是戲劇，除了曹禺以外，戲劇成就高的人不多。現代詩歌方面，郭沫若也是寫得最早的幾人之一，後來徐志摩、聞一多超過他。但小說、散文是大部分作家都寫的，比如魯迅、巴金、老舍、沈從文……郁達夫能在這裏佔一個位置，很不容易。

在講郁達夫之前，先要比較一下文學研究會和創造社的主張。

文學研究會主張「為人生的藝術」，創造社提倡「為藝術的藝術」。這兩個主張關係到藝術的起源、本質、意義和功能。藝術的起源有很多種，有兩種最根本的說法。

第一種，藝術起源於勞動。這是普列漢諾夫的主張[33]，魯迅也相信這個說法。比如，最早的歌是怎麼來的？在原始時代，如果很多人一起來搬一棵樹，就要喊一個口號，這就是魯迅說的「杭育杭育」（即「哼吼哼吼」），是最早的歌[34]。還有，現在能看到的最早的藝術，是歐洲一些山洞裏的岩畫，畫了一些牛的標記，這可能是最早的人類繪畫。有些人類學家說原始人畫這個不是玩，而是做標記，說在這裏曾打到過牛，或者藏了牛的甚麼東西。所以，藝術起源是勞動，它是功利性的，是有目的的。中國古代講「文以載道」，也就推演出「為人生的藝術」。藝術和政治、經濟、法律、宗教一樣，要講究它的效果，而且要有一定的方式。

第二種，遊戲是藝術的起源。這是康德的說法。他說，原始人的勞動不算藝術，吃完了睡覺也不叫藝術。但是，人和動物有點不一樣，在吃飽了但還沒睡覺的時候，他有一點多出來的精力，做一點生存之外的事情。這時的這種活動等於是一種遊戲，而這種遊戲就是藝術的起源。康德還說，人有三種快樂：第一種快樂，是因為它給你直接的好處，這是物質上生理上的快樂；第二種快樂，是你做了正確的事情感到快樂，這是道德上的快樂；第三種快樂，是它既沒有給你好處，也不涉及道德，比如你半夜聽到風吹着落葉掉下來，感到舒服，感到說不出來的一種心靈上的快樂。只有第三種，才叫美，才叫藝術，它是源於遊戲。這個理論太重要[35]，所以我願重復一遍。

藝術的起源，並沒有標準答案，但它決定了我們對文學的基本見解。一個作品出來，有人說，這個作品有害，對社會不好；有人說，這個作品雖然不知道有甚麼意義，但是它很美。這就是兩種不同的價值觀在起作用。

第二節　郁達夫的生平

模擬的頹唐派，本質的清教徒

中國現代文學的兩個最有名的作家，一個魯迅，一個郭沫若，關係很不好。魯迅生前，郭沫若罵他是法西斯，而魯迅從來都看不起郭沫若，相傳有「才子加流氓」的說法。但他們都和郁達夫是好朋友。魯迅對創造社的人一個都不理，唯獨和郁達夫交朋友。郭沫若是甚麼人都不佩服的，就佩服郁達夫。

子東說

在 1928 年 8 月，郭沫若使用了筆名「杜荃」，在《創造月刊》上發表了〈文藝戰線上的封建餘孽〉，說魯迅是「一位不得志的 fascist（法西斯諦）」。

郁達夫的作家生平很典型：父親很早去世，家裏從小康往下滑，從小靠他的母親。他的哥哥叫郁華，是北平的一個大法官，很有地位，後來被丁默邨暗殺了。郁達夫因為哥哥的資助到日本留學，回家後娶了一個舊式的小腳女人孫荃[36]。但是，孫荃和朱安不一樣，她舊體詩寫得非常好。郁達夫寫了很多舊體詩給太太孫荃，孫荃也寫舊體詩給丈夫，兩個人的舊式婚姻倒催生了很多的詩體家書。

子東說

張愛玲把丁默邨和鄭蘋如的事寫成了小說〈色，戒〉，還用男主人公來影射胡蘭成。

郁達夫在日本的生活很頹廢。一般人都是儘量顯示自己美好的一面，比如出門要照照鏡子，把頭髮弄弄好，衣服整整好。心情是這樣，思想也是這樣。但郁達夫專門講自己不好的地方，有時候講得比實際還要厲害。比如問他在日本留學做了些甚麼，他說，我也沒做甚麼事，整天在酒吧裏喝酒泡女生。而郭沫若說，郁達夫讀了一千多冊外國小說，會日文、德文、法文、英文，古文底子又非常好，其實是一個大作家。可〈沉淪〉的男主人公，哪裏像一個好好的留學生？拿一本詩，也不好好做功課，覺得自己好可憐，又是自慰又是偷窺，等等。別人都是隱惡揚善，他好像故意要隱善揚惡。

子東說

看照片可以發現，郁達夫的外表有一個特點，他的兩個耳朵是這樣立體的。這個招風耳朵，導致了一個諾貝爾文學獎的誕生。日本有個作家叫大江健三郎[37]，家裏很窮，只能供一個人到東京讀書。大江健三郎的母親非常喜歡郁達夫。郁達夫、魯迅、周作人這些人在日本是非常出名的，不僅是研究中國文學的日本人知道他們，連普通受教育愛文學的日本人，都會讀魯迅和郁達夫，就好像中國人讀雨果、巴爾扎克和托爾斯泰一樣，很普遍。她看了郁達夫的照片，又看看自己的兒子——只有三郎的耳朵和郁達夫是一樣的，她就送他去東京讀書。後來大江健三郎得了諾貝爾文學獎。所以，大江健三郎到北京來，到中國現代文學館，指着郁達夫的照片說，我就是因為耳朵像他，才有機會受教育。東京大學的藤井省三教授專門就此寫了文章。

這其實是藝術創作的有意為之，但也的確和作家的個性氣質有關。李初梨後來稱之為「模擬的頹唐派，本質的清教徒」[38]。隱善揚惡有兩個效果，一是顯得比他人更真實，二是質疑社會標準的善與惡——我做的這些事，或者不是光榮、偉大、純潔、神聖的，但是不是惡呢？是不是人性呢？中國現代文學史上，第一篇小說是〈狂人日記〉，第一本小說集是《沉淪》。一個魯迅，一個郁達夫，「五四」小說就以這樣截然不同的風貌發端。

回到上海，郁達夫和郭沫若他們辦雜誌，《創造日》《創造季刊》《創造週報》等，這是創造社前期短暫的黃金時期：政治上偏左、激進、反執政者；而藝術上崇尚自我與個性，其實又「偏右」，有些自我矛盾。後來，郁達夫去了北京，和魯迅成了好朋友。那時魯迅寫《中國小說史略》，郁達夫的舊學底子很好，就常常和魯迅談天，魯迅那時還想寫長篇小說《楊貴妃》。到了 1926 年，創造社後期的一批革命派說郁達夫頹廢。其實，郁達夫當時的文章也挺革命的，最早提倡「無產階級文學」，雖然似懂非懂[39]。但他寫出來的作品很「小資」，感傷生活沒意思，袋中無錢，心頭多恨。總而言之，按今天的說法，他的小說缺乏正能量，憂鬱頹廢。有些作品，如〈茫茫夜〉〈秋柳〉，還涉及微妙的同性情感，還描寫新青年沉淪青樓，在新時代延續晚清狹邪小說傳統。

可以做朋友，不能做丈夫

一個偶然的機會，他在上海認識了一個女學生。當時王映霞二十歲左右，杭州人，女子師範學生。郁達夫看見她，驚為天人，就天天到王映霞借住的孫百剛家，請他們全家吃飯。孫百剛夫人提醒王映霞，說這個男人是有妻室的。郁達夫也不避諱。那時法律上對一夫多妻的情況也比較寬容。他還把死纏爛打的過程細節都寫在《日記九種》[40]裏。《日記九種》當時是非常暢銷的，和徐志摩的《愛眉小札》一樣。

子東說

> 我剛讀中國現代文學的時候，也有寫情書的需要，開始想抄，第一個找到的是魯迅的《兩地書》，發現沒辦法抄，魯迅的情書一點談情説愛都沒有。但《日記九種》得抄！裏面寫肉麻的感情的東西多得不得了，有好幾段非常細，郁達夫就把戀愛中所有的心情都寫下來。後來那日記給王映霞看到，她大發火。郁達夫就跪下來向她求饒，保證絕對不發表——當然，我們後來都看到了。稿費歸王映霞。

最後是王映霞的外公——一個舊體詩人——他非常欣賞郁達夫的才華，成全了這段愛情。郁達夫之前答應，結婚要到歐洲去旅行，家裏的妻子要休掉。王映霞雖然二十出頭，卻非常現實，情商很高，結果，歐洲旅行也不去了，錢留下來造房子；孫荃也沒有休掉，但郁達夫不能再回去生孩子。那時叫「兩頭大」，社會習俗上也認可。王映霞和郁達夫在一起，上海文壇都承認她。魯迅有一首很有名的詩：「運交華蓋欲何求，未敢翻身已碰頭。破帽遮顏過鬧市，漏船載酒泛中流。橫眉冷對千夫指，俯首甘為孺子牛。躲進小樓成一統，管他冬夏與春秋。」這首詩就是某日「晚達夫映霞招飲於聚豐園」時寫的。

郁達夫早期是「頹廢派」，和王映霞好了以後，變成「名士派」了。也不寫「性」了，改寫遊記。郁達夫晚期的散文、小說，像〈釣台的春晝〉、〈遲桂花〉都是非常光明、慾情淨化的。在王映霞的勸說下，郁達夫移居杭州，這在當年是文壇一件大事。魯迅還專門寫詩勸阻，因為上海是文壇中心，是文化鬥爭的戰場。二十世紀三十年代中期，從上海移居杭州，好像從兼濟天下轉向獨善其身。可身處那麼一個風雨飄搖的時代，怎麼可能獨善其身？郁達夫、王映霞到杭州之後的居所就叫「風雨茅廬」，名字好像很破，其實是個豪宅。

子東說

香港的商店樓房起名，喜歡用財神酒店、富豪大廈之類的名稱，愈是公共屋邨，名字上愈有個「富」字。其實，中國文化向來有講究含蓄的傳統，比方說「光臨寒舍」，並不是真的「寒酸」，家裏其實很漂亮。香港的總督府本來要改名字，想改變香港地產商的土豪文化，一度建議叫「紫廬」。結果陶傑寫文章說改名字的人不動腦子。當時的特首是上海人，國家領導人也是上海來的，「紫廬」兩個字滬語一讀就是「豬玀」。「今天晚上住哪裏？」「住在豬玀那裏。」後來就規規矩矩地叫「禮賓府」了。

郁達夫為了「風雨茅廬」，欠了一屁股的債，於是到福建去打工，做參議員。抗戰前夕，又去了一次日本，叫郭沫若回國，因為國共又要合作，蔣介石要郭沫若回來主持文壇。抗戰爆發後，「風雨茅廬」很慘，一度被日本人拿來養馬，後來被炸。王映霞帶着孩子，一路逃到浙西的麗水。這時，郁達夫開始懷疑王映霞和國民黨浙江省宣傳部長許紹棣有染。到了武漢，有一天王映霞不見了，郁達夫就在報紙上登了一個真名真姓的啟事，說你要離開我也可以，但不要把家裏的錢都拿走，家裏的小孩現在沒人管，你怎麼忍心就把我拋棄了。當時，驚動了周恩來。周恩來、郭沫若、劉海粟等很多人勸他，現在抗日當前，婚變也別搞得滿城風雨。其實，王映霞並沒有逃到許紹棣那兒，只是在朋友家裏住了一晚。第二天，同一家報紙、同一個地方，又登了一個啟事，說郁達夫昨天精神病犯了，錯怪了太太，完全胡言亂語，所以道歉，請她回來！後來陳子善教授考證出來，說這封啟事是王映霞起草的。

子東說 許紹棣曾因通緝魯迅又被魯迅罵過而出名，是一個名聲很壞的國民黨官員。

然後，郁達夫和王映霞去了新加坡。在那裏，他喜歡上一個「美國之音」的播音員，又寫了一批舊體詩，叫《毀家詩紀》[41]，詩下邊都有注解，還把王映霞出軌的事情也不論真假全寫上去，突然發表在香港。王映霞看到從香港寄來的雜誌，才知道丈夫這樣寫她。這在文壇也是一件奇事。後來，郭沫若說郁達夫從來是揚醜的，可這樣對待自己的老婆，也太過分了。王映霞受不了，就和他分手了。她是出名的美人，當時年紀也不大，去了重慶後，嫁了一個富商，婚姻幾十年一直很好。王映霞晚年時，我去看她，她跟我說過一句話：郁達夫這個人可以做朋友，不能做丈夫。但歸根到底，她這一輩子出名，還是因為郁達夫。其實，郁達夫是真喜歡王映霞，也真的受了刺激。人可以消失，但感情的故事，會留下來。

他究竟被誰殺掉？

日軍在新加坡打敗英軍，郁達夫等很多文人流亡南洋。郁達夫隱姓埋名，改名叫趙廉，留了鬍子，開了一個酒廠，幫了很多地下黨員，掩護了很多人。但後來他被日本人發現了。有一次，一隊日本軍人把一車當地人攔下來，車上的人很慌，不知道發生甚麼事。其實，那些日本兵只是問路。結果，酒廠老闆突然用純正的東京口音跟他們交談。日軍軍官對他非常尊敬，想不到在這麼荒蠻的地方（那時印尼還是荷蘭的殖民地）還有人可以講這麼純正的東京口音。沒過多久，郁達夫就被日本的憲兵隊召去做翻譯。因為郁達夫會中文，還會當地的語言，日文又那麼好，就被日本憲兵隊徵用了。那段時間非常痛苦，當時郁達夫和王任叔（王任叔後來是中國第一任駐印尼大使）見面的時候，就講他的苦，怕被人識破身份，怕說夢話。1988 年時，有一部香港電影《郁達夫傳奇》，方令正導演，周潤發主演，講的就是這個故事。這件事在歷史上一直沒有定論。

郁達夫做憲兵翻譯時，幫了很多中國人，也幫了很多當地人。如有人拍日本人馬屁的，他就故意翻錯，日本人反把拍馬屁的罵一頓。還有些人，找到了印尼反抗組織的材料，郁達夫說這是帳單，就遮蓋過去。後來，郁達夫的作家身份被日本人發現——原來他在日本的大詞典裏。據說，日本人一查，說中國人能寫這樣的舊體詩的，他們就知道三個人，一個魯迅，一個周作人，一個郁達夫。魯迅已經死了，周作人在北平，剩下的郁達夫，就是眼前這個人。當時也沒打算處死他。但是，1945 年日本被打敗以後，他就被暗殺了。

他被誰殺掉？一直是個謎，有好幾種說法。一種說法是，可能是印尼的遊擊隊把他殺掉的，因為他做過日本的翻譯；第二種說法來自胡愈之的回憶，說郁達夫是被日本憲兵殺掉，和一羣歐洲人一起遇害，怕他在戰爭法庭上作證供。

子東說

很多人說郁達夫成就最高的是他的舊體詩。1989 年 6 月，我去德國，一次偶然的機會，見到九十四歲的劉海粟[42]。他和郁達夫是好朋友，對郁達夫和王映霞的婚變清楚得很。王映霞在武漢出走，郁達夫在報上登廣告尋妻又道歉，當時劉海粟就是調停人。他最稱讚郁達夫的舊體詩。

日本的一位漢學家鈴木正夫，他為了研究郁達夫，專程去了赤道邊上的一個小鎮巴爺公務，做了很多調查。他還找到幾十個當年的憲兵，一個一個採訪。最後，鈴木找到當年的一個憲兵隊長，那人承認是日本人殺了郁達夫。當時，這個憲兵隊長打算喬裝逃跑。但是，對日本憲兵來說，逃是很無恥的，他怕被人知道，就指使人殺掉郁達夫。殺死郁達夫的那個士兵也已經死了。鈴木教授後來把這些調查寫成一個論文，拿到中國的一個研討會上宣讀，還用日文寫了一本關於郁達夫在蘇門答臘的書，復旦大學的李振聲將此書譯成了中文[43]。

日本人鈴木正夫做研究，就像藤野先生說過的那樣：小而言之，是為國家；大而言之，是為學術。他原意是為日本人翻案，但歸根到底，還是尊崇學術規則。從學術的道理，他得出的結論是：一個偶然的原因，一個憲兵為了自己的目的把郁達夫殺掉了。

子東說

我年輕時看到魯迅的這篇〈藤野先生〉，十分震驚——因為在我的世界觀裏，應該是「小而言之，為了學術；大而言之，為了中國」。我後來幾十年的人生努力，都在漸漸明白這段話：做中國文學研究，小而言之，為了中國，大而言之，為了文學。這是沒有錯的，因為文學是一個世界性的更永恒的東西。當然，也可以說：小而言之，為了文學；大而言之，為了中國。人各有志。

第三節　「頹廢」與「色情」

〈沉淪〉：性的苦悶

〈沉淪〉在文學史上一直有兩種不同的解讀，一種說是寫愛國主義，另外一種說是寫靈肉衝突。先前說「五四」文學是反帝反封建，研究者發現小說裏「反封建反禮教」的很多，魯迅的小說如〈祝福〉等都是「反封建」的。這裏「反封建」或者應該打引號使用，因為馬克思講的歐洲中世紀封建社會，與中國古代的中央集權農業社會是否都可用同一個概念分析概括，在我看來還是問題。所以我抄書時少用「反封建」，說「反傳統禮教」比較中性。但是無論如何，「反帝」的小說在「五四」早期很少，所以他們就以郁達夫舉例，〈沉淪〉寫留學生思念祖國——先不管因為甚麼理由思念——就被認為是愛國主義反帝小說。

郁達夫所有的作品，就是兩點，一是「民族」，二是「性」。〈沉淪〉也是這樣。郁達夫自己說過三次。第一次，是《沉淪》在 1921 年初版時，郁達夫說〈沉淪〉就是靈與肉的衝突，一個現代人的精神苦悶，這是他第一次自白。第二次，是 1926 年編全集的時候，郁達夫說〈沉淪〉一點意思都沒有，講出的話，毫無勇氣。把自己貶得一塌糊塗。一個作家對自己最有信心的時候，恰恰是可以把自己踩得一塌糊塗的時候，那時其實是他創作的最高峯。第三次是 1932 年，郁達夫突然開始愛國了，他說在〈沉淪〉裏看清楚了故國是怎麼沉淪的，才意識到整個中國是被人欺負的。這篇小說像很多小說一樣，它是個籃子，可以拿到蘿蔔，可以找到青菜。主人公的苦悶既是「民族」的，又是「性」的。一個是青年憂鬱症、靈肉衝突及性苦悶，另一個是民族情緒，這兩樣東西的混合，構成「鬱悶」的要素。所以，郁達夫絕不過時。今天的很多網民，可能不知道郁達夫的名字，也沒有讀過〈沉淪〉，可是他們都有郁達夫式的苦悶：「民族性鬱悶」。

簡單地說，〈沉淪〉的男主人公學問很好，又不發愁錢，在日本讀書，是一個很有才、還有點「宅」的男生。可是，在小說裏，他做了四件旁人可以非議、他自己也很不滿的事情，或者說也是「沉淪」的四個階段。第一是自慰，第二是偷窺，第三是在野地裏偷聽別人做愛，第四是跑到妓院裏，但好像沒有做成事情，在妓院裏寫愛國詩。

子東說 在「文革」期間，郁達夫的作品是禁書，大概是作為黃色小說。

還有一個重要的補充，是一件真事。郁達夫喜歡房東的女兒，叫靜兒，寫了很多舊體詩送給她。小說裏寫到偷看她洗澡，有一些文字讚美女孩的裸體，後來被認為是中國作家寫性最差的文字。但在〈沉淪〉裏，作家為甚麼要這樣強調這個情節呢？因為主人公是一個留學生。中國的讀書人一方面對自己有一套道德標準，格物致知，修齊治平。另一方面，又不知怎麼面對自己的情慾本能。因此，這個有使命感的身體便出現了各種問題，自慰也好，偷窺女人洗澡也好，都被主人公自己認為是犯罪，是沉淪。

子東說 世界上的東西，有人看才變成秘密，沒人看就沒人關心。日本在明治、大正年間，男女有時在温泉共浴。這邊是男的，那邊是女的。但是，我們的留學生一去，很好奇，就跑過去看。一看，日本女人就害羞了，拿毛巾一遮，跑掉了。被看，是一件非常重要的事情，被看了才變得非常害羞。在坎城，在尼斯，很多女人不穿上衣，都在那裏曬太陽，沒有人看，大家也不覺得被冒犯。盯着人看反而不禮貌。有些日本温泉，男女在一個池子裏共浴，中間象徵性地拿些籬笆、樹葉遮一遮，聲音都聽得見。現在酒店已遵循國際慣例，男女已不同浴，但這習俗還是局部保留的。比如京都附近的湯之花温泉，現在要付費、預訂，才能男女共浴，其實已是森林裏的私人空間。

簡單地說，他犯的是一個普通人的錯，可是他以一個很高的道德標準來衡量自己，覺得自己罪不可恕。記得以前上課，有個女同學說：「這個男生不是不道德，而是太道德。」很有意思的說法。〈肥皂〉的四銘先生，看不到自己的無意識裏有性的要求，然後他買一塊肥皂，來轉移性幻想。而〈沉淪〉的男主人公知道自己潛意識裏有這些東西，同時，他又覺得是犯罪的，因此他要克制。郁達夫用作品正視人慾，又讓主人公充滿犯罪感，這就是〈沉淪〉的意義所在。這跟中國古代文學對待色情的態度有些不同。《金瓶梅》《三言二拍》所持的態度是：「色」是不好的，是有害的，但是先讓主人公和讀者享受。享受完了以後告訴人們：美色從來藏殺機，多行不義必自斃。最後那些和尚蕩婦肯定都是死掉的。這是一種「勸善懲惡」的模式，像香煙盒上的警告。郁達夫恰恰是打破這一點。

郁達夫的所謂「色情描寫」，受了幾個人的影響。

第一，受盧梭的影響。我專門寫過一篇論文，〈郁達夫與外國文學〉[44]。盧梭是法國的思想家，「天賦人權」就是他提出來的。他還有本非常有名的《懺悔錄》，郁達夫極其推崇。[45]《懺悔錄》寫盧梭年輕時，痴戀一個比他大的女人，用今天的世俗眼光來看，是一種很肉麻的變態的愛情。盧梭在西方思想界的地位，就像我們講馬克思或佛洛伊德一樣，是偉大的思想家。可他把自己的情慾隱私都寫出來。更重要的是，他寫出來以後，還在《懺悔錄》的第一章裏說：「萬能的上帝啊！我的內心完全暴露出來了，和你親自看到的完全一樣，請你把那無數的眾生叫到我跟前來！讓他們聽聽我的懺悔，讓他們為我的種種墮落而歎息，讓他們為我的種種惡行而羞愧。然後，讓他們每一個人在您的寶座面前，同樣真誠地披露自己的心靈，看看有誰敢於對您說，『我比這個人好』！」[46] 這是法國人道主義的一種自信，認為人性當中有這麼一個東西，沒甚麼值得羞恥的。郁達夫是受盧梭影響，他的表現方式是，拼命地不怕羞恥地表現羞恥，其實說明他骨子裏是有某種自信的。

第二，受日本私小說的影響。日本文學寫性，歷來是比較露骨的。比如川端康成，寫姐妹倆愛上一個男人。[47] 而且，日本有一種小說叫「私小說」。「私」，在中文裏曾是一個壞的詞，「鬥私批修」，「大公無私」，要消滅掉「私」。但是，「私」在日本沒有「公私」的概念，「私」就是「我」，「私小說」就是寫自我的小說。把它翻譯得準確一點，就是「自我小說」，都是寫自己的小事情。現在人們寫的微博、微信，屬性就是「私」。「今天我頭暈」「我頭髮亂了」「我不知道吃甚麼好」「我昨天買的襪子顏色搞錯了」……這是一個「自我」的東西。郁達夫學了盧梭的精神和私小說的技術。其中，影響特別大的一個作家叫佐藤春夫[48]，他和郁達夫曾是很好的朋友。後來佐藤春夫在抗日時寫了小說批評中國，郁達夫跟他斷交。

郁達夫的風格，在中國文學傳統裏，往前接續某些晚清狹邪青樓小說文風，往後也一直後繼有人。比如丁玲的〈莎菲女士的日記〉，就是女版的〈沉淪〉。這種小說，用今天的網絡語概括，叫「no zuo no die」(即「不作就不會死」，出自一動畫台詞，為內地的網絡流行語)。「作」，說到底沒甚麼大事，但「作」得很痛苦。這個傳統在現代文學裏是從郁達夫開始的。上海有個作家叫程乃珊，她的丈夫姓嚴。嚴先生曾講過一句非常形象的話。他說，我以前不知道甚麼叫「作家」，後來認識了我妻子，就知道甚麼叫「作家」了。「作家」就是「作」的專家。香港有個作家，叫崑南，也挺「作」的。青年男女，尤其是男的，交女朋友一不順利，就要怪很多東西，留學生就要怪自己的國家。崑南在小說《地的門》裏，怪家裏沒有錢，怪會考成績不夠好。世界上最主要的矛盾，就是階級矛盾、民族矛盾。

子東說

在座的男同學，如果喜歡一個女生，追求一不成功，歸咎起來就兩個原因：第一，因為我是香港人，或者因為我是內地來的，從族羣身份上找原因；第二，我不夠有錢，要是我有樓有車，她一定……其實，女生不是這麼想的。可是，男生自卑的時候，一定往這兩方面來想。

中國人在過去的一兩百年裏，的確一直有屈辱感。男人在女人面前，也特別容易自卑。〈沉淪〉正結合了這兩種情緒。我們上次講過夏志清的觀點，英美留學回來的比較温和，留日回來的比較激進革命。為甚麼？日本的環境。日本環境有兩點特別刺激中國人。我自己去了，也有感受。第一點，日本的國民性真的跟我們不一樣。如果中國人去南美、南歐，會覺得很親切，大家都是可偷懶則偷懶，也都有點欺軟怕硬、自由放任，阿 Q 精神非常流行。但是如果去日本、德國，就會發現他們太認真了。

隨便舉個小例子。我去過神戶附近的有馬温泉，温泉旅館的房間是日式的，旁邊有個廁所。歐巴桑關照我，房間裏是榻榻米，你要赤腳，但來到走廊就要穿拖鞋。穿着拖鞋，到前邊只有一米路，就有一個洗手間。歐巴桑又特別叮囑，到了洗手間，不能穿這拖鞋進去，洗手間裏邊另外有一雙拖鞋。等於我上個洗手間，要換兩次拖鞋。進到洗手間，我坐下來，當時就有感悟：怪不得魯迅想要批判國民性，魯迅要不是留學日本，大概就不會這樣了！因為日本的國民真是不一樣。洗手間周圍的任何東西，所有前後左右能摸到的地方，沒有一點灰。我在京都參加過他們的遊行，祇園祭節日，十幾萬人穿着和服走大半天，他們經過的這些橋和路，都沒有灰的。這個民族的行為規範和我們非常非常不一樣。

而且，日本人又跟中國人長得很像。如果是黑人，或者是白人，種族不一樣，舉止不同，大家還比較能接受，不存在你歧視我，我歧視他。但是，日本人長得和中國人一樣，行為卻又那麼不一樣。在東京坐地鐵，沒有一個人蹺二郎腿，連日本女人在車上打瞌睡的姿態，都很優雅。如果聽到有大聲講電話說話的，一定是外國人，比如中國人。日本人真的是很特別。日本人如果譴責一個人做事太不像話，就會嚴厲地說：「你是日本人嗎？！」

後來我去了美國才發現，美國人跟中國人很相似，很隨便。而在日本，特別容易感到郁達夫所講的焦慮和民族的壓力，尤其是那個年代。日本人身上有太多值得學習的地方，同學們都可以感受到，好像買日本貨，去日本店吃東西，都會感到格外放心、細心。可惜，〈沉淪〉的男主角跳海了。郁達夫自己沒有跳海，他回來了。最後卻也死在日本軍人手裏。

〈春風沉醉的晚上〉：生的苦悶

另外一篇郁達夫的小說〈春風沉醉的晚上〉[49]也很重要。從藝術上來講，〈沉淪〉結構粗糙，文字拖沓，〈春風沉醉的晚上〉卻是非常精煉。小說很簡單，講一個很窮的文人住破房子，和鄰屋女工差點好上。

小說裏的男主人公是單身，沒有工作，很無聊，整天在家裏看書。住在裏屋的女人對他很提防。開始幾天，女人沒跟他說話。但是，因為他老在看書，鄰屋女人就對他少了提防，有了好感。看上去，這個故事跟子君、涓生的故事有點像，男人是讀書人，女人在工廠裏做工，更苦。於是男人要喚醒她，說工廠資本家剝削你。可是，這篇小說有一個非常有趣的情況，是這個女人反過來要救這個男人。

我非常喜歡這篇小說，有一個很重要的原因，就是我和這個男主人公有共同的毛病：第一個毛病是幻想旁邊住一個女生，第二個毛病是喜歡深夜出去走路。我覺得，這個世界白天到處都是人，爭不過人家，唯一的辦法就是不跟別人搶空間，而是爭不同的時間。所以，人們不出來的時候，我出來。我喜歡晚上寫東西，喜歡出來走路，我每住一個地方，周圍都被我走透透。香港有個學者梁錫華，寫過一篇散文，大意就是不爭空間爭時段[50]。2016 年，有個中國女作家獲科幻小說雨果獎，她的作品〈北京折疊〉[51]寫在半夜時間生活的是弱勢羣體。當然，在香港不爭空間爭時間也很困難。我曾經住在加州花園，半夜出來，散步，打腹稿。走累了，就在一個小孩玩的滑梯上坐着。坐了一會兒，發現有一隻巨大的狗和兩個尼泊爾籍英兵，正站在我身後。這些尼泊爾籍英兵，現在是幫物業做保安的，他們在半夜兩點鐘看到一個男人穿着短褲汗衫，坐在一個兒童滑梯上，這是不是很可疑？我後來回家開門，他們才離開。

一樣的道理，出於困境或奢侈，小說裏的男主人公因為晚上出去散步被女工誤解了，以為他做壞事，是「三合會」之類。恰好第二天，又看到他收到一筆錢，五塊大洋，是翻譯的稿費。男主人公買了東西請她吃。兩個人一起分享食物，就能開始交流感情。魯迅寫的涓生，把「吃」作為愛情事業的對立面，為了繼續寫作就把桌上的碗碟醬醋推開[52]。但大部分的作家作品，基本上「食色性也」，「食」後面就有「色」。王安憶《小城之戀》是即食麪見真感情[53]，張賢亮《綠化樹》裏的一個窩頭，「有我吃的就有你吃的」，[54]聽上去就像《鐵達尼號》的愛情宣言：「You jump, I jump!」

〈春風沉醉的晚上〉也是女人給吃的，然後勸他，男人解釋說這個是稿費。女人的態度馬上變了。那時的五塊大洋是很大一筆錢，女工一個月都賺不到這麼多錢。所以女人就和他說，那你就多做幾個。她以為這個很容易。「春風沉醉的晚上」是一個有意誤導的題目，其實是反諷。小說題目有兩種，一種是概括的，一種是反諷的。「祝福」是反諷的；「阿Q正傳」「狂人日記」是概括性的；「藥」既是概括的，也是反諷的。「春風沉醉的晚上」是非常美麗、浪漫的氣氛，可兩個人的愛情是完全不可能的，前景是非常淒慘的。這個小說顯示了郁達夫創作從「性的苦悶」轉向「生的苦悶」。

關於郁達夫，就先講到這裏。同學們如果還有興趣，可以看我以前的論文〈關於頹廢傾向與色情描寫〉[55]。「頹廢」與「色情」，是研究郁達夫的兩個重點。

延伸閱讀

郭沫若：〈論郁達夫〉，收入《眾説郁達夫》，杭州：浙江文藝出版社，1996 年。

王映霞：《我與郁達夫》，南寧：廣西教育出版社，1992 年。

伊藤虎丸、稻葉昭二、鈴木正夫編：《郁達夫資料：作品目錄、參考資料目錄及年譜》，東京：日本東京大學東洋文化研究所，1969 年。

鈴木正夫著，李振聲譯：《蘇門答臘的郁達夫》，上海：上海遠東出版社，2004 年。

曾華鵬、范伯群：〈郁達夫論〉，北京：《人民文學》，1957 年第 516 期。

李歐梵著，王宏志譯：《中國現代作家的浪漫一代》，北京：新星出版社，2010 年。

陳子善、王自立編：《郁達夫研究資料》，北京：知識產權出版社，2010 年。

許子東：《郁達夫新論》，上海：華東師範大學出版社，2014 年。

許子東：《許子東講稿（卷二）── 張愛玲、郁達夫、香港文學》，北京：人民文學出版社，2011 年。

王曉明：〈一份雜誌和一個「社團」：重識「五四」文學傳統〉，上海：《上海文學》，1993 年第四期。

---

1 王國維（1877–1927），字靜安，又字伯隅，晚號觀堂，浙江杭州府海寧人。與梁啟超、陳寅恪、趙元任一同被稱為「清華國學四大導師」。著有《〈紅樓夢〉評論》《宋元戲曲考》《人間詞話》《觀堂集林》等。

2 《現代評論》（1924–1928）於北京創刊，共九卷 209 期，另有增刊三期，由陳源（陳西瀅）、徐志摩、王世傑等編輯，主要撰稿人有胡適、陳源、徐志摩、唐有壬等。

3 陳西瀅（1896–1970），名源，字通伯，江蘇無錫人。1924 年與徐志摩等人創辦《現代評論》，並開闢「閒話」專欄，「西瀅」是他為「閒話」專欄撰稿時的筆名。1927 年與淩叔華結婚。著有《西瀅閒話》《西瀅後話》等。

4 徐志摩（1897–1931），原名章垿，字槱森，美國留學時改名志摩，浙江海寧人。1920 年赴英國，在劍橋大學研究政治經濟學，1923 年成立新月社。1924 年出任北京大學教授，1926 年任光華大學教授，兼東吳大學法學院英文教授。其後又曾兼任大夏大學和國立中央大學（1949 年更名為南京大學）教授。1930 年辭去上海和南京的教職，因胡適邀請再度任職北京大學教授，兼北京女子師範大學教授。1931 年 11 月 19 日因飛機失事罹難。代表作品有〈再別康橋〉、〈翡冷翠的一夜〉等。

5 聞一多（1899–1946），本名聞家驊，字友三，湖北黃岡市浠水縣人。1916 年起於《清華週刊》發表系列讀書筆記〈二月廬漫記〉。1925 年 3 月在美國留學期間創作〈七子之歌〉。

1928 年 1 月出版第二部詩集《死水》。1932 年離開曾任教的青島大學，受聘於母校清華大學任中文系教授，1946 年 7 月 15 日在雲南昆明被國民黨特務暗殺。

6 朱湘（1904–1932），字子沅，安徽太湖人。1925 年出版第一本詩集《夏天》，1926 年自辦刊物《新文》，1927 年出版第二本詩集《草莽集》。1927 年至 1929 年赴美留學，1932 年 12 月 5 日自溺而亡。

7 陳夢家（1911–1966），筆名陳漫哉，浙江上虞人，生於南京，與聞一多、徐志摩、朱湘一起被稱為「新月詩派的四大詩人」。1929 年 10 月在《新月》雜誌發表處女作〈那一晚〉，是後期新月派重要成員。1957 年，發表〈慎重一點「改革」漢字〉和〈關於漢字的前途〉，被定性為「章羅聯盟（中國民主同盟的章伯鈞與羅隆基）反對文字改革的急先鋒」，並被打為右派，1966 年 9 月 3 日自縊離世。著有詩集《不開花的春》《鐵馬集》《夢家詩存》等，及學術專著《老子今釋》《海外中國銅器圖錄考釋第一集》《尚書通論》等。

8 〔美〕夏志清著，劉紹銘等譯：《中國現代小說史》，香港：香港中文大學出版社，2005 年，頁 17。

9 成仿吾（1897–1984），原名成灝，筆名石厚生、芳塢、澄實，湖南新化縣知方團人（今琅瑭鄉）。1920 年創作處女作〈一個流浪人的新年〉。1921 年 7 月與郭沫若、郁達夫等人在日本東京成立了著名文學團體創造社。1925 年參加中國國民黨，1928 年在巴黎參加中國共產黨，主編中共柏林、巴黎支部機關刊物《赤光》。1931 年 9 月回國後，參與中國左翼作家聯盟活動。1938 年 8 月，成仿吾與徐冰翻譯《共產黨宣言》。1950 年創辦中國人民大學。

10 淺草社於 1922 年春在上海成立，主要成員有林如稷、陳煒謨、陳翔鶴、馮至等。其出版物《淺草》季刊，共出四期（1923 年 3 月至 1925 年 2 月）。1925 年初林如稷出國，該社活動亦隨之停止。

11 沉鍾社在 1925 年秋在北京成立，因創辦《沉鍾》週刊得名。主要成員包括楊晦、陳翔鶴、陳煒謨、馮至等。《沉鍾》週刊於 1925 年 10 月 10 日創刊，至第十期停刊。1926 年 8 月 10 日改為《沉鍾》半月刊，出版第一期，至第十二期停刊。1932 年 10 月 15 日復刊，至 1934 年 2 月 28 日的第三十四期又再次停刊。沉鍾社曾出版「沉鍾叢書」七種，包括馮至詩集《昨日之歌》、陳翔鶴小說集《不安定的靈魂》、陳煒謨短篇小說集《爐邊》、楊晦譯法國羅曼・羅蘭所寫的《貝多芬傳》、馮至詩集《北遊及其他》、楊晦戲劇集《除夕及其他》、郝蔭潭長篇小說《逸路》。

12 莽原社在北京於 1925 年 4 月 24 日成立，主要成員包括魯迅、高長虹、黃鵬基、尚鉞、向培良、韋素園、韋叢蕪等，因出版《莽原》週刊得名。《莽原》初刊時為週刊，附於《京報》發行，共出三十二期，魯迅為主編。1926 年 1 月改為半月刊，由未名社出版，共出 48 期。1927 年 12 月，《莽原》半月刊出至第二卷第二十四期終刊，莽原社亦停止活動。

13 《現代》雜誌 1932 年 5 月創刊於上海，由現代書局發行。一、二卷由施蟄存編輯，自第三卷起由施蟄存、杜衡合編，至第六卷一期出版，改由汪馥泉編輯。1935 年 5 月，該雜誌出至六卷四期，因現代書局關閉而停刊。

14 許傑（1901–1993），原名世傑，字士仁，筆名張子山，浙江天台清溪鎮人。1921 年發起組織微光文藝社，借《越繹日報》版位刊《微光》副刊，開始發表小詩、散文和短篇小說。畢業後與王以仁發起成立星星社，提倡以教育改革推動社會改革。1925 年加入文學研究會，著有〈慘霧〉、〈賭徒吉順〉等。

15 〔美〕夏志清著，劉紹銘等譯：《中國現代小說史》，香港：香港中文大學出版社，2005 年，頁 50。

16 魯迅：〈新秋雜識（三）〉，《魯迅文集・雜文集・准風月談》。署名旅隼。「花是植物的生殖機關呀，蟲鳴鳥囀，是在求偶呀之類，就完全忘不掉了。」本篇最初發表於 1932 年 9 月 17 日的《申報・自由談》，轉引自《魯迅全集》第五卷，北京：人民文學出版社，1973 年，頁 348。

17 葉聖陶（1894－1988），文學研究會創辦人之一。1918 年，發表第一篇白話小說《春宴瑣譚》。曾任《婦女雜誌》和《小說月報》編輯，1930 年初加入開明書店，成為《中學生》編輯，並與夏丏尊、朱自清合編數本基本國文教科書。著有《隔膜》《線下》《未厭集》以及童話故事《稻草人》等。

18 《倪煥之》最初連載於《教育雜誌》上，分十二期在 1928 年刊完。1929 年由上海開明書店出版。

19 〈遺腹子〉寫於 1926 年 7 月 28 日，1928 年收入葉聖陶的《未厭集》，由上海商務印書館發行。

20 《中學生》雜誌在上海於 1930 年 1 月創刊，以中學生為讀者羣，由開明書店出版。前十二期主編為夏丏尊，自 1931 年 3 月號（總第十三號）起，改由葉聖陶主編，助手為其夫人胡墨林。雜誌特約撰稿人有：朱自清、朱光潛、周作人、俞平伯、林語堂、賀昌群、鄭振鐸、豐子愷、周予同、王伯祥、徐調孚、傅東華等，蔡元培、郁達夫、李石岑等也曾在雜誌上發表文章。1937 年 8 月至 1939 年 4 月，《中學生》雜誌因抗日戰爭停刊。直到 1939 年 5 月，在胡愈之、傅彬然、宋雲彬、豐子愷等人的幫助下，《中學生》在桂林復刊，改名為《中學生戰時半月刊》。為適應戰時的需要，改為半月刊，每期三十二面，十六開本，封面上加印「戰時半月刊」的字樣。編纂委員會由王魯彥、宋雲彬、胡愈之、唐錫光、張梓生、傅彬然、賈祖璋、豐子愷組成，推定宋雲彬、賈祖璋、傅彬然承擔約稿、審稿的事宜，請在四川樂山的葉聖陶當社長。每期稿子由桂林航空寄給葉聖陶審稿。新中國成立之後，又改為《中學生》繼續發行。

21 開明書店是二十世紀上半葉在上海開設的著名出版機構，擁有夏丏尊、葉聖陶、顧均正、唐錫光、趙景深、豐子愷、王伯祥、徐調孚、傅彬然、宋雲彬、金仲華、賈祖璋、周予同、郭紹虞、王統照、陳乃乾、周振甫等學者、作家擔任編輯工作。其作者羣也十分龐大，其中比較知名的有：杜亞泉、范文瀾、郭沫若、馮友蘭、高長虹、顧壽白、胡伯懇、胡繩、黃裳、劉半農、郁達夫、聞一多、柯靈、老舍、魯迅、舒新城、汪靜之、巴金、冰心、茅盾、朱自清、朱光潛、豐子愷、鄭振鐸等。開明書店共出版書刊約一千五百種，其中教科書有林語堂《開明英文讀本》《開明活葉文選》等，青少年讀物有《開明青年叢書》《世界少年文學叢刊》等，古籍及工具書有《二十五史》《二十五史補編》、《十三經索引》《十六種曲》《辭通》等，刊物有《中學生》《文學週報》等，文學作品有茅盾的《虹》《蝕》《茅盾短篇小說集》以及巴金的《家》《春》《秋》《巴金短篇小說集》等。

22 夏丏尊（1886－1946），本名夏鑄，字勉旃，號悶庵，浙江上虞松廈人。1924 年冬，夏丏尊與匡互生、朱光潛等人一起在上海組織成立立達學會。1928 年擔任開明書店編譯所所長。1930 年主編的《中學生》雜誌創刊。著有《平屋雜文》《文章作法》《現代世界文學大綱》《閱讀與寫作》等，譯有《愛的教育》《文心》《近代日本小說集》。

23 朱自清（1898－1948），原名自華，號秋實，後改名自清，字佩弦。1919 年開始發表詩歌，1928 年出版第一本散文集《背影》。他於 1931 年留學英國，回國後在 1932 年 9 月出任清華大學中國文學系主任。1934 年，出版《歐遊雜記》和《倫敦雜記》。1936 年，出版散文集《你我》。1948 年 8 月 12 日，於北平病逝。

24 許地山（1894–1941），名贊堃，字地山，筆名落花生（落華生），生於台灣台南，祖籍廣東揭陽。他於 1917 年考入燕京大學文學院，1919 年與瞿秋白、鄭振鐸等人聯合主辦《新社會》旬刊，積極提倡社會改造。獲得文學士學位後，許地生留校任教，又攻讀神學士學位，並於 1921 年與沈雁冰等人成立文學研究會，創辦《小說月報》。他先後赴美國哥倫比亞大學、英國牛津大學研讀宗教歷史、印度學、梵文等，回國後任燕京大學教授。1935 年，許地山應聘為香港大學文學院主任教授。著有《綴網勞蛛》《空山靈雨》等。1941 年因病逝世。

25 《玉官》原載 1939 年《大風》旬刊第 29 至 36 期。

26 〈春桃〉發表於 1934 年 7 月 1 日《文學》第三卷第一期，署名落華生。電影〈春桃〉於 1988 年發行，由凌子風執導，劉曉慶（飾春桃）、姜文（飾劉向高）等主演。

27 〈商人婦〉原載於 1921 年《小說月報》第十二卷第四號。1925 年收入其短篇小說集《綴網勞蛛》，由上海商務印書館發行。

28 鄭振鐸（1898–1958），字西諦，有幽芳閣主、紉秋館主、友荒、郭源新等筆名，浙江温州人。1920 年與沈雁冰、葉紹鈞等人發起成立文學研究會，創辦《文學週刊》與《小說月報》。1937 年參加文化界救亡協會，與胡愈之等人組織復社，出版《魯迅全集》、主編《民主週刊》。1958 年率領中國文化代表團赴開羅訪問途中飛機失事遇難身亡。著有《文學大綱》《插圖本中國文學史》等。

29 《文學大綱》始作於 1923 年，自 1924 年 1 月起連載於《小說月報》，至 1927 年成書，商務印書館出版，分四大卷，約 80 萬字。

30 張資平（1893–1959），原名張秉聲，廣東梅縣人。創造社組建者之一。早年留學日本東京帝國大學，專攻地質學。著有《衝擊期化石》《苔莉》《不平衡的偶力》等。

31 田漢（1898–1968），字壽昌，曾用筆名伯鴻、陳瑜、漱人、漢仙等，湖南長沙人。1917 年去日本學海軍，後改進日本東京高等師範學校，熱心於戲劇。1926 年，田漢於上海創辦南國電影劇社，1932 年經瞿秋白主持加入中國共產黨。1935 年為電影《風雲兒女》譜寫主題曲《義勇軍進行曲》。

32 鄭伯奇（1895–1979），原名鄭隆謹，字伯奇，筆名東山、虛舟等，陝西長安縣瓜洲堡村人。1910 年參加同盟會，1917 年赴日本留學，1921 年加入創造社。1926 年，回國任廣州中山大學教授，兼黃埔軍校政治教官。1927 年到上海參加中國左翼作家聯盟和左翼戲劇家聯盟。後任良友圖書印刷公司編輯，主編《電影畫報》《新小說》等期刊。

33 普列漢諾夫：《論藝術》（即《沒有地址的信》），魯迅據外村史郎的日譯本翻譯，1930 年 7 月由上海光華書局出版。

34 魯迅：《且介亭雜文・門外文談》，《魯迅全集》第六卷，北京：人民文學出版社，1973 年，頁 100。

35 〔德〕康德：《判斷力批判》，轉引自朱光潛《西方美學史》，北京：人民文學出版社，2002 年，頁 350–352。

36 孫荃（1897–1978），原名蘭坡，小字潛緹，大青鄉人，生於書香世家。孫荃和郁達夫於 1920 年 7 月 24 日結婚，隨郁達夫遷居安慶、上海、北京等地。在郁達夫與王映霞結婚後，孫荃終生未再嫁。

37 大江健三郎（1935–2023），日本作家，1958 年短篇小說〈飼育〉獲得第三十九屆芥川文學獎，以職業作家的身份正式登上日本文壇。1994 年獲得諾貝爾文學獎。

38 郭沫若在〈論郁達夫〉中寫道：「記得是李初梨說過這樣的話：『達夫是模擬的頹唐派，本質的清教徒』。」原載自 1946 年 9 月《人物雜誌》第三期，轉引自《眾說郁達夫》，杭州：浙江文藝出版社，1996 年，頁 2。

39 郁達夫：〈文學上的階級鬥爭〉，《創造週報》第三號，1923 年 5 月 27 日。

40 郁達夫：《日記九種》，上海：北新書局，1927 年。

41 郁達夫：《毀家詩紀》，1939 年初香港《大風》旬刊計劃出版週年紀念專號，特約郁達夫賜文，郁達夫便將 1936 年到 1938 年間所寫詩詞選出詩十九首、詞一闕，詳加注解並冠名《毀家詩紀》寄出，發表在 1939 年 3 月 5 日的《大風》旬刊上。

42 劉海粟（1896–1994），原名劉槃，字季芳，號海翁，江蘇武進（今屬常州市）人，現代傑出畫家、美術教育家。1912 年與烏始光、張聿光等創辦上海圖畫美術院，後改為上海美術專科學校，劉海粟為第三任院長，並歷任南京藝術學院名譽院長、教授，上海美術家協會名譽主席、中國美術家協會顧問，並獲英國劍橋國際傳略中心授予「傑出成就獎」，義大利歐洲學院授予「歐洲棕櫚金獎」。

43 〔日〕鈴木正夫著，李振聲譯：《蘇門答臘的郁達夫》，上海：上海遠東出版社，1996 年。

44 許子東：〈浪漫派？感傷主義？零餘者？私小說作家？ —— 郁達夫與外國文學〉，《許子東講稿（卷二） —— 張愛玲、郁達夫、香港文學》，北京：人民文學出版社，2011 年。

45 郁達夫：〈盧騷的思想和他的創作〉，《郁達夫文集》第六卷，香港：三聯書店，1983 年。

46 〔法〕盧梭著，黎星譯：《懺悔錄》，北京：人民文學出版社，1980 年，頁 2。

47 〔日〕川端康成，唐月梅譯：《古都》，新店：木馬文化，2015 年。

48 〔日〕佐藤春夫（1892–1964），日本小說家、詩人、評論家。於和歌山縣立新宮中學校（現為和歌山縣立新宮高等學校）畢業後，到東京拜生田長江為師，又加入與謝野寬的新詩社。考舊制東京第一高等學校的途中放棄考試，進慶應義塾大學文學部預科，跟時任教授永井荷風學習。1935 年他與增田涉共同翻譯《魯迅選集》。魯迅過身後，他主導譯成日本版《大魯迅全集》。

49 〈春風沉醉的晚上〉寫於 1923 年 7 月，最早發表於《創造》季刊第二卷第二期，1924 年 2 月 28 日。

50 梁錫華：〈不與時人同夢〉，《文學的沙田》，台北：洪範書局，1985 年，頁 107–116。

51 郝景芳：〈北京折疊〉，《孤獨深處》，台北：遠流出版公司，2016 年。

52 魯迅：〈傷逝〉，《彷徨》，香港：三聯書店，1999 年。

53 王安憶：《小城之戀》，北京：作家出版社，1996 年。

54 張賢亮：《綠化樹》，北京：人民文學出版社，2014 年。

55 《許子東講稿（卷二） —— 張愛玲、郁達夫、香港文學》，北京：人民文學出版社，2011 年。

第六講

莎菲與丁玲：飛蛾撲火，非死不止

第一節　冰心與凌叔華：幸福女作家的代表

兩類不同的中國現代女作家

中國的現代女作家，可根據生活與作品的關係分成兩類。一般來說，女作家的私人生活、感情生活對她創作的影響，比男作家更加直接。就男作家來說，比如魯迅和郁達夫，兩個人的氣質、地位、性格都非常不一樣，可婚姻生活卻有相似之處，描寫女主人公的相貌也相當接近，對富家閨秀子君的描寫，和對貧苦女工陳二妹的描寫，差不多都是灰白的臉、眼睛很大、有點傷感。難道兩個作家對女人的審美是一樣的？這是非常奇怪的一個現象，好像感情生活和他們的作品沒有必然的聯繫，或者不像女作家那麼明顯。

現代女作家有兩類，一類是一夫一妻，婚姻穩定；一類是五彩繽紛的感情，驚心動魄的小說。套用《安娜・卡列尼娜》的第一句話，「幸福的家庭都是相似的，不幸的家庭各有各的不幸」，女作家的幸福家庭也都是一樣的幸福：冰心、馮沅君、凌叔華、林徽因……一般都是嫁給學者。馮沅君寫的小說〈隔絕〉，也是「五四」時「娜拉出走」這一類的小說。她的丈夫陸侃如寫《中國詩史》，是中國古典文學的研究教授，非常有名。林徽因不為徐志摩的浪漫所動，理智地嫁給了梁啟超的兒子、古建築學家梁思成。她後來從事美術、建築，中華人民共和國的國徽就是林徽因參與設計的。她還是作家裏出了名的美女。

今天先講兩位，一個淩叔華，一個冰心。

冰心的〈超人〉，是對應「狂人」的

冰心的家庭尤其美滿，不僅父親好，母親好，而且丈夫也好，幾乎找不出另外一個例子。冰心寫過一篇小說〈超人〉，可以和〈狂人日記〉對比來讀。小說講一個叫何彬的男人，受了尼采的影響。他看破紅塵，不愛理人，覺得生活是虛假的，家庭親情也像演戲。其實，這個「超人」是有點對應「狂人」的。魯迅就是受過尼采的影響。〈狂人日記〉是看破了一切，要打倒一切。冰心這個「超人」呢？一個小孩一下子就把他感動了，思想轉換非常快。魯迅寫狂人，是告訴人們：這個世界的禮教吃人，必須反抗，不能相信周圍的人，周圍很多人都是在害你的。冰心寫「超人」，是要人們心中有愛，她有幾個法寶——大海、繁星、母愛，這是她的紅、綠、藍的三個基本顏色，可以變換出其他的顏色，總之，生活永遠會充滿光明。

子東說

西方通俗文學後來有一個「超人模式」，這個模式的要點是甚麼呢？就是這位超人或者叫蜘蛛俠、蝙蝠俠，雖然能力非常大，但心腸非常軟，而且是雙面性格。這個「超人模式」長演不衰。假如「超人」沒有另外一面的話，這個故事就不好玩了。

在中國現代文學史上，大部分人都是接受「狂人」，所以我們不斷革命，缺少改良。冰心的傳統，反而後來在台灣發揚得比較好，作家張曉風、琦君、張秀亞、席慕蓉等，都是冰心範兒。而內地基本上只有冰心一個，但也不孤獨，因為有無數相信大海、繁星、母愛的讀者。

有一年到北京，我和朋友吃飯聊天，他們問我要不要去看冰心。我說我不認識冰心。他們說，冰心在醫院裏，你去看她，即使不認識，她也會和你握手，有些人在這個時候拍照。我聽到這段話，心裏很不舒服。想到巴金，插了很多管子活到百歲，大家也都很不忍心去看他。再想想冰心晚年在病牀上，陌生人去和她笑着握手拍照，這是最不冰心的行為。這些跟冰心拍照的人，證實了她的失敗，也反證了她的意義。

凌叔華的「繡枕」

凌叔華的〈繡枕〉[1] 寫得非常精煉，很短，只有兩段。

第一段，寫一位大小姐在繡枕頭，繡得非常漂亮，上面有鳥和花，各種美的東西。繡那個枕頭是為了送人，為了婚事。當時，家裏的小丫頭想看這個枕頭。對於小丫頭來說，大小姐地位趣味都比她高，做的是一件高尚的事情，她非常想看。但大小姐不讓看，覺得她髒。過了兩年，大小姐還在繡。原來那個繡枕又回來了，曾經送到一個有錢人家，當天晚上客人喝醉酒，吐得一塌糊塗。於是這個繡枕就在那裏當了腳墊踩。轉來轉去沒丟掉，又回來了。

那時女性的命運，必須靠一個媒介來顯示自己的價值，以取得她的婚姻。而婚姻決定她一生的幸福。這不只是中國女性的遭遇。在英國的《傲慢與偏見》裏，莊園裏的小姐們，她們不需要繡枕，但要靠舞會。她在家裏等候多年，終於等到一個有地位、有身家的男人，小姐要在舞會上和他認識，發展感情，通往自己的婚姻。舞會上幾分鐘的一支舞，可能就決定她的一生。反過來，男人也蠻慘的，雖然走南闖北，可最後一定會到某個莊園裏，有幾個小姐已經像捕獵者一樣張開嘴等他。

凌叔華的「繡枕」是一個意象，凝聚着「三從四德」。「三從」是從父、從夫、從子，「四德」是德、言、容、功。德，是忠誠、賢慧，放在第一位。言，是少說話、會說話。容，是長得好看。功，是能做家務事，比如刺繡、煲湯。「繡枕」這個意象，把這四樣全包括了。所繡的東西，會顯示這個人的美學修養和道德追求，要麼寄希望於幸福，要麼寄希望於愛情，要麼寄希望於美好。女性必須通過一個非常有限的方式，一種美學符號，來表達她的道德觀和美學觀。這個道德觀就是忠貞、忠誠。其實，現在社會的「繡枕」照樣非常厲害。那個時代的女人把命運建立在一個繡枕上，今天的女人把命運建立在自己的臉上、身體上，甚至要動手術來爭取幸福。這個社會百年來到底是進步？還是退步？

凌叔華是成功的，她的「繡枕」就是這篇小說。小說裏滲透了她的德、言、容、功——她的美學觀、道德觀、文字水準和修養……包含了她作為女性的很多優點。她的老師陳西瀅愛上了這個「繡枕」，也愛上了凌叔華。他們後來有很美滿的婚姻。

子東說　後來還有胡蘭成，因為看了張愛玲的〈封鎖〉[2] 認識了她。同樣是「繡枕」，卻是完全不同的故事。

第二節　丁玲：出走的娜拉，真正的女權英雄

丁玲這一輩子，太值得拍電影了

第二類女作家，她們的故事和作品，遠比第一類女作家要豐富，充滿戲劇性，文學影響也更大。比如丁玲、蕭紅、張愛玲。

丁玲，本名蔣冰之，和冰心差一個字，湖南人，在上海大學讀書。當時，中國有兩個比較傾向革命的大學，武是黃埔軍校，文是上海大學。丁玲在那裏認識了兩個很重要的人，一個叫王劍虹，一個叫瞿秋白。王劍虹就是莎菲女士的原型，丁玲的好朋友。

當時，兩個女生都喜歡她們的俄國文學老師瞿秋白[3]。瞿秋白是中共的第二任領導人，北伐途中國民黨右翼「清黨」以後，黨內認為陳獨秀是右傾機會主義路線，撤掉他之後，瞿秋白做了黨的領導，不過時間不長。他認識丁玲時，還沒有做黨的最高領導。很快，瞿秋白和王劍虹結婚了。這件事對丁玲打擊非常大，她喜歡的人和她的好朋友在一起了。沒過多久，王劍虹生病去世了，當時，瞿秋白在鬧革命，沒有守在她身邊。後來，瞿秋白又娶了楊之華，很出名的一個才女。那時候，丁玲是有點怨瞿秋白的。但不管怎麼樣，瞿秋白是丁玲生活中第一個給她指路的人，而且這條路決定了她的一生。瞿秋白說丁玲是「飛蛾撲火，非死不止」，那時丁玲才二十歲出頭。

很多作家曾在煤油燈前面寫作，都會有感於這麼一個畫面。燈蛾，也是他們喜歡寫的題材。比如，郁達夫寫〈燈蛾埋葬之夜〉，魯迅和瞿秋白也寫過。燈蛾的這個行為太詭異了，有點像自殺。為了愛，為了光明，明知是死，還是往前撞。瞿秋白就用這八個字形容丁玲。後來，丁玲一生真的是這樣，被他全說中了。

子東說

除了燈蛾之外，作家們還喜歡寫黃包車，因為他們經常要坐黃包車。但作家和有錢的商人不一樣。商人坐黃包車沒心沒肺，「拉快點，拉快點」；作家也要坐車的，可坐上去又同情可憐拉車的人，覺得他們跑得這麼辛苦。所以，作家寫黃包車，是為了表達他們的人道關懷、社會良心與無奈的心情，胡適、郁達夫、老舍都寫過。

丁玲發表了〈莎菲女士的日記〉後，陷入了三角戀。她喜歡馮雪峰[4]。馮雪峰當時是「左聯」的領導，在1957年被打成右派之前，他是共產黨內的文藝界的領導，參加過長征的。但詩人胡也頻[5]喜歡丁玲。胡也頻是一個「靚仔」，做過海軍軍官。他曾經有大概兩年的時間在精神戀愛，丁玲去哪裏，他也跟去哪裏。他們後來同居，但關係非常純潔。沈從文是胡也頻的好朋友，湘西當兵出身。當他了解到胡苦追丁玲兩年而且還那麼清白，就說你這樣下去是不行的。所以，後來胡也頻就和丁玲好了。丁玲也願意和胡也頻在一起，但心理上還是苦戀馮雪峰。中間還有一段時間在上海，胡也頻、沈從文和丁玲住在一起，樓上樓下。沈從文多年以後還常常回憶當初和胡也頻、丁玲在一起辦雜誌，一起吃住的情形。而丁玲從政治上覺得自己是左派，即使「文革」之後還看不起沈從文。這中間還有一些私人的原因。

丁玲這一輩子太值得拍電影了，真是非常精彩。接下來，胡也頻被捕，年紀輕輕被國民黨槍斃，不僅因為他參加「左聯」，也因為他捲入了中共黨內的鬥爭。之後，據說是馮雪峰給丁玲介紹了一個丈夫，叫馮達[6]，這個人的才華平平，但對丁玲非常好。馮達和丁玲一起生活，卻被國民黨抓起來，軟禁在南京。

子東說

馮達活得很久，比丁玲還長壽，他先是去了美國，又去了台灣。雖然馮達在海外做學者，卻一直關注着丁玲幾十年來的命運變化。他們生了一個小孩，後來跟着丁玲。

這段歷史說不清楚，有人說馮達是叛徒。丁玲沒有被抓去監獄。很多人以為她死了，魯迅的悼念文章都寫好了。可是過了三年，丁玲又跑出來了。那時她碰到長征回來的馮雪峰，對他說想到延安去，離開上海。於是，通過聶紺弩安排，把丁玲送到延安。當時也可以去法國，丁玲拒絕。

子東說

魯迅有一篇非常有名的文章〈為了忘卻的紀念〉，其中提到的柔石，就是和胡也頻一起的「左聯五烈士」。悼念柔石的時候，魯迅以為丁玲去世了。

在延安，丁玲是《解放日報》文藝版主編，陳企霞[7]是副主編。《解放日報》當時是共產黨最重要的報紙。據陳企霞描述，他們當初千辛萬苦離開國民黨的佔領區，離開大城市，冒着生命危險到陝北，一直不知道是否安全。在國民黨東北軍的保護下，終於到了一個地方，看到一個男孩，拿着個紅纓槍，頭剃光了，只留前面一撮頭髮，這就是延安時期的紅小兵。他們一看到這個「紅小鬼」，就高興地從車上跳下來，趴在地上，親吻黃土。後來，卞之琳、何其芳、周揚等很多文人都是這樣去延安的。

但是「親吻黃土」這個動作很奇特，除了教皇等聖人，一般人不會做。親吻要留給親愛的人或物，或者足球冠軍親吻獎杯，劉翔親吻一百一十米欄。一個農民會去親吻土地嗎？應該不會的。農民知道這個土裏有糞啊。有時候，知識分子的行為，在農民看來是很好笑的事情。真正的陝北農民才不會趴下來親吻黃土。可是這個特定的歷史情景，說明了當時知識分子對革命的嚮往。

子東說

我去過壺口，黃河邊上有一個很有名的瀑布。有一年，《黃河大合唱》搬到黃河邊上演出，為了表現氣氛。當然，除了音響效果以外，更大的問題是樂隊讓當地的農民來聽。農民說這天不用

> 出工了，坐下聽，結果就鬧了笑話。因為《黃河大合唱》裏有一段著名的朗誦，是這樣的：「朋友！你到過黃河嗎？你渡過黃河嗎？」可是在這個地方一講，就好笑了：「朋友，你到過黃河嗎？」那些農民：「啥？當然到過，還用你説，我們天天在這裏，吃喝拉撒……」演不下去，全亂了。這個故事説明，那些鄉土的符號都是做給城裏人看的。

丁玲到了陝西延安，給她開歡迎會。甚麼級別？周恩來坐在門檻上，張聞天主持歡迎會，鄧穎超唱了京戲。毛澤東為了歡迎丁玲，還專門寫了一首詞：「昨天文小姐，今日武將軍。」丁玲多年後回憶説，那是她一生最光榮的一天[8]。可那是很多年以後才知道，當時她不知道。人永遠不知道「今天」在你一生中的意義。當時毛澤東問她要做甚麼，她説要當紅軍，就真派她到前線。前線很多將帥比如彭德懷、賀龍等，都對她很好。她最喜歡彭德懷，還給毛澤東發電報説過這件事。

可以看到，丁玲喜歡的男人，如瞿秋白、馮雪峰等，都是文化水準或政治地位比她高很多的人。但現實之中，她和胡也頻、馮達、陳明[9]一起生活。陳明是她在延安認識的一個年輕人，當時只有二十來歲，丁玲三十多。陳明對丁玲非常好，跟她結婚以後，一直照顧她直到老年。丁玲去世以後，有任何人寫文章批評丁玲，陳明就出來跟他打官司。丁玲是真的女權英雄。

創造了延安文藝最好的成績

丁玲在延安受了不少委屈，也創造了延安文藝最好的成績。延安時期最好的小説裏，有她的兩個短篇，〈在醫院中〉[10]和〈我在霞村的時候〉[11]。

〈我在霞村的時候〉講一個農村少女，被日本人強暴了，還被留作情婦，與很多日本軍官有性關係。同時，這個女人又是八路軍的間諜，弄情報。後來這個女人得了性病，回到家鄉醫病，卻被鄉親們議論歧視，小說就在這裏開始的。「我」是一個工作組幹部，在霞村見到這個女人。女人叫貞貞，她原來也喜歡一個小伙子，但現在卻不願再和這個小伙子好了：怕連累自己喜歡的人。這個女人把所有的委屈都壓在心裏，只有和「我」訴說心事。

子東說 這個故事後面的分量很重，民族、革命、性別，都融合在一起，女性成為一個民族戰爭的戰場，和《色，戒》很像。如果讓李安來拍〈我在霞村的時候〉，可能比《色，戒》還好。

丁玲當時除了主編《解放日報》文藝版之外，還發表了一篇文章，叫〈三八節有感〉，這篇文章因為提到江青的話而闖禍了[12]。於是，輿論開始批評丁玲。尤其1942年「搶救運動」，丁玲在南京和馮達被國民黨軟禁這一段歷史，被拿出來反覆審查，審不清楚。審到最後，當時的組織部長陳雲說丁玲是一個好同志，丁玲也寫了檢查日記，毛澤東也保護她。[13]從此以後，丁玲的文風就改了。

丁玲的文風改了兩次。第一次是她參加「左聯」，把〈莎菲女士的日記〉的寫法，改成寫革命加戀愛，文風大變。第二次是她到延安之後的改變。她寫〈我在霞村的時候〉，寫得很好；被批判以後，她又努力改。有才的人終究有才，後來的長篇小說《太陽照在桑乾河上》的文風改了更多，還是比當時其他的革命作家寫得都好，得了史達林文學獎二等獎。丁玲在黨內、在文化界是有地位的，但也受人質疑。據說一度有文化團體把魯迅、郭沫若、茅盾、丁玲四個人的畫像掛在一起，後來被人批評。

子東說

那時，蘇聯給的獎就是最高的獎，也是中國作家所獲得的最早的國際獎項。

1949 年以後，丁玲和主管文藝的周揚關係不好。這和馮雪峰有關。上海「左聯」時期，馮雪峰、胡風、巴金和魯迅關係比較近；而周揚、夏衍、茅盾、郭沫若等剛好是相反的。當年有兩個口號之爭，而丁玲是接近魯迅、馮雪峰的。所以，她在 1949 年以後黨內地位沒有周揚高。丁玲早在 1956 年就被打倒，她比大多數同行提早十年受苦，到北大荒勞改，當時是五十二歲。黑龍江兵團司令王震一直保護、照顧她，不讓她太辛苦。但她直到「文革」結束還是右派，又拖了兩年才平反，據說是因為她和馮達的那段歷史。

丁玲晚年也和別的作家不一樣。周揚、夏衍這些作家，到了「文革」以後，大徹大悟，說「文革」是錯的，表示懺悔。可是據說丁玲絕不講革命有甚麼不好。「飛蛾撲火，非死不止」，這是丁玲的一生。

子東說

我在 1985 年參加過一個紀念郁達夫的會，我幫助起草胡愈之的報告，關於郁達夫的。會議主持人夏衍，是周揚的戰友，地位很高。本來主持人只要講五分鐘，可他講了半個多小時，他懺悔。下面的其他作家都看呆了，都沒想到。他說我們當初對郁達夫不好，「左聯」當時太左了，對郁達夫很不公平。這個老人動了真情。幾十年以後，沒有要求他說，他自己懺悔了。那次我在現場，親眼目睹。

早在九十年前，丁玲就敢寫女性的情慾和追求了

回到丁玲最早期的〈莎菲女士的日記〉。在目前講到的中國現代文學裏，有三個典型的女性，在道路的選擇上都很困難：一個是大小姐，「繡枕」被人糟踐，盼不到好的婚姻；一個是子君，跟窮書生同居，

分手後還回不了家；還有一個是莎菲。這些女性，背後都有一個共同的形象，就是娜拉。「娜拉」來自挪威劇作家易卜生的一齣戲。這部戲在當時的中國影響非常大。大意是說，女主人公發現自己在家裏只是一個花瓶，所以離家出走。劇本的最後，她推開門走出去，「砰」地關上門。當時胡適翻譯了這個戲，叫《玩偶之家》。在當時，「娜拉出走」一度變成一個口號，一個象徵。

跟這個戲一樣有名的，是魯迅的一篇文章，叫〈娜拉走後怎樣〉。魯迅的觀察非常厲害：娜拉出走了，大家都鼓掌，戲落幕了。可她出走以後怎麼辦？只有兩條路，要麼回去，要麼墮落。因為娜拉沒錢啊！當時，一個女人在社會上是無法自己活下去的。所以，〈傷逝〉裏的子君只有回家，曹禺《日出》裏的陳白露只能墮落。

一百年前，莎菲女士，也是一個出走的「娜拉」，她不需要靠男人，也有一點錢，還是個文藝青年。她有戀愛的自由，也有自由的麻煩。大小姐是沒有自由的哭，子君是有了自由、選擇失敗以後的哭，莎菲是有自由、不知怎麼選而哭。

〈莎菲女士的日記〉在文學史上一再地被提起，很重要的一個原因，即它是中國現代比較早期的女性主義的文學。有一本書叫《浮出歷史地表》，其中一位作者戴錦華是北大教授，專門教電影的，來過嶺南大學，是很受歡迎的一個教授；另一個作者孟悅，是我在加利福尼亞大學洛杉磯分校的同學，她本來是在北京打排球的，現在加拿大教書。這本書是從女性主義角度討論中國現代文學，屬於最早、最成功的一本書，非常稱讚丁玲的這篇小說。還有香港學者周蕾，她是美國杜克大學的講座教授，在一本很有名的《婦女與中國現代性》的書中，也討論丁玲的這篇小說。

子東說

丁玲的〈莎菲女士的日記〉大概就是講一個女人和兩個男人的故事：一個男人非常喜歡女主人公，她卻喜歡另一個男人，但這個男人對她並不是真心，所以女主人公把他也拋棄了。這不只是〈莎菲女士的日記〉的故事結構，這也是丁玲一生感情道路的基本結構。甚至也可能是現在很多人的感情道路。從那以後，丁玲所碰到的男人，基本都是這兩類。香港同學的概括，前者是「收兵」，後者是甚麼？

為甚麼這篇小說如此受女性主義批評家推崇？因為小說裏有一個雙重的角色顛覆。

第一重角色顛覆就是葦弟。葦弟很善良，對莎菲非常好，但是沒有莎菲聰明、堅強。小說顛覆了一個最基本、最傳統的性別模式，這個模式就是：男人是樹，要堅強；女人是花，要温柔。比如〈春風沉醉的晚上〉〈傷逝〉，都有這個模式，就像愛情電影常見的海報：男人高大，女人弱小；男人低下頭來，女人仰起頭來。但「女性」和「女人」是兩個概念。「女性」是天生的，而「女人」的很多特點是後天造成的。可丁玲把它倒過來了。

第二重角色顛覆，就是對華僑凌吉士的描寫。「這是我第一次感覺到男人的美」，「他，這生人，我將怎樣去形容他的美呢？固然，他的頎長的身軀，白嫩的臉龐，薄薄的小嘴唇，柔軟的頭髮，都足以閃耀人的眼睛，但他還另外有一種說不出，捉不到的豐儀來煽動你的心。」「我看見那兩個鮮紅的，嫩膩的，深深凹進的嘴角了。我能告訴人嗎，我用一種小兒要糖果的心情在望着那惹人的兩個小東西。但我知道在這個社會裏面是不准許我去取得我所要的來滿足我的衝動，我的慾望，無論這於人並沒有損害的事，我只得忍耐着，低下頭去，默默地念那名片上的字：『凌吉士，新加坡……』」

即使是今天的女人，見到一個男人很吸引她，也會克制自己，把它壓到潛意識裏去。而丁玲在九十年前，就敢這麼寫了，完全打破了「男人進攻女人是為了性慾，女人吸引男人是為了生活」的常規思維。小說赤裸裸地描寫女性的性慾，毫不羞澀地寫女性的追求。

後來，丁玲的風格變了好幾次，但〈我在霞村的時候〉其實是「莎菲」到了延安。這麼一個柔潤、敏感的知識女性，當她到了黃土高原這麼一個戰爭背景下，她能注意到的東西，還是與眾不同的。在這個意義上，郁達夫沒有出現這麼大的變化和進步。郁達夫的〈沉淪〉是他一輩子的基調，而「莎菲」是到了延安而且產生了突變。這是丁玲在中國現代文學史上的獨特貢獻。

延伸閱讀

蕭軍：《延安日記：1940–1945》，香港：牛津大學出版社，2013 年。

陳明口述，查振科、李向東整理：《我與丁玲五十年：陳明回憶錄》，北京：中國大百科全書出版社，2010 年。

孫瑞珍、王中忱：《丁玲研究在國外》，長沙：湖南人民出版社，1985 年。

袁良駿：《丁玲研究資料》，北京：知識產權出版社，2011 年。

王德威：〈做了女人真倒霉？：丁玲的「霞村」經驗〉，收入《想像中國的方法：歷史・小説・敍事》，北京：生活・讀書・新知三聯書店，1998 年。

李向東、王增如：《丁玲傳》，北京：中國大百科全書出版社，2015 年。

周蕾著，蔡青松譯：《婦女與中國現代性：西方與東方之間的閱讀政治》，上海：上海三聯書店，2008 年。

孟悦、戴錦華：《浮出歷史地表：現代婦女文學研究》，北京：中國人民大學出版社，2004 年。

唐小兵：《再解讀：大眾文藝與意識形態》，北京：北京大學出版社，2007 年。

---

1 凌叔華：〈繡枕〉，《太太・繡枕》，北京：華夏出版社，1997 年。

2 張愛玲：〈封鎖〉，《傳奇：張愛玲短篇小說集》，台北：皇冠出版社，2016 年，頁 292。

3 瞿秋白（1899–1935），生於江蘇常州，散文作家，文學評論家。他曾兩度擔任中國共產黨最高領導人，是中國共產黨早期領袖和創始人之一。1935 年在福建長汀被南京國民政府逮捕並槍決。

4 馮雪峰（1903–1976），浙江義烏人，詩人、文藝評論家。1921 年考入浙江省立第一師範學校，1925 年到北京大學旁聽日語，1927 年加入中國共產黨。1928 年結識了魯迅，共同編輯《科學的藝術論叢書》，於 1929 年出版。次年，馮雪峰與魯迅等人合編的《萌芽》月刊於上海創刊。他又參加籌備中國左翼作家聯盟，後任「左聯」黨團書記、中共上海文化工作委員會書記。1941 年被捕，1942 年 11 月下旬被營救出獄。1943 年到重慶，在中華全國文藝界抗敵協會工作。1928 年 2 月，丁玲愛上了幫忙講授日語的馮雪峰。面對胡也頻和馮雪峰，丁玲陷入情感旋渦。為了擺脫這一棘手的選擇，丁玲和胡也頻也南下上海。之後三人到杭州談判，馮雪峰退出。

5 胡也頻（1903–1931），福建福州人。幼年入私塾讀書，因家境困難曾兩度輟學。1924 年參與編輯《京報》副刊《民眾文藝週刊》，開始在該刊發表小說和短文。同年夏天，與丁玲結識並成為親密伴侶。1930 年 5 月，由於鼓動學生進行革命而被省政府通緝。他返回上海，參加了中國左翼作家聯盟，後當選為「左聯」執行委員，並任工農兵文學委員會主席。1931 年 1 月 17 日，在東方旅社出席第一次全國工農兵代表大會預備會議時被國民黨反動派逮捕，2 月 7 日被殺害於上海龍華淞滬警備司令部。

6 馮達是丁玲的第二個丈夫，比丁玲小四歲。1931 年 11 月與丁玲同居。1983 年 12 月 19 日，丁玲告訴駱賓基：我同馮達好，這裏邊雪峰還起了作用，他看到我一個人在上海生活，不能和很多人來往，坐在那裏寫文章，很苦，就給我出主意，是不是有一個人照顧你好，要像也頻那麼好當然也不容易，但是如果有一個人，過一種平安的家庭生活，讓你的所有力量從事創作，也很好。參看李向東與王增如合著的《丁玲傳》。

7 陳企霞（1913–1988），原名陳延桂，浙江鄞縣人，中國現代作家。1931 年開始發表小說、散文，次年在上海結識作家葉紫，於 1932 年創辦無名文藝社，同年出版《無名文藝》旬刊、月刊，並加入中國左翼作家聯盟。他又於滬西郊區從事工農教育，加入中國共產主義青年團，後兩次被捕，出獄後從事救亡工作，組織進取社、讀書社和救國會。1935 年加入中國共產黨，參加中共地下黨工作及救亡活動。1940 年赴延安，先後在中央青委宣傳部、《解放日報》副刊部工作，參加延安文藝座談會。1945 年參加華北文藝工作團，華北文工團併入華北聯合大學後，任聯大文藝學院文學系主任。曾參與編輯《北方文化》《華北文藝》等刊物。1952 年加入中國作家協會，歷任全國文聯、文協秘書長，《文藝報》副主編、主編、中國作協理事。1955 年因「丁玲、陳企霞」冤案而受到錯誤處理。後任杭州大學教師。1979 年糾錯，恢復名譽。

8 李向東、王增如：《丁玲傳》，北京：中國大百科全書出版社，2015 年。

9 陳明，原名陳芝祥，1917 年生，江西鄱陽縣人。在「一二・九」運動中，他是麥倫中學的學生領袖、上海中學生抗日救國聯合會的創始人和領導者之一。1937 年 5 月，二十歲的陳明奔赴延安成為抗大十三隊的學員，不久結識了已到延安半年多的丁玲。陳明和丁玲經過五年曲折戀愛終於走到一起。1957 年，原本應該平反的丁玲又被打成「右派」。在北京電影製片廠工作的陳明隨之被打成右派，開除黨籍，撤銷級別，被發配到黑龍江監督勞動。1961 年，陳明摘除右派帽子，不久發生「文革」，陳明也跟丁玲一起被關進「牛棚」。1970 年春天，丁玲和陳明又分別被關進了秦城監獄。1975 年 5 月，丁玲獲釋，陳明也隨之獲釋。2010 年出版《我和丁玲五十年》。

10 丁玲：〈我在霞村的時候〉，《中國文化》（延安）第三卷第一期，1941 年 6 月。

11 丁玲：〈在醫院中〉，初次發表於《穀雨》，題目為〈在醫院中時〉。1942 年發表於重慶《文藝陣地》時更名為〈在醫院中〉。

12 丁玲：〈三八節有感〉，《解放日報》（延安），1942 年 3 月 9 日。

第七講

「五四」新詩的發展

第一節　沒有新詩，就沒有「五四」

「詩」是比「文學」更早出現的概念

我選的新詩裏，可能有一些，同學們在中學已經讀過，但是我還是選了。第一，因為選的是經典，我希望通過這兩節課，把「五四」新詩的全貌勾畫一個基本的輪廓，也可以銜接到以後要讀的當代朦朧詩和你們正在讀的古典詩歌。第二，我希望同學們看到同一首詩，在中學和大學會有怎樣不同的解讀方法。重要的不是讀了甚麼，而是怎麼去讀，讀的方法。我一直覺得，大學生四年，和沒讀大學的人比較，重要的不是四年間讀了多少書，而是養成一個讀書的習慣，以後一生便有所不同。

「詩」是比「文學」出現得更早的概念，無論在東方還是在西方。在中國古代，並沒有「文學」這個說法，「文學」在中文裏是近代的概念。在中國古代，較早和「文學」自覺意識有關的說法，是「文章」。曹丕是中國最早的文學批評家之一，他第一次把「文」和「章」加以區別。[1]「文」是指各種各樣的文件文字，比如皇帝的詔書、討伐令。「章」是講如何把「文」寫好的方法。這個方法，就是「文學」。

「文」「章」分家已是漢末，「文學」概念出現得更晚，但「詩言志」的說法很早就出現了。西方也一樣，「文學」這個說法出現得較晚，最早的概念是「詩」。亞里士多德有專著《詩學》[2]。

子東說

當時的「詩」其實是現在唱的歌，「詩」和「歌」是連在一起的。《詩經》被翻譯成英文時，通常譯成「song」，不叫「poetry」。[3] 現在給鮑勃・狄倫頒獎，也算恢復傳統，把歌納入了文學的範疇。

中國古人講詩，並不怎麼關心詩的本質是甚麼，或者詩和其他文章有甚麼區別，首先講的是詩有甚麼用 —— 詩言志；或者，詩應該怎麼樣 —— 思無邪。中國古代一直關心文藝的功能，比如「美」與「刺」，興觀羣怨，講的都是功能，沒有講到底甚麼是詩。時至今日，《人民日報》《環球日報》還在糾結文學的這兩個功能 —— 到底是歌頌還是批判。

子東說

「子曰：小子何莫學夫詩。詩，可以興，可以觀，可以羣，可以怨。」(《論語》)

亞里士多德的時代和孔子的時代差不多，是軸心時代。他對詩的基本定義，到今天還是經典。文學的基本特性是虛構，那麼虛構是否就是不真實？不真實的東西有甚麼意義呢？亞里士多德說了，歷史是已經發生的事情，詩是寫可能發生的事情。因此，詩比歷史更哲學，更能反映事物的本質。這個定義非常深刻。電影字幕常常寫「本故事純屬虛構」，可為甚麼虛構的故事令人感動落淚？因為這「假」的故事可能真實發生。新聞、歷史已經真實地發生在別人身上，文學裏的故事卻可能發生在你我身上。所以，詩和歷史一樣重要、一樣久遠。詩的本質，詩和真實及歷史的關係，這是西方人的着重點。詩在人心、社會中的功能作用，是中國人的着重點。

子東說

「詩人的職責不在於描述已經發生的事，而在於描述可能發生的事，即根據可然或必然的原則可能發生的事。……詩是一種比歷史更富哲學性、更嚴肅的藝術，因為詩傾向於表現帶普遍性的事，而歷史卻傾向於記載具體事件。」(亞里士多德《詩學》)

新文化運動起源，就是梅光迪和胡適爭論的焦點——能不能用白話寫詩。梅光迪認為，「農工商」可以用白話，但「士」不能全用白話，因為不能用白話寫詩。所以，胡適偏偏就用白話來寫。其實，「五四」新文學以後的四個領域裏——詩歌、小說、散文、戲劇——新詩的成績和古代相比是最弱的。不是新詩不努力，是中國古詩太偉大。現代小說把過去在文壇地位最低的街談巷議、八卦緋聞的東西抬舉為文學的正宗，這是小說的成就。戲劇方面，中國原來只有唱的戲曲，沒有戲劇，所以「play」這個東西是西方來的，完全是新的。散文方面，中國古代的「文」是用來考科舉的，除了寫國家大事以外，寫小狗小貓、花草魚蟲的，都是自娛自樂，沒有功名價值的，既不賣錢，也沒有地位。由於周作人、魯迅、朱自清、郁達夫他們的努力，形成了現代散文這個文類大綜。而且，在「文學的國語，國語的文學」這個用文學建設現代漢語的過程中，散文的功勞是最大的。這三個領域的成就都很輝煌。

但是，也不能忽略新詩的意義，如果沒有新詩的出現，「五四」文學運動就沒法開始。不能想像現代漢語全用白話，僅有詩歌仍用文言。如果是這樣，白話就不是一個正宗的國語。

最早的新詩詩人

最早提倡新詩的兩個人，一個胡適，一個郭沫若，政見非常不同，但共同點是膽子大。胡適的名言是「大膽的假設，小心的求證」。郭沫若之後再講。另外，他們兩人後來分別成為國共兩黨裏政治地位最高的文人。還有一個有趣的現象：中國現代文學史上的詩人，幾乎都不寫小說。比如聞一多、戴望舒，大都不寫小說的。他們偶爾寫寫散文，郭沫若還寫戲劇，徐志摩倒是寫過小說，不過遠不如他的新詩有名。很多詩人只在年輕時寫詩。大概詩比較像愛情，不會一輩子都在寫的。在大多數時候，寫詩是詩人生命中的一個階段，過了這個階段之後，他想寫也寫不出來。這很像人生當中的愛情。不像做學問、寫小說，可以遲一點，多一點積累。詩歌不是的。好的詩可能在十六七歲、十八九歲就寫出來了，五年、十年以後就沒了靈感。這是非常有意思的。

子東說

胡適不僅是學者，還在二十世紀六十年代被提名諾貝爾文學獎，因為他的成就主要在研究，所以沒有得獎。胡適曾任國民政府駐美國大使、北大校長、台灣「中研院」院長。他和蔣介石有私人來往。郭沫若曾是中國科學院院長、政務院副總理、人大常委會副委員長。早在北伐時，他就做北伐軍政治部的副主任，抗日時，他又做國民黨軍委會政治部第三廳廳長。這兩個最早的中國現代詩人，也是兩個政治地位最高的文人。

那麼，詩人不寫詩了，做甚麼呢？很多詩人做古典文學研究，而且做最「難」的甲骨文考證。王國維、郭沫若、聞一多、陳夢家，都是這樣。研究甲骨文、青銅器是很枯燥的事情，可是最有成就的那些考證學者，往往在年輕時是最浪漫的詩人。余英時有個解釋，說考證甲骨文更多不是依靠學識、修養，而是依靠想像力。這也是很有想像力的學術推理[4]。

郭沫若曾在 1927 年聲討蔣介石，為躲避國民黨追捕，便逃到日本去，幾年時間就變成了甲骨文的專家[5]。今天，有人嘲笑他天馬行空的詩，批評他古為今用的劇作，看不起他的政治操守，但幾乎沒人否定他的甲骨文研究。有很多學者是一輩子在做甲骨文研究，一輩子研究幾個字。我們系的許子濱就是這方面的專家。葛兆光也是做中國古代文化研究的，有本專著《宅茲中國》[6]，依據東周、西周出土的石頭、瓷器之類考證「中國」這個概念的來源。也不知他們年輕時是不是詩人。但香港文壇的情況不一樣。有些小說家，比如西西、也斯等，也寫詩。也斯寫詩的成就甚至高於小說。「五四」時期的另一個現象是，魯迅、郁達夫等以小說散文出名，極少寫新詩，卻熱衷於寫舊體詩。中國當代文學中，基本上詩人與小說家分工明確，只有北島早期寫過一篇有名的中篇小說《波動》，但寫作背景很特殊，是「文革」時期的手抄本。關於詩人與小說家的關係問題，只是提醒同學們思考，我們課上的很多討論是沒有結論的，只是 open mind。

郭沫若 1892 年生，四川人，也和魯迅一樣先學醫後從文。《女神》和《沉淪》一樣，是前期創造社最主要的成果。北伐開始前，郭沫若是廣州中山大學的文學院院長。隨軍北伐途中的幾個月裏，從中校升至中將，任北伐軍總政治部副主任，主任是鄧演達。說起來，郭沫若也是中國現代作家中軍階最高的人。本來，蔣介石還要郭沫若當「總司令行營政治部主任」，其實就是御用文膽。當時他才三十多歲。「四一二」政變之前，蔣介石的力量已經很大了，郭沫若卻寫文章聲討他，還去參加南昌起義，後來逃到日本。郭沫若到日本後，詩也不寫了，甲骨文研究自成一家。單憑這一點，也令人佩服他的才華。

子東說

1927 年 8 月 1 日，周恩來領導了南昌起義，參加起義的朱德、葉劍英、賀龍、林彪，後來都做了元帥。

1937 年時國共合作抗戰，周恩來負責和國民黨商談統戰。當時需要一個名人出來，做文化界、文藝界的領導。魯迅已經去世了，周恩來就提議了郭沫若，說魯迅是中國文學的導師，郭沫若是中國文學的方向、主將。所以，郭沫若就擔任了政治部第三廳廳長，相當於今天的文化部長。當時的文聯負責人是老舍。這兩位都是中立人士。1949 年以後，郭沫若還做了政務院副總理、中國科學院院長、文聯主席、人大常委會副委員長等。

子東說

「魯迅自稱是革命軍馬前卒，郭沫若就是革命隊伍中人。魯迅是新文化運動的導師，郭沫若便是新文化運動的主將。魯迅如果是將沒有路的路開闢出來的先鋒，郭沫若便是帶着大家一道前進的嚮導。」語出周恩來〈我要說的話〉。1941 年 11 月，周恩來為紀念郭沫若五十壽辰和創作生活二十五週年，作〈我要說的話〉一文，登載在《新華日報》上。

郭沫若有兩本學術書，令人印象很深。

一本書是《十批判書》[7]，批判孔子、孟子、莊子、老子等。如果和羅根澤、楊榮國、周谷城、范文瀾等學者的研究放在一起看，會感覺到郭沫若對古代思想家的研究思維很像詩人，膽子大，想像力超人。

子東說

當時，郭沫若還在日本，郁達夫去找他。郭沫若專門寫過一篇文章，講他悄悄離開家，離開在日本的妻子和四個小孩，都沒有告別。因為他知道，如果說了，她們是不讓他走的。這個場面很戲劇化：一個男人拋下妻兒，回到戰火紛飛的中國去抗戰。郭沫若回國後，和于立群結了婚。在日本的妻子安娜也沒再嫁，和小孩住在中國的大連，郭沫若一直養着她。

還有一本叫《李白與杜甫》[8]，其中有一個重大的考證，說李白不是中國人，生於中亞細亞碎葉城 —— 現在的哈薩克。但他這個考證是有目的的。當時中國和蘇聯有領土糾紛，如果按照郭沫若的考證，那麼蘇聯的部分地方其實原是中國的——李白是中國的，中亞碎葉城是李白的故鄉，所以中亞碎葉城是中國的。其實同一個證據完全可以反過來理解：李白喝酒喝得那麼多，還歌頌當街殺人，很多行為都是漢人難以想像的。所以，李白至少是一個少數族裔。

但最離譜的還是研究杜甫，郭沫若說杜甫是個地主階級。杜甫有一句詩：「新松恨不高千尺，惡竹應須斬萬竿。」有一萬竿竹子可以砍掉，可見他的地有多大，所以杜甫是個地主。還有一首最有名的詩，是〈茅屋為秋風所破歌〉，寫道：「南村羣童欺我老無力，忍能對面為盜賊。公然抱茅入竹去，唇焦口燥呼不得，歸來倚杖自歎息。」說對面的小孩搶他屋頂上的茅草，這些小孩都是窮人，很可憐，肯定家裏也沒得燒，也沒得蓋屋，肯定很窮。他們來拿屋頂上一些茅草，杜甫還要喊得「唇焦口燥」，多麼吝嗇的一個地主啊。

公平地講，郭沫若的甲骨文研究是非常有想像力的，晚年做李杜研究，他可能也有為難的地方。「文革」一開始，郭沫若就說他以前幾十年寫的東西，應該全部燒掉。郭沫若故居在北京後海，是非常大的一個宅子。可他地位雖高，卻連自己的孩子也救不了。當時他為了迎合形勢，還寫了一部戲替曹操平反，就是《蔡文姬》。別人看郭沫若一生順風順水，地位那麼高，其實他自己恐怕苦衷難言。

子東說

1966年4月14日，郭沫若在全國人大常委會第三十次（擴大）會議上，即席發言，講出了當時令文化界頗為震驚的一段話：「幾十年來，（我）一直拿着筆桿子在寫東西，也翻譯了一些東西。按字數來講，恐怕有幾百萬字了，但是拿今天的標準來講，我以前所寫的東西，嚴格地説，應該全部把它燒掉，沒有一點價值。」4月28日《光明日報》以〈向工農兵羣眾學習，為工農兵羣眾服務〉為題，全文刊登郭沫若的講話。5月5日《人民日報》全文轉載。

草創階段的代表作

在新詩的草創階段，有幾首代表性的詩，其一就是胡適的〈蝴蝶〉：

兩個黃蝴蝶，雙雙飛上天。
不知為甚麼，一個忽飛還。
剩下那一個，孤單怪可憐；
也無心上天，天上太孤單。[9]

如果今天寫這樣一首詩去投稿，大概是不會被發表的。但在當時，這首詩就是劃時代的。中國的古詩已經發展到非常精深、精緻、精美的地步，數千年來最有才華的人都在寫詩——不做科學，不做商科，全都在寫詩。能想像嗎？馬雲、錢學森都在寫詩，整個社會的全部精華積澱在此，到「五四」時卻被「兩個黃蝴蝶」打破。

胡適另外有一首〈夢與詩〉：

都是平常經驗，
都是平常影像，
偶然湧到夢中來，
變幻出多少新奇花樣！
都是平常情感，
都是平常言語，
偶然碰着個詩人，
變幻出多少新奇詩句！

醉過才知酒濃，
愛過才知情重：——
你不能做我的詩，
正如我不能做你的夢。[10]

這首比〈蝴蝶〉好一點，有一點詩意，特別是「你不能做我的詩，正如我不能做你的夢」，講出了不同身份的人與人之間的隔膜。魯迅的舊體詩非常好，有些散文詩也很精彩，比如《野草》裏的〈影的告別〉：

我不過一個影，要別你而沉沒在黑暗裏了。然而黑暗又會吞併我，然而光明又會使我消失。

然而我不願彷徨於明暗之間，我不如在黑暗裏沉沒。[11]

雖然不大像新詩，但裏面的意象太精彩。好的意象既是寫實的，又是象徵的。「然而黑暗又會吞併我，然而光明又會使我消失」，這是寫影子，也是寫他自己，寫他的彷徨，寫光明他也受不了（早就預料到了），黑暗他也不能忍受。最後他說，「不如在黑暗裏沉沒」，非常悲觀的情緒。

還有一首劉半農的〈教我如何不想她〉，很有名：

天上飄着些微雲，
地上吹着些微風。
啊！
微風吹動了我頭髮，
教我如何不想她？

月光戀愛着海洋，
海洋戀愛着月光。
啊！
這般蜜也似的銀夜，
教我如何不想她？
水面落花慢慢流，
水底魚兒慢慢游。
啊！
燕子你說些甚麼話？
教我如何不想她？
枯樹在冷風裏搖，
野火在暮色中燒。
啊！
西天還有些兒殘霞，
教我如何不想她？[12]

一首非常簡單的、像回歸國風傳統的情歌，還被趙元任譜成了歌曲。

當時還有一個詩人叫汪靜之，他寫的所有的詩，只有一句最有名：

一步一回頭地瞟我意中人；[13]

簡單的一句話，表現了「五四」對愛情的態度。〈沉淪〉裏主人公的自白，就是名也不要，利也不要，甚麼都不顧，只要愛情。今天來看，這是很濫情的表達，可在當時是石破天驚的，「一步一回頭地瞟我意中人」。郭沫若受德國的歌德、席勒的影響，他最有名的詩是〈鳳凰涅槃〉，以下為節錄：

我們光明呀！
我們光明呀！
一切的一，光明呀！
一的一切，光明呀！
光明便是你，光明便是我！
光明便是「他」，光明便是火！
火便是你！
火便是我！
火便是「他」！
火便是火！
翱翔！翱翔！
歡唱！歡唱！[14]

在當時，這就是時代的最強音，是郭沫若最早的詩集《女神》裏的代表作。另外一首特別有名的叫〈天狗〉，是郭沫若早期的浪漫主義：

我把月來吞了，
我把日來吞了，
我把一切的星球來吞了，
我把全宇宙來吞了。
我便是我了！[15]

寫這首詩的時候，他二十八歲。

第二期的新詩是格律派，代表作是〈死水〉[16]。聞一多曾在芝加哥藝術學院學習美術，就在密西根湖邊上。

子東說

這個學校我專門去過，法國以外的印象派畫作收藏，最多是倫敦的國家美術館，第二就是芝加哥藝術學院。當時他們正籌備一個東亞部，那時還沒開放，我跟李歐梵教授、劉再復教授通過熟人到地下室去看。把中國的古畫親手展開來看，這還是我生平第一次，有文徵明、唐伯虎的畫，還有更早一點的。有一些美國的博士生，金髮碧眼，年輕得很，專門研究這些畫。在那個倉庫裏看到很多中國的文物，上面都有標籤，其中一個石像上的標籤給我印象最深：「1920 年購於天津火車站一百五十銀元。」一方面是帝國主義文化侵略，把很多中國的好東西都拿去了，另一方面，要不是他們把它買來，這個石像在 1920 年的天津火車站，不知道會流轉到哪裏。後來我到大英博物館，借採訪為名直接入庫看《女史箴圖》[17]，這在中國反而不可想像。

同學們在導修課上對〈死水〉有一些不同解釋，有人說寫中國，有人說寫北洋政府，還有人說是批判美國。聞一多批判過美國，也寫過〈洗衣歌〉[18]，寫華人在美國很苦。但〈死水〉應該不是寫美國的。他早期的詩非常浪漫直白，比如「這不是我的中華，不對，不對」，到〈死水〉已經收斂了許多，變得比較含蓄。他中年以後一直在研究中國古代文化，比如龍、圖騰之類。他最後是被國民黨特務殺掉的。聞一多早年接觸過國家主義，而且他的美學趣味是非常奇怪的，我們後面再講。

第二節　現代詩歌四章

〈爐中煤〉的崇高，〈雨巷〉的優美

先來比較兩首詩：郭沫若的〈爐中煤〉[19]，戴望舒的〈雨巷〉[20]。

〈爐中煤〉有個副標題，叫「眷念祖國的情緒」。這首詩像一首情詩，詩人把自己比作煤，要為愛人燃燒。有的同學不滿意這個副標題，因為它限制了想像，「眷念祖國的情緒」也太直白了。

其實，這裏有兩點值得注意。第一點是愛國的主題。在中國人的傳統想像裏，如果形容祖國是一個人的話，通常是「母親」。這個非常有意思。約定俗成的說法是，把山川河流想像成母親，因為撫養我們長大。父親是甚麼呢？是王朝，皇帝天子。在中國人的傳統想像裏，我們是民眾，祖國是母，王朝是父。如果他們發生衝突，我們幫誰啊？我們幫母親，母親是最重要的，這一點中國人都知道。更何況，在中國現代文學上，大部分作家的父親早就去世了。在象徵層面，在「五四」時期，王朝、政府可以被打倒，政治道統要被推翻，但祖國「母親」始終是愛的對象，必須對她忠誠，不管寫實還是象徵。

子東說

身上被蟲咬了一下，或者不小心跌了一跤，脱口而出「哎呀我的媽呀」，你會説「哎呀我的爸呀」？不會的，緊要關頭我們都叫媽媽的。

但在這首詩裏，郭沫若把祖國比喻成誰？愛人！在中國的語境裏，這是「陌生化」，這是「大逆不道」。祖國是愛人，那你自己是誰？這只有在「五四」時才會發生，今天沒有人敢這麼寫詩。同時也說明了「五四」文學的浪漫、不拘一格。有一首義大利歌《我的太陽》[21]，我原以為是歌頌義大利或太陽神阿波羅的，後來才知道是唱給情人

的。原來心中愛一個人，可以把她比作太陽。郭沫若把祖國比作愛人，這是「五四」的聲音。讀詩能讀出一個時代。

先講一下審美的幾個最基本的範疇，否則不太容易理解這些詩的異同。

第一是「優美」。比如〈再別康橋〉[22] 裏的夕陽、波光、清泉、彩虹等。〈雨巷〉也是優美，是一種感傷美，紙傘、小巷，淒美、惆悵的意境，比較容易理解。朱光潛早就總結過，在古羅馬到中世紀時，「優美」的標準是完整、平衡、有光彩。[23] 當然，實際變化有很多種，這只是最簡單最抽象的定義。至於「美」可不可這樣定義，「美」有沒有普世性及客觀性，這個以後再討論，這是個非常複雜的問題。但郭沫若詩中黑乎乎的、燒死自己的爐中煤，為甚麼也是審美？

子東說

在周作人那裏，聽雨是一個境界，一種享受。

第二，「崇高」。這個美學概念，是古羅馬的朗吉弩斯 [24] 提出的。某種程度上，悲壯、雄偉、驚險的審美其實很可怕，會傷害人，比如驚濤駭浪、危險的懸崖、陡峭的山峯，還有兇猛的獅子，是「有距離感的危險」，使人感到「安全的恐懼」。但人們也覺得它美。〈爐中煤〉裏寫：「我為我心愛的人兒 / 燃到了這般模樣！」其實是可怕的自焚。愛情就像自焚。

英國美學家博克把人類的基本情慾分成兩類，「一類涉及『自體保存』，即要求個體維持個體生命的本能，一類涉及『社會生活』，即要求維持種族生命的生殖慾以及一般社交願望或羣居本能。大體說來，崇高感所涉及的基本情慾是前一類，美感所涉及的基本情慾是後一類。」[25] 兩個本能，促使人追求兩種美。「優美」，是和性有關的，與延續繁殖的愛美心理有關。但「崇高」滿足甚麼慾望呢？「凡是能以某種方式適宜於引起苦痛或危險觀念的事物，即凡是能從某種方式令人恐怖的，涉及可恐怖的對象的，或是類似恐怖那樣發揮作用的事物，就是崇高的一個來源。」[26] 人有一種恐懼宣瀉的慾望，其實就是求生的慾望。

子東說

以前講一不怕苦二不怕死，可一個真正不怕死的人、沒有求生慾望的人，其實是可怕極了，因為他沒有恐懼感。

人在這兩種最基本的慾望中生存。審美是人的心靈需求和無意識慾望的對象化，「優美」是幼小美好的東西的對象化，「崇高」是巨大可怕的東西的對象化。從後者這裏，人們的恐懼情緒得以宣瀉，很早以前亞里士多德就講過了。走出劇院時，你得到一種淨化，悲劇就是起這個效果的，令你悲鳴、憐憫。人愛可怕的東西，比如看恐怖片、武俠片是看不厭的，打得一塌糊塗，血淋淋，但都知道好人會贏，知道它是怎麼個套路，但還是會去欣賞，簡單說，就是「被虐」。但這個「被虐」背後，是滿足一種恐懼感，而這種恐懼感就是一種「崇高」的審美感。從字面上理解，「崇高」是「我向紀念碑敬禮」，而作為美學範疇的「崇高」(sublime)，卻是宣瀉恐懼。當然也很勇敢，如〈爐中煤〉裏自焚的戀愛者，為了心愛的女人把自己燒掉，這就是崇高美。剛才講郭沫若的〈鳳凰涅槃〉，也是這個道理。

子東說

「《詩學》第六章悲劇定義中最後一句是『悲劇激起哀憐和恐懼，從而導致這些情緒的淨化』。這裏所提到的『淨化』(katharsis) 是歷來研究亞里士多德的學者們長久爭辯不休的一個問題。他們提出了各種不同的解釋。有人說『淨化』是借重複激發而減輕這些情緒的力量，從而導致內心的平靜；有人說『淨化』是消除這些情緒中的壞的因素，好像把它們清洗乾淨，從而發生健康的道德影響；也有人說『淨化』是以毒攻毒，以假想情節所引起的哀憐和恐懼來醫療心理上常有的哀憐和恐懼。這些說法都有一個共

同點，就是都認為悲劇的淨化作用對觀眾可以發生心理健康的影響。」(朱光潛《西方美學史》)

〈雨巷〉被葉聖陶稱讚為「替新詩底音節開了一個新的紀元」[27]，其實就是「丁香空結雨中愁」[28]的現代詮釋版，但戴望舒在音樂上有突破。〈雨巷〉這樣的詩，不能只是看，必須逐字逐句地讀，很有韻味的。

子東說

其實，香港的朗誦很特別，即使用普通話讀，也還保留了唱歌般的風格，可以很多人齊誦，還有人指揮。其實有些唐詩用廣東話的吟唱方法才好，更近古風。

香港很難找到「小巷」，因為香港都是高樓。小巷的情調在江南比較多。蘇州、上海有，但現在也愈來愈少。上海叫「弄堂」，但這首詩如改成「弄堂」，恐怕就少了油紙傘的淒迷憂鬱了。弄堂裏更多鄰居燒糊牛奶、街坊看熱鬧的那種張愛玲氣息。北京叫「胡同」，胡同也走不出「雨巷」的味道。北京很少下雨，胡同多膀爺兒(內地某些地區對裸露上身在街上活動的成年男子謔稱)，有些老舍的味道。所以，不是弄堂，不是胡同，就是雨巷。戴望舒寫這首詩時也就是二十來歲，當時他曾被捕，又在施蟄存家裏避難，愛上施的妹妹。所以，也有評論將此詩解讀成對革命或愛情的憧憬。初讀此詩時，覺得意境淒美，文字精美，似是小資「樣板詩」。余光中對這首詩有批評，認為〈雨巷〉用了太多形容詞[29]，他認為好的詩要多用動詞。這是一家之言，給同學們提供一種參考意見。

從審美的角度來講，感傷是屬於優美的一種。

〈死水〉的審醜，非常厲害的顛覆

〈爐中煤〉和〈雨巷〉都是寫女人，〈死水〉和〈再別康橋〉都是寫風景。從審美上來講，〈再別康橋〉是最典型的「優美」，就像人們拍照常取的景，都是〈再別康橋〉的那一種。但〈死水〉的審美意境叫「醜怪」，這種審美在中國古代較少，在西方也是近代以後才被重視。

一般認為，對「醜怪」的審美，在歐洲浪漫主義以後才真正自覺，最典型的是雨果的《巴黎聖母院》。巴黎聖母院頂樓有一個鐘樓怪人，是正面人物，可是奇醜無比。這個意象影響到世界美學的藝術潮流。最初的印象派，畫面雖然模糊，但還是優美的；漸漸到了畢卡索、康丁斯基，就變形為常人眼裏的「醜怪」了。文學上真正的審醜大師是法國詩人波特萊爾，他的《巴黎的憂鬱》[30]，寫街上馬的屍體和垃圾桶。法國有名的雕塑家羅丹，有很多很醜的雕塑，最有名的是一個老妓女 —— 裸體的，身體已經一塌糊塗了 —— 這樣的一個雕像。十八九世紀，英國引領政治經濟潮流，德國引領哲學音樂潮流，法國引領藝術美學潮流，包括「審醜」。

在現代生活當中，有些東西是非常醜的，但可能是人們非常喜歡的。換句話說，現代人的日常生活已經進入了審醜的美學境界了，比如米奇老鼠。如果你睡在牀上，有一隻真的老鼠在被子裏，甚麼感受？整個晚上不睡覺，家裏被子要洗掉。可是，換成了米奇老鼠，就會抱在懷裏親。米奇老鼠還是老鼠，雖然經過了幾十年的圖像進化，通過和兒童互動，把它的鼻子愈變愈短，但它還是老鼠。再比如說男人穿的 T 恤，最有名的是兩個牌子：一個叫「POLO」，標榜貴族生活，標誌是一個男人騎在馬上打球；另一個是「LACOSTE」，標誌是一條鱷魚，五百塊一件。一個人騎馬打球的標誌，是顯示追求貴族生活，可拿一個鱷魚做甚麼？老鼠和鱷魚是很醜很可怕的動物，可就有這樣的生產商，把這麼一個 ugly 的動物變成了這麼值錢的符號，這就是現實中已經商業化的「審醜」。類似的例子還可以舉很多。這種「審醜」滿足甚麼樣的需要，很難說，不像剛才講的那麼容易解決。可能很多人都沒想過這種審醜的符號有甚麼意義。

子東說

在改變醜的動物形象時，人類還是有底線的，我到現在沒看見過一件童裝，把小強（蟑螂）改得可愛。也有人想要改的，比如台灣作家商禽[31]寫動物，最極端的是歌頌蚊子的美好，說蚊子的身材怎麼健美平衡。老鼠也常常被文學家欣賞，魯迅散文裏的老鼠多數是美好的，這個非常奇怪。

講審醜，是為了讀聞一多。〈死水〉寫破銅爛鐵、剩菜殘羹，寫銅的變成翡翠、鐵罐變成桃花、油膩變成羅綺、黴菌蒸出雲霞。精彩的文學意象，必須有象徵意義，同時也是寫實。看他的寫實：銅是會氧化變成綠色的，鐵一生鏽，顏色就是粉紅的。

子東說

這個世界上，有很多審美標準是誤會造成的。今天的雅典衛城，雕塑是米色的。很多人覺得這就是希臘的美，純淨的美。其實誤會了。原來，古希臘的衛城神廟是五彩繽紛的，就好像北京秀水街的衣帽市場那麼五顏六色。很多年之後，彩色褪去，只剩下大理石的米色了。文藝復興時，人們把這種單一的米色稱為「希臘的顏色」。如果今天把希臘的神廟再修成五顏六色，肯定人們都不接受，覺得很難看。在雅典的博物館，還可以看到五彩的希臘神廟復原模型。現在西方有很多漂亮的石頭房子，頂是綠色的，就是鏽出來的，把它刷金了就不習慣了。

「再讓油膩織一層羅綺」，在審美的方面來看，很多人覺得油膩很噁心；但如果在四川飯店吃水煮魚，「油膩」是很美好的。浮在水面上的油膩確實是厚重的，有點像綢緞，不像輕紗。如果是一隻蒼蠅，正在找吃的，油膩對它來說就是大飯店。這種時候，哪些是美，哪些是醜？為甚麼要翡翠才好呢？是因為人貪錢。一棵綠色的樹，一株綠色的草，也很美好的，講翡翠，是因為滲透了人的價值觀在裏面。美醜是相對的。

我們專門分析這一段，就是看最厲害的所謂美醜對比：

第一，物理上的相似性。兩種截然不同的東西和符號，卻有物理上的相似性，銅鏽了就是綠的，鐵鏽了就是粉紅的，有相關性，不是亂寫。

第二，美醜是相對的。為甚麼說桃花美，翡翠美？這完全滲透了人的價值觀，並不是桃花、翡翠本身美。這就對美醜的標準（以及善惡）提出懷疑。黴菌為甚麼是醜的？銅鏽了為甚麼是不好的？這裏已經在反省美醜對照的相對意義。

甚麼是「美」？朱光潛在《西方美學史》結論部分有精彩的總結：

第一種看法，認為美是客觀的，人對於「美」有一個共同標準。比如希臘的雕像，全世界的人都覺得美，不同時代的人都覺得美。這個標準，就是完整、對稱、有光澤。把希臘、埃及、中國、印度的古畫拿來比較，會發現美有一定的相似性。

第二種看法，美是主觀的，有利益考慮的，含有人類主觀目的性。這種理論，在法國古典主義時期特別流行。比如說人們覺得成熟的蘋果是美的，爛蘋果卻不美。因為蘋果本來是給人吃的。田野裏麥浪滾滾，我們覺得它美，但如果是打霜了以後，或被坦克壓過，莊稼全部殘破，你就覺得它不美。還有一個最典型的，美學家最喜歡舉的例子，比方說成熟女性的身材，要有一定的曲線，這是為了審美嗎？不是，因為某些器官代表了她很健康，可以哺育小孩。美的集體觀念之後，有一個人類羣體的目的性。這種目的性不是個人的，是人類的。

第三種，美是個人的，沒有客觀的標準，也不考慮人類羣體利益。這是英國經驗主義的美學觀，人的生理因素、感官經驗不僅不應被審美排斥，反而是個人審美的關鍵要素。求生、恐懼、繁殖等，這些審美標準會影響到每個人。

子東說

朱光潛認為「美」的本質大致有五種：1. 古典主義：美在物體形式；2. 新柏拉圖主義和理性主義：美在完善；3. 英國經驗主義：美感即快感，美即愉快；4. 德國古典美學：美在理性內容表現於感性形式；5. 俄國現實主義：美是生活。

〈死水〉一方面借用人類普遍的美醜觀，同時也在解構這些美醜觀；或者，至少發現這些美醜意象之間，有互相依存又互相顛覆的關係。

比如，「讓死水酵成一溝綠酒」，這是寫實的，酒就是發酵出來的。水發酵是臭的，但發酵成酒就是美的。這是非常美妙的比喻。把白沫說成是「珍珠般的」，又是將一個世俗的價值符號放在審醜意象中。「小珠們笑聲變成大珠」，是套用了白居易「大珠小珠落玉盤」的名句，很形象化，「又被偷酒的花蚊咬破」。按說這個地方很糟糕，可還有青蛙耐不住寂寞，發出叫聲，帶來更多想像的空間——如果說「死水」是一個社會，還有人唱讚歌，搞八卦新聞，說多麼美好，這就是青蛙。客觀地來講，青蛙也可以是好的意象。在日本的俳句裏，青蛙跳到水裏是非常美好的意象。可這裏的青蛙變成了一個小丑一樣的形象。

子東說

松尾芭蕉的「古池塘，青蛙跳入水聲響」，被認為是千古名句。

在中國的醜怪審美這方面，〈死水〉做了非常突出的探索。看完這首詩，再想到底甚麼是美，甚麼是醜，會感到這首詩的顛覆非常厲害。

意象的變化發展非常重要

〈爐中煤〉〈雨巷〉〈死水〉，這幾首詩有一個共同的特點，首尾都是呼應的。首尾呼應有兩種情況，一種是「重複」，一種是「遞進」。

〈爐中煤〉的首尾只是「重複」，沒有意義上的區別。比較複雜的是〈雨巷〉。這首詩首尾最大的不同是，開始時詩人希望遇到一個女子，期待認識、戀愛、一起走上新生活。可人來了，走過了，根本沒有用，這只是他的夢。雖然只是他的夢，詩人最後還是希望有這麼一個女子，哪怕不會拖手、不會說話、只是經過的，詩人還是希望她飄過。開始希望天長地久，最後只要曾經擁有。這是「遞進」，詩的內容、主題發生了變化。

〈死水〉比較有意思，第一段和最後一段的字句有很大不同。第一段說：「這是一溝絕望的死水，清風吹不起半點漪淪。不如多扔些破銅爛鐵，爽性潑你的剩菜殘羹。」最後一段是：「這是一溝絕望的死水，這裏斷不是美的所在，不如讓給醜惡來開墾，看他造出個甚麼世界。」這首詩的首尾結構表面上變化很大，其實是重複。只是前面是用形容，用具象，後面是用抽象，意思是同一個意思。「清風吹不起半點漪淪」就是「斷不是美的所在」，「爽性潑你的剩菜殘羹」就是「讓給醜陋來開墾」。

最後一段引發了一些對這首詩主題的不同理解：一種是朱自清的說法，惡貫滿盈的壞，就讓它壞到底，將來就會變好。

子東說

> 「這不是『惡之花』的讚頌，而是索性讓『醜惡』早些『惡貫滿盈』，『絕望』裏才有希望。」（朱自清《聞一多全集》序言）

第二種是臧克家的說法，他曾經是聞一多的學生，說死水是象徵革命，整首詩是鼓吹革命。如果象徵革命，翡翠、桃花、羅綺、蚊子全可以解釋成革命大軍或者遊擊隊了，其實是有點牽強附會。

子東說

「我覺得，應該把『醜惡』意會為黑暗現實的反面。〈死水〉是客觀的象徵，它既如此腐朽，如此令人絕望，不如索性讓另一種力量來開墾它，看它將開闢出一個怎樣的世界？這是作者心中的一個未可知、未能知的渺茫希望，我們是否可以把這希望理解為革命？」(臧克家〈聞一多先生詩創作的藝術特色〉)

我的解讀是，當時的聞一多是一個國家主義者，他不相信國民黨或別的黨，對當時的中國政治已經不抱希望了。在某種程度上，〈死水〉裏的醜惡有點像北伐前的各種政治力量。聞一多不相信這些政治力量，但看上去也挺熱鬧，又像蚊子，又像青蛙，你們折騰吧，看後來會怎麼樣。可能並不是歌頌革命，但是愛國的。

用首尾呼應的方法來講〈再別康橋〉是最精彩的。開始是「輕輕的我走了，正如我輕輕的來；我輕輕的招手，作別西天的雲彩」，最後是「悄悄的我走了，正如我悄悄的來；我揮一揮衣袖，不帶走一片雲彩」。

注意，「輕輕的招手」是一個西式的動作，「揮一揮衣袖」是一個中式的動作。整首詩的意象，前半段是油畫，後半段是國畫。水草、柔波、軟泥，這都是畫油畫的顏料，彩虹似的夢、河畔的金柳、波光的豔影……都像是油畫一樣。從何時開始出現了中國意象呢？離別的笙簫、夏蟲、星輝、長篙、青草更青處……如果說前面是油畫，後面就轉為國畫了。整首詩開始是告別西方，到後來是回中國，所以「揮一揮衣袖，不帶走一片雲彩」。意象的變化發展非常重要。那麼，這首詩是在哪裏寫的？在印度洋的輪船上寫的。

〈斷章〉有三種解讀

接下來講卞之琳的〈斷章〉[32]。簡單說，〈斷章〉有三種解讀。

子東說

> 據作者自云，這四行詩原在一首長詩中，但全詩僅有這四行使他滿意，於是抽出來獨立成章，〈斷章〉的標題由此而來。

第一種解讀是「情詩」。「你站在橋上看風景，看風景的人在樓上看你」，「你」所面向的方向，是很關鍵的。如果橋上的人看的是遠方，那就不是情詩；如果看的是樓上「看風景的人」，那就是情詩。「相看兩不厭」，[33] 互相忘我。傑森在橋上看蜜雪兒，蜜雪兒在樓上看傑森，這就是情詩了。但是，如果這首詩只是情詩的話，不會流傳這麼久。

第二種解讀是「裝飾」。裝飾是起修飾美化作用的物品，它不是主要的東西。比如橋是用來走路的，但把橋當作風景，就強調了現實世界的裝飾作用。簡單說，就是對世界持一個美學的（而不是實用的）看法。看風景的人覺得橋是一個風景，但是對於做生意的人，對於修橋的人，對於當地老百姓來說，橋主要是一個交通工具，不會整天把橋作為風景或者裝飾來看。「明月裝飾了你的窗子」，用現實的科學角度來講，應該是「我在窗前可以看到月亮」。新批評理論有個說法，凡語言符合科學常理，就是日常實用的語言；如果語言不符合科學常理，卻還要說，就可能是詩的語言了[34]。

「我在我的窗前可以看到月亮」，再藝術化一點，就是「月光照進了我的窗子」。但卞之琳說「明月裝飾了你的窗子」，完全主次顛倒，因為月亮不是依地球人的意志而存在的，卻把它變成你的裝飾品。主客體的顛倒，這是一種藝術化的處理。

卞之琳自己不同意「裝飾說」，他說是「相對論」。中國有一句成語：「螳螂捕蟬，黃雀在後。」「你」站在橋上看風景，以為自己站得很高，旁觀者清，可以觀察世界，其實別人也把「你」當作風景。第二段也是一樣的意思，是倒退式的。你很浪漫，把月亮當作窗戶的裝飾，但別人也浪漫，把「你」當作他的夢中情人。

子東說

〈斷章〉發表後不久，卞之琳和李健吾有過一次討論。李健吾在《魚目集》談到了它，認為詩人對於人生的解釋都是「裝飾」，「詩面呈浮的是不在意，暗地裏卻埋着說不盡的悲哀。」卞之琳在答覆的文章中說，他對「裝飾」的意思並不想着重，「我的意思也是着重在『相對』上。」

這個意象很重要，反省着一個人視野的局限。比如魯迅的「鐵屋」比喻。魯迅在鐵屋裏發聲吶喊，但別人也可能認為他也陷入了某種困境，或者像林毓生所說的那樣，以思想文化解決政治社會問題，看似反孔，其實正是延續儒家精神[35]。魯迅的憂國憂民，在別人看來，也許是一道悲劇的風景。魯迅的方向是新文化的方向，但「魯迅風」還有多少後繼者？所以，從相對論角度看，這只是一個循環、一個過程。

拍電影時，鏡頭處理有兩個最基本的方法。比如電影開始時，先是一個大城市，然後是很多大樓、燈光和窗戶，然後鏡頭穿進其中一個窗戶，這裏發生一個故事。這是一種鏡頭的運行方法。接下來看第二種。這個故事進行了兩個小時，悲歡離合一大堆，最後兩個人在客廳裏和好了，這時，鏡頭退到窗戶外面，慢慢拉遠，看到很多窗戶、燈光和大樓，再看到一個大城市，芸芸眾生。原來這不只是一個人的故事，原來有那麼多的普遍意義。

〈斷章〉用的是第二種方法。看上去是風景，是樓，然後是月亮，是夢，一步一步往後退。往後退，就是從個別中看到一般；往前進，就是從一般中尋找個別。這是歌德的理論概念[36]。藝術應該寫典型，還是寫個別，永遠是一個爭論。

〈斷章〉還使人聯想到顧城的〈遠和近〉:「你,一會兒看我,一會兒看雲。我覺得,你看我時很遠,你看雲時很近。」[37] 就這麼短的一首詩,還有很多重複的字,卻非常有味道。中文詩裏最短的一首是北島的〈生活〉[38],標題兩個字,內容只有一個字:網。

延伸閱讀

卡蘇斯・朗吉努斯：〈論崇高〉，收入《繆靈珠美學譯文集》第一卷，北京：中國人民大學出版社，1987 年。

波德萊爾著，錢春綺譯：《巴黎的憂鬱》，北京：人民文學出版社，1996 年。

郭沫若：《中國古代社會研究》，北京：商務印書館，2011 年。

郭沫若：《十批判書》，北京：人民出版社，2012 年。

郭沫若：《李白與杜甫》，北京：人民文學出版社，1971 年。

朱光潛：《西方美學史》，北京：商務印書館，2011 年。

朱自清：《新詩雜話》，桂林：廣西師範大學出版社，2004 年。

廢名、朱英誕：《新詩講稿》，北京：北京大學出版社，2008 年。

袁可嘉：《論新詩現代化》，北京：生活・讀書・新知三聯書店，1988 年。

瘂弦：《中國新詩研究》，台北：洪範書店，1981 年。

余英時：〈談郭沫若的古史研究〉，收入《余英時文集》第五卷，桂林：廣西師範大學出版社，2014 年。

張新穎編：《中國新詩：1916–2000》(修訂版)，上海：復旦大學出版社，2011 年。

王斑著，孟祥春譯：《歷史的崇高形象：二十世紀中國的美學與政治》，上海：上海三聯書店，2008 年。

姜濤：《「新詩集」與中國新詩的發生》，北京：北京大學出版社，2005 年。

---

1 曹丕：〈典論・論文〉，《中國歷代文論選》，上海：上海古籍出版社，2001 年，頁 60–61。

2 亞里士多德著，陳中梅譯注：《詩學》，北京：商務印書館，1996 年。

3 《詩經》的第一個英譯本是理雅各 (James Legge) 的 1871 年分行散文式譯本 The She King (Oxford University Press)。1891 年又出現了兩種《詩經》英譯本：詹寧斯 (William Jennings) 的 The Shi King (George Rutledge & Sons) 和阿連壁 (Clement F. R. Allen) 的 The Book of Chinese Poetry (London)。二十世紀《詩經》的全譯本明顯增多，有拜因 (L. Cranmer-Byng) 的 Book of Odes (London，1905)、龐德 (Ezra Pound) 的 Shih-ching (Harvard University Press，1915)、亞瑟・韋利 (Arthur Waley) 的 The Book of Songs (Allen & Unwin，1937)、高本漢 (Bernhard Karlgren) 的 The Book of Odes (Museum of Far Eastern Antiquities，1950)、麥克諾頓 (William McNaughton) 的 The Book of Songs

(Twayne Publishers，1971)、許淵沖的譯本 Book of Poetry (湖南出版社，1993 年)、汪榕培、任秀樺合譯的《詩經》(中英文版，遼寧教育出版社，1995 年)。國外最受矚目的英譯本，分別是亞瑟・韋利的 The Book of Songs 及高本漢的 The Book of Odes。

4 「他 (郭沫若) 選擇了甲骨、金文的考釋，這是最適於詩人想像力馳騁的領域。」引自余英時〈談郭沫若的古史研究〉，收入《歷史人物與文化危機》，台北：東大圖書公司，1995 年，頁 111。

5 郭沫若：《中國古代社會研究》(上海：聯合書店，1930 年)、《甲骨文字研究》(上海：大東書局出版，1931 年 5 月)、《卜辭通纂》(成書於 1932 年，初版為日本東京文求堂石印本)、《殷契粹編》(成書於 1937 年，同年由日本文求堂據手稿影印出版) 等。

6 葛兆光：《宅茲中國：重建有關「中國」的歷史論述》，台北：聯經出版公司，2011 年。

7 郭沫若：《十批判書》，重慶：羣益出版社，1945 年初版。

8 郭沫若：《李白與杜甫》，北京：人民文學出版社，1971 年。

9 此詩寫於 1916 年 8 月 23 日，最早發表在《新青年》1917 年第二卷第六號，後收入《嘗試集》改題為〈蝴蝶〉。

10 〈夢與詩〉，最早發表在 1921 年 1 月 1 日《新青年》第八卷第五號，胡適：《嘗試集》，北京：人民文學出版社，1984 年，頁 67。

11 創作於 1924 年 9 月 24 日，最初發表於 1924 年 12 月 8 日《語絲》週刊第四期，後收入《野草》。

12 寫於 1920 年 9 月 4 日，最初題為〈情歌〉，1923 年 9 月 16 日發表於《晨報副鐫》。收入《揚鞭集》時題目改為〈教我如何不想她〉。

13 汪靜之〈過伊家門外〉：「我冒犯了人們的指摘，一步一回頭地瞟我意中人；我怎樣欣慰而膽寒呵。」寫於 1922 年 1 月 8 日，1922 年收錄在亞東圖書館版《蕙的風》中。

14 郭沫若：〈鳳凰涅槃〉，最初發表於 1920 年 1 月 30 日至 31 日的上海《時事新報・學燈》，1921 年收錄於《女神》。引自《女神》，北京：人民文學出版社，1985 年，頁 47–49。此為初版〈鳳凰涅槃〉中「鳳凰更生歌 · 鳳凰和鳴」的節錄，共有十五節，後已改為五節，兩個版本只有首節相同。

15 〈天狗〉於 1920 年 2 月初創作，最初發表於 1920 年 2 月 7 日上海《時事新報・學燈》，引自《女神》，北京：人民文學出版社，1985 年，頁 56。

16 〈死水〉創作於 1925 年 4 月，最早發表在 1926 年 4 月 15 日的北京《晨報副刊・詩鐫》第三號上。

17 相傳《女史箴圖》為東晉顧愷之的畫作。1900 年八國聯軍侵入北京，《女史箴圖》被英軍劫走，現藏於英國大英博物館。

18 聞一多的〈洗衣歌〉最早在 1925 年 7 月 11 日《現代評論》第二卷第三十一期發表，原名為〈洗衣曲〉，後改名為〈洗衣歌〉。

19 〈爐中煤〉最早發表在 1920 年 2 月 3 日的上海《時事新報・學燈》上，1921 年收入《女神》。

20 〈雨巷〉最早發表在 1928 年 8 月出版的《小說月報》第 19 卷第 8 號。

21 《我的太陽》(O sole mio)，創作於 1898 年。作詞者為 Giovanni Capurro，作曲者為 Eduardo di Capua，原唱是帕瓦羅蒂、卡盧梭。

22 〈再別康橋〉於 1928 年 11 月 6 日寫於中國海上，1928 年 12 月第一次發表在《新月》第一卷第十號，後收入《猛虎集》。

23 「聖奧古斯丁給一般美所下的定義是『整一』或『和諧』，給物體美所下的定義是『各部分的適當比例，再加上一種悅目的顏色』。前一個定義來自亞里士多德，後一個定義來自西塞羅。……聖托瑪斯則認為『美有三個因素。第一是一種完整或完美，凡是不完整的東西就是醜的；其次是適當的比例或和諧；第三是鮮明，所以着色鮮明的東西是公認為美的』。」朱光潛《西方美學史》上冊，頁 129–131，北京：人民文學出版社，1963 年初版。

24 卡蘇斯．朗吉弩斯（213–273），為西元三世紀雅典修辭學家。唯一保存下來的作品是論文 Peri Hupsous，現在通譯為《論崇高》。

25 朱光潛：《西方美學史》上冊，北京：人民文學出版社，1979 年，頁 236。

26 轉引自朱光潛《西方美學史》上冊，北京：人民文學出版社，1979 年，頁 236。

27 杜衡在《望舒草・序》中回憶葉聖陶曾稱讚〈雨巷〉「替新詩底音節開了一個新的紀元」，引自梁仁編《戴望舒詩全編》，杭州：浙江文藝出版社，1989 年，頁 52。

28 引自李璟〈攤破浣溪沙〉：「青鳥不傳雲外信，丁香空結雨中愁。」

29 余光中：〈評戴望舒的詩〉，《余光中選集》第三卷，合肥：安徽教育出版社，1999 年，頁 201–203。

30 〔法〕波德萊爾著，錢春綺譯：《巴黎的憂鬱》，北京：人民文學出版社，1991 年。

31 商禽（1930–2010），原名羅顯烆，又名羅燕，曾用筆名羅硯、甲乙、申酉、丁戊己、壬癸等。四川珙縣人。台灣「現代詩運動」初期的健將，作品有〈長頸鹿〉、〈火雞〉、〈鴿子〉、〈滅火機〉等散文詩。

32 〈斷章〉是卞之琳的代表作，創作於 1935 年 10 月，後編入《魚目集》。

33 〈獨坐敬亭山〉載於《全唐詩》，是唐代詩人李白創作的一首五絕。

34 徐葆耕：《瑞恰慈：科學與詩》，北京：清華大學出版社，2003 年。

35 林毓生：〈「五四」時代的激烈反傳統主義與中國自由主義的前途〉，載於《中外文學》第三卷第 12 期，1975 年 5 月 1 日。修訂後經《明報月刊》轉載，第 125 至 127 期，1976 年 5 月至 7 月。

36 〔德〕愛克曼輯錄，朱光潛譯：《歌德談話錄》，北京：人民文學出版社，1978 年。

37 〈遠和近〉最初發表於 1980 年《詩刊》10 月號，是顧城〈小詩六首〉其中之一。

38 最早收錄於北島在 1978 年自行用油墨印刷出版的詩集《陌生的海灘》。

第八講

文學與政治之間的茅盾

茅盾：最典型的中國現代作家

文學與政治的悲欣交集

大部分中國現代文學作家很難向魯迅學習，也很少人向郭沫若學習，因為這兩個人有很多不可複製的地方，無論是性格還是地位。但是，大部分作家的處境和茅盾有相似的地方。換句話說，茅盾是最典型的中國現代作家。

第一，茅盾是一個既精通政治又熱愛文學的作家。魯迅雖有政治熱情，卻不大懂政治，尤其是政治鬥爭的潛規則。二十世紀三十年代以後，魯迅和「左聯」的關係很不好；郭沫若貌似精通政治規則，但給人留下「精通政治」的印象，說明還是不夠精通；周揚、馮雪峰等擅長政治鬥爭，但又不像茅盾這麼熱愛文學。

茅盾是中國共產黨最早的成員之一。1921 年 7 月中國共產黨第一次代表大會的時候，茅盾雖然沒有參加，但他參加了當時陳獨秀組織的中國共產黨發起組，這個發起組就是共產黨創建的籌備機構。同時，他又是文學研究會最主要的刊物主編，他的長篇小說又是中國現代文學重要的收穫。1949 年以後，他還做了文化部長，文學跟政治的地位都非常高。大部分中國現代作家雖然不能像茅盾那樣同時「精通」政治和文學，但夾在兩者之間的處境，卻是大家都有體會的。

第二，茅盾創作有一個很大的特點，「主題先行」。小學、中學寫命題作文，其實就是主題先行，如果你不清楚作文主題思想是甚麼，只是有一些人物細節和故事情節要寫，老師就會批評你。但是，在文學史上，偉大的文學作品大部分不是主題先行的。比如托爾斯泰的《安娜・卡列尼娜》，他本想寫一個放蕩的女人怎麼不道德，可寫出來以後成了同情女性個性解放的愛情小說經典。類似情況有很多，《紅樓夢》的主題到現在都說不清楚。大部分好的作品都是「主題後行」，思想在藝術之後。茅盾卻是思想在藝術之前，這個寫法後來被革命文學大量複製。

第三，茅盾是最早寫城市生活的作家。城市生活，就是所謂資本主義和小資產階級的生活。〈創造〉裏寫到家裏的浴室、很漂亮的櫃子、女主人穿的羊毛內衣，還有保姆傭人……這些場景在「五四」其他作家的作品裏是看不到的，而率先出現在一個參與共產黨建黨活動的左派作家筆下。

茅盾是 1896 年出生，在那個時代他是九五後，很年輕。他的父親也很早就去世了，母親是他的啟蒙老師，家裏甚麼事都聽母親的。他在北大讀預科，英文很好，可是沒有考到留美資格。畢業後他到上海的商務印書館做編輯，那時他叫沈雁冰。後來，他回家鄉和孔德沚結婚。孔德沚不識字，茅盾家裏就教她識字，漸漸有了文化，她幫助了茅盾一輩子。文學研究會在北京成立，但缺一個雜誌，鄭振鐸就找沈雁冰。沈那時二十幾歲，一面參加共產黨的早期活動，同時又主編當時中國最重要的文學雜誌。1926 年北伐軍打到武漢、上海，蔣介石於 4 月 12 日在上海開始「清黨」，但汪精衛的國民黨中央在武漢還沒有反共產黨。周恩來等人在南昌起義之後，郭沫若隨即前往會合。茅盾當時做甚麼？他在武漢編一個《漢口民國日報》，是國民黨的黨報，但茅盾當時已是共產黨人了。他還曾在廣州做國民黨中央宣傳部長的秘書。當時國民黨中宣部長是汪精衛，沈雁冰去的時候，代理中宣部長是毛澤東。可以想見他與政治的關係之深。

後來，茅盾在武漢得到通知要去南昌，但是買不到票，錯過了八一起義；在從武漢回上海的輪船上，他丟失了一批鉅款，這筆錢是要轉交給黨組織的經費。等他到了上海，等於犯了雙重的錯誤：第一，丟失了經費；第二，沒有參加八一起義。同時，茅盾被國民黨通緝，因為他是共產黨；他又被認為脫黨了，因為他在這時和女朋友秦德君去了日本。

隔了幾年後，茅盾重返上海，回到他夫人的身邊。當時魯迅、葉聖陶也在上海，就一起投入文化戰線的革命鬥爭。茅盾成為「左聯」一個主要的成員。1989 年，我和陳思和負責修訂《辭海》裏的中國現代文學條目。所有的中國現代作家都要修訂，除了魯迅、郭沫若、茅盾，因為這三位是「黨史人物」，對歷史有重大的貢獻。不過，關於茅盾的文壇地位，我一直有個疑問，1936 年國共再次合作時，為甚麼一定要到日本請郭沫若回來作為中國新文學的主將？而且是周恩來出面。照我看來，茅的政治地位比郭高，文學成績亦不差。為甚麼是「魯郭茅」而不是「魯茅郭」呢？

茅盾以寫小說為主，在文壇地位也很高。

抗戰爆發以後，茅盾還常來香港，為香港文化做了很大貢獻。香港文學史中的南來作家裏，茅盾是非常重要的。香港早期的新文學發展期，不少年輕人都是在茅盾主編的報紙雜誌上發表作品。香港有些學者後來很不滿意，說內地南來的作家不愛香港，他們是居港或過港心態，把香港當作一個避難所，臨時住一住。說的也對，茅盾從來都沒想在香港作永久居民。當時內地一解放，他就回去做文化部長了。但茅盾等南來作家還是對香港做了很大貢獻，這些可以從不同的立場上去解讀。關於茅盾在香港，香港中文大學的盧瑋鑾教授（小思）對這方面有比較多的研究。

1949 年以後，茅盾地位很高，做了文化部長，卻再也沒有文學作品，只寫了一些文學批評。他很長壽，一直活到郭沫若去世後的一兩年。郭沫若在世時，到處有人請他題字，那時茅盾很少題字。郭沫若去世後，茅盾就大量題字，因為當時文壇地位他最高。茅盾去世之前，專門提了一個要求，要申請重新入黨 —— 幾十年前，他是最早的黨員之一。當時的黨中央總書記胡耀邦同意恢復茅盾黨籍，而且從 1921 年 7 月 1 日算起。這就是茅盾的生平，文學與政治的矛盾悲欣交集。

〈創造〉：啟蒙者喚醒了民眾，卻被民眾拋棄了

茅盾是非常重要的中國現代小說家，代表作是《子夜》[1]，是一部長篇小說，寫資本家的。但我們會着重講他的第一個短篇小說〈創造〉[2]。

子東說

> 我一直奇怪，香港為甚麼沒人寫像《子夜》這樣的小說？香港有這麼多的家族，有這麼多的地產商，有這麼多的桃色新聞，有這麼多的政治經濟之間的勾結鬥爭，還有夜總會、帶賭場的郵輪、賽馬會……正是所謂上流社會的舞台。

〈創造〉講一個男人，家裏蠻有錢的，也有文化，中年男性，但找不到理想的女人。那怎麼辦呢？他想，找不到完全合心意的，就自己創造一個 —— 找一個年輕的、未經世俗污染的女人，按照他喜歡的樣

子來教育、培養、塑造她。於是，他就找到這樣一個女人，和她結婚，教她讀書，慢慢地培養她。小說是用三一律的寫法。整個小說全是「牀戲」，就是寫一男一女起牀之前的一兩個小時內，這個男人的意識流。這時，女人還在睡覺，男人還沒起來，在回想他和妻子從認識到結婚前前後後的事情，斷斷續續的片段。這個故事用一句話講完，就是男人要創造一個理想的女人，結果他創造成功了，但也失敗了。

子東說 三一律是歐洲的戲劇方法，就是同一個時間、同一個地點、同一件事情。最早來自於古希臘悲劇，據説一齣戲演十個小時的故事，演員就得演十個小時，觀眾也得坐在那裏看十個小時。

為甚麼說既成功又失敗了呢？在他的培養下，女人按照他所希望的樣子去讀書，去打扮，去生活，去愛，所以男人的創造成功了。可是，女人的心愈來愈不向着他了，她愈來愈有自己的想法了。一開始，這個女人連拖手都不好意思，然後男人就教她，給她看一些電影和書，於是女人學會浪漫了，在街上也要跟他 kiss，而男主人公卻受不了。他覺得這樣不夠含蓄，怎麼可以在街上也 kiss 呢？這只是舉一個例子。另外，男人教她讀一些個性解放的書，女人都讀了，現在要去參加婦女運動、參與政治活動了。男人覺得問題來了，這些都超出了他的設想計劃。於是晨起之際，這個男人在檢討，自己這樣創造她，究竟哪裏做錯了。

小說的結尾，女人已經起牀了，要去參加一個婦女活動。而男人還在牀上反省，最後得出一個結論：給她看的書，有太多是馬克思和羅素的，都是激進的革命的學說；接下來要給她看些比較保守的書，要對她進行再教育。就在他想好這個計劃時，年輕的太太已經走了，男人還不知道。這時，家裏的傭人給男主人打招呼說，先生，太太讓你追上去，她「先走一步了」。

這個小說當然不僅是講一對夫妻的一段生活，茅盾作為一個政治家、文學家，當然有他的用意。第一個用意，在情節層面上批判大男人主義，支持新女性的解放精神。愛是了不起的，「創造」別人卻是錯的。茅盾用「創造」這個字，其實在嘲笑創造社。二十世紀二十年代，中國文壇流派相爭、意氣用事，茅盾和創造社關係不好，郭沫若一直譏諷他。本來，人「改造」人已經有點過分了。「創造」就更加錯了。第二層用意，茅盾自己解釋過，是想說革命一旦發動就不可阻擋。女主人公代表着比較激進的革命派，而男主人公代表着比較保守、務實的胡適這一派。這就是茅盾的「主題先行」，年輕女人象徵革命，中年男人代表保守。

子東說

郭沫若對茅盾不大禮貌，說初見沈雁冰，感覺像個老鼠，諸如此類。多年後〈創造十年〉收入集子，也沒刪掉這些對茅盾不太尊重的話。

把〈創造〉和〈傷逝〉、〈春風沉醉的晚上〉放在一起閱讀的話，會發現一個模式：在「五四」小說的男女戀愛關係當中，男人通常是老師的角色，女人通常是學生的角色；或者說，男人充當了知識分子的角色，女人代表被啟蒙的民眾的地位。可是，三部小說表現了三種不同的情況：第一種是〈傷逝〉的悲劇，男人把女人喚醒了，卻走不遠，於是兩人分手，女人死掉。第二種是〈春風沉醉的晚上〉，男人想把女人叫醒，但沒有能力，只好握握手、抱一抱，就作罷了。第三種是〈創造〉，男人有能力叫醒女人，也叫醒了女人，可女人卻超過了他，拋棄了他。這些小說都帶出了啟蒙者和被啟蒙者之間關係的思考。〈創造〉有意讚揚被啟蒙者的超越，卻又無意中同情啟蒙者的處境。回想茅盾和當時革命黨的關係，其實可以明白：茅盾是啟蒙者，後來的創造社、太陽社，都是在他們的影響下才參與革命文學的；可是，寫〈創造〉時，他卻被拋棄了，所以他在潛意識裏，在男主人公的身上，找到了啟蒙者被超越的這種微妙複雜的感情。

新批評主張文本細讀，信奉「作者已死」及「文本獨立」，而傳統文學批評講究知人論事，有時必須兩者結合才能好好讀作品。文本閱讀為主，在必要的時候，可以把作家資料放進去，但不能只從作家的主觀動機來講。主觀上來講，茅盾是歌頌女主人公，在理性層面，他可能根本沒有聯繫過自己的處境；但文學是比任何東西都更能瀉露作家的內心秘密的——真正的文學，比宣言、日記、情話更能宣瀉心底的秘密，包括作家自己意識不到的東西，比如茅盾對被超越者的同情。另一方面，這篇小說也是一個很早的預告：民眾被喚醒以後，又用這套理論對付知識分子，後來中國發生的事情是值得慢慢琢磨的。

子東說

茅盾的小說常有很多情色描寫，他的小說是所有革命作家作品裏最 sexy 的。我最早讀茅盾的小說是當「黃色書」讀的。那時下鄉，有同學拿了一本書，沒有封面，沒有底，已經被翻得卷邊了，知青們都是廢寢忘食地看，因為能借的時間都有限。那時當然還有其他的手抄本，甚麼《少女的心》之類，但是我印象最深的是這一本，也不知道是誰寫的，也不知道前後的故事是甚麼。多年以後才知道是茅盾早期的小說《蝕》。

《蝕》講大時代中的男女戀愛，不少女人胸部、大腿、衣裙等描寫，〈創造〉裏也有一大堆，比如女人睡在牀上，內衣、身體怎麼樣，還寫兩個人去上海的龍華公園，桃花掉下來，掉到她的領口，然後從領口往胸口裏掉進去……茅盾就喜歡寫這些。我那時不知道，以為是看「黃色小說」，多年後才搞清楚這是一個革命作家。

當然我們那時的「閱讀期待」[3] 是錯的。「閱讀期待」是德國接受美學的一個概念。當你戴着有色眼鏡，用看蒼井空的角度看茅盾的話，那無論怎樣讀書都要出差錯。

我們要深刻檢討，這都怪罪那個畸形輝煌的時代，導致我們誤入歧途，對茅盾不恭敬。我現在認真研究中國現代文學，就是努力彌補當年的缺失與過失。

延伸閱讀

茅盾：《子夜》，北京：人民文學出版社，2016 年。

錢理群：《周作人傳》，北京：華文出版社，2013 年。

止庵：《周作人傳》，濟南：山東畫報出版社，2009 年。

孫中田、查國華編：《茅盾研究資料》，北京：知識產權出版社，2010 年。

茅盾：《我走過的道路》，北京：人民文學出版社，1997 年。

孫郁：《魯迅與周作人》，北京：現代出版社，2013 年。

陳幼石：《茅盾〈蝕〉三部曲的歷史分析》，北京：社會科學文獻出版社，1993 年。

樂黛雲編：《茅盾論中國現代作家作品》，北京：北京大學出版社，1980 年。

---

1 《子夜》在 1932 年 4 月由開明書店出版單行本，署名「茅盾」。小說題目原叫「夕陽」，正式出版時，茅盾再三斟酌，決定將書名《夕陽》改為《子夜》。

2 〈創造〉最初發表於 1928 年 4 月的《東方雜誌》上。曾收入《野薔薇》和《茅盾文集》。

3 「閱讀期待」是德國「接受美學」的一個概念。「接受美學」這一概念是由德國康斯坦茨大學文藝學教授姚斯在 1967 年提出的。

第九講

曹禺對中國現代戲劇的影響

第一節　中國現代戲劇與《茶花女》

對中國來說，現代戲劇是一個全新的文類

中國的現代戲劇，就是話劇。「五四」之後的話劇發展，簡單說，是「一個人加一齣戲」。沒有這個人，沒有這齣戲，中國現代文學中的戲劇乏善可陳。人，就是曹禺；戲，就是老舍的《茶館》[1]。

今天，大多數人看電影、電視劇——其實也是看戲——比看小說多。今天大家想得起來的劇本是甚麼？《我和春天有個約會》[2]？很多人都是先去看戲，看完話劇後再來讀劇本。現在這個現象非常重要。中國現代文學討論的「戲劇」不是指「演戲」，而是指「戲劇文學」，是劇本。戲劇文學在今天的讀者非常少，它變成話劇、電影、小品以後，看的人卻非常多，超過小說。而劇本本身很少有人看。而曹禺當年寫《日出》時，是寫一幕發表一幕，很出名。觀眾不是先看戲，而是看劇本，這是戲劇文學。

有人說「五四」以後戲劇最弱，成績最少，但也可以說「五四」以後的戲劇成就最大，因為今天的人們看電影、看電視劇、看小品、看話劇遠遠超過看小說。有幾個非常基本的概念要加以區別。第一個概

念，甚麼叫「戲劇」，甚麼叫「戲曲」？簡單說，戲曲是唱的，戲劇、話劇是說話的。嚴格說來，中國傳統的戲劇都是戲曲，元雜劇、明清戲曲都是唱的。不唱的、說話的戲劇是十九世紀末、二十世紀初從西方引進到中國來的，一度叫「文明戲」，這就是現代戲劇。小說、散文、新詩都不是完全引進的，是借來西方思潮以後，原有的文類出現了變化：散文、小說的地位發生了變化，原來很低，現在很高；詩歌的格式發生了變化；唯有戲劇，更準確地說是話劇，是全新的。西方的話劇（Play），可以追溯到古希臘悲劇、喜劇。悲劇，是比你高一些的人物犯了小錯，卻受到大的懲罰；喜劇，是比你低的人物做的事情讓我們嘲笑。這是亞里士多德很早的定義。

西方也有唱的劇，像中國的戲曲這樣，叫歌劇（Opera）。西方的歌劇和中國的戲曲也是有區別的，京劇裏有唱，但也有道白；但西方的歌劇，嚴格說來是一句話都不說的，從頭到尾都是唱。

中國戲曲的種類非常多，昆劇、越劇、粵劇、川劇、京劇……凡中國的地方戲都是戲曲。而我們討論的中國現代戲劇，在中國來說，是一個全新的文類。今天所謂的「淚劇」，也叫感傷劇，是法國啟蒙運動時期的學者狄德羅[3]提出的概念，其實時間也不長。

《茶花女》的影響非常大

中國現代戲劇的開端是在東京，起源於 1906 年成立的春柳社。最早演的也不是中國戲，而是根據法國小說改編的一個戲，叫《茶花女》[4]。在那個時代，一些西方的故事傳到中國，有特別大的影響，比如《玩偶之家》，胡適根據差不多的故事寫了《終身大事》[5]，差不多是中國最早的話劇。

小仲馬的《茶花女》影響也非常大，與中國現代文學的不少作品都有關係。故事講一個有錢的公子，在巴黎愛上一個交際花（social butterfly），實際上是高級妓女，但名義上是獨立的，有人供養她，住着很好的房子，也可以更換她的主人，但還是一個風塵女子。男主人公和交際花是真心相愛，但他父親找到這個女人，對她說，他女兒要被退婚了，因為哥哥和一個交際花同居，家庭的貴族傳統受到玷污。這婚事要是吹了，將來她一輩子都沒法翻身。善良的女主人公被他說服，答應了他。於是，這個女人再去找從前的那些男人，一起去派對，當着男主人公的面和別的男人親近。這個女人最後還和戀人過了一夜，因為是最後一次，兩個人都非常瘋狂。沒想到，第二天早上，男主人公走了，丟了一堆錢給她——他把她重新當成妓女，丟了錢就離開，去了南美。後來他知道了真相，再坐船回來，女人已經生病死了。這個小說還被威爾第改編成歌劇，其中的《祝酒歌》非常有名。

子東說

香港有一位作家，叫孔慧怡，她寫了一篇小說〈才子佳人的背面〉[6]，妙極了，是只有香港作家才寫得出來的小說，後來我把它選進《香港短篇小說選》。小說講的是，一位小姐和一個進京考試的才子一夜歡娛以後，含情脈脈地送走了他。故事好像很老土，但關鍵是最後一筆——小姐的丫鬟出來了，拿着一個本子對小姐說，小姐，這個月已經是第五個了，你又送了這麼多錢。小姐說，是啊，總有一個考試後會回來的吧。原來小姐在投資，過路的才子逐個留夜，總有一個會考上的吧。這一個結尾，把中國古代的浪漫故事徹底顛覆，完全解構掉了。這是做生意，分散投資風險，非常冷靜。小姐還有帳簿，記好了名字、相貌、聯絡方式等。

這個故事在中國影響很大，因為觸及了中國文學的一個傳統——才子與風塵女子。在中國，有太多這樣的故事。古典文學中，李香君、柳如是、陳圓圓、董小宛都是著名的青樓女子。僅在清代後期，就有很多所謂「狹邪小說」，比如被魯迅稱之為「溢美」的《青樓夢》，評之為「近真」的《海上花列傳》和批之為「溢惡」的《九尾龜》等[7]。所以，《茶花女》在中國走紅，並非偶然。最早是林琴南譯成文言。林琴南反對白話文，他自己不懂外文，是別人把意思講給他聽，他用古文寫下來。所以，《茶花女》當時在中國是文言小說，但大家看得非常開心，因為這個法國故事和中國青樓文學傳統中的才子佳人故事非常像，最後又非常悲傷。這是中國的第一個話劇。當時，是中國話劇之父歐陽予倩在《茶花女》裏扮演男主角，李叔同演了茶花女。

李叔同非常了不起，最早做中國現代戲劇，最早演茶花女。中國人畫畫用裸體模特兒的，李叔同是第一個。中國最早的現代音樂也是他作曲的。可是，他在「五四」之前突然出家。他有一個很好的朋友夏丏尊，一個很出名的學生豐子愷，他把所有東西都留給這兩個人。中國的文人信佛首選禪宗，而李叔同修的是最難的一宗，叫律宗。律宗沒怎麼流傳下來，因為教條規矩比任何一個其他宗派都難。李叔同是何等人啊，使用裸體模特兒、創作現代歌曲、演茶花女，所有世上風情浪漫的東西他都有份，結果他信了最難遵守的佛家教派。他的去世也非常悲壯。他信佛以後把音樂、美術等愛好全丟掉了，只留下書法跟篆刻，臨終前寫了「悲欣交集」四個字。即使像他這樣超脫塵世的人，最後還是有對日本軍隊的抗議。弘一法師一直是被人紀念的。當然，他的影響之所以這麼大，很大的原因是因為豐子愷，豐子愷一生的畫畫、信仰，一直是在弘一法師的影響之下。

子東說

中國的佛教，法相宗、華嚴宗、天台宗，這都是唐朝的，稍微晚一點的就是禪宗。但律宗從來就是很少人修，據說不僅是戒色、戒酒肉甚麼的，就是坐個凳子都得坐直，凳子上有小蟲都不可以，每一次坐之前要檢查上面有沒有甚麼。我不懂這個，但梁文道也信佛，他跟我講了一套，說律宗太難了。

真正創作早期話劇的幾個人

真正創作早期話劇的，是田漢、郭沫若和丁西林。

田漢早期的話劇非常浪漫，《咖啡店之一夜》[8]、《獲虎之夜》[9]都是非常浪漫的故事，因為他早期是創造社的，所以這些話劇被忽略了。

子東說

其實，如果有心寫電視劇、寫劇本、拍電影，找不到題材的話，不要老是瞎編《小時代》，回頭把田漢的劇本拿出來改編都是很好的。

郭沫若有幾個戲劇非常有名，比如《屈原》[10]。《屈原》最紅的時候，是重慶被日軍轟炸的時候，日本人佔了大半個中國，解放區在延安，蔣介石根本沒有還手之力。據說當時《屈原》在重慶演，場場爆滿，因為是宣揚愛國民族氣節的，有一定的時代因素。郭沫若晚年還寫了《蔡文姬》[11]，講曹操的，文姬歸漢的故事。

子東說

當然也有人說，民族愛國的概念是不一樣的，今天來講屈原，不就是湖南抵抗陝西嗎，這怎麼算愛國呢？這些看法太幼稚了，就好像人家以這個概念衡量岳飛，岳飛精忠報國，不就是反對另一個民族嗎？這是完全荒唐的話。我們回到歷史語境來說，楚國就是他的國。

丁西林不像田漢、郭沫若、曹禺一輩子在文藝界。丁西林是學科學的，偶爾來寫寫獨幕劇。他有一個很有名的獨幕劇，叫《壓迫》[12]。講一個單身男人去租房子，可房東的媽媽聽說他沒結婚，就不讓租給這樣的人。這個故事好熟悉，如果我們今天在香港租一個房子，房東也會比較願意租給有家庭的人。這時，有個女人也來找房子，於是那男租客和女租客假裝結婚，租下了這房子，房東也同意了，就是這樣一個喜劇。結尾的時候，男租客問女租客，有一件事情忘了，你到底姓甚麼？這個戲就結束了。丁西林真是非常超前。現在上海還有很多人為了買房子假離婚。丁西林這個戲要是改成小品到春晚演的話，大家都會心一笑。這個世界的很多事情輪來輪去，是永遠不過時的。

第二節　其他人的戲劇加在一起，等於一個曹禺

《雷雨》：最早的作品就是最好的作品

如果沒有曹禺，中國現代戲劇的地位沒有現在這麼高。私下的說法：其他人的戲劇加在一起，等於一個曹禺。

曹禺，本名萬家寶，天津人。父親萬德尊做過黎元洪的秘書，還曾在曹錕麾下做中將，地位很高，家裏有三個妻子。曹禺三歲就看文明戲，可家裏不贊成他學演戲——一直到今天，很多中國人還是對演藝、娛樂看不起。但曹禺就是喜歡演戲，到了南開中學，有新劇社，他開始接觸西方的戲劇。他家裏的事情，後來在曹禺的戲劇裏反覆出現。

曹禺的戲劇裏，常常會有一個非常嚴厲的父親，《北京人》[13] 是，《雷雨》[14] 也是。生活當中，他父親曾經把曹禺哥哥的腿踢斷，因為他哥哥抽鴉片，在外面包女人。《雷雨》裏的長子就很墮落。曹禺的母親是繼母，比較軟弱，這在《雷雨》裏也看得很清楚。蘩漪、魯媽都是軟弱的。母親是軟弱的，長子是墮落的，姐姐是不幸的，只有小兒子是很聰明的，那就是曹禺了。這一點在巴金的小說裏也會看到。中國現代文學裏有一些作品，故事裏總有一個最聰明、最清醒的人，通常是小兒子，在巴金就是《家》裏的覺慧，在曹禺是《雷雨》裏的周沖。後來，在王蒙的優秀小說《活動變人形》[15] 裏也是這樣。

曹禺最早受郁達夫的影響，模仿〈沉淪〉，寫了處女作〈今宵酒醒何處〉，郁達夫還給他回信。

子東說

郁達夫當時也很關心文學青年，他曾經給沈從文回信，還到他家裏去看，送了他一條圍巾。在沈從文北漂最苦的時候，郁達夫給他幫助，事後寫了一篇文章〈給一個文學青年的公開狀〉[16]，這也是一段文壇佳話。

曹禺十八歲就去演了丁西林的《壓迫》，還去演《玩偶之家》。後來父親去世，曹禺就讀清華的新聞系。這時，他認識了一個校花鄭秀。他知道鄭秀愛演戲，就寫一個戲讓她演。這部戲就是《雷雨》，鄭秀來演蘩漪。有人問曹禺，《雷雨》在寫甚麼？曹禺說，就是寫蘩漪，蘩漪是一團火，就是為了這團火寫。其實，他是在寫鄭秀，鄭秀是一團火。寫《雷雨》是在 1934 年，他才二十四歲。

子東說

作家有兩種，一種是年輕時一舉成名，最早的作品就是一生的代表作，比如郁達夫、張愛玲、曹禺。另外一種作家是勞動模範，寫很多，改很多，不斷地變化，做很多不同的嘗試，比如老舍、沈從文。人們説沈從文的《邊城》好，但他在《邊城》之前走了不知多少大城小城，轉了不知多少圈，才走到這《邊城》，而《邊城》之後長夜漫漫，又走了很多路。曹禺最好的戲都是二十幾歲寫的，張愛玲也一樣，她最好的小説也寫於二十三四歲。

《雷雨》是曹禺戲劇性最強的一齣戲。周樸園，是一個有錢人家的老爺，多年前跟家裏的一個女傭發生了關係，這個女傭叫魯媽，名字是侍萍。他一直以為那個女人走掉了，或者去世了。女傭的丈夫叫魯貴，也是周家的傭人，是個奴顏媚骨的傭人；還有一個女兒，叫四鳳，是女主人公。周家的兩個兒子都喜歡四鳳，大兒子叫周萍，小兒子叫周沖。另外，周樸園後來又結婚了，妻子叫蘩漪。而蘩漪和大兒子周萍有私情。所以，這個故事裏出現幾個不同的亂倫的圓圈。第一個圓圈，周萍和繼母有不倫戀。第二個圓圈，周萍在不知情的情況下，和同母異父的妹妹四鳳發生關系。故事就是在這麼一個混亂情況下展開的，人與人的心理關係都非常複雜。四鳳還有一個哥哥叫魯大海，是血氣方剛要造反的。家裏最聰明的周沖，最後觸電死了 —— 這就是懲罰，冥冥當中，因為是兄妹發生關係，最後一定要有一個懲罰的機制，而被懲罰的人其實是無辜的。蘩漪，本來是一個發瘋的女人，可是作家偏愛她，把她寫得非常好。錢谷融先生寫過一本《〈雷雨〉人物談》，是文學評論的經典，專門分析《雷雨》裏的這些人物，他寫了八篇文章，在「文革」時很受批判；特別有一篇是講周樸園，說周樸園也有人性的地方，這在當時被批判得非常厲害。

寫了《雷雨》出名後，曹禺到了上海。據說有兩件事觸發曹禺寫《日出》，其中一件是阮玲玉自殺。阮玲玉之死，對曹禺很觸動，他準備寫一個戲，就是《日出》[17]。之後，曹禺又寫了幾個戲，一個叫《原野》[18]，也拍成電影，劉曉慶演的。最好的一個戲是《北京人》，在藝術上是高峯。寫《北京人》時，他和鄭秀的關係出現裂痕，愛上另一個女人，叫方瑞。那時他在四川，以新戀人方瑞為原型，寫了《北京人》的愫芳。寫完《北京人》後，曹禺的藝術生命基本結束了，但作家本人並不知道，因為他還年輕，只有三十多歲，又重新結了婚。

子東說

民國時期，有兩個人的葬禮參加的人最多，一個是阮玲玉，一個是魯迅。

之後的幾十年，曹禺一直努力，不斷地寫。1949 年以後，曹禺把他原來的這些戲重新改寫，因為他覺得不夠革命，比如他把方達生改成地下黨。改來改去改不好，後來連周恩來都勸他別改了。曹禺晚年還寫過一個王昭君的戲，也不好。後來年紀較大的時候，他做了北京人民藝術劇院的院長。人藝當時最主要的導演是焦菊隱，最經典的劇碼是老舍的《茶館》。老舍《茶館》的誕生，是中國現代戲劇的一個神話，「十七年文學」中罕見的例外的精品。曹禺在這方面做了很大的貢獻，他是院長，參與了很多戲，但他自己後來沒能寫出東西。黃永玉曾寫信，對曹禺有直言不諱的批評，曹禺也接受。

子東說

有一個電視劇叫《大宅門》，裏面的京腔就是學《茶館》，地道的北京文化的味道。

曹禺的一生，有兩個經驗非常值得總結。第一，很多人說活到老學到老，思想好了作品就會好，並不是那麼回事。作家的成就和思想、學問不成正比，二十幾歲寫的東西完全可以好過五六十歲的。第二，曹禺是典型的「主題後行」。《日出》是「主題先行」，前面有一句話：「人之道，損不足以奉有餘。」說人間社會很不公平。《雷雨》根本連主題都沒有。據說直到周恩來看了，說這個戲就是揭露封建傳統大家庭的黑暗，曹禺才追認說，這就是我的主題，我正是想表達這個。這叫作「主題後行」，一點不妨礙這個戲的價值。

子東說

如果同學們寫小說，卻不清楚你在表達甚麼，千萬不要把它丟掉。主題思想太明確不一定是好文章。就像做人，一輩子的目標太明確，未見得是燦爛人生。

《日出》：一個社會的橫截面

《日出》可以從兩個角度來講。第一個角度，《日出》是中國城市各階級的分析。《毛澤東選集》第一卷第一篇文章叫〈中國社會各階級的分析〉：「誰是我們的敵人？誰是我們的朋友？這個問題是革命的首要問題。」[19] 這是第一句話。《日出》的女主人公和「茶花女」很像，也是一個交際花，傳統的青樓女子這次住在大都市的大酒店裏，形形色色的人圍着她轉，貧窮的、巨富的、奇葩的、變態的、可憐的、野蠻的……各色人等，通過她的酒店房間展示出來。

《日出》裏最有錢的是金八，稍遜一點的是銀行經理潘月亭。再比他差一點的，有好幾個：一個是顧八奶奶，很胖很有錢，還包養一個叫胡四的男人；還有一個法國留學回來的張喬治，生活方式好像很歐化，洋腔洋調，附庸風雅，貌似有錢人；還有李石清，這個人物形象非常重要。最窮的是黃省三，銀行破產要把他裁掉，最後要自殺。和黃省三同樣可憐的，是一個叫「小東西」的女孩子，被逼出來做妓女，後來自殺了。情況稍好一點的是翠喜，一個上了年紀的妓女，但良心很好，保護他們。還有一個有趣的人，叫王福升，按地位，他也是很低的，是茶房。但他蠻有錢的，還跟胡四一起去嫖妓。他的身份是下等人，可他自己覺得可以幫上等人做事。在曹禺的戲裏，不是窮人就必定善良的。曹禺常寫有一些人，很奴性，王福升是一個，《雷雨》中的魯貴也是一個。

《日出》一共四幕戲。首先，它展示了交際花的客廳裏所能看到的社會各個層面。有幾個故事穿插在一起，核心的是潘月亭、李石清、黃省三，他們在銀行裏的不同身份顯示着金錢與階級的主線。底層小職員要無情被裁，中層李石清不甘窮困，冒險和潘月亭鬥爭——這是銀行裏的職員、襄理跟老闆之間的關係，是這個社會最基本的階級關係。

整個《日出》只有一個圓形人物，就是李石清。為甚麼這樣說？這齣戲裏的人，不是好就是壞，只有李石清，沒辦法說他是好還是壞。他有很可恨的地方，被欺壓，不擇手段地反抗；但整個性格是扭曲的，一有機會就亂來，但又較量不過大背景和大勢力，最後是一個犧牲品。

子東說

假如由《日出》的圖畫來理解今天的香港社會，很容易就能找到哪些人是李石清的階級，哪些人是黃省三的階級，哪些人是潘月亭的階級，這是一條主線。但是不是窮的一定善良，富人一定罪惡，新教倫理、天主教教義、佛家觀點和革命意識形態，都可以有不同看法。

一個五光十色的複雜社會背後的主線是經濟。曹禺很厲害，第一部作品還主題不明，第二部作品就已受左翼思想影響，能試用經濟關係分析社會結構。和經濟關係糾纏在一起的，還有「性」。這裏又有三個不同階級的妓女，陳白露是高等的，翠喜是低等的，小東西連低等都做不到，是一個犧牲品。和有錢人在一起的是高級妓女，被王福升他們玩的是低級妓女，還要被黑幫欺負。小東西有點像鬥獸棋裏的老鼠，雖然在所有生物鏈裏是最低的，卻可以鑽到大象的鼻子裏，有機會被大富豪金八看中。曹禺是按照階級鬥爭的模式來寫，我們看到經濟上的上、中、下階級，又看到妓女的上、中、下階級，這是雙重的階級關係。

子東說

當然，我覺得這個情節有點牽強。說一句開玩笑的話，說不定小東西認識金八了，這命運就會變得非常奇怪。

在有錢階級當中，除了錢，還有很多病態現象。就像「死水」裏的銅綠和鐵鏽，雖然不是主要的階級鬥爭核心，卻是腐化墮落生活的寄生蟲。比如顧八奶奶，她的外形誇張，自己總結了一條「名言」：男人怎麼花你的錢也不心疼，這就是愛。張喬治是外國回來的，洋腔洋調的，用來諷刺那種受西方影響、說三句中文夾一句英文的留學生。胡四也非常叫人討厭的，靠一個自己不喜歡的女人生活，自己還去嫖妓，非常糟糕的一個男人。

同學們看這個《日出》的社會全景圖，覺得真實嗎？根據你們對香港社會的經驗，根據你們理解想像的民國社會，覺得這樣一個社會階級圖是真實的嗎？是覺得現在差不多也是這樣呢？還是覺得這只是我們對上世紀三十年代社會的一種意識形態看法？這齣戲為甚麼會成為經典？

《日出》的這幅社會全景圖有一個模式，除了王福升，大多數人可以按經濟狀況排序，金八、潘月亭在最上面，黃省三、小東西在最下面，中間以李石清為界畫一條線：凡是有錢人都是壞的，凡是窮人都是好的。「文革」也是這個分類法，分成紅幾類、黑幾類，有錢的就是壞的，沒錢的就是好的，這個觀念深入人心，一直到今天。《日出》是一個社會的橫截面，像一棵樹，把它切開，每一個層次都有了。從這個層次可以推演下去，會有一百個金八，會有一千個潘月亭，會有五千個陳白露，會有一萬個翠喜。它是一個社會的視窗。

子東說

在今天，如果有兩輛車撞了，一輛是比亞迪，一輛是寶馬，寶馬撞比亞迪就是新聞，比亞迪撞寶馬根本不算新聞。為甚麼？就是一個仇富情節。對大部分民眾來說，這是習以為常的。事實上，很多人都這麼認為：在這個社會上，不做點壞事，不騙人，能賺到錢嗎？但不能把它作為一個道理和社會規則來推廣，因為窮的刁民也多了去。但客觀上，連我自己都是這樣看，兩輛車在那裏一撞，我會同情比較窮苦的、弱勢的人。因為有錢的人，就是力量大，就是跑得了，就是有辦法。

《日出》初演在卡爾登大戲院，當時是歐陽予倩導演這部戲，把第三幕砍掉了。因為第一幕、第二幕、第四幕都是在陳白露酒店房間，社會的眾生相通過這一個房間顯示。而第三幕在妓院和弄堂，和上海很不相似。這裏邊就複雜了：《日出》整個戲是放在上海的，但第三幕寫的其實是天津。曹禺是在天津體驗生活，才寫了第三幕。

子東說

卡爾登大戲院就在上海南京路跟黃河路的角落，它的對面是國際飯店，當時二十四層，是遠東最高的一個大樓。卡爾登後來改名長江劇場，現在拆掉了，很可惜。

歐陽予倩砍掉第三幕，最直接的原因可能是節省道具佈景。當時，歐陽予倩是現代戲劇之父，曹禺只有二十六七歲，可他很有骨氣，專門寫一篇文章，說第三幕一定要保留，因為整個上海的場景都是墮落社會，唯有在底層、在翠喜的身上才有金子般的心。這就在海派的戲劇中加上了北方的價值觀，這是戲中的南北意象。後來，《日出》作為京派的代表作得獎。難得沈從文和茅盾都稱讚，當然理由不一樣。

這是《日出》這部戲的第一個閱讀層面，是一個社會的橫截面和階級分析，這階級分析裏包含一個推理，即把「窮富」和「善惡」簡單掛鈎，這是左派心態。但整個故事還有另外一個閱讀層面，那就是陳白露。

一個女人怎麼墮落，最少有三種完全不同的寫法

陳白露有她自己的故事，方達生是她小時候的朋友，她的原名叫竹均。她結過婚，丈夫是一個詩人，後來有了小孩，小孩夭折了，兩人就分開了。陳白露到了城裏之後的經歷交代得很簡單，只知道她做過演員、舞女，但第一幕時，她已經是一個很紅的、墮落很深的交際花。方達生作為一個知識分子，想勸她走，要拯救她——這裏我們又看到了一個熟悉的「男人救女人」的模式——你快走，你怎麼在這裏，怎麼這麼墮落？陳白露就笑他，我跟你走，你養得起我嗎？魯迅不是說過嗎，娜拉出走以後，要麼回去，要麼墮落。回去的故事就是子君，墮落的故事就是陳白露。

陳白露故事的開頭，很像張愛玲小說〈第一爐香〉的結尾。〈第一爐香〉中的葛薇龍有一個很複雜的墮落過程，一開始她不願意，各種各樣的抵抗，但最後她愛上了一個不愛她的男人，她幫丈夫找錢，幫姑媽找男人。小說的結尾，兩人開着車到灣仔，有外國的水手以為她是風塵女子，吹口哨追她。她的丈夫說，你看他們把你當作甚麼人了。葛薇龍說，我跟她們有甚麼差別？不過她們是被迫的，我是自願的。這時，丈夫的煙頭在黑暗中亮了一下，然後又陷入了黑暗，小說就結束了。張愛玲的寫作永遠這麼含蓄，大概男人的良心閃現了片刻，接下來還是照樣。看張愛玲這篇小說時，我想起《日出》，想起陳白露 —— 葛薇龍再過五年或最多十年，就是陳白露。中國現代文學在描寫大城市故事時，有一個情節，各種流派的作家都會寫：一個女人怎麼墮落。寫她碰到某個男人，就突然交到好運，突然有了錢，等等，但她要為此付出一個代價。「墮落」這兩個字，嚴格說來也是男性中心的語言。甚麼叫「墮落」？最普通的定義，就是一個女性為了某種利益 —— 不管這利益是房子，是錢，是名聲，總而言之是為了得到好處 —— 和一個她不喜歡的男人在一起。至少在「五四」時代的作家眼裏，一個可愛的、美麗的、善良的女主人公，為了某種外在的力量屈從於男人，這是「墮落」。

這種故事，最少有三種完全不同的寫法。《日出》是第一種寫法，「略前詳後」。陳白露出場時，已經是「墮落」了，她愛上了錢，和很多男人來往，欠了很多債，有很多解脫不開的東西，方達生救不了她，恐怕很難有誰能救她。但她天良未滅，她還要救小東西，她看到窗外的雪花會感動，並不是一個完全墮落的女性。看第四幕結尾這段，當她最後吃了安眠藥，自己對着鏡子說：「這麼年青，這麼美」，「太陽升起來了，黑暗留在後面，但是太陽不是我們的，我們要睡了。」這就是她最後結尾的台詞。這樣的寫法，使人非常同情她。她當初怎麼走到這一步，這些都略過了，也不去看，我們只看到一個美麗女性最後悲慘自殺，走投無路。潘月亭破產以後，張喬治也逃走了，王福升向她逼債，她欠了很多債，唯一的路是去投靠金八。可是金八一定非常可怕，她無論如何不願意。所以，她最後選擇自殺。

子東說 錢谷融先生好幾次上課都讀這一段。

第二種寫法，是張恨水[20]的《啼笑因緣》[21]。這個故事的寫法，是「詳前詳後」。《啼笑因緣》裏有一個女孩叫沈鳳喜，她和男主人公樊家樹好了後，又碰到一個有錢的將軍，也喜歡她。有一天，將軍把鳳喜請到家裏，拿一個存摺向她求愛，結果，鳳喜說不；而當將軍拿了全部的存摺，跪在她面前時，鳳喜就從了。可是結婚後，將軍打她，對她不好，鳳喜很快就發瘋了，結局很慘。小說很詳細地描寫這個女孩子怎麼天真，怎麼虛榮，怎麼墮落，再到發瘋，關鍵時刻如何動搖。自己的墮落要自己負責的，這是通俗小說的套路，前面讓你做夢，後面讓你付代價，給你教訓。過去很多晚清世情小說是這種寫法，現在很多香港言情小說也是這個模式。

子東說 《啼笑因緣》是張恨水最有名的小說，被改編成中國第一部彩色電影，多次改編成電視劇[22]，是目前為止影視改編次數最多的鴛鴦蝴蝶派作品之一，也是非常有名的中國通俗文學的經典。民國時期，有兩個人稿費最高，一個是魯迅的《申報・自由談》，一個是張恨水的《啼笑因緣》，據說十塊大洋一千字。

第三種寫法，就是張愛玲的〈第一爐香〉，故事的着重點在前面，是「詳前略後」，是人性的解剖。

把這三部作品做比較，是為了突出《日出》的第二層意義：陳白露被現代都市逼迫得墮落了，但墮落不是她的錯，是十里洋場、整個社會的錯。這是典型的「左聯」觀點。那麼，接下來應該怎麼辦？要革命。靠誰？王安憶後來也有一篇小說，叫〈窗前搭起腳手架〉[23]。女主人公是一個知識分子，她非常討厭自己周圍那些知識分子男朋友，整天不是講沙特就是講貝多芬，她覺得他們很虛偽。這女主人公看見窗外搭起腳手架，一個建築工人在陽光的斜照下，身軀非常魁梧。她很崇拜窗外的這個工人，覺得自己那些男朋友太不像話了，那麼弱，眼前這個工人才有男人氣概。有一天，她大着膽子跟這個工人聊天，邀請他一起去看電影。那工人答應了。可當她在電影院門口看到他時，發現工人打扮得非常俗氣，戴了一個蛤蟆鏡，穿了一條喇叭褲，連商標都沒有拿掉。建築工人的裝扮只是他上班的樣子，到禮拜天拍拖，要學一套社會上的標準。知識分子對工人的想像只是自己的想像。第二天，她還是跟談沙特的男朋友們在一起了。這是王安憶的厲害之處，顛覆了革命文學中的工人形象。

所以，在《日出》裏，工人們沒有出現，如果他們真的出現，說不定也去欺負小東西，也會扮演王福升、李石清的角色。後來，在當代文學中，我們會充分發現這些工人是甚麼樣子。可是在當時，曹禺虛化了羣體的工人。

曹禺的戲劇很多，我們只講其中一部，如果同學們有興趣的話，可以看《雷雨》和《北京人》。不要只看演出，要先看劇本。

延伸閱讀

曹禺：《雷雨・日出》，北京：人民文學出版社，2010 年。

曹禺：《曹禺自述》，北京：新華出版社，2010 年。

錢谷融：《〈雷雨〉人物談》，上海：上海文藝出版社，1980 年。

田本相、胡叔和編：《曹禺研究資料》，北京：中國戲劇出版社，1991 年。

田本相、鄒紅編：《海外學者論曹禺》，桂林：廣西師範大學出版社，2014 年。

劉紹銘：《曹禺論》，香港：文藝書屋，1970 年。

錢理群：《大小舞台之間：曹禺戲劇新論》，北京：北京大學出版社，2007 年。

朱棟霖：《論曹禺的戲劇創作》，北京：人民文學出版社，1986 年。

---

1 《茶館》是老舍在 1956 年完成的作品，1958 年由北京人民藝術劇院首演。

2 《我和春天有個約會》是香港金牌編劇杜國威 1992 年創作的舞台劇，由劉雅麗（飾姚小蝶）、蘇玉華（飾鳳萍）、米雪（飾金露露）、馮蔚衡（飾洪蓮茜）出演。1994 年開拍電影版本，由劉雅麗（飾姚小蝶）、蘇玉華（飾鳳萍）、羅冠蘭（飾金露露）、馮蔚衡（飾洪蓮茜）飾演。1995 年，香港亞洲電視推出鄧萃雯（飾姚小蝶）、萬綺雯（飾鳳萍）、蔡曉儀（飾金露露）、商天娥（飾洪蓮茜）的版本。

3 狄德羅（1713–1784），生於郎格勒。法國啟蒙思想家、唯物主義哲學家、作家、百科全書派的代表人物。著有《哲學思想錄》《對自然的解釋》《達朗貝爾和狄德羅的談話》《關於物質和運動的哲學原理》等。

4 1907 年 2 月，為了替江蘇水災賑災募捐，春柳社在日本東京演出《茶花女》的第三幕，李叔同（又名李息霜）扮演瑪格麗特，曾孝谷扮演阿芒父親，唐肯扮演阿芒。

5 胡適的獨幕劇《終身大事》在 1919 年 3 月發表於《新青年》六卷三號，原作為英文，後譯成中文。

6 伊凡（孔慧怡）：〈才子佳人的背面〉，原載《香港文學》第一百零九期（1994 年 1 月），收入許子東編選：《香港短篇小說選 1994–1995》，香港：三聯書店，2000 年。

7 魯迅：〈中國小說的歷史的變遷〉，《魯迅全集》第九卷，北京：人民文學出版社，1981 年，頁 338。

8 田漢的《咖啡店之一夜》，最初發表在 1922 年《創造》季刊的第一卷第一期。1924 年 12 月，中華書局發行單行本。

9 田漢的獨幕劇《獲虎之夜》，最初連載於 1924 年 1 月的《南國半月刊》第二期上，後因雜誌停刊而未登完，同年收入中華書局出版的《咖啡店之一夜》。

10 郭沫若的五幕話劇《屈原》創作於 1942 年 1 月，於 1942 年 4 月由中華劇藝社在重慶國泰大劇院公演。

11 郭沫若的六幕話劇《蔡文姬》創作於 1959 年 2 月 3 日，2 月 9 日寫完。1959 年，發表在上海《收穫》第三期。1959 年 5 月 21 日，由北京人民藝術劇院首演。

12 丁西林的獨幕劇《壓迫》，最初發表於 1926 年 1 月的《現代評論》一週年增刊。

13 《北京人》寫於 1940 年，1941 年 12 月由文化生活出版社出版。同年由重慶的中央青年劇社首次演出。

14 《雷雨》最初發表在 1934 年 7 月的《文學季刊》上，1934 年底由上虞春暉中學學生首次演出。

15 王蒙：《活動變人形》，北京：人民文學出版社，1987 年初版。

16 郁達夫的〈給一個文學青年的公開狀〉，最初發表於 1924 年 11 月 16 日的《晨報副刊》上。

17 《日出》是曹禺創作於 1935 年的四幕話劇，1936 年發表於《文學月刊》一卷一至四期。1937 年 2 月 3 日至 5 日在上海卡爾登大戲院（今長江劇場）演出。

18 《原野》於 1937 年 4 月在靳以主編的《文叢》第一卷第二期開始連載，至 8 月第一卷第五期載畢。同年 8 月由上海文化生活出版社出版。1937 年 8 月 7 日到 14 日，《原野》在上海卡爾登大戲院舉行首次公演。

19 毛澤東：〈中國社會各階級的分析〉，《毛澤東選集》第一卷，北京：人民出版社，1969 年，頁 3。

20 張恨水（1895–1967），原名心遠，筆名恨水，鴛鴦蝴蝶派代表作家。著有《春明外史》《金粉世家》《啼笑因緣》《八十一夢》等。

21 《啼笑因緣》1930 年 3 月至 11 月在《新聞報．快活林》上連載，1931 年由上海三友書社出版單行本（共三冊）。

22 1952 年，香港銀城影片公司出品由楊工良、尹海清導演的《啼笑因緣》，有白燕（飾杜鳳屏 / 趙碧姬）、張活游（飾麥幹生）；1957 年，華僑電影企業公司出品電影版《啼笑因緣》，導演是李晨風，主演為吳楚帆（飾劉大帥）、張瑛（飾樊家樹）、梅綺（飾沈鳳喜）、羅艷卿（飾關秀姑）；1964 年，國際電影懋業有限公司出品趙雷、葛蘭版，導演為王天林，主演有趙雷（飾樊家樹）、林翠（飾關秀姑）、葛蘭（飾沈鳳喜）；1964 年，香港邵氏兄弟有限公司出品《故都春夢》，改編自《啼笑因緣》（又名《新啼笑因緣》），主演有李麗華（飾沈鳳仙 / 何麗霞）、凌波（飾關秀珠）、關山（飾范嘉樹）。電視劇方面：1974 年，香港無線首先將《啼笑因緣》改編為電視劇，編導有王天林，主演有陳振華（飾樊家樹）、歐嘉慧（飾關秀姑）、李司棋（飾沈鳳喜 / 何麗娜）。1987 年，香港亞洲電視亦開拍電視劇《啼笑因緣》，成為第二個版本，導演為梁志成，編劇有連瑞芳、藍瑞鵬、鍾清玲，主演為劉松仁（飾樊家樹）、米雪（飾沈鳳喜 / 何麗娜）、苗可秀（飾關秀姑）。1987 年，安徽電影家協會與內蒙古電視台聯合攝製拍攝黃梅戲電視劇《啼笑姻緣》，主演有孫啟新（飾樊家樹）、王惠（飾沈鳳喜 / 何麗娜）、李克純（飾關秀姑）。2004 年，中央電視台播出新版《啼笑因緣》，由胡兵（飾樊家樹）、袁立（飾沈鳳喜 / 何麗娜）、傅彪（飾劉大帥）主演，導演為黃蜀芹。

23 王安憶：〈窗前搭起腳手架〉，收錄於短篇小說集《打一電影名字》，上海：上海文藝出版社，2015 年。

第十講

老舍、巴金的生平與創作

第一節　巴金：一生堅持青年抒情文體和革命心態

巴金在中國現代文學史上的意義

巴金生於四川的一個富有家庭，年輕時曾到法國讀書。他最有名的小說，是《家》《春》《秋》，「激流三部曲」，都是他很年輕的時候寫的。

子東說

巴金的《家》，曹禺曾把它改編成話劇，後來還拍成電影、電視劇。很多名角都參演過，比如張瑞芳、孫道臨、黃宗英、王丹鳳等。

很長一段時間內，巴金的小說在台灣是禁書。國民黨在文化控制方面也是非常厲害的。當時在台灣能看到的，是梁實秋、林語堂、張愛玲的書。魯迅、巴金、老舍的書都不能看。有很多書，台灣人也知道很好；但要出版時，因為這些作家叫「淪陷作家」，身在「匪區」，所以他們的作品在台灣不能出。當時，台灣的出版商為了出書，想出很多怪招。比如，復旦大學的學者劉大杰，寫了一部《中國文學發展史》，台灣也想出。怎麼辦？把「劉大杰」改成「劉太杰」，名副其實的改動一「點」。台灣當時的年輕人，讀的是「劉太杰」的《中國文學發展史》，直到蔣經國時代才文化解禁。

1993年，我在美國收到王德威教授的約稿信，知道巴金的小說在台灣解凍了。遠流出版公司要出一整套《巴金小說全集》。因為台灣人不熟悉巴金，巴金又是寫革命的，主編王德威就邀約了一些人，給每一卷書寫一個前言，讓台灣人知道巴金的價值。

子東說

巴金的一個兒子，叫李曉[1]，也寫小說，他的《門規》被張藝謀改編為電影《搖啊搖，搖到外婆橋》。李小林是他的女兒，是《收穫》的主編。

巴金在中國現代文學史上的意義有三個。

第一，理想主義的政治觀念。巴金最有趣的一個特點，是一生相信無政府主義。很多人以為無政府主義是一個負面的詞，無政府主義不就是「反政府」嗎？其實，無政府主義是一個很高的理想，嚮往一個理想但不可能存在的人類社會：無政府有道德，無警員有秩序，無軍隊有和平……因為西方人相信絕對權力使人腐化，人的好壞不在於人本身，而在於有沒有權力。

英國人霍布斯[2]（舊譯「霍布士」）的解釋是，人類有兩個天性。一個是絕對追求快樂，就是佛洛伊德所謂的絕對追求快樂的「本我」。但如果只有這一個天性，人類就會陷入混亂、相互殘殺，這很可怕。所以，他說人類虧得有第二個本能——害怕突然死亡。第二個本能制約了第一個本能。為甚麼看到想要的東西，人們不會馬上去拿？因為拿了會受到懲罰。所以，人們把暴力的權力交給君王等國家機器，這樣人與人之間不必使用暴力，但會受暴力保護。這就是政府最基本的概念。所以無政府主義是沒法實行的。

子東說

依霍布斯看，人生來是自私的，殘酷的，在「自然狀態」（即原始狀態）裏，「人對人是豺狼」，互相殘殺，以便維持自己的生命和安全。等到這種情況維持不下去了，原始人才訂成社會公約，宣佈放棄原來的每一個人都有的互相掠奪殘殺的自由和權力，把它移交給一位代表共同意志的個人（專制君主），對他都要絕對服從，以便換取社會全體成員都需要的和平和安全。（朱光潛《西方美學史》）

有意思的是，中國現代作家裏政治地位最高的，除了郭沫若，就是巴金。巴金去世時，是全國政協副主席。一輩子相信無政府主義的人，最後成了黨和國家的領導人，這是非常吊詭的。

「理想主義」和「有理想」不一樣。每個人都有「理想」，但大部分人希望這理想能給自己帶來好處，能使自己開心。要是這理想實現不了，或帶來壞處了，就放棄了，忍讓了，收藏心底了。甚麼叫「理想主義」？有好處相信，沒有好處也相信，甚至不怕犧牲也要相信。這是巴金。巴金一直沒有放棄無政府主義。在某種程度上講，共產主義社會實現時，就沒有政府了，天下大同。這是他一生堅持的信條。

第二，以筆為槍。年輕的巴金相信無政府主義很美好，但實現理想要做很多事情，還需要一些非常手段。很多手段是恐怖的，比如看到有人濫用權力就要除掉他。這樣的事情巴金當然是不敢做的，他更多是以筆為槍。無政府主義和革命文學是南轅北轍的，但以筆為槍卻是相通的。中國人的人生三境界：第一是立德，第二是立功，第三是立言。巴金說他因為做不了政治，立不了功，所以才立言。他從來不隱諱他的作品是武器。巴金的政治觀點是反對一切專制的，很難說是左派還是右派，但他的藝術觀是非常功利的。巴金公開主張，文學技巧是不重要的，最高的技巧是無技巧。他的小說都是不加修飾，不加象徵手法，沒有精心佈局。像老舍、張愛玲對語言的推敲琢磨，像魯迅、聞一多的文字意象，巴金都不講究。巴金文字好比白開水，淺顯、清楚，這是他的文學觀造成的。

第三，是「青年抒情文體」。如果在中學開始寫文章，第一個要學習的對象不是冰心就是巴金。巴金在解釋他為甚麼要寫《家》時，有這麼一些文字：

> 為我大哥，為我自己，為我那些橫遭摧殘的兄弟姊妹，我要寫一本小說，我要為自己，為同時代的年輕人控訴，申冤。……我有十九年的生活，我有那麼多的愛和恨，我不愁沒有話說，我要寫我的感情，我要把我過去咽在肚裏的話全寫出來，我要撥開大哥的眼睛讓他看見他生活在甚麼樣的環境裏……[3]

這就是「青年抒情文體」。有甚麼特別？第一，「我」特別多，非常直白的。第二，很激動，毫不掩飾節制。少年開始寫日記時，都是用這樣的方法。再比如：

> 我忍受，我掙扎，我反抗，我想改變生活，改變命運，我想幫助別人，我在生活中傾注了自己的全部感情，我積累了那麼多的愛憎。我答應報館的約稿要求，也只是為了改變命運。……我在生活、我在戰鬥。戰鬥的對象就是高老太爺和他所代表的制度，以及那些憑藉這個制度作惡的人……我拿起筆從來不苦思冥想，我照例寫得快……我控制不住自己的感情，也不想控制它們。我以本來面目同讀者見面，絕不化粧。我是在向讀者交心，我並不想進入文壇。[4]

這是典型的巴金文字。

巴金有一個特點，他會為自己的同一篇小說寫很多篇的序和後記。每一次他的書再版，出版商都會請巴金再寫一個序，他還是有很多話要說。巴金喜歡反覆解釋小說的內容，比如：「下筆的時候我常常動感情，有時丟下筆在屋子裏走來走去，有時大聲念出自己剛寫完的文句，有時歎息呻吟、流眼淚，有時憤怒，有時痛苦。」[5] 他把自己的寫作狀態也寫進去了。

子東說

關於創作狀態，有兩種最基本的看法。巴金的看法是，一有感觸，馬上寫下來。郭沫若也是如此。而且他們一再鼓吹，這種「靈感」的時刻是控制不住的，往往是這樣的狀態：牙齒咯咯發抖啊，渾身像發燒一樣啊，停不下來啊。小說詩歌就寫下來了，名作就這樣不可阻擋地誕生了。另外一種看法是，藝術不是熱情本身，是熱情冷卻下來以後的東西。激動的時候，是不可以寫詩的；只有激動過後才能寫詩。這是華茲華斯的主張。張岱發達的時候，不寫東西的，等到晚年很寒苦了，才回憶當年的西湖7月半。曹雪芹也一樣，在大觀園裏被那麼多小女生包圍時，寫不出《紅樓夢》的，家族完全破落了才回頭寫紅樓的燦爛。

巴金的「青年抒情文體」，對中國現代文學，對上幾代的青年人，都是有巨大影響的。巴金一生都有青年革命心態——年輕的、新的是對的，老的、舊的是錯的，新的有權利打倒舊的。最難得的是，巴金愈到老愈堅持這種青年文體、革命心態。

第四，「文革」以後，巴金成為中國知識分子的一個代表。

巴金的地位在晚年愈來愈高，這很罕見。魯迅自〈狂人日記〉奠基新文學後，文壇地位一直很高。有些作家曾被人忘掉或忽視，後來才變得有名，比如張愛玲、錢鍾書。也有些作家生前有名，但後人評價一般，比如郭沫若。還有些作家出於各種原因在文學史中夭折，比如老舍、沈從文、徐志摩。更多的作家，晚年很少作品，吃吃老本，比如曹禺。相比之下，巴金是一個非常罕見的例子。他年輕時雖然讀者很多，其實他作品的社會影響大於藝術價值；到晚年，巴金的文壇地位卻非常高。令人尊敬的原因，不是因為他的小說，而是他的晚年散文《隨想錄》《真話集》。經歷「文革」後，還能大膽地提出意見、控訴「文革」的老作家，當以巴金為代表。像艾青、曹禺、丁玲，這些人平反以後，很少公開提起往事。

巴金有兩個遺願很著名。一是要建立中國現代文學館。這個館已經建好了，在北京，規模很大，圖書很多，巴金捐了很多圖書。現在，很多其他作家的書也捐在裏面。第二個遺願，是建立「文革博物館」，還沒有實現。

《家》：年輕的、新的就是好的

下面來講《家》。

先簡單介紹一下小說人物。高老太爺是家裏地位最高的。他有一個長子，已經去世了。他的太太叫周氏，就是覺新繼母，也去世了，還有個陳姨太。小說的主人公是三兄弟，覺新、覺民、覺慧。整個故事，是由這個大家庭裏的四個愛情故事串起來的。

第一個愛情故事。覺新愛上了表妹梅，被家人反對，表面的理由是兩人是表親，其實是因為梅表妹這一家沒地位。覺新是長孫，在家裏執掌大權的。權力責任大了，愛情婚姻就不是私事了，要老太爺同意。

第二個愛情故事。家裏後來又給覺新說了一個親，新娘叫瑞玨。這瑞玨，覺新見都沒見過，結婚了蓋頭一掀，居然是個美女，而且很賢慧。我小時候讀到這裏，也鬆了口氣。照理說很好，覺新和讀者都意外。但瑞玨要生產的時候，高老太爺正好去世了，於是不能在家裏生產，說有「血光之災」，要「顧全大局」，把她弄到郊外的一個廟。因為這麼折騰，就出事情了，最後是慘劇。這是覺新的兩段愛情。

第三個愛情故事。覺民有一個女朋友，叫琴。這個故事裏，覺民既不像覺新一樣對大家庭負責任，也不像覺慧那麼激進反抗。他比較中庸，接受新思想，但又接近溫和改良派，其實是妥協。所以，他和琴的關係是最順利、最美好、最光明的一段愛情。

第四個愛情故事。覺慧喜歡丫鬟鳴鳳，也答應過要娶她。當然，像很多少爺對丫鬟說的話一樣，當不得真，連鳴鳳也沒有當真。後來家裏要安排鳴鳳嫁給老太爺同輩一個姓馮的老頭，做小老婆。鳴鳳不願意，去找覺慧說，覺慧卻忙着寫文章……過後，這女孩滿懷冤屈，跳湖自殺了。

年幼讀《家》時，覺得跟《紅樓夢》很像，都是講一個大家庭，都有幾代人，年輕人的愛情是小說的核心，而年輕人被老人控制，不能好好戀愛，家裏還總是有一些人腐化……雖然這兩本書的確是中國銷量最多的長篇小說（印數都過千萬），但《紅樓夢》和《家》貌似相同實則不同。《紅樓夢》寫的是非常複雜的人，寶釵、黛玉、鳳姐、賈母……每一個人都非常複雜。在大觀園裏，找不到一個完全好或完全不好的人。因此，在《紅樓夢》裏是沒法鬧革命的。而《家》是一半好人，一半壞人，分界線就在覺新。覺新就像《日出》裏的李石清 —— 比李石清有錢的，都是壞的，比李石清窮的，都是好的，這又是一個對階級社會結構的一個簡單的道德圖解。

和《日出》一樣，《家》是一幅由不同人物構成的社會關係圖，這個圖從高老太爺往下，一直到底層丫鬟傭人，不只是經濟狀況排列，更是簡單直接的年齡排列。處在中間的關鍵人物，就是覺新，他是小說裏最豐富的圓形人物。比覺新年紀大的，比如他母親、叔叔克安克定、高老太爺還有陳姨太，都是比較負面的人物；反之，比覺新年輕的，都是好的，善良、純潔、受壓迫、要反抗的。「五四」文學革命一開始的標題是甚麼？新青年！革命的進化論，年輕的、新的就是好的，舊的、傳統的就是壞的。巴金的《家》簡單圖解了這個世界。而只有覺新是核心人物，他又好又壞：他又承擔家庭責任，同時又理解支持弟弟。在某種程度上，就像魯迅所說，「肩住黑暗的閘門」。他完全知道弟弟妹妹要甚麼，又知道爺爺奶奶要甚麼。他要替他們管家，又要替年輕人追求愛情。所以，這個人被自己壓死了。

子東說

為甚麼巴金要寫《家》？因為這就是他大哥的困境，更因為他大哥的自殺。巴金的大哥是覺新的原型，這是《家》的直接創作動力。巴金其實就是覺慧，雖然他不承認。

如果說，《日出》畫的是一個階級鬥爭的圖形，《家》所描畫的就是一個年齡層級的圖形 —— 相信年輕的人就是好的，年老的人就是不好 —— 這麼簡單地看問題，其實是進化論的局限。整個「五四」現代文學就貫穿這兩個理論，魯迅一輩子也面對這「兩論」：早期是進化論，後來是階級論。《日出》講的是階級論，《家》講的是進化論。兩部作品合起來，就是二十世紀三十年代左傾的文學主流。而這個進化論的圖景，是《家》和《紅樓夢》的根本區別。《家》裏有一半好人被壞人壓迫。這些為甚麼是壞人？叔叔們抽鴉片，在外面包二奶，在家裏貪污錢；高老太爺是非常專制的，干預子女的生活；只有覺新的媽媽稍有一點善心，但那善心也是表面的，最後還是要把鳴鳳賣掉。所以，《家》的世界是分成兩半的。直到後來，張愛玲才對這種兩分法產生懷疑[6]。

子東說

張愛玲後來這樣回憶父親的家：「那裏甚麼我都看不起，鴉片，教

> 我弟弟做《漢高祖論》的老先生，章回小説，懶洋洋灰撲撲地活下去。像拜火教的波斯人，我把世界強行分作兩半，光明與黑暗，善與惡，神與魔。屬於我父親這一邊的必定是不好的。」（〈私語〉）

巴金曾經説，覺慧並非他本人。當然也説得對，小説很多都是虛構的，不能簡單説就是他，只能説以他的家庭為原型來寫。那麼，有哪些地方是虛構、加工、改造的呢？瑞玨，巴金家族裏有一個女人，因為「血光之災」，不能在家裏生小孩，但後來在外面生也沒事。梅表妹，真有其人，和巴金的哥哥戀愛沒有成功，後來嫁給一個有錢人，生了好多孩子，據説蠻幸福的，並沒有失戀以後痛苦淒涼一生。鳴鳳也有原型，巴金家裏也有一個丫鬟，要被嫁到一個老頭子那兒，她不去，後來嫁了一個普通人，也沒有跳湖自殺的事。所以，生活當中的故事沒那麼激烈，也沒有那麼多的革命和悲慘，而巴金把它寫得那麼激烈。這就是青年革命心態，他要突出小説的革命主題。關於巴金的青年文體，還有一段非常有代表性：

> 覺慧不做聲了，他臉上的表情變化得很快，這表現出來他的內心鬥爭是怎樣地激烈。[7]

其實，「覺慧不做聲了，他臉上的表情變化得很快」就可以了，意思已經有了，不需要加一句「這表現出來他內心鬥爭是怎樣地激烈」，多餘了。但是，巴金喜歡這麼寫。老舍有一句話：愈短愈難，沒有必要的話，不寫；話很多，找最要緊的寫，少寫。

接下來：

> 他皺緊眉頭，然後微微地張開口加重語氣地自語道：「我是青

年。」他又憤憤地說：「我是青年！」過後他又懷疑似地慢聲說：「我是青年？」又領悟似地說：「我是青年，」最後用堅決的聲音說：「我是青年，不錯，我是青年！」[8]

整段都在反覆地重複，但每一句話的意思是不一樣的。這有點像舞台上的台詞，像曹禺的劇本，告訴這個演員應該怎麼演，每一句話應該怎麼說。

子東說

張愛玲寫小說，是不會說「某某皺着眉頭說，某某撇着嘴巴道，某某流着眼淚講」的。說話時給人物加輔助說明，是現代白話文的累贅。要學《金瓶梅》《紅樓夢》，說「某某道」；至於某某「道」的時候，是皺着眉頭、非常痛心，還是眯着眼睛、居心叵測，要用「道」的內容來具體表現。最多，說「笑道」。張愛玲喜歡用「笑道」，後來在〈金鎖記〉英譯時，堅持譯成「said , smiling」，編者特別要加注解[9]。

巴金這樣的寫法，年輕時讀容易感動，但到了一定的年齡，就會覺得太直接了。

鳴鳳的事，很多同學覺得她很笨。雖然沒有新思想、沒有受教育，但她明明有很多辦法可以解脫，比如可以逃走，可以裝病，可以嫁個普通人，為甚麼還沒有和覺慧攤牌、還沒有在覺慧說「No」之前，就自己去跳湖？當然，丫鬟和少爺的戀愛是超越了階級觀念的。但反諷的是，小說無意中流露出來的革命派的價值觀，卻也是非常傳統的。丫鬟鳴鳳跟家裏的少爺要好，但是，家裏人要把她賣掉，覺慧居然救不了她。而且，鳴鳳死後，覺慧雖然很傷心，但想了一會兒，他居然還可以把這件事放下！鳴鳳的故事，就這麼慘。

另外，小說中的正面人物覺民還說了一句：「看不出鳴鳳倒是一個烈性的女子。」[10] 這句話有稱讚的意思，剛好符合三從四德的標準。鼓吹革命的巴金，在無意中透露出覺民的道德標準是中國傳統的，還帶着某種讚歎的口氣表揚這個「烈女」的自殺，說她保持清白。在這個地方，年青一代、革命一代所秉承的價值觀，和高老太爺他們是相通的。黃子平在遠流版《家》《春》《秋》的序言裏寫得很清楚。這就說明為甚麼在中國可以不斷出現革命，但是悲劇也照樣會不斷出現。革命的人成功了以後，他可能還是高老太爺。這樣評價巴金也許有點苛求，但是小說透露出的價值觀，還不如魯迅——〈我之節烈觀〉對傳統道德的批判，那是怎樣的深刻。

小說的結尾，覺慧離家出走，是覺新給了錢讓他到上海去。覺慧，其實就是巴金這個角色。而覺新，是自殺的。在真實的生活中，我們的社會是需要很多覺新的。覺新忍辱負重做事，家庭全靠他撐着，可上下都要怪他。覺新和覺慧，是我們處理自己與家庭、與團隊、與社會的兩個基本模式。每個同學都可以捫心自問：在家裏，在學校，在社會上，你是覺新？還是覺慧？

第二節　老舍：一個作家可以提前寫出自己的命運

舍予，就是「舍我」，名字真是預言

老舍是二十世紀最出色的中國作家之一，本來據說有可能是最早獲得諾貝爾文學獎的中國作家，但他卻於 1966 年在北京太平湖自殺，投湖的細節至今不清不楚。老舍原名舒慶春，字舍予。舍予（捨予），就是「舍我」，名字真是預言。

中國現代作家大都是漢族。最明顯的例外是兩個，一個是沈從

文，他的家族上有漢族、苗族、土家族血統，他自己認的是苗族。還有一個是老舍，他是滿族。

老舍兩歲時，父親為保衛北京打八國聯軍，在北京城牆附近被打死了；再看老舍自己，冥冥之中，在北京城牆附近投湖了，太有戲劇性了。大部分作家的父親是沒落的有錢人或小康人家，有一些錢，讓孩子可以到日本讀書，或者到北京讀清華。老舍卻不行，他的父親雖是正紅旗人，卻是底層旗人。父親去世之後，老舍的母親生活很苦。她住在北京的大雜院裏，靠洗衣為生。所以，在中國現代作家裏，老舍的家庭背景是非常特別的。

子東說

大雜院，原是四合院，是很美好的民居建築。四合院是方方的，中間是一個院子，北邊的房子是最好的，因為坐北朝南，是主人住的。東西廂房通常是兒子女兒住，對面坐南朝北的住傭人或放雜物。好的四合院是兩進的。所謂兩進，就是前面一個方塊，後面一個方塊，周作人和魯迅在八道灣住的，就是兩進四合院。我前些年去參觀時，發現裏面住了三十九户人家。北京現在一些四合院破敗了——一個院子一家住是奢侈，十家住就非常狼狽了。很多人寫關於四合院的小説，老舍也寫。他和母親住的地方，就是很多人一起住的大雜院。

老舍小學畢業，母親籌到一點錢讓他讀師範。讀了師範以後，他工作表現很好，又當小學校長，錢也不少，後來又到南開中學教國文。可老舍是比較有眼光的，放棄了工資比較高的教職，到英國去留學，一邊教漢語謀生，一邊開始寫小說。老舍的小說不是一舉成名的，是辛辛苦苦摸索，寫了《老張的哲學》[11]《二馬》[12]等，寄回中國發表，沒有特別出名的。老舍早期的小說追求幽默，因為英國人喜歡幽默，所以他也學了這一點。二十世紀三十年代他回國，在青島和濟南教書。

老舍寫過一個長篇，叫《大明湖》，打仗燒掉了。後來，他把《大明湖》的部分內容改寫成一個中篇，叫〈月牙兒〉[13]。〈月牙兒〉以女性的角度寫一個女孩子。因為母親是妓女，這女孩子拼命抵抗她的命運，但最後還是走上了母親的道路。稱讚的人說，這就是老舍，關心社會底層，類比女性口吻。我以前覺得他寫得很好，但再仔細看看，也聽了一些女同學、女作家的意見，她們都說這究竟是男作家寫的，還是沒能寫出女性微妙細緻的心理。總的來說，老舍覺得做妓女是被社會壓迫的，是從社會正義的道德觀來寫這故事。他還寫了《離婚》[14]、〈斷魂槍〉[15]，代表作是《駱駝祥子》[16]。抗戰初，中國成立了一個統戰的文藝家協會，老舍被推為總務部主任，因為他既不是「左聯」的系統，和國民黨也沒有關係。他的《駱駝祥子》，最能代表他的風格。

後來，他還寫了一部《四世同堂》[17]，也很好。抗日戰爭期間，老舍很努力，跟着軍隊去編話劇、編戲，叫「文章入伍」。那些作品當然不太成功。但《四世同堂》是非常好的。解放戰爭期間，老舍和曹禺在美國講學，1949 年在周恩來授意下，郭沫若、茅盾等人寫信邀請老舍回國，老舍就回來了。

子東說

《四世同堂》起筆於 1944 年初，完成於 1949 年初，全書分《惶惑》《偷生》《饑荒》三部。其中，《饑荒》最初連載於 1950 年《小說月刊》，至第二十段中止，老舍生前未出版。1981 年，在美國人艾達・普魯伊特翻譯的《四世同堂》英譯本《黃色風暴》中，發現了經過縮略處理的《四世同堂》最後十三段，由馬小彌轉譯為中文後，發表於 1982 年第二期《十月》雜誌。後來又從浦愛德英譯本手稿中發現被美國哈考特出版社刪除的三段，由趙武平轉譯為中文後，發表於 2017 年第一期《收穫》雜誌。

1949 年以後，巴金寫了一篇《團圓》[18]。茅盾沒再寫甚麼，曹禺不斷改寫自己的東西。跟大部分中國現代作家不同的是，老舍寫得最多，是最成功的勞模（「勞動模範」簡稱）作家，尤其是他的劇本《茶館》。當然，他也寫了很多今天看來藝術價值不高的作品。

子東說

《團圓》還改編成電影，叫作《英雄兒女》，有一句經典台詞是：「我是851，我是王成！為了勝利，向我開炮！」

前不久，有一個門戶網站邀我做直播節目，為了紀念1966年的8月23日。他們找到了當時文化局革委會主任葛獻挺，老先生現在八十多。我們和另一位女作家一起，重走當時老舍的路。那麼，這一天究竟發生了甚麼事？

北京有一個孔廟，孔廟有一個印刷學校，印刷學校有一些紅衛兵，在那天準備燒唱京戲的服裝——是「四舊」，應該燒掉，因為那是帝王將相。不僅要燒這批「四舊」，還要叫一批「反動作家」跪在邊上陪着。

因此，他們找文聯，找了一批「反動作家」，包括駱賓基、端木蕻良、蕭軍等人，還有陳凱歌的父親陳懷皚。

子東說

陳凱歌是《霸王別姬》的導演，那部電影裏有一場戲，可能就是根據這個場景來的。

當時老舍生着病，還搞不懂「文革」是怎麼回事。他一直是革命模範，是人民藝術家，地位很高。那一天，他穿戴整齊，準備好材料，要去參加「文革」。妻子問他，你去文聯幹甚麼？他說，我要參加運動呀，將來要寫運動的，不參加我怎麼能寫？

到了文聯，正好紅衛兵把一批「反動作家」往車上趕。那批紅衛兵是某中學舞蹈隊的女生，多是十五六歲。平時，文聯有老師教她們跳舞，現在對付那些「反動權威」，有人把這些女孩子叫來了。結果，有個人對女學生說，你們要找權威，看那個老頭，他是最大的權威。女學生跑過去問老舍：「你是不是老舍？」其實她們當時不認識老舍，但老舍太老實，說我是老舍，就一起上了車。歷史有時候就是這樣的一個差錯。這些事，是當年那位文化局革委會主任葛獻挺老先生親口告訴我們的。

他們到孔廟時，已經有一些人被打。看過《霸王別姬》沒有？那個場面可能是所有「文革」電影場面裏令人印象最深刻的一個。當時，這些學生一輪一輪地去問這些「反動作家」。第一輪問成分和出身，第二輪問收入。出身不好，收入太高，皮帶就打上來了。在 1949 年以後，老舍一直是受表揚的。他還要求入黨，周總理跟他說，你留在黨外，作用更大。老舍此前從來沒有被打過。當天拉回文聯後還被掛了個牌子，老舍覺得冤枉，就把那牌子摘下來，往地上一砸。據說砸到一個紅衛兵的腿，結果周圍的人說他打人，就圍上去打他。

子東說　我現在才知道，這個場面可能不是虛構的。因為陳懷皚當時也在場，有可能告訴陳凱歌。

當時掌握局面的是文聯「革委會」的副主任浩然，也是有名的作家，寫《豔陽天》《金光大道》，在當代文學史很出名，說是為了保護老舍，就把他送到派出所。而派出所當時只收「現行反革命」—— 這是非常重的一個罪 —— 於是給他套了這麼一個罪。當然，派出所也不管，也沒有地方，老舍就回家了。此前，老舍的家庭關係不好。那個階段，他長期住辦公室，很少回家。可是那天，他回去了，那一晚不知道過得怎麼樣。後來他妻子回憶說，老舍回家那天晚上，她安慰他，替他擦傷口，叫他忍耐，很關心他。第二天早上，老舍去派出所報到，妻子沒陪着。這是讓人非常困惑的。後來，老舍一個人走到德勝門豁口外的太平湖，離家有十幾里地。據說那裏很靠近老舍母親原來住的地方。他在太平湖邊，待了很久，直到第二天早上，才有人發現他投湖了。至於他甚麼時候下水，怎麼下水，都不知道。幾個目擊證人講的情況都不一樣，永遠是個謎。

子東說

1968 年，據說諾貝爾獎委員會本來提名老舍，但他那時已經去世了。他最後投湖的這段故事，有日本作家專門來寫小說。

《駱駝祥子》裏有一段，祥子在曹家拉包月，一切都上正軌的時候，虎妞來敲門，肚子裏裝了一個枕頭。她對祥子說，我們那一晚之後，現在就是這樣了。祥子就像聽到轟天之雷，不知道該怎麼辦。小說裏，祥子走到御河邊上，看着紫禁城的城牆。他想，我怎麼辦？我離開北京？逃走？不行，我所有的一切都在北京，不能離開。可接下來該怎麼辦？怎麼來面對這個世界？小說借祥子的眼睛寫了北京的景山、白塔、大橋……這一段，真是讓我看不下去。一個作家可以提前寫出自己的命運。傑克・倫敦[19]的《馬丁・伊登》[20]也是這樣。

子東說

《馬丁・伊登》是傑克・倫敦寫的自傳體小說。小說講一個水手愛上了中產階級的女大學生，為了愛情，他想進入中上層階級，便把過去生活中亂七八糟的故事寫成精彩的小說。但一直都不成功，終於連本來支持他的女朋友也提出分手。不料，窮極潦倒後不多久，他的小說開始出名，發表在《大西洋月刊》上。《大西洋月刊》是美國著名的知識分子雜誌，和《紐約客》差不多。結果，馬丁・伊登成為一個非常出名的人物。女朋友回來找他，他卻沒有感覺了，謝絕了女朋友。之後他投海自殺。現實中，傑克・倫敦寫完小說不久，就在加州的莊園裏吃藥自殺。

文學就這點厲害。一個人在任何地方都可以撒謊，宣誓、日記、情書，都可以是假的，可是要寫好文學作品，內心、潛意識就一定會暴露。老舍幾十年前就借着祥子的口，寫出了一個人在困境時，他寧死也不離開北京，而要守在護城河邊。婚姻方面也是這樣，祥子回去和虎妞結婚，其實他不情願，老舍的婚姻也不幸福。再看看祥子這個人，沒甚麼了不起的地位和本領，但是人品端正，靠自己的能力做自己的事情，希望得到社會的公正對待，不能彎，不能扭曲。小說裏的祥子最後是被扭曲了。但老舍自己是不能被扭曲的，他不是竹子，彎一彎還可以再彈回來。有些樹不能彎，「咔嚓」就斷了。老舍就是這樣。

〈斷魂槍〉：這個時代不配這樣的好東西

講《駱駝祥子》之前，先讀〈斷魂槍〉。老舍晚年寫了很多差的東西，但在二十世紀三十年代的創作高峯期，寫了很多好的作品。

〈斷魂槍〉是一篇絕好的小說。故事講一個武功很好的人 —— 神槍沙子龍，原來開鏢局，幫錢莊運錢，但現在都沒用了。整個小說裏，寫了三個人的武功，三個人有三種不同的武功境界。一個是王三勝，第二個是孫老者，第三個就是沙子龍。

王三勝會武功，但主要是拿來表演的。小說寫他表演的文字，寫得非常漂亮：

> 大刀靠了身，眼珠努出多高，臉上繃緊，胸脯子鼓出，像兩塊老榫木根子。一跺腳，刀橫起，大紅纓子在肩前擺動。削砍劈撥，蹲越閃轉，手起風生，忽忽直響。忽然刀在右手心上旋轉，身彎下去，四圍鴉雀無聲，只有纓鈴輕叫。刀順過來，猛的一個「跺泥」，身子直挺，比眾人高着一頭，黑塔似的。收了勢：「諸位！」一手持刀，一手叉腰，看着四圍。稀稀的扔下幾個銅錢，他點點頭。

「諸位！」

他等着，等着，地上依舊是那幾個亮而削薄的銅錢，外層的人偷偷散去。他咽了口氣：「沒人懂！」他低聲的說，可是大家全聽見了。[21]

打得很漂亮，但是給錢的人很少。於是，王三勝怪別人不懂。會武功的人和讀書人一樣，都有一個毛病，總覺得他沒得到足夠的認可，一旦得不到掌聲，得不到榮譽，就說別人不懂。這是第一個境界：表演。當然了，現在也有後現代的理論，認為這個世界甚麼都靠表演操作，都是場域、操盤、運作。得不到掌聲，自然要抱怨。

表演之外，武功的第二層面，就是實用功能。孫老者他用這套功夫殺人，是典型的武俠人物形象。金庸的武俠小說經常會寫這樣一類人，比如在一個酒館，幾個人在那裏吵啊罵啊，角落裏坐一個老頭，幾根鬍鬚，眼睛細細的，身體很瘦。到時候一動手，這邊拿起來一個碗飛過去，那老者把碗「啪」地夾住了，輕輕放下，照樣倒茶。最厲害的角色不是五大三粗的壯漢，也不是威風的靚仔，往往是看起來其貌不揚的那個。但這不是最高的境界。否則，沙子龍為甚麼不和他比武？為甚麼瞧不上他？沙子龍看中的，是精神，是靈魂。好的武術，是和精神、靈魂相通的東西。

武功的第三個層面，不僅是表演，不僅是功夫，它還是靈魂。所以小說的最後一句是最耐人尋味的。人走了，夜深人靜，他把全套打下來，然後摸了摸槍桿，又微微一笑。這「微微一笑」四個字，千萬不能少的。如果沒有微微一笑，只有歎一口氣，那就是哀悼武藝的過時。可是他又歎氣，又微微一笑，那就是：「你們不配。」—— 這個時代不配這樣的好東西，我就要留着它。所以，小說名字叫〈斷魂槍〉。這武藝可以比作文學，也可以比作學問。

對老舍來說，文學也是這樣，文學不是表演。有些作家很得志，把文學當作表演，但老舍不是這樣。文學也不是功夫，功夫講究實效，要有用，但文學不一定有用；功夫可以死記硬背，也可以改，流行甚麼做甚麼，可文學是不能改的。作家的靈魂是不能造的。

《駱駝祥子》：老舍在寫我們自己，在寫今天的中國

《駱駝祥子》是中國現代文學的必讀課。《駱駝祥子》的語言，也是最標準、最正宗、以北京話為基礎的普通話。國語的文學，文學的國語，《駱駝祥子》是樣品。

人力車夫在中國現代文學裏，是一個非常典型的象徵，很多作家寫過人力車夫。最早的是胡適，他寫詩同情車夫，不好意思坐，最後還是要考慮窮人生計，要車夫「拉到內務部西」。郁達夫有一篇小說，和〈春風沉醉的晚上〉一樣有名，叫〈薄奠〉，講郁達夫和一位車夫的感情。這車夫後來去世了，郁達夫就燒了一個紙做的車給他，這是對車夫最好最重要的紀念。因為車夫曾以能夠拉上自己的車為最高的人生理想。

子東説 香港現在還是這樣，那個車子值十萬，可是車牌幾百萬，你別看車裏司機是一個老頭很慘，可他幾百萬的車牌是他的身家，這是他的資產。

讀書人出去也要坐車，那時就是人力車。車夫在前面跑，你愈想快他跑得愈累，他在你前面光着膀子，滿身是汗地拖着車。如果坐車的是沒良心的潘月亭、金八，他們肯定無所謂；但是偏偏後面坐的是

方達生，或是〈一件小事〉中的魯迅，看到人家這樣賣力氣、賣血汗，心裏是不好受的，甚至有點犯罪感。知識分子在面對人力車夫的困境，是「五四」知識分子所面對現實的困境——又想喚醒大眾，又要承認他們的沒辦法。當時，左派說不應該這樣寫《駱駝祥子》〈薄奠〉，應該描寫人力車夫不拉車了，趕快參加革命、造反、拿槍，到街上去暴動。可是到街上去暴動，車夫很快會被人打死。而且，車夫可能也沒有這麼高的覺悟。

《駱駝祥子》是寫得最好的有關人力車夫的小說。這個車夫很努力，很正直，身體很好，不騙錢。他想拉自己的車，還買到了自己的車，雖然是二手的。打仗的時候，他冒險拉了一個客人到一個危險的地方，為了賺多一點錢。結果車子被人搶走了。

車子被搶以後，他順便偷了幾個駱駝回來，把駱駝賣了，但還買不起車。這時他就替一家車行拉車。車是「生產資料」啊，拉人家的車就好像種人家的地。所以，他很努力地在做這份工。其間祥子醉過一次酒，和虎妞發生了關係。第二天，祥子後悔，走掉了，後來到一個讀書人家裏去拉包月，這是比較好的。正當祥子的生活步入正軌時，虎妞來找他，騙他說懷孕了。祥子是個老實人，女人大着肚子來找他，他是不能推掉這個責任的，雖然他不開心。後來，他只好又租車行的車。這是第二次挫折。

後來，他又攢錢借錢，想自己買車，結果碰到一個偵探敲竹槓，把他那筆錢又搶了，這又是一次劫難。最後，他和虎妞結婚了。虎妞也不錯，離家出來和他一起住。同住以後，虎妞說，你別拉車了，我有錢啊！不行，祥子還是要拉車。最後，虎妞難產，去世了。祥子只好把車又賣了，安葬虎妞。這時，祥子愛上了妓女小福子，等他再去找她時，小福子死了。最後祥子崩潰了，走投無路。在小說結尾，他出賣革命黨，拿情報，賺點小外快，幫人家送喪的隊伍舉舉花圈挽聯，從一個曾經非常自豪、正直、勇敢的男人，變成了一個甚麼都做的爛仔，一個「個人主義的末路鬼」。

記住，「個人主義」這個詞在老舍那裏，不是一個負面的概念，反而是「正能量」。說「個人主義的末路鬼」，等於說是「英雄的末路」。

表面來看，《駱駝祥子》講一個弱勢羣體的人在一個不好的社會裏，受盡各種磨難，最後走投無路。其實，老舍不只是在寫一位人力車夫，也在寫他自己。老舍不像巴金、曹禺那麼容易就相信了左派的理論。開始老舍受英國文化的影響，追求幽默，不親近左派，不怎麼相信革命。《駱駝祥子》是他的轉捩點。在小說的第一段，老舍寫的是一個人想靠個人努力成為社會中的一種健康力量，但最後走不通。換句話說，通過祥子的失敗，老舍完成了他的世界觀的轉折：一個人想端端正正地做人，何其難啊！如果做不到這一點，這個社會就非常糟糕，就要革命。

更深一層，《駱駝祥子》在寫一個基本的人生價值觀。一般來說，我們做一件事情，是能夠做的，是樂意做的，也是能獲得好處的。這三個要素，是很多人的人生觀裏很重要的部分。我們理想的基本信念，就是祥子的信念。祥子拉車拉得很快，拉得很好，愛這個行業，想賺錢比別人多，還想能拉自己的車。這三條，是最樸素、最正常的人生觀。

那麼，祥子有錯嗎？如果有，他到底錯在甚麼地方呢？之前的解讀是，祥子沒有錯，他一步一步摔倒，是社會的錯。他攢錢買車，錢被人敲走了；他拉自己的車，車被人搶了；他跟虎妞結婚，虎妞死掉了；他愛小福子，小福子死掉了；最後他做了一個奸細……所有這些，都是人生道路的坎。所有這些坎，祥子是沒有錯的，是被社會逼到這個地步的，一步一步地摔下去，他的人格、命運、生活摔下去，都是社會的錯。

子東說

> 杭州有個作家李杭育，寫了一篇小說，大意是講張三丟了一個自行車鈴蓋，第二天，幾乎全杭州的雙鈴蓋都換了一遍。你拿他的，他拿別人的，所以全杭州的雙鈴蓋差不多就換了一遍。

但大部分同學認為，祥子在這過程中也有錯，比如偷駱駝。可是，假定說你的車被搶走了，走投無路時，看到幾個駱駝在那裏，是不是也可以牽走幾匹駱駝，彌補一些損失？看起來是可以被理解的。然而，這就是祥子墮落的開始。這墮落的性質就是：別人對我不好，我也可以對他不好，這叫「以惡抗惡」。這種處境是很普遍的。這就是今天的社會，可以是汽車，也可以是一個停車位，還可以是吐一口痰、憋一口氣、一個職位、一份獎金等等。總之，所有人都覺得自己吃虧了，吃虧以後無法反抗，但可以從別處拿回來。於是，更多的人吃虧了，就有更多的人去拿回來。在這個意義上，《駱駝祥子》在寫我們自己，在寫今天的中國。

我認認真真讀《駱駝祥子》，至少三次。第一次讀的是一個弱勢羣體工人被罪惡社會環境壓迫的故事；第二次讀的是個人主義如何在中國此路不通的故事；第三次才發現，小說寫的就是我——我也有自己能做、愛做的事（比如教書、做研究），我也曾相信如果做事努力，就會獲得社會意義上的「成功」。但後來我發現，好好學習，不一定會天天向上。一個堅持自己原則做事的人，「不忘初心」，卻不一定能獲得「成功」。這個時候，我們該怎麼辦呢？在這個意義上，祥子就是我。

再講一點虎妞。如果從女性主義的角度去研究虎妞，虎妞有甚麼錯？她只是愛上了一個男人，為了他犧牲了家庭、犧牲了錢。至於她動了一些心思、花了一些手段，也不能算錯。所以，虎妞真是很慘。

她生病了，家裏沒錢，祥子也不賣車，最後老婆死了，他還得賣車葬老婆。他寧可葬老婆也不賣車給她看病。

如果這小說改寫一下，從虎妞的角度寫——就像很多西方的電影，常常是先從 A 的角度寫，然後把同樣的故事用 B 的角度重講一遍——也很精彩的。換一個角度講同樣的故事，完全可以是不同的故事。這不單是羅生門，而是從不同的眼光、不同的角度來看同一件事。

延伸閱讀

巴金：《家》，北京：人民文學出版社，2013 年。

巴金：《隨想錄》，北京：人民文學出版社，2014 年。

譚興國：《走進巴金的世界》，成都：四川文藝出版社，2003 年。

李存光：《巴金研究資料》，北京：知識產權出版社，2010 年。

李存光：《百年巴金：生平及文學活動事略》，北京：人民文學出版社，2003 年。

黃子平：〈《家・春・秋》前言〉，王德威主編《巴金小說全集》，台北：遠流出版公司，1992 年。

陳思和：《人格的發展：巴金傳》，上海：上海人民出版社，1992 年。

許子東：〈巴金的革命情懷〉，王德威主編《巴金小說全集》，台北：遠流出版公司，1993 年。

許子東：〈巴金的青年抒情問題〉，王德威主編《巴金小說全集》，台北：遠流出版公司，1993 年。

劉禾：〈回顧歷史：看巴金的文字救世說〉，王德威主編《巴金小說全集》，台北：遠流出版公司，1993 年。

傑克・倫敦著，吳勞譯：《馬丁・伊登》，上海：上海譯文出版社，2011 年。

老舍：《駱駝祥子》，北京：人民文學出版社，2012 年。

老舍：《老舍生活與創作自述》，北京：人民文學出版社，1997 年。

中山時子主編：《老舍事典》，東京：大修館書店，1988 年。

舒乙：《老舍的關坎和愛好》，北京：中國建設出版社，1988 年。

曾廣燦、吳懷斌編：《老舍研究資料》，北京：知識產權出版社，2010 年。

王潤華：《老舍小說新論》，上海：學林出版社，1995 年。

張鐘：《老舍研究》，澳門：澳門大學圖書館出版中心，1995 年。

張桂興：《老舍評說七十年》，北京：中國華僑出版社，2005 年。

關紀新：《老舍評傳》，重慶：重慶出版社，2003 年。

關紀新：《老舍與滿族文化》，瀋陽：遼寧民族出版社，2008 年。

王德威著，胡曉真等譯：《寫實主義小說的虛構：茅盾，老舍，沈從文》，上海：復旦大學出版社，2011 年。

1 李曉，1950 年生，本名李小棠，巴金之子，四川成都人。曾在安徽農村插隊八年，1982 年畢業於上海復旦大學中文系，著有《小鎮上的羅曼史》《天橋》《繼續操練》《四十而立》《門規》等。

2 托瑪斯・霍布斯（1588–1679），英國政治哲學家，著有《論公民》《利維坦》《論政體》《論人》等。

3 巴金：〈關於《激流》〉，《巴金自傳》，南京：江蘇文藝出版社，1995 年，頁 133。

4 巴金：〈關於《激流》〉，《巴金自傳》，南京：江蘇文藝出版社，1995 年，頁 141–142。

5 巴金：〈關於《激流》〉，《巴金自傳》，南京：江蘇文藝出版社，1995 年，頁 143。

6 張愛玲：〈私語〉，《流言》，台北：皇冠出版社，1982 年，頁一四九。

7 巴金：《家》，北京：人民文學出版社，2001 年，頁 243。

8 巴金：《家》，北京：人民文學出版社，2001 年，頁 243。

9 王曉鶯：《離散譯者張愛玲的中英翻譯》，廣州：中山大學出版社，2015 年，頁 148–149。

10 巴金：《家》，北京：人民文學出版社，2001 年，頁 234。

11 《老張的哲學》初於 1926 年《小說月報》第十七卷七至十二號刊載。《小說月報》分六期連載《老張的哲學》，8 月號登出的第二部分，按作者要求把筆名改為「老舍」。1928 年 1 月由商務印書館初版印行。

12 《二馬》最初由《小說月報》第二十卷第五號（1929 年 5 月）開始連載，同年第二十卷第 12 日續完。

13 〈月牙兒〉在《國聞週報》第十二卷十二期（1935 年 4 月 1 日）連載，在第十四期（1935 年 4 月 15 日）續完，後收入短篇小說集《櫻海集》，由上海人間書屋於 1935 年初版。

14 《離婚》是老舍第一部未在雜誌上連載就直接出版單行本的長篇小說，1932 年由上海良友圖書印刷公司初版印行。

15 〈斷魂槍〉最初發表於天津《大公報》副刊《文藝》第十三期（1935 年 9 月），1936 年收入由開明書店出版的老舍短篇小說集《蛤藻集》。

16 《駱駝祥子》最初在《宇宙風》半月刊第二十五至四十八期（1936 年 9 月 16 日至 1937 年 10 月 1 日）連載。1939 年由上海人間書屋出版。

17 《四世同堂》起筆於 1944 年初，完成於 1949 年初。目前所見最完整的版本是由老舍生前出版的《惶惑》《偷生》《饑荒》前二十段以及由馬小彌轉譯的《饑荒》最後十三段組成。《四世同堂》全書分《惶惑》《偷生》《饑荒》三部。《惶惑》最初於 1944 年 11 月至 1945 年 9 月在重慶的《掃蕩報》連載，1946 年 1 月由上海良友復興圖書印刷公司出版；《偷生》最初則連載於 1945 年重慶的《世界日報》，1946 年 11 月由上海晨光出版公司出版。《饑荒》最初連載於 1950 年的《小說月刊》，至第二十段中止，老舍生前未出版。1981 年，在美國人艾達・普魯伊特翻譯的《四世同堂》英譯本《黃色風暴》中，發現了經縮略處理的《四世同堂》最後十三段，由馬小彌轉譯為中文後，於 1982 年在北京的第二期《十月》雜誌發表。

18 巴金：《團圓》，1961 年 8 月發表在於 1953 年創刊的《上海文學》上。

19 傑克・倫敦（1876–1916），美國二十世紀著名現實主義作家。著有《馬丁・伊登》〈野性的呼喚〉《白牙》〈熱愛生命〉《海狼》《鐵蹄》等小說。

20 〔美〕傑克・倫敦著，吳勞譯：《馬丁・伊登》，上海：上海譯文出版社，1990 年。

21 老舍：〈斷魂槍〉，引自舒濟、舒乙編《老舍小說全集》第十卷，武漢：長江文藝出版社，1993 年，頁 352。

第十一講

沈從文與三十年代「反動文藝」

第一節　一輩子不接受城市

凡寫鄉村，都很美好；凡寫城市，都很糟糕

到目前為止，我們還在「魯、郭、茅、巴、老、曹」的主流範圍，講到魯迅開闢新文學方向，茅盾是左翼文學的大師，郭沫若是國家領導人，巴金、曹禺和老舍也都從不同的角度相信革命——巴金提倡年輕人的革命，曹禺提倡窮人的革命，老舍講個人主義的失敗，這些都是主流。但是，現在會碰到一個非主流的作家——沈從文。

沈從文和老舍一樣，不算是漢族。他和大部分中國現代作家的經歷也不一樣，因為他沒有機會在學校好好讀書。他出生於軍人家庭，現在看來，湘西的軍人也不是正規軍，而是地方武裝，有點半軍半匪的情況。沈從文很年輕就在軍隊裏，見過一般人沒有見過的很多事情。如果比較一下二十歲的魯迅、郁達夫和沈從文，會發現二十歲的沈從文讀書少得多，但見識過的事情卻多得多。沈從文後來的小說就寫這些很奇怪的事情，比如劊子手殺人後到廟裏懺悔、女人自殺後屍體被痴戀者挖出來同睡、農民如何心甘情願送老婆去賣身賺錢……但是，他做了幾年軍隊裏的副官以後，就離開軍隊，要去「從文」。

沈從文剛「北漂」時，也很慘，窮得叮噹響，最早開始寫作投稿也沒人發表。郁達夫曾經去看他，送了他圍巾。後來他進入文壇，有一段時間和胡也頻是好朋友，還勸胡也頻追丁玲。他們三個在上海曾經一起「同居」。人們以前一直覺得這裏有點曖昧，沈從文後來寫文章，也把這段經歷講得很神秘，其實是住樓上樓下的。胡也頻和丁玲結婚後，也是有三角關係，但丁玲心裏裝的是馮雪峰，根本不是沈從文。沈從文晚年老懷念這段往事，丁玲因為政治偏見，不大領情。沈從文的婚姻也是非常引人注目的，張兆和當時是他的學生，沈從文死追，胡適還幫了忙。張兆和後來陪沈從文渡過幾十年艱辛苦難的生活。張家四姐妹在民國是名門，四姐妹也都嫁給名人。

在那時的文壇上，沈從文顯得很特別。第一，當時的大部分作家都是海外留學回來教書。沈從文雖然後來也到大學裏教書，但沒有文憑，沒讀過大學，更沒留過洋。因為胡適這一派的人欣賞他，才介紹沈從文到青島和北京教書，還去過西南聯大。

子東說 西南聯大是抗日時期北大、清華、南開幾個學校合併，集中了中國最優秀的知識分子，沈從文也在其中。

但在大學裏，沈從文是有些自卑的，也可能是被忽視的。沈從文寫的小說，基本是兩個類型，一部分寫鄉村，一部分寫城市。凡寫鄉村，都很美好；凡寫城市，都很糟糕。他有篇小說叫〈八駿圖〉[1]，寫城裏的知識分子，都是諷刺的。

子東說 嶺南大學有一屆學生，畢業時送了個禮物給中文系的老師，那幅畫叫《八駿圖》。那時中文系大概就八個老師。那些學生不好好讀書，不知「八駿圖」有個罵人的典故，當時就送了這麼一幅畫來。

在《邊城》裏，作家直接說，我們鄉村的妓女比城裏的太太要高貴。為甚麼貶低城市、抬高鄉村呢？第一種解釋，沈從文熱愛鄉村，一輩子不接受城市。第二種解釋，他在城市裏不開心，所以一直歌頌鄉村。其實，他歌頌鄉村的小說，也不是給農民看的，是給城裏人看的。王曉明專門寫過一篇文章[2]，討論沈從文的城鄉愛憎是怎麼來的。他在大學裏不吃香，為甚麼還要進大學謀職呢？原因是文學流派鬥爭。當時偏右的文壇作家，如胡適、徐志摩、聞一多、梁實秋等多是詩人、散文、政論家，沒有一個小說家。當時，詩歌是新月派寫得最好，但這批人除了寫詩就是搞理論，包括顧頡剛、羅家倫這些胡適的弟子，多做考古或其他研究，就是沒有人寫小說。寫小說的作家大部分左傾：文學研究會微左，創造社後期很左，「左聯」更不用說，寫出來的故事都是階級鬥爭。小說界唯一明顯的例外，就是沈從文。所以，胡適這一派可能有意識地要把沈從文拉到他們的陣營，沈從文也的確希望有人支持他。

子東說

香港大學曾邀請胡適做中文系主任和文學院院長，現在赤柱那裏還有一個紀念碑，紀念胡適來港。胡適當時在中國叱咤風雲，後來做國民政府駐美大使，怎麼會來港做一個系主任？但他介紹了許地山來，許地山後來對香港文化有很大貢獻。商務印書館也曾找胡適做主編。胡適自己不做，介紹他的老師王雲五來做主編。胡適欣賞沈從文的才華，介紹他到大學裏教書。這樣的事情，胡適做了很多。

很多作家想不出來的故事，他都是真的見到的

沈從文和老舍一樣，不是一舉成名的。他早期的小說寫了很多奇怪的故事。他有一篇小說〈三個男人和一個女人〉[3]，講三個男人，其中兩個是當兵的，一個是豆腐店的年輕老闆，卻都看上了一家大戶人

家的年輕女子。這個女子非常漂亮，可突然吞金自殺了。三個男人都非常傷心。結果，年輕的豆腐店老闆失蹤了，後來才發現，他把那個女子的屍體從墳裏挖出來，放在一個山洞裏，周圍放了很多鮮花，他就睡在屍體旁邊。按說，這是非常恐怖、變態的情節，但沈從文把它寫成了一個浪漫故事。這是沈從文早期的小說。

還有一篇小說，叫〈柏子〉[4]。一個江上的水手，在工作之餘找了一個妓女，小說寫的就是他跟這個妓女的一夜。他怎麼帶了東西送給她，妓女怎麼吃醋，埋怨他這麼些日子不來，是不是在外面亂來。他說，我在外面一直想你，你看我幫你買了雪花膏，買了香粉。男歡女愛一大堆動作以後，水手離開了這個地方，覺得他已經把接下來一個月的幸福都預支了，至於女人今晚是不是又和別人怎麼樣，這些都不是他關心的問題。他覺得他的生活很美好，充滿力量。小說就完了。沈從文早期的小說，是很多作家想不出來的故事，他都是真的見到的。

子東說

有個美國人叫愛德格・斯諾[5]，要編一本英文的中國現代短篇小說集，書名叫《活的中國》[6]，讓魯迅推薦，魯迅就推薦了沈從文這一篇〈柏子〉，作為當時中國小說的代表。

還有一篇小說更精彩，叫〈新與舊〉[7]，寫一個劊子手，在清代末年負責殺頭。但殺了頭以後，他會連滾帶爬跑到土地廟，對着廟裏的菩薩磕頭懺悔。廟裏會有縣太爺主持，裝模作樣打幾棍，說神饒恕你了。這樣折騰一番，他才能正常地過日子。這個叫「舊」。過了一些年，換成槍斃了，凡有犯人，一槍打死。拿槍打死人的劊子手，是沒有羞愧感的，打死了人馬上就去喝酒，也不到土地廟來磕頭了。偶然當官的又想到讓老的劊子手動一下刀，劊子手又跑去廟裏認罪，結果被人當作瘋子，兩個時代的殺人方式，哪一個好？

第二節　〈丈夫〉：屈辱比優勝的感覺深刻得多

「反動」，就是反潮流而動

抗戰前後，郭沫若、茅盾等很多南來作家影響了香港的文學，導致香港產生了《蝦球傳》等文學作品。其實，二十世紀四十年代後期的香港文學活動，是 1949 年後中國內地文化活動的一個預演。〈在延安文藝座談會上的講話〉，除了延安以外，最早的發表地就是香港。因為當時中國內地都在國民黨的統治下，香港曾是文藝左派的根據地，最主要的雜誌就是《大眾文藝叢刊》。侯桂新專門研究過這個時段[8]。

1948 年 3 月，郭沫若寫了〈斥反動文藝〉一文，將沈從文明確定性為「桃紅色」的「反動作家」。文中說：「特別是沈從文，他一直是有意識地作為反動派而活動着。」[9] 文章發表在香港的《大眾文藝叢刊》，從那時起，香港的雜誌報紙就被捲入並影響內地，尤其是影響到政治文化鬥爭。一年後，人們把這篇文章抄成大字報，貼在沈從文任教的北京大學。沈從文為此事兩次輕生，差一點死掉。所以，沈從文跟「反動文藝」這個標籤的確有關係，在文學史上很有名。不過，從某種意義上說，沈從文的文學真的是「反動」—— 在二十世紀三十年代他曾有意識地「反」時代發展主流而「動」。

那麼，究竟甚麼是「反動」？到底甚麼是「反動文藝」？說他「反動」，也不冤枉。從字面意思來看，「反動」就是反主流而動，反潮流而動。打個比方，現在大家都買樓，我不買樓，還嘲笑、反對買樓，就是「反動」了。另外一個意思，「動」就是運動，如果不想運動，不想變化，只想保持穩定和諧，在某種程度上也是「反動」的。

為甚麼說沈從文「反動」呢？「五四」的主流意識形態，是受進化論影響，用西方的「先進」文化批評中國，用城市的「文明」標準改造鄉村。因此，中國「五四」以後的文學主流，就有「新與舊」「城與鄉」「西與中」三種假定關係。簡單說就是企圖相信：新的比舊的好，城裏比鄉村好，西方文化比傳統文化好，因為西方是科學、民主、進步。中國雖然強調國學，強調民族主義，但整體的趨勢是走向全球化。這是主流意識形態。

從魯迅開始，大部分的作家，比如巴金、老舍、曹禺，都走的是這條主流的道路。但沈從文偏偏有點反主旋律。沈從文覺得鄉村比城市好，西方的東西不一定比古老的鄉土中國好，他還認為舊的比新的好。比如〈新與舊〉，講的就是舊的拿刀的劊子手講道德，新的拿槍的劊子手不講道德。以前的劊子手殺了人，知道這個事情不對，還要裝模作樣地懺悔一番。新的劊子手殺了人以後，槍口一吹，根本不當一回事。這麼一個講殺人的故事，他用了一個題目叫〈新與舊〉，就說明了沈從文的個人「反動」野心：邊城離奇小故事，也要掛上意識形態大問題。他在當時的寫作的確是和主流不同的，甚至有些相反。

而且，從沈從文開始，地域文化才在中國現代文學中受到重視。沒有哪一個作家能像沈從文這樣，由於一個人的創作，改變了一個地方整體的文化形象。很多作家寫上海，老舍寫北京，魯迅對紹興貢獻也很大。但是，北京沒有老舍還有王朔，浙江沒有魯迅還有金庸。湖南不一樣，今天人們對湘西地域文化有追求，湘西還因此保留了很多民俗風味，這都是因為沈從文。

嚴肅文學中的屈辱感

沈從文還有一個特點，就是執着於描寫屈辱感，比如〈丈夫〉。為甚麼題目叫「丈夫」？小說的題目，要麼點題，要麼反諷。「狂人日記」是點題，「祝福」是反諷；「肥皂」是點題，「日出」是反諷；「藥」是點題，同時又反諷。而〈丈夫〉寫甚麼？寫一個男人眼看着自己的女人賣淫，而且她從事性工作是他知道、同意的，家裏還靠她賺錢。這是當地的一個鄉俗，鄉下人窮，女人結婚後沒生小孩，先送到城裏來做幾年妓女，賺點錢，丈夫在鄉下靠她養豬種地，偶爾來探親。這個人是不是最沒資格叫「丈夫」？

我的老師許傑早期有一篇小說叫〈賭徒吉順〉，被茅盾選在《中國新文學大系》的《小說一集》裏[10]，講一個男人叫吉順，是個賭徒。賭到後來全輸了，把妻子押上去了。他回家跟妻子解釋，說對不起你，但是沒辦法，贏家的人就要來接你了。然後整理衣服，抱頭痛哭，詳詳細細地寫他怎樣把妻子交出去的過程。小說完全沒寫那個贏家的心理、心情、心態。

另外一篇〈為奴隸的母親〉[11]，作者柔石。柔石是「左聯五烈士」，魯迅專門寫文章紀念他。他最有名的小說是《二月》和〈為奴隸的母親〉。〈為奴隸的母親〉講有錢人的妻子生不了孩子，這窮人家就把妻子借給有錢人家的男人，幫他生孩子。可這故事是從這窮人家丈夫的角度來講的。他把妻子送到別人家做代母，生了小孩後，這個女人不捨得離開小孩。她回家後，夫妻關係也不好，丈夫氣得要命，強調的也是窮人的屈辱感

再如「左聯」作家蔣牧良的〈夜工〉[12]，寫一個女人瞞着丈夫，晚上出去「打工」。打甚麼「工」？就是打這份「工」，但丈夫不知道。

她要維持家用，說是「夜工」。還有羅淑的〈生人妻〉[13]，也是這一類的故事。

這類作品，簡單說，都是寫女人被迫賣淫，但小說的角度既不是寫這女人，也不是寫嫖客，而是寫這女人的丈夫，他怎麼知道、怎麼忍受、怎麼看待這件事。總而言之，怎麼難過怎麼寫。因為在整個關係裏，最難過的就是他。

當代作家曹乃謙的小說《到黑夜想你沒辦法》[14]也是這樣。小說寫一個男人欠了另一個男人錢，還不出來，只好每個月把妻子送給債主幾天。臨走，妻子上了驢子，他還特別跟那個男人交代，說女人這兩天身體不好，另一個男人說，你放心吧，我會照顧她。「中國人要講信用」，這丈夫還說了這樣一句話，就這麼把妻子送去。小說寫得非常精煉，從頭到尾沒有感情的流露，好像這件事情天經地義。

子東說

長久以來，中國人總覺得自己的民族被外國人欺負。文學承擔「民族—國家」寓言。但是，欺負吾邦像欺負女人一樣，這個比喻最早是外國人提出來的。二十世紀八十年代在港大開會時，北大教授謝冕曾說，中國經過了長時間的封閉，現在終於張開臂膀，擁抱世界。意思是「文革」是中國把自己封閉，現在要擁抱世界。當時學者周蕾也在場，她說，謝教授的比喻非常光明，把我們比作一個被拋棄的孤兒，現在回到世界大家庭；可是，西方的看法不是這樣的，他們把中國比作女人，把西方比作男人，是用性關係來想像這個欺負的關係的。這是兩套完全不同的意象與想像及符號系統。當時聽了，我非常震驚，覺得兩個都有道理。

從〈丈夫〉講起的中國現代文學執着於寫屈辱感，僅僅是中國內地嗎？不是。台灣鄉土派作家王禎和的〈嫁妝一牛車〉[15]，講一個男人很嚮往一輛牛車，但是買不起，只好借別人的車。車的主人就向他提出一個交易，說可以隨便用車，條件是你的妻子要定期到我這裏來。

最後，他們達成了這協定。整篇小說寫這件事。

黃春明的〈莎喲娜啦・再見〉[16] 更典型。講一個台灣的小學老師，後來當了旅行社的導遊，專門帶日本的遊客到花蓮嫖妓。這個旅行團叫「千人斬俱樂部」，是一批參加過「二戰」的日本老兵，俱樂部的宗旨是，要睡一千個女人，絕不重複。這當然只能靠性產業來實現，所以他們長期去台灣。曾經有一度台灣是「邦富民娼」，色情業非常發達，因為日本當時禁止性產業。結果，到了旅遊點，導遊發現出來接待「千人斬俱樂部」的這些女孩子，都是他以前的學生。導遊也沒辦法，也不能對客人說不可以，因為女孩子都是自願拿錢做事的。後來，他碰到一個崇拜日本的台灣人，就把那人亂罵一通。可又有甚麼用呢？他自己還不是在做這樣的事？作家有時候真是把人逼到道德絕境上去寫。〈莎喲娜啦・再見〉也是有名的台灣鄉土文學作品。這些作品有一個共同點，就是男人的恥辱 —— 眼看着「自己的女人」跟別人睡覺。「自己的女人」，可以是夫妻，可以是鄉親，可以是同胞。對中國人來說，「自己」這個概念是有幾層混合的意思的。郁達夫就是這樣，他在船上看到中國女人跟日本男人親熱，就很不高興。換作法國人也許就不會有這種心理。

子東說

台灣文學有兩派。一派是現代主義派，代表作家有余光中、白先勇、王文興，及劉紹銘、李歐梵等。另外一派是鄉土派，最出名的是陳映真、王禎和、黃春明等。〈嫁妝一牛車〉是王禎和最有名的小說。

為甚麼我們喜歡寫男人的屈辱感多於寫勝利感？可能是因為「民族－國家」的集體無意識，我們對屈辱的記憶，比對優勝的感覺要深刻得多，因為我們在過去一百多年的歷史裏，屈辱遠多於勝利。但又不單是民族屈辱感的問題，還有純文學和通俗文學的界限問題。屈辱感是一個比較文學性的、要探討人性更深一層的東西，《007》之類的通俗一定避開屈辱感，而讓人得到優越感，滿足人的白日夢。

但是，好的世界名作，恰恰要探討人性更深層一些的東西。托爾斯泰的《戰爭與和平》就是這樣。皮埃爾自己的女人，很放蕩，最後沒有好下場；安德烈喜歡上娜塔莎，兩人也訂婚了，結果娜塔莎又碰到花花公子，要一起去看演出——這是世界文學史上寫得最深刻的場景之一，男主人公喜歡的女人要跟別的男人出去，像〈丈夫〉裏的丈夫所遭遇的那樣。索契冬奧會的開幕式上，在全世界電視轉播下，俄羅斯最有名的芭蕾舞演員演繹的，就是娜塔莎跟安德烈的這個片段。

子東說

> 有個網絡作家，賺了很多錢，別人問他，你的小說這麼多人看，有甚麼訣竅？他說，網絡寫作和一般的寫作不太一樣。一般的作者和讀者是隔了距離的，中間有一個印刷工業的流通過程。網絡不一樣，讀者都是付錢閱讀的，如果寫得不好看，馬上就不付錢了，每天的點擊量就是小說的受歡迎程度，作者和讀者的互動關係非常直接。所以，這個網絡作家寫第三十三章時，就已經知道第三十四章要怎麼寫了。他說寫網絡小說有幾個原則：第一個原則，男主人公喜歡的女人，一定要追到。第二，男主人公喜歡的女人，一定不能跟別人。第三，男主人公有仇一定要報。這和我們所講的嚴肅文學的法則完全相反，正好是通俗文學的法則。

歐洲浪漫主義的文學，基本讚揚、同情、支持三角關係中的後來者。比如司湯達的《紅與黑》[17]，比如歌德的小說，不少都是講一個男人出身低微，卻長得帥有才華，喜歡上一個女人，女人的丈夫又老又保守，雖然有地位有錢，但妻子照樣被後來者搶去——男主人公爬陽台和女主人公偷情，這是歐洲浪漫文學的典型場面。教科書的說法是，後來者代表了新興資產階級的雄心，女人則是土地、財產、社會、山水及美的象徵，是被貴族佔有的。新興的平民資產階級要把她搶過來。最典型的文學作品就是《亂世佳人》[18]：女主人公在兩個男人中間猶豫，一個有地位、有教養，另一個像暴發戶流氓一樣，可是有錢有魅力，最後當然贏了。在某種程度上，二十世紀以後的文化工業，使得整個世界文明走向市場化，某種程度上也走向庸俗。

第三節　《邊城》：這麼多好人合作做了一件壞事

中國鄉土文學的重要人物

看《邊城》[19]，一定要看它的題記。沈從文在題記裏寫得很清楚，這小說不是寫給農民看的，不是寫給大學生看的，也不是寫給評論家看的，是寫給沒有進入體制的、沒有讀大學的，但又關心中國文化命運的人看的。因為沈從文覺得，當時大學裏的人都被左派思想感染了，都相信革命，而農民又沒有能力來關心這些。所以，《邊城》的理想讀者，就是關心主流文化、又有自己獨特看法的人，也就是觀察社會主潮但又反主潮而動的人。前些年《亞洲週刊》曾經評選了二十世紀一百部中文小說[20]，第一位是《吶喊》，第二位就是《邊城》。現在，《邊城》在中國文學史上的地位是非常高的。

子東說

據香港《亞洲週刊》於1999年6月公佈之「二十世紀中文小說一百強排行榜」，經十四名來自海峽兩岸、香港及新加坡、馬來西亞和北美的作家學者評選，魯迅以小說集《吶喊》名列第一，沈從文《邊城》第二。若以單篇小說計，《邊城》則屬第一。

那麼，沈從文為甚麼要批判都市文化，歌頌湘西文化？第一，他對鄉村充滿感情。第二，他討厭城市。不僅是城鄉的問題，他也不那麼簡單地接受進化論和所謂革命進步之類的觀點，所以他所描寫、所留戀的是一些比較傳統的、鄉土的東西。

子東說　也許香港的讀者會比較接受沈從文。香港的新界比較像沈從文描寫的理想鄉村，到現在還是傳丁不傳女。嶺南大學旁邊的鄉村，一有大事就插很多三角的狼牙旗，像《三國演義》《水滸傳》裏的景象。有一次，我請王蒙來嶺南大學演講，車子開到學校邊上，他就問我，這裏在拍電影嗎？我說，不是在拍電影，這旁邊就是新界的村莊，他們就是這樣，很像中國古代。這在內地是看不到的。

中國「鄉土文學」大致分三種。第一種是魯迅這一類，從鄉村到城市，偶然又回到鄉村，既留戀又批判鄉鎮農村。鄉村是破舊的，但童年記憶是美好的。最典型的就是〈故鄉〉。第二種是沈從文這一類，以鄉村為對照批判城市，城市很糟糕，鄉村才是美好的，比如〈丈夫〉和《邊城》。第三種其實是一種「本土文學」，不只是指農村，還包含着一種「本土」的概念，比如陳映真和舒巷城。當「鄉土文學」變成了「本土」概念，內涵就更複雜了：「鄉土」不僅相對城市，不僅代表地域，還寄託族羣意識。在這個意義上，包涵「民族－國家」寓言的中國現當代文學，一直以鄉土為主流。或者說，中國文學是世界文學中的「鄉土文學」。在鄉土文學的發展中，沈從文扮演了一個非常重要的角色。

沈從文不是農村的謝冰心

《邊城》的故事很簡單。有一個政府出錢的擺渡船，一個老頭負責撐船。他女兒當初為了愛情出走，後來死了，把外孫女留在他身邊。外孫女是老頭的寶貝，長得很漂亮。這地方最有勢力的船總是當地的一個地主，又是一個鄉紳武裝力量的頭頭。他有兩個兒子，大佬叫天保，二佬叫儺送。兩個男人都喜歡這個女孩，怎麼辦呢？他們就商定唱歌。兩個富二代喜歡一個窮女子，但小說裏竟沒有甚麼壞人壞心，整個小說裏都是很美好的人與事。

小說出現了三層結構性的矛盾關係。

第一層矛盾關係，是義與利。

邊城這個地方和今天社會最大的不同，在於見義讓利。坐渡船，那老頭說，不要給錢。中國歷來就有這個說法，叫「君子喻於義，小人喻於利」。「小人」的意思不是卑鄙的人，也不是小孩，就是普通人。不讀書的人，就是要錢；讀了書的人知道，要按道理，不能收錢。而在這個小小的邊城，不管讀書也好，不讀書也好，大家都不要錢。這是一個最大的不同，也是邊城最美好的地方。但是，這個地方歸根到底又是講錢的。男主人公講婚嫁的時候，旁人告訴他：如果娶了翠翠，得到的是一個船；如果娶另一個女人，就會有一個碾坊，是穩定賺錢的。對於這個男人，雖然自家是有錢的，但也面臨着一個最基本的選擇：找一個窮女人還是找一個富女人。這個選擇，無情解構了前面的「見義讓利」。

第二層矛盾關係，是家庭親情和男女愛情。

小說裏設計了一個絕大絕難的選擇。兩兄弟喜歡了同一個女人，這個問題上，恰恰是西方道德和東方道德衝突得最厲害的。按照中國傳統道德，女人沒那麼重要，不值得傷了兄弟的感情，兄弟是手足，女人是衣服。張愛玲曾解構說，男人把女人當衣服，女人把男人當作還不如她的衣服。至於兩姐妹爭一個男人，更是不道德，只能讓那個男人來選。但是，按西方人文主義的觀念，愛情是最高的，比兄弟姐妹、比父母的感情都要高。按西方價值觀來說，家庭指的是夫妻和小孩，這才是最直接的。中國人傳統的家，首先是父母長輩，一定是和父母的關係更重要。兩個人相好，父母反對，就沒辦法了。現代西方人不是這樣，真愛是必須要爭的，千萬不能讓，也不能聽任對方挑，因為如果你放棄了愛情，既對不起自己，也對不起愛人。

在這個地方，小說裏展開了一個無解的矛盾。開始好像很有辦法，兩兄弟說好了，我們唱歌，她挑中誰就算誰，等於是俄羅斯轉盤。大哥說我唱不好，二弟說那我代唱。這其實有點開玩笑的性質了。但這哥哥知道爭不過他，就走了，結果在船上出事，死了。他一死，使得弟弟有負罪感，覺得對不起他哥哥，於是也傷心地走了。女孩的外祖父後來也死了，女孩就住在這個有錢人家裏，不知是甚麼身份，等着二佬回來。小說寫得很美好，也很淒涼、很浪漫，也很憂鬱。結尾非常經典：「這個人也許永遠不回來了，也許『明天』回來！」這是一個愛情故事的省略號。親情與愛情的衝突，造成了小說的核心矛盾。

子東說

還有人問我：「甚麼叫色情？甚麼叫藝術裏的情慾？」簡單說，畫面是色情的，卻讓你難過的，就是藝術的；讓你興奮的，就是色情的。比如電影《色，戒》的三場牀戲，一場比一場難過，這是藝術。

第三層矛盾關係，整個《邊城》沒有一個壞人，卻講了一件壞透了的事。常有同學問我，怎麼來區分「通俗文學」和「嚴肅文學」？這個問題很難。最簡單地說，凡是有明顯的壞人，大都是通俗文學；凡是找不到一個明確的壞人，可能就是嚴肅文學。當然有特例，比如《奧賽羅》[21]就是一部有壞人的、經典的嚴肅作品。但大部分情況下，這個文學閱讀的簡單規律是靠譜的。

《邊城》就是這樣，船總順順雖然有錢，但人很好，大佬、二佬也是很好的年輕人。整個《邊城》裏找不到壞人。可事情其實壞透了。老頭死了，外孫女嫁不出去了；追求她的兩個男人，一個死了，一個走了；他們的父親也不開心，嘴裏說不出，心裏可能在責怪翠翠給兩個兒子帶來的命運。這件感情的糾紛，導致與此相關的每一個人都不快樂。這就是「眾多好人合起來做了一件壞事」。

德國哲學家叔本華說，悲劇有三種。第一種悲劇，是出現一個壞人。比如兩個人相愛了，結果來了一個非常壞的第三者，不擇手段地把兩人破壞了。這是最簡單的一種悲劇，是在 TVB 常常可以看到的悲劇。第二種悲劇，是出現了突發事件。比如香港電影《新不了情》，一男一女相愛了，也沒有壞人作梗。突然其中一個得了白血病，另一個哭得昏天暗地，但也沒有辦法。最難寫的是第三種悲劇。沒有壞人，也沒有突發事件。就事論事，誰都是對的，因為他們所處的位置不同，或者性格不同，必然會發生矛盾衝突，從而產生悲劇。這種悲劇是最深刻的悲劇，是最無解的悲劇，也是最難寫的悲劇。巴金的《家》有壞人，是第一種悲劇。但是巴金的《寒夜》[22] 是第三種悲劇，母親、媳婦、兒子，都是好人，可關係就是弄不好。巴金的《寒夜》就是好小說。我討論過關於「文革」的作品，大概有四種故事類型。第一種，少數壞人害多數好人。第二種，壞事最後變成好事。第三種，我當年錯了，但我不懺悔。第四種，眾多好人合作做一件壞事。第四種是最深刻的，余華、馬原、殘雪、王安憶諸位寫的小說就是這個類型，沒有壞人。比如馬原的小說〈錯誤〉[23]，裏面沒有一個人是壞的，可故事是非常慘的。

子東說

叔本華論悲劇三個類型。

第一種是，「造成巨大不幸的原因可以是某一劇中人異乎尋常的，發揮盡致的惡毒，這時，這角色就是肇禍人。」

第二種是，「造成不幸的還可以是盲目的命運，也即是偶然和錯誤。」

第三種是，「不幸也可以僅僅是由於劇中人彼此的地位不同，由於他們的關係造成的；這就無需乎（佈置）可怕的錯誤或聞所未聞的意外事故，也不用惡毒已到可能的極限的人物；而只需要在道德上平平常常的人們，把他們安排在經常發生的情況之下，使他們處於相互對立的地位，他們為這種地位所迫明明知道，明明看到卻互為對方製造災禍，同時還不能說單是那一方面不對。」

在這三種類型中，叔本華認為最後一類悲劇更為可取。「因為這一類不是把不幸當作一個例外指給我們看，不是當作由於罕有的情況或狠毒異常的人物帶來的東西，而是當作一種輕易而自發的，從人的行為和性格中產生的東西，幾乎是當作（人的）本質上要產生的東西，這就是不幸也和我們接近到可怕的程度了。並且，我們在那兩類悲劇中雖是把可怕的命運和駭人的惡毒看作使人恐怖的因素，然而究竟只是看作離開我們老遠老遠的威懾力量，我們很可以躲避這些力量而不必以自我克制為逋逃藪；可是最後這一類悲劇指給我們看的那些破壞幸福和生命的力量卻又是一種性質。這些力量光臨我們這兒來的道路隨時都是暢通無阻的。我們看到最大的痛苦，都是在本質上我們自己的命運也難免的複雜關係和我們自己也可能幹出來的行為帶來的，所以我們也無須為不公平而抱怨。這樣我們就會不寒而慄，覺得自己已到地獄中來了。」（叔本華《作為意志和表象的世界》，石沖白譯）

《邊城》好就好在：這麼多好人合作做了一件壞事。悲劇的具體原因是甚麼呢？兄弟相爭？老人過於關心？翠翠無法表達？人與人缺乏溝通？各種原因都有。老人是為外孫女好，他以為她喜歡大佬。女孩呢？喜歡二佬。因為虧欠了她母親，老人對外孫女特別好，使得她覺得有自由戀愛的權利，但她又不能和爺爺溝通，又使得順順那邊產生矛盾。整個小說是一個非常美麗的悲慘故事。

如果「左聯」作家來寫的話，《邊城》可能是關於階級鬥爭的重要作品，但沈從文沒這麼寫。比如他的小說〈蕭蕭〉，講一個童養媳和幫工偷情，結果生了個兒子。兒子長大後，她和小丈夫完婚，還一起幫兒子再找媳婦。初次看，覺得很意外，有些温馨，沒有出現悲劇。但是，想深一層，不由得心底悲涼：假如她不是生兒子呢？現在她生了兒子，將來又找一個童養媳，她的童養媳將來會不會也碰到另外一個花狗呢？這樣的事情會不會代代重複？沈從文的小說表面上非常温馨美麗，但要是真的當作田園牧歌來讀，就太簡單了，太一廂情願了。沈從文不是農村的謝冰心。

因為他沒寫階級鬥爭，所以當時的左翼作家說他「反動」。[24]「反動」這個詞，在特定語境下是負面的。如果完全中性地來看字面意思，就是「逆歷史潮流而動」。一般說來，二十世紀三十年代革命是主流，但一個地方一個時期的潮流，不見得就是世界的歷史的潮流。

二十世紀三十年代的「左聯」很努力，強調革命。但是，對於像沈從文這樣的「反動作家」，要公平地來看：他也不是完全反對階級鬥爭，只是描寫人與人矛盾衝突的另外一些可能性。一個農村女孩被兩個有錢人家的兒子看中了，很可能是一個悲劇，很可能被逼成了白毛女；但是，她也可能變成翠翠，也可以是另一種浪漫的悲劇。隔了幾十年後，我們回過頭來看這段歷史，再展望將來，就應該有足夠的智慧，理解翠翠生活在這個世界上的多種可能性，想像中國社會發展的多種可能性。

延伸閱讀

朱光潛等著：《我所認識的沈從文》，長沙：嶽麓書社， 1986 年。

沈從文：《從文自傳》，北京：人民文學出版社， 2017 年。

沈從文：《湘行散記・湘西》，北京：人民文學出版社， 2017 年。

沈從文：《從文小說習作選》，上海：上海書店， 1990 年。

巴金等著：《長河不盡流》，吉首大學沈從文研究室編，長沙：湖南文藝出版社，1989 年。

凌宇：《沈從文傳》，上海：東方出版社， 2009 年。

凌宇：《從邊城走向世界：對作為文學家的沈從文的研究》，北京：生活・讀書・新知三聯書店， 1985 年。

金介甫著，虞建華、邵華強譯：《沈從文筆下的中國社會與文化》，上海：華東師範大學出版社， 1994 年。

金介甫著，符家欽譯：《鳳凰之子・沈從文傳》，北京：中國友誼出版公司，

2000 年。

邵華強編：《沈從文研究資料》，廣州：花城出版社，香港：三聯書店， 1991 年。

劉洪濤：《沈從文小說新論》，北京：北京師範大學出版社， 2005 年。

張新穎：《沈從文的後半生：1948–1988》，桂林：廣西師範大學出版社， 2014 年。

張新穎：《沈從文的前半生：1902–1948》，上海：上海三聯書店， 2018 年。

張新穎：《生命流轉，長河不盡：沈從文紀念集》，太原：北嶽文藝出版社， 2015 年。

---

1 〈八駿圖〉最初發表於 1935 年 8 月 1 日《文學》第五卷第二號。

2 王曉明：〈「鄉下人」的文體和城裏人的理想：論沈從文的小說創作〉，北京：《文學評論》，1988 年第三期。

3 沈從文：〈三個男人和一個女人〉，《沈從文全集》第八卷，太原：北嶽文藝出版社，2002 年。

4 〈柏子〉最早發表於 1937 年 8 月 10 日《小說月報》第十九卷第八號。

5 愛德格・斯諾（1905–1972），美國記者，被認為是第一個參訪中共領導人毛澤東的西方記者。1937 年的《西行漫記》是斯諾最為著名的作品。

6 《活的中國》(Living China)，1936 年初版，英譯中國現代短篇小說，收錄了魯迅、郭沫若、茅盾、巴金等十五位左翼作家的作品，以及斯諾撰寫的《魯迅評傳》等。

7 沈從文：《新與舊》，上海：上海良友圖書印刷公司，1936 年。

8 侯桂新：〈《大眾文藝叢刊》與中國現代文學的轉折〉，《中國現代文學研究叢刊》，2009 年。

9 〈斥反動文藝〉一文最初發表於 1948 年 3 月香港生活書店出版的《大眾文藝叢刊》(雙月刊)第一輯《文藝的新方向》。

10 茅盾編選：《小說一集》，趙家璧主編《中國新文學大系》第三卷，上海：上海良友圖書印刷公司，1936 年。

11 柔石：〈為奴隸的母親〉，《萌芽》第一卷第三期，1930 年 3 月 1 日。

12 蔣牧良：《夜工》，上海：文化生活出版社，1946 年。

13 羅淑所寫的〈生人妻〉為民國時期短篇小說。最初發表在 1936 年由巴金、靳以主編的《文學月刊》上，1938 年收入上海文藝出版社出版的同名小說集中。

14 原載於《北京文學》1998 年第六期的《到黑夜想你沒辦法：温家窰風景五題》，曾被《中華讀書報》評為「2007 年十大好書」、《亞洲週刊》評為「年度十大中文小說」，入圍 2010 年度美國最佳英譯小說獎的複評，並入圍 2012 年度諾貝爾文學獎複評。

15 〈嫁妝一牛車〉曾被《亞洲週刊》評選為「二十世紀中文小說一百強」。

16 最早於 1973 年發表於《中國時報》，後結集成書。見黃春明：《莎喲娜啦・再見》，台北：遠景出版事業有限公司，1974 年。

17 〔法〕司湯達著，魏裕譯：《紅與黑》，北京：中央編譯出版社，2009 年。

18 〔美〕瑪格麗特・米切爾著，陳良廷等譯：《亂世佳人》，上海：上海譯文出版社，2007 年。

19 《邊城》最初於 1934 年 1 月至 4 月在《國聞週報》連載，1934 年 10 月由上海生活書店初版。其後四十年間，沈從文對《邊城》屢有修改。後收入《沈從文文集》第六卷，廣州花城出版社、香港三聯書店 1983 年版。

20 參見《亞洲週刊》第十三卷第二十四期 (1999 年 6 月)，頁 36-37。

21 《奧賽羅》是英國劇作家莎士比亞的四大悲劇之一，大約創作於 1603 年。

22 《寒夜》最初在《文藝復興》第二卷第一至六期 (1946 年 8 月至 1947 年 1 月) 連載，1947 年 3 月由上海晨光出版公司發行單行本。

23 馬原：〈錯誤〉，最初發表於《收穫》雜誌 1987 年的第一期。

24 郭沫若：「特別是沈從文，他一直是有意識地作為反動派而活動着」，引自〈斥反動文藝〉，香港《大眾文藝叢刊》第一輯，1948 年 3 月 1 日，頁 19。

第十二講

魯迅是一座山，但張愛玲是一條河

第一節　「五四」主流文學史無法安放的作家

對「五四」新文學的反駁與挑戰

張愛玲在中國現代文學史上的地位和影響，可用三點來簡單概括。

第一點，張愛玲是一個用中國傳統小說手法寫出現代主義精神的作家。「五四」文學的主流是現實主義加浪漫主義，是反叛或更新中國傳統的。西方現代主義基本上存在於二十世紀的上半葉，中國現代文學也是二十世紀的前五十年。但中國現代文學的主流，走的是西方十八、十九世紀的道路，就是現實主義、浪漫主義，講平等、自由、博愛，相信人道主義，追求個性解放之類。老實說，「五四」的這些工作至今還沒完成。現在能否跳過去？能否「超克」？我很懷疑。

與此同時，西方文學的主流是現代主義，是頹廢的、異化的、黑色幽默的、意識流的東西。現代主義在中國現代文學裏並不是主流。

子東說

現代主義在中國現代文學中只是一個支流，是非常邊緣的。施蟄存、劉吶鷗、穆時英、李金髮、穆旦等，都是現代主義作家，但他們都不是主流作家。在中國，現代主義和現代文學的時間是重合的。

所以，張愛玲和中國現代文學作家的區別在於：她比較嚮往過去，用傳統小說如《紅樓夢》《海上花列傳》的筆法，寫民國世界。她不會像巴金那樣寫：「咬着牙齒狠狠地說：……」張愛玲會這麼寫：「覺慧道：……梅表姐笑道：……」「咬着牙狠狠地」這些表情，都要通過「道」的內容來體現，她不會加上新文藝腔的說明形容。《紅樓夢》和《海上花列傳》從來沒有這樣寫過。這種加上表情、形容詞的寫法是新白話，而她用的是舊白話。

但她的舊白話又不是寫鴛鴦蝴蝶派小說。舊白話當時有人寫，比如《海上花列傳》，還有周瘦鵑、秦瘦鷗甚至張恨水，寫了很多鴛鴦蝴蝶派小說。可張愛玲用傳統世情小說的部分手法，寫貌似鴛鴦蝴蝶派的情慾故事，卻能寫出現代主義的悲涼頹廢。簡言之，她是以《紅樓夢》手法寫現代主義。她有一句話：「生命是一襲華美的袍，爬滿了蚤子。」[1] 這是她十九歲時寫的，後來成為她一生創作的總標題，就好像魯迅的〈狂人日記〉是整個中國現代文學的總標題。或者有人想過「生命是一襲華美的袍」，但就想不到後一句「爬滿了蚤子」。我曾把這句話講給一位美國教授聽，他說，這本身就是高度的現代主義。他還提供了另一個解釋，我原來沒想到。我本以為華美的袍很漂亮，上面有蚤子。那個美國教授說，不，這袍為甚麼華美呢？也許就因為蚤子小蟲的細細閃光，遠看才顯得華美了 —— 因為它有花紋，而這花紋不是別的，正是密密麻麻的蚤子。這樣一解的話，張愛玲的小說就更深刻了。

子東說

有一段時間，張愛玲在中國也變成一個小資消費品，隨便甚麼人都知道張愛玲。人們不一定知道沈從文，甚至也不關心魯迅，卻知道張愛玲的格言，如「出名要趁早」。這是典型的只知華美，不知悲涼，或者說不知蒼涼。

第二點，張愛玲以俗文學的方式寫純文學。「五四」時期，文學壁壘分明。鴛鴦蝴蝶派就是俗文學，口號是「寧可不娶小老婆，不可不看禮拜六」；巴金、老舍的作品都是嚴肅文學，憂國憂民。可張愛玲的第一篇小說就給了《紫羅蘭》主編周瘦鵑，一點都不忌諱通俗文學，而且她後來把作品全部授權皇冠出版。張愛玲的書在皇冠出版，封面很華麗，乍一看好像應該放在言情小說、流行文學一欄。所以，在很多書城，張愛玲和張小嫻、李碧華放在一起，張抗抗、王安憶放在另外一邊。張愛玲毫不忌諱俗文學的書店、包裝、宣傳甚至題材和寫法。一方面，她的文學以貌似通俗文學的名義出版，但另外一方面，她的作品又進入了純文學甚至學術研究的大雅之堂。

第三點，張愛玲的作品是批判女人的女性主義。女性主義的核心觀點，是要提高女性的地位，覺得男人寫的作品歪曲了女性。可張愛玲的作品偏偏在很多地方批判女性，比如〈傾城之戀〉[2]裏，范柳原講白流蘇，說「根本你以為婚姻就是長期的賣淫」，好像是男人的偏見。張愛玲的另一篇文章〈談女人〉[3]，也從正面的角度講，在某種意義上，女人就是把婚姻看作長期的飯票。再如〈傾城之戀〉裏的這些話：「一個女人，再好些，得不着異性的愛，也就得不着同性的尊重。女人們就是這點賤。」張愛玲是一個女性主義作家，可又有很多話在批判女人。

簡言之，張愛玲在歷史觀、語言、抒情方式這三個方向，對憂國憂民、啟蒙批判的「五四」新文學構成了某種反駁與挑戰。

生活上、精神上似乎都「無家可歸」

黃子平曾說，張愛玲是一個「『五四』主流文學史無法安放的作家」[4]。「安放」這個詞用得非常精彩。中國現代文學史有一個大概的秩序，本來是「魯、郭、茅、巴、老、曹」，後來再加上沈從文、錢鍾書，唯獨張愛玲不知該怎麼放。然而，在台灣、香港和海外文學中，張愛玲的影響和地位就像魯迅那麼重要。張愛玲是所有中國現代作家裏面出身最「豪華」的，雖然她小時候並不知道。祖父張佩綸是同光年間的清流派，曾在皇帝面前做侍講，外面有甚麼貪官，有些甚麼腐敗，他就告狀，讓皇帝去處理，等於又做「中央黨校」的教授，又做「中紀委」的官員。可惜好景不長，當時是「濁世」，他做「清流」是要得罪人的。人家也不說他不好，只說國家有大難，「清流」都是精英，派他們擔當重任吧。當時朝廷裏就有人建議，把張佩綸派到福建，跟法國人打了一仗，叫「馬江之戰」，輸了。其實誰打都輸，因為法國軍艦好，清朝貪官買來的炮彈裏面是沙。但這個打敗的責任就是張佩綸的。犯錯誤了，被充軍到張家口。過了幾年，充軍完了，李鴻章覺得對不起他，就把女兒嫁給他。張愛玲的祖母李菊藕，是李鴻章的第二個女兒，他們結婚的房子就是李鴻章送的。當時李鴻章是朝廷重臣，權力很大。到民初時，張家已經衰落了，昔日榮耀變成醜事了，所以張愛玲的父親從沒跟她說起這些事。她後來看了曾樸的《孽海花》[5]才知道。那時她已經十幾歲了。

張愛玲的父親和母親是截然不同的。她父親是個很沒用的人，好像就會做兩件事情，讀《紅樓夢》和抽鴉片。一輩子不會賺錢，把家裏的財都敗掉了。張愛玲的母親家世也很好，是曾國藩下面一個將軍的後代，她看不慣丈夫。在張愛玲四歲的時候，姑姑要去英國留學，母親就跟着陪讀去了。張愛玲讀小學時，母親又回來了。父親和母親是離婚的。對張愛玲來說，父教和母教完全不同。父教等於是晚清前朝的氣氛，鴉片、《紅樓夢》、小老婆……她父親後來又結婚，後母也是清代破落官員出身，過氣的貴族。而張愛玲的母親呢？留歐回來，講法文，吃西餐，給張愛玲找外國老師教彈鋼琴，讓張愛玲穿現代的裙子、鞋子，帶她做頭髮。

在理性上，張愛玲當然選擇母親，十六歲以後和母親住在一起，因為父親打她、關她。可她後來的回憶文章裏，寫到母親，大都是負面的，尤其是《小團圓》[6]。寫到父親，反而批評之中含着感情。舉個例子，她寫母親給她找了一個教鋼琴的俄國老師，老師教完鋼琴後，在她額頭上親一下。小張愛玲記住了那個被親的地方，等老師走後，她就拿出手絹拼命地擦。她恨。可是，父親做了那麼多的壞事，她回想起來還是充滿温情。

為甚麼張愛玲對父親比較留戀，對母親比較麻木呢？有人說是戀父情結，但張愛玲後來和父親關係一點都不好，父親晚年在上海生活得很慘，她也不關心。她寫過一個小說〈心經〉講戀父，寫得也很勉強，最後還是母親出來救了女主人公。

子東說

王安憶有個非常精彩的說法是，張愛玲覺得母親比她漂亮，一輩子嫉妒母親。也有道理，她母親有很多豔遇，張愛玲沒有。

從大的方面來講，可能是因為張愛玲對時代、對中西文化的看法與眾不同。在「五四」那個時代，覺得現代比清代好，是所有新文學作家的共識。但張愛玲不這麼覺得。她並不覺得從法國回來彈彈鋼琴就一定更有文化。所以，後來胡蘭成和她談起《戰爭與和平》與《金瓶梅》哪個好，張愛玲說，當然《金瓶梅》好。張愛玲回憶說，那時「我把世界強行分作兩半」，一半是光明，一半是黑暗，凡是中國的都是黑暗的，凡是過去的都是黑暗的，凡是現在的都是光明的，凡是西方的都是光明的[7]。「強行」這兩個字就說明，她後來認為這種劃分是不對的。所以，張愛玲在對父母的態度上，顯示出與很多「五四」作家的不同，這和沈從文有點相似。她不認為在文化上，民國就一定比清朝好，也不認為外國的東西一定比中國的東西好。

子東說

但她也不是盲目地認為中國的東西就是好，這一點和林語堂又不一樣。後來她在美國用英文寫作時，描寫中國傳統家庭裏的黑暗，美國的編輯說，你把中國的家庭寫得這麼黑暗，不等於還是說左派黨好嗎？張愛玲聽了很不高興，她說，難道我要瞎編嗎？要我把中國過去的傳統編成一個非常美好的、像你們美國人想像的那樣？那也不行。張愛玲是一個很矛盾的人。

張愛玲後來的小說主題就是「男女戰爭」—— 就是男女談戀愛。但這個「戀愛」是打仗，是計算，是猜疑，是提防，是博弈，從頭到尾是戰爭。而這種愛情戰爭最早、最佳的人物原型就是她的父母。她的父母一輩子打仗，不能說沒有感情，也有過家庭、有過孩子，可就是一直在較量。張愛玲小說有四個最基本的原型：自己、父親、母親，當然還有胡蘭成。

還有一點，「五四」文學中的「父親」是個顯眼的空白。在現實層面，作家的父親們大都很早去世了；象徵層面上，父親又大多是負面人物。所以有一個「弒父」情結。與此同時，無論寫實還是象徵，母親都是啟蒙者，都是愛與被愛的對象。張愛玲與眾不同的地方是，她「弒」父，但也不戀母。在某種意義上，張愛玲晚年淒涼地死在洛杉磯也是有一定道理的，生活上、精神上似乎都「無家可歸」。最後，她所有的版稅、稿費都是交給朋友宋淇和皇冠出版社，沒有留給任何親人。其實她是有親人的，姑媽對她很好，但她晚年也不回上海，甚麼親情都放棄了。

子東說

我 1990 年在 UCLA（加利福尼亞大學洛杉磯分校）時，常常把車停在一個路口，那時我還在寫論文，寫〈張愛玲小說和上海小市民社會〉等。多年以後我才知道，張愛玲最後居住的地方就是我常常停車的地方，這使我非常感慨。她的晚年很淒涼，到處搬家，每到一個地方，都覺得這個地方有蟲，頭髮上有蟲，拼命剪自己的頭髮，不斷地搬家。她那句有名的話「生活是一襲華美的袍，爬滿了蚤子」，當時是象徵，沒想到變成了寫實。她晚年就一直在和小蟲掙扎，死了好幾天才被人發現。

張愛玲寫小說的黃金期，是在 1943 年到 1945 年，大概二十四五歲。她寫小說以後，認識了汪兆銘偽政權下的宣傳官員胡蘭成，也是一個才子。胡蘭成離婚後和張愛玲秘密結婚了。可沒幾個月，胡蘭成就跑到武漢，和小護士周訓德結婚了。抗戰結束，他作為漢奸出逃，有個寡婦范秀美一路送他，他又和她在一起。後來他去日本，和日本女人一枝在一起。後來又娶黑手黨頭目的妻子佘愛珍。胡蘭成把自己這些故事，寫了一本書叫《今生今世》[8]。很多人喜歡他，說他的文字非常好。台灣很有名的作家朱天文、朱天心非常崇拜胡蘭成。張愛玲後來寫的《小團圓》，就是糾正或者說改造胡蘭成版的戀愛故事。

第二節　〈第一爐香〉與〈傾城之戀〉

《日出》之前的墮落故事

〈第一爐香〉[9]是張愛玲的第一篇小說，奠定了她的基本風格。小說講一個上海女孩葛薇龍到香港讀書，錢用完了。她有一個姑媽在香港，家裏很有錢，於是女孩去求姑媽的援助繼續讀書。可她到姑媽家一看，覺得姑媽的生活方式很頹廢，交往的男人很雜，家裏的傭人也很怪。她當時在猶豫，要不要留下。但是，姑媽給她安排了獨立的房間，能看到山景，衣櫃裏全是好衣服 —— 從睡衣到禮服，甚麼都有，全是她的尺寸。這個女孩對着鏡子，一件一件地穿這些衣服，很開心。但試完衣服突然癱在牀上，說這跟長三堂子裏買進一個人有甚麼分別？女孩有些害怕，但晚上睡覺時，這麼多好衣服就像《藍色多瑙河》一樣，在夢中繞着她跳舞，睡得很舒服。於是，她早上起來對自己說，先看看再說。女孩在大宅住了幾個月，參加很多派對，認識了很多人，吃喝玩樂。終於有一天晚上，有個廣東富商送了她姑媽一個金剛石手鐲。女孩正在羨慕時，沒想到這個老闆在她手上也套了一個，這個套的動作像套手銬一樣，扣上了。人的一生裏，總有這麼一個瞬間，會有一個不喜歡的人，送一個你非常想要的東西，人在這個地方就會經歷考驗。

子東說

「長三堂子」是晚清民國時期的高級夜總會。侯孝賢導演的《海上花》[10]，就是描寫上海的長三堂子。長三堂子有很多規矩，來這裏的客人，要先請吃飯，彈音樂，花好多錢，來來去去很久以後才能跟女主人（當時叫「先生」）「定情」。而且，一旦和先生好了以後，就不能再拈花惹草了，否則先生要吃醋的。客人要忠實於先生，比現代很多婚姻還要牢靠。可這依然是長三堂子。

女孩想，可能姑媽要把她送給這個老頭，她想回上海，或者在香港嫁人。她愛上一個混血靚仔喬琪喬。小說寫得非常美麗，講晚上兩人做愛的場景，她好像坐在一輛高速行進的汽車上，兩耳都是風，但那不是風，那是喬琪喬的吻。可惜幾小時後夢就破碎了，沒到第二天，喬琪喬就和花園裏的丫頭搞上了。她又想回上海，偏偏在這時又生病了。女孩想，也許我有心要生這個病。病好後，她就和喬琪喬復合了。

最後她嫁給了喬琪喬，幫丈夫賺錢，幫她姑媽找男人。因為她可以吸引男人來姑媽家，又可以和那些男人來往賺錢，用來幫助她的丈夫。小說的結尾在灣仔街上，有些外國水兵以為她也是風塵女子，對她吹口哨。喬琪喬開車過來接她，說那些人把你當甚麼人了，還對你吹口哨。葛薇龍說，我和她們有甚麼分別？只是她們是被迫的，我是自願的。喬琪喬點了一支煙，黑暗中煙頭亮了一下，很快又陷入了黑暗。這個男人瞬間良心發現，但也只有瞬間，接下來還是要靠葛薇龍賺錢。

這個小說，如果再接下去，過五年、十年，就是陳白露的故事。只是張愛玲寫的是陳白露的早期階段。

這麼一個女子在城市裏墮落的故事，被張恨水寫，是一個通俗故事，前面墮落有責任，後面結果受懲罰，因果相報；被曹禺寫，是一個階級壓迫、社會黑暗的故事；但在張愛玲筆下，就寫成了人性墮落的故事。葛薇龍的故事，可能發生在任何人身上：她走出去的每一步，都有理由，都有一點錯，但還是會走，因為說得通；但當她一步一步走出去時，突然在某一個點上，發現自己已經處於非常危險的境地了。雖然每一步都是合理的，但結果可能是荒謬的。這就是張愛玲所寫的人性墮落、虛榮的必然性。

子東說

> 我一直很奇怪，為甚麼沒人把這個小說拍成電影？它具備了拍電影的很多基本條件，有故事，有男女，有深度，又有知名度，為甚麼那些電影導演老是拍《小時代》，不拍〈第一爐香〉？

張愛玲最重要的作品至少有五部，其中四部都是早期寫的：〈第一爐香〉、〈傾城之戀〉、〈金鎖記〉[11]，還有〈紅玫瑰與白玫瑰〉[12]。第五部是她晚年的《小團圓》，非常重要的作品。另外，她有一些短篇也非常好，比如〈封鎖〉、〈留情〉[13]，還有〈茉莉香片〉[14] 和〈心經〉，都有可讀之處。

子東說

〈金鎖記〉是和魯迅一樣的寫法，不過這個故事非常有血有肉，是非常頹廢、非常深刻、批判人性墮落、也批評禮教的故事。後來張愛玲用中文英文改寫過好幾次。我最喜歡的還是第一版。〈紅玫瑰與白玫瑰〉被香港導演關錦鵬拍成電影，拍得很謹慎，中規中矩。陳沖演第一女主角，第二女主角是葉玉卿。小說也很好看，批判男人非常到位。〈紅玫瑰與白玫瑰〉是張愛玲認識胡蘭成後寫的。

女人第一次發出這麼不浪漫的聲音

張愛玲的愛情故事基本上都是悲劇，除了〈傾城之戀〉。傅雷當時寫過一篇文章，讚揚〈金鎖記〉，批評〈傾城之戀〉，覺得這只是一個普通的愛情故事。但把張愛玲放回到中國現代文學史的脈絡裏看，會發現〈傾城之戀〉很特別。

子東說

張愛玲後來說白流蘇其實應該三十多歲，但不敢寫她三十多，怕讀者會不同情她，就寫她二十八歲。

〈傾城之戀〉講一個上海女人白流蘇，二十八歲，離婚了，回到娘家很苦，上海的家很保守。這裏有兩個重要情節：第一，她母親不幫她。張愛玲小說裏的母親都不怎麼樣，這種情況在中國現代文學中很少見。第二，她的鏡子幫了她。在母親那裏得不到援助後，她就回到房間，對着鏡子，走了幾步，對着鏡子裏的自己做了一番細細的描寫，然後「陰陰的，不懷好意的一笑」。

子東說

中國現代文學史上，有兩個「一笑」非常重要，一個是〈斷魂槍〉裏沙子龍「歎口氣，用手指慢慢摸着涼滑的槍身，又微微一笑」，一個是白流蘇對着鏡子裏的自己「陰陰的，不懷好意的一笑」。有人專門研究張愛玲文學裏的鏡子，她的鏡子用處可大了。

有人給白流蘇的妹妹介紹了一個海外華僑范柳原，卻被她搶了。接下來，范柳原就邀請她去香港。白流蘇一到淺水灣飯店，房已開好，就在隔壁。兩人彬彬有禮，一起跳舞。這個小說和一般的愛情小說有點不同。通常的戀愛故事是先君子後小人的，而〈傾城之戀〉是一個先小人後君子的戀愛故事。

子東說

小說裏寫到的淺水灣飯店還在，很多香港人在那裏拍婚紗照，裏面的裝修，全部繼承了舊上海的風格，還有那種老式風扇。香港很少有地產開發商為了一個作家的作品而保留一個地方，淺水灣飯店是一個特例。就是因為張愛玲在小說裏寫了這個地方，後來蓋大樓時，才把這個餐廳保留下來。

〈傾城之戀〉反過來，一開始兩個人都在算計，女人找「長期飯票」，男人找一個新的豔遇。這個小說為甚麼在今天還這麼受歡迎？因為是很罕見的女性的勝利，把一個花花公子改造成「長期飯票」，是世俗中多少女人的美夢。當然小說只講了一半的故事。小說中有一段流蘇的獨白，是有文學史意義的：

流蘇自己忖量着，原來范柳原是講究精神戀愛的。她倒也贊成，因為精神戀愛的結果永遠是結婚，而肉體之愛往往就停頓在某一階段，很少結婚的希望，精神戀愛只有一個毛病：在戀愛過程中，女人往往聽不懂男人的話。然而那倒也沒有多大關係。後來總還是結婚、找房子、置傢具、僱傭人 —— 那些事上，女人可比男人在行得多。她這麼一想，今天這點小誤會，也就不放在心上。

在這之前，有很多戀愛故事，魯迅的〈傷逝〉、郁達夫的〈春風沉醉的晚上〉、茅盾的〈創造〉、巴金的《家》、曹禺的《雷雨》……所有這些愛情故事裏，當男人和女人講愛情、講文學、講自由的時候，沒有哪一個女人有過這樣的聲音：「原來他是要精神戀愛」，「精神戀愛的話是聽不懂的，不過沒有關係……」，「將來找傢具、找傭人，都是聽我的」。在中國現代文學裏，這是女人第一次發出這麼世俗、這麼實際、這麼不浪漫的聲音。

這就是張愛玲的文學史意義，她打破了「五四」以來的基本愛情模式：男性給女性講文化、講知識、講道理，喚醒女性，而女性非常純真善良，被男性的知識風采所感染，陷入了愛情；有的女性超越了男性，有的女性和男性分開，但她們都是玉潔冰清的，都是相信愛情的。可是，到了張愛玲筆下，女性滿腦子想的都是「飯票」，是極現實的問題。男性講愛情，講《詩經》，講「執子之手，與子偕老」，她聽不大懂，只要結婚就好。張愛玲小說的文學史意義，在於她提供了一種完全不同的女性聲音。

中國傳統愛情故事有一個基本的模式：一男一女相愛，社會反對，男女是聯合起來反抗社會的，比如《梁山伯與祝英台》《家》《春》《秋》。但〈傾城之戀〉裏，基本上是沒有人也沒有社會力量在反對、阻礙范柳原和白流蘇，只是這一男一女本身在鬥爭。這個鬥爭更加複雜，是男人需求和女人利益的根本性衝突。通俗地講，男人是沒有現在就沒有將來的，女人是沒有將來就沒有現在的。這麼一個性別鬥爭，在張愛玲筆下，描寫得非常通俗又非常精彩。

簡單來講，中國現代文學作品可歸納為三類。

第一類，憂國憂民，要救世，希望文學作為武器能改造中國。魯迅、巴金、茅盾等「左聯」作家，都是這條線索。

第二類，文學是文人自己的園地，不一定能救國家，但先要救自己。這一類的作家有周作人，一部分的魯迅，還有郁達夫、林語堂、梁實秋、聞一多、徐志摩等。

第三類，目的是娛樂，暢銷流行滿足人心，一切以讀者需求為第一。這一類就是俠義公案文學與鴛鴦蝴蝶派。

而張愛玲這樣的作家，哪一類都放不進去。她的風格，講都市感性，找現代主義，重女性感官，追傳統文筆。這種文學現象，和魯迅開創的主流方向很不一樣。王德威曾列舉過很多受張愛玲影響的作家，像台灣的白先勇、蘇偉貞、朱天文、朱天心，香港的李碧華、劉以鬯、黃碧雲，這些作家都繼承張愛玲這條線索 —— 有憂患意識，但不一定要去救世界；是為自己，又為社會；是嚴肅的，又有通俗的方式；追求藝術，又有娛樂的效果。這就是黃子平教授的那句話，張愛玲是一個「『五四』主流文學史無法安放的作家」。

在中國現代文學史研究領域裏，張愛玲和魯迅是兩個最受注意的作家。不是說張愛玲像魯迅這麼偉大，而是說：魯迅是一座山，後面很多作家都是山，被這座最高的山的影子遮蓋了；但張愛玲是一條河。

因為時間關係，這門課結束得有點倉促 —— 本來這就是個倉促的時代。同學們如果對現代文學有興趣，明年可以選修「中國現代文學選讀課」，我們會考察「左聯」與二十世紀三十年代的六次文藝論爭，會討論魯迅、梁實秋、林語堂、豐子愷等人的散文，會閱讀蕭紅、吳組緗、張天翼、趙樹理、錢鍾書等人的小說。另外，同學們也可繼續修讀我的「當代文學課」，我們一起來觀察 1949 年以後國家文學生產機制的形成和演變。今天的課，就到這裏。

延伸閱讀

曾樸：《孽海花》，北京：人民文學出版社，2015 年。

胡蘭成：《今生今世》，北京：中國長安出版社，2013 年。

張愛玲：《張愛玲全集 01：傾城之戀》，北京：北京 10 月文藝出版社，2012 年。

張愛玲：《張愛玲全集 05：小團圓》，北京：北京 10 月文藝出版社，2012 年。

張愛玲：《張愛玲全集 06：流言》，北京：北京 10 月文藝出版社，2012 年。

夏志清：《張愛玲給我的信件》，武漢：長江文藝出版社，2014 年。

劉紹銘：《到底是張愛玲》，上海：上海書店，2007 年。

劉紹銘：《愛玲説》，廣州：廣東人民出版社，2016 年。

劉紹銘、梁秉鈞、許子東編：《再讀張愛玲》，濟南：山東畫報出版社，2004 年。

水晶：《替張愛玲補妝》，濟南：山東畫報出版社，2004 年。

李歐梵：《蒼涼與世故》，上海：上海三聯書店，2008 年。

陳子善：《張愛玲叢考》，北京：海豚出版社，2015 年。

高全之：《張愛玲學》，桂林：灕江出版社，2015 年。

高全之：《張愛玲學續篇》，台北：麥田出版，2014 年。

宋以朗主編：《張愛玲私語錄》，北京：北京十月文藝出版社，2011 年。

王德威：《落地的麥子不死：張愛玲與「張派」傳人》，濟南：山東畫報出版社，2004 年。

林幸謙：《歷史、女性與性別政治：重讀張愛玲》，台北：麥田出版，2000 年。

司馬新：《張愛玲與賴雅》，台北：大地出版社，1996 年。

黃德偉編：《閱讀張愛玲》，香港：香港大學比較文學系，1998 年。

蔡鳳儀編：《華麗與蒼涼：張愛玲紀念文集》，台北：皇冠出版社，1996 年。

蘇偉貞：《長鏡頭下的張愛玲》，上海：上海文藝出版社，2012 年。

楊澤：《閱讀張愛玲》，桂林：廣西師範大學出版社，2003 年。

許子東：《張愛玲的文學史意義》，香港：中華書局，2011 年。

萬燕：《海上花開又花落：讀解張愛玲》，南昌：百花洲文藝出版社，1996 年。

王曉鶯：《離散譯者張愛玲的中英翻譯：一個後殖民女性主義的解讀》，廣州：中山大學出版社，2015 年。

1 張愛玲：〈天才夢〉，1939 年西風出版社徵文，後收入《張看》。引自《張看》，台北：皇冠出版社，1985 年，頁 279。

2 張愛玲：〈傾城之戀〉，最初發表於《雜誌》第十一卷六至七期（1943 年 9 月至 10 月），後收入《傳奇》。

3 張愛玲：〈談女人〉，最初發表於《天地》第六期（1944 年 3 月），後收入《流言》。

4 劉紹銘、梁秉鈞、許子東主編：《再讀張愛玲》（第一場會議的講評），香港：牛津大學出版社，2001 年，頁 60–61。

5 曾樸：《孽海花》，上海：上海古籍出版社，1979 年。

6 張愛玲：《小團圓》，香港：皇冠出版社，2009 年香港初版。

7 「那裏甚麼都看不起，鴉片，教我弟弟做《漢高祖論》的老先生，章回小說，懶洋洋灰撲撲地活下去。像拜火教的波斯人，我把世界強行分作兩半，光明與黑暗，善與惡，神與魔。屬於我父親這一邊的必定是不好的。」張愛玲：〈私語〉，《流言》，台北：皇冠出版社，1982 年，頁 149。

8 胡蘭成：《今生今世》，台北：遠景出版事業有限公司，2004 年初版。

9 〈沉香屑・第一爐香〉，最初載於上海《紫羅蘭》雜誌（1943 年 5 月），後收入《傳奇》（上海山河圖書公司，1946 年 11 月增訂本）。

10 電影《海上花》根據韓邦慶小說《海上花列傳》以及張愛玲注譯的《海上花開：國語海上花列傳》改編而成，1998 年上映。導演為侯孝賢，編劇是朱天文，主演有梁朝偉（飾王蓮生）、羽田美智子（飾沈小紅）、李嘉欣（飾黃翠鳳）、劉嘉玲（飾周雙珠）。

11 張愛玲：〈金鎖記〉，最初連載於《雜誌》第十二卷二期（1943 年 11 月至 12 月），後收入《傳奇》。

12 張愛玲：〈紅玫瑰與白玫瑰〉，最初連載於《雜誌》第十三卷二至四期（1944 年 5 月至 7 月），後收入《傳奇》。

13 張愛玲：〈留情〉，最初刊載於《雜誌》第十四卷五期（1945 年 2 月），後收入《傳奇》。

14 張愛玲：〈茉莉香片〉，最初連載於上海《雜誌》月刊第十一卷四期（1943 年 7 月），後收入《傳奇》。

集外集

當代文學中的「遺產」和「債務」

「五四」以來的文學九十年，其中 1949 年以後的六十年被稱為「當代文學」。在學術界，「當代文學」應該說是一個比較年輕的新興的學科。但是，當復旦大學出版社 1999 年 9 月出版後來在學界頗受好評的《中國當代文學史教程》時，不知編著者陳思和是否意識到：這已經是中國第 56 本當代文學史了。北京大學中文系 1955 級編寫過《中國現代文學史當代部份綱要》，但只有內部鉛印本，從未正式出版。其實直到七十年代末，也只有三四本當代文學史。但是截止 2008 年 10 月，中國內地已出版「當代文學史」至少 72 種。我頭昏眼花不厭其煩抄錄這些書目，除了從中可以看到當代中國目前學術生產數量之高以及教育產業地方割據情況嚴重外，還想特別指出兩個當代文學史出版最密集的年份：1990（10 部）和 1999（7 部）。1999 年是因為「五十週年」紀念。1990 年的情況稍微複雜一點，應該也是前一年（1989）「四十週年」紀念的延後，因為意識形態環境比較緊張，這 10 部文學史均在省城出版。我最近閱讀了（有的是重讀）其中的十餘種（主要是近十年的著作），並選擇其中四部當代文學史作為本文主要討論對象：一，洪子誠著《中國當代文學史》（北京大學出版社，1999 年第一版，2007 年修訂版，「普通高等教育『十一五』國家規劃教材」）。此書也是洪子誠《中國當代文學概論》（香港：青文書屋，1997 年）的刪改修訂版。二，陳思和主編：《當代中國文學史教程 1949－1999》（復旦大學出版社，1999 年；該書也有台灣版《當代大陸文學史教程 1949－1999》，台北：聯合文學出版社，2001 年）。三，陶東風、和磊《中國新時期文學 30 年（1978-2008）》（中國社會科學出版社，2008 年）。四，德國顧彬（Wolfgang Kubin）著，范勁等譯，《二十世紀中國文學史》*DIE CHINESISCHE LITERATUR IM 20・JAHRHUNDERT*（華東師範大學出版社，2008 年）。

之所以選擇這四部當代文學史，一方面是因為洪陳兩書一般被認為是諸多同類著作中的佼佼者，而後兩部則剛剛出版，頗能體現這一學科的近況。另一方面也是因為我想通過這幾部文學史討論與當代文學史有關的三個問題：一是寫作時間與文學史現場的關係，二是文學史結構與章節安排，三是意識形態管理中的經濟因素。

一

當代文學史的始、終、轉、接都是政治事件而非文學事件，起點均是 1949 年 7 月第一次中華全國文藝工作者大會，下限則取決於該書的寫作、出版時間。中間的轉折總是「文革」。近十年各種當代文學史的結構大致有兩種，一是先分時段，再以題材、文類、現象排章節，如洪子誠《中國當代文學史》（以下簡稱「洪著」）分上編「五十至七十年代的文學」和下編「八十年代以來的文學」。金漢總主編的《中國當代文學發展史》（上海：上海文藝出版社，2002 年）則分第一部「現實主義一元化美學形態的文學 1949－1978」和第二部「多元美學形態並存的新時期文學 1979－2000」，時期加命名，每部再分詩歌史、小說史、散文史、戲劇史。曹萬生主編的《中國現代漢語文學史（下）》

（北京：中國人民大學出版社，2007 年）則將當代文學部分分成三編，分別為「中國現代漢語文學轉型期 1949－1976」、「中國現代漢語文學繁榮期 1976－1989」和「中國現代漢語文學多元期 1989－2006」。每個時期下再列題材、文類甚至地域。

第二種方法是全書順時序但不分時段，以 1949 年以來的各種文學（文化）現象作章節標題，順時序敘述。如復旦本《當代中國文學史教程 1949－1999》（以下簡稱「陳著」）分二十二章，其中前三十年分別以「迎接新的時代到來」，「來自民間的土地之歌」，「再現戰爭的藝術畫卷」「重建現代歷史的敍事」，「新的社會矛盾的探索」，「尋求歷史與現實的呼應」，「多民族文學的民間精神」，「對時代的多層面思考」和「『文化大革命』時期的文學」等九章敍述。這裏除了「文革」一章外，其餘皆是排比句形容特定題材、文類和現象。

無論劃分時期，下列題材、文類或以思潮、現象為線索組織文學史，近年多種當代文學史都不以代表作家或名作品作為章節題目（這是很多現代文學史和古代文學史常見的體例）。這個問題下面再討論。

在這兩種佈局外，也有少數例外，如董健、丁帆、王彬彬主編《中國當代文學史新稿》（北京：人民文學出版社，2005 年）則將五十多年的文學分為五個時期：分別是 1949－1962，1962－1971，1971－1978，1978－1989 以及 1989－2000。其理據（分割點）分別是 1962 年中共八屆十中全會（提出「千萬不要忘記階級鬥爭」）、1971 年「九一三事件」、1978 年中共十一屆三中全會等。其宗旨是正視而不是回避當代中國政治對文學的制約和影響。另外顧彬的《二十世紀中國文學史》則籠統以第三章寫「1949 年後的中國文學：國際、個人和地域」，轉點是先從邊緣（台，港，澳）寫起，然後「從中心看中國文學」。考察「文學的組織形式」，綜述「中華人民共和國文學」，最後：

「二十世紀末的中國文學的商業化」。

將各種當代文學史放在一起並置閱讀，不難發現：第一，各種文學史對 1978－1989「文革後文學」的看法其實大同小異，沒有根本分歧。第二，對 1966－1976 文革時期，列舉作品迥異（如洪著評論樣板戲，陳著全選地下文學），但價值判斷也差別不大。反而最有分歧的是對所謂「十七年」，尤其是對五十年代文學的評價和研究。還有，對九十年代以後的文學發展也無「共識」。也就是說：六十年當代文學，一頭一尾，陷入審美與評說的尷尬。甚至放在「五四」以來九十年新文學的歷史中看，也是五十年代文學的價值意義最多爭議。對五十年代，文學史的基本困境是「艱難的繼承」（稍後我們再討論，文學史對九十年代的基本態度，則是「痛苦的寬容」）。洪子誠在為「當代文學六十年」國際學術研討會（嶺南大學、哈佛大學、復旦大學合辦，2009 年 3 月）所寫發言稿中提問：到底十七年文學是我們當代文學的「債務」還是「遺產」？這個問題恰中要害，而我以為兩者皆是，債務和遺產相加我們不妨稱之為「負資產」。從審美角度看（無論是八十年代眼光，「五四」精神，或中國傳統藝術，或歐洲十九世紀，或現代主義……），五十年代「好作品」實在有限。但畢竟這是「我們」（我們當代文學？我們中國人？我們社會主義？我們這一代？……）的「青春期」，不能全扔了吧？——但這個「我們」又是怎麼來的呢？這也正是梳理現當代文學史的關鍵。

洪子誠說明過他的文學史標準：「儘管『文學性』或『審美性』的含義難以確定，但是『審美尺度』，即對作品的『獨特經驗』和表達上的『獨創性』的衡量，仍首先應被考慮。但本書又不一貫地堅持這種尺度。某些『生成』於當代的重要的文學現象，藝術形態，理論模式，雖然在『審美性』上存在不可否認的缺失，但也會得到應有的關注。」[1]

前些年，我也曾面臨過類似的「雙重標準」:「我編選《香港短篇小說選》試圖依據的標準有兩條。一是『好作品』—— 不僅在香港文學範圍裏看是『好作品』，而且在全部現代漢語的文學中，在文學的一般定義中也是『好作品』，二是『重要作品』—— 也就是說近年來香港小說發展中有影響有代表性或引起爭議的作品。兩條標準之中，前者是主要標準。」[2]

問題是，如何用八十年代的「好作品」標準去評論五十年代歷史現場中的「重要作品」？

不同文學史採用不同的方法和策略。

策略之一是以政治和文學發展的必然性來解釋證明其合理性。如楊匡漢、孟繁華主編的《共和國文學五十年》詳細解釋毛澤東路線與民粹主義的關係[3]，還以數字說明當代文學的發展：比如，從 1949 年到 1999 年，中國作協會員從 401 人到 6647 人；文學書籍出版從 156 種到 15000 種；印數從 214 萬冊到一億五千萬冊，等等……[4]。各種地方院校編寫的當代文學史也大都採取這種方法來保衛五十年代文學的價值。多院校大陣容集體合編的文學史，這也是較為普遍和安全的書寫策略。

策略之二是不再為五十年代政治運動和文學方向直接辯護，但試圖提出「新概念」來解釋「負資產」當初確有歷史價值。如鄭萬鵬提出「建國文學思潮」：

> 儘管自 1951 年對電影《武訓傳》的批判，到 1956 年對「胡風反革命集團」的批判，批判運動連年不斷，肅殺的板斧已欲掄起，但是大多數中國人民，包括知識分子，由於剛剛擺脫三十多年的

戰亂和殖民地的屈辱，無比珍視久違了的統一，獨立，大規模的建設局面。他們尚未感覺到這些政治運動會殃及自己，也料想不到一個更大規模的整肅運動會接踵而至。他們在自 1949 年到 1956 年這一相對安定期裏，滿懷熱情和信心，建設着一個新的中國，「建國文學」在這樣的社會背景下形成。[5]

以上文字，出現在文學史第一頁概述部分，對政治運動作了文學化的形容，但有關「建國文學」的想法卻是很有代表性的。「『建國文學』表現的是統一、獨立、建設，三位一體的思想，建國文學雖然滿身的稚氣，是曇花一現，但它卻是中國當代文學堅實的基點，永久的精神家園」。在鄭著中，以後傷痕文學、反思文學等均與「建國文學」有關。建國文學「表現出歷史的整體感，表現了飽經動盪與戰亂的中國人民對於穩定局面的衷心歡迎」（波浪線為引者所標），謝冕說：「像這樣的立論和判斷，正是作者學術勇氣的證明。」

稱「學術勇氣」或許是體諒「建國文學」之類概念的政治苦心。謝冕自己也提出過「計劃文學」的概念[7]。路文彬則命名為「國家的文學」[8]。事實上，如何評論五十年代的中國（及中國文學），可以說是當今中國社會最容易引起爭議，分化甚至鬥爭的話題。可以說社會全無「共識」。一方面，文革在八十年代作品中早已成了「浩劫」並等同於「舊社會」，《芙蓉鎮》否定了四清，《剪輯錯了的故事》否定了大躍進，《李順大造屋》形象否定了三十年農村政策，《古船》和近來獲獎的《生死疲勞》甚至曲折否定了五十年代初的鎮反、土改和合作化……在嚴肅文學中，追溯至五十年代，幾乎沒有甚麼政治事件是正面的。可是在另一方面，與文學的邊緣化相反，學校教育和大眾傳媒卻從九十年代開始一直神聖化五十年代，《紅岩》初版時印 400 萬冊，八十年代以後還印了 800 萬冊。紅色經典作品不斷被改編成連續劇;「紅歌會」成了主旋律;樣板戲還要進入中學教材⋯⋯

當代文學史夾在二十一世紀中國社會對五十年代的文學批判與意識形態歌頌之間,處境微妙。

連顧彬遠在歐洲也感到類似的困境:「難道我們因此就該不再研究內地從 1949 到 1979 年間的文藝作品嗎?難道當年的文學作品果真沒有美學價值嗎?」[9] 他甚至想到注意樣板戲與安迪・沃霍爾(AndyWarhol)之間的關係,或借助這些作品認識毛主義的內在性質。當然他也注意到「為了化解這一窘境,上海的文學專家陳思和提出另一條思路,即研究『抽屜文學』。」[10]

陳思和和他的學生們在文學史中提出「潛在寫作」,倒是將「債務」變成「遺產」一個有效方法:將沈從文、綠原、曾卓、牛漢、穆旦、張中曉,還有傅雷、豐子愷等人在五十年代甚至文革中私下寫作但直到八、九十年代才發表的散文書信,和「十七年」主流作品放在一個「共時態」中討論。這樣的文學史寫作,既堅持八十年代的審美原則,又豐富重構了五十年代的文學現場。

將哪些「抽屜文學」納入文學史現場,其實有偶然因素(比如,綠原、曾卓、牛漢、張中曉等人與陳思和的老師賈植芳先生同屬胡風集團)。「抽屜文學」的文學史書寫也自然帶會帶出方法論上的思考和挑戰。如果文學史是一系列偉大作品的心靈史(是一個民族的特定時期的精神形態歷史),那麼不僅作家當初怎麼寫怎麼說,而且作家當初怎麼不寫怎麼不說但堅持怎麼想,也的確應該進入文學史的視野,而且是重要資料。陳著很明確是教材,主要對象不是學者而是大學生(包括非中文系的本科生),從閱讀效果而言,年輕讀者們應該可以同時看到中國作家們在某一特定時期精神狀態的多個層面而不致於簡單忘卻五十年代。[11] 但形式主義、新批評理論框架下的文學史常常不再只是作家心靈的歷史，更是文本與語境與讀者的關係史。按照姚斯（HansRobertJauss）的理論，文學作品的藝術價值必須通過讀者才能體現。文學作品「更多像一部管弦樂譜，在其演奏中不斷獲得讀者新的反響」[12]，才成其為音樂。換言之，如果文本當時不能出版，沒有被讀者閱讀，能否說這作品存在於五十年代文學史現場？

寫作時間與文學史現場的關係，需要我們作多方位的分析。

一種情況如王蒙的《青春萬歲》。如果研究作家心態，這是五十年代作品，假使考察讀者反應社會影響，這是八十年代作品。由於作品的內容，意旨和情調與寫作年代血肉相連，客觀原因導致的出版延期對作品的價值體現及社會意義（包含讀者參與因素）有明顯影響——倘若《青春萬歲》在五十年代出版，頗有可能成為比《青春之歌》更激動人心一樣熱銷上百萬的「紅色經典」。（《青春之歌》的續集《芳菲之歌》八十年代發表全無反響。）反過來，倘若《組織部來了個青年人》、《在橋樑工地上》不巧也成為「抽屜文學」要到幾十年後才「鮮花初放」，其文學價值社會意義又會受到怎樣的「折扣」（或漲價）？所以，在這種情況下，如果我們不囿於新批評所謂「感受謬誤」的觀念而將讀者反應、社會影響都排除在文學史以外，可以說沈從文或張中曉的「五十年代散文」因為「延時發表」，作品的意義（及文學史價值）已經改變。

另一種情況是假設作品意旨情調與時代不那麼直接相關，如張愛玲的《小團圓》，或復旦本當代文學史中提及的《傅雷家書》、豐子愷《緣緣堂續筆》等，則寫作時間與文學史現場錯位的影響可能不會那麼明顯。在傅雷、豐子愷的作品裏，我們讀到的還是一直熟悉的傅雷、豐子愷，如是這些作品在文革中出現，倒是與當時環境不「和諧」的事件了。《小團圓》如果1975年發表會引起胡蘭成怎樣反應，張愛玲、宋琪、夏志清再怎樣接招，是否會演變成一場文壇鬧劇，以及對張愛玲形象有甚麼影響，現在都很難重新「沙盤推演」。但至少《小團圓》中對情愛與母親的刻骨銘心的挑戰文字，卻不會因為其出版的「時間差」而損失其文學史意義。甚至，評論家也可以假設九十年代以後張愛玲文學史地位的變化，反而使人們對《小團圓》等「出土作品」更關注更重視更有審美耐心因而也發掘營造出更豐富的結構意義。

作家當年的書信、日記等等本來沒想要發表的文字，當然是研究作家精神歷程重要註釋，但除了時時記住這是「不在場」的歷史文本以外，「抽屜文學」也有其「多層次」的歷史意義。比如近年問世的沈從文五十年代書信，既有憤世自殺情緒，也有思想改造的痕跡；既顯示沈從文作為作家的獨立人格追求，也證明五十年代時代語境力量強大。和《小團圓》一樣，將「潛在文本」放回文學史現場，效果是多方面的。

第三種更微妙的情況是作家有意更改寫作時間，人為拉開創作與發表的時間差。阿城的中篇《棋王》1984年發表于《上海文學》，其寫作發表過程鄭萬隆、李陀都有回憶，但後來阿城一直堅持說該小說早在雲南插隊時寫成，並以手抄本流傳：某日有知青神秘給他看份手抄本，一看才發現原來是自己的作品。聽來似笑話，卻是作者自述。同樣的情況也出現在馬原那裏，馬原也解釋短篇《虛構》最初寫于他的東北下鄉時期。這種懷疑將寫作時間「提前」的做法一則是顯示作家當初的「先知先覺」，在文革當中已是眾人皆醉我獨醒；二來也突顯再超脫的內容也與生活背景有歷史聯繫[13]。郭路生（食指）《這是四點零八分的北京》的確應與1968年12月20日這個時間聯繫起來朗讀。趙振開的《波動》因為寫於1974年而更具文學史上的探索意義。1980

年的《宣告》也修改了寫作時間（標明寫于文革期間）而發表。更有意思的是《回答》的寫作時間，也作過修改，但不是通常的「推前」，而「延後」。原文寫於 1973 年，早已流傳，1978 年發表在《今天》上略有改動，但標注寫作日期是 1976 年 4 月 5 日 —— 一種人為的歷史現場感，因為這日期已與作品渾然一體，鑄入文學史（心靈史），無法剝離。

第四種情況是由地域隔離形成的「時間差」。比如，顧彬的文學史有一章討論五十年代土改時將周立波《山鄉巨變》和張愛玲《秧歌》一起討論 [14]。寫作時間倒是接近，但《秧歌》裏的悲劇其實要「延時」二十多年才會在高曉聲茹志娟筆下出現。相比之下，陳若曦的《尹縣長》在香港發表時，倒是和 1975 年文革的歷史現場距離很近，但小說在內地被閱讀產生影響，也有時間差。當代文學六十年，潛文本加上地域間隔，有時情況真是「吊詭」，比如 1975 年，西西在報上連載《我城》給天真的阿果阿發加上漫畫插圖，張愛玲並置初吻與打胎的情感實錄在反復修改，中國內地當時最重要的文學雜誌《朝霞》上刊出了余秋雨的早期散文……

二

接收美學雖然對陳思和的「抽屜文學」策略構成某種質疑，但對這部文學史的另一個突破點「民間隱形結構」卻有重要理論支持。伊瑟爾（Wolfgang Iser）認為「文學作品的意義並非文本固有。……作品意義只有在閱讀過程中才能產生，是作品與讀者相互作用的產物。」[15] 所以，文本中的未定性，即「召喚結構」，是創作意識與接受意識的橋樑。「文學作品的意義未定性與意義空白決不像人們所認為的那樣是作品的缺陷，而是作品產生效果的根本出發點。」[16]

像《紅樓夢》、《吶喊》那樣的「召喚結構」固然引人前赴後繼不斷獲取新的意義，即使是《林海雪原》、《沙家浜》等宣傳文本，人們也可從中獲得（或者說是「投入」）集體無意識的「匪」氣或江湖女人情趣。誨淫誨盜，即使如樣板戲，也難斷根。文革後大紅的《紅高粱》等，也是連貫了久違了的「匪」氣而已。從這些讀者需求和再創造角度出發考察文革十年，實在不應該只重視地下文學。

回到文學史的體例、佈局與章節鋪排，前面說過近十年各種當代文學史有一個共同點，就是都以題材、現象（而不是以作家、作品）來結構文學史。在夏志清的《中國現代小說史》[17]中，全書十九章有十二章的標題是作家：魯迅、茅盾、老舍、沈從文、張天翼、巴金、吳組緗、張愛玲、錢鍾書、師陀。另有兩章討論幾位作家羣（第三章「文學研究會：葉紹均、冰心、淩叔華、許地山」和第四章「創造社：郭沫若、郁達夫」）；在錢理群、温儒敏，吳福輝《中國現代文學三十年》[18]中，也從十年為一編，下分思潮、文類，但全書二十九章中也有十章作家專論（魯迅兩章，其他代表性作家是郭沫若、茅盾、老舍、巴金、沈從文、曹禺、趙樹理、艾青）這樣的章節；而古代文學史書寫中，以作家、作品作為章節題目的體例也頗常見[19]。何以在當代文學史中，章節結構卻總是以題材或現象加文體而貫穿[20]？前三十年總是文藝運動—農村小說—革命歷史—知識分子，然後散文—新詩—歷史劇，再加一章文革。後三十年總是傷痕—反思—尋根—先鋒—新寫實，再加朦朧詩—散文—戲劇及九十年代後……六十年文學，難道真的太少（抑或太多）代表作家名作品？

晚近出版的文學史，越來越重現象思潮而輕作家作品，文本的定義寬泛了，對文學性的要求更讓位於與時代語境之互動制約關係。如果當代文學史不必討論五十年代的「負資產」，是否就能放下包袱輕裝上陣向前看呢？2008 年 10 月出版的陶東風與和磊合寫的《中國新時期文學三十年》以將近一半篇幅敘說九十年代以後的「眾聲喧嘩」，列出章節標題便不難看出作者的視角：「王朔與『痞子文學』」「人文精神與世俗精神的論爭」「女性寫作：從私人化寫作到身體寫作」（林白、陳染、衛慧、棉棉、木子美《遺情書》）「大陸文學與經典消費思潮」（周星馳「無厘頭」、《水煮三國》《Q 版語文》《雲報》及其惡搞版……）以及「青春文學、盜墓文學與玄幻文學」（新概念大賽、八十後寫作、韓寒、郭敬明、張悅然、遊戲機一代……）。重要的還不是瑣碎羅列種種「新新」現場，而是編著者在文學史建構中試圖以這些新的文學（文化）趨向來質疑八十年代的文學自覺的價值觀（洪子誠、陳思和及其他當代文學史編者雖然在如何補救或解構五十年代文學時策略不同，但在堅持文學自覺的價值觀方向「大同小異」）——

> 新時期文學開始于對新中國建立後特別是「文化大革命」時期的民粹主義思潮的反思和否定，對以「樣板戲」為代表的「革命文化 / 文學」的反思和否定，對「以階級鬥爭為綱」的「工具論」文學的反思和否定，確立精英知識分子和精英文化 / 文學的統治地位。這個過程，我們稱之為精英化過程。[21]

從「文革」後的「精英化」到九十年代所謂「非精英化」，有點否定之否定的意思，然而「民粹主義」的定義有些含混。「反精英傾向卻是形形色色的民粹主義的共同特徵」，依靠民眾，懷疑體制，二三十年代「到民間去」、四十年代「文藝工農兵方向」及建國後知識分子思想改造，乃至「文革」，都以民粹主義來貫穿。這倒是對五十年代文學的新的聲援方式。而且，「新時期以後確立的精英知識分子的話語霸權在二十世紀九十年代文化市場、大眾文化、消費主義價值觀，以及新傳播媒介的綜合衝擊下，受到極大的挑戰，精英文學和精英文化感受到了極大危機。去精英化的矛頭同時指向了『啟蒙文學』和『純文學』，更直接威脅到了其核心價值，即文學自主性。」[22]

單獨看這段宣言，其間既有進化論的理據（新的潮流自然比舊的風氣有力量），也有革命文學的邏輯（多數大眾 VS 少數精英，天然道德優勢），而且「去精英化」新「左」話語，雖然看似「雷人」，政治上卻安全。

但這部文學史是由陶東風與和磊分工合寫的，和磊負責的描述八十年代的章節文風平和、立論規矩，仍然有意無意維護「啟蒙文學」和「純文學」的「核心價值」。即使是陶東風執筆的九十年代部分，對具體現象的分析批判又分解削弱了「去精英化」的矛頭。比如「痞子文學」被認為是「去精英化」的重要人物，「甚至可以說，王朔的出現是導致中國知識分子世紀末大分化的重要原因之一」。王朔的反叛、調侃、戲謔、反諷獲得很大篇幅的強調，王朔褻瀆崇高的文字也被大量引用，但作者也注意到「王蒙對於王朔『痞子文學』以及大眾文化的肯定是有其特殊情結的，這種肯定與其說是審美趣味上的，不如說是政治策略上的」。[23] 而且，作者還指出「王朔小說激進的反文化和反智主義姿態，其調侃理想和崇高的話語方式，與一種極其中國特色的，既非大眾，亦非精英的『大院文化』有相當緊密的關係。」這裏的「大院」，「特指新中國成立後在北京出現的，佔有特殊地位的軍區大院或國家機關大院，它們常常是中國式特權的象徵。」[24]「大院文化」這個角度，頗能解釋為甚麼王朔在調侃解構毛文體時又處處流露「小毛澤東」的造反精神。混雜在太多引文太多情感表達的不那麼學術規範的文學史書寫中，陶和著的有些論點其實頗有見地。比如綜述九十年代「人文精神」討論：「『人文精神』作為一種批判性話題的出場……不能只在思想史、學術史的範疇內加以解釋；毋寧說它是知識分子對當今的社會文化轉型的一種值得關注的回應方式，是知識分子在面對社會文化現實時重新尋找自己的身份定位和言談方式的一次努力……『人文精神』這個話題的提出，未嘗不可以說是人文知識分子對於自己的邊緣化處境的一種抗拒。」[25] 陶和著一方面認為「到九十年代末，大眾消費文化已經牢固地確立了自己的『霸主』地位」[26]，但也清醒看到「文學的去精英化是與全社會的政治冷漠的彌漫、消費主義的膨脹、娛樂工業的畸形發達、叛逆價值的真空狀態聯繫在一起的」，[27] 進而尖銳指出，「正是在一些根本問題上的不寬容和受制性，加上在一些無關緊要的消費領域的『寬容』，甚至縱容，使得大眾的潛能被有意識地引導到無聊的娛樂和消費領域」[28]。顯而易見，瑣碎細密的現象分析，同時在解構「導論」中的「民粹主義」論述。同縱橫激昂的文化批評相比，這部文學史裏的作品分析少得不成比例，例如對賈平凹《秦腔》，僅引用李建軍的一句批評：這部作品充滿了無聊瑣細的日常生活描寫，庸俗和瑣碎 [29]。同一本書中討論「芙蓉姐姐」或木子美卻花了很大篇幅。看來文學史書寫「與時俱進」，「好作品」和「重要作品」的優先秩序顯然已經調換。

即使在頗受學界好評的文學史如陳思和的《中國當代文學教程》中，儘管主編一再強調為教學需求要以作品為主，大部分重要作家也都有一篇（也只有一篇）代表作得到重點分析。但這些作品都是歸納在各種文學現象的題目下，現象，只有現象，才是全書的主線。所以，涉及多種潮流現象的作家便要不斷分身，如王蒙出現在十一章（「歸來者」）、十五章（新的美學原則）、十六章（文化尋根意識的實驗）等章節，王安憶更分別出現在十二（人道主義）、十五、十六、十八（生存意識）、二十（個人立場）等章。洪子誠書中也沒有專章討論特定作家。列專節的有趙樹理、浩然、穆旦，作品有《創業史》、《紅岩》、《青春之歌》、《李自成》、《三家巷》、《茶館》。反而八十年代以後，再重要的作家作品也都只在時期、文類、現象名下「成堆」出現。

更細緻又簡潔的文學史寫法出現在曹萬生的《中國現代漢語文學史（下）》。這部文學史每章後面附有「閱讀書目」、「相關文獻」及「複習思考」，顯然也是教材格局。材料豐富、論述簡潔，也有見解，如論「楊朔模式」：

> ……散文詩意畫面美與個人情感假的悖反，給人強烈的作文感……一篇可以，多篇如此，就讓散文的美與個人的真情離得太遠，顯得勉強，從而構成模式上的泥塘與困境……又多少有點像「散文的新八股」，即過多的先寫景物，再借喻比人，最後點明哲理，抒發情感的「物—人—理」的三段結構。[30]

該書篇幅不長，卻面面俱到，講「文革」前後詩歌還涉及歌詞創作。九十年代部分談于堅、王家新、《渴望》、《中國式離婚》、身體寫作、流行曲、周國平、張中行、孟京輝、《一聲歎息》、王小帥、張元、下半身、「衝擊波作家群」、網絡文學……惟恐遺漏了甚麼。重要作品如《受活》、《大浴女》、《秦腔》、《兄弟》等也都有提及，但只是幾行評語，數語帶過。

為甚麼近年當代文學史大都不以作家、作品為主軸而展開論述呢？可能的原因至少有三：

第一，前三十年的當代中國文學有意無意在幾乎是「史無前例」的政教合一文化生態中擔任「信服」工具——幫助民眾也幫助自己「化服從為信仰」。作協文學主張（其實是領袖文學思想）猶如軍隊號令[31]，作品生產則可以組織計劃[32]。寫鄉村必然為土改鎮反合作化統購統銷以及農民養城市及蘇式軍工的政策護航，寫歷史必須用倫理觀念翻身情感為一時還沒（或虛設）憲法的新政權建構執政合法性及「創世神話」[33]。寫知識分子則總是經過磨煉、動搖、考驗最後在多種選擇（常常是多個男人）之中走向左傾。本來文學的根本問題看上去就是「怎麼寫」與「寫甚麼」，既然「怎麼寫」（傾向、意義，甚至方法）已被決定，那作家及文學史只好按「寫甚麼」（題材、行業，以及文體）努力和歸類。

第二，七十年代末八十年代初，執政集團與知識分子（作家）及大眾讀者曾有一段短暫聯盟。這個聯盟到胡耀邦 1980 年「在劇本創作座談會上的講話」便開始破裂[34]。這個短暫聯盟使得作家評論家與意識形態管理層分享對「題材」的命名權，於是「題材」成了「現象」:「傷痕文學」「反思文學」「改革文學」「朦朧詩」，既是動向、潮流概括，同時也是一種指引規範。為甚麼很多中國作家願意強調 1985 年的轉折意義？因為「尋根文學」的主張表面上由作家評論家提出（1984 年杭州會議開始形成新一代作協評論集團），卻是 1949 年以來第一個政治指向不明確的文學主張（後來確實形成了第一個文學界主導的文藝想像）。之後「先鋒小說」、「新寫實主義」等，也是評論家——作家互動合作的慣性，「關鍵字」有利於批評家的理論操作、歸類，也有助於作家擴大名聲（如李杭育、鄭萬隆、孫甘露、格非及後來陳染、林白等，相反，陳村、史鐵生等不屬於某潮流的作家，評論界比較沉默）。所以與十七年的文學史章目「題材大於作家」相比，八十年代的評論是「現象大於作品」。

第三，「十七年」題材行業劃分文學史，八十年代「話語」「現象」支撐文學史，前提都是主流意識形態與文學創作有某種（被迫或主動的）同步協調。這種協調到 1989 年結束了。九十年代意識形態管理部門要回到「紅色經典」，市場機制卻允許文學從先鋒走向邊緣，兩者之間無法協調，所以便一時「互動」不出有文學史意義的焦點現象和文學潮流（陳思和稱之為「無名」[35]）。這一時期當代文學其實有重大收穫，《心靈史》、《九月寓言》、《廢都》、《長恨歌》、《秦腔》、《兄弟》等無法再像以前那樣歸於某潮流某傾向現象。這裏文學史的失職其實也和當代文學批評的自身條件及發展有關。作協評論集團在七十年代前主要從社會——政治角度規範文學；八十年代中期，這個集團趨向年輕化，轉向翻譯的形式主義、心理學及各種敘事理論，與尋根、先鋒潮流互動「立竿見影」；九十年代，這個集團轉向學院化，追趕後殖民、女性主義等「後現代」話語，學習文化研究——所以，現象新潮一直大於作家作品。其間強調文本獨立性的「新批評」理論，不僅在批評界，而且在學院裏也一直相對「缺席」。

當然，或許時間也是一個因素，距離有助於產生經典和大家。作家不斷變化，新作不停或華麗或鬱悶地「轉身」，文學史較難處理太「新鮮」的材料。但是，王瑤、唐弢、夏志清寫現代文學史時，距離魯迅、沈從文、張愛玲也只有十幾、二十年距離。當代文學，僅看「文革」後，也已三十年。

三

由於意識形態環境的限制，各種當代文學史中有關意識形態控制的研究論述也通常比較「意識形態化」。

這裏所謂的意識形態的因素，並不只有中國內地的政治環境限制。顧彬的《二十世紀中國文學史》資料引文（尤其是海外漢學作的引文）非常豐富，但總體上沒有給中國學界帶來類似當年夏志清《現代中國小說史》那樣的廣義的「意識形態衝擊」。其實夏志清的衝擊力，主要並不是反共立場，而是離開內地主流意識形態框架而重新發現了沈從文、張愛玲、錢鍾書等作家的文學價值。劉紹銘將 Obsession with China —— 夏志清這個形容中國現代文學的關鍵字譯成較有文人傳統的「感時憂國」；顧著漢譯本則直譯為「對中國的執迷」，顯然較多質疑的成分：「『對中國的執迷』，表示了一種整齊劃一的事業，它將一切思想和行動統統納入其中，以至於對所有不能同祖國發生關聯的事情都不予考慮……『對中國的執迷』在狹義上又會意味着甚麼呢？這後面隱藏着兩重意思。第一，把中國看成一個急需醫生的病人。醫學的隱喻手段因此就必不可免地在中國現代文學的奠基中扮演了重要角色。然而在這層關係中機械的歸類就帶來了災難性的影響：疾病和傳統劃上等號，以至於現代性成了推翻偶像的代名詞。……第二，因為政治理由和社會危機才轉向現代。現代對於文人們來說其價值通常不在自身，而在於它服從於實踐的需要。它似乎是治癒病夫中國的保證。那就意味着，首先並非是藝術衝動促使作家同過去作別，而是出於政治上的衡量。文學因此主要被看作為社會抗議的手段和實際變革的工具。」[36]

這些對「五四」精神的反省放在當代中國文學語境，聽來頗奢侈：八九十年前的問題是懷疑該不該作社會抗議，八九十年後的問題是可不可以作社會抗議。

顧著在結構佈局上與中國內地的同類文學史都不一樣。但在 1949 年以後的論述中有不少細節、選例乃至題目和陳思和的《中國當代文學史教程》頗有類似之處，如第三章第四節第一段「文學的軍事化」將建國時期作家分成三類，分類方式、舉例均與陳著第一章的有關分類相同；兩本文學史在戰爭小說、歷史小說裏均選擇《百合花》、《紅豆》作主要討論文本，論「民族性」均以《阿詩瑪》、《正紅旗下》為例，也都斷言《剪輯錯了的故事》標誌反思文學開始，就連一些很反常的選例，如顧著在「改革文學」中討論高曉聲，也可在陳著十三章找到知音。顧彬的文學史出版時間較晚，參考陳著的可能性較大。有些參照也作了注解。除了某些細節失誤[37]和一些流言緋聞不宜入文學史[38]外，顧著不少文本分析細膩簡潔，有些批評文字很有鋒芒，比如從巴金談及文革「罪責」問題：「七十年代初，一羣人以『梁效』為名聚集在北京大學，為毛澤東思想的晚期理論收集材料，惡意曲解中國歷史。『梁效』成員包括如今的名教授湯一介（哲學家，1927 年生）、葉朗（美學家，1938 年生）等，可是沒有人會指望他們為自己當年的行為表達某種歉意或公開的反思。」[39]顧彬也指出「對曾經的故土不作區分的拒斥屬於中國知識分子的策略性運作，為了證明他們居留的正當性和獲得必要的支持」[40]這類文本操作外的「實話實說」，在其他的文學史比較少見。

在本文所討論的四部當代文學史（以及我最近所閱讀的十幾種當代文學史）中，對當代文學意識形態環境分析比較平實深入的還是洪子誠香港青文書屋版的《中國當代文學概況》。這本書是洪子誠 1991–1993 年間在東京大學的講稿，成書時曾獲刈間文俊、白井啟介和陳順馨的協助。在我讀來，該書及後來北大版當代文學史有三個突破：

第一，洪著不僅關注五十年代作家心態，而且研究作家生態。「在 1949 年以前，現代中國作家的寫作收入，主要靠稿費（在報刊上發表作品）和版稅（出版著作）。五十年代以後，逐步廢除版稅制，全部實施稿酬制。（波浪線為引者所加）到五十年代中期，稿酬制在全國範圍的報刊社、出版社實行。這種制度，將文稿分為『創作』、『翻譯』等門類，以一千字為計費的基本單位，分別規定統一的稿酬等級。除此之外，在書籍的出版上，還規定了『額定印數』的制度。版稅制與稿酬制雖有一些共同點，但差異也是明顯的。因為主要以計算字數作為稿酬計算的依據，作品的印刷數量和出版次數，對作家收入的重要性大大降低。這樣，暢銷書與非暢銷書在收入上的差距已不存在；而作家實際上也失去其在著作版權上應得的經濟利益。」[41]

這段「經濟分析」後來在北京大學版《中國當代文學史》中被簡化了，夾在這段文字中的一個重要的數位注解被刪除了。這個注解列明1956年稿酬標準，中央一級刊物、出版社給文學創作、理論的稿酬是千字人民幣10元、12元、15元、18元之四級，超過印數可加倍。而當時——直至七十年代末，大學生、工人工資在四五十元左右，幹部、知識分子工資在一二百元，可謂「高薪」。

從經濟角度考察文學的政治環境，是一大「發明」。

書在香港出版，讀者都會「計數」。香港目前報上刊文千字得200至500元，以300元計，達到大學生畢業人工1.5萬元，每月要寫5萬字，達到大學最低教職起薪點4萬，要寫12萬字。退回五十年代香港稿費低生活費用也低，但文化人同時寫三五個專欄艱難賣文為生已是傳統。同期中國內地，如能發表，最低千字10元，每月5千字已有工人工資，每月2萬字達教授、首長月薪，若真寫12萬字……確有其事，杜鵬程、柳青、陳登科等一本書熱銷，稿酬可以買房子同時亦會兼任省作協領導。

過去大家只看到五十年代中國作家開會、「洗澡」、受批判，勉強寫規定題材，總之都是政治控制「大棒」。其實也有利益分享「胡蘿萄」：稿酬、幹部體制、勞保、作協、政協……

1949 年前作家的情況和香港類似，所以老舍、沈從文等均要在賣文之余到大學兼職。1949 年以後作家在國家文化制度裏才能靠寫作為生。但稿酬和版稅的區別還不只是洪子誠所說的作家損失著作版權經濟利益，更重要的是版稅後面是銷量，銷量後面是讀者要求；而稿酬後面是出版社編輯，編輯後面是宣傳部、審查機制。經濟因素導致的是作家效忠對象的轉移。

今天中國傳媒影視人均知作品要兼顧「二老」(老幹部、老百姓)。五十年代版稅稿酬制度改革，在文學的生產過程中改變了「二老」的平衡，且當年幹部並不「老」，代表「新時代」；百姓趣味倒是「舊社會」過來的。

洪子誠將柳青、趙樹理、杜鵬程、梁斌等幾十位「主流作家」的學歷、經歷甚至地域、籍貫列表，也是從作家生態到文化性格的一個獨到的觀察方法。相比「五四」過來的作家如葉聖陶、茅盾等寧做閒官也少有新作，從延安到北京的作家羣，生態對心態的影響制約比較統一(至少六十年代以前)。

第二，洪著比其他文學史都更詳細直接歷數 1949 年以來的文藝批判運動，但主要不是用形容詞控訴政治環境對文學的迫害壓制整肅，而是用中性的語言解析左翼文學界內部的思想、人事矛盾，尤其是周揚與馮雪峰、丁玲與胡風之間的分歧鬥爭，概括出周、馮、丁、胡之間的共同點(乃至類似的悲劇角色)，又梳理幾個重要的分歧點：世界觀與實踐；現實主義的理想與批判；主觀與客觀；民族與世界，等。這些海外學者和中國大眾都缺乏興趣的「理論分歧」卻實實在在影響着五十年代乃至八十年代的中國文學發展。

局外人看不清楚，局內人又各有利益派別立場，洪著在這方面的細密平實的理論辨析，頗為難得。

第三，如何既堅持「審美」標準又討論「重要作品」的生成環境，與陳思和挖掘「潛在文本」不同，洪著更注重研究「重要作品」的生產過程。北大版《中國當代文學史》新加的「《紅岩》寫作方式」、第六章第二節「題材的分類和等級」都開拓了很有意義的研究角度，近年對新一代研究者有影響。時至新世紀，對「題材」的分類和等級處理，仍然是中國意識形態管理的一個重要方法（只不過管理對象更多轉向電視、電影或春晚節目單）。洪子誠注意到的「編者按」和「讀者來信」的管理功能則在對門戶網站首頁乃至點擊率的操控中得以「與時俱進」。在這個意義上，中國當代文學史真的沒有下限，各種意識形態的管理策略、方法、技巧其實沒有本質變化。「新時期」從「一元」到「多元」，「去精英化」等等理論概念在文學現實面前，都顯得有點過於倉促和一廂情願。

總之，五十年代和九十年代（尤其是五十年代）是當代文學史寫作中較多分歧的時段。寫作時間和發表語境之間的距離有多種解讀可能。「抽屜文學」策略可以豐富文學的歷史語境，也可能重構文學史現場。多種文學史均以題材、現象及文類而非作家名為主軸，既是由於文學政治互動關係，也和批評集團方法演變有關。在梳理當代文學的意識形態環境時，文學史不僅關注藝術家個人與國家思想制度之間的政治文化精神聯繫，也研討作家生態與文學生產程式中的經濟因素。後一種研究角度，對於解讀五十年代和九十年代以後的文學現象，都有意義。

僅就本文討論的四部文學史而言，顧著、陶著體現了學科的最近動向，洪著陳著仍然顯示當代文學史的學術水準。

附表：

序號	書名、作者	版本信息
01	山東大學中文系中國當代文學史編寫組編：《中國當代文學史》（上）	濟南：山東人民出版社，1960 年
02	華中師范學院中國語言文學系編著：《中國當代文學史稿》	北京：科學出版社，1962 年（寫於 1958 年）
03	中國科學院文學研究所編：《十年來的新中國文學》	北京：作家出版社，1963 年
04	二十二院校編寫組合編：《中國當代文學史》	福州：福建人民出版社，1980–1985 年；海峽文藝出版社，1987 年
05	郭志剛、董健、曲本陸、陳美蘭等主編：《中國當代文學史初稿》	北京：人民文學出版社，1980 年
06	張鐘、洪子誠、餘樹森、趙祖謨、汪景壽編：《當代文學概觀》	北京：北京大學出版社，1980 年
07	張炯、郝瑢主編：《中國當代文學講稿》	北京：中央廣播電視大學出版社，1983 年
08	王慶生主編：《中國當代文學》（三卷本）	上海：上海文藝出版社，1983、1984、1989 年
09	吉林省五院校合編：《中國當代文學史》	長春：吉林人民出版社，1984 年
10	張炯主編：《新時代文學六年》	北京：中國社會科學出版社，1985 年
11	汪華藻等主編：《中國當代文學簡史》	長沙：湖南人民出版社，1985 年
12	公仲主編：《中國當代文學史新編》	南昌：江西教育出版社，1985 年
13	吳軍等編著：《中國當代文學》（北京自修大學教材）	北京：北京廣播學院出版社，1986 年
14	邱嵐主編：《中國當代文學》	沈陽：遼寧教育出版社，1986 年
15	譚憲昭等主編：《中國當代文學史簡編》	廣州：廣東高等教育出版社，1986 年
16	王銳、羅謙怡主編：《中國當代文學簡明教程》	長春：吉林大學出版社，1986 年
17	周鑒銘：《新時期文學》	昆明：雲南教育出版社，1986 年

18	朱寨主編：《中國當代文學思潮史》	北京：人民文學出版社，1987 年
19	吳三元主編：《中國當代文學》	天津：天津教育出版社，1987 年
20	張鐘、洪子誠、餘樹森、趙祖謨、汪景壽編：《中國當代文學》	北京：北京大學出版社，1988 年
21	李叢中主編：《新中國文學發展史》	昆明：雲南教育出版社，1988 年
22	張遲明主編：《當代文學新編》	沈陽：遼寧大學出版社，1988 年
23	邱嵐：《中國當代文學史略》	北京：高等教育出版社，1988 年
24	鄭觀年等主編：《中國當代文學教程》	杭州：浙江大學出版社，1989 年
25	陳濤主編：《中國當代文學掃描》	成都：四川文藝出版社，1989 年
26	張廣益、張遲明、蔣鎮主編：《中國當代文學史簡編》	長春：吉林教育出版社，1989 年
27	李達三主編：《中國當代文學史略》	杭州：浙江大學出版社，1989 年
28	高文升、單占生主編：《中國當代文學史稿》	鄭州：河南人民出版社，1989 年
29	周紅興主編：《簡明中國當代文學》	北京：作家出版社，1989 年
30	戴克強、廉文澂主編：《中國當代文學》	西安：陝西人民教育出版社，1990 年
31	田怡主編：《中國當代文學論稿》	呼和浩特：內蒙古人民出版社，1990 年
32	舒其惠、汪華藻主編：《新中國文學史》	長沙：湖南文藝出版社，1990 年
33	林湮、金漢、鄧星雨主編：《中國當代文學發展史》	南京：江蘇教育出版社，1990 年
34	江西大學中文系編：《中國當代文學史》	南昌：百花洲文藝出版社，1990 年
35	王惠雲、蘇慶昌、崔志遠主編：《中國當代文學教程》	石家莊：花山文藝出版社，1990 年
36	雷敢、齊振平主編：《中國當代文學》	西安：陝西師範大學出版社，1990 年
37	高文池、陳慧忠編著：《中國當代文學概論》	上海：上海外語教育出版社，1991 年

38	劉文田、周相海、郭文靜主編：《當代中國文學史》	保定：河北大學出版社，1991 年
39	山東省當代文學研究會編：《當代文學四十年》	濟南：山東大學出版社，1991 年
40	李旦初：《中國當代文學》	北京：北京師範大學出版社，1992 年
41	陳其光主編：《中國當代文學史》	廣州：廣東高等教育出版社，1992 年
42	魯原、劉敏言主編：《中國當代文學史綱》	北京：中國文聯出版公司，1993 年
43	馮忠一、朱本軒主編：《中國當代文學史論》	青島：青島海洋大學出版社，1994 年
44	閻奇男主編：《中國當代文學》	北京：中國文學出版社，1995 年
45	何寅泰：《當代中國文學史綱》	杭州：杭州大學出版社，1996 年
46	劉錫慶主編：《新中國文學史略》	北京：北京師範大學出版社，1996 年
47	張炯、鄧紹基、樊駿主編：《中華文學通史・當代文學編》	北京：華藝出版社，1997 年
48	孔范今主編：《二十世紀中國文學史》	濟南：山東文藝出版社，1997 年
49	於可訓：《中國當代文學概論》	武漢：武漢大學出版社，1998 年
50	國家教委高教司編：《中國當代文學史教學大綱》	北京：高等教育出版社，1998 年
51	陳其光主編：《中國當代文學史》	廣州：暨南大學出版社，1998 年
52	特・賽音巴雅爾主編：《中國當代文學史》	北京：民族出版社，1999 年
53	楊匡漢、孟繁華主編：《共和國文學 50 年》	北京：中國社會科學出版社，1999 年
54	洪子誠：《中國當代文學史》	北京：北京大學出版社，1999 年
55	陳思和主編：《中國當代文學史教程》	上海：復旦大學出版社，1999 年
56	張炯主編：《新中國文學五十年》	濟南：山東教育出版社，1999 年
57	張炯編著：《新中國文學史》	福州：海峽文藝出版社，1999 年

58	朱楝霖、丁帆、朱曉進主編： 《中國現代文學史（1917－1997）》（下）	北京：高等教育出版社，1999 年
59	張永健主編： 《中國當代文學史參考資料》	武漢：華中科技大學出版社，2001 年
60	金漢總主編： 《中國當代文學發展史》	上海：上海文藝出版社，2002 年
61	吳秀明主編： 《中國當代文學史寫真》	杭州：浙江大學出版社，2002 年
62	唐金海、周斌主編： 《二十世紀中國文學通史》	上海：東方出版中心，2003 年
63	李贛、熊家良、蔣淑嫻主編： 《中國當代文學史》	北京：科學出版社，2004 年
64	孟繁華、程光煒： 《中國當代文學發展史》	北京：人民文學出版社，2004 年
65	董健、丁帆、王彬彬主編： 《中國當代文學史新稿》	北京：人民文學出版社，2005 年
66	楊朴主編： 《中國現當代文學史》（下）	北京：人民教育出版社，2005 年
67	歐陽禎人主編： 《中國現當代文學史教程》	北京：北京大學出版社，2007 年
68	曹萬生主編： 《中國現代漢語文學史》（下）	北京：中國人民大學出版社，2007 年
69	鄭萬鵬： 《中國當代文學史（1949－1999）》	北京：華夏出版社，2007 年
70	[德] 顧彬著，范勁等譯： 《二十世紀中國文學史》	上海：華東師範大學出版社，2008 年
71	陶東風、和磊： 《中國新時期文學 30 年 1978－2008）》	北京：中國社會科學出版社，2008 年

注：以上書目並不包括在內地以外出版的「中國當代文學史」，如林曼叔、海楓、程海：《中國當代文學史稿：1949－1965 大陸部分》，巴黎：巴黎第七大學東亞出版中心，1978 年；洪子誠：《中國當代文學概說》，香港：青文書屋 1997 年，等等。

本文原是提交 2010 年「中國當代文學六十年」國際學術研討會（嶺南大

學、哈佛大學、復旦大學合辦)的論文,曾收入《一九四九以後》(香港:牛津大學出版社,2011 年)和《許子東講稿(卷二)——張愛玲、郁達夫、香港文學》(北京:人民文學出版社,2011 年)。

1 洪子誠:《中國當代文學史》,北京:北京大學出版社,1999 年,第 4–5 頁。

2 許子東編:《香港短篇小說選(1994–1995)》,香港:三聯書店,2000 年,第 10 頁。

3 楊匡漢、孟繁華主編:《共和國文學 50 年》,北京:中國社會科學出版社,1999 年,第 38–51 頁。

4 同上,第 15 頁。

5 鄭萬鵬:《中國當代文學史(1949–1999)》,北京:華夏出版社,2007 年,第 1 頁。

6 謝冕:《中國當代文學史(1949–1999)・序》,引自鄭萬鵬:《中國當代文學史(1949–1999)》,北京:華夏出版社,2007 年,第 1 頁。

7 謝冕:《文學的紀念(1949–1999)》,《文學評論》1999 年第 4 期。

8 路文彬:《國家的文學:對於 1949–1976 年中國文學的一種理解》,《文藝爭鳴》1999 年第 4 期。

9 [德]顧彬:《二十世紀中國文學史》,范勁等譯,上海:華東師範大學出版社,2008 年,第 253 頁。

10 同上。

11 也難免有不贊同的聲音,如董健、丁帆、王彬彬就曾不點名地批評:「近年來頗為流行的研究傾向,即『歷史補缺主義』,用流行話語來表述,就是『製造虛假繁榮』。不管出於甚麼意圖,這都是對歷史的歪曲。一種情況是『好心的』,一廂情願地要使歷史『豐富』起來,『多元』起來。既不想承認那些在極「左」路線下被吹得很『紅』的作品的文學價值,又不甘心面對被歷史之篩過之後文學史的空白,貧乏與單調,便想盡辦法,另闢蹊徑,多方為歷史『補缺』。」引自《中國當代文學史新稿》,北京:人民文學出版社,2005 年,第 5 頁。

12 [德]漢斯・羅伯特・姚斯:《文學史作為向文學理論的挑戰》,引自《接受美學與接受理論》,周甯、金元浦譯,瀋陽:遼寧人民出版社,1987 年,第 26 頁。

13 顧彬說《棋王》中的資訊同阿多諾(Theodor Adorno)的名言「一個在錯誤中的正確生活是不可能的」完全相悖,這也是對《棋王》的另一解解讀方式。見[德]顧彬:《二十世紀中國文學史》,范勁等譯,上海:華東師範大學出版社,2008 年,第 343 頁。

14 [德]顧彬:《二十世紀中國文學史》,范勁等譯,上海:華東師範大學出版社,2008 年,第 269 頁。

15 引自金元浦:《接受反應文論》,濟南:山東教育出服社,1998 年,第 43 頁。

16 同上。

17 夏志清:《中國現代小說史》,香港:香港中文大學出版社,2001 年。

18 錢理群、温儒敏、吳福輝:《中國現代文學三十年》,北京:北京大學出版社,1998 年。

19 如中國科學院文學研究所編：《中國文學史》，北京：人民文學出版社，1962 年。全書三卷按朝代劃分共七十二章，其中有二十三章以作家或作品為題：《詩經》、屈原、司馬遷、陶淵明、《文心雕龍》、李白、杜甫、白居易、蘇軾、陸游、辛棄疾、關漢卿、王實甫、白朴和馬致遠、《三國演義》、《水滸傳》、《西遊記》、《金瓶梅》、湯顯祖、蒲松齡、洪升和孔尚任、吳敬梓、《紅樓夢》。

20 孟繁華、程光煒的《中國當代文學發展史》(北京：人民文學出版社，2004 年) 有些章節以作家為標題，但也將其視為現象，如「趙樹理現象」「姚文元現象」「賀敬之現象」等。

21 陶東風、和磊：《導論：從精英化到去精英化 —— 新時期文學 30 年掃描》，引自《中國新時期文學 30 年》，北京：中國社會科學出版社，2008 年。

22 同上，第 6 頁。

23 同上，第 287 頁。

24 同上，第 288 頁。

25 同上，第 297 頁。

26 同上，第 7 頁。

27 同上，第 20 頁。

28 同上，第 24 頁。

29 王蒙《海的夢》、張賢亮《邢老漢和狗的故事》、張浩《方舟》、鐵凝《哦，香雪》、汪曾祺《受戒》、阿城《棋王》、韓少功《爸爸爸》、王安憶《叔叔的故事》……

30 曹萬生：《中國現代漢語文學史》(下)，北京：中國人民大學出版社，2007 年，第 529 頁。

31 多本文學史均提及戰爭文化之影響，如陳思和《中國當代文學史教程》第三章第一節「戰爭文化規範與小說創作」。

32 精彩的案例分析如洪子誠《中國當代文學史》第八章第三節「《紅岩》的寫作方式」。

33 參見黃子平：《革命・歷史・小說》，香港：牛津大學出版社，1996 年。

34 這個講話在各種當代文學史中沒有得到足夠的重視，同時期《飛天》《調動》《假如我是真的》等「文革」後首批被批判作品也少有人提及。陳著將沙葉新劇作列入「改革文學」呼喚公僕主題，頗見創意與苦心。

35 陳思和：《中國當代文學史教程・前言》，引自《中國當代文學史教程》，上海：復旦大學出版社，1999 年，第 17 頁。

36 [德] 顧彬：《二十世紀中國文學史》，范劲等譯，上海：華東師範大學出版社，2008 年，第 8 頁。

37 如顧著很注意作協的組織形式，說「中國作家協會成立于 1949 年 6 月」，其實 1949 年 7 月成立的是中華全國文學工作者協會，1953 年 9 月才改名中國作家協會，與全國文聯平級。

38 如談到張賢亮是某小說中的情人原型：「這種說法反倒令人生疑：像張賢亮這樣對女性懷有荒唐想像的作家難道真有令人刮目相看的一面？」見 [德] 顧彬.《二十世紀中國文學史》，范劲等譯，上海：華東師範大學出版社，2008 年，第 322 頁。

39 [德] 顧彬：《二十世紀中國文學史》，范劲等譯，上海：華東師範大學出版社，2008 年，第 314 頁。

40 同上，第 337 頁。

41 洪子誠：《中國當代文學概說》，香港：青文書屋，1997 年，第 26 頁。在 2007 年北京大學版《中國當代文學史》的修訂版第 25 章中，洪子誠對九十年代的稿酬版稅問題也有論述。

現代文學的重釋與反思

從「五四」傳統説開去

文學的影響力

文學在中國歷史上一直是國家的精神支柱之一，甚至是政治的支柱之一，因其一頭連着科舉。中國古代有世界上最先進的科舉制度。這既幫助皇帝網羅天下人才，也為普通人提供合理的上升途徑。科舉制度不靠世襲，這在當時世界其他國家中幾乎不存在，歐洲文明都是貴族等世襲制。中國的科舉考試，主要考的是四書五經甚至詩賦，文學就起了很大作用。

中國文學在很長一段時間內對海外的影響不大，而受海外的影響較大，主要是來自印度的佛教，較大地影響了中國文學的面貌。雖然在十八世紀伏爾泰、歌德讀到中國的《趙氏孤兒》驚為天人，但這只是局部現象。

相較晚清以前的文學，現代文學被認為有革命性的變化。此時的中國文學受到外國文學的直接影響，包括形式和思想內容。比如在形式上，中國過去的小說是全能敘述的章回體，到了魯迅小說中的「我」已不是全知型；更明顯的是出現了意識流寫法，雖然李商隱的詩中也能找出意識流，但這一寫法總體上是受西方文學技巧影響後才出現的。

形式以外，受影響的還有價值觀。魯迅在《新青年》發表的文章

《我之節烈觀》，就挑戰了中國歷史悠久且大部分人相信的價值根基。

直到現在，文學的影響力也沒有多少銳減。雖然像古代那麼巨大的直接影響已不再，現在考試也有很多不同學科，但「讀書高」的心理還在，「孔乙己的長衫」還在，核心的內容沒有改變。

「五四」再思考

只要談現代文學，必然繞不開與「五四」的對話。今天學術界對「五四」的反思，主要集中在它（過度）反傳統，以及那個時代的革命形式是否過於激進？

關於這兩點反思，我認為都存在。第一點就是所謂國學，當初的反傳統是不是太極端了？我前些年也一直有這樣的想法，尤其到海外遊學以後，有漢學家認為，中國的科舉制度其實是很好的，是先進文化。又講世界上沒有一個國家是丟掉自己的傳統去求發達的，這也是針對「五四」的批評。今天當然國學復興更加熱鬧。魯迅當年激烈反傳統，其實不是直接地反對孔子。他批評得最厲害的是袁世凱稱帝，段祺瑞、張宗昌把「尊孔」作為一個國家行為。魯迅主要反孔子傳統的兩點：第一，強調人的服從性。君君臣臣父父子子。人在一個次序裏面，你必須對上服從，同時對下壓迫。這是魯迅最討厭的，叫奴才跟主子的兩面性。一個人，如果你做了主人，你必定是奴才。因為你如果承認你可以做主人，有主人必定有奴才。那反過來人家比你高，你就是奴才。而這個主奴關係呢，恰恰契合了我們儒家在人與人關係中的這個定位。第二，思想統一。所以我是這樣看的，今天的國學復興很好，彌補「五四」的不足。但是，千萬別只在魯迅批判的這兩點上復興。如果你復興一個全民服從而且思想一統的國學的話，那恐怕

「五四」的反禮教沒有過分，反了一百年都沒有過分。

關於革命與改良，我覺得三十年代轉向革命的路是必然的，後來要反省這個選擇也是必然的。因為當年改良不通嘛。你想改良，整個皇家清廷根本甚麼都不讓步。社科院的雷頤教授說，明明給了你清廷改革的出路，完全可以走英國王室這條路。可當時就是不肯。連中國的地方鄉紳，各種商人的利益，都不給他們。所以後來鄉紳都去支持孫中山了。當然有很多偶然因素，比如如果那時候慈禧摔一跤，那可能情況就不一樣了。為甚麼今天反省又是必然的呢？今天回頭想，中國後來許多做的對人民好、對國家好的事情，是改良出來的。

「愛國」情緒的變遷

關於「五四」時期那種全民的愛國情緒，在當時的背景下，確實有非常普遍的、天然的思想基礎，那麼現在的情況與當時有所不同嗎？

這個問題其實蠻複雜的，需要分層面看。

第一個層面是：比起「五四」，人們現在是否「不夠愛國」？純粹理性來說，每個老百姓為自己生活幸福，關心生存溫飽其實也沒錯。我們回想「五四」運動的時候大家多麼愛國，也可能隔了歷史跨度的一種聚焦誇大。其實在那個時候很多人也還是看客、吃瓜羣眾。是的，為了反帝制，百年來多少人犧牲，就是為了老百姓可以生活好，國家可以走向民主富強。從那時知識分子和幹部的角度來講，愛國不愛國大有關係。今天的知識分子面臨的選擇很具體，他明知道有些項目有好處，沒意義；另外一些事呢，有意義，少好處，甚至有危險。現在可能很多人去選擇前者。甚至年輕人，也選前者，不是真正為學術，只是謀利。網上一片小粉紅，其實不一定真的愛國。所以人們會指責，用錢理群的話來講就是精緻的利己主義者，做事情只為自己，不考慮國家。

但是問題還有第二個層面，對「五四」及現實的另外一種反思，應不應該把為國家作為自己的文學使命、學術目標。為甚麼要寫文章？為了啟蒙。為甚麼要啟蒙？要喚醒大眾。為甚麼喚醒大眾，為了救中國。對此，魯迅自己也有反省，他在《藤野先生》裏講，「小而言之為了國家，大而言之為了學術。」我小時候還以為魯迅把次序搞錯了。竹內好的說法，魯迅的真誠就在於他承認他不夠真誠。他說我沒有給你們講真話，我的思想太黑暗，怕影響青年人。作為一個藝術家，你不應該有所保留。人性明明黑到五分，我就說三分。為了怕害了你們，我怕說了以後可能你就不敢搞革命了。這已是一個老師和政治家的考慮，說好聽點是思想家的胸懷，但不是藝術家的天職。所以當魯迅這樣做的時候，救國、喚起民眾已經高於他的藝術了。

魯迅深刻揭露人性、國民性，但是對兩種人手下留情，一是青年，二是底層、勞工階級。所以魯迅後來傾向革命有他的必然性。有一篇小說叫《一件小事》，撞了一個人，那個車夫就扶人去了，魯迅覺得他很高大。我開玩笑說，這個車夫就跟彭宇一樣，員警抓住他的衣領說是你撞的，一百年以後都是一個彭宇案。對不對？魯迅把他給高大美化了。有批評說，一個世界級偉大的藝術家，他對男女老少貧賤富貴的揭露應該是一樣的，如果你對某一個階層特別溫情的話，你就傷害了你的文學。但是魯迅有用文學為革命的時候。從一定的角度，你可以說這就是魯迅偉大之處，從另外的角度看，這也就是魯迅不夠偉大之處。這也是對「五四」的一個反省。

有人認為魯迅對勞工階級的同情，和他對人性的深刻批判，這兩者之間構成了完整的魯迅。但這兩者本身是存在矛盾的。勞工階級大部分就是阿 Q。魯迅一方面把中國人性看得很暗，包括皇帝，包括農民。但同時呢，他又對弱勢羣體、對奴隸無限同情。他天生就反感那些所謂上等人，所以他到了中後期，北伐以後，他捲入了具體的政治討論，後來對弱勢羣體的同情越來越占上風。這種同情與批判的並存，恰恰是他思想複雜性的體現。

藝術純粹與人性表達

那麼，當我們將目光轉向其他作家，比如張愛玲，是否可以被視為沒有因政治影響藝術純粹性的典型？而郁達夫，似乎多少還會受到一些影響？

張愛玲香港時期就很受影響，不過是自覺客串，不太入戲。郁達夫也會有。郁達夫沒有像魯迅一樣把人看得那麼透徹，首先他看自己就看不透徹。總體上，張愛玲看人看己都是這樣冷酷絕望。張愛玲的胸懷，跟魯迅是沒法比的。但是對藝術的虔誠度來講，她早期和晚期比較徹底，沒有魯迅那麼多使命。我用了一個比喻，說魯迅是一座高山。後來的很多作家也是山，所以很吃虧的，太陽照下來，都被這個影子遮了。張愛玲是一條河。她不講你這些東西，她不跟你比高低。她講人性和愛情是自私的，男女是互相鬥爭之類。情況不一樣。

在藝術形式上，魯迅代表了中國文學的歐化傾向，其語言是半文言，但他的藝術形式非常現代。張愛玲有意要扭轉歐化的文藝腔，所以她借用晚清甚至更早的傳統文字。她也不拒絕鴛鴦蝴蝶派的某些技巧，所以她代表了魯迅以外的另一種文學潮流。

張愛玲的獨特性，在於她寫的是常人的、老百姓的、日常生活的。大部分作家其實都寫日常生活，但他們希望日常生活要體現出社會發展的方向。張愛玲不是。她的一篇散文《中國的日夜》，寫的是一羣人打着補丁在菜市場買菜，這就是中國的日夜。所以張愛玲顯示了文學介入社會的另一種可能，就是平民的。

而我對郁達夫的關注是在讀研究生的時候。那時候研究郁達夫其實有很現實的原因，他的作品在中國的語境下很容易引起共鳴。因為是「高大上」的反面，而且他絕不以這個反面而自覺羞愧。這給我們年輕人找到一些「鬱悶」的精神支柱。就是說做人不必時時像英雄。我就這樣，我也不是壞人。我在圖書館看書，看旁邊的女生，那個時候一面看一面心裏罵自己，你沒出息啊，無聊無恥啊。後來發現郁達夫也看，那就 ok 了。不要說張愛玲，連魯迅都會原諒你，涓生也是這樣嘛，子君不來，他書看不進去，對不對。其實郁達夫講的是普通人性，而這個普通人性在文章發表的時期是反禮教的。因為中國的禮教它對人有很高的要求。修齊治平，存天理滅人慾，你改造不了，就會感到羞愧。郁達夫那時候就說，我做不到，行吧。但他那麼老做檢查沒用的，就像一個小孩老在家裏做檢查，沒啥用。反禮教這一點在他身上最直接的體現，就是對性慾的這種不羞恥的表達。這正是郁達夫打破虛偽的關鍵。

人慾這個東西人人都存在，到處都存在，只有郁達夫把它說出來。所以當時那麼多青年人喜歡他的作品，談不上深刻，但在中國是有它的歷史意義的。虛偽的高尚存在一天，真實的人慾就特別有它的偉大意義。就是這樣，郁達夫以真誠對抗了虛偽。

曾經被忽視的文學價值

對於張愛玲，除了作品分析，國內學術界、評論界曾經存在過對她的集體失語，因為國內的學術界曾經不大能接受張愛玲是一流作家，覺得不應該和魯迅哪怕老舍、沈從文他們相提並論。你看《中國現代文學三十年》，其中重要作家，魯迅有兩章，其他作家都有一章，沈從文是再版的時候給加了一章。可是張愛玲呢，不要說一章，連一節都沒有。

我的老師錢谷融先生，曾和我說魯迅是偉大作家，張愛玲不是。有一次我跟李澤厚一起在歐洲開會，會後去馬德里看戈雅，他也跟我說，你研究「文革」小說，很好，講現代文學，對張愛玲的評價太高。基本上學術界，國內的主流都是認為張愛玲文學地位沒有那麼高。李澤厚當時還說了，以前對張愛玲是政治上看低，現在則是反過來。他的意思大概是張愛玲熱與前些年上海的懷舊，包括對抗日當中國民黨作用的重新定位，都有關係。他大概對海外漢學界的影響有點保留。

但同時，民間的張愛玲閱讀和評價又很熱。讀者很多，大學研究的論文有很多，構成了一個很奇特的張愛玲現象。民間這種熱，當然也有審美趣味的多元，對她文字的認可和追捧。但我覺得有些更深層的必然原因：

第一是中國主流意識形態，現在從革命走向改革，因此從上到下或從下到上都告別宏大敘事，關心日常生活，這是大背景。今天說中國夢。夢的具體解釋就包括老百姓追求幸福生活的願望。這不就是當年張愛玲跟傅雷對話裏說的嗎？她說你們「五四」的文學是超人的，是革命的，是改變世界的，可是改變世界為了甚麼？為了我們常人可以生活得更好。所以我不寫超人，我寫常人，我不寫宏大敘事，我寫日常生活，你們都是男人的事情，我寫的是婦人性，是神性。

第二，原來覺得救國救民是文學主流，現在這個社會通俗文學並存。年輕人可能已經混淆金庸和魯迅的區別，而張愛玲，骨子裏是嚴肅的，可是她的外表是通俗文學包裝的，她是最早正視通俗文學和嚴肅文學之間關係的作家。她從來不覺得有甚麼矛盾，這種雅俗混合又是很契合今天需求的。

還有她對男女感情的悲觀看法。「五四」時期小說的愛情都是一見鍾情的，而且不管怎麼談戀愛，都沒有（不）忠誠的問題。只有張愛玲來處理「男人不壞女人不愛」之類的世俗問題。這使得她的小說有深厚的羣眾基礎。

作品裏的潛意識

說到老舍是嚴肅的，指的是他對自己文學性的純粹，更是指他對自己信仰的嚴肅。

老舍是最被人誤解的，好像《駱駝祥子》批評個人主義。我覺得其實老舍筆下，「個人主義」是個正面的概念。祥子沒有太高的要求，我拉自己的車，以後娶一個乾乾淨淨的媳婦，這叫自力更生，相當於馬克斯・韋伯講的新教倫理。這種「個人主義」在老舍看來是健康社會的基礎，比起魯迅徹底的阿 Q 批判或者是溫情主義的同情來說，我覺得老舍更正能量。很多國人現在最想不通的一點，我明明「好好學習」了，卻不能「天天向上」，旁邊那個人取巧，卻活得比我好，這才是對我們人生觀最大的挑戰，要是人人都這麼懷疑的話，這才是老舍哀悼的，個人主義被摧毀了。

祥子要是聰明點，和虎妞結婚嘛，結婚痛苦啥，吃軟飯嘛，多買幾輛車，自己不拉，叫人去拉，然後欺負他們，多扣錢，自己出去玩，今天不是很多人在發這個夢嗎？所以老舍為甚麼自殺，就是耿直。讀讀《斷魂槍》就懂得老舍了。別人都是長竹，風浪來了，彎下去，風浪一過，「啪」起來了，《卧虎藏龍》拍的那樣，你也可以說他們生命力頑強，小不忍則亂大謀。老舍是一棵樹，但他又不像魯迅那麼根硬，魯迅是樹結呀，根系扎實，他也不會彎，就算裏面爛了也沒有關係，就是和石頭一樣，長在一起了。老舍不行，這棵樹又招風，又直，風一來就「咔嚓」。

作家在哪裏都能說假話，在作品裏不能，而且作家自己都不知道的潛意識，也會流露在裏面，這個不知道的潛意識，可以是《肥皂》，可以是方鴻漸，可以是祥子，所以這個宿命，誰都沒轍啊。

與作家做朋友

曾經有人問我，如果從「魯郭茅巴老曹」，加上沈從文、錢鍾書和張愛玲，從這幾個人裏面選，我覺得誰適合做生活中的朋友？這是一個充滿趣味的假設。

這裏提到的有幾個人我非常崇拜，魯迅、老舍、沈從文、巴金，包括張愛玲。這幾個人對於自己相信的東西非常執着。

魯迅呢，你肯定崇拜他，但是要做朋友的話，得要看機會了。他要是對你好的話是很好的，但是弄不好的話，你就得罪魯迅了，和魯迅做朋友是不容易的，需要極高的情商和真誠。郁達夫和他就是好朋友，郁達夫這樣和魯迅的關係也可以嘗試。

郭沫若很難做朋友，茅盾也很難做朋友的。茅盾是政治家，一生沒有甚麼特別好的朋友。巴金是很可愛的，一輩子都活得坦蕩蕩的。

老舍是最鬱悶的，他其實是非常嚴肅的人。曹禺是和張愛玲一樣的，才氣早期就揮發了，這是環境的關係，《見字如面》還讀了黃永玉給他的一封信，他自己都知道，可惜了，連個要燒掉的《小團圓》都沒有。

「魯郭茅巴老曹」這個次序，現在年輕人都厭煩了，其實這個模式也不是一開始就有。以前是按照政治標準的。魯郭茅後面跟的是蔣光慈或丁玲。後來還是周揚從語言特色的角度來排。五十年代把作家分為三類，革命作家、進步作家、反動作家，巴老曹都是進步作家，都不算革命作家。如果真正按政治標準、對革命的貢獻來講，輪不到巴金老舍曹禺，左聯作家一大堆。現在學生都不大理解這個模式的形成過程，是一個歷史的產物。

後面三個人呢，沈從文要是活在同時代的話，倒是有可能成為朋友。但是也難說，我這個人喜歡城裏的東西，但是沈從文仇恨城裏的東西。張愛玲很難交朋友的，這麼「作」的人，著名「作」家，寫文章研究好。錢鍾書也不好做朋友。

作家論與大時代

「五四」運動後的中國文學較為混雜，直到今天也是。有載道主旋律，有歷史解剖，有言志，有完全追求個人風格，有娛樂。不過我認為中國文學再混雜再發展，傳統總是最強的。今天的中國小說受十九世紀法國現實主義、俄羅斯文學、日本文學等的影響，但歸根結底，中國文學的現狀，每年出版幾千本，概括起來就是晚清前的四大傳統。

一是三國類的歷史演義，《白鹿原》以及很多抗戰電視劇都屬於這類。二是水滸類，核心價值是忠孝節義，這類作品最發達，《紅高粱》《平凡的世界》《活着》等，都是最受老百姓歡迎的故事。三是紅樓夢類的男女世情，如《長恨歌》《廢都》以及近期很火的電視劇《繁花》等，對吃穿等生活細節非常講究。四是西遊類的神魔奇幻，這類傳統在內地空了整整百年，金庸在香港繼承發揚了。現在有新的接續，比如《三體》這樣的科幻小說。

這種文學經典永不過時的表面原因是文學能寫這個時代，作家寫的是他自己理解的他的時代，要別人認可，這是第一步。在認同這個的基礎上，就是寫人性，人性又使人感動，就會成為經典。有人認為寫「作家論」不夠學術性，我認為並非如此，「作家論」是大學生或研究生做學問的重要基礎和起步，它可以是最基本的，也可以是學術前沿最尖端的。如果寫「作家論」選擇的是文學史上有重要代表性的人物，那就不只是在寫一位作家，而是在對整個文學史甚至背後的文化背景發表意見。

在我的《現代文學課》的構思和寫作中，始終貫穿兩個明確的目的。

第一，是不回避主流敍述。現代文學的主流敍述，就是五十年代以後「魯郭茅巴老曹」的次序。這個現代文學史敍述，有相當深厚的意識形態基礎，即，這些文學是如何幫助中國一步步走向革命的。

國內不少學者，像陳思和、王曉明，都提過「重寫文學史」的口號。近年來研究張愛玲和沈從文的很多，但少有新的茅盾、巴金和曹禺研究成果。而我是「正面作戰」。我非得討論進入教科書的最有名的作品，及互相之間的關係。希望對現有的文學史模式，作出新的闡釋。

另外一個努力就是文風。我希望從我口中講出、到我筆下寫出的正文部分，即使不讀大學的人，也能讀得下去，能夠理解。但同時，書裏的注解和延伸閱讀部分，我會嚴格遵守大學學術研究的規範。

現代文學批評的不同類型

本文認為，「五四」以來，中國以白話文為主的新文學中的文學批評，至少有四類：即作家流派批評，社團組織批評，學院研究型的文學批評，網絡時代的泛商業批評。本文主要討論前三種文學批評類型的寫作動機和文體特點，同時也觀察這幾種文學批評類型之間的轉化演變關係。至於這些文學批評類型形成的歷史原因和文學、文化及政治思潮背景，則不在本文的研討範圍之內。

一

在中國現代文學史上，最先出現的一類文學批評，是作家、社團、風格流派之間的文學批評。這類文學批評最興盛的時期，也是中國文學社團流派風格發展最繁榮的時期，即上個世紀 20 年代。僅從流派風格的多樣性來講，中國的新文學一起步就是高峰，不知幸與不幸。當時在文學研究會、創造社、語絲、淺草、沉舟、新月以及現代評論派、後期創造社、太陽社之間，互相都有文學批評。一般說來，一個文學社團之所以能夠形成文學史上所謂的風格流派，通常要具備四個條件。一是有幾個志同道合的作家文人，二是有一批比較出名且風格接近的作品，三是有自己的陣地、刊物或出版社，四是有「自己」的評論家，有與眾不同的文學主張，比方「為人生的藝術」、「為藝術的藝術」等。這最後一點，就是所謂「作家流派類文學批評」的關鍵。很多這類文學批評是作家自己寫的，如郭沫若、郁達夫、梁實秋等都在創作之外寫評論。但有時文學社團只有幾乎沒有創作只寫評論（或評論比他的創作更有名）的「專職」評論家，如創造社的成仿吾，文學研究會的沈雁冰（早期），現代評論派的陳西瀅等。這些作家流派間的批評可以很刻薄尖銳，如徐志摩曾諷刺「創造社的人就和街頭的乞丐一樣，故意在自己身上造些血腥味的創作來吸引別人的同情」[1]，錢杏邨曾說魯迅「醉眼朦朧」[2]，郭沫若則化名杜荃指責魯迅「是一位不得志的法西斯諦」[3]等等。但也有些作家圈的評論，能夠超越流派立場，不只是互相批判。如 1936 年 11 月 18 日，魯迅去世一個月，「新月派」女作家蘇雪林寫給胡適一封長信，稱魯迅為「刻毒殘酷的刀筆吏，陰險無比，人格卑污又無比的小人」[4]。12 月 14 日，胡適回信：「……凡論一人，總須持平。愛而知其惡，惡而知其美，方是持平。魯迅自有他的長處。如他的早年文學作品，如他的小說史研究，皆是上等工作」[5]。另一位曾和魯迅激烈論戰的陳西瀅，在他的《新文學運動以來的十部著作》[6]中也評論了魯迅的小說。陳西瀅認為《孔乙己》《風波》《故鄉》是魯迅「描寫他回憶中的故鄉的人們人物，都是好作品」[7]。但小說裏的「鄉下人」，「雖然口吻舉止，惟妙惟肖，還是一種外表的觀察，皮毛的描寫。」陳西瀅認為《阿 Q 正傳》要高出一籌，阿 Q 是同李逵、魯智深、劉姥姥等「同樣生動，同樣有趣的人物，將來大約會同樣的不朽的」(「陳西瀅評魯迅作品」)。對魯迅來說，陳西瀅說：「我不能因為我不尊敬魯迅先生的人格，就不說他的小說好，我也不能因為佩服他的小說，就稱讚他其餘的文章。我覺得他的雜感，除了《熱風》中二三篇外，實在沒有一讀的價值」[8]。周作人也曾為與他本人文學趣味很不相同的郁達夫的《沉淪》辯護：「《沉淪》是顯然屬於第二種的非意識的不端方的文學，雖然有猥褻的分子而並無不道德的性質。……這集中所描寫是青年的現代的苦悶，似乎更為確實。生的意志與現實之衝突，是這一切苦悶的基本；人不滿足于現實，而不復肯遁於空虛，仍就這堅冷的現實之中，尋求其不可得的快樂與幸福……著者在這個描寫上實在是很成功了。所謂靈肉的衝突原只是說情慾與迫壓的對抗，並不含有批判的意思，以為靈優而肉劣」[9]。但周作人同時也指出了《沉淪》為甚麼在某種程度上「兒童不宜」：「《沉淪》是一件藝術作品，但他是受戒者的文學，而非一般人的讀物。在已經受過人生的密戒，有他的光與影的性的生活的人，自然從這些書裏得到希有的力，但是對於正需要性的教育的兒童們卻是極不適合的。還有那些不知道人生的嚴肅的人們也沒有誦讀的資格。他們會把鴉片去當飯吃的。」[10]

上面所引的一些批評文字片段，已可窺見作家風格流派批評的基本文體特點。第一，很多作家相信文學批評也是文學，所以評論文字也注重文采、形容、比喻、象徵等「陌生化」效果（「血腥糜爛的創傷」「醉眼朦朧」「刀筆吏」）；如果使用一些抽象概念，事後看反而不準確（「不得志的法西斯諦」等）。第二，作家流派批評大都從個人觀點趣味出發，並不掩飾美學影響與價值偏見，甚至誇大這些好惡偏見，從而催化的長流派社團之爭（如沈雁冰幾十年後在《茅盾回憶錄》中仍然念不忘二十年代初他與創造社筆戰中的恩怨舊賬，回憶篇幅甚至超過他參與共產黨建黨早期活動）。第三，個人或流派偏見好惡之中或之上，仍會有一些「客觀」「公允」之論。事實上，作家風格流派類的文學批評，寫得最認真也最有文學價值的，不是對其他風格流派的批評，而是在承認和劃分流派之後，對自己社團流派的解剖與評論。典型的文本例子，就是作家們為趙家璧主編的良友版《中國新文學大系》所寫的各卷導言（尤其是小說各卷的導言）。這是後來幾套《大系》的很多導言都無法重現的，因為後來再沒有這些「流派之見」。

二

「作家風格流派之間的文學批評」，從二十年代末開始向「社團組織及黨派的文學批評」轉化，其間的關鍵人物李立三，卻不是文學評論家。革命文學論爭中後期創造社、太陽社對魯迅茅盾的尖銳批評，其實還屬於第一類作家團體間的文學批評，但李立三以上海黨中央的名義叫停這些批評，並指示這些留日回來的年輕革命者向魯迅道歉認錯，進而團結魯迅（甚至郁達夫）創立左聯，這個「立三路線」的文化成果就是第二類文學批評的開始，影響深遠。從左聯開始，文學批評，不再只是作家的個人行為，不再只是文人自己的美學好惡與藝術風格的表達，更要考慮整個社團組織在政治文化場域中的鬥爭策略。

第二類「社團組織和黨派的文學批評」，在時間上有不同的發展階段，在生產過程與功能上也可再細分為三種不同形式，期間相通與差異處十分重要，必須細細梳理。

第一種是社團組織「對外」的文學批評，如左聯批判「民族主義文學」，左聯與《現代》雜誌及「第三種人」的爭論，或者四十年代後期郭沫若對沈從文的批評等。在文體形式上，這種文學批評與之前討論的一般作家風格流派間的批評筆戰十分相似。關鍵差別只在于在文學批評的個人行為後面，有沒有組織黨派的策略、計劃、戰術甚至紀律。在二十年代末三十年代初期那個現代文學史的重要時刻，魯迅同時受到來自太陽社、創造社和新月派梁實秋兩個方面的批判。結果前者「顧全大局」，立刻求和服軟甚至轉為「崇敬」，梁實秋等卻缺乏文化鬥爭策略，只顧文人意氣，挑戰權威，甚至直斥魯迅「硬譯」（置疑對方學術能力，比批評對方學術觀點更加傷人自尊）。在文學史上看，有謀略策劃和組織支援的文學批評，在文化論爭中較易主導文學「場域」中的話語權。

和「對外」的文學批評不同，第二種「社團組織的文學批評」，其實是組織乃至黨派內部的文學論爭，最早有瞿秋白和茅盾關於文學大眾化的討論，最典型的是 1936 年「兩個口號之爭」（周揚、夏衍 Vs 魯迅、馮雪峰），後來在延安也有「魯藝」與「文抗」的分歧，還有胡風引起的文學理念論爭等。這種左翼社團組織內部的文藝分歧及論爭，如果在一個時期可以「勢均力敵」，誰也無法馬上說服壓倒消滅對方，便會出現一種暫時的話語權力制衡，因此成為中國現代文學批評發展的一個重要動力。後來在七十年代末到八十年代，周揚、張光年、王元化、王蒙諸位，與鄧力群、馮牧、丁玲、胡喬木等，在討論文學與政治的關係，中國文學要不要「現代派」，人道主義與反思「文革」等一系列重大理論問題方面，都出現了論爭分歧，客觀上推動了當代文學批評的發展。直到九十年代，這種組織內部的文學分歧，才轉為「不爭論」、沉寂與「和諧」。

「社團組織的文學批評」除了上述「對外批評」和「內部論爭」外，還有第三種，就是組織內部「自上而下」的文學批評。魯迅在左聯成立時的講話，當年就有些「指點革命文壇」的苦心，瞿秋白、馮雪峰、周揚當時撰文，也都想對文藝發展方向提出指導性意見。李立三還曾約見魯迅，希望魯迅支持他的「革命首先在一省或數省勝利」的政綱（但被魯迅拒絕）。據夏衍的回憶：左聯成立不久，李立三在 5 月 9 號準備發表一個文件，就是後來在 6 月 11 號發表的那個黨史上有名的《新的革命高潮與一省或數省的首先勝利》。在提此口號之前李要求見魯迅，希望魯迅發一個宣言支持他，即指此事。當時是立三路線高峯，他揚言「會師武漢，飲馬長江」「搞城市暴動」[13]。按馮雪峰的說法，「李立三給魯迅談話的目的，據我了解，是希望魯迅公開發表一篇宣言，表示擁護當時立三路線的各項政治主張……魯迅沒有同意，他認為中國革命是不能不長期的，艱巨的，必須『韌戰』、『持久戰』[14]」。組織內部「自上而下」的批評，真正同時具備精神上和組織上的雙重權威的，還是毛澤東在延安文藝座談會上的講話。講話的直接起因之一，也是為了平息上述第二種「組織內部論爭」(從「兩個口號之爭」延續到「魯藝 Vs 文抗」[15])。據蕭軍《延安日記》，毛澤東為了準備這個講話，和很多作家，包括丁玲、蕭軍、周揚等，有大量的私人交談，很做了一番準備功夫。也有歷史學家認為延安的座談會是為了和王明、張聞天等爭奪黨內的意識形態話語權。就觀點而言，「講話」的幾個要點，今天看來仍有理論意義。「政治標準第一，藝術標準第二」，如果「政治」可作廣義理解，而非只是個別黨派利益，則「政治標準」確實到處可見。「為工農兵和小資產階級服務」也沒錯，只是後來漸漸忘了「小資產階級」這個國旗上的第四個星星。「先普及後提高」，如今香港 TVB 、湖南衛視等，都在實現前一半，只是沒人關心後一半。「講話」最初仍然是可以討論的形式，毛澤東講話後蕭軍還站起來講了幾十分鐘，並不只是附和同意[16]。對中國現代文學批評影響最大的不只是「講話」的內容，更是之後由批判王實味和延安「搶救運動」組成的貫徹講話的方式：文學批評從此成為組織審查和政治鬥爭的一部分。像「講話」這樣典型的「自上而下」的有系統的文學理論，其實罕見(且難模仿)。可以複製推廣的還是「自上而下」的批評運作方式：很快，第一種「對外」的批評，也因為有了「自上而下」的背景而產生了國家機器的力量。如二十年代末郭沫若批評魯迅是「法西斯諦」，魯迅及其他人並不害怕。到 1948 年郭沫若再批沈從文是「反動文人」[17]，北大學生又將郭文抄成大字報貼在校園裏，沈從文精神失常幾乎自殺。五十年代後一系列文學批評 / 批判都是前述第一種「對外」和第三種「自上而下」批評之結合。另一方面，在第二種「內部文藝論爭」時，人們忍不住馬上要辨認尋找「自上而下」的線索痕跡，並迅速領悟哪一個觀點態度甚至措詞用語來自最高的領袖。根據經驗，另一派觀點馬上崩潰，「組織內文學論爭」在五十至七十年代幾乎不復存在。中國的評論家再次能夠對文學理論表達不同意見，是在「文革」結束以後。

本文討論的這三種社團組織類文學批評，各有自己的文風特點。第一種「對外的批評」，與一般作家流派的批評表面相似，強調表達的文學性，用比喻象徵等方法嘲諷對方（「喪家的資本家的乏走狗」[18]「洋場惡少」[19]「破落戶的飄零子弟」[20]）。在嬉笑怒罵之中當然有理念價值信仰之爭，但不會脫離或超越社團組織的政治文化立場。第二種「內部論爭」的文學批評以論說文為主，較少諷刺形容與比喻，較多理論概念堆砌。早期比較互相尊重，如瞿秋白與茅盾的論爭。「兩個口號」之爭私下已經結怨，表面上還是說理文章（有人也轉發到徐懋庸這樣的個別人物身上）。雖然這種內部論爭很難不涉及人事恩怨，但只要按理出牌，堅持論理，直到八十年代周揚等討論人道主義，這種話語上的權力制衡，依然有助於中國文學批評的發展。第三種「自上而下」的文學批評也有非常獨特同時又影響甚廣的文體文風，那就是「居高臨下」的視野與即興感想式文體。雖然事實上，有能力有權力「自上而下」批評的人其實很少或極少，但這並不妨礙很多文人或官員（兩者界限不清，下面會詳論）無意之中習慣以「目前的形勢與我們的任務」作為自己寫文章發言的基本框架。在展開具體論述時，通常說「關於某某問題，我講幾點意見……」「關於當前形勢，我有幾點看法！……！」這些意見、看法不一定合乎邏輯，可以並列，有的或可「合併同類項」，有的大小性質不成比例。但講話的權力有時就等於話語的權威。地位越高的講話越可以即興憑印象「講幾點」（而不用論文體）。久而久之，很多人有意無意會模仿有權力的文體文風，這也是某種集體無意識中對權威的嚮往。這種文風在中國持續流行，從一個側面說明毛澤東文體的深遠影響。

五十年代以後中國的國有文學生產機制至少有三個要素：一是將作家納入幹部官員體制；二是從五十年代開始廢除版稅制，只實行稿費制（作家只要應對編輯、出版審查，不需要直接面對讀者[21]）；三是以作協（發表在黨報上）的文學批評，承擔管理作家引導讀者的重大責任。這一時期，二十年代那種作家風格流派之間的文學批評早已基本消失了。左翼革命文學傳統之中，前述第二種「內部論爭」也大都不能持久，不能真正「勢均力敵」。因為五六十年代文藝戰線仍被視為意識形態戰場，即使有文學批評也很快就分出勝負，變成力量對比懸殊的政治批判（如胡風案，如丁玲、陳企霞反黨集團等）。「內部論爭」消失後，剩下第一種「對外」（對黨外、對大眾、對社會）的文學批評因為具有執政的官方色彩，所以也就自然而然和「自上而下」的視角相結合（說明作家改造世界觀，勸告作家體驗生活或告誡讀者提高警惕等）。五六十年代一系列文學批評與黨內鬥爭互為因果，到底先有雞還是先有蛋，批評的動機和目的，到底是意識形態信仰還是場域鬥爭策略，也很難說。有時是因為一部作品引起社會爭論，引發黨內不同意見，然後領袖直接過問（化名寫社論），結果是在党爭中增強話語權力（如批判《武訓傳》、《清宮秘史》等）。有時是因為黨內高層意見不合，借批判某作品貌似「自下而上」實現話語及政治權力重組（如上海批《海瑞罷官》、全民評《水滸》等）。有一點可以肯定，這一時期的「文學批評」，在中國現代（乃至古代）文學史上，都是最受社會關注也是擁有最多讀者的一個時期。通過一兩篇評論文章，作者可以進政治局，讀者可以過億。文學干預社會「超額完成任務」。僅從黨內派別鬥爭看，文學 / 政治批判至少比史達林肅反或「江西 AB 團」時的消滅肉體，多一點「人道」待遇和話語技術含量。這一時期文學 / 政治批評的文風、邏輯、詞彙及其影響功能等，後來遠沒有得到應有的研究和梳理。

三

第三大類的文學批評是學院批評。回顧起來，其實「五四」作家文人，大都曾在高等學府教書，不過「新文學評論」多為課外兼職，學院研究還是以古典學術為主（如魯迅、聞一多、郭沫若等）。現代文學進入學院課堂應該還是在朱自清的學生王瑤以後。在五六十年代，學院的文學評論基本貫徹組織黨派批評，成為第三種「自上而下」文藝觀的教材化普及版。包括王瑤在內的教授們改造思想與時俱進，有時還是趕不上形勢。一不小心如錢谷融等，寫文學批評反而成為同行專家和學生進行「文學批評」的對象。如北大中文系學生在五十年代中期編的文學史，倒是可以證明，當時學院批評基本上就是「學生批評」。學院批評真正介入當代文學的進程，是在八十年代初，也就是組織黨派內文藝論爭相持不下、各抒己見的所謂「五四」以後的第二個「啟蒙時期」。一邊要「解放思想」，一邊要注意「社會效果」，一會兒強調創作自由，一會兒要清除「精神污染」……八十年代大學體制正在恢復，重新擁有話語權的老專家與不同年齡層的「新人」互相促進，既重建學術規範，也面對尖銳的社會問題。《文藝理論研究》與中國文藝理論學會創立的背景與初期活動，就是八十年代學院批評介入文學論爭的一個具體注解。但「八十年代」很短，學院批評很快被一種看上去更「學院」的學術研究所取代，學院於是又悄悄退出了當代文學批評的主流。這是一種被李澤厚、陳平原或貶或褒稱之為從「思想到學術」的轉變。更具體說，是從注重思想性到講究研究規範，從強調文化影響到關心項目資金的轉變。九十年代後學院批評的這種轉變，一方面是和大學體制國際化同步，另一方面也和執政者對文學的管理方法的轉變有關。筆者在 2006 年復旦與哈佛合辦的一個當代文學研討會上發言，不準確地試圖概括形容過近年的中國文學是「新媒體、舊文化、政府管、人民逼（幣）」（原文出自王朔講女人的十二個字：上海生、北京話、新思維、舊道德）。新媒體、舊文化以及人民逼（幣），我等會討論第四類文學批評時再講，這裏先講政府管。

前面說過，第二類從左聯到作協的社團組織的文學批評，尤其是「對外」和「自上而下」兩種批評文體之混合演化，是在 1949 年後的國家文學生產機制中，和作家幹部體制及版權報酬制度改革一樣重要（如果不是更加重要）的支柱。這種文學批評在「前三十年」，通常由宣傳部門和作協組織通過黨報發動對文藝作品和作家的點名批判。這種政府管理文學並調節輿情的主要手段，在「後三十年」的初期，即七十年代末到八十年代依然被採用 —— 但人們發現，效果變差了，甚至產生了反效果。如批判《在社會檔案裏》，批判《假如我是真的》，批判《苦戀》，批判戴厚英，作家沒有被批臭，反而更加出名（至少在海外）。九十年代衛慧的《上海寶貝》以及「布老虎叢書」被禁，大概是這種文學 / 政治批判的最後的受害 / 受惠者（該書海外版權賣出數千萬）。

批判的理念其實不能算錯：要宣揚正能量，要注意社會效果，要追求清潔的精神，要團結人民，教育人民⋯⋯假定理念沒有問題，那效果不理想，應該就是文學 / 政治批判的傳統手法出了問題。所以，九十年代後不再展開文學 / 政治批判，轉而在出版方向加強管理，所謂「創作有自由，出版守紀律」。這個轉變，非常值得討論。看上去只是宣傳管理的策略方法變化，其實整個思維背後，有一個組織黨派與作家評論羣體的關係定位問題，有一個從「家規」到「國法」的轉變：如果認為作家必須是文藝隊伍中的戰士，並將「戰士」這個光榮稱號從比喻變為現實，那就回到三十年代左翼批評的戰鬥語境了。戰場上不聽指揮，「戰士」有個人意見、個人情緒而與眾不同，當然要馬上幫助，批評，教育。跟不上形勢，就要提高覺悟，文章出了「軌」，就要批判糾正，就要改造作家的世界觀。但九十年代後，逐漸把文學或者知識分子團體看作是一個可以有利益共享也可能有觀點衝突因而既要團結又要管理的社會力量，於是政府的文化管理就會由「管心靈」轉為「管行為」。於是《廢都》《兄弟》或者閻連科的作品，有爭議，也不批判，淡化不爭議（但是這些作品，如要拍成電影、電視、比如《生死疲勞》等，那就要慎重）。從家規到國法的轉變，也是從革命黨到執政黨的演化，都是顯示文學生產體制的管理在與時俱進。

如果說昔日文學 / 政治批判的管理，以懲罰警告大棒為主，那麼今天的學院批評在項目職稱的遊戲規則中，就是獎勵分餅胡蘿蔔為主了。如果說對著作論文的出版審查或批判是被動監控，那麼政府越來越慷慨地出資贊助各種科研項目，便是對學院批評的主動規劃與「契約精神」了。與其事後批判評論家 / 教授們的言論出位，不如事先用項目職稱等學術階梯對學院批評進行「宏觀調控」。雖不能全部資助紅色經典課題，但至少可以儘量控制一些諸如文革研究之類的項目。說起來，這也是和國際接軌。西方國家的學術或文化項目，不也都有他們的意識形態偏向嗎？（如學術界的夏志清小說史，出版界如張愛玲的英文寫作等，都是由資助影響研究寫作的意識形態傾向的成功範例）。目前以國際化（英美化）為名的工科思維管理人文的大學學術規範（重資金，輕影響；重項目，輕成果；重論文，輕著作；重刊名，輕質量……），頗有成效地減少甚至切斷了學院研究與當代文學批評發展的關係。而正是這種學院批評與先鋒文學的互動關係，在八十年代中期曾經是中國當代文學發展的重要推動。

結語

本文最後討論的是第四種，網絡時代的泛商業批評。前面論述的三類文學批評，至少前兩大類，作家流派和社團組織的批評，大都通過報紙期刊流通。市場背景和商業運作的大眾傳媒批評，是在九十年代以後才顯示出其意義。由於網絡這個更大更廣義的傳媒社會的出現，傳統意義的文學批評進入了全新的時代，也遇到了全新的挑戰。

一方面，讀者看似多了。一篇咪蒙或吳曉波的微信公眾號上的短文（有時也是雜文或廣義的文藝、文化批評）網上點擊可以到幾百萬。因而立刻混合着廣告，馬上由文化混合商業，猶如六十年代文學批評與政治批判的關係一樣水乳交融。但有時候，網上有深度的文學批評，跟帖寥寥無幾，無從判斷讀者數量與背景。另一方面，作者也多了。不僅有很多從未在作協、大學系統見過的書評人作家大量出現，普通人也可以在博客上寫作，更不必說還有周小平、花千芳等新秀令人驚奇。一方面，寫作限制少了。最近我在 CETV 講丁玲，小心謹慎談到她與毛澤東、彭德懷的交往及贈詩等。後來一查，很多延安內情，早有網文披露。歷史以空前的碎片化煽情化的形式被人們拾起同時忘卻。另一方面，發表速度快了。一按鍵盤，如不被刪，作品已過發表出版關……媒體雖「新」，文化卻「舊」。之前提到「新媒體」「舊文化」，指的是如有好事者將今日新浪、搜狐等門戶網站首頁，與過去百年來各個時期的中文報紙版面相對比，除了前面一小塊總像五六十年代黨報外，總體看，與大眾網頁最相似的卻是民國早期的《申報》《新聞報》等。政治新聞國際消息與男女八卦明星緋聞堂皇並置，思想言論、書榜影評與美容廣告、心靈雞湯尺寸相鄰。流行符號雖然還是毛澤東，不過大部分時候得印在紙幣上。

本文所討論的前三種傳統意義的「文學批評」，在今日的媒體網絡生態中，又可以如何變化發展呢？

首先第一類，作家風格流派的文學批評，現在幾乎很難看到。中國作家現在的創作成績，雖然據說沒有「高峯」，但至少已有「高原」。總體水平及風格多樣性，應該不在二三十年代之下（更不必論中間幾十年），但為甚麼現在沒有「五四」時期的傾向不同，風格各異的文學流派呢？難道「高原」只是高的統一的「平原」？以前至少有「京派」「海派」之爭，後來也有「湘軍」「陝軍」之別，到了新世紀，為甚麼好像完全沒有催生、挑撥、助長這些風格流派的文學批評或者至少是作家之間的互相批評呢？因為都是好友？都是在作協體制內？因為風格只屬於個人，不能成派？還是因為……

第二類社團組織黨派的文學批評，以作協或文學團體名義「對外」的批評，一則找不到敵人，二則面對「大眾」軟弱無力。一度有人覺得《色，戒》有問題，但不敢討論，連李安也不能提，只能暫時封殺女演員湯唯的廣告。《小時代》剛出，《環球時報》說不應有續集，結果電影連拍四集，票房十幾億。對《心花怒放》之類的電影也是類似情況。近年一連串票房破紀錄的電影，都是叫座不叫好，可是專業文藝批評和對這類文化現象的分析，明顯缺席。

「自上而下」的指導性的批評，偶然還有，如果體現集體智慧而面俱到傾向不明，且不立刻伴隨話語之外的權力運作，看來也是成效有限。以往較有針對性的批評，如「反三俗」等，文化產品立刻下架，卻也被市場曲線抵制。至於曾經最富「理論生產力」的組織內部的文藝論爭，近年仍然一片和諧。社會在分化，但理論界沒有甚麼分歧。報業集團一度還有點南北之爭，主流門戶網站，說來自四五家，幾乎看不出思想政治傾向上的差異，更不用說文化風格的流派了。

第三類的學院批評與大眾傳媒及網絡社會之關係，是另一種尷尬。一是在報紙網絡發文，不算學術成果，不計入研究項目（對「教書先為房貸謀」的年輕一輩學人來說，「干預社會」近乎於一種浪費精力的奢侈行為）；二是也有學院中人進入媒體網絡寫作，人們雖不羨慕卻也嫉妒恨，所以其中的成功或者失敗都很難複製；三是即便學院批評與媒體紅人真的論戰起來，前者未必會占上風（比如白燁筆戰韓寒，或蘇童批評郭敬明……）。最重要的是，讀者對象完全不在學者評論家的設計和預期之中，批評範式便很難把握。學院批評未必與大眾趣味在一個頻道。有時，需要在客廳書房慢慢欣賞玩味的紅酒，拿到看球的廣場上，便失了香味。這對學院中人來說，也是絕大挑戰。

既缺乏作家文人間的文學批評，也不再能展開組織名義的政治批判和被批判者的文藝論爭，學院批評又和媒體網絡缺乏聯繫，於是，現階段最常見的文學批評就只是文化工業產業鏈的一環（連政治審查制度也成了這個產業鏈的另一環）。出書銷量、電影票房、輿情調查等等，其實都還需要文學評論——只是這樣的評論，是市場自動操作，與文學關係不大，也不會歡迎真的批評。文學作品想要引人注目，只好一靠評獎，二托影視，三打官司（抄襲或緋聞）[22]。

所以，雖然今天中國文學創作相當繁榮，發表天地又那麼多元，政府管制相對寬鬆，網絡世界充滿魅力，可是中國的文學批評，卻好像走到了近百年最軟弱最邊緣的一個時期？

本文發表於《文藝理論研究》2016 年第 3 期。

---

1 郭沫若：《論郁達夫》《人物雜誌》1946 年 9 月第 3 期。收入郭沫若：《沫若文集》第 12 卷，北京：人民文學出版社，1957 年。

2 錢杏邨：《死去了的阿 Q 時代》《太陽月刊》1928 年 3 月號。收入錢杏邨：《現代中國文學作家》，上海：泰東圖書局，1928 年。

3 「魯迅先生的時代性和階級性，就此完全決定了。他是資本主義以前的一個封建餘孽。資本主義對於社會主義是反革命，封建餘孽對社會主義是二重反革命。魯迅是二重的反革命人物。以前說魯迅是新舊過渡期的遊移分子，說他是人道主義者，這是完全錯了，他是一位不得志的 Fascist（法西斯諦）！」杜荃：《文藝戰線上的封建餘孽》，《創造月刊》1928 年 8 月 10 日第 2 卷第 1 期。收入《中國現代文學史參考資料・文學運動史料選》第 2 卷，上海：上海教育出版社，1979 年，第 126 頁。

4 中國社會科學院近代史研究所編：《胡適來往書信選》，北京：社會科學文獻出版社，1979 年，第 329 頁。

5 同上，第 339 頁。

6 陳西瀅推舉的「新文學運動以來的十部著作」包括：胡適的《胡適文存》、吳稚暉的《一個新信仰的宇宙觀與人生觀》、顧頡剛的《古史辨》、郁達夫的小說《沉淪》、魯迅的小說集《吶喊》、郭沫若的詩集《女神》、徐志摩的《志摩的詩》、西林的戲劇《一隻馬蜂》、楊振聲的長篇小說《玉君》以及冰心的小說集《超人》。

7 轉引自閻晶明：《陳西瀅評魯迅作品》，《齊魯晚報》，2005 年 7 月 29 日。

8 同上。

9 周作人：《「沉淪」》，《晨報副鐫》，1922 年 3 月 26 日，署名仲密。

10 同上。

11 茅盾：《茅盾回憶錄》（上），北京：華文出版社，1997 年。

12 「大概是在 1929 年 11 月間，李立三同志到芝罘路秘密機關來找我，把中央的這些意思告訴我：一是文化工作者需要團結一致，共同對敵，自己內部不應該爭吵不休，二是我們有的同志攻擊魯迅是不對的，要尊重魯迅，團結在魯迅旗幟下；三是要團結左翼文藝界、文化界的同志，準備成立革命的羣眾組織。李立三同志要我和魯迅先生聯繫，徵求他的意見。」吳黎平（時任中共中央宣傳部文化工作委員會委員）：《長念文苑戰旗紅》，引自朱正：《魯迅傳》，香港：三聯書店，2008 年，第 251 頁。

13 周健強：《夏衍談「左聯」後期》，《新文學史料》1991 年第 4 期，北京：人民文學出版社，第 131–132 頁。

14 馮雪峰：《關於李立三約魯迅談話的經過》，引自朱正：《魯迅傳》，香港：三聯書店，2008 年，第 265 頁。

15 蕭軍：《延安日記》（上卷），香港：牛津大學出版社，2013 年。

16 蕭軍日記從他自己的角度記錄了會議開幕當天的情況和他的發言及心情：「由毛澤東報告了邊區現在危險的政治環境，國際的環境，接着他提出了六個文藝問題，我第一個起立發言，約 40 分鐘。對於每個問題，我給了自己的說明，同時也闡明了政治，軍事，文化應該如何彼此接近和理解。六個問題是：一立場。二態度。三對象。四材料（寫甚麼）。五如何收集材料（和各方接近）。六學習。我補充的問題：一作家與外界的關係。二作家對內界的關係。三作家對自己姐妹行藝術的關係。四作家對作家—A 革命的，B 非革命的，C 自由主義的。我的講話和平時一般，引起普遍注意凝神和歡騰。我的精神和脊語始終是控制着他們。缺點：A 語調欠柔和抑揚，B 有的地方囉嗦，C 急快，D 顯得才情煥發，E 欠含蓄，F 強制人。大致是好的。之後我更要洗煉它、使它單純、精彩而有力。」見蕭軍：《延安日記》（上卷），香港：牛津大學出版社，2013 年，第 456 頁。

17 郭沫若：《斥反動文藝》，香港《大眾文藝叢刊》1948 年 3 月第 1 輯，第 19–22 頁。

18 魯迅批判梁實秋的文章，原載《萌芽》1930 年 5 月 1 日，後收入《二心集》。據馮雪峰回憶：「當魯迅先生寫好這篇雜文交給我編進《萌芽》月刊的時候，他自己高興得笑起來說：『你看，比起乃超來，我真要刻薄得多了。』」這個對話再現了魯迅當年與組織內同人協同筆戰的歷史場景（但不久前馮乃超剛批過魯迅）。引自朱正:《魯迅傳》，香港：三聯書店，2008 年，第 275 頁。

19 魯迅諷刺《現代》雜誌主編施蟄存用語。見魯迅：《撲空》，《申報・自由談》，1933 年 10 月 23 日–24 日，署名豐之餘。收入魯迅：《准風月談》，北京：人民文學出版社，1995 年，第 170 頁。

20 見馮雪峰為魯迅起草的《答徐懋庸並關於抗日統一戰線問題》，上海《作家》月刊 1936 年 8 月號。

21 洪子誠的《中國當代文學概說》（香港：青文書屋，1997 年，第二章註釋 7）首先注意到這個稿費版稅制度的變化及其文學史意義。但在該書的擴充版，成為大學教材的北京大學出版社出版的《中國當代文學史》中，卻刪去了相關研究。

22 最近還有一招：「下架」（如馮唐譯泰戈爾《飛鳥集》及其他一些人文書籍），但弄不清是當年批判傳統的回潮，還是「與時俱進」的炒作新法。

架空穿越

第三種虛構歷史的文學方法——以《瑯琊榜》為例

一

「歷史演義」「故事新編」和「架空穿越」，可以說是中國現當代文學虛構歷史的三種基本方法。「歷史演義」是以常識意義上的歷史故事來演繹作者所處時代的「當代意識」。「故事新編」常常重新敘述、改編甚至顛覆已有的人們熟悉的歷史故事。「穿越」與「架空」則是近年較多在網絡、影視文學中出現的虛構歷史的方法。我們暫且不涉及中國古典文學、外國文學和當代的影視作品。本文的重點在於討論第三種虛構歷史的文學方法，而且試圖辨析「架空」與「穿越」之不同之處。

中國歷史小說的主流，以《三國演義》為代表的歷史演義傳統，在「五四」以後的新文學卻影響不大，成就有限。我們看「魯郭茅巴老曹」，還有夏志清「重寫小說史」所添加的沈從文、張愛玲、錢鍾書等，除了郭沫若歷史劇外，鮮有歷史小說和戲劇成為代表作真正在現代文學史上留名傳世。其實茅盾寫過《大澤鄉》，描寫陳勝、吳廣。鄭振鐸有《桂公塘》，歌頌民族義士。但都沒有進入當時文壇主流，文學史後來也很少提及。魯迅計畫寫長篇《楊貴妃》，可惜後期困於雜文戰鬥，也沒有寫成。假如寫成，不知會寫成傳統演義模式，還是大篇幅的「故事新編」，無法判斷。真正有文學史意義的作品是李劼人的《大波》，但寫的是清末民初的四川保路風潮。有論者說李劼人生於 1891 年，所以寫的是現實而非歷史[1]。這裏存在一個怎麼定義「歷史小說」的問題。可惜《大波》也沒有全部寫完，建國後只忙於與時俱進的改寫。今天中國有關歷史小說的專門文學獎是「姚雪垠長篇歷史小說獎」，說明對廣大讀者來說，姚雪垠破格被允許在「文革」時期仍可創作的《李自成》，不管研究者、評論界喜歡與否，已成為現當代文學中歷史演義的代表作，也為後來二月河《雍正王朝》等作品開了先河。簡而言之，這種傳統的歷史演義寫法，雖然要貫徹「當代意義」(比如《三國演義》中的明代儒家意識形態與民間趣味，比如《李自成》中歌頌造反、美化領袖夫人等時代需求)，但至少，歷史材料是常識公認的曾經發生過的事件和人物，用菊池寬的定義，就是「將歷史上有名的事件或人物作為題材」[2]，用郁達夫的解釋:「現在所說的歷史小說，是指由我們一般所承認的歷史中取出題材來，以歷史上著名的事件和人物為骨干，再配以歷史的背景的一類小說而言。」這種傳統歷史小說的最大特點，就是儘量不要點穿文學敘述與歷史事件之間的距離，儘量至少讓民間大眾相信，小說是對過去歷史的真實的記錄和模仿。儘管實際上，現代演義體非常「古為今用」。比如郭沫若創作《蔡文姬》就是配合毛澤東想為曹操翻案的個人歷史趣味。《李自成》裏的高夫人後來越寫越像當時左派心目中的江青。《海瑞罷官》無論是吳晗讚揚清官還是姚文元批判罷官，似乎都可聯繫當代具體的政治目的。二月河來嶺南大學演講，也毫不諱言《雍正王朝》得到當時總理的喜愛。

演義體小說在現當代雖然佳作不多，但用故事講歷史的方式，卻在五十年代中國文學中得到了另一種傳承或者說發揚。黃子平等人研究的「革命歷史小說」都是同時代人用文學故事記錄 / 創造歷史。較著名的「三紅」，均寫具體歷史事件：《紅日》寫張靈甫七十四師如何被殲滅，證明中共軍事勝利；《紅岩》寫重慶渣滓洞鬥爭，顯示中共道德力量；《紅旗譜》寫河北農村階級鬥爭，展現土地與革命的關係。這些小說「虛寫實事」，集體創作、反復修改令主題可以與時代配合甚至與時俱進。一個時期內「三紅」等作品如教科書般暢銷，而且成功建構了主流意識形態的法理基礎：百年憂患，只有共產黨才能救中國。賀桂梅等研究者也注意到同樣是講述革命歷史，在民間還有更容易流傳的演義體，如《呂梁英雄傳》《烈火金剛》《鐵道遊擊隊》《林海雪原》。這些革命歷史小說，距離歷史事件時間很近，使用的文學方法卻歷史悠久，有的復活章回體，有的改編成京劇電影甚至說書段子（如李陀很稱讚的「肖飛買藥」）。可見歷史演義傳統在當代原來到處存在。國共鬥爭史，八年抗戰史，很大程度上不是通過史書或教材，而是以文學故事的形式深入人心。

二

魯迅的《故事新編》，不僅是他個人後期精彩的文學實驗，更在無意中開創了用文學虛構歷史的另一路向。「傳統演義」是在對歷史人物和事件的敘述改造與虛構中，有意或無意演繹出當代的意識形態；「故事新編」則是對歷史故事的重新敘述與改造，通常是有意顛覆有關歷史的文學經典。前者的書寫材料是史實（姑且假定有所謂的歷史事實存在），後者的挑戰對象是故事，是前人的文本。前者千方百計隱藏「古為今用」的動機和手段，後者明目張膽公開「古為今用」的態度和目的。一個不一定恰當的比方，前者是斯坦利斯拉夫斯基體系，演員（演義）儘量投入歷史角色，後者更像布萊希特方式，演員（新編）擺明了可以抽離角色故事。

「故事新編」傳統在二十世紀中文文學中有很多不同的發展變化，本文特別注意其中兩種發展趨勢。

一是用現代心理學理論重寫經典古代人物，最早是魯迅並不喜歡的作家施蟄存，卻比魯迅更早開始了「故事新編」。小說《石秀》顛覆了《水滸》的兄弟義氣神話，原來石秀曾經暗戀楊雄之妻。鳩摩羅甚的形象也在施蟄存的佛洛德顯微鏡下顯得面目全非。施蟄存在五六十年代中國當代文學後繼乏人，不過他的用現代心理學重述古人情慾的寫法後來倒是在香港文學中有引人注目的發展。劉以鬯名篇《寺內》主要寫紅娘而非鶯鶯與張生的戀情。李碧華小說與改編電影《青蛇》，也寫小青暗戀許仙，法海則是同性戀。香港文學中這種對中國文化經典的大膽改造甚至顛覆，當然可以解釋為作家刻意求新和努力讓觀眾讀者調換口味的文化工業生產規則，但為甚麼偏偏香港讀者可以接受甚至喜歡看到完全不同版本的中國經典文本呢？這裏是否也有與傳統文化存在挑戰、距離以及尋找本土心理定位的特定歷史文化政治原因？當吳宇森遵從好萊塢模式讓正反男主角在美貌女主人公面前決鬥時，電影《赤壁》在中國內地受到觀眾普遍質疑。林志玲扮演的小喬怎麼可能在戰火紛飛之中渡過長江從周營來到曹操帳中，然後還要讓梁朝偉（周瑜）、金城武（諸葛亮）一起與張豐毅扮演的曹操，在花容失色的林志玲面前直接舞刀弄劍……這是《三國》，這是赤壁之戰嗎？但電影編劇香港獲獎作家陳汗說，歷史上有沒有赤壁之戰也不一定。更極端的例子當然是周星馳的《大話西遊》，在香港只是大膽的娛樂（並無「大話」的標籤），到了北京就被解讀成後現代「惡搞」。實際上，也還是「故事新編」在挑戰「歷史演義」。

二是內地的文學主流，在 1985 年以後，也出現了「故事新編」的潛流變種，後來被稱為「新歷史小說」。對於香港、台灣及世界上除中國內地以外的大部分華人來說，要「新編」中國故事，挑戰的是四大名著或者白蛇傳、霸王別姬、少林武當之類傳說。但對於在八十年代開始有小說話語權的新一代中國作家來說，他們從小到大面對的最頻繁、最強大，也最令他們有挑戰慾望的故事版本，就是前面說的「革命歷史小說」(我親眼目睹北島能夠隨意完整背誦賀敬之的詩歌)。所謂「三國范兒」「紅樓范兒」等私下的比喻，都是後來中國作家在挑戰「三紅模式」時有意無意中所依賴的文學傳統。所以，我們細讀自「尋根小說」起的很多佳作，在某種意義上，也是「革命故事新編」。《紅日》歌頌三野神勇，《血紅雪白》突出四野戰況慘烈，喬良《靈旗》更寫蘇區 AB 團和湘江戰役慘況。《紅旗譜》清晰展示中國農村階級鬥爭六種勢力的排列組合規律，窮苦農民 + 鄉下新學教師 + 共產黨 Vs 地主富農 + 宗族祠堂 + 國民黨。可是到了《紅高粱》，六種力量之外出現了決定性的第七種力量，即土匪，繼承《水滸》傳統，打日本最有力的既非國軍也非八路，而是抱得美人歸的土匪武裝。再到《白鹿原》，新編的故事更有了演義的規模和民族心靈史的雄心，不過原先保守反動的宗族祠堂，一躍成了國共相爭、貧富相鬥過程中一貫正確的傳統文化力量。還有五十年代革命故事中常常出現的如戴着「五四圍巾」的知識分子地下黨員，到了格非的《大年》裏，變成了假裝與鄉紳統戰又煽動農民造反，最後卻拐走地主老婆，並以政治權利書寫歷史的讀書人。格非這種「革命歷史解構」後來一直延續到他的《人面桃花》等三部曲。五十年代另一重要長篇《創業史》，上續周立波《山鄉巨變》、趙樹理《三裏灣》，下接浩然的《豔陽天》和《金光大道》，中國農民怎麼走向集體化社會主義康莊大道，這個革命故事的「主題講座」，後來也一直被高曉聲、莫言、余華的「故事新編」而改寫和顛覆。李順大幾十年蓋不起房子，《生死疲勞》地主變成各種動物也要見證農民對於精神和物質的自留地的堅守。余華則告訴我們不管甚麼主義，人首先要「活着」。相當部分 1985 年以後重寫民國史和「十七年」故事的小說，都在某種程度上有意無意地書寫「革命故事新編」。這種新編有時甚至很難離開革命故事的原有文本來單獨閱讀（比如不熟悉毛文體便很難理解王朔的意義）。到了二十一世紀，雖然在「百度百科」的專屬條目中被認為是「表現出了虛無、非理性的特點。新歷史小說因新穎而得以展露文壇，又以過於標新立異而走向了窮途末路」（原文如此）。但新歷史小說的作者們，莫言、余華、鐵凝、蘇童、劉震雲等，卻仍然是當今中國文壇的主流作家。而另一方面，作為新歷史小說挑戰對象的「革命歷史小說」，卻也一直在電視螢幕上延續演變，難道這就是革命「故事」與「新編」之間的「不可互相否定」？

對革命故事的「新編」，有的是結構性的，如《白鹿原》。也有針對某個人物類型，如上述《大年》。也可以是細節性的，比如一向有一羣土匪武裝被一個共產黨員改造的故事（頂峯是後期樣板戲《杜鵑山》），莫言《紅高粱》裏也有個「八成是共產黨員」的任副官，也改造余司令的土匪軍紀（讓司令處決其強姦民女的叔叔），但這個任副官最後在小說裏竟然因為自己手槍走火死了。

撇開內容不談，僅從虛構歷史的方法看，「革命故事」還是要人相信這是歷史，是客觀事實。「革命故事新編」則強調自己說的只是「故事」。

三

當然，上面討論的兩種「故事新編」性質不同。香港作家的「故事新編」是直接顛覆傳統經典文本，「尋根文學」則是間接改寫革命故事模式。「紅色經典」因為要維繫主流意識形態的神話，惡搞和戲仿大都只在民間段子層面（近年還有人因質疑「狼牙山五壯士」的真實性，而被法院起訴）。九十年代以後對「紅色經典」的「新編」只能是擴展商業趣味，不能有意義顛覆（比如徐克導演的電影《林海雪原》）。如果歷史文本久遠一些，則尺度就比較開放，比如前面討論過的吳宇森《赤壁》，或者近期香港導演拍的《孫悟空三打白骨精》—— 結尾可以把唐僧寫成以生命救妖精。八十年代改寫革命史的小說如《豐乳肥臀》等雖獲大獎，在文學上獲好評，卻無法被改編成電影。在這種「故事」與「新編」的膠着狀態中，另一種虛構歷史的文學方法悄悄出現，那就是愛國文青主題與通俗遊戲手法相結合的「穿越架空歷史小說」。

許道軍、葛紅兵在《敍事模式・價值取向・歷史傳承：「架空歷史小說」研究論綱》一文中有一個定義：「往往設定一個具有現代意識或現代身份的人，或是在一個虛構的歷史時空，或是通過時空穿越的方式，回到正式記載的歷史情境，創造或改變歷史。」這段論述將「架空」和「穿越」放在一起討論，且設了一個改變歷史的主題規範。其實，「架空」與「穿越」之間有重要區別。

作為文學技巧的廣義的「穿越」，在網絡文學之前早已存在。吳趼人歷史小說《痛史》第二回「聞警報度宗染微恙 施巧計巫忠媚權奸」中有一段：

> 巫忠說：「依姐兒這麼說，非但『女權』二字，沒有懂得，竟是生就的『奴隸性質』了。」葉氏道：「甚的『女權』？甚的『奴隸性質』？這是甚麼話，我都不懂呀！」巫忠呵呵大笑道：「你不懂麼？也難怪你。你可知還有甚麼『男女平權』，『女子世界』呢！你在過

去七百三十多年，就知道了。」

後來《吳趼人小說四種》把這段對話刪去了。其實這種搬運七百三十年後的政治術語對古人進行人權啟蒙，正是一種觀念上的公開的「穿越」。另外還有一種讀者視角的「穿越」，把故事進程中的人物動作突然定格，加入幾十年後的歷史結局，比如《紅高粱》中余占鼇一摸轎子裏女人的腳，小說馬上告訴讀者，主人公一輩子的命運從此改變。劉恒《伏羲伏羲》中侄子嬸嬸農地偷情，敘事者也馬上旁白說這歡快的叫聲以後多年都會響徹田野。再如《白鹿原》裏白靈一腔熱血投身革命時，小說突然插入她後來成為政治鬥爭犧牲品的悲慘結局。這種「多年以後……」的加西亞・瑪律克斯手法，也可以說是一種讓讀者觀感打亂故事進程的「穿越」手法。歷史立刻由「現場直播」變成「錄影重播」，土匪劫色、農夫野合頓時產生了道德意義，白靈熱情也瞬間穿越成「杯具」，同時顯示了革命的殘酷。

但我們今天討論的「架空歷史小說」中的「穿越」確實是另外一回事。因為這種「穿越」有着非常具體的定義和特征，即一個現代中國人，因為某種特別的原因（生病、郊遊、做實驗、出事故），無端來到另一個歷史時空……這種穿越行為有幾個基本特徵：

第一，穿越小說，無論網絡文學還是熱門電視連續劇，大多數是今人穿越到古代，少有古人穿越來今天（張藝謀拍的《秦俑》是個藝術上比較不成功的例外）。這是否意味着作者及廣大受眾，以現代目光批判或改變中國歷史進程的愛國主義願望，多過用古典文化審視批判二十世紀中國現實呢？作為反例或參照，《Terminator》（未來終結者）從可怕的未來穿越回來，更多顯示了主流觀眾對世界前景的焦慮，而《來自星星的你》或許代表韓國文化工業對傳統符號比較重視。

第二，穿越者大都是年輕人，鮮有老年人（無論愚公還是智叟）穿越去古代。不知是考慮到時空穿梭的體力條件，還是去了以後完成使命的可能性。或者更現實的推理，是穿越小說的讀者羣，手拿 iPhone、腳踏耐克鞋走在三裏屯突然面對潘金蓮，這類「腦洞大開」的想像力，大都屬於十幾歲的青少年消費羣體。在收費閱讀中，讀者與作者與發行商之間的商業契約關係遠比傳統文學生產機制要更緊密更直接。

第三，穿越者總是回到中國歷史上比較混亂、比較重要、比較可能改變的時間段，例如春秋戰國、秦漢之際、三國、南宋或者明代。很少有二十一世紀的中國青年，穿越到距離較近的晚清民國或者「文革」時期。就沒有人回去勸勸老舍不要自殺或者混到廬山旁聽會議？是距離太近不值得穿越，還是「革命故事」是個禁區閒人莫入？耐人尋味。

當然還有第四，中國網絡小說，少有人穿越到西方或中東的歷史進程中去，是否僅僅因為語言或知識障礙，還是民族主義大於世界視野？

無論穿越小說在文類上怎麼混雜，集玄幻、科教、武俠、偵探、旅遊文學於一體，也無論這些作品在語言上怎麼淺白粗糙，同時在細節上違反歷史常識，也無論這些作品為了商業利益怎樣拖長劇情迎合或培訓青少年口味，但僅從技術方法看，「穿越」與「傳統演義」及「故事新編」確有明顯不同：「傳統演義」要隱藏「古為今用」，「故事新編」要顛覆經典文本，但穿越者卻通常是敘事者第一人稱，軀體血肉直接出場面對所謂「歷史」。倘若歷史佈景真切、穿越細節認真，應該可以如《變形記》中的甲蟲一般，冷眼旁觀古人們的社會生態，無論在精神層面盜墓，或是以身體知覺考古，都有價值。但也可能只是娛樂遊戲「男盜墓女穿越」，就像兒童被引入遊樂場，興致勃勃和紙制帝王將相、公主王子玩耍中國夢。阿英當年批評晚清民初的歷史小說是所謂「文學生命上的一種自殺行為」[6]，但如果從一開始網絡文學就以遊戲自居，從不希冀文學生命，自然也就無從自殺了。

王曉明說：「二十世紀九十年代至今的中國文學與以往（1950 年到 1990 年間）的一個最重要的不同，就是他所置身的整個社會的文化生產機制，發生了根本的變化。」[7] 中國的文學及文化生產機制是否已有「根本的變化」？還是為了防止出現「根本的變化」而「與時俱進」導致新的變異？這是一個非常值得討論的問題。至少從表面現象看，以前主流意識形態對印刷工業（報紙、雜誌、書本）的控制與反控制關係，近年已逐步轉化為民族主義與印刷工業、網絡生態、影視文化三駕馬車的操控、互動與合作關係。據 2008 年《第 21 次中國互聯網絡發展狀況統計報告》顯示，目前中國的網民以青年為主，總體網民中 18 到 24 歲青年占 31.8%，25 到 30 歲占 18.1%，31 到 35 歲占 11%。而在「年輕人寫年輕人讀」的網絡文學中，「穿越架空歷史小說」成了歷史題材創作的主流，如 2009 年「起點中文網」就有原創的歷史類小說共 11320 部，其中「架空類歷史小說」就有 7026 部。但影響較大的作品，如酒徒的《明》、赤虎的《商業三國》、阿越的《新宋》、月關的《回到明朝當王爺》等，還有我們下面要討論的《琅琊榜》，雖在網上互動走紅形成巨大電子閱讀人口，但最後也會出版實體書進入印刷工業市場[8]。

因為在網絡文學有償閱讀規則中，作者、發行者與讀者羣關係比實體書甚至報刊連載文學更為密切，所以穿越文學在滿足特定讀者需求方面也特別直接。這種「滿足」的體現，一是現實競爭中的弱者可以在第一人稱白日夢中重新挑選「起跑線」，想像自己突然可以「重新來過」，一下子到另一時空成為王孫貴族、公主俠客，或至少官二代、富二代。二是穿越者的雙重身份可以滿足世人轉移身份，甚至改變容貌的隱身慾望。三是困於知識焦慮的現代青年在實際考場可以失敗，瞬間來到另一空間，簡單常識立刻變成學問謀略，更不必說還能在那裏預測未來、扭轉乾坤。所以即使不能「穿越」成王公貴族，布衣農夫亦可靠過人學識取得上升階梯乃至參與「頂層設計」。四是不僅在知識上可以打翻身仗，而且在道德上也很容易佔優勢。僅靠現代社會的政治倫理常識，有時就自以為很容易指點古人走出困境。不少前人苦苦掙扎的道德難題，如女人貞操、政治手腕、忠君愛國矛盾、忠孝義關係等等，穿越者都不難用馬克思或盧梭或佛洛德的理論碎片去指點迷津 —— 這就在有意無意中使「穿越文學」也銜接和繼承了「五四」文學的啟蒙心態。只是這次不是喚醒屋子裏沉睡的民眾，而是啟蒙了宮廷大殿上的帝王將相，何等令人滿足！第五，以往種種歷史小說有着很多不同的歷史觀，比如尊崇三皇五帝、感慨一代不如一代的歷史退化論，三十年河東三十年河西的歷史循環論，色即是空、空即是色的歷史虛無論，當然，穿越過去的當代青年，都隨身攜帶「先進世界觀」，或者說是相信社會與時間線性發展的進化論，因此在任何時代都有先天優勢。如酒徒的小說《明》，寫一個冶金工程師登山墮入另一空間，最後憑自己的冶金知識在明代發展了科技，使中國提早進入工業時代，小說有很多卷，我只列章節標題：

「禍不單行，除害，壟畝，理想，經濟，槐樹下，廣陵散，風氣，鐵馬冰河，尊嚴，如畫江山，杯酒，獻策，中華希望，海之歌，揚帆，黑土，榮譽，亂，棋局，麋鹿，彩雲之南，國士，政治，復出，較量，長生天，兄弟，路，生命，戰機，莫須有，殤，夜航，儒，中國海，故園，黍離，家，忠魂，浴火，碧血，天問，英雄」

標題當然不能說明內容，或者只能窺見一點「穿越小說」與當代青年語言倉庫及民族主義情緒之間的概念聯繫。前面說過「穿越小說」歸根結底是由青年愛國主旋律與通俗小說、遊戲趣味合作而成，有關部門明令禁止「穿越文學」，實在是誤會了。

四

「架空」，據說來自日語漢字，譯成中文，就是天線，空中架設；引申義就是虛構、空想。其實中文也早有「架空」一詞，劉禹錫《答饒州元使君書》，就有「今研核至論，淵乎有味，非遊言架空之徒……」的說法。《西遊記》第四十回也說「那潑物，有認得你的在這裏哩！莫要只管架空搗鬼，說謊哄人」。魯迅在談《封神演義》時也用了「架空」一詞：「書之開篇詩有雲『商周演義古今傳』，似志在於演史，而侈談神怪，甚九虛造，實不過假商周之爭，自寫幻想，較《水滸》固失之架空，方《西遊》又遜其雄肆，固迄今未有以鼎足視之者也。」可見在中文裏，「架空」原是一個貶義詞。但現在講「架空歷史小說」，當然並不是以「說謊哄人小說」自居，而是借用日語漢字的引申義，強調「架空」，即空想，全盤虛構。

虛構本是文學的基本特性，所以最廣義的「架空」可以用來形容所有的歷史小說。但比較狹義的「架空」，則不同於「演義」和「新編」。評論界通常將「穿越小說」歸在「架空類歷史小說」名下，其實在我看來，「穿越」與「架空」，還是有技術上的重要區別：「穿越」是有人回到所謂古代，但那個朝代人物均有歷史記載。「架空」（狹義的架空）

則不一定有今人回去，但更重要的是，過去的那個時代純屬虛構，沒有那個朝代。

海宴編著的《琅琊榜》是起點中文網「架空歷史類年度網絡最佳小說」，在「起點中文網」持續佔據榜首，也成為「九界網」最熱門點擊作品。《琅琊榜》不僅能在浩如煙海的網絡文學中脫穎而出，而且由小說改編的電視連續劇在播出時收視率也排名第一。熱播期間曾經有兩天網上點擊率破億。《琅琊榜》的小說作者簡介如下：女，屬兔，定居成都，八十後「起點網」簽約作家，普通上班族，「順便領點工資」。據她自己說「自小愛文學，愛史學，立志將來讀大學時如不上中文系，就上歷史系，然風骨不夠，志向不堅，最終就讀的是……英文系……畢業至今十年，所學英文很久不用已忘卻大半，幸而還有美麗的母語，是我表述思想的最佳工具。」[10] 另據相關介紹，海宴曾是房地產公司職員，在 2015 年「第十屆作家榜・編劇作家榜」以 800 萬收入排名第七。

雖然「架空」與「穿越」是兩個技巧概念，但我們依然可以借助前面討論的「穿越」諸條件，來考察架空小說《琅琊榜》的主人公梅長蘇。首先，起點很高，這個與京城格格不入的陌生的外來人，身份特殊，名為草莽書生，卻有「琅琊榜」預言的光環：得此人得天下，因此引來朝廷兩大政治勢力太子與譽王競相拉攏。「琅琊榜」在小說裏是個很特殊的機構，有獨立于政權的文武排名，好像比今天瑞典皇家科學院還要權威，居然不受朝廷控制，充分顯示了大眾心目中對傳統知識分子地位的烏托邦想像。其次梅長蘇表面是江湖首領，實際上是朝廷昔日政治鬥爭的殘餘分子，心情隱秘，外表易容，雙重身份，面目全非，連昔日好友，甚至已訂婚的女人也難以認出；然而在知識、智慧、謀略方面，梅長蘇卻遠遠超出那個架空朝代裏的任何人。知識計謀和智商的優越性，使他可以用現代理論來指導靖王的政治活動：我負責政治，你繼續忠誠善良。一種簡單的儒法兩分法，後來居然真的受到廣大中國電視觀眾的擁護，稱之為「赤子之心」。小說與電視劇中，梅長蘇實際是一個「文以儒亂法，武以俠犯禁」（韓非子）的傳統俠客。不過他長得病病歪歪（大概書生若肌肉太健壯，不大符合國人傳統想像）。但作者又神奇捏造了一個智商不高武藝極強的飛流，與他形影不離雙身一人。完成了陳平原總結過的「平不平，立功名，報恩仇」三重「千古文人俠客夢」。所以在價值觀來講，梅長蘇最後當然是忍辱負重，憂國憂民，既要報仇，又要忠君，完成不可能完成的任務——一會兒我們再討論這個任務的複雜性。

「演義」總要講歷史，「新編」還需改故事，「穿越」的張力在於今人遇舊朝，那麼完全「架空」的歷史小說又有甚麼好處呢？一方面，史實可以天馬行空，沒人可以對號入座或指摘批評。電視劇熱播以後有人將《琅琊榜》劇情與南北朝蕭統及其父親的史跡對照，但這其實與海宴的小說無關了。雖然朝代是虛的，小說還是寫了刑部、禮部、戶部等種種實際的中國官僚體制。先架空後寫實，不合史實處人們也原諒，還有若干史跡可尋或後來電視劇據說服飾禮節還講究，就倍受稱讚了。當然有不少細節違反常規常識，也不必認真，比如第七章莅陽長公主，皇帝的妹妹，孤身一人與寄居在府上的江湖男人單獨長談，實在不符合常理。又如第八章皇上要將一些帶罪立功的小孩送給女兒景寧，而蕭景睿，一個晚輩皇族青年，居然直接發聲說：「陛下此言不妥！」皇帝居然也不生氣……此類細節甚多，或許是網絡歷史文學常態，但在「架空」標籤下，好像也不那麼引人注目了。

另一方面是語言。既然是「架空歷史」，敘述語言也就不必模仿古人了。本來《李自成》《雍正王朝》等貌似重現歷史的小說也沒有努力去尋找舊白話，用現代漢語，甚至網絡用語敍述及對話並不只是《琅琊榜》的特點。只是有時一些古人話語（不管哪個朝代）還是會不禁令人出戲，比方梅長蘇說，「我現在還缺些資料」，等等。更有趣的是寫武打場面，這歷來是金庸、古龍、老舍等文人濃墨重彩文白相間最顯文字功夫的地方。在《琅琊榜》中也有一段俠客打鬥場面：

> 這位刺客首領的決定雖然果斷，但他卻犯了兩個錯誤。
>
> 第一，他低估了蕭景睿的武功。被他分配去阻擋蕭景睿的兩名黑衣人，第三招就被奪去了兵刃，第四招就雙雙倒地，只將這位侯門公子前進的步子稍稍減緩了一下而已。
>
> 第二，他低估了飛流的狠辣。因為梅長蘇一直約束着飛流不許傷人，所以給了某些有心的旁觀者一個錯覺，以為這個少年只是武功高而已。沒想到暗夜之中他有如殺神，招招斃命，不留一絲生機，解決起周邊的人來不僅快速而且乾脆得嚇人。
>
> 可是同時，蕭景睿與飛流也犯了一個錯誤，他們都低估了那首領的實力。
>
> 在意識到自己的劣勢以後，那首領快速地指令所有的人前去迎戰飛流，自己獨自面對蕭景睿迎面劈來的一刀。[11]

這與其說是俠客武打文字，不如說更像論說文寫作的格式。

然而，除了史實細節不嚴謹（本來就說了不是史實）和敍述語言太當代之外，「架空歷史小說」還有甚麼特點，可以使小說和電視劇如此火爆？在甚麼層面上，《琅琊榜》可以滿足中國民眾的集體慾望？在我看來，歷史被架空後，整出戲都更具當代的寫實意義了。

電視劇《琅琊榜》在製作上基本接近《北平無戰事》的水準。許多網友說這是「良心之作」。所謂「良心」既是指製作方態度認真。因為現在中國電視電影假貨太多，能比較正常生產，就算有良心的了。除了製作工序和態度，也還因為小說和電視劇的內容也講「良心」，講「赤子之心」。不過值得思考的是，「赤子」二字到底講的是天地正氣呢？還是受了委屈也要愛國忠君呢？還是「赤子」就是字面上「紅色的兒子」(紅二代)呢？這也是個耐人尋味的問題。

《琅琊榜》在「架空」中展示了怎麼樣的一種政治現實與願景？

第一，人們可以在全虛構的古代場景中看到很多熟悉的當今社會事件，這些事件在每晚螢幕上與現實的新聞報導十分相似。在劇情發展中這些社會事件又和朝廷內部鬥爭互為因果。比如有人進京告狀，地方官民土地糾紛，造成羣體事件，製造冤案。又比如官員跟商人勾結私設煙火廠，最後危險品爆炸傷及了無辜的市民。再比如，一個官員的兒子左擁右抱兩個女人，在妓院與人打鬥鬧出人命，結果引發了司法不公、冒名頂替等等這些從古至今都會引起公憤民怨的事件，馬上就會牽涉出相關的官員，大致是到戶部、工部等等，按今天的說法就是到部委一級。然後，因為要尋找保護傘，馬上牽涉到京城兩大主要政治勢力 —— 爭奪王位的太子跟譽王。反過來我們也可以看到，這些公眾事件的揭發、處理、淡化或者惡化，其實又都是黨爭權鬥的直接或間接的結果。黨派鬥爭跟社會羣體事件到底先有雞還是先有蛋說不清楚。不過我們注意到，對於這些貪腐事件的處理，並不只靠權力，還要考慮民情、輿論、祖宗規矩，還有朝廷威信等等。更重要的是，在這個虛構的歷史王朝裏邊，沒有甚麼事情是一個人可決定的，甚至皇上下任何的決心都要左顧右盼。在某種意義上，這種出於私利的黨爭，客觀上也有權力互相制衡的作用。當然，這個權力制衡到了電視劇結尾的時候，由於好人都戰勝了壞人，制衡又沒有了，讓人浮想聯翩。

第二，在這個「架空」的歷史中，除了上述背景，更多的是浪漫想像。前面說過，「琅琊榜」本身就是一個想像，一個獨立於朝廷之外的文武價值評判系統，而且改變黨爭局面的竟是一個文人面目的江湖力量。而且一旦朝廷出現大的論爭，還會請很多學者來辯論，達成了學術上的共識，皇上也要遵守。《琅琊榜》雖然出自於「八十後」網絡寫手，無意中卻承傳着千年儒家書生的白日夢想。

第三，以蘇先生、靖王為首的第三派漸漸戰勝太子跟譽王是全劇的情節主幹。可是善惡怎麼區分呢？我開始覺得是手段，文攻對武鬥：蘇派講計謀，謝玉搞暗殺。可是後來發現隨着劇情發展，「好人」也動武。後來，我想也許是忠誠跟欺騙，但是不少地方蘇派的人也說假話不眨眼，為達目的不擇手段。比方說夏冬為了丈夫的事情有意陷害夏江。難道好壞善惡就只靠臉譜顏值？或者誰慷慨陳詞地說自己「赤子之心」就是好人了嗎？其實仔細看，故事裏好壞的主要分野線就是十多年以前的一單政治冤案。縱觀全劇，凡同情當年齊王、林帥的最終都是忠臣，凡參與當年冤案、不准平反的便是反派。如何將政治上已經定得死死的冤案翻過來，又不推翻當年定案的皇上，還不能損害體制的合法性，這體現了《琅琊榜》中各位英雄的智慧跟赤子之心，也考驗着小說作者與電視劇導演的一番苦心。至於觀眾在這方面有多少無意和有意的共鳴，這種集體記憶和電視收視率有沒有關係，雖然沒有評論家點破，但似乎是一種在「架空」新衣下人人參與大家無份的文化共謀。

第四，朝廷上上下下幾十號人，帥哥美女一大堆，中年老戲骨更精彩，但只有一人遠在眾人之上。全劇劇情其實不無破綻，但總體緊湊精彩，概括起來好人最後能完勝壞人，忠臣最後趕盡奸臣，這樣一個武俠浪漫主題由文人實現，所以這也是「文俠戲」。一切只要聽蘇先生計劃，就能從勝利走向勝利；不聽蘇先生勸告或者蘇先生病了，平反事業就會遭到困難和挫折。這種一人高於所有人，大家就期盼着這一個人「架空」歷史，我不知道是這部歷史劇中的善良人們的共識和信仰呢，還是小說電視劇千千萬萬善良讀者觀眾的共識和信仰。

因為網絡文學生產的互動性，「穿越架空」方法目前比傳統演義的歷史小說和文人獨創的「故事新編」，可能更能顯示文化工業的羣眾基礎。《琅琊榜》明言「架空歷史」，全盤虛構背景，卻反而有可能更加直逼現實——不僅是社會現實狀況，而且是現實民眾心理。也可能《琅琊榜》只是特例，不一定能以這個現象來概括數量極為龐大的網絡架空穿越小說。但辨析文學方法之不同，還是有助於我們觀察文學 / 文化生產機制的變化。

詩與歷史的區別在於：「一個描寫已發生的事，另一個描寫可能發生的事。……詩所陳述的事具有普遍性，而歷史則陳述特殊的事。」[12] 借用亞里斯多德的老話，傳統「歷史演義」明明描寫可能發生的事，卻裝作描寫已發生的事；「故事新編」解構已發生的故事，提出新的可能性。「架空穿越」小說則說寫的全是不可能的事，但讀者分不清哪些是已經發生的事，哪些是可能發生的事。

如果比較三種虛構歷史的文學方法，第一，三者都是「古為今用」，但「歷史演義」儘量隱藏目的，後面兩種方法則開宗明義擺明車馬。第二，「歷史演義」和「架空穿越」在某種程度上都是作家與讀者的共創，只有「故事新編」才是文人的獨創。第三，「歷史演義」最需要講究史實的真實性，其次是「架空穿越」。雖然明言「架空」，但史實細節越真實，「穿越」的效果越強烈。「故事新編」不一定拘泥於歷史事實，但需要把握經典文本的精髓，才能在關鍵處予以顛覆。第四，「歷史演義」比較容易為政治秩序服務，「故事新編」則傾向於質疑主流思想，「架空穿越」的歷史小說介乎兩者之間，與國家意識形態的關係既有挑戰也有合作 —— 比如《琅琊榜》，既隱晦要求翻案，又熱情呼喚「明主」。

本文收入《嶺南學報》復刊第 8 輯，上海：上海古籍出版社，2017 年。

1 馬振方：《歷史小說三論》《北京大學學報》（哲學社會科學版）2004 年第 41 卷第 4 期。

2 [日] 菊池寬：《歷史小說論》，引自《文學創作講座》第 1 卷，上海：上海光華書局，1931 年。

3 郁達夫：《歷史小說論》，引自《郁達夫文集》第 5 卷，廣州：花城出版社、生活・讀書・新知三聯書店香港分店，1982 年。

4 許道軍、葛紅兵；《敍事模式・價值取向・歷史傳承：「架空歷史小說」研究論綱》《社會科學》2009 年第 3 期。

5 吳趼人：《痛史》，引自《中國近代小說大系》，南昌：江西人民出版社，1988 年，第 22 頁。

6 阿英：《晚清小說史》，北京：人民文學出版社，1980 年，第 177 頁。

7 王曉明：《面對新的文學生產機制》，《文藝理論研究》2003 年第 2 期。

8 徐向春：《中國當代歷史小說發展概觀》，《四川理工學院學報》（社會科學版）2010 年第 5 期。

9 魯迅：《中國小說史略》，上海：上海古籍出版社，2019 年。

10 《北京晚報》，2015 年 10 月 20 日。

11 海宴：《琅琊榜》（上），成都：四川文藝出版社，2014 年，第 203-204 頁。

民國想像與「政權」、「神權」、「族權」

《白鹿原》是二十世紀九十年代最重要的長篇小說之一[1]，自 1993 年問世以來，持久受讀者歡迎。陳忠實在作品前引用巴爾扎克的話：「小說被認為是一個民族的秘史。」《白鹿原》寫了六個歷史時期：晚清時期、軍閥混戰時期、大革命時期、抗日戰爭時期、解放戰爭時期、「鎮反」時期。小說基本格局在前兩個時期，即晚清和軍閥混戰時期已經成形。第一章到第五章寫的是 1910 年之前，第六章到第十二章大概寫 1911 年到 1927 年。

毛澤東在《湖南農民運動考察報告》中有一段著名的論述：

> 中國的男子，普通要受三種有系統的權力的支配，即：(一)由一國、一省、一縣以至一鄉的國家系統(政權)；(二)由宗祠、支祠以至家長的家族系統(族權)；(三)由閻羅天子、城隍廟王以至土地菩薩的陰間系統以及由玉皇上帝以至各種神怪的神仙系統——總稱之為鬼神系統(神權)。至於女子，除受上述三種權力的支配以外，還受男子的支配(夫權)。[2]

通過這一論述，讀者可以對《白鹿原》有更深入的理解。按照《白鹿原》的描寫，晚清時期，至少在鄉村的基層，「政權」的影響力比較有限。白嘉軒設計買賣鹿子霖寶地，中醫冷醫生做仲介，簽約即可，並沒有官員批准。農民貪財種鴉片，縣令說要禁，卻也貫徹不了。白鹿兩家換地打架，甚至要打官司，結果白鹿書院的朱先生寫一幅字送給兩邊，就講和了。更重要的事件，比如說第五章，白嘉軒主持重修祠堂，在祠堂內辦學，而且有誰如果犯了賭、毒等違反鄉規的事情，也在祠堂裏執法、體罰。這些事情關係到鄉村基本社會秩序，沒有看到有清廷的官員來參與。

鄉村「政權」具體開始出現是在小說第七章。辛亥革命後，「皇帝在位時的行政機構齊茬兒廢除了，縣令改為縣長；縣下設倉，倉下設保障所，倉裏的官員稱總鄉約，保障所的官員叫鄉約。白鹿倉原是清廷設在白鹿原上的一個倉庫，在鎮子西邊三裏的曠野裏，豐年儲備糧食，災年賑濟百姓，只設一個倉正的官員，負責豐年征糧和災年發放賑濟，再不管任何事情」[3]。現在白鹿倉變成了行政機構，不可與過去同日而語。保障所更是新添的最低一級行政機構，轄管十個左右的大小村莊。

作家對地方行政概念交代得非常清楚。白鹿倉的總鄉約是田福賢，第一保障所鄉約是鹿子霖。小說裏，田福賢上面的縣長換了好多個，但是國民黨縣部書記從北伐到 1949 年都是岳維山。

從情節上講，田福賢、岳維山這些鄉縣幹部一做二三十年，既沒有調走，也沒有升官，其實不大可信。共產黨員鹿兆鵬（鹿子霖長子），北伐時已是党的省委委員、縣委領導，三十年代是紅三十六軍副政委了，可是十幾年以後，到 1949 年，他還只是解放軍十五師的聯絡科長，也是為了使小說情節凝練的需要而沒怎麼升遷。這些人物幾十年圍繞着白鹿原戰鬥，為了爭奪「政權」。讀者並不在意這些細節破綻，因為小說的重點從來不是寫岳維山、田福賢或鹿兆鵬的仕途，甚至關鍵也不在他們幾十年的私人恩怨，小說的真正主題是「政權」「族權」與「神權」三者之間的關係。

《白鹿原》之所以重要，就是因為這是一部試圖從「族權」「政權」與「神權」的矛盾關係來解析二十世紀中國農村社會結構的小說。「族權」和「政權」的矛盾統一關係，直接體現在白嘉軒、鹿子霖兩個財主家三代人幾十年錯綜複雜的明爭暗鬥歷史。《白鹿原》就劇情來講，完全可以借用並擴展一下路翎小說的書名：「兩個財主底兒女們」。

二

據說長篇小說第一句很重要，奠定基調。《白鹿原》第一句是：「白嘉軒後來引以為豪壯的是一生裏娶過七房女人。」[4] 這裏的關鍵字既不是「七房女人」也不是「豪壯」，而是「後來」。這是加西亞・瑪律克斯的「多年以後……」的寫法。

陳忠實有一大堆鄉土故事素材，但寫法技巧受到 1985 年尋根文學及魔幻現實主義的影響。在某種意義上，《白鹿原》是以《古船》筆法寫出來的《紅旗譜》。在思想上，這種當時出現的對中國鄉村倫理秩序的再思考，和八十年代海外新儒學理論的輸入有沒有有意無意的關係，也要仔細觀察。

白嘉軒之前六個女人都在婚後不久死去。某天，白嘉軒在雪地偶然發現一處有奇物異草，姐夫朱先生把異草解釋成當地傳說中的一個神話吉祥物白鹿。於是，白嘉軒就通過冷醫生做仲介，和鹿子霖做買賣，獲得了這塊不起眼的寶地。自從把父親的墳遷到寶地以後，白嘉軒果然諸事一帆風順：先娶了最後一任妻子仙草，接連生了三個兒子、一個女兒；又在岳父指點下種鴉片發財；然後主持祠堂重修，並辦學堂。姐夫也稱讚白嘉軒，說：「你們翻修祠堂是善事，可那僅僅是個小小的善事；你們興辦學堂才是大善事，無量功德的大善事。」[5] 這時「白嘉軒確切地驗證了自己在白鹿村作為族長的權威和號召力，從此更加自信」[6]。

在中國現代文學裏，「族長」「族權」的形象有一個從「可疑」到「可憎」的變化過程。《祝福》裏堅持禮教的魯四老爺對祥林嫂的悲劇有沒有責任？《蕭蕭》裏的長輩因為少讀《四書》《五經》，沒有把通姦偷情的童養媳馬上賣掉。在《家》裏，高老太爺當然是舊秩序的基石。不過黃子平也討論過，「高老太爺臨終時與覺慧的對話是最動人的一幕」，真正敗壞禮教傳統的是克安、克定一班人[7]。路翎筆下的財主蔣捷三，比兒女們更堅持人倫底線，也更富有抗日熱情。但到了《紅旗譜》，馮老蘭兼有土地權、宗法祠堂，兒子又是國民黨司令的同學，所以封建「族權」和反動「政權」狼狽為奸，族長的負面形象漸漸成為模式，甚至成為「集體記憶」。張藝謀將劉恒小說《伏羲伏羲》改編成電影《菊豆》，故事背景搬到了民國早年。要懲罰侄嬸偷情，法庭就是陰森森的宗族祠堂。

《白鹿原》不僅不同于早年當代文學中的「族長 —— 地主」聯盟，而且比現代文學中任何一部作品都更加正面描寫「族權」的代表白嘉軒。整個長篇中，「政權」屬於國民黨等，有點被神話的「族權」卻始終能與「政權」有些分離甚至抗衡。

白鹿祠堂重修以後的第一件大事，是在祠堂裏辦學堂。那麼學堂又屬於哪一個權力系統？其實學堂和三個權力系統都有關係。現代學校當然可以由政府辦，白鹿原裏後來也有官辦的新式學校。但第三個權力「神權」也可以被廣義理解為信仰系統，不只是「閻羅天子、城隍廟王以至土地菩薩」，因為信仰也依託于道德和知識（哪怕是不夠正確的道德和知識），所以小說中的學校教育又和「神權」有關。這也是為甚麼小說裏一貫英明的朱先生特別稱讚辦學堂比修祠堂更重要。

《白鹿原》中各色人物稱得上主角的也有十來個：白嘉軒、鹿子霖、鹿兆鵬、白靈、白孝文、黑娃、鹿三、田福賢、冷先生等。但其中思維最清醒，地位最獨特，看透所有政治人倫關係，甚至能感悟陰陽世界問題，幾乎最不犯錯誤的就是「神權」代表——白鹿書院的朱先生。

白嘉軒發現寶地，是因為朱先生解圖；方巡撫領清軍進攻辛亥革命軍，也被朱先生勸退；軍閥劉軍長圍攻西安，亦是朱先生的預言導致他崩潰——至少是預言他崩潰；幾十年變遷中，只有朱先生超然，得到各方勢力或明或暗或真或假的尊敬。類似的例子，整個長篇，整個白鹿原上的近現代史，都一再證實。

理智上，讀者當然也會懷疑朱先生的形象到底是不是真實可信，是不是「魔幻現實主義」中的「魔幻」部分。但是國人既然能相信諸葛孔明，為甚麼就不能假想（或者至少盼望）孔明在二十世紀中國故事裏也有一個傳人？在小說裏，誰認識朱先生，誰就會在各種爭鬥中獲得一定優勢。因為朱先生的功能太重要，小說出版後還有人試圖找出朱先生的原型。朱先生在《白鹿原》裏兼有認識魔幻（迷信）和具備知識（信仰）的雙重能力。前者比如說領悟白靈，感知生死，小說裏其他人也有夢中顯靈、鬼魂附體等描寫。後者比如研究縣制，縱觀天下，使得國共雙方、土匪軍閥都十分信服。

既懂魔幻神奇，又通知識書本，朱先生在小說裏的功能就是把學校教育與「神權」信仰系統掛鉤。這很特別，因為在其他革命歷史小說裏，學校都是祠堂與迷信的對立面。小學老師常是地下黨（如《紅旗譜》的賈湘農），宣傳革命新思潮，反對祠堂文化。《白鹿原》裏雖然鹿兆鵬也是新學校的校長，但朱先生的白鹿書院，似乎更有學術氣氛，客觀上與原上的「政權」和「族權」分庭抗禮。

《白鹿原》要想像和虛構這麼一個「政權」「族權」「神權」權力制衡的局面，還要加上一個輔助因素 —— 三者之間要有專業人士溝通。在《白鹿原》的各種社會經濟文化活動中，冷先生始終嚴守中立，負責文書、手續、契約、信用、擔保，處理重大官司、人事糾紛、紅白喜事，假如有公共衞生事故，當然更要請他出面。冷先生將兩個女兒分別嫁給鹿家長子和白家二子，與白鹿原「政權」和「族權」的代表同時保持親家關係。

在小說的第一個歷史階段 —— 辛亥革命前，兩個地主，一個醫生，一個校長，互相之間又有子女婚姻關係相連，形成了一個人事人倫關係網，維持着白鹿原的「政權」「族權」「神權」的暫時平衡。

二

但是到此為止，小說好像回避淡化了一個農村故事必須處理的重要矛盾。鹿三從秉德老漢當家時就在白家打工。主僕關係和諧，長工覺得找到好主人，地主也覺得找到好長工。白嘉軒和鹿三一起下地幹活，家裏事從不把鹿三當外人，白家獨生女甚至認鹿三做乾爹。《白鹿原》是否有意淡化階級矛盾或者階級鬥爭？

馴服的長工鹿三有一個強悍造反的兒子黑娃。黑娃雖然和地主的兒子們一起在祠堂讀書，但就是不安心。在白家打工，也討厭主人家腰板太硬，形象太正。他反而和鹿兆鵬關係良好。階級身份和對這種身份的挑戰後來對黑娃的命運有決定性影響。

小說第六章是全書當中最有和平氣息的一章，不僅因為出現了辛亥革命，不僅因為白靈認鹿三為幹大 —— 矛盾調和，也不僅因為朱先生奇跡般地勸退了清軍方巡撫，還因為朱先生為白鹿祠堂擬了一份鄉約。鄉約不僅書寫在祠堂牆上，所有族人還都要背誦：「一、德業相勸；二、過失相規；三、禮俗相交⋯⋯」一時間小說中的民間治理秩序好像完全由「族權」掌控。

有兩件事突然打破了祠堂裏朗誦鄉約的美好氣氛。第一個事件是黑娃出外打工，帶回來一個來歷不明的風騷女人。小說第九章專門補述黑娃娶小娥的全過程。地主娶二奶為了「泡棗」。女人送餐遞碗，手指觸碰。半夜入房，小夥子初次性體驗 ——《白鹿原》非常喜歡濃墨重彩地描述男人的初次性生活經驗，後面還有白孝文新婚、白家三兒子娶媳婦等，都是強調男性生理角度。事情暴露，一番曲折，黑娃把小娥帶回白鹿原。陳忠實的性描寫不像王小波那麼有間離效果，也不像賈平凹那樣細密寫實，主要特點就是強調處男感覺，反復強調。

寫農民與地主小老婆的故事，是當代小說裏的老橋段（與之相對，也有小說常寫地主看中農民女兒）。但族長不准黑娃小娥上祠堂，他們只能住在村外破窰。另一邊廂地主兒子鹿兆鵬娶妻，比黑娃更加不幸。新婚次日就不與妻子同房，說是沒有愛情。父親、祖父到學校勸，鹿校長還是不肯回家見妻子。男人在新婚之夜就逃走的情節，似曾相識，《活動變人形》和《玫瑰門》都有。

並不是《白鹿原》裏所有年輕人的婚事都在呼應其他小說，白孝文就是特例。他被父親培養成一個極正經的男人，以至於初夜懵懂無知，後來是在別人的共同教導下終於開竅。但一旦開竅，勢不可擋。父親、祖母只好警告新媳婦，趕快多照顧你老公的身體，身體要保重。「族權」下的家庭，充滿關心，也充滿管控，但再怎麼關心和管控，《白鹿原》裏財主的兒女們都會走跟父母不一樣的道路。

第二個事件是暫時平衡的局面被一幫外來兵痞打破。軍閥劉軍長圍攻西安城，派楊排長帶幾十個士兵到白鹿原強行征糧。他們把老百姓找來，進行射雞（擊）表演 —— 將一排雞吊在那裏，一排士兵舉槍打去，打得血肉橫飛，一地雞毛。田福賢、鹿子霖等鄉官沒法違抗，村民只好乖乖交糧。唯一的反抗行動，就是地下党鹿兆鵬找黑娃、韓裁縫幫忙，三人燒了軍閥征糧的米倉。下面軍閥排長雖然胡作非為，但是上面劉軍長卻很敬重白鹿書院朱先生。這可能是中國知識分子的一個美夢：不管甚麼樣的政治勢力都要尊重一個中立的文人。劉軍長請朱先生算命，預測戰局發展。朱先生婉轉勸走了軍閥。拖了幾個月，軍閥果真放棄圍城。白鹿原渡過了一個難關。

軍閥混戰快結束之時，就是北伐勝利進軍之際。小說用了一個非常特別的細節來渲染國共第一次合作的歷史氣氛：白家白靈和鹿家兆海在保衛西安時結下友誼，兩人討論前途，結果決定一人入一黨，反正都齊心北伐。少男少女擲銅元，白靈參加國民黨，鹿兆海入了共產黨。兩人抱在一起，又以銅元起誓，友誼變成愛情 —— 這是現當代中國小說裏最富戲劇性的一個瞬間。

在當代文學史上，《白鹿原》的第一個貢獻，就是討論「族權」有沒有可能在鄉村秩序下與「政權」「神權」互相制約。其實也是探討中國傳統社會當中是否存在某種獨特的政教分離模式。

小說的第二個貢獻，是在茅盾之後，再次以比較寫實的方式展現北伐時期的農民運動。鹿兆鵬介紹黑娃去了農民運動講習所，歷經數月的學習，回來以後就在各村組織農會，口號是「一切權力歸農協」。小說中的農民運動做了幾件大事：一是先懲罰好色之徒，把和尚和碗客捆綁在戲台上，揭露他們的性罪行，羣情激奮。與「性」有關的審判總是最引人注目。二是算經濟賬。批鬥總鄉約，讓田福賢秘書招供帳面上、台底下貪污了多少錢，這可是大家的血汗錢……於是民情再度激憤。但是鹿兆鵬校長掌握政策，沒有馬上動用鍘刀。三是算文化賬，砸碎祠堂當中的那些碑石鄉約，打破精神枷鎖。當然，祠堂裏的學堂也順帶被衝擊，不能讓封建主義毒害鄉村子弟。

三

1927 年，國民黨叛變革命，屠殺共產黨員和革命羣眾。田福賢回鄉，在同一個戲台懲罰農協，吊打農民運動參加者，黑娃逃走了。這時，之前沉默的族長白嘉軒出面做了兩件事情。第一件是修復祠堂，重拼鄉約。朱先生稱讚說這才是治本之策，言下之意：其他方式都是治標。祠堂重開的儀式由族長兒子白孝文主持——暗示這個時代的「族權」也可以世襲。第二件是白嘉軒當眾跪求田福賢不要反攻倒算。也算是賣族長的面子，放過一些農民運動參加者。不過白興兒、小娥還是被懲罰。到此，小說中非常正氣英武的「族權」已經受到三次挑戰：軍閥射雞表演，農會怒砸祠堂，族長跪求鄉官。祠堂威信的建立和被損壞、再建立和再毀壞，是《白鹿原》一條非常重要的情節主線。

黑娃逃走後，先隨革命軍，後做土匪。小娥在村裏受迫害就求鄉約長輩鹿子霖保護。不想鹿鄉約連哄帶騙地佔有了小娥。鹿子霖佔有小娥不只是因為好色，他還要女人去色誘白家長子。白孝文眼看要成為族長接班人，鹿鄉約想要打擊白家和祠堂。

鹿鄉約這段「政權」暗算「族權」的情節比較煽情，充滿巧合，匪夷所思。但從長篇佈局看，的確推動了敍事節奏，達到了令祠堂正義蒙羞受挫的敍事效果。鹿子霖和小娥的姦情被人發現，鄉約又轉禍於狗蛋。在祠堂上，白孝文和鹿子霖親手鞭打姦夫淫婦。晚上鹿子霖摟着裸體的小娥說，鞭打在你身上，其實白嘉軒就是在打我的臉。

之後小娥果然色誘白孝文。但白孝文不像鹿子霖，他真的有點喜歡田小娥。田小娥到此為止，先後和郭舉人、農民黑娃、鹿鄉約、白孝文四個男人發生關係，在地主、土匪、鄉官、族長接班人之間，她的身體就成了各派勢力的競技場。田小娥的身體先是凝聚着地主和僱農的階級矛盾，然後又變成土匪和官員的鬥爭戰場，接着又要成為小說中「政權」暗算「族權」的陰險工具。

而且，好戲還沒完。白嘉軒堅守的祠堂文化已經接連被軍閥、農會和總鄉約破壞，但接下來的兩個打擊更加強烈。一是黑娃派土匪夜襲白、鹿兩家，打死了鹿子霖的爹，重傷了白嘉軒的腰。黑娃小時候就嫌他的腰板太硬了。二是孝文小娥事發，兩個人在祠堂當眾被鞭刑，培養已久的「族權」接班人毀於一旦。

白孝文賣地、賣樓、抽鴉片，很快就墮落成乞丐。在絕境時，他跟很多災民一起去討舍飯，因鹿子霖、田福賢介紹他到保安團當兵，絕處逢生。白孝文的前半生，就是在祠堂失敗，然後投靠官府，最後成為小說中的實際勝利者。他的命運，是否也意味着整本《白鹿原》，寫的就是「族權」對「政權」的不斷妥協、抗爭與失敗的歷史呢？

另一邊廂，鹿兆海做了軍官，入了國民黨，回來碰到白靈，白靈卻在大革命失敗時參加了共產黨。兩個人位置換了，談不攏了。比較弔詭的是白靈在地下工作當中居然要扮演鹿兆鵬太太。兩兄弟愛同一女子，還要夾在政治鬥爭、諜戰背景當中，更加殘酷。

四

《白鹿原》1998 年在爭議聲中獲茅盾文學獎。《白鹿原》在男女關係這一方面的描寫，其實遠遠沒有超過茅盾的自然主義。小說從第十四章到第二十八章，都寫二三十年代的國共故事，抗日八年只有第二十九章。第三十章到第三十四章又是解放戰爭時期。所以國共在政治軍事上的爭鬥是《白鹿原》最主要的政治背景。

祠堂族長白嘉軒開始對農會和鄉官都不支援，象徵知識信仰系統的朱先生對政治前途有更長遠的憂慮。小說十九章寫鹿兆鵬被捕，岳父冷先生拿出全部家當賄賂總鄉約田福賢，鹿子霖也在一旁求情。田福賢把所有送來的錢都埋在一棵樹下，然後向上級要求把共產黨員鹿兆鵬押回白鹿原處理。結果他另外找了個罪犯頂替，放走了鹿兆鵬 —— 被放走的鹿兆鵬想不通，問朱先生：田福賢怎麼會放過我？朱先生勸這位地下黨人趕快離開西安，不然救你的人全不得活。田福賢之所以承擔風險放人，一方面是貪財，另一方面也是人情 —— 冷先生的面子，還有鹿子霖是同黨。

鹿鄉約、田福賢、岳維山代表「政權」，白嘉軒、白孝文、白孝武修補「族權」，小說中只有一個朱先生在維繫象徵信仰系統的「神權」嗎？其實朱先生的信仰工程得到兩個女主角無意之中的幫助。一是象徵白鹿的白靈。白靈之死，幾個主要人物都有夢中感應，這是現實主義中的理想之光。二是田小娥後來被憤怒的鹿三殺掉，鹿三就被鬼附體，生不如死，這也是魔幻之筆。正值白鹿原瘟疫，白嘉軒的老婆仙草、母親白趙氏都為鬼影所擾。於是村民們紛紛去拜被埋掉的窰洞。最後朱先生建議給小娥的亡靈建一個塔，給她壓住 —— 其實是化怪力亂神為信仰圖騰 —— 再一次證明了小說中的「神權」既是「土地廟和灶王爺」，又不只是「土地廟和灶王爺」。之前人人唾罵的小娥，現在化蝶讓大家跪拜，「神權」作為樸素的鄉村宗教，由迷信、知識和信仰共同組合而成。

「十七年文學」描寫國共故事，主要是四種故事模式：一、農民運動；二、白區諜戰；三、武裝鬥爭；四、改造土匪。《白鹿原》一定程度上繼承並發展了這四個模式。對農民運動，有多方面描寫；寫白區諜戰，有真假夫妻；寫武裝鬥爭和土匪改造，都是舊情節新結尾。戰場戲是紅三十六軍進攻西安，可惜因叛徒出賣而戰敗。改造土匪，就是鹿兆鵬上山上找黑娃及匪首。土匪先投縣保安團，後在白孝文、黑娃帶領下起義。

從《紅高粱》起，土匪在革命戰爭文學裏扮演重要角色，深層原因是俠義傳統在民間有深厚基礎。《白鹿原》裏黑娃既代表底層農民造反，又帶領農會砸祠堂，再作為土匪游離于國共之間。白孝文和黑娃都是「先造反後招安」，回鄉拜祠堂。「浪子回頭」一方面顯示直到四十年代，「族權」在「政權」爭奪與「神權」動搖之時，至少在形式上仍維持自己的道德尊嚴，另一方面也證明鄉約族長腰板終究要和世俗權力妥協。假如孝文、黑娃不是騎馬的軍官，他們還能重回祠堂嗎？

當代文學中，《紅旗譜》中的中國農村社會結構模式影響深遠。貧農 —— 教師 —— 共產黨，對抗地主 —— 祠堂 —— 國民黨，這個鬥爭格局，被很多作品繼承與發展。《紅高粱》加上了第七個因素 —— 土匪，故事結構有所改變。《白鹿原》是更大規模地調整重組：還是六個因素，但是學堂和祠堂站在一起，並和政治鬥爭形成三角關係。土匪只是三角狀態之外的一個游離的、次要的因素。

小說不僅論述了「政權」「族權」「神權」三者角逐的歷史走向，也涉及了「族權」「神權」後來逐漸敗退的部分原因。不管怎樣，到了九十年代，有作家對中國二十世紀的歷史有了一些世紀末角度的回顧。陳忠實基本上就寫了這一部小說，但已經夠了。二十世紀中國小說史永遠都不會遺漏他的名字。《白鹿原》是中國當代文學的一個高峯。

從晚清到「五四」文學到延安文學再到當代文學，農民、知識分子和官員 / 幹部形象一直貫穿在大部分中國小說裏，而且三者之間的複雜關係有很多變化。最基本的關係模式是知識分子或憤慨或無奈或冷漠地看着官府如何欺負民眾。憤慨如《老殘遊記》中江湖醫生目睹並抗議官員（包括清官）胡亂判案傷害民眾；無奈如《祝福》中的「我」眼見祥林嫂被政權、族權、神權、夫權束縛至死而無力援救於是自責歉疚；冷漠如《阿 Q 正傳》中的阿 Q 最後被審判時，旁邊有穿長衫的人雖然批評阿 Q 下跪是「奴隸性」，事實上他們也是審判阿 Q 的有文化的幫兇……到了《紅旗譜》時代，更簡潔的關係模式是「士助民反官」：小學教師地下党幫助貧苦農民與地主及反動政府鬥爭……直到八十年代余華的《活着》，福貴一家在厄運、環境和官員（縣長夫人等）壓迫下八死一生，很苦很善良，但也還有一個文青視角來轉述老農民（其實也是地主兒子）的故事。

在《白鹿原》中，當然也貫穿有「士 —— 民 —— 官」三種人物形象，但具體到個人，卻又常常超越典型的階級共性（作品引來非議獲得激賞皆因此）。比如白嘉軒，在祠堂教訓體罰族人時他是白鹿原的「統治階級」，抗議或哀求軍閥和國民黨官員時他又代表了鄉親民眾。黑娃和他大鹿三都是農民，一個忠於主人保衛禮教（還殺害不幸的田小娥），一個打壞主人腰骨，上山為匪，最後起義。誰才能真正代表農民形象？中國革命裏的階級問題，在《白鹿原》中顯得特別複雜。小說裏的「士」又至少可分成三類：一是小學校長鹿兆鵬及白靈等年輕人，由進步學生成為革命党（由「士」而「仕」，新的官員 / 幹部其實大都是從知識分子發展而來）；二是以冷先生為代表的「專業人士」，不問政治只辦文書債務法律，是農村裏的「工具理性」；三是最重要的

「神權」代表，就是朱先生和他的學堂，始終站在「政權」與「族權」之外，始終旁觀各種政治鬥爭。所以《白鹿原》的基本模式也還是「士見官欺民」，不過是「士」不只一類，「官」又有幾種，「民」也不是一個整體概念。如何用「文學是人學」的原則來書寫複雜的歷史，《白鹿原》做了頗有文學史意義的嘗試。

本文是 2021 年 9 月 26 日在復旦大學演講原稿，原題〈重讀《白鹿原》〉，曾發表於《文學評論》2021 年第 5 期。

---

1 民間已有所謂「當代四大名著」一說，包括《平凡的世界》《白鹿原》《活着》《廢都》四部小說。見「天地史話」公眾號《當代四大名著》一文，2020 年 11 月 30 日，http：//www.360doc.cn/mip/948728400.htm1。如果從明代「四大奇書」的傳統看，《白鹿原》確是逐鹿中原的歷史演義；表現農民和政府關係的有《平凡的世界》或《紅高粱》或《活着》；世俗世情小說可以《廢都》或《長恨歌》為代表；神魔科幻類只有《三體》傳承。當然，在現階段，這些說法都還缺乏嚴格的學術意義或民意統計基礎。

2 毛澤東：《湖南農民運動考察報告》，引自《毛澤東選集》第 1 卷，北京：人民出版社，1991 年，第 31 頁。

3 陳忠實：《白鹿原》，北京：人民文學出版社，1993 年，第 87 頁。

4 同上，第 1 頁。

5 同上，第 60 頁。

6 同上，第 77 頁。

7 黃子平：《命運三重奏：〈家〉與「家」與「家中人」》，引自巴金：《巴金小說全集》第 4 卷，台北：遠流出版公司，1993 年，第 1–9 頁。

附錄

知識分子與大眾

「五四」小說中的「男女關係」

時　間：2008 年 4 月 18 日

地　點：復旦大學文史講堂

主持人：郜元寶

主講人：許子東

郜元寶：許子東老師不用我介紹，大家都很熟悉。他是我的老師輩，在二十世紀八十年代，他的一本《郁達夫新論》可以說是震撼性的，這些我也沒有必要重新去描述。但是後來，我進大學以後，他很快就離開內地，去美國、去香港讀書，後來又在香港定居教學。再後來，我曾很有意要「眺望」他的行蹤，發現很複雜，在網上的那些資料也很複雜，難以概括他整個的學術構架和生活軌跡。但是有一點他給我印象很深，就是他對中國文學的感情，這個很難得。因為我們很多二十世紀八十年代起來的一批批評家，後來學問越大，閱歷越深，和文學本身的關係卻很遠了。但是子東老師一直專注于文學本身，有幾次開會我印象很深，他對於文本的解讀好像就是個相反的方向，他的視界越大，他對文學本身的解讀越趨向於細節性。有一次我記得在青島開會，子東老師參加王蒙的那個研討會，講的是《< 活動變人形 >的「一碗稀粥」》，那個粥怎麼樣從姜靜珍那邊拋過去，怎麼打在倪吾誠的臉上，跟錢鍾書的《圍城》相比較。子東老師後來作的文章其實有大有小，比如說對於「文革」的一個通盤的文學檢討，當時我看了以後覺得很納悶，他怎麼想到做這麼一個研究。他是現代和當代都打通的，但他卻沒去說這樣極端的口號。同時，他做得又非常地細緻，這對我們現代文學專業來說應該是個表率的作用，我們同學寫文章，「大」了以後不知道「小」，「小」了以後又不知道「大」，如何解決這兩個問題，他這次的講演應該能給我們一個很好的啟示。其實，他講演的題目我一看都很吃驚，這個題目怎麼寫法，我都「汗不敢出」，但往往讀下去以後才感到，這個很有意思。他總是能夠獨闢蹊徑。今天這個題目我相信大家也很有期待，「五四」小說的「男女」關係，好像沒有人去這樣研究過，我們都講很「高」的話語：「五四」的愛情話語，「五四」的甚麼甚麼。相信許子東先生會給我們一個很好的講演。

許子東：我先要謝謝葛兆光教授，他請我來作這個講演，他身體很不好（剛要去做視網膜手術），我剛才還跟他談了一會兒話，心裏感到很不安。也謝謝郜元寶，我那個美國的書你有過評論對吧？我那個書出來以後，有很多批判，很高興郜元寶教授也批判我，很開心。

我上一次在復旦講課，是在座的大部分同學還在童年的時候，1985 年底，你們多大？還沒出生？（郜元寶：那時候我大學三年級。）你們還沒出生？說明我現在有多老。我那個時候剛剛華東師大畢業，出了一本書叫《郁達夫新論》，結果復旦中文系就請我到復旦來上一門課——「郁達夫研究」。很累啊，騎自行車過來，上完課還得騎自行車回去，整整一個學期。我本來是想推的，後來我的老師錢谷融教授說復旦請你去上課是很大的面子，一定要去，所以我就去了，那是 1985 年底。修課的同學很多，當時我記得有上百個同學。很多往事，二十多年前到復旦，今天都想起來了。我當時講完課，很榮幸地就被升為全國中文系最年輕的副教授，很好笑的一個稱呼。但是貴校的國際政治系王教授比我更小一點，他就跑到我家裏來說，許子東，聽說你上課學生很多，我一陣喜啊，接下來他就「攻擊」我說，聽說前面坐的都是女生。這不是誣衊我的學術成就嗎？事隔多年才知道，多麼榮幸的稱讚啊！那時候不知道。

一晃二十多年就過去了。我還記得有個有趣的現象就是，我那時候在華東師大同時也開一門「郁達夫研究」的選修課，考試的題目是一樣的，就是 term paper ，就是「郁達夫與……」，省略號裏隨便你放甚麼。華東師大同學交上來的題目呢，大部分是「郁達夫與郭沫若」，「郁達夫與魯迅」，「郁達夫與佐藤村夫」，「郁達夫與屠格涅夫」，或者「郁達夫與世紀末思潮」等等；復旦呢，很多同學交上來的是「郁達夫與黃仲則」，「郁達夫與晚明散文」，相對來說偏中國傳統這一塊。我當時改考卷的時候，對這一點印象很深。

今天的題目我稍解釋一下，「五四」小說中的男女關係。我們面對很多關係，窮富的關係，階級；中外的關係，民族；人跟神的關係，宗教；等等。我自己對現代文學，關心最多的是兩個關係，一個是知識分子與社會、與大眾的關係，我們讀書人跟社會的關係；第二個就是男女的關係。今天討論的就是這兩個關係，所有的討論，給郜元寶教授說中了，所有的討論都是從一段文本開始。

讀一段你們都很熟悉的文本：《傷逝》中談戀愛的一段。其實你們都知道，但是我還是要讀一下。開始大概就是涓生在等子君，等的時候在看書，書是看不進去的，字裏行間看不進去。等到子君來了，房間裏就光明了，接下來一段是這樣說的：「默默地相視片刻之後，破屋裏便漸漸充滿了我的語聲。談家庭專制，談打破舊習慣，談男女平等，談易卜生，談泰戈爾，談雪萊。她總是微笑點頭，兩眼裏彌漫着稚氣的、好奇的光澤……」然後接下來有一段就是涓生讓子君看雪萊的畫像，子君不大好意思。現在的人可沒有這麼不好意思，半年以後，記住哦，在涓生一個人給她講了半年的西方文學知識以後，子君回答說：「我是我自己的！誰也沒有干涉我的權利。」「分明地、堅決地、沉靜地」說出來的話。接下來涓生說：「這幾句話很震動了我的靈魂，以後許多天還在耳中發響，而且說不出的狂喜。」請注意下面這一句：「知道中國女性並不如厭世家所說的那樣的無計可施，在不遠的將來，便要看見輝煌的曙色的。」這在魯迅筆下是很罕見的，這麼光明的詞，「輝煌的曙色」。

在這一段裏，同學們對照我們的日常經驗就會發現，有兩點是非常有意思的。第一點是，他們整個談戀愛的過程，只有一個人說話，另外一個是聽者，一直是男的在說，女的在聽。說甚麼呢？說的是西方文學、歐洲文學知識，所以基本上等於老師給學生上課。第二呢，最精彩的是，你們想想有沒有這種可能，你跟一個上海女生好了，跟她講了一大堆求愛的話，最後這個女生有個積極的反應，然後你的反應是甚麼，「哇，上海女性真是有救啊！」大家明白沒有，他不是對這一個人哦，我遇見一個法國女人跟他好了，也說「法國女人有希望啊！」這不大合常理對不對。

在這個地方我們看到了一個模式，這個模式影響深遠，用一個簡單的概括叫：「愛人＝教人＝救人」。記住這個模式。這個「教人」很簡單，我們剛才講了，一講一聽，傳遞知識，而且是文學知識。那為甚麼「教人」就是「救人」呢？比如說我今天給你們傳遞知識，並不代表我是要救你們，因為救是甚麼啊，救是假定你在苦難當中。我們剛才講的，魯迅寫這個女的一有反應，就等於「中國的女性」走上解放的道路，所以這個「教人」背後就一下子把個人感情和啟蒙社會連上了。

大家知道這個模式影響深遠啊，現在的人概括說，男人對女人，基本上三招：第一，用錢砸；第二，文化洗腦；第三，曬身體。我們從小一直接受的教育是，你們現在可能不一樣了，我們是覺得，第一用錢砸呢，我也沒多少錢，砸也砸不了，而且這是廣東商人、台灣商人才上來就用錢砸，我給你買了樓啊，這對人家不尊重，對不對；曬身體，這是很脫的事情，曬身體，像「冠希」兄這樣的是很晚以後才發展出來的，以前我們談朋友的時候誰會說「秀一下」啊。為甚麼說不曬身體呢，魯迅寫《傷逝》你們看，有誰還記得涓生長的甚麼樣嗎，一個字都沒有描寫涓生是甚麼樣的。我們等一下會接觸到其他的男作家寫愛情的作品，都一樣，只寫女的不寫男的。換句話說，男作家寫愛情故事的時候，他覺得我長甚麼樣是完全不重要的，我們根本不知道涓生長的多高個兒，單眼皮還是雙眼皮，肌肉發達不發達，所有這些問題完全不存在。

只剩下一個：文化洗腦，用邏輯的、學術上的語言說，叫：文化的差異成為「五四」愛情小說的一個基礎，這個差異構成了愛情小說的戲劇性、張力；而對文化差異的消除便成了愛情成功的一個標誌。有差異才有故事，消除差異就是愛情的勝利。大家知道《傷逝》是沒有消除的，雖然這個女學生聽了半年的課，得出了一個結論「我是我自己的」，可是他們同居以後，這個女學生並沒有對易卜生、泰戈爾怎麼感興趣，她感興趣的是阿隨，油雞，還有整天吃飯。而這個男的呢，漸漸失望了，我給你講了這麼多的易卜生，沒有用，你關心的都是吃飯這些東西。所以終於有一天，像我們大家都很熟悉的，涓生就告訴她說我不愛你了。這是個永恆的困惑，我很高興地發現在座的男生比女生多，你們表一個態吧，碰到這種情況你會怎麼辦。情況很簡單，你喜歡了一個女孩，很喜歡，過了一陣，你發現你們出現問題了，你喜歡易卜生，她喜歡小雞小狗，這個時候你是跟她實話實說呢，還是說你 keep your promise 繼續你的諾言呢？這個選擇王安憶分析過很多次了，情與愛，恩與恨，這個是永恆的矛盾，沒對沒錯。

但問題是，我們知道這個小說，沒有人把它當作單純的愛情小說來讀。從一開始，文學史把這個小說解讀為「無產階級要解放自己首先要解放全人類」，這是我們的官方解讀，就是男女追求愛情自由，在不改變社會現實的情況下是得不到的，我們課堂裏是這樣教的。但是，我剛才說的，這個小說有象徵意義，這個象徵意義後面，男女關係背後是知識分子和大眾的關係。既然男的是拯救者，女的處在一個犧牲和被拯救的環境下，因此男女關係在這裏是知識分子想像中的他跟大眾的關係。所以從這個角度來看，涓生承認他不愛子君，等於是知識分子要承認他的理論、他的思想幫不到大眾，而最後的結果是反而害了大眾。大家知道，子君最後回去糊裏糊塗就死掉了，這是魯迅特別安排的，讓她死掉，我始終沒想明白她是怎麼死的，但是這個死掉就使得涓生要懺悔，指的是啟蒙失敗。

我講這些聽上去好像 over reading ，好像提得很快是吧，一點都不是。大家記得魯迅一開始寫小說就是錢玄同勸他的，就是「打破黑房子裏的天窗」，大家還記得吧？錢玄同說你魯迅要寫小說，魯迅說一羣人睡在一個黑房子裏，他們睡得好好的，我給他們開個窗，又沒有門。開了窗又沒有門，等於是涓生說我愛了你，但是我最後不愛你了，改變不了你的生活。大家明白嗎？魯迅是一個啟蒙主義者，但又是一個悲觀的啟蒙主義者。錢玄同當時勸他說，開窗吧，也許以後還會有力量開門。但是魯迅在寫《傷逝》的時候很清楚，他覺得完全有可能你沒有能夠救人反而害了人。在這個時候，你作為一個啟蒙運動者、作為一個思想家、一個知識分子，甚至作為一種政治力量，你有沒有勇氣向大眾承認說我的力量不夠，你跟我走可能是沒有出路的。魯迅在這裏告訴你他承認了，他後悔了，他最後發現害了人家。

三藩市中間有一個島，這個島就是一個監獄，有個電影叫《The Rock》，講有個人從這個島上逃出來。這個監獄在 1930 年以前是美國最好的監獄，現在開放可以去參觀。我參觀後才發現這是世界上最殘酷的監獄。為甚麼，它條件很好，有單人間，有洗手間，旁邊還有廁所，但那個監獄大部分的窗正對着三藩市 downtown ，換句話說，游是游不過去的，出去死路一條，但能看得見。三藩市是美國的「頹廢」之都，大家都知道的，吸毒啊、同性戀啊，全包括，總之那個地方晚上非常誘人。大家想想看，你要判無期徒刑，誰願意住這樣的牢房啊。這就是魯迅講的「開了窗沒有門」的狀況。

我們沒有看到魯迅最後警告的嚴重性，我們只記住了他當初怎麼成功。我記得我們最早拍拖，第一次見面的時候談甚麼，還不就是找些小說啊詩歌的話題，莫內的畫啊，哪會第一次跑來就說樓價現在又升了，或者說你單槓能拉多少次啊（現場大笑）。你們不要笑，自己回想一下，捫心自問，特別是男生，你忽悠女生的那幾招。其實我們現在看得清楚啊，涓生就是忽悠她，說家庭專制，你在家裏不好，其實就是個男的忽悠女的嘛，背後是一個知識分子啟蒙大眾。

後來的正例反例都很多。反例是甚麼呢，假如一個女的碰到一個男的，他不能用文化來開始的話，那女的就感覺不對頭。很有名的例子就是張弦寫過的一個小說，叫《掙不斷的紅絲線》。說一個女學生到了部隊裏，領導給她介紹了個師長，要他們拍拖，那女學生就去拍拖了，正好外面有月亮，那女學生就說月亮多美啊，那師長說是啊，像個燒餅。那個女生就不愛他了。你看，這就是沒有用文化開路啊，師長是很實在的，實心眼的人，說像個燒餅，對啊，可是這女學生就不喜歡他。後來這女學生就嫁給一個拉小提琴的男的，做了右派，很苦。

幾十年以後，已經到中年的這個女學生，又重新和這個已經做市長的老幹部拍拖，叫「掙不斷的紅絲線」。這是反例：文化沒有開道。

正例，太多啦。樣板戲裏面僅存的愛情故事，洪常青和紅色娘子軍，這個都是先進文化。最新林白的《致命的飛翔》，大家知道林白接受了很多女性主義的理論，小說裏有很多對着鏡子自慰的場景。她跟那個男的很不好，最後她從廚房裏面拿了一把刀要去斬他，學李昂的《殺夫》。斬之前，她拿那把刀貼在臉上，小說裏是這樣描寫的，說「就像瓊花把黨旗貼在自己臉上」。這個意象非常精彩，這個細節體現了女性跟革命，女性主義跟革命的關係。所以這些都證明了《傷逝》中的戀愛模式的不同演變。

我們現在再來看第二個例子，《春風沉醉的晚上》。這個大家都該很熟悉，都看過是吧？就是講一個很窮的知識分子去找房子，在外白渡橋那裏，要跟隔壁的一個女工合租。租了以後，那個女工回來了，他就和她打招呼說，對不起，我是今天才來的。女工呢，有這麼一段文字描寫，說「一個圓形灰白的面貌，半截纖細的女人的身體」，當他看了她以後，那個女的沒有回答，只是「放了一雙漆黑的大眼，對我深深地看了一眼」。然後是「她的高高的鼻樑，灰白長圓的面貌。清瘦不高的身體」。

Again，男的是沒有面貌的，有趣的是，大家記得子君的面貌是怎麼樣的吧？魯迅寫：「帶着笑渦的蒼白的圓臉，蒼白的瘦的臂膊，布的有條紋的衫子，玄色的裙……」兩篇文章是差不多時間寫的，都是二十年代，魯迅和郁達夫是多麼不同的男人吶，可是他們對女性的審美標準是一樣的，大家發現沒有，而且一個是女工，一個是小姐，她們都是蒼白的、圓形的臉，瘦瘦的胳膊，兩個人寫得一模一樣，不可能是誰抄誰吧。那個時候魯迅跟郁達夫還是好朋友，魯迅在北大教文學，郁達夫教統計學，郁達夫學經濟學的，晚年開酒廠還賺了好多錢。

魯迅和郁達夫的關係一直是一個非常有意思的話題，因為看來這兩個人實在很不一樣，我一直在想是甚麼道理。其實他們有蠻多共同點的。比方說，他們都有一個婚姻是家庭指定的，其實也不單是他們啦，我們讀現代文學都知道，基本上現代文學作家大部分都有個特點：老爸很早死掉，胡適三歲，茅盾幾歲，郁達夫四歲，老舍的父親也很早死掉，魯迅晚了，他老爸在他十幾歲時死掉，但對他影響極大。大家都知道他幫父親去抓藥，一直影響到他對中醫，對中國文化的很多看法。

父親早死帶來兩個直接的後果：第一，小康人家落入困境。太窮的人做不了作家，完全沒有錢讀書，但若小時候你的家庭不斷地「發」，從小康人家走向越來越發，這個小孩多數也不做作家，不斷在發的父母親就叫你去讀商科甚麼的。更重要的原因是魯迅的說法，因為你的家庭從小康落入困頓，在這個過程中你能看到世人的真面目，這就是看人心。如果你小時候家裏在發，你父親做官三級跳，你是看不見真面目的，你也做不了作家，你體會不到這種人情冷暖。第二，母親變得很重要。母親對孩子的感情影響終生。後來魯迅在朱安隔壁房間住，從來不同居。寫《傷逝》的時候，大家想想，其實魯迅蠻不容易的，把《傷逝》寫這麼悲觀，現實生活當中他和許廣平在拍拖。我小時候想學寫情書，找來《兩地書》看，結果發現沒甚麼好抄的，抄這些都沒用，「廣平兄」啊甚麼甚麼，然後談了很多哲學。後來發現《日記九種》還有點用。其實，你發現郁達夫和魯迅有些相似，郁達夫後來跟王映霞對不對？

講深一點，在文學史上兩人能關係非常好的另一個因素是，他們對文學和政治關係的基本看法是一致的。大家知道魯迅那句話，他為甚麼跟郁達夫好，他說，他在他身上看不出那張「創造」臉。就是魯迅對創造社有點反感，郁達夫沒有。創造臉是甚麼，大家知道，後來郭沫若提倡「黨喇叭」，他們開始雖然提倡「為藝術而藝術」，但是很快就轉到宣傳工具，郁達夫不肯。後來魯迅把郁達夫硬介紹到「左聯」，郁達夫很快就退出來了。郁達夫覺得文學是文學，宣傳是宣傳。

在這方面，我最近想到一個比方比較精彩。大家記得魯迅講過一句話，「一切文藝都是宣傳，但不代表一切宣傳都是文藝」。接下來魯迅說，「這正如一切花皆有色（我把白色也算作色），而凡顏色未必都是花一樣」。我們管文藝的領導，就是對魯迅的這段話沒有好好學習，多年來運動當中出了很多的差錯。甚麼叫「一切花皆有色，而凡顏色未必都是花」，大家明白嗎？他說，我們的文藝現在是宣傳部管，按魯迅的說法宣傳部就是管顏色的，而文藝是花。大家想一想，我們有一個花園，本來這裏是玫瑰，這裏是杜鵑，這裏是牡丹，這裏是山茶花，這裏是百合花，可是這位管花園的人進來後，他只注意顏色，說所有紅色的都到那邊去。紅色有很多種啊，牡丹、玫瑰、山茶花等；所有黃色的都到那邊去，鬱金香啊甚麼的，鬱金香也有別的顏色；白色的都到那邊去……大家明白了，多少年來，為甚麼我們的文藝跟宣傳部門一直會有矛盾？誰都沒錯，主要就是一個是管顏色的，一個是管花的，你用顏色來管花就會出現這樣的後果。

現實生活當中我們有很多時候是只管顏色不管花的，比方說葬禮，我們不管甚麼花，白色的來就行啦；又比方說婚禮，我們用甚麼花都可以，最重要的是顏色；機場歡迎儀式，不管甚麼花，你多名貴的花我不 care，我只要你有這個顏色就可以了。可是畢竟，大家知道，那是花呀，花有它自己不同的品種的，有的花一年四季都有，有的花只開很短暫的時間。我前一陣去武漢大學看櫻花，哇，人頭湧動，一片櫻花。我去上野的時候看不到，沒開，我問他們，他們說櫻花一年只開一個星期，所以大家都去看。要是只看顏色的話，那有甚麼好看的，桃花也是粉紅的，粉紅的花多了，再不行的話我們弄個塑膠花，或者塗顏色，在香港花店裏就有賣藍色的百合，我跑去一看發現它是顏料塗上去的。所以顏色和花的矛盾大家要清楚，你要是一味地強調顏色就不行，現在不是有一句話大家很困惑嗎？叫「紅色經典」。文學作品它以顏色來分，叫「紅色經典」，不講黃色經典、白色經典，要是都以顏色分的話我們就不是走進花園，我們是走進體育館，體育館為了找位子方便常常有紅區、藍區、白區。這個矛盾，誰都沒錯，管顏色的人一點都沒錯，因為上級就叫他管顏色；而花園的人很痛苦，也沒辦法，因為我是花，我不是為個顏色而生的，顏色只是我的其中一個功能。你可以用我這個功能，但不可以否認我還有其他功能。在這個問題上，魯迅和郁達夫的觀點非常一致，郁達夫和創造社其他很多人觀點不一致。這是題外話。

再回到《春風沉醉的晚上》。我一直很羨慕那男的，雖然他房子很小很破。說實在話，我們都有一個習慣，男人吶，受了中國傳統的才子落難風塵女子相救模式的影響，我每次心情不好的時候，坐飛機坐火車，心想旁邊應該坐一個美女了吧，我總該有點甚麼……後來到美國找房子也常常看，經常有這種帖的嘛，要男的要女的。我一點都不同情《春風沉醉的晚上》中這個男主角，我在想，房子住得再差，旁邊有一個靚女，有甚麼好抱怨的，旁邊住一打呼嚕的老頭，那你才倒霉。一個禮拜，那個女的天天從他的房間經過沒說話，後來終於說了第一句話，大家還記得那句話是甚麼嗎？第一句話她說「你天天在這裏看的是甚麼書？」這個男的一個禮拜都在看書嘛，那女的就問他。

Again，文化，play an important role，現在的男的不大用了，現在要「露一手」，以前男的等女的的時候都用這招，拿本書，現在再 Starbucks 拿本書，人家當你假的，可以前這是真的。但是別拿錯了，最好拿一本歌德啊、易卜生啊，你要拿錯了，弄本像于丹那種的就有點，……

第二段，隔了幾天那個女工就跟這個男的打招呼，買了香蕉，請他到房間裏來坐。大家注意，這個小說和魯迅小說很相似的就是，男的吸引女的是書，不同的只是前面一個在講，講了半年，後面一個是看了一個星期，但是都是書，女的看中的都是書，雖然這兩個女的身份不一樣。但是餘下來有個很大的不同了，在《春風沉醉的晚上》裏面，打通男女關係的是「吃」。《傷逝》裏面有一段很有趣的話，後來北大孔慶東講的時候注意到了，我覺得他注意得蠻對的，涓生不是被辭退了嗎，所以他要發奮，要做事情，小說裏面說他「轉身向了書案，推開盛香油的瓶子和醋碟」攤開稿紙，開始翻譯。大家記住，非常精彩，醬油醋瓶碗和他的寫作是個對立的東西，子君的東西就是雞啊狗啊，油鹽醬醋，涓生要推開油鹽醬醋才能做他的翻譯。可是在郁達夫的小說裏呢，男女是靠吃的來聯繫的，這個用「吃的」來聯繫男女關係在後來許多小說中都成為關鍵。

大家看過《芙蓉鎮》沒有？《芙蓉鎮》的小說是古華寫的，男女主角都是「黑」幫掃街，小說裏寫有一天晚上下了很大的雨，兩個人躲進一間房子，身上都濕掉了，就把衣服都脫掉，然後才突然發現大家都沒穿衣服，他們就要好了。這個小說的情節到了拍電影的時候就不行了（電影是謝晉導演、阿城改編的），技術上做不到，倆人一進去黑咕隆咚的，你就算不脫衣服我們也看不見，電影裏甚麼效果啊，這個不好。電影裏怎麼出現的呢，是這樣，姜文去看她（劉曉慶），劉曉慶就做了碗米豆腐給他吃，姜文就低頭吃，劉曉慶自己不吃，深情地望着他吃，姜文吃到一半的時候突然發現她在深情地望着他，這個時候音樂起，姜文就用手「啪」地抓住劉曉慶的手，突破了。全靠食物啊。同學們，哪一種方法比較好，是半夜裏脫好呢，還是吃的時候這麼一片深情好？

大家再看《綠化樹》，馬纓花怎麼表達對男主角章永璘的愛情啊，就給他一個白麵饃饃，大家記得這個情節，小說裏是慢鏡頭處理，這個男的拿到那饃饃，說他活了二十幾年了，已經有多少年沒吃饃饃了，這是實心的饃饃啊，上面還有手指的紋，是「籮」啊不是「箕」啊，然後他的眼淚就掉下來了。然後聽到馬纓花的愛情誓言是甚麼，不是前面講的「我是我自己的」，沒有這個，「今後有我吃的就有你吃的！」這跟《傷逝》的推開油鹽醬醋是很大的不同啊。當章永璘聽見「有我吃的就有你吃的！」心頭響起了威爾第的詠歎調，她給他一饃饃，他心頭響起了詠歎調，以代表他比她的文化高……

《小城之戀》看過吧，兩個人男女肉搏啊，王安憶寫性，李澤厚說她缺乏感性經驗，這個太武斷了吧。《小城之戀》基本上是肉搏戰，可兩個人有一個時刻是通感情的，不是他們做愛的時刻，而是女的做吃的給男的吃的時刻，怎麼說的？通向心靈的道路通過甚麼地方。

所以這樣看來，涓生的失敗是在所難免的，他根本沒有體會到子君這些油鹽醬醋所包含的愛情，他把它推開，最後突然有一天說我不愛你了。在這個地方郁達夫比他（涓生）高，女工請男主角吃香蕉，兩個人就談心，然後在這裏，郁達夫就表現了他所謂的早期的社會主義色彩，關注弱勢羣體。寫這個女工每天做多少工，賺多少錢，還有人要性騷擾等等，這個我們文學史上稱之為「『五四』以來最早描寫工人階級的作品」。為甚麼我們的文學史會這樣寫，大家明白，我們注重顏色。文學史後來是怎麼寫的，革命作家，民族主義作家，反動作家，都是以顏色分的。我們多少年都是這樣分，我們連古代都是這樣，唐朝有「人民性的詩人」，有「頹廢的詩人」，我們不是看他的風格怎麼樣，寫的怎麼樣，我們是以傾向來分的，當然傾向是一個作家重要的東西，但如果單單以它分，就是以顏色來評論花。

然後小說寫這個男主人公半夜出去散步，這個房間又沒有窗沒有門，那是悶麼，所以他半夜出去散步，散步後拿稿費了，拿了稿費做了三件事情，第一是買了新衣服，第二是買了麵包，第三是去洗了個澡。看，這個男人準備好了，買了麵包，買了衣服，還去洗了澡，他一個月沒洗澡了，這天晚上。進入了戲劇的高潮。我們一看標題就是個引導，《春風沉醉的晚上》，就像普契尼的《波希米亞人》一樣，在閣樓上，一個文人，跟一個弱勢女子，這個晚上總要發生些甚麼事情。原來那個女的是怪他，覺得他半夜出去是做壞事，這個女的跟子君不一樣，子君是從頭就是學生，他一開始就把涓生看得比她高，所以她才接受他的文化洗腦。這女工不一樣，她雖然地位很低，文化很低，可她自己覺得道德上比他高，她覺得這個男的在墮落，她就勸他說你不要去做那些壞事，他說我做甚麼壞事，她說你看你晚上通夜不歸，現在還突然有錢了，去買衣服啊甚麼，你的錢哪裏來的。

在這裏我們可以發現，剛才講的拯救者與被拯救者一面倒的關係改變了，雙方都要拯救對方。男的覺得你是可憐的工人啊，你被人剝削，多苦啊，一大套的「社會主義」啟蒙理論；可這個女的也在教這個男的，你不要墮落啊，不要在社會上做壞事啊。這種「雙向可憐」的狀況，我們今天碰到很多的。同學們現在在這裏讀研究生，你們是「高級知識分子」，或將來是「高級知識分子」，你設想一下你在回家探親的火車上，你對面坐了一個小販，一個賺了點錢的商人，你試着跟他交流，最後出現的情況就是你可憐他。他可憐你，不知誰可憐誰，這就是做導彈的跟賣茶葉蛋的不知道誰可憐誰，陳平原有一回說過，「五四」的時候，知識分子坐在人力車上同情人力車夫，可那個時候（陳平原講這話時）北京計程車司機賺的錢都比大學教授要多，陳平原說他在課堂上講人力車夫的事情都覺得挺尷尬的，現在誰可憐誰啊。我有一次跟王曉明到南京去開會，我們坐了硬鋪，從上海到南京的。坐在對面的一個人就跟我們聊天，他是住在華師大邊上的，做生意的，他就先跟我們解釋說買不到軟座的票，我們說明白了，你有錢，沒辦法才坐在這裏。接下來他就問我們是幹甚麼的，曉明就說我們在華師大教書的。那時候是九十年代中期，提倡「人文精神」那時候。然後對面那個人就滿懷同情地看着我們說，你們還在教書啊。真的是滿懷同情啊，他的眼光就是說，你們好端端的也不缺胳膊不缺腿的，怎麼兩個男人還在華東師大教書。他說我就住在華東師大邊上，他的房子怎麼怎麼。我們呢，當然心裏也同情他，認為他這麼目光短淺，我尤其同情他，我們旁邊坐着提倡人文精神的名教授，你都不知道他這麼有名，這個很可憐。

但是我們不會去點穿，王曉明也不會馬上說你別看這個教書的，他在香港賺的錢比你多啊，為甚麼不點穿呢？其實我告訴你們，士大夫落難碰到民間女子的時候，雖然自己處境不如人，可是心中仍有一份潛意識裏的優越感。這有點像假面舞會，同學們回想一下，你們有沒有這樣的心情，你有時候不用點穿，人家在很可憐你的時候你不會馬上告訴他，喂，我復旦研究生啊，我博士後啊，我將來……你覺得，哎呀，沒必要和他計較，雖然他現在比你有錢，但他可憐啊。潛意識裏我們還是有這個優越感的，這個優越感是集體無意識傳給我們的，這個優越感能維持多久就不知道了，不過現在好像又能夠維持了，九十年代中期的時候是最危機的時候，最危機的時候所有讀書人都非常有危機感，現在待遇又提高了，公務員的地位，知識分子的地位又提高了，終於又回到大眾之上了，所以現在又不大容易出現這種事，但這種情況還是存在的。

所以這個男的（《春風沉醉的晚上》主人公）也沒有給女的解釋太多，甚麼我會德文啊，我翻譯啊，他只是輕描淡寫地跟那個女的說，我就是窮嘛，就翻譯點東西，拿到五塊錢的稿費。女的大喜，一下子對他感覺好了。好了以後說了一句話：「你剛才說的那 —— 叫甚麼的 —— 東西，能夠賣五塊錢，要是每天能做一個，多麼好呢？」記住這句話非常重要。就在這女的聽了這個態度極好的時候，小說裏說，這個男主人公突然起了一陣要擁抱她的衝動。

這是我們期待的。郁達夫的男主人公通常都是這樣的，何況還有個題目叫《春風沉醉的晚上》，已經鋪墊到現在，我們都等着這個 movement，可是在這個時候郁達夫突然給我們來個「反高潮」，男主人公：馬上自己命令自己說，你這個妖孽啊，你想想你現在的處境，你哪有甚麼權利，你還要再害人嗎？喘一口氣，一下就定下來了，然後就好好地勸那個女的回到房間，他自己走到外面街上，接着是一大段非常有名的抒情文字，甚麼外面的烏雲啊，景色啊，像波德賴爾一樣的很現代派的文字，小說就這樣結束了。

Now the question is，他為甚麼要 stop？他為甚麼不敢上去。他把魯迅的模式變成了甚麼，因為我沒法教人，無力救人，所以我不敢愛人。魯迅那裏是從愛人到救人到教人，道理很簡單啊，你愛一個人，你就要教人、救人，在現實情況下，如果這個知識分子愛上了女工，他就得不讓她再做女工啊，讓她讀書，識字，然後成為一個和他志同道合的人，我們之後可以看到茅盾就是這樣做的。但是郁達夫在這裏他完全沒有信心。為甚麼沒有信心呢，有兩點。

第一，在寫《春風沉醉的晚上》的時候，郁達夫寫了一篇論文《文學上的階級鬥爭》，主張無產階級文藝，主張文藝為大眾服務，遠比延安座談會講話還要早，很高很革命的口號。為甚麼在小說裏這個男主人公卻不敢動呢，郁達夫實際是想，要是我給她講了這麼一大套理論，我到底是救她還是害她呢？這個問題到今天還存在。我有個親戚在美國開廠，他跑到深圳，他說深圳的工人很苦，每天工作十個小時，他想去同情他們，可那些工人臉紅撲撲的都很開心，因為他在深圳做工賺的錢比他在鄉下做要多很多。當然中間也有要求高的，中間出來做另外的行業，那是另一回事。所以我那朋友說你不知道該跟他們說甚麼，他們很可憐，但你要去告訴他們可憐，你不知道他們會受到甚麼樣的影響，他們還很開心啊，你覺得他們可憐那是你覺得啊，again，又是我們剛才講的「黑房子」的事情啊，你有沒有權力把他們從這個狀態拉出來呢，而且特別是你把他拉出來後你又不管了，郁達夫的男主人公抱了那個女工後可能又去尋找別的甚麼去了，為甚麼他說「你莫再作孽了」呢，就是這個道理。這是他第一個顧慮。

第二個顧慮，更精彩。他當時覺得那女的對他有好感，可是你仔細分析，那句話大家再推敲一下，「你剛才說的那 —— 叫甚麼的 —— 東西，能夠賣五塊錢，要是每天能做一個，多麼好呢？」，你們覺得這個女工對他有好感，是因為看到他才華橫溢、懂多種外文能夠翻譯、有文學才情呢，還是這麼容易就掙到五塊錢了？大家知道，五塊錢在那時是很大的數字，郁達夫跟王映霞結婚以後住在嘉禾裏赫德道，常德路，現在被拆掉的，嘉裏中心嘉裏集團要蓋香格里拉那個地方，租金八塊錢，樓上樓下。所以那個時候五塊錢是個很大的數字。你說你寫篇文章就五塊錢，那女的當然對你……

郁達夫在寫了這個小說三年以後，1927 年 1 月 14 日，在上海認識了王映霞，接下來差不多有一個月左右的時間，他發瘋地追王映霞。王映霞開始不理他，他就胡攪蠻纏，用各種各樣的方法去追她，詳情不多講了。現在據說也有華東師大的人求婚，一樓到四樓都鋪花瓣，男的穿了西裝拿個玫瑰花在下面等，有點傻。郁達夫那個時候也有些相似，他沒錢啊，他就趕快寫小說，寫完了賣錢，換了錢趕快給王女士買禮物去，他還問別人借錢。後來王映霞對他有些好感了，他就去開旅館，大白天開了旅館，兩個人抱在那裏 kiss，然後就談他們的計畫。

我後來看他們的計劃，王映霞那批信 1938 年在「長沙大火」中遺失了，被一個鐵路工人撿到，一直保留到「文革」前，後來給了華東師大資料館一個叫林艾園的人，他保留了這批信，再後來通過許傑先生還給王映霞。我二十多年前去看過王映霞，當時她七十多歲了，真是美女啊，她二十多歲的時候我倒沒覺得她多好看，這老太太真是漂亮。我最近再一看這信，這個信當時沒發表，一直到郁達夫死後才發表，郁達夫怎麼忽悠王映霞的，來來去去就兩個，一個是我可以介紹你到上海來教書，那個時候王映霞十八歲，讀師範的學生麼，你要去北京也可以，我都有人認識；然後呢，我們結婚就去歐洲，還寫了首詩，說錢不成問題，我的小說都可以出集子，我大概有三千塊的稿費。王映霞一不理他，他就是兩招，我知道你為甚麼不理我，第一，我長得不夠好看，第二，我沒有足夠的錢，，來來去去就那幾招。用小說裏的話就是，我這個東西做一個五塊錢，我多做幾個，你跟我好吧！後來王映霞就跟他好了。接下來的故事你們都知道，二十世紀三十年代王映霞到杭州蓋了個「風雨茅廬」。1927 年兩個人同居的時候他們的房子租金八塊，蓋風雨茅廬買那塊地是一千六百塊，蓋房子總共花去一萬五千多塊，在今天最少也要上千萬的。郁達夫全部的稿費積蓄用掉也不夠，王映霞說是郁達夫一個姓丁的女學生給他填補了餘數，這個餘數大概是幾千塊。不好意思啊，拿女粉絲的錢來蓋房子啊。蓋完郁達夫住了一個月就走了，到福建去，到陳儀那裏去做翻譯，三百塊大洋的人工，沒辦法，欠了債了。郁達夫跟王映霞相好期間，他回去看鄉下的老婆子，王映霞就不高興，後來他們版權甚麼都有協議，他的稿費都要歸王映霞。「五塊錢做一個」，郁達夫在小說裏清醒，等碰到王映霞就糊塗了。

但郁達夫也有他自己誇張的地方，後來他懷疑王映霞和許紹棣的關係以至於寫《毀家詩記》的時候，提到許紹棣曾經給王映霞看過一個三十七萬港幣的存摺。許紹棣是當時的浙江教育廳長，是 1930 年通緝魯迅的「墮落文人」，是所有左派非常恨的國民黨官員。照郁達夫的說法，許紹棣和王映霞在他們隨杭州政府逃難到麗水的時候，曾經有關係，郁達夫把它想像得很清楚，王映霞一直是否定的。但不管這關係是怎麼樣，中間有個因素很重要，郁達夫一直耿耿於懷的是，你為甚麼跟他好，因為他給你看了個三十七萬港幣的存摺。而王映霞後來的辯駁就更有意思了，她辯駁說許紹棣從來沒有給我看過一個三十七萬港幣的存摺。

這就是以「文化洗腦」始，但最終還是「被錢砸了」。我們的文學史是不寫這些事情的，但這些事是完全存在的。陳子善比我更熟，魯迅跟林語堂吵架其實很多是和稿費有關。所以我一直覺得我們的文學史研究要是 down to the earth，把作家的「心態」和他的「生態」聯繫起來的話，我們看問題會看得更清楚一點。

簡單地說，郁達夫看到了知識分子和大眾同命運，但是中間的鴻溝無法跨越，所以他 stop。後面有很多作家沒有看到郁達夫的這個警告，他們跨過去了：《綠化樹》跨過去了，最後這個女人不見了；《男人的一半是女人》跨過去了，最後吵得一場糊塗，兩個人分開。

我們再講第三個例子，就是《創造》。那是茅盾的第一個短篇小說，故事的情節大概是說：有一個男的，名字叫君實，家裏很有錢，他找女朋友找不到，不是這個不滿意，就是那個不滿意。最後他想出個辦法，他說既然我找不到現成的，我就自己創造一個。怎麼創造呢，他就找一張白紙：找一個女的，漂亮，年輕，甚麼都不懂，他來教她。他教她所有的東西，這樣的話，她一定是他心意當中的人。他找到了個女的，叫嫻嫻，這個女的家裏出身也不錯，家裏還是名士出身，年紀非常小，書也不懂，然後這個男的就開始教她。給她安排各種各樣的課程，讀各種各樣的書，尼采啊，馬克思啊，羅素啊，科學啊，物理啊，很多很多東西，漸漸這個女的就都學會了，學得很好，而且青出於藍勝於藍。開始這個女的很害羞，要跟她 kiss，這個女的怎麼都不肯，後來學啦，愛的教育，甚麼都給她看了，後來這個女的就超過這男的了，公開場合也要跟他 kiss，把這男的給嚇着了，說不行不行。又學了很多社會理論，然後這個女的就想參加革命了，就出去參加夜校，認識了外面搞革命的人，就漸漸脫離了他的控制。小說是完全意識流的，整個小說寫的是早上起來，這男的和女的睡在牀上，在兩個小時之間，這個男的所有的回想。大概就是這麼個故事。最後呢，這個女的就去沖涼，到了洗手間，老不出來，這男的就去找，結果女的從另外一個門走掉了。他們房子大概不錯，洗手間還有兩個門。茅盾喜歡寫小資生活。走掉了以後，那女的就叫傭人跟他說，我先走一步了，你追上來吧，你要不追上來呢，我也不等你了。

這個小說第一個特點是對女人的寫法。茅盾寫女人可跟魯迅、郁達夫不一樣，他寫女人，我讀幾段給大家看看。「嫻嫻兩臂一松……女性的肉的活力，從長背心後透出來，淪浹了君實的肌骨……」「那温軟的胸脯，這可愛的面龐，這媚眼，這誘人的、熟透櫻桃似的嘴唇……」「嫻嫻揚起了面孔，接受那悠悠然飄下來的桃花瓣，那淺紅的小圓片落在她的眉間、她的嘴唇旁、她的頸際，從衣領的微開處直滑下去，粘在她的乳峰的上端……」，茅盾，革命作家。Again，男的是不寫的，我們等一下會講兩個女作家的例子，女作家就會寫男的，男作家寫談戀愛不寫男的面貌，這是女性主義批評可以大作文章的一點，因為都是男的眼睛看出去，男的相貌對於女性的性慾是不重要的，男的只要講課、讓女的看書就行啦，你長甚麼樣是不重要的。

關於《創造》可以有三種不同的讀法。

第一種，解釋為娜拉出走的故事，女的不堪做花瓶，最後走掉了。現實當中大家都知道，茅盾的太太叫孔德沚，也是家庭指定的婚姻，可是他選擇的道路就和魯迅、郁達夫不一樣，茅盾的母親教孔德沚識字。中間有一段，茅盾到日本跟一個叫秦德君的人同居，但同居完分開以後茅盾還回去，那個時候孔德沚也就原諒他了，以後大半輩子茅盾都是和孔德沚在一起，而且據說晚年要見茅盾必須先通過孔德沚，所以他倒真是成功創造了一個現代女性。

第二種，茅盾說他寫這小說，愛情只是個外衣，他自己有解釋的。大家注意，有好多作家寫小說都是有解釋的，郁達夫很少，他只有《沉淪》有些解釋，魯迅很少解釋自己的小說，茅盾解釋得很多，解釋得最多的是巴金，說得最少的是錢鍾書。茅盾自己說他寫《創造》是因為《蝕》三部曲受到批評，他的主旨是為自己辯護，「革命一旦發動就無法阻擋」，那他意思就是你把那個女的喚醒了她就往前走，無法阻擋。看上去好像是激進的，反對中庸。這種情況下茅盾是非常有遠見的。我後來發現，中國從二十世紀二十年代以來，每隔十年就要清算上一個十年，你們去看，三十年代否定二十年代，四十年代否定三十年代，五十年代當然要否定前面，六十年代把全面全掃掉，一直到七十年代，到八十年代又要把六七十年代掃掉，後來九十年代，一直到今天八十後、九十後，任何一個時代都在警告你說你要過時了、反正以代來劃分的這種革命，代代革命，茅盾那時候已經意識到了。

為甚麼意識到了呢？就是這個小說還有第三層意思，發動者反而會被後來者拋棄。你回到剛才魯迅的模式，你愛人就是救人就是教人麼，魯迅是沒教成，茅盾是教成了，可是這個學生不感謝老師，女的不感謝男的，而是甚麼，要把你拋棄。為甚麼呢，因為你教我的道理就是革命的，所以成功就是失敗。大家知道，茅盾在寫這個小說的時候是在歌頌這個女的，可是我在香港教學生，每次問你們同情誰啊，香港學生都同情這個男的。換句話說，這小說寫得很「矛盾」，就是他理性上支持這個女的，可在感性上透出對這個男的的同情。

同情在哪裏呢？大家知道茅盾和革命是甚麼關係，1921 年中國共產黨成立的時候，他是第一批馬列學習小組的成員，陳望道是組長。他那時太忙了，編《小說月報》錯過了中共一大的會，要不然他是創始人啊，當然，創始人也不一定保險，張國燾也是創始人，周佛海、陳公博也是，你要做到毛澤東、蔡和森那才對，十二個人裏面沒幾個現在被肯定的，大浪淘沙。茅盾是第一批黨員，是中共創始的黨員啊。接下來多少的文學青年，包括後來批判他的馮乃超啊、夏衍啊、錢杏邨啊，都是在他的《小說月報》的啟蒙下成長起來的，沈雁冰的《小說月報》是最早的新文學雜誌。到了 1926 年茅盾還趕趟，郭沫若做北伐軍政治部副主任，茅盾做武漢《民國日報》的主編，那時候蔣介石叛變了，汪精衛還是左派，聯合共產黨，《民國日報》實際的指揮是董必武，那等於是國民黨的中央黨報啊，茅盾是主編，所以他還在風口浪尖上，很厲害。

接下來的事情就有點蹊蹺了，他接到了黨的一個指令，給他一筆錢，要他到南昌去。可是茅盾呢，眾所周知，你們讀文學史就知道，他去了廬山，《從牯嶺到東京》，茅盾去了牯嶺。按陳子善的說法，是他跟了女同事去的，但這在《我走過的道路裏》並沒有記載，但後來從《幻滅》、《動搖》裏看他寫女人這麼栩栩如生，估計不會憑空創造，那個時候孔德沚根本不在他身邊。在廬山上待的這段時間，南昌發生甚麼事啊，八一起義，本來茅盾不光是創黨的，還是創軍的呢，錯過了，你說人生就有這種事情，真是想不通。當時周恩來、朱德、葉挺、葉劍英、賀龍、林彪、陳毅都在南昌，否則的話，照我說，沈雁冰也弄個大將啊，他居然小資情調跟女生在牯嶺，說他生病。後來你看在《我所走過的道路》裏，茅盾反復說他買不到票，我開始就看不懂，說你買不到票就買不到票了唄，還寫那麼多，其實你想，茅盾那個後悔啊，北京話怎麼說，把腸都悔青了。接下來在回到上海的船上，支票又丟了，茅盾後來反復強調錢沒掉，就是支票給人拿去了但錢沒取掉，但不管怎麼樣，他把黨的經費丟了，所以回到上海以後，茅盾就脫黨了。這一段始終語焉不詳。我在 1989 年接到一個任務，要修改《辭海》的現代文學條目，我和貴校的陳思和，我們倆負責所有的現代作家，但有三個作家除外，魯迅，郭沫若，茅盾。我和陳思和當時腦子轉不過來就問，為甚麼這三個人不讓我們修訂，回答說，這三個人是「黨史人物」。我一直沒搞懂魯迅有沒有入過黨，只有茅盾真是黨史人物，郭沫若其實也從來沒有入過黨。《創造》那個小說就是在茅盾脫離組織期間寫的。他去世前有人問他有甚麼願望，他就說我要求重新參加共產黨，黨中央那時候就批准，不是重新參加，是全部都算，黨齡從 1921 年算起。我們當時不大明白，茅盾在這時提出入黨，党的信念堅貞啊。

所以大家聽到這裏就明白，茅盾是小說裏的誰啊，是那個男的，是君實，他教了別人，別人革命把他拋棄掉了。所以如果我們還是用知識分子和大眾的關係來體會的話就會發現一個情況，你把人家「啟蒙」了，人家最後把你拋棄了。再想想二十世紀知識分子和大眾的關係，茅盾有遠見啊，比魯迅、比郁達夫都有遠見。

剛才我們講的都是男作家的小說。在這些小說中我們發現，經濟、身體跟文化通常是三個張力，而這三個張力中，強調身體因素是很少的，郁達夫的《迷羊》是強調身體的，《綠化樹》裏這男的要幹活幹得比人家強，還有《小城之戀》，但基本上強調身體的一直很少，最近強調身體的是電影《色，戒》裏的梁朝偉，他不是靠文化洗腦，就是先是把你睡暈了，然後用錢砸，一砸，好了。但這個是完全反過來的，在整個現代文學裏面是很少的。第二，打破經濟平衡的往往就是失敗。大家知道，鳴鳳投湖；祥子最後也很慘，虎妞比他有錢。凡是打破經濟平衡的這種在「五四」小說裏都不成功。要麼就是悲劇，甚麼《金鎖記》，《啼笑因緣》，《日出》，就是人變成經濟的鎖鏈。所以，最重要、寫得最多的是我剛才所說的，文化差距以及對文化差距的消除。在這個消除中，我們看到男作家寫了三種模式。A，愛人—教人—失敗，反而害人。B，愛人，但不敢去教，也不敢去救，互相同情。C，愛人—教人—成功—反過來被拋棄。

但這三個都是男作家寫的，背後都是個象徵意義。知識分子愛國、救世，沒錯，接下來你去啟蒙，但你啟蒙可能失敗，結果你沒法救大眾，這是魯迅描述的；第二種，愛國救世，但是不敢啟蒙、無力啟蒙，只停留在人道主義的同是天涯淪落人的層面；第三種，你愛國救世，你去啟蒙，喚起了羣眾，最後卻被革命吞沒，臭老九，你被改造，被打倒。這個打倒你的武器全部是你教他的，你沒甚麼可以抱怨的。所以，三種愛情——啟蒙模式引出了三種知識分子對自身使命的認識，到今天為止、到現在為止還存在。當然我們有個問題，有沒有第四條路？這個留給大家去思考。我在北大講課的時候學生追着我問，難道我們知識分子就這三條路嗎？

我們看看女作家又是怎麼寫的。第一我們找個例子，丁玲《莎菲女士的日記》。所有現代女作家寫這類東西寫得最好的，我覺得一個是丁玲，一個是張愛玲。《莎菲女士的日記》裏寫女的生病了，盼望愛情，這時候有兩個人出現了，一個叫葦弟，一個叫淩吉士。葦弟其實比她大四歲，可是沒甚麼主見，愛她，可是只會哭，以文化的角度來說，他教不了這個女的任何東西。所以她說「我無法愛他」。我一直覺得她這個名起的挺妙的，他明明比她大四歲，可她叫他葦弟；第二個是淩起士，淩起士教她。淩吉士是個南洋華僑，個子高，長得帥，那女的一看見就想 kiss，丁玲寫的麼，他的嘴就像蘋果一樣，要摘蘋果，孟悅，戴錦華她們稱讚這是女性覺醒，性意識的覺醒，在美國教女性主義都是拿這個作文本的，我在洛杉磯時去一家書店就看到它有英文的翻譯。但很快淩起士就叫她失望，因為他教她的東西都是她受不了的，他教她外國大學辯論、打網球，總之是資產階級生活方式，而莎菲是比較激進的，所以她覺得你教我的東西不好，最後 kiss 了一下把他甩了。結果是她把兩個都拒絕了，到南方去了。在我看來，她在繼續等待愛情，講得再明白一點，她是繼續在等待有人教她，有人救她。

所以丁玲沒有真的顛覆掉前面講的這個模式，只是換了一個角度。而這種寫法後來影響深遠，有許多小說的女主人公有幾個男的，凡是一個女主人公有幾個男的，你就發現，她不是在找幾個男的，她是在選擇不同的生活方式、不同的生活道路、甚至是不同的信念信仰。《青春之歌》就是最好的例子啊，余永澤不行，盧嘉川可以，死掉了，後來是江華，不同的男人不同的道路。張抗抗寫過一個小說叫《北極光》也是，有三個男的，一個男的對她很好，可是吃飯的時候老是抖腳，抗議說餛飩裏面少了一個，應該是十二個，她就覺得這個男的不好，不要了；然後又碰到第二個男的，誇誇其談，也覺得不好；後來找到一個很實在的。所以女的交幾個朋友，是選擇幾個生活道路。

不過，在丁玲的小說中，莎菲長甚麼樣子她不描寫，那些男的長甚麼樣子她很詳細地描寫。這跟男作家不一樣。我後來看到王映霞寫 1927 年初見郁達夫的情形，多少年後她都記得郁達夫穿的甚麼衣服，頭髮有多少，樣子是怎麼樣，所有她都記得。

另外一個很好的例子就是《傾城之戀》。我們先站在范柳原的角度看，范柳原的角度很像我們剛才講過的男作家的角度。第一，他愛白流蘇，愛了以後怎麼樣，他也要教她。教她甚麼，執子之手，他弄《詩經》，還要帶到一個荒的牆壁前面。教了還不夠，跟她說，你在上海很可憐，被家庭害得這樣，到了香港的淺水灣還是有些問題，去馬來西亞的叢林吧，你到了叢林就回復到自然了。你看，這男人愛人就是教人、救人，這模式一點沒變。但是我們對范柳原始終不太同情是為甚麼呢，他跟魯迅、郁達夫寫的男主人公有個根本性的區別，就是他有錢。魯迅、郁達夫寫的男主人公都沒錢，沒錢的男的教人讀書、性苦悶值得同情，一有錢就變 playboy 了，范柳原我們不同情他是因為他有錢，他一來淺水灣就給白流蘇開個房，一看就是居心不良。其實郁達夫也開房的。但我們感覺范柳原就和涓生不一樣，涓生一個窮書生，所以書生一定要窮，一有錢就不能當書生了。這已經是張愛玲的第一個搗亂了。

第二個搗亂是甚麼？我們把事情往白流蘇的角度來看一下。白流蘇是等待被救的，當然了，28 歲，老公死了，娘家待不下去，這個時候要靠男人來救。可她要的是甚麼，她要男人愛她，要有錢，給她一個家庭，可她知道要得到愛需經過一個橋樑，這個橋樑就是這個男人要教她，她要假裝作學生。你們記得小說裏最精彩的段落是甚麼，就是當這個男的跟她講，你是不是理解我啊。講《詩經》的時候，白流蘇那個內心獨白，張愛玲寫「原來范柳原是講究精神戀愛的。她倒也讚成，因為精神戀愛的結果永遠是結婚，而肉體之愛往往就停頓在某一階段，很少結婚的希望，精神戀愛只有一個毛病：在戀愛過程中，女人往往聽不懂男人的話，然而那倒也沒有多大關係。後來總還是結婚、找房子、置家具、僱傭人 —— 那些事上，女人可比男人在行得多。」。這個描寫真是非常非常精彩。你們回過頭來看「五四」男作家寫女的，都是一個特點，叫玉潔冰清，外表要好看，內心要純潔，我值得救。我們會不會想到，當涓生在跟子君講易卜生的時候子君心裏說，聽是聽不懂的，但將來找房子要我作主。魯迅看不到，這是男作家的盲區、盲點，他只看到了「她睜大着稚嫩的眼睛」，好學生，郁達夫也看不到的，他看到王映霞，只欣賞她的浪漫，茅盾也看不到，這只有張愛玲看得到，張愛玲是女人。她知道，哦，碰上個精神戀愛的，不過不要緊，沒有危險，不會立刻叫我上牀，慢慢來。

所以下面有一段更精彩的，就是那個男的不是老誇她低着頭好看嗎，她就老低頭。後來范柳原都發現了，就說，我是誇你低頭好看，不過也不能老低頭，老低頭脖子上要起皺紋的，頸椎有問題啊。白流蘇馬上變色，這一天就吵架、就不高興了。這個顛覆性就在這裏。張愛玲這種寫法就把「五四」小說給顛覆了。我第一次看《傾城之戀》的時候沒甚麼印象，受了傅雷的影響，覺得沒甚麼意思嘛，小市民的故事，後來才覺得好。原來的愛情小說都是男女在一起跟社會作戰，涓生和子君他們很相愛，但社會逼得他們要分開，梁山伯祝英台是這樣，羅密歐茱麗葉是這樣，覺慧跟鳴鳳是這樣，男女在一起沒有問題，他們有問題是社會的問題。直到《傾城之戀》，社會沒有問題，沒有一個人反對你們兩個，可這兩個人自己在打仗。這對男女從頭至尾在打仗，而最後居然還打到一起去了，這是很多人的白日夢。到今天你看，香港台灣的純文學小說基本都是男女戰爭，講男女好、跟社會作戰的都是通俗文學，那是張小嫻、亦舒、李碧華她們寫的，西西、黃碧雲、朱天文、朱天心、李昂她們寫的都是男女在作戰。《傾城之戀》就是這個轉折。

女作家寫作時，就沒有男作家那麼明顯的要把知識分子角色帶進去啟蒙的現象——誰啟蒙誰啊。要是還回到「五四」文學的象徵意義上的話，那我們老百姓大部分就是這樣：哦，碰到一個講理論的，講吧講吧，反正錢我們是自己賺的。

謝謝大家。（熱烈的掌聲）

問答

郜元寶：非常精彩的報告，許老師用偵探式的方法對「五四」以來小說的男女關係非常細節地概括了幾個模式，但是我想，清官難斷家務事，學者也未必能斷得了情愛的事情。可能大家會有一些疑問或者興趣，我們歡迎大家提問。

學　生：您剛才講到作家的心態和生態研究，有助於豐富文學史的研究，關於這方面您可以多談一點嗎？

許子東：其實我們的資料也做了很多，但中國現當代文學研究中存在一個問題，就是許多家屬，包括子女和太太都參與研究。這有好處，可以提供很多資料，但中國人有個習慣是「為尊者諱」，所以有些事情就不大好講。這妨礙了研究。其實拉開距離看，這都沒甚麼，回到原生態看會看得更清楚。

內地現當代文學研究界存在一個割裂的情況，好像研究的管研究，資料的管資料，而且有輕資料的傾向。其實資料很重要。漸漸就形成了一個狀況，就是搞資料的只是搞資料，他不提供任何看法，這樣也不好，兩者不能太分開。日本漢學研究有一點值得我們學習，就是他們的理論見解是建基在對一些資料的發現上的，他們不憑空講一個思潮或觀點，而是從具體文本拉上去，最後可以講得很大，但你的立腳點要放得很小，這樣就會做得比較扎實。

學　生：我想問一下，在你看來，現代社會裏，正常的男女關係應該是怎樣的？再高一點來說，你認為知識分子和市民、大眾的關係應該是甚麼樣的？另外，現在都講市民社會，那麼在你看來，和諧的市民社會需要具備甚麼樣的特質？

許子東：哇，你這三個問題一個套一個，套得那麼大啊。正常的男女關係，這個我也說不清楚，很難說甚麼才是「正常」的男女關係，每個社會階段的「常態」都不一樣。

「五四」的和傳統的知識分子都有個習慣，誇大自己跟社會的關係，誇大自己的社會功能。舉個例子，古代假設有一億人，讀書人一百萬，考出來五萬個人去做官，除了皇帝，這五萬人就統治了這個社會。在古代，讀書做官就會管理社會，這個思路是根深蒂固的。到了「五四」，這個沒有了，但我們的集體無意識裏還存在，尤其是學文的人，會誇大我們對社會的責任。剛才講了，他們通過愛情把自己想像成救世的人，只有我一個人醒着，其他人都睡了，醉了。我們需要調整，但是不是就調整成像西方那樣的專業人士呢，我不敢說，但我肯定中國知識分子對自己的啟蒙責任是誇大了，是出於自己的想像。雖然我現在可能也在犯同樣的錯誤。

另外，你說的 society 是西方哈貝馬斯的概念，是法蘭克福學派的概念，源于希臘一個人文理想。中國遠遠沒到這一步，中國是沒有進入現代社會就已經進入了後現代社會，中國是前現代加後現代，缺的就是現代，缺的就是基本的法律、人權、理性，市民社會最簡單一個就是言論自由。所以才會有知識分子要啟蒙、要喚醒大眾。

學　生：「五四」小說中還有一種男女關係好像放不進您剛才講的那個模式中，就是穆時英他們寫的都市小說，那裏的男女主角並不是啟蒙與被啟蒙的關係。

許子東：這些作品中的男人是靠女人救的，這類作品我看得不是很多，但《白金的女體塑像》印象很深，「身體」的因素很重要，看上去是女人給了男人力量，男人從女人那裏變成熟，其實是非常男性中心的。穆時英、劉吶鷗，包括施蟄存都是，他們不屬於我剛才講的那個模式，原因很簡單，和剛才講的男作家不一樣，他們沒有救世的責任感，他們關心更多的是自己如何救。郁達夫就是他們這批人和魯迅他們之間的轉折，他表面上要去救，後來寫《出奔》、《她是一個弱女子》等等，但他寫下去是靠近穆時英的寫法的，到最後男人都是靠女人的身體來救。剛才講的這個模式當然不能概括所有的，舉的那幾個例子也都不是真正的愛情小說，都是打着愛情的旗號在講別的，我自己的理解是，它表達最多的是「五四」啟蒙的主題，是讀書人跟大眾的想像關係。

郜元寶：我的問題跟剛才那個同學的很相像：剛才許子東老師的演講主要是從愛情小說裏讀出知識分子與社會的關係，但這樣會不會像朱熹讀《詩經》一樣，「關關雎鳩」也是後妃之德。所以有沒有一些作品是拋開知識分子和社會的緊張關係不論，而只是純粹的男女相遇？

許子東：有啊，比如他剛才講的，包括郁達夫自己也有，比如《迷羊》就完全套不進去。還有《過去》，周作人很稱讚的，寫一對姐妹跟一個男的的故事。姐姐很漂亮，這男的就追她，但姐姐一直捉弄他，這男的有些自虐，還是追她，妹妹很喜歡這個男的，但總被忽略。多年以後這男的和這妹妹在澳門相遇，兩人還住在一起，但情已過。這就是比較純粹的探討男女愛情心理的，但這類作品在文學史上往往不太出名。

我決不是要說「五四」時期的愛情小說都是要表達剛才我說的那個模式，我只是找出幾篇來說有這麼一種模式，其實當時有很多種不同的寫法。但問題是，我剛才舉的幾個例子，都是最有名的作品，最有名就說明它對後來影響最大，為甚麼會影響最大？因為從二三十年代一直到現在，我們對這個時期的文學的讀解是有選擇地接受的，穿着愛情小說的外衣、背後進行社會思考的作品倍受我們的注意，它對當代文學產生了很大影響，我一直都記得涓生和子君講話的這種方式和氣氛。而施蟄存他們的作品，我們現在看來發現很難講出它的「意義」，比如《巴黎大戲院》一個男人在電影院裏想要摸一個女人的手，又不敢動，來來去去，這是很正常的男女之間的東西，但這個東西我們無法放入哪個 discourse 裏。這個問題提醒我要做一個補充，就是寫愛情的小說有許多種，但其中有些流傳得特別久，因為它承載了愛情以外更多的象徵。

另外還有一個例子可以證明這個問題，就是《沉淪》。郁達夫的《沉淪》發表的時候他說這是「靈與肉的衝突」「現代青年人的苦悶」；

到了 1927 年他編集子的時候他又說這個小說是「感傷」，一點用處都沒有，完全沒有意義，我亂寫的。到了 1932 年，郁達夫到日本，他說：「到了島國看見自己祖國的路程、民族的屈辱，所思所感就寫成了這個作品。」其實他的作品裏甚麼都有，也有青年人的苦悶，也有民族的屈辱，可是為甚麼他在 1921 年的時候強調的是一個比較普世的、永久的青年人的苦悶，而到了 1932 年的時候他強調民族屈辱？一方面是 1932 年中日已經有爭端，另一方面也是因為我們的主流意識形態形成了，這個小說是被意識形態所「閱讀」了，所以連作家自己也去拔高它，到了二十世紀五十年代以後我們就說《沉淪》是最早有愛國主義思想的，就是一路拔高。

學　生：您剛才講了一個「知識分子 —— 社會」的象徵系統，您認為這個象徵系統是「五四」時候形成的呢，還是他們從傳統小說表達當中所汲取的？或者從哪裏來無關緊要？

許子東：各個作家不一樣，或有意或無意，茅盾和魯迅是有意識的。茅盾覺得革命一發動就不可阻擋，他有意用小說象徵革命、象徵社會變化，但他又同情被革命拋棄的人，這是無意識的。魯迅寫涓生和子君的悲劇是有意識的，他非常清楚在當時啟蒙都會失敗，否則他為甚麼「彷徨」，他很清楚地看到救人不成反害人的可能。郁達夫是無意識的，他就是有傳統士大夫跟社會的親近感，這個解讀是我加給他的。至於你講的來源，兩方面都有，一個是傳統，讀書人覺得他對天下有責任，在廟堂憂其民，在江湖憂其君，另一個就是「五四」以來從西方進來的那些觀念，認為中國出了許多問題，我們要承擔起喚醒民眾的責任，兩方面都有。

學　生：我覺得涓生和子君到了後來也是有彼此間的「戰爭」的，也屬於男女之間愛情的「戰爭」，並不是到了《傾城之戀》才有。

許子東：《傾城之戀》中並沒有講後來兩個人怎樣，婚後怎樣，他們的戰爭是在過程中展開的，有點像先小人後君子，攤開來說兩人各自需要的東西，然後再走到一起。《傷逝》兩個人的矛盾出現在結合以後，他們之前的干擾來自社會，自己本身之間沒有障礙。即使是他們後來的戰爭也可以從社會方面找出原因，比如失業，還是有點不同。

張愛玲最後讓兩個人愛情成功是用了香港淪陷，這意外促成了兩人愛情的成功，按照張愛玲一貫的邏輯，也是不能成功的。後來香港把《傾城之戀》改成話劇，由毛俊輝導演，讓我和李歐梵、劉紹銘去幫忙做宣傳，在香港的一個公共場合，來的人女性居多，大家關心最多的問題是「范柳原為甚麼喜歡白流蘇」，白流蘇為甚麼喜歡范柳原我們都明白，但我們不明白為甚麼後來范柳原喜歡了白流蘇。李歐梵回答說我要是范柳原就不喜歡白流蘇，回答「很不負責任」，雖然他後來還寫了《范柳原懺情錄》，還寫了續集。劉紹銘的回答是，大概白流蘇很漂亮吧，我當時說，大概因為范柳原跟白流蘇打仗他一直都占了主動，佔優勢的，從開始看到白流蘇低頭裝純情，他就看到這個女孩在用心計，當他們同居的時候，這個男的已經把這個女的打敗了，全敗了以後，男的反生惻隱之心，正好又碰到戰爭，畢竟這個女的是死心塌地跟他好。當白流蘇已經沒有任何棋子可輸了，范柳原反而對她產生了感情。

學　生：今天講了很多魯迅，想請許老師談談魯迅和蕭紅的關係。

許子東：魯迅肯定是喜歡蕭紅的。你看魯迅早期寫的小說，蕭紅很符合魯迅喜歡的類型。但這大概就是偉大作家對年輕作家的喜愛吧，別的我想沒有甚麼。蕭紅是個了不起的作家，也是叫人唏噓感慨的作家。兩次懷孕期間都和別的男的談戀愛，兩次那個男的都喜歡她，把她帶走，兩次談戀愛的時候肚子裏都帶着別人的孩子，在男性中心社會裏這個很不容易啊，而且不是一次，是兩次，蕭紅必有過人之處。

郜元寶：好，報告就到這裏，我們再次用掌聲感謝許老師。（掌聲）

本文收入《許子東講稿（卷二）——張愛玲、郁達夫、香港文學》，北京：人民文學出版社，2011年。

想像中國的方法

以小說史研究為中心

時　間：2006 年 11 月 8 日（週三）

地　點：北京大學五院（中文系）演講廳

主持人：陳平原

主講人：王德威、許子東、陳平原

陳平原：今晚的討論，現在開始。「想像中國的方法 —— 以小說史研究為中心」這一專題，由王德威教授、許子東教授和我三個人合作，共同討論，主要涉及小說史研究的特點、視野、方法等。

關於這個課題，我先稍微做一些介紹。因為，今天可能會比較多地涉及小說史研究中國外研究方法和國內研究方法的差異。這正是我今天選擇這個題目的用意所在。諸位知道，中國人寫文學史，最早將小說納入視野，那是受外國人的啟迪。1904 年林傳甲寫《中國文學史》的時候，是不考慮小說，也沒有戲曲的。而當時，日本學者笹川種郎寫的文學史中，既有小說，也有戲曲。林傳甲還嘲笑人家說，這麼低賤的東西，你也放進文學史來談？可此後，我們逐漸接受了外國學者的影響。二十年代初 —— 諸位念現代文學的肯定會知道 —— 具體到 1921 年，郭希汾也就是郭紹虞先生，翻譯了鹽谷温的《中國小說史略》，在上海出版。陳西瀅不曉得，只聽人家說魯迅的《中國小說史略》是抄的，就在《晨報》上寫文章，因而引起了一場很大的爭議。因為這事，魯迅恨了他一輩子。說人家的書是抄襲的，這是特別大的侮辱。從二十年代到四十年代，中國人接受外國學者關於小說研究的意見，基本上限於日本學者，包括鹽谷温，也包括長澤規矩也等，主要目的是版本目錄資料。因為好多書，包括今天諸位熟悉的「三言兩拍」等，都是從日本回來的。換句話說，五十年代以前，我們對外國學者的想像，就是他們可能提供我們所沒有的、流傳在外面的小說版本。五六十年代，我們沒有多少跟國外學者接觸的機會。真正有意識地與國外學者進行小說史研究的對話，大概是從 1981 年開始。最早是因為魯迅，《紅樓夢》《金瓶梅》，最早的幾本介紹外國學者研究中國小說的書籍，是《國外魯迅研究論集》、還有紅樓夢研究、金瓶梅研究等。1983 年起，我們才出版《中國古代小說研究》《論中國古典小說的藝術》等，大都是編的，從台灣的書籍裏面選編文章，還不是直接翻譯的。八十年代中期起，有幾個蘇聯及東歐的學者被介紹進來，如捷克的普實克、蘇聯的謝曼諾夫，以及李福清等人。但九十年代以後，我們關注的重點轉為歐美。那個時候，韓南、夏志清、伊維德、馬幼垣、余國藩、米列娜、浦安迪、柳存仁以及日本的增田涉、澤田瑞穗、小南一郎等，他們的小說史研究，對中國內地學界開始產生影響。最近幾年，不僅這一批學者，包括治現代文學的李歐梵先生、在座的王德威先生，他們的小說史研究，也深刻影響了內地的學術界。現在，我們做小說史研究的，已經不能夠完全閉門思考，而必須認真面對日本學者、美國學者、歐洲學者和俄國學者他們那些異彩紛呈的研究成果。

我曾經做了一個簡要的敍述，稱小說史研究在二十世紀中國，獲得了很大的成績。比起詩歌、戲劇、散文來，二十世紀中國的「文學研究」裏面，成績最突出的，是小說史研究。我記得，五十年代胡適之寫《胡適口述自傳》的時候，特別提到，把小說史研究做得像經學研究、史學研究那樣，這個努力，是從他開始的。換句話說，把小說研究當經學、史學那樣來經營，這個思路有得也有失，我不細說。我想說的是，我們把小說史作為一個專門的領域來經營，到今天為止，發表論文，小說史依然是文學研究裏的一個大頭。這有幾方面的原因，最簡單的是，我曾提及現代中國大學制度的建立，對小說史研究起了決定性的影響。我舉了一個很好玩的例子，教書的人都明白，講詩歌，講散文，講戲劇，不是很容易；當然，也可以講得很好。但講小說，絕對好辦多了。如果課堂裏笑聲一片，十有八九是在講小說。講小說容易獲得這種效果，講詩、講散文不見得。換句話說，小說研究的門檻比較低，大家都容易進入，這是一個講課效果特別好的領域。當年俞平伯講詩詞，經常會停下來，不是沒話可說，而是重在個人體味。據三十年代的老學生張中行回憶，俞平伯在北大講李清照的詞，「簾卷西風，人比黃花瘦」，念完以後，閉着眼睛說：「真好！真好！為甚麼，我也說不出來。」於是，滿堂都在歎息：「真好！」(笑聲)按照張中行的理解，講詩講詞就該這樣，老師引領學生進入那個境界，然後你自己去體味。講小說要這麼講，肯定不行。而且，即使講詞，這麼講，也有人有意見。我們知道，歷史學家趙儷生是清華的老學生，憶及當年聽俞平伯講課，說那叫甚麼課，啊老說「真好」，到底好在哪兒？你說呀。(笑聲)請大家注意，張中行是國文系學生，趙儷生念的是外語系，外語系學生一聽中文系教授搖頭晃腦說「真好」，就受不了。我想說的是，詩詞的講述，更多借助於個人體味，而小說的閱讀、理解和闡發，更容易為公眾所接受。

還有一點，小說史研究，各領域的學者都可以自由進入。比如，做文藝理論的，可以拿小說來試刀；比較文學學者，也喜歡談論小說。還有做政治學的做法學的，就像北大法學院的朱蘇力先生，也拿元雜劇啊、明清小說啊，來馳騁想像，展開論述。換句話說，小說提供了極為廣闊的天地，使得各專業的學者都能進入，所以，這個領域特別活躍。正因如此，文學史家到底在小說研究中扮演甚麼樣的角色，必須認真思考，仔細探尋。今天，我們面對各種各樣、五花八門的小說史研究的角度、方法、觀念、途徑，作為一個中國學生，你該怎樣進入？我們先請教王德威先生，接下來請教許子東先生，最後有時間的話，我也講一下自己研究小說史的設想。不過，我更希望留下比較多的時間，給大家提問。

好，現在就請王德威先生做一個引言吧。（掌聲）

王德威：好，謝謝大家！又一次和大家在晚上一起討論關於中國文學的各種問題，這是一個很難得的機會。尤其是老朋友許子東教授也一起在這裏參與對話。我很期待在我們的引言之後得到大家不同方面的批評和問題。只有這樣的互動，才能促進我們對文學史，尤其是小說史的進一步的理解。我想這是一個相當大的題目。陳平原教授特別囑咐說，我們每個人不要超出太多的時間，以便留出更多的時間給大家提問以及回答。所以，我想就兩個方面來說明一下過去這些年我自己對現代中國文學史尤其是小說史方面的一些研究方式以及不同實驗的門路。也許有的時候有一些心得，有的時候也有並不是非常成功的嘗試，提出來供大家參考。

首先我想回應剛才陳平原教授的說明，就是關於文學史，尤其是現代文學史這麼一門學科的研究它其實本身就是一個現代的「發明」。剛才陳教授也提到了，現代文學史或者廣義的文學史研究它的週期也不過一百多年。時至今日，距離 1904 年林傳甲的初步的所謂文學史的規模，我們其實走得並不是太遠。但是我們今天一提到文學史，感覺上這是從開天闢地以來就總是在那裏的一個大的文學研究工程。我們一談文學史，想到的就是一個一以貫之的大論述，從某一個時代的斷代點開始，一直延續的富有邏輯性的、歷史進程性的、敘事性的這麼一個工程。它基本上有一個大敘事的基礎作為支撐的架構。這個大敘事，通常是包括了對大師的推崇，對經典的樹立，對運動、時期、事件的有意義的描述。如果做現代中國文學史，尤其小說史的話，大師的大師肯定是魯迅，然後是魯迅的門人，然後是茅盾、巴金、老舍等等。當然，我們通常對經典的研讀不遺餘力，從《孔乙己》《阿 Q 正傳》到《家》《春》《秋》《子夜》等等，我們在一般的課程上都會接觸到。另外還有時代，對「劃時代」的事件、運動、風格的精緻的定義。從某一個時代嫁接到另一個時代，應一個進程性的起承轉合的發展。

在這種種的大敘事的這些因素下，說實在的，有一個非常強大的國家論述在支撐着。尤其是現代文學史，它跟現代國家的想像有密不可分的關係。每一個國家的建立都需要一套敘事來作為回顧過去、瞻望未來的基準點。而特別有意思的是，這個敘事往往是以文學史的方式來作為最後結晶式的表現。Benedict Anderson，我們這裏翻譯成安德森，他的《想像的共同體》或《想像的本邦》提出印刷資本主義作為想像共同體的發展基礎。我們從文學史研究的立場也可以提出，這個國家的想像和文學的創造是密不可分的。過了一個世紀之後，我們今天只要到書店去看一看，目前排列在架子上的各種各樣的文學史，的確是歎為觀止。尤其是在中國內地這麼一個特殊的時間和語境裏，以我個人的經驗而言，我從來沒有在其他地方看到過這麼多各種各樣的文學史，這麼多細密的劃分。在大型的國家文學史下再劃分出各種各樣的地方文學史、流派的文學史，乃至於專注于作家本人的創作史，等等。這樣的現象使我們必須意識到它整個文化建構之下的歷史因素，尤其是政治理念與意識形態上的一些承擔或是負擔。

其次，我想談一下，「文學」和「史」這兩個觀念本身有非常微妙的互相解構的因素。在最粗淺、最原始的判斷文學史的方法上，通常我們忽略了一個問題：當我們談文學的時候，我們想的是一種虛構的文字工作，或是勞動。它的虛構性永遠是我們念茲在茲的一個前提。而相對于文學，我們講到歷史，不管是過去還是今天，總認為歷史能夠證明一切；我們未來要朝向一個歷史的目標邁進等等。不論如何，它畢竟是有一個實證性的基礎，也似乎是在告訴我們，這是一個信而有征的敍事行為的建構。它所有可以參考以及述寫的資料，似乎都是來自過往時間的流程，事實具在地發生過。所以，當我們把文學史這三個字，或者是文學和史這兩個詞，放在一起合而觀之的時候，我們有多少時候意會到「文學 / 史」之間的矛盾現象。我們可以把文學當做一個歷史實存的現象，各種各樣的經典大師都存在過。我們以史學家的觀點來排比來分析來判斷他們的貢獻。我們所塑造成一個不斷有事件發生、消逝、流轉、前進，各種各樣的方式，這是一種非常依附於歷史、尤其是傳統歷史論述的一種文學史做法。而從另外一個觀點來看，我們不得不承認即使是最實在最貼近現實的歷史，當它一旦變成一個敍事的行為的時候，它必須納入虛構的可能性，或者是想像的必然性：歷史總是後見之明，總是從已經有的殘存的片斷的各種各樣的證據裏面，再去營造一個起承轉合的大論述的過程。在文學和歷史的交錯之處，文學史誕生了，它提醒着我們歷史本身虛構的可能，也提醒着我們，文學不必總是依附在所謂實證式的社會科學的種種史觀之下，成為一種好像總是次一等的歷史敍事行為。這兩者之間的互動我想可能已經是老生常談，但是我仍然覺得在這裏有再次提出來作為參考的必要。

而當我們把「現代」這個詞納入到「現代文學史」這樣一個詞彙的

思考中，我們必須很警覺，問題更為復雜了，當我們談現代的時候，我們談的是一個時間在流程上的斷裂點，這個現代呢，要相對於過去、相對於傳統、相對於未來，在一個時間陷落的點上，我們意識到所謂前無古人、後無來者的這麼一個不可逆轉性，以及未必能夠有前進性的這麼一個非常存在主義的時間的點。所以，「現代」本身必須隱含着對歷史的批判，也是對歷史或歷史觀、歷史感的一種瓦解。當我們談「現代」「文學」「史」這三個詞的時候，這三者之間的互動已經足夠讓我們思考大半天了。甚麼樣的意義上，我們談現代文學史，如果現代是這麼一個時間進程上的、一種短暫的稍縱即逝的時間感覺的話，它怎麼可能變成歷史敘事中的一個要素呢？所以這一點，尤其是在八十年代及九十年代，當解構主義風靡一時的時候，美國學者 Paul de Man —— 這裏翻成德曼 —— 對現代時間的不可依賴性、不可重複以及不可重述性，以及「unrepresentability」這個問題，有許多深入的見解。

但是我也要提醒大家，當刻意強調現代的現實當下性，還有現代可能會瓦解或者抹消歷史關聯性或是敘事性的可能的時候，現代也可能變成一個托詞、一個偽說。我想大家都知道德曼這位重要的美國解構學專家。在他過世之後我們才發現，原來他在二次世界大戰期間在歐洲曾經是和納粹宣傳媒體互通聲息的。所以很多的人在後見之明的情況下，覺得原來德曼在推動他心目的現代、甚至後現代文學史觀的時候，無非是要解構他自己也不願意再去面對的、或去承擔的那些過往的、林林總總的歷史，要去遮蔽它、要去抹消它。所以，我們在討論「現代」、「文學」、「史」這三個詞的時候，必須要特別地在意這三者之間在理念上有時互為因果、有時互相折衝或互相解構的可能性。

談到「現代」和「當代」這兩個詞，在未來的二十年或三十之後回過來看，可能會讓我們啞然失笑吧。我們是憑着甚麼樣的自信，把我們自己時代就等同為永遠的「現代」和「當代」了。想想看，在 2050 年的時候，大家談「現代文學史」，原來是二十世紀的產物，原來是一個歷史的東西，原來是歷史留下來的，那一塊叫它們自己是現代、是當代，這其實是一種非常自尊自大的歷史觀。就像十九世紀西方的理論家以及小說、藝術創作者把他們那個時代叫做寫實或現實主義的時代一樣的。時至今日，我們怎麼來安頓現實或者現代的位置呢？這一樣是在這一類思考下我們必須去再一次面對的問題。

接下來我要談到現代小說史的問題，這是我們今天討論的焦點。我剛才和陳教授也商量了，我們以各自研究的方向作為一個討論的基礎，可能比較落實在我們實際從事的研究方法上，讓大家作為一個更具體的參考。

我在二十世紀九十年代初期，寫出了一本作品叫做《小說中國》。這本書用「小說」這兩個字來玩味這個字眼下的不同的含義。我的起始點是認為小說是二十世紀最重要的文類。從 1902 年梁啟超告訴我們小說有「不可思議」的力量，改造社會民心，好像從強身到建國等現代大計都能讓小說包攬了。過了一個世紀之後，顯然小說在今天沒有那麼大的力量了它失去了它的威力。而我在更進一步的研究過程中，我甚至覺得在梁啟超推出他偉大的「新小說」的觀念時，每出版一本他心目中認可的新小說後面，就有無數部他認為不應該是新小說的小說也同時出現。所以，「新小說」這麼一個烏托邦式的文類的存在本身，必須要付諸討論。歸根究底，文學史裏的文類觀念總是權宜的、過渡的。不論新舊，小說的形式永遠在改變。它的題材、還有參與小說生產的各種各樣的模式，總是在變動着。而我在當時做晚清小說的想法，是希望借着這樣一個切入點，讓小說和中國，尤其是國家敘事的問題，產生相互對話的可能在寫作文學史的想像裏，我認為小說應該相對于我們長久以來習以為常的「大說」。「大說」曾經是黃子平教授的調侃話，用來說明我們在過去一個世紀述寫中國的時候，都是大言誇誇、不可思議的所謂的雄偉論述、崇高修辭。我認為，過了一個世紀以後，小說之所以為小說，正是因為它必須認清它自己的位置。小說在一個虛構的立場上，它不必負擔所謂國計民生的大責任；小說作為一種虛構不必和中國的建構發生必然的連鎖。但是反過來說，中國的建構卻總也離不開一種對虛構的想像。就是我們對中國未來和過去的願景，對一個烏托邦世界的演繹和創造；我們總是需要依賴於一種論述、一種敘事、一種小說式的行為。所以，當我們談到「虛構」這兩個字，它就並不是那麼簡單的、天外飛來的、無中生有的一種敘事行為。它總是在一個歷史脈絡裏面刺激着我們、挑逗着我們、挑釁着我們，如何逃逸出現實以外，在不可能中創造一個可能。在這個層次上來談論小說史或者是「小說中國」，我覺得可能更為有意義。

同時我也強調，1949 年之後，因為政治和歷史的因素，整個中國文學的發展形成一種離析多元的狀態。在這裏，我想絕大多數同學以及同事們，是基於一個大一統中國的立場、一個大陸為中心的立場，來看待文學史的發展。這當然是言之成理的立場。但如果我們要對現當代中國文學流變，尤其是 1949 以後的小說的發展，做出更深刻的思考，我上次所說的海峽兩岸，還有海外離散的華人社羣裏，對虛構敘事、尤其是想像的方法試驗。這個方面，我建議大家可以再用心用力。這是一個「小說中國」的概念。

其次就是早兩年，在 1988 年，我在台灣出版另外一部作品叫做《眾聲喧嘩》，當然現在這個詞大家已經習以為常。當時我是基於海峽兩岸對話的觀點，還有現代和當代文學對話的觀點，運用巴赫金的觀念，來討論小說所含蘊的各種各樣聲音的可能。我們都知道，巴赫金對於小說的推崇是無以附加的，他把小說和詩歌這個文類相互對立，他認為詩歌是單音的文學創作的行為，而小說則是複調的、形成各種各樣的聲音眾聲喧嘩式的創作行為。在巴赫金的見解裏，這樣廣義的小說敘事的文類發展其實可以上溯到希臘羅馬時期，它有一個非常長遠的傳統。當然這種觀念有他強大的理論上的吸引力。我想曾經有十來年吧，我們每一個人都得言必稱巴赫金，好像這才能夠為自己的研究找一個合法性。但是逐漸地我們開始去發現眾聲喧嘩「以後」，不見得就是一片和諧；眾生喧嘩以後可能還是亂作一團。我想最近台灣的政壇給我們上了很好的一課。眾聲喧嘩有時候是產生相互的誤會，有很多時候是各說各話，或拋物線般互相交錯之後不見得有一個具體的結果。這種種可能下形成的複調多音，才更值得我們研究。巴赫金的想法也許有他個人的烏托邦的寄託。我們在今天，尤其放在中國的語境裏面，對於眾聲喧嘩的觀念可能有再重新思考的必要。但是無論把小說或者是其他任何一種文類、社會現象當做是眾聲喧嘩的研究的前提，我自己覺得還是非常值得重視的。這是我在個人較早的研究工作，也得到了很多不同的反響，有正面的，也有負面的。我也很希望得到大家的提醒，特別是我所忽略的或不足的地方。

我過去一兩年中同樣把小說史的概念運用到個人的研究上，有一些粗淺、初步的成果。一言以蔽之，我覺得在十九、二十世紀漫長的小說現代化的過程裏，早期作家學者的目標是「祛魅」，無論是魯迅個人或是他所代表的批判寫實主義，都希望把小說作為針砭現實人生的利器，將傳統中陰魂不散的鬼魅祛除。但是過了一個世紀之後，我們所從事的工作，尤其是在小說界，可能是「招魂」。有心作家希望藉小說再次把我們曾經失去或者錯過的各種斑駁的記憶，紛亂的生活體驗、各樣的理念情緒重新思考反省。中國的現代性在啟蒙和革命之外，也許還有些別的？在這樣一個大前提下，我在兩年以前出版一本英文專書，它的題目用中文翻譯起來不見得那麼順當，叫《歷史與怪獸》；英文題目就比較有趣，叫 The Monster That is History ，就是「稱之為怪獸的歷史」，或者「像怪獸一樣的歷史」等我在研究時也是因緣際會，找到一個古典小說敘事與史學敘事的一個交匯點。遠古時代有一種怪獸叫做檮杌，我想這是從事早期文學史學的同學可能有所知的。檮杌它是一種四不像的怪獸，人面虎足毛長二尺，豬口牙，長得特別可怕。它不斷地變異，是一個非常兇猛的東西。但這個怪獸在史書經籍裏包括《左傳》和《山海經》這一類的典籍，都提到過。令人深思的是，檮杌這個怪獸卻在早期的歷史想像裏，逐漸演變成為惡人、或宗族中不肖子的代稱。這個千變萬化的怪物逐漸和我們現實人生中的惡人或者壞蛋成為同義詞了。再過了千百年，到了《孟子》的時候，這檮杌變成了楚地的史書的代稱，有所謂「紀惡以為戒」的意義。檮杌是也成為楚地的鎮墓獸，尤其是貴族墳墓的鎮墓獸。為甚麼呢？因為據稱檮杌這種怪獸有預知未來的能力，可以驅凶避疾。所以從史學想像而言，檮杌是有多義性的一個意象。而到了十七世紀晚明時期，檮杌被李清延伸當做彰顯亂臣賊子的說部的代稱，這就是他寫魏忠賢如何禍國殃民的《檮杌閑評》。以後到了晚清民國又有《檮杌萃編》《今檮杌傳》等好幾本類似的作品。我深深為這個詞彙本身的改變而着迷，我覺得這個詞彙本身的變異，從神話到歷史的想像，到史學撰述的想像，再變成小說敘事的想像，也許可以作為我們在二十一世紀仍要探問小說「何所為」的前提：呈現的現代性裏的怪獸性。用英文詞彙來說，就是 modernity 與 monstrosity 這兩個詞。

我們已經「現代」了一個世紀，在這樣的文明時代裏，我們為何，或如何，仍然需要去面對一種殘存的怪獸性，一種在我們的文明中神出鬼沒、而且殘暴無常的怪獸性呢？在甚麼情況下，歷史和歷史的再現可以形成相互對應呢？就此我討論二十世紀小說怎麼見證和辨證歷史，尤其是歷史殘暴的那一面。檮杌這個詞可以古為今用，點出歷史上惡人、惡事、惡行揮之不去的現象。在這個大架構之下，我把我書裏面的綱要和題目列出來給大家作參考。我討論了魯迅的砍頭的情結和沈從文的砍頭的情結。我們都知道，魯迅 1906 年看殺頭的經驗，促成他不得不寫作的這一樁歷史公案。二十世紀二三十年代，沈從文是真正看過砍頭的，他當兵的時候看過千百個人頭落地的景象，但他下筆卻寫出了一種批判抒情的風格。另外，今天在座的絕大部分聽眾不會想到在 1930 年台灣日據時代，中台灣山區的霧社曾經發生大規模原住民 —— 這裏我們叫甚麼，山胞，山地的同胞 —— 抗暴事件。他們在一個慶典活動上突然發動抗爭，砍掉了上百名日本人的頭。這個故事在 2000 年的時候被台灣作家舞鶴寫成一部精彩的小說《餘生》。將這三個描寫砍頭的案例並列，反省它們之間的歷史和文本互相指涉性，大致代表了我切入小說史的做法。我希望打破以中原大陸為中心的看待歷史的方式，試圖用書寫的形式、用主題，或者用作家本身的歷史經驗，來點出歷史，尤其是小說史的駁雜性。我這篇文章裏還是談到了 1902 年連夢青的《鄰女語》中講庚子事變時，清廷大規模的砍義和團人頭的事件。這只是提供給大家作參考。

另外我談到了像「罪與罰」的問題，從晚清的《活地獄》《老殘遊記》等等這一類的作品來看待現代文學對於詩學正義問題，怎麼投射到二十世紀以革命啟蒙論述為基準的律法正義的論述上。另一篇章裏，我談到革命加戀愛的問題，我在上次討論紅色抒情的時候，以蔣光慈、瞿秋白為背景的時候也談論到了。我又討論了饑餓和女性的問題，我們在上次也稍微觸及到了。我也談到了海峽兩岸在二十世紀五六十年代，儘管在政治上劍拔弩張，但是在文學實踐上居然有不可思議的相似性，都是用政治機器來促進宣傳文學、口號文學的發動。當年兩岸政治和文學之間的連鎖是如何地密切又相似，那真是「本是同根生」的一個特別奇怪的詮釋。事實上我以為正是因為我們要開拓小說史研究的視野，這類方法是可以推動的。除此以外像《歷史與怪獸》，用不同時代的作品，晚明的、晚清的、民國的作品相互印證。「魂兮歸來」的問題，叩問到了二十世紀末，我們怎樣用「招魂」論述來看待一個世紀的小說，從魯迅到張愛玲從早年的鬼魅陰柔的敘事，包括鴛鴦蝴蝶派的作品一直到余華、蘇童筆下陰魂不散的故事，又怎麼樣來刺激我們對於世紀末的「還魂」想像。林林總總的我先提到這裏，作為大家的參考，也許作為未來提問的依據。

好，謝謝大家！（掌聲）

陳平原：下面請許子東先生發言。

許子東：剛才聽陳平原說大學制度對小說史研究的影響，我才明白為甚麼我平常在嶺南上課，名為文學史，其實大部分都是在講小說。詩歌散文戲劇都是意思意思，每一次課百分之七十都是小說。

小說史呢，我是從來都沒做成過也不敢做。我一直想做。我跟黃子平在香港申請了一個研究項目，大言不慚的題目叫「二十世紀晚期中文小說研究」，他說他那卷是「思潮與現象」，我那卷就叫「文本與作品」。我這「文本與作品」到現在都沒寫出來。甚麼道理呢？因為我曾經列了十幾章的章名，如王蒙啊、張賢亮啊、張承志、韓少功、史鐵生、汪曾祺、賈平凹、余華、莫言等等，可是我沒法斷後，我沒法截斷他們，因為我們的那個原來的計劃是寫到 1997 年，可是這些人生命力很旺盛，他也不管我們評論家多麼辛苦。（笑聲）單單一個王安憶就已經把我們搞得很苦，我也不知道王德威怎麼對付得過來。最近賈平凹又弄一個《秦腔》，看得我們頭昏腦漲。我跟黃子平現在就沒辦法。以前我們還很認真地坐下來談談，我們怎麼辦，最近連我們怎麼辦這個問題都不考慮了，這個當代小說史怎麼做？所以你難怪在新華書店看到這麼多的文學史可以出現，那是集體編寫的。所以，常常可以看到一個人掛牌，算是列車長，後面有很多包廂、統鋪、搬運工，很多甚至沒有名字。我們在香港的研究生，你連叫他借本書都不大好意思，怎麼能讓他做苦工呢？當然主要還是自已疏懶，所以我對寫當代小說史到目前為止越來越沒信心了。

我寫過一篇論文，《當代小說中的「現代史」》討論《紅旗譜》《紅高粱》還有《大年》《白鹿原》怎麼改寫中國農村的階級鬥爭史。後來作的一個勉強可以跟小說史有關的就是一個關於「文革小說」的研究。弄了幾十到一百篇的小說，前後也有二十年的時間跨度。我今天其實不想講這個，因為有書，大家可以看書嘛。陳平原跟我說講講書裏沒寫的，想法、動機啊甚麼的，那我就交待一下我寫這個書的想法、動機。（笑聲）你們為甚麼笑，我說得不對嗎？（笑聲）

最近北大有個碩士生到我們這裏來讀博士，最近他在跟我討論他的論文要怎麼做，用甚麼方法做。我跟他打了一個比方，比方說文學是一個花園，那你進去怎麼做研究呢？簡單來說，有這麼幾種方法。

第一種方法，你按照你的需要去摘花。這個需要有幾種，最基本一種的就是憑着興趣，好看，這朵好看，那朵好看，然後我走出花園的時候，我手裏有一束很漂亮的花，不管你送給誰啦。這樣的做法在研究層次上類似文學鑒賞者。但是你打開每年人大資料彙編的論文目錄，最多的就是論幾個基本特徵，論潮流，論現階段傾向等。文學史論文中有大量題目都是這樣。而這些論呢，論據都是從論點而找來的，看得出他是先有幾個論點了，然後去找幾個論據。我跟我的學生說，這其實是現在最多的做法。當然可以這樣做，出來一束花很鮮豔，以後這個花園甚麼樣，你搞不清楚。當然如果你憑着印象做、憑着興趣做，還好一點，最差的是，你是憑着需要做，憑着功利的需要做。比方說今天霍英東要出殯啦，我就看到滿花園都是黃花；明天要過情人節啦，滿花園都是玫瑰花。大家明白這意思，為了某一種時興起的需要或為了引起爭議去採集證據，把文學作為一個採花場，這在行規裏講不夠嚴肅。

第二種做法呢，我就姑且，以陳平原為例。（笑聲）當然我可能歪曲他啦。我說呢，你就在那個花園裏面找出一塊地方，然後你就把它挖透，多少草，多少木，每個葉子都貼上標籤，所有的東西，你都把它翻透。翻透了以後，其他地方有甚麼花，陳平原的說法是：我還沒看到呢，我不負責任的。（笑聲）但是，你如果到這個角落來，以後誰來這裏，你都得過我這一關。這個功夫很難做，我們都做過。我，陳思和，王曉明，我們開始其實不是挖一塊地，我們是拆一棵樹，弄一個郁達夫啊，弄一個巴金啊，弄一個林語堂，把一棵樹上上下下全摸索一遍。（笑聲）我們呢，弄了一下就累了，熬到碩士學位，大學裏混到一職呢，就不做了。馬上我們的很多同行心胸眼界馬上就開闊了，一下子從一棵樹就跳到全世界了。平原兄呢，比較本分，他挖一塊地。剛才講小說史，一塊地有時候還不大對，他有時候還挖一條線，他就沿着他那條線一直走下去，凡在他這條線上的東西，他講得很清楚，旁邊他暫時不看，先這麼做下去。平原，要是「誣衊」你了，你接下來要糾正。（笑聲）（陳平原：沒關係，隨便你說。）（笑聲）

第三種方法呢，我就跟我的學生說，有些人是這樣，他跑到花園裏，你不知道他為甚麼，他就在東邊摘一朵花，西邊摘一棵樹，那邊取一塊石頭。你開始不明白他要幹甚麼，這些花和石頭表面上是沒甚麼關係的。可是，他把它拉起來一講，哇，你發現可以講出一個道道，可以有很大的啟發。這是誰的做法？（笑聲）（王德威：是我嗎？）（全場大笑）我沒說，人家笑。我開始很想學這個方法，我覺得這個方法比平原那個方法省力。（笑聲）他那邊挖得很辛苦。我 1988 年初識王德威教授。在香港大學開會，我當時的論文是講《血色黃昏》，他的論文是講「原鄉神話」，講莫言，甚麼，把幾個不相干的人拉在一起。這是上個世紀的事情。（笑聲）真的是上個世紀開的會，記得吧？（王德威：莫言、李永平，是那次嗎？）對，我那個時候還不知道誰是李永平。（笑聲）（王德威：沈從文、莫言、李永平，還有一個台灣的作家宋澤萊。）他就是把幾個我沒想到可以放在一起的人放在一起，講出了原鄉神話這麼一個題目。其實黃子平也是這個樣子。但是這個做法呢，我跟我的學生說，看上去簡單，其實非常不簡單。你要是不對整個花園下面整個地形了解的話，你隨便采幾朵的話，跟第一種方法是沒區別的，你必須下面摸得非常熟，到處都知道，哪裏有蟲，你才可以跳出來看到。表面上看起來是隨便采，其實是福柯的方法，他找幾個點引出一條線，這個需要過人的閱讀量。他的閱讀量不要說我，陳平原也佩服。我記得多年前我們在台北開會我們就私下議論，說王德威哪有那麼多時間看這麼多書。他台灣的小說看得多，中國大陸沒一個看台灣小說看得像他那麼多，可是他看大陸的小說也比我們看得多。總而言之，我跟你講，這個不是隨便好采的。

我其實在想討論「文革」小說的時候，這幾種寫法都想過，後來我都放棄了。（笑聲）這裏所謂「文革」小說，指的是國人後來寫「文革」的小說，不是指「文革」期間的小說。挖一片地、挖一個「文革」小說，我數了數，有三千部作品，你怎麼論，怎麼寫？你要跳出來找幾個代表作品，怎麼找法？不行。所以後來我想了一個方法，我的方法是甚麼呢？我是基本上是折中的，我的方法是以他人的標準到花園裏去選一部分花，然後我來評論這些花。我借鑒普羅普的方法，普羅普他搞一百部神話，那一百部神話是別的院士選的，不是他選的，這是非常非常重要的事情。這樣做可以避免「以論帶史」。從一百部神話裏面，普羅普總結出三十一個功能，搞出那麼大一套規則，而這套規則，後來我的學生把它拿來套金庸，全部套得進去，一模一樣。你假如拿來套中國的革命歷史小說或愛情小說也套得進去。所以我把「文革」小說也這樣改造了一下。這有點像我切餅你來挑，或者你切餅我來挑，有點像民主的三權分立，你立法，我執行。材料你找，我來評論，材料的來源我不負責任，這樣我的評論才有價值。我舉個例子，我在五十部作品裏發現一個現象，十幾部都寫自殺。可是呢，再一分析發現，「文革」小說主人公要麼是知識分子，要麼是官員，也有一些造反派或者農民。結果，我一查，十幾個自殺的主人公全都是知識分子，沒有一個做官的。你看，這個是很有趣的現象，對不對？這個現象可以討論出很多東西。因為革命幹部嘛，他們的信仰比較高嘛，再苦他們也不自殺嘛，對不對？他眼光要看得遠。王蒙小說的主人公就不會自殺的，只有傅雷這種人才會自殺。知識分子呢，眼光短淺嘛，骨頭硬嘛，嘣，倒下了。但是我提出這個看法，它的前提是，這些文本不是我選的。因為假如是我選的話，研究價值就打折扣，因為我很容易找一些對我有利的證據。

再說一個例子，我分析那些小說裏面的男女相救。「文革」小說通常講落難了以後，男的由女的救，女的由男的救。我發現男的落難了，女的來救他的，這些女的，要麼文化水準比他低一點點，要麼文化水準比他低很多。幹部呢，就找文化水準比他低一點，還能溝通的。

王蒙寫的幹部就找鄉村女醫生。張賢亮就找「美國飯店」，風塵女子。總而言之，沒有一個人找了一個文化層次比他高的女性來救他的。但是反過來，所有女主人公落難了，救她的那個男的，不管在任何人的小說裏，他的文化水準一定高於這個女的。《芙蓉鎮》裏邊的姜文，《人啊，人》裏邊那個男的。（笑聲）想不出名字了，對不起。總而言之，無一例外，沒有一個女的落難後，是找一個比她文化層次低的。偶然有一個例外，就是那個遇羅錦的《一個冬天的童話》，不過到了《春天的童話》裏她就把他離婚掉了。（笑聲）而進一步的發展是，所有女的被救的時候，男的都是跟她講思想，交流看法；而男的被救的時候，女的就是給他吃饃饃，（笑聲）或者米豆腐，不是馬上上牀的，通常都是吃東西先。（笑聲）再一個有意思的是所有以女主人公為主的敘事，男的來救的時候，到了小說結尾那個男的還在，就是說他們在一起了，患難之間的真情後來譜出了很經典的愛情，像現在選出來的十大經典愛情那種。而凡是男主人公為主的敘事作品女的來救了，等到最後男的平反了，好了以後，那些女的最後全部自動 disappear。（笑聲）通常是，像馬纓花最後就找不到了。王蒙的《蝴蝶》，男的走回到鄉下找到他那個女醫生說 —— 他已經是副部長了嘛 —— 跟我到北京去。那女的說，我為甚麼要跟你到北京去啊，你為甚麼不能跟我繼續在鄉下，那個女的就不走了。你想想看，男的得救了以後女的都 disappear 了，從這個現象，可以有很多的論證，女性主義的角度啊，中國人的集體無意識啊，大眾的夢啊等等。但是關鍵點是這個材料不是我選的，假如我是從我的觀點出發來找一些論證的話，我自己覺得我的研究也講得過去，但是不是很 strong。而問題是我當時的材料根據是歷年的得獎、受爭議、銷量最大，也就是說它是根據另外一個標準出來的，所以我相信你越好地確定你的研究範圍，多加了限制，我們得出的一些結論可能就越有意義越有啟發。我自己還有一個叫我自己感到更驚訝的結論是我在寫那個書之前完全沒有想到的。因為這個小說裏面通常都有工人、農民、幹部、知識分子、造反派，有各種各樣的人物，右派等等。我以為主人公是知識分子、幹部、工人、農民，他一定是受害者，那一定就有人害他，這個時候造反派、紅衛兵多數都是不好的。可是我後來把所有這些小說閱讀下來，發現只要小說主人公有名有姓是紅衛兵或造反派的，那紅衛兵造反派就是好的。換句話說，所有八十年代中國以小說形式來記憶「文革」的這麼一種東西，敍事者從來都沒有懷疑自己的主場優勢。這個看法我還是建立在這個材料的基礎上。每一個都值得做，我是做得不夠啦。很多人說我很悶，比如劉紹銘看完了，跟我說，許子東啊，這樣的書一輩子寫一本就夠了。（笑聲）也有人說我的標題很悶。我自己也很想再寫下去，比如王小波啊，很多人都有更新的論述出來，而且我發現很多東西，我只是提到，沒有好好地挖下去。我講的方法就是這種方法，就是既沒有能力把一塊地徹底翻過來，也沒有能力在了然全域的情況下點劃幾塊，那我的方法就是請人幫我，比方說拜託啦，把裏面紫色的花，全部拿出來，我就來作一番這樣的分析。這就是我的方法，大概不是很好的小說史研究的方法。但是還了我的一個宿願。我的一個甚麼宿願呢？我可以跟大家交待一下，就是我為甚麼老盯着「文革」小說不放呢？我的老師錢谷融教授，在我剛讀書的時候就跟我講過一句話，就是寫東西可以不寫就不寫，甚麼樣的情況一定寫呢，生活中有些事情、有些感覺你怎麼也忘不了，那你就把它寫出來。我有甚麼事情，生活中怎麼也忘不了的呢？在 1966 年有一天，我的家裏第三次被抄家，那是半夜，北京來的紅衛兵。全家抄遍了，找不到我父親。我父親呢？我的成績跟王德威沒法比，可是我的父親卻和王德威的父親一樣是「國大」代表，我們有點相似，只是他那個「國大」代表早早地離開了，我父親 1949 年後留在了上海。他覺得世界上沒有一個政權會比國民黨更腐敗了。（笑聲）翻了半個小時後，才知道我父親穿着睡衣，從水管爬到樓下的一個花園裏，躲在那裏。那時候我父親七十歲。後來被抓出來了，然後在那裏批鬥。我還記得那個北京紅衛兵，十幾歲，就問我很多問題，多大啊。最後她很燦爛的笑臉 —— 她長得很漂亮 —— 跟我說：許子東，你是有希望的，你是可以教育好的子女，你還沒有受污染。當時聽完這個話以後，我心裏很高興，我一點都不恨北京紅衛兵，我到現在還記得，我那個時候一點都不恨他們。只是，後來我看到我父親穿着白的棉毛褲站在那裏，我心裏很難過，我不知道我為甚麼難過。這件事情就給我極深極深的印象，到現在我半輩子多都過去了，我到現在還沒有忘掉它。而我看過了那麼多的小說，還沒有寫到過這麼一個感覺，所以我覺得有一個宿願沒有完成。我自己想寫，但是他們說我缺乏形象思維。（笑聲）後來我就想我寫不好，我就看看人家寫得怎麼樣。所以，這就是我要交待的我的「偽小說史」研究的動機。謝謝大家。（掌聲）

陳平原：許子東說他的小說史越寫越沒有信心，我覺得最佳例證，是我們的《二十世紀中國小說史》。從八十年代中期起，我和嚴家炎、錢理群、吳福輝、洪子誠、黃子平等先生，合作撰寫《二十世紀中國小說史》，第一卷 1989 年出版，現在已經是 2006 年了，第二卷還沒完成。（笑聲）我也不知道，這套書甚麼時候能寫完。之所以遲遲沒能完工，很大原因是我們每個人都很獨立，主體性很強，很難做成像許子東所嘲笑的那樣，有一個人牽頭，其他人跟着走。並非彼此之間關係不好，而是每個人都有很強的主體性，這樣，合在一起工作，寫同一本書，很難很難。

今天，我只能講一點自己的體會。不知諸位注意到沒有，作為新紅學的創始人胡適曾經說，他讀了很多遍《水滸傳》，但沒讀完，讀到中間就岔開去了，因為又發現了考證的好題目。晚年胡適甚至說，他研究了一輩子《紅樓夢》，發現《紅樓夢》在技巧上還不如《海上花列傳》和《老殘遊記》。為甚麼？人家嘲笑胡適沒有藝術感覺，在我看來，不完全是這樣。五十年代，胡適在演講中稱自己是作文學史的，不是研究文學的。在他看來，文學評論或文學研究和文學史是兩種不同類型的學術研究。文學史強調演進、注重實證，而文學批評或文學研究注重個體與片斷，強調品味與感覺。那麼，有沒有可能把注重感覺的審美批評，和注重實證的歷史敘述結合在一起？這起碼是我作小說史研究，從一開始就定下來的「宏願」。在具體操作中，有些設想實現了，有的則沒能做到。

諸位如果念現代文學專業的，大概都會知道我的博士論文《中國小說敘事模式的轉變》。自那書出版以後，不斷有人問我，你為甚麼不接着往下做？很多人認為，我談小說敘事模式的轉變，做得還不錯，那為甚麼不接着討論三十年代、五十年代的中國小說，或者唐代小說、明代小說的敘事模式？為甚麼剛放了一槍，就跑了呢？確實，做完博士論文以後，我就沒有再專門作敘事模式研究。有幾個原因，其中最主要的，我發現敘事學不足以完成我所設定的「小說研究」任務。敘事學理論基本上是自我封閉在一個很完整的很好看的體系裏面，掩蓋了現實生活中很多生龍活虎的東西。小說的寫作，不僅僅是如何敘事。我分析小說的敘事時間、敘事角度、敘事結構，也能說得頭頭是道，可我沒辦法解決一個問題有些從敘事學理論看非常完整的小說，但我知道它不是好小說；反過來，有些好小說，我又沒辦法用敘事學來解說它。我理解，傳統小說向現代小說轉變過程中，形式的因素很重要，敘事學理論可以幫助我描述並闡釋這一轉變過程。但如果讓我純粹作敘事學的研究，又要研究《紅樓夢》，又要剖析《金瓶梅》，還得談論魯迅以至莫言、賈平凹，我相信我的小說史研究會作得特別乏味。所以，你們發現，我的第二本書《千古文人俠客夢》，那是一個類型研究。那書想嘗試一種研究方法，就是在類型研究中，如何兼及形式層面和文化層面，或者說內容層面二者如何交叉。換句話說，我假定每一種形式背後，必定有它相適應的思想內容，所以，我會把武俠小說類型的寫作，分解成若干種功能，強調功能和形式之間的對應，注重文化層面的解讀。做完類型研究之後，第三步，我做得比較多的是文體。小說的文體和散文的文體，到底有那些根本性的差異，它們之間又是如何對話的，這個問題，我一直在思考，還沒想清楚。將敘事學、文體學、類型學三者結合在一起，來解讀我所理解的「小說」，這是我多年努力的方向，也寫了幾本書，但還沒有很好地解決這個問題。

第二個想法，我一直在努力打通古今。我的導師王瑤先生早年做的是中古文學研究，五十年代以後才轉為專攻現代文學。我跟他念書的時候，很多時間是在談中古，比如阮籍啊、嵇康啊、陶淵明啊。王先生晚年喜歡談這些題目。也許，在師兄弟裏面，我是比較兼及古代的，我選博士論文題目，兼及「五四」與晚清，也是這個緣故。將晚清作為一座橋樑，把古代中國和現代中國連接起來，這樣一來，談「中國小說」，可以從古一直談到今，而不必弄成截然分別的兩段。比如談金庸，你不談唐傳奇不行；談《紅樓夢》，你不知道今天一大堆對《紅樓夢》謎題的重新述寫、反寫的話，也不行。其實，中國小說中有一個變化確實是西方小說對中國小說有所影響，小說史的研究博士階段，也許可以做一個點，但是作為一個長期的研究計劃，我覺得小說史研究確實應該古今貫通。像王德威現在做的檮杌，其實也是力圖把從古到今的中國小說重新理一遍。以前我們假定「五四」以後我們受西方小說影響產生了決定性的變化，我們這些人對這些論述堅信不疑，後來我們越來越發現其實晚清小說的變化，晚清小說跟此前的章回小說，章回小說再跟以前的傳奇、筆記存在着關係，我們越來越意識到也許中國小說不見得非把它打成兩段不可。作為具體的研究課題，你可以專注唐傳奇，也可以只作明話本，更可以就說「五四」，這都沒問題，但必須意識到，小說這個文類，雖有各種變異，但也有其連續性。研究中國小說，只管古代不管現代，或反過來，只管現代不管古代，在我看來，都是一個遺憾，這是我力圖做的，就是把古今之間的小說打通。

第三個想法是，作小說研究，最好兼及散文、戲劇等。不知道在座有沒有人讀過我那本《中國散文小說史》。這書本來是「中華文化通志」的子課題，我當時承接這個項目時，提了兩個要求，第一，允許我從古代寫到現代，別人只寫到辛亥革命前，就我接着往下寫；第二，允許我把小說、散文這兩個文類放在一起講。無論談散文還是講小說，都必須關注筆記；在我看來，這是理解中國小說以及中國散文的關鍵。諸位知道，筆記可以是小說，也可以是散文，這是個很特殊的文類；寫西方文學史不必考慮這個問題，但在中國文學史上，這種介於小說和散文之間的特殊文類，值得我們仔細推敲。

所以，我要寫的話，允許我把小說散文一起寫，然後用散文來看小說，用小說來看散文。這樣來討論問題，因為諸位在八十年代，我們有好多先生提出一個問題 —— 中國小說不是從史詩流傳下來的，中國小說是從歷史寫作裏面出來的。我們以前過多地考慮神話，我覺得是不對的。神話是母題，而敍事方式是史書，從《左傳》《史記》這麼下來，影響我們的小說，所以在晚清的時候還一直在說，我們的小說寫得好，我們是史遷筆法，包括林紓的翻譯都是史遷筆法。司馬遷的歷史寫作後來影響了散文，也影響了小說。中國人的敍事能力是從歷史著作中學得的，所以我會將散文和小說兩個文類放在一起來討論，就是彈詞啊，這些東西放在一起討論。換句話說，也許我們必須打破那種把小說當作單個文類的看法，而意識到中國的敍事的特殊性，敍事可以在敍事詩，可以在說唱，可以在戲劇裏面得以體現。這樣來理解「小說」，視野會更加開闊，作研究時也會更加有趣，才能夠實現像許子東所描述的那樣，左右逢源，上下其手。

我給許子東教授的說法，做一個小小的補正。我覺得他對王德威的描述，不是很準確。寫單篇文章，確實可以採用抽樣的辦法，一個世紀初的，一個世紀末的，一個美國的，一個馬來西亞的，若組合得好，文章會很漂亮。但這麼做，其實有點取巧。你看他寫《被壓抑的現代性》，也是一個小說史的寫法。寫單篇文章和寫專著，是兩回事情。寫專著的話，在這個特定的論述範圍內，不管你多聰明，你都必須紮死寨、打硬仗。當然，我也承認，國外學者的研究，跟國內學者有差別，主要原因是學術語境以及面對的讀者迥異因而各自發展出一套不同的論述策略。諸位既要虛心學習，也沒必要妄自菲薄。

最後，補充一個材料，是關於「小說」和「大說」的。記得是 1914 年，《小說月報》的編輯惲鐵樵寫了一篇文章，說自從梁啟超提倡小說界革命以後「小說」都變成「大說」了。確實，整個二十世紀，我們很少用輕鬆愉快的姿態，來寫小說、讀小說。此舉之利弊得失，有待深入的剖析，不是三言兩語就能打發的。

好了，謝謝！（掌聲）下面的時間，開放給同學們，可以自由提問。

林分份（中文系現代文學博士生）：我想問王德威老師一個問題。

我注意到您在《歷史與怪獸》這本書中指出：作為辛亥烈士後代的國民革命軍人的小說家姜貴，他在《新檮杌傳》（即《旋風》）這部小說中所要追懷的歷史正統其實在理論上正是他與他的父輩所要戮力革除的對象。您認為，姜貴的寫作中存在着這一悖論性，用您的話語方式講即是「吊詭」。但根據您以往運用福柯的理論對魯迅的「砍頭情結」所做的分析，我以為姜貴的小說中對於共產運動的批判，與他潛意識中對共產理論家的烏托邦論述的過分認同本身也構成了一種「吊詭」。而這是您的論文中所不曾挑明的。因此我想問的是，在這本書中，當您和小說家姜貴站在比較接近的立場上，用「共產革命與歷史怪獸的生產」這樣一個思路，來想像和論述二十世紀三四十年代中國現代性這個問題的時候，其中自覺的批判與潛在的認同是否也已經暗含着一種「吊詭」？謝謝。

王德威：非常感謝你的問題！關於「吊詭」或是悖論這個問題，在《歷史與怪獸》這本書裏，的確是我不斷思考、不斷辨正的一個對象。姜貴的問題是很複雜的。我想任何讀過我那篇文章的讀者都應該知道，三十年代他是國民黨的一個軍人。四十年代及抗戰以後，他退伍之後經商失敗。這裏還可以加入一個插曲，他和女作家蘇青有過一段戀史，這是很有趣的一段公案。到台灣之後，他真的是非常落魄。他的小說寫出來之後，並不能夠得到當時國民黨宣傳機構的青睞，因為這是一部「政治不正確」的反共小說。這裏邊有無限層次的悖論值得我們去討論。你直截了當地問我對當時整個共產革命的批判性，這是一個一針見血的問題。在四十年代跨越五十年代這個階段，我當然對革命本身的實踐方式有很多不認同的地方。同時我們也必須注意到，姜貴在寫作「檮杌」的時候，這個怪獸指證的是共產黨在當時很多地方的驚人的暴行。但是同時我們要理解，在《旋風》這樣的小說裏，即使是國民黨所謂的正面人物，如何被他醜化，怪獸化，被他完全當做一個可笑可怕的對象來描寫。在這個意義上，姜貴的史觀毋寧是更為悲觀的。對他而言，當時種種激烈的政治對抗，都無非成為他的現代體驗的怪獸性的一個表現，這裏就不分左右了。也正是因為如此，我覺得姜貴對歷史的宏觀看法，超過了當時知識分子——無論是左或右的——對歷史正義和理性的辯論。在這個意義上，「怪獸性」這個詞，與其把它附會到某一個政黨上，還不如把它看作是一個二十世紀中國人在追求現代性經驗的合理合法性的過程中，所不斷遭遇的嚴苛挑戰，所不斷面臨的時而可笑、時而可怕的經驗，還有他們主動或被動參與暴力的實踐及結果。這本書的台灣版中，我在封底做了這樣一個描述：我認為以歷史的民主進步為名的這樣一個現代大計，曾帶給我們多麼大的震撼憧憬。但時至今日，我們仍然能深切地感受到這個現代大計下怪獸的陰影。立刻就有熱心的讀者來問，你講的「歷史進步性」，是不是民進黨？是不是民進黨也是檮杌的一部分？這讓我無言以對，請大家自行對號入座。

陸胤（中文系古代文學碩士生）：王老師您好！我的問題主要是針對您的晚清小說史的研究。我注意到您的小說史研究從八十年代開始，其實是從小說類型角度進入的，都是針對魯迅的，比如「譴責小說」、「狹邪小說」等。在您的《被壓抑的現代性》那本書中，雖然您說您主要關注的問題不是文類研究，但是它的結構仍然是以四個文類作為主要框架的。那麼您是如何評價對作為文學史家、小說史家的魯迅的研究在當時及現在的意義。與此相關的是，您在現代文學研究中似乎一直把魯迅作為一個陰影，或者是作為一個需要去克服的對象。比如您把他總結為寫實主義傳統的代言人，而並不是像普實克、夏濟安那樣把魯迅看作是抒情作家。那麼您是否有這樣一個傾向，把魯迅看成是一個需要克服的障礙，而不是一個我們今天討論的抒情傳統所能包括進去的對象？謝謝。

王德威：這是一個非常精彩的問題！首先我對魯迅的《中國小說史略》非常敬佩，而且我在書裏一再說明，在二十世紀末研究文學史，我不再去追求那種超越、那種以革命的方式把前人的理論全部推翻的歷史敘事法。我不再去追求那種自我表現式的、英雄、大師式的史觀。相對的，我覺得魯迅的見解非常精彩。事實上我所碰觸的四個類型，有三個都是在魯迅影響下做進一步的延伸，做更細膩的辨正，如此而已。當然對於科幻小說，我有自己的見解。但是對於類型，與其說是傳統定義下的文類，不如像剛才陳教授所提到的，把它當做是一個文化論述模式的虛構的表徵。我覺得文類這個詞已經被汙名化了；有時我們很呆板地把它當做一個典型樣板。當我處理一個文類，比如武俠小說，我就把它加以延伸，把武俠與正義、律法等問題相聯繫，當做轉型期間的一種知識體系的想像表達方式，這是我特別想要完成的工作。我在書中反復強調，每一個所謂的類型，其實是和我所關注的二十世紀的大型論述，不論是知識、正義、慾望，還是價值等等，相互連鎖的。在這樣的眼光下看待這些類型，我們的收穫會更多。

我的「魯迅情結」或我「沒有魯迅情結」是一個很有趣的問題。我們都知道李歐梵教授對魯迅有非常精深的研究，他把魯迅從神壇請下來，變成人，這是美國魯迅學研究的一個大的轉捩點。時間是在 1987 年。在此之後，我一直有一個想法，我們必須承認，二十世紀文學如果是一個多彩多姿的表現的話，魯迅當然是一個不可忽視的巨人。但是他不必被我們當成是一個開頭的「big bang」，一聲巨響的開始，簡直是驚天動地，但好像從那以後我們的中國文學史就是走下坡路的。我們所有的研究，所有的歷史看法，都是魯迅大師的回聲。

我覺得這大概也不必吧？沒有人在今天仍然能夠運用二十世紀初期那種全盤否定的大敘述，刻意地去提出一種前無古人式的論述。我覺得不必，也沒有可能。至於魯迅的抒情面向，我在講課的第一講已經特別標明了，他是我們討論抒情性的最重要的源頭之一。正是因為我們大家對魯迅的認知已經如此地耳熟能詳，我就沒有刻意地發揮，也沒有在後來的專題討論和演講裏繼續延伸。但回應你的問題，我就要詢問自己：我是不是在這樣的「情結」下，也有意無意地遮掩了魯迅的重要性呢？這之間和大師魯迅的「搏鬥」是一個不可說的問題。我為甚麼每次必須要把沈從文抬出來呢？（笑聲）這裏面的問題大家自己去體會。

鮑國華（中文系現代文學博士後）：三位老師好！我想請教王德威老師的問題是和您那篇「砍頭」的論文有關的。我有一點質疑，就是您對魯迅「砍頭情結」的論述。無論 1906 年的幻燈片事件屬實，還是出於魯迅的想像。我的感覺是魯迅後來通過各種文類重構這一「事實」的時候，他似乎更關注「看」的行為，而不是「砍頭」本身。那麼，把魯迅與沈從文等作家納入所謂「砍頭」的譜系之中，是否合理？謝謝。

王德威：關於「砍頭」和「看」的問題我想毋庸質疑。這在我好幾篇文章裏都提到魯迅觀看的位置，他是一個中國人在日本留學，「看」日本學生「看」幻燈片裏面的人，「看」那個砍頭的現象。這一連串的「看」的問題所延伸出來的這種創傷，是很耐人尋味的。因為魯迅並不是從第一手材料接觸到這種創傷的場面。這個「看」的問題尤其是在今天我們如此關注視覺研究的情況之下，特別值得提出來。而且還有一點是，這張可疑的幻燈片到底存在不存在的問題。這已經辯論了幾十年了。尤其是在這一層次上，「看」就是一個更有趣的在虛實之間交錯的現象。如果你對這個問題有興趣的話，我推薦周蕾教授的一本書，叫做 Primitive Passions，《原初的激情》。這本書在台灣有翻譯版，我不知道在內地是不是已有翻譯版。它開宗明義就是講觀看怎樣從1906 年的那場觀看的儀式、血腥的儀式開始的。從這裏出發，我們對沈從文怎樣「看」砍頭，也一樣可以發揮更精密的辨證。對於你的問題我非常感謝。

彭春淩（中文系現代文學博士生）：我想請教王老師個問題。在您的論文和專著中，對「歷史」這一概念的表述，好像有一些差異性。一方面，「歷史與怪獸」、「歷史的暴力」，好像歷史是與個人相對的外在化的一個範疇。另一方面，您在《被壓抑的現代性》裏又說，小說是呈現二十世紀現代中國人精神狀態的一種物質載體。如果這種精神狀態也是一種歷史的話，那麼這個歷史是不是一種內在化的東西。在您這兩種闡釋之中是否存在差異性？怎樣看待這種差異性？謝謝。

王德威：歷史是一個太大的話題。尤其是在這樣一個語境裏，歷史所展現的不言自明的、具有目的論和始終論傾向的大規模的宏觀的問題，恰恰是我們在作歷史研究、尤其文學史研究時要去面對、去克服的問題。我在今天一開始就講到了文學與歷史的錯綜的辨證關係。我的意思當然是把歷史當做一種文化的行為，不把它當做一個天經地義的、亙古以來我們就得去遵從的唯一路向 —— 尤其是以粗黑的大字不斷號召出來的歷史觀。在人類的文化情境裏 —— 這個情境是可以不斷改變的 —— 我們回顧過往，還有投向未來的憧憬的時候，用敘事的行為所編織出來的一個起承轉合的論述，這是我所謂的歷史的脈絡。這個歷史的敘事不見得就是小說。當然我今天特別把小說的敘事行為標明出來，我認為在二十世紀歷史不足的地方，可以由小說來填補。但是回到一個更大的規模裏，歷史觀念不見得就是用小說這樣一種敘事行為承載。在我們今天的視覺媒體裏面，甚至一出連續劇，或者我們內心對過去和未來想像出來的一個有意義的敘事模式，都是我們進入歷史的不同的門徑。所以不需要把歷史變成一個不可抗爭的雄偉的東西，而是我們在任何文明裏，感同身受，不斷需要辨證的一個看待，而且體驗過去和未來的行為。謝謝。

謝俊（中文系當代文學碩士生）：我想請教許老師的是剛才提到的「文革」文學的寫作，特別是紅衛兵形象的問題。這裏有我個人的經驗。我讀了幾篇小說，包括鄭義的《楓》、金河的《重逢》、還有馮驥才的《鋪花的歧路》。這三篇小說中的紅衛兵形象並不像您所說的是一個完全的好人或壞人，而有很豐富的內涵。這幾篇小說在當時也比較流行。不知道您有沒有把它們列入您的考察範圍中？我在想一個問題，就是您這樣的研究方法，如果碰到一些意外的材料，您會怎樣處理？

許子東：你提到的三篇小說在我的書裏都有討論。鄭義的《楓》在當時還曾拍成電影，但很快就被禁了。它講的是一男一女兩個高中生相愛，在武鬥時男的一派攻上去，女的就從樓上跳下來。他們是相愛的，但跳樓時喊的當然是「毛主席萬歲」。這個電影後來被禁了，我不知道為甚麼在八十年代這樣的故事不能講。《重逢》是講一個造反派，後來倒霉了，他多年以後碰到「文革」中批鬥過的一個幹部，那個幹部其實在「文革」中也做過不好的事情。造反派後來受到了懲罰。小說的敘述角度是同情這個造反派的。我不是講好人壞人。這一類的作品不涉及好人壞人。我分析的「文革」小說裏只有一類是有好人壞人的，就是像古華的《芙蓉鎮》、戴厚英的《人啊！人》之類作品。套用王德威教授的說法，他們想像「文革」的方式，是把「文革」看成少數壞人害了多數好人。一旦有壞人了，事情就好辦了。因為壞人的出現，可以幫助我們人民大眾消除心中對於「文革」的犯罪感。「文革」

當中誰沒有被人整過，誰沒有整過人？有幾個人能夠說沒有整過人。所以「文革」結束後有幾個人被拿上祭壇，這是非常重要的，這起到了「為了忘卻而去記憶」的功能。

另外一類關於知識分子、幹部之類的作品，就已經不講好人壞人了，它講的是壞事怎麼變成了好事。就像王蒙作品中一些幹部曾經做過壞事，但在「文革」中也受到懲罰，但他反省過來了，從此得到大徹大悟。還有一類是像張賢亮那種描寫，是所謂「天將降大任於斯人也，必先苦其心志……」經歷了壞事，但最後變成好事，走進大會堂，就感謝當初的馬纓花等等。你剛才提到的幾個作品基本上屬於紅衛兵、知青敍述。他們的作品裏沒有價值判斷，沒有好人壞人這個概念，整個主題就是一個：我們，或者我，做了很多錯事，但我決不懺悔，反反復複地強調絕不懺悔。這些作品藝術上有高下。平原兄剛才講得很重要，這種敍述方法的研究有一個很大的不足，就是把藝術品質很不一樣的作品放在一起來討論。用這樣一個討論方法你就會發現他們的共同點，他反反復複強調我做了那麼多錯的事情，但是我不懺悔。我隱隱地覺得，老是說「我不懺悔，我不懺悔」，是否也是一種變形的懺悔形式。（笑聲）因為到今天，二三十年過去了，「文革」到今天的時間，差不多等於「五四」新文化運動到 1949 年，整體上講現代文學的時間，就是「文革」到現在的時間。可能今天你去火車站，去飛機場，還可以看到這樣一類的書，像紅衛兵、懺悔、毛澤東、林彪飛機等等紅色記憶的東西，是幾十年不消褪的，它一直存在着。所以我覺得坐飛機的這些人一直有一個懺悔的需要，（笑聲）通過這個東西，每次想想當年我曾經怎樣。對於這個問題，當然可以有很多不同角度切入，比如心理分析、文化人類學等等。我只是關注這個現象。

另外你提到關於意外材料怎樣處理的問題。其實我在閱讀時最希望碰到意外材料，我最希望碰到的一類作品是我解釋不了的，然後我試圖去解釋。比方說有很多關於「右派神話」的作品，但突然出現了一部王安憶的《叔叔的故事》，把「右派神話」解構得非常厲害，我很高興。有很多關於女性主義的創作，突然來了一部《玫瑰門》，又可以用女性主義來讀，又不能這樣讀。這些解釋不了的作品，恰恰是最有挑戰性的。陳平原教授剛才講，中西方研究有一個不同，我自己的體會是，中國的文學研究是從問題出發的、從現象出發的。研究的初始動機就是說：怎麼啦？這是怎麼回事啊？為甚麼這樣啊？我們要怎麼來解決這個問題啊？而我理解的海外很多學者的研究，主要是從方法出發的。就是說我有一套理論，我用這個理論來檢驗很多不同的現象，然後我得出一個和原來的解釋稍稍有點不同的結論。我可以用巴赫金來解釋某一個問題，我可以用福柯來解釋中國「毛語彙」的問題等等，我可以證明這理論的有用，進而得出對原來現象解讀的新的看法，那就非常有收穫了。我在做這個嘗試的時候在想，有時候，我們除了在證明這個理論有用，甚至提出新看法的時候，也反過來看這個理論本身。有時候這把刀碰到某一塊石頭就卷了，這也許是最需要我們花工夫停下來的時候。比如用敍事學的理論來檢驗某些作品的時候，最有趣味的時候就是解不通的時候。這也是做學問有意思的地方。（掌聲）

鄧函彬（中文系當代文學博士生）：剛才幾位老師談到小說史的問題。就像王德威老師所說，文學和史兩個詞放在一起，有的時候是有矛盾的，就它的偏重而言，好像更偏重「史」的一面；而藝術史的偏重點則是在「藝術」方面。為甚麼我們的研究會出現這樣的情況？文學史研究會不會出現和藝術史一樣偏重藝術方面的著作？比如偏重小說，從藝術的角度去考察小說的演變，而不是從文化層面。為甚麼現在沒有？以後會不會出現？想聽聽各位老師的看法。謝謝。

王德威：關於文學和歷史的交錯，我同意你的看法。我所接觸到的中國內地出版的大部分文學史著作基本是偏重歷史敘述，而且有一個非常清楚的歷史脈絡，一個非常清楚的意識形態的脈絡。這些書其實很好讀，看了目錄就可以知道它的起承轉合的邏輯性在那裏。當然這幾年有很多不同的寫作方式。包括我昨天看到一本關於「慾望」的書，作者是程文超。（陳平原：他是謝冕老師的博士生，到中山大學工作，不幸在前年去世了。）他是從慾望的角度切入看當代文學的轉折。這是一個突破。所以在這一點上我是同意你的看法的。至於怎樣鬆動文學史的基礎，能夠把對文學本身的想像，乃至於審美的層面提出來，這是我們大家共同努力的方向。這就回到我們前幾次的討論中所提到的，作為一個文學專業的讀者，我們的基本功夫是細讀文本。對我們而言，作品可能有好壞之別，但有的時候壞作品也能夠激發出精彩的閱讀成果。我在讀晚清小說的時候就期望做到這一點。因為在國外有太多的客觀限制，比如材料不足等等，這反而促成我在文本閱讀上可以多發揮出心力的機會。我仔細讀了包括《品花寶鑒》《花月痕》等小說，大做文章，有的時候覺得有心得，有的時候覺得稍微要誇張一點。這似乎也代表了我個人和當下主流的文學史論述的一個區隔。我覺得審美的層次還是要注意的。我要提出的一點，在北大特別是有意義的，就是林庚先生的《中國文學史》。這是在「史」和「審美」層面上具有相當精緻的對話性的一部作品。試想哪一個作者能夠把「黃金時代」、「黑暗時代」、「啟蒙時代」放在一起。這本文學史的脈絡是跳動的，它不是真正地從開天闢地開始，而是用後面的資料講前面的事情，用前面的事情照應後來的發展。這是很見個人情性的做法，也許並不符合主流的規範。但這本書的存在，我想可以間接地回應剛才這位同學的問題。

許子東：「小說」和「史」兩個並重的是王德威，看上去比較重「史」的是陳平原，比較重「小說」的就是我。（全場大笑）但這或許是表像——平原研究的是「小說的歷史」，是形式、文類、敘事方式變化的歷史。

我在文本中其實更關心「小說中的歷史」，尤其是無法用其他方式僅可以用小說來敘說的某些當代歷史或偽歷史偽記憶。當然他們花的功夫深，學問做得大，這點很明顯。

陳平原：某種意義上，這其實是由論題本身決定的。就看你在寫甚麼樣的東西。比如，你寫一部文學史，不管是大部頭的通史，還是簡史、斷代史，一定偏重于「史」。但如果你作審美判斷、風格研究、敘事學等，那必定偏于「文學」。除非作得不好，作得好的，一般都會考慮這兩者之間的張力。剛才王德威教授所說的情況，大致屬實；那是因為，內地許多學者從寫教材起步，結果是，寫起專著來，都像是在寫通史。通史自有其體例與趣味，最明顯的，不以問題為中心。假如你以問題為出發點，就會圍繞諸如「慾望」、「性別」、「國家想像」、「敘事方式」等來展開論述。只是因為現在寫文學史的，大都是大學老師，大學老師講課外，還要編教材，教材編久了，就容易變成這個樣子。在既定的論述範圍內，巨細無遺地鋪排材料，那不是一個好的寫作方法。我曾經說過，這是五十年代大編教材落下來的一個毛病。可惜的是，現在還有很多學者在這麼做。最近幾年，又有新的變化，各學校提倡做大課題，「造大船」，也就是說，不要再小打小鬧了，小船造得再精巧，都沒用。大船怎麼造？必定是很多人湊合在一起；眾人一起來，必定要寫成大部頭的通史；寫通史，必定成為現在這個樣子。所以，這是體制決定的。當然，具體的研究者，把握得住自己的話，會知道該怎樣處理，如何「公私兼顧」。

張帆（社會學系人類學專業碩士生）：三位老師好。老師們剛才一直在討論文學和史之間的關係，我很好奇文學和人類學之間的關係。也就是說在文學史研究內部，可能常常從 text 本身的研究，包括陳平原老師提到的敍述模式、以及許子東老師提到的自殺主題等等，往往都是文本內部的歷史。而人類學研究，文本常常是一個宏大的 context 下面的一個象徵，或者一個符號來研究，我們的重點可能是對那個 context 的研究。我想問三位老師如何處理內部的歷史和外部的歷史這一問題。

王德威：文學史和人類學的關係，尤其是在現當代文學研究中是非常密切的。在英語學界裏，人類學從外延的層面，甚至田野方面的工作給予我們的新的刺激，是毋庸諱言的。但我們也應理解，在人類學中比較屬於後現代的這一支，往往認為 context 也必須是我們的 text 的一種。因為當外來的人類學的觀察者進入到一個原始部落裏面，去敍事、去觀察、去做一個他所認為很客觀的觀看和述寫的方式的時候，事實上那個被框架住的 context 已經是 text 的一種。這裏邊的互動也許可以提供出來作為參考。

袁一丹（中文系現代文學碩士生）：我想請教陳老師一個問題。您後來的小說史研究比較關注小說和其他文類，像詩歌、散文之間的跨文類的關係。我關注的是在小說和散文之間，如果打通這兩種文類之間的邊界，可以提出「作為文章的小說」或「小說中的文章」這樣一個理念的話，它對我們文學史書寫和文學文本的解讀有怎樣的影響？雖然您在《中國散文小說史》裏用了這樣一個題目，但事實上還是把小說和散文分別來寫史，而不是採用交織的方式。這對於文本的解讀而言，您早期使用的敍述學，主要解決的是一些骨架性的、框架性的東西，而沒辦法觸及骨架以外的像文字語言等一些血肉肌理的東西。那麼我們在研究小說的語言等軟性的問題時，您能不能提供一些具有可操作性的方法。

陳平原：不知道你是否讀過浦安迪的書。浦安迪的《明代小說四大奇書》固然有些地方過度闡釋，但有一點值得注意，他力圖把傳統的評點之學帶入現代的小說研究中。不是從敘述學、類型學等理論出發，而是把金聖歎、張竹坡的東西帶過來，然後，用現代人的眼光加以辨析、闡發。這本來是很好的研究思路，可惜在九十年代，被新出的「評點本」給搞壞了。為甚麼呢？出版社想出一招，找若干小說名家來評點「三國」、「水滸」、「西遊」、「紅樓」；小說家不可能真下大功夫，而是翻過幾頁，批一句：「真好！」再翻幾頁：「棒極了！」（笑聲）這麼來學張竹坡，學金聖歎把評點的名聲弄得很不好。當然，也有一批中國學者，力圖重新闡釋評點之學，藉以建構中國的小說理論。他們從中國古典小說的序跋、劄記和評點裏面，發現中國人閱讀小說的眼光和趣味。但必須提醒這種「小說讀法」，是從詩文乃至八股文的評點中走過來的。小說的評點和文章的評點，其實是一個路子。金聖歎是用宋代劉辰翁等人評點詩文的辦法，來評《西廂》，評《水滸》。這些精彩的評說，以後成為我們閱讀小說的眼光。回過頭來重新整理中國人讀小說的趣味，以及隱藏在這種「趣味」背後的集體無意識，這條線索如果能很好地浮現，將其和現代的學術觀念和批評術語相結合，就能大大拓展我們的閱讀視野。

王洋（中文系本科生）：我想請教王德威老師一個問題。您剛才提到要擴展到對亞裔美國文學的研究。這類研究在美國是下屬于英語系的。這些作家對中國文學沒有甚麼認同，對傳統中國文學更沒有概念。那麼您是否想把亞裔美國文學納入東亞文學的範疇之中？希望您能夠介紹您現在的研究的進展情況。謝謝。

王德威：關於亞裔美國文學，也許您誤會了我剛才的意思。我所要強調的是海外用漢語寫作的作家。在這個意義上，包括虹影、白先勇、楊煉等等，這是我想繼續研究的目標。我對湯婷婷之類的作家非常尊敬但實在只能敬而遠之，那真的是代表用英語寫作的所謂亞裔美國人對中國的另外一種想像。我的能力還沒有到達那個階段。也許有一天在許子東的鼓勵之下，我會繼續前進。（笑聲）但是目前我想像的是一個華語語系裏的文學研究方式。

于淑靜（中文系當代文學博士生）：王老師對「現代」這一概念格外強調，我覺得這不僅是時間意義上的概念。您的表述讓我想起波德賴爾關於「審美現代性」的表述。我想問的是您從現代性視角切入小說史研究背後所借助的理論和方法是甚麼？

王德威：我做現代文學研究的理論方法真是一言難盡。現代性是我們每一個人都念茲在茲的問題，每個人都有一個說法。我沒有辦法在這裏完滿地回答你的問題。但也許我的《被壓抑的現代性》的導論和《歷史與怪獸》的導論可以提供給你一些線索。的確有太多的資源提供給我作為考察現代性的入門。但是我想特別強調的是，經過這麼多的西學的洗禮之後，尤其在今天我們談論理論和方法的時候，是不是我們能夠援引的還只是一連串的英文的名字，或者是法文或俄文的名字呢？這是我現在最自覺的一個問題。所以我暫時擱置你的問題，因為它實在是很龐大。但是我謝謝你提出來。

彭春淩：剛才陳老師說中國小說的敍述傳統是從史傳而來的，我很認同這個觀點。但是現代文學研究不討論現代歷史學家的著作。是不是只有文人或小說家的寫作才算是現代文學，如果把其他寫作都納入研究範疇的話，能為我們的小說研究或現代文學研究提供哪些新的擴展的視野？

陳平原：你的問題是，歷史寫作如何影響到小說。其實，不完全是古代中國，即便在現代中國，「革命歷史小說」是一種敘事，通俗小說裏的「歷史演義」，又是另外一種敘事。還有，必須考慮到有些作品，很難說是小說還是散文。比如大量的自傳、回憶錄，還有各種半真半假的「革命故事」，所有這些敘事，都可能兼及散文和小說。你可以說，作者的本意是「真實的書寫」，但所有的回憶都不太可靠，多少都帶有文學創作的成分。記得錢鍾書說過，中國人的想像力平時不太好；而一到寫回憶錄的時候，想像力又變得實在太豐富了。（笑聲）所以，回憶錄、自傳和各種類似的寫作，其實兼及散文和小說。更值得注意的是，這些東西，很容易被「大歷史」所吸納。就像我們知道的，唐人修《晉書》，好多采自「志人小說」《世說新語》。今天也不例外，很多重要人物的自傳和回憶錄，將來也會進入「歷史」。在這個意義上，所謂的「歷史真相」和「文人寫作」之間，是可以自由浮動、互相挪移的。關注這些問題，你就會明白，「歷史」和「小說」之間，還不斷地在對話，不只限於古代。

許子東：我有補充。其實文學史的寫作模式，很多是排座次規定出來的，比如「魯郭茅巴老曹」。我曾參與《辭海》現代文學條目的修訂。那時候我被他們拉去開了好幾次會，規定誰多少字，誰怎麼評價。最可氣的是有三個人我們不能寫，就是魯迅、郭沫若跟茅盾。我們說為甚麼其他人可以改，這三個我們不可以寫呢？他們說這三個是黨史人物，不歸我們做文學的人處理。（笑聲）我想魯迅參加過甚麼黨啊？茅盾被開除出許多年。郭沫若也沒有參加共產黨啊！不是一直叫他先生嘛。先生就不是黨員嘛！（笑聲不斷）我知道我們有些同行，在大學裏策劃文學史，開始的會議就是分章節、篇幅，然後就是排座次。

而這個排座次很多是根據政治的原因，所以現代文學這幾十年來在中國內地成為顯學，一個眾所周知、大家又不願意說出來的原因就是因為它是共產黨文化勝利史。在台灣之所以不願意多講就是因為它是一個失敗史。所以巴金的集子到很晚才能出，郁達夫的書都是改名字才能出版。台灣是痛心啊，不能回首。（笑聲）這個背景窒息了文學史的寫法。其實仔細想一想，文學史的寫法有很多種。我們現在想來想去都是以作家為主線的，而作家都是有名的經典為主線的，包括生平、作品和文學影響。現在有很多人開始從雜誌這條線來做。從《東方雜誌》做、從《良友畫報》做，這又是不同的文學史。還有一些所謂的斷年體其實並不是很準確，講了一些年份，其實裏面都是一些論題。要真是規規矩矩講年份，就一天一天地寫。1932 年 1 月 1 日這一天，全中國的主要報紙的副刊登了甚麼樣的文章。那樣你就會發現，魯迅的文章旁邊登的可能是香水廣告，另外一邊可能是鴛鴦蝴蝶派的小說。就是說你可以復原到現場去。就像我們今天看這個亂紛紛的世界，混雜得很，分不清楚。

陳平原：許教授語重心長！（笑聲）

張清芳（中文系當代文學博士生）：我對台灣文學很感興趣，想問王德威老師的倒不是台灣文學的問題，而是關於「台灣人」的問題。我記得您曾經提到，夏志清先生說您繼承了他的學術。我想請您具體談一談，您在哪種層次上繼承了他的學術？（笑聲）夏先生 1999 年新版的《中國現代小說史》的序言是您寫的，您對夏先生比我們熟悉。尤其是您作為一個台灣人，對您的台灣人前輩，理解得應該比我們大陸人更深刻。謝謝。

王德威：好吧。我這個「台灣人」來回答你這個「中國人」的問題。（陳平原：不能這麼說。）（全場大笑）我和夏先生的淵源是在 1986 年開始的，那一年我們在德國開了一個會。也許我可以把這個故事講得更複雜一點，大家可以付諸一笑。我在威斯康辛大學做博士生的時候，有一次夏先生去演講。在座的各位很少有人見過夏先生，除了子東和平原之外。他是一個不折不扣的老頑童。如果你問我繼承了他哪一點，我大概沒有那個勇氣在公共場合第一次見到清芳同學就拉着你的小手，說你是個大美人甚麼的。（笑聲）這是夏先生的風格。他是一位「語不驚人死不休」的老先生。到了八十五六歲了，仍然「活蹦亂跳」，這個詞只能用在夏先生身上，他是極其活潑的一個人。我但願有他的五分之一的風格，我就覺得很高興了。這一點我恐怕沒有繼承。在一九八六年的德國會議上，我做了一個關於近現代和台灣文學非常細膩的呼應關係的課題。夏先生當時注意到了。那是我們真正認識的開始。到了 1990 年，我仍然在哈佛大學教書，他希望我接受他的邀請去哥倫比亞大學，那對於我來講當然是極大的榮譽但也有非常非常大的壓力。在以後的十五年裏和他有很多的互動。我們的「同」與「異」方面，夏先生是一個堅決的反共主義者，我想我們今天，沒有人像他那樣還會把「左」、「右」分得那麼清楚。但他又是一個極其可愛的反共主義者。另外就是他對於新批評的傳統、人文主義傳統的包容態度。我們這一代的學者身上或多或少都沾染了一些犬儒的色彩，就算是我們自命眼界更開闊，看到的世界、看到的人生更複雜細膩，可是可能不再像夏先生那一代，對人文主義信仰有那麼堅定的信心。所以他的《中國現代小說史》這部著作中 —— 這裏可以間接回應吳曉東老師上次的觀察 —— 我覺得表面地去問他是一個左派和右派，這是一個極其淺薄的問題。因為夏先生在很多左派作家的作品裏，看到了這些作家對人生的真切的感受和關懷。包括後來的《歐陽海之歌》《三千里江山》，他所做出的詮釋，不是很多自命政治或理論正確的同事能夠比擬的。而另外一方面，他對於沈從文、張愛玲的褒揚，是站在一個非常廣義的、更複雜的中國現代人生的看法上所做出的結論。但願我能繼承他的這種包容性。在分工方面，我覺得美國的漢學目前在分科系的方式上，太過分地強調門派，強調理論的師承，是我們一個很大的障礙。所以現在如何克服歐美理論強勢的壓力，這一點是我們所必須要顧及的。夏先生所代表的那個階段，是中國現代文學在歐美讀者的眼光中 nothing，甚麼都不是的階段，他等於把沒有變成有。那個時代，他運用大量比較文學方法 —— 不管這種比較是否得體，運用大量的西方理論，是情有可原的。但這並不代表我完全贊成他的比較觀點，贊成他的方法的運用。我覺得過了五十年之後，我站在他這個巨人 —— 如果他是學術意義上巨人 —— 的肩膀上，我們應該有更廣闊的視野才對，而不是像批判吳老師的那位學者，仍然是在分門別類，還在講你是你，我是我。在這個方面反而沒有夏先生在那個時代所展現的那種大開大闔的包容性了。我不知道是不是能夠回答你的問題，但這至少是我個人的一些觀察

龐叔偉（中文系碩士生）：三位老師好。我想請教許老師一個問題。就是您對八十年代之後的「文革」記憶，尤其是一些釋放個人記憶的「文革」寫作比如《動物兇猛》，後來改編為電影《陽光燦爛的日子》，這樣一些文本有甚麼看法？謝謝。

許子東：《動物兇猛》包括在我那本書中。我蠻喜歡這篇小說，我覺得它寫得挺好。它從少男的情慾在這種特定時代的轉化的角度提供了對「文革」形成的某一種原因的解釋。最新有一個小說叫《英格利士》，也有些新意。但我總期待着可以有更好的作品出現。因為這段資源太豐富了，有太大災難，太多悲喜。我相信這是一個可能要很久才能挖得出來的話題。

另外，我看夏志清那部小說史，印象很深的就是他可能有很多東西沒講到，可是放下這本書，你清清楚楚地看到了一個標準，看到了一種價值觀，看到了一種眼光。你就可以想像，憑這種眼光，看到別的甚麼甚麼作品，他也會怎麼怎麼評價。好像看到了一個人。這是我看很多文學史所看不到的。很多文學史給了我很多知識，教給我很多不知道的東西，但是我完全沒法評判這個作者在這本書外面會說甚麼話。我不知道。夏志清這本書給我這個力量。這是我很嚮往的一個境界。

杜新豔（中文系古代文學博士生）：我想請教王老師。您將抒情傳統追溯到古代，然後談現當代的抒情傳統。那麼為甚麼把近代文學輕輕地抹掉了。我想問在這個過渡時期，抒情性問題可不可以被納入進來？

王德威：抒情傳統的問題，我在講課的一開始，我把我的現代源頭定位在龔自珍的時代，也許就間接回答了這位同學的問題吧。近代對我來講是一個很重要的時代，對此我仍然是在一個摸索的過程中，很多作品我的確是還沒有很深的理解，尤其是近現代的古典詩詞部分，是我必須要很努力地去彌補的一塊。謝謝你的提醒，我當然會在這方面加以彌補。謝謝。

陳平原：謝謝王德威教授。謝謝許子東教授。更謝謝各位同學的積極參加和提問。謝謝大家。（掌聲）

本文收入《許子東講稿（卷二）—— 張愛玲、郁達夫、香港文學》，北京：人民文學出版社，2011 年。

甚麼是今天的文學？

關於「文學的現代中國」的對話

王德威　許子東　李浴洋

一、堅強的文學捍衛者

李浴洋（以下簡稱「李」）：感謝「理想國」的邀請。今天對話的緣起，是 2024 年 5 月 16 日由「理想國」製作的一檔一百集的音訊節目「文學的現代中國」在「看理想」APP 上線了。這檔節目的全稱是「文學的現代中國：1635–2066 —— 文學的記憶，歷史的對話」（以下簡稱「文學的現代中國」）。節目以每週兩期的頻率更新，一年左右完成。現在過去了將近半年時光，我們來做一次「期中盤點」。

「1635–2066」提示了這檔節目與王德威老師主編的《哈佛新編中國現代文學史》（以下簡稱《哈佛文學史》）的關聯。《哈佛文學史》2017 年出版英文版，2022 年由「理想國」推出簡體中文本。這部文學史的起訖時間便是從 1635 年到 2066 年。「文學的現代中國」就是在此基礎上開發的一檔節目。它遵循《哈佛文學史》建立的敘述框架，並且在選題與撰稿方面借鑒了書中的部分內容。

但「文學的現代中國」又是一檔相對獨立的音訊節目，是王德威老師和我在「理想國」編輯團隊的協助下重新策劃的，可以說是王老師在《哈佛文學史》之後的又一次文學史實驗。一百集的內容分為兩個部分：「正片」由王老師和我主講，包括以六十個關鍵時刻串聯的

「文學」的現代中國，以及若干延伸思考的導論和結語；「番外」則以「文學的記憶」為名，邀請與正片關聯的學者、作家或主講或對話，帶入親歷故事或者別樣視野。而在選題和撰稿時，王老師特別要求《哈佛文學史》只是來源之一，此外還需要將 2017 年英文版問世以來學界和文壇的最新思考納入其中，直接面向「今天」的聽眾與讀者。

這也構成了我們今天對話的主題「甚麼是今天的文學」。簡而言之，我們關注的是文學（尤其是中國現代文學）在「今天」的意義與價值：文學如何與時代對話，時代又向文學提出了哪些新的挑戰。更為根本的是，我們今天應當如何看待與理解文學，「文學」又意味着甚麼。在某種意義上，這也是我們製作這檔節目的初衷——和今天的聽眾與讀者一起在「文學」中體驗、思考與回應。

今天對談的兩位嘉賓都是資深的文學學者，一位是王德威老師，一位是許子東老師。此刻我們通過視頻連線。我想先請兩位老師分享一下，對於你們的生命經驗而言，文學——或者中國現代文學——是甚麼？為甚麼你們會在數十年間不斷和文學糾纏？

王德威（以下簡稱「王」）：我現在在美國波士頓的哈佛大學，非常難得有這個機會和老朋友許子東教授對談，也非常感謝浴洋的主持。

提到文學和我個人——無論是學術還是一般人生——千絲萬縷的關係，說起來其實也很簡單。對於我而言，文學的興趣或者不斷地研究文學，似乎是一件順理成章的事情。

我在高中時就覺得文學真是有意思。儘管在客觀的教育環境裏，男生念文學並不被認為是一個最好的選項，但我從那時就知道這件事是我唯一能做，並且也能做得好的事。在此後的幾十年間，我的這樣一種信念始終沒有改變。

在大學時代，除了對於文學的興趣，我還喜歡歷史。但在兩個專業的比較琢磨之下，我覺得還是文學給予了我一個更加開闊的思想空間，也刺激了我更多想像的能量。

來到美國以後，我在圖書館裏看到了許多「五四」文學的作品，包括魯迅、沈從文、茅盾、巴金，等等。這樣的閱讀彌補了我在台灣接受的現代歷史知識的不足，同時也更加了解到，當歷史教育不能告訴我們全貌的時候，文學其實可以提供更多的答案。

就這樣，一路走到現在，我想我可以說是一個堅強的文學捍衛者。當然我也知道，文學在今天遭遇了許多嚴峻的挑戰，需要我們嚴肅對待。尤其是就業方面，對於更加年輕的希望從事文學研究的學者而言，一點也不樂觀。

但對於文學，我一直抱有信心，因為它是無所不在的。即便到了今天，人工智慧給人文學科造成了前所未有的衝擊，我依然認為各種關於文學的根深蒂固的信念，還有文學可能養成的想像力，仍舊是存在的，並且可以參與主導我們對於未來——無論是科技的、數位的，還是廣義的文明的未來——的展開。

許子東（以下簡稱「許」）：非常高興有機會與王德威教授對談。從事文學研究是我的幸運。我本來就愛好文學，能夠把愛好的事情變成我的工作，這不是一種幸運嗎？

最近坐飛機時，我看了一部紀錄片，講的是佛羅倫斯的一個museum——Uffizi（Galleria degli Uffizi，烏菲茲美術館）。它裏面收藏了很多畫。那個館長的一段話對我觸動很大。他說，我們這裏放了好多幾百年前的畫，它們都是非常好的畫，幾百年後，甚至更久以後，這些畫也還會在。我們只是在這中間偶然地幫忙保管了這麼一二十年。我們所能做的，第一是要保衛它們，不讓它們被弄壞；第二是要讓現在的人們懂得這些畫的好處；第三還要做一些修補工作。

我聽了他這番話以後，忽然覺得我們做的事情也更有使命感了。因為文學研究、文學教育、文學批評歸根結底就是把一些好的作品——魯迅的、張愛玲的、沈從文的、老舍的，等等——保管一段時間。這些作品此前就在，一百年以後、二百年以後，等我們都不在了，它們也還會在。我們就是在中間通過各種媒介——大學、課堂、公共平台——和當代的人們一起閱讀它們，保存它們，也保衛它們的價值。

在這個意義上，每個學者都有一座自己的 museum。當然，我工作的 museum 比較小，王德威教授的 museum 比較大。但工作的性質是一樣的，都是有那麼一批重要的東西，原來在那裏，將來也會在那裏，而我們需要做的就是在自己的時間當口讓人們看到它們的好處，知道有這麼一批好的作品在。

李：感謝兩位老師的分享。如果說王老師談的是「我們生命中的文學」，那麼許老師就翻轉了這一話題，說的是「文學生命中的我們」。我們是有生命的，文學也是有生命的，我們和文學相遇的時刻使我們成為了文學的讀者或者作者。在這樣一個綿延的鏈條中，我們也因為閱讀、寫作、評論、研究與傳播，形成了「文學的記憶」。

剛才王老師提到 AI 帶來的挑戰。不知在許老師看來，文學在今天的意義和價值是甚麼？

許：現在很多人說到文學，都會強調它的「無用之用」。強調「無用」，恰恰就是文學「有用」的地方。我們應當強調「無用」，來打破過去 100 多年對於文學的過度使用。

這樣說是不是有些繞口？我們需要討論文學的意義和價值，但不要「過度使用」文學。文學是以「無用」的方式「有用」。

王：我想回應一下子東老師。這是一個特別好的話題。「有用」

和「無用」兩者之間是一種弔詭或者二律背反的關係。如果不使用「五四」以來的學科式的「文學」的定義方式，而是把目光投向中國文明的漫長的脈動中，也許我們還可以推進這一問題的討論。

比如把「文」和「學」這兩個字暫時拆開，便會發現「文」作為關鍵字，在我們的傳統中其實無所不在。如果失去了對於「文」本身的感受、觀察、敬重，我們今天的整個對話也就不成立了。我們應當從文明傳統中獲得啟發，進而在一個更大的時空中思考「文學」在二十一世紀的可能性。

我舉一個簡單的例子。也許今天很多人已經不再讀教科書意義上的「文學」了，卻熱衷看網絡電視劇，追蹤甚至執迷各種 IP 的流轉，這何嘗不是文學的現場？再如今天活力四射的電子遊戲，也提醒我們「文學」不必一定要被教科書式的理解所局限，它就在我們的日常生活中。

如果要追求女朋友，今天仍然需要研究怎麼用最動人的詞彙來發一則短信，打動心上人。在這些時候，你能說文學沒有用嗎？你還是得用你的文辭、你的感知能力，把你的心得發展成為一種敘事、一首詩或者一聲吶喊。

我們一直都生活在「文」的廣義傳統中。只要跳開了學院式的定義，不那麼制式地束縛「文學」，也許一下子就豁然開朗了，而不必面對挑戰焦慮不已。無論「有用」還是「無用」，文學都是很活潑的、很開放的。

二、文學就是 AI

李：兩位老師的回應，讓我想到陳寅恪晚年在寫作《柳如是別傳》

時，特別引用的那句「不為無益之事，何以遣有涯之生」。在我們的生涯中，也許就是應當有一點「無用」的事情與時刻，這樣才能擔負整個生命的重量。

王老師說到文學的無處不在，文學甚至在以一種「日用而不知」的方式彌漫在我們的生活世界。它可以是一個學科，但也可以是一種修辭、一種文明以及一種人生的方式。

但在把「文學」無限放大的同時，必須追問的是，文學究竟有甚麼獨特的地方？這個問題我想請教王老師。在您的《小說中國：晚清到當代的中文小說》與《想像中國的方法：歷史・小說・敍事》等著作中，文學——特別是小說——的不可取代被充分強調。您認為其中的關鍵是甚麼？

王：其實浴洋已經把這個關鍵字說出來了，那就是「想像」。或者有時換一個專業術語——「虛構」。文學能夠激發出來的想像的能量，為其他學科所不及。

在不同的文明傳統中，對於何為「想像」或者「想像力」有不同的詮釋。但「想像」不是胡思亂想。《文心雕龍》告訴我們，「神思」是「思接千載」、「視通萬里」的能力。除去文學，又有哪一個學科允許甚至鼓勵這樣的力量？

不論作者還是讀者，都可以就着文字符號營造一個在政治、經濟、歷史與哲學之上或者之外的豐富多變的世界。從這個意義上，當進入二十一世紀的第三個十年，人工智慧如此蓬勃地發展時，我充滿期待。

我時常想，文學本身難道不就是一個 AI 嗎？千百年來，文學不斷從有限的文字符號中生成各式各樣的無限的可能性，有快樂的，有悲哀的，有知識性的，有情感面的。這不正是所謂「文學史」所見證的嗎？

現在關於 AI 的討論如此熱烈，但我反倒以為不必刻意強調人和 AI 之間的距離。至少從文學的角度看，我們「神遊物外」，這與 AI 異曲同工。

當然，我們仍然可以把 AI 視為對於文學的一個最大的隱喻，而且是一種當代隱喻。文學應當與 AI 一樣，成為一個朝向「當代」世界的引擎、伺服器與啟動者。它打開各種各樣的界面，帶入身臨其境般的興奮、恐懼、壯烈與感傷。其內在的動力就是想像力。

歸根結底，用一句話回答「文學是甚麼」，我認為就是想像力。在二十一世紀的今天，我們應當重新思考「想像力」的定義、可能的發展，以及技術如何參與。

李：近來有關 AI 的討論更多在人與 AI 的關係上做文章，王老師提示我們 AI 與文學在想像力的層面上可以互通。對於「文學是甚麼」，許老師有沒有補充？

許：如果以中國特定的語境，文學 —— 尤其是小說 —— 在相當程度上彌補或者取代了歷史。「禮失求諸野」，我們也可以說「史失求諸文」。因為一般民眾讀文學作品的興趣與機會多於讀歷史。

講起很多歷史事件，比如「抗戰」，大部分人不一定讀過「抗戰」的歷史著作。你問他「淞滬會戰」、「武漢會戰」具體是怎麼回事，他可能答不上來。但內地人都知道《地雷戰》《地道戰》，都知道《小兵張嘎》。

二十世紀以來的中國，司馬遷難做，所以小說家充當這個責任。大部分中國民眾對於過去這一百年的了解，在「文」、「史」、「哲」三個方面，絕對首先是通過「文」。理由很簡單：第一，歷史教材經常修改，不足為憑；第二，歷史書寫有很多空白，有些時段的情況沒法呈現。這個時候怎麼辦？那就讀文學吧！看《活着》，看《白鹿原》。

小說不需要像歷史著作那麼嚴謹，但同樣可以表現歷史。再加上語境原因，我們的小說裏面貫徹了司馬遷的精神。這是文學特別可以自豪的地方。

王：我特別認同許老師的說法。在中國的文明傳統中，沒有一個超越的神學信仰系統。我們根深蒂固的是對於歷史的尊重。

許老師所言，也不僅是二十世紀的「專利」。十七世紀馮夢龍就說過「史統散，小說興」。問題在於稗官野史如何形成一套令人尊重的歷史敍述，也就是在迸然四散的狀態中，怎樣把各種各樣的碎片重新綴合起來。

《紅樓夢》的補天神話告訴我們，可以去打造一個宇宙、一種人生、一重境界。不論太虛幻境還是現實世界，小說家經由「造境」（虛構）回應挑戰。二十世紀只是去古未遠罷了，但的確讓這種方式變得更加迫切。

即使到了二十世紀，當我們閱讀劉慈欣的《三體》、韓松的《醫院》三部曲以及《地鐵》三部曲時，仍然可以把它們作為對於歷史的嚮往或是批判。所以，文史之間的關聯在今天依舊緊密。

文史不分的傳統意味着更加傾向從文學活動中感受歷史無所不在的脈動。這裏的「文」是最為廣義的虛構，小說、網劇、電玩遊戲都可以形成敍事，滲透到生活的肌理。

李：說到「文」和「史」的關係，我想可以進入一個我們比較熟悉的話題——文學史。我注意到，二位老師近年的工作很多都與「文學史」有關。譬如，王老師主編了《哈佛文學史》，許老師也把自己的《重讀二十世紀中國小說》叫做「另類的文學史」。「文學的現代中國」也內含了文學史的視野與線索。我想請教你們的是，在這些作品中是如何具體處理文學與歷史的關係的？

王： 我們三個都是文學專業，文學史是訓練的基本功。就像所有文學系的學生一樣，我讀大學時對於文學史的印象也是一二三四、起承轉合。這是文學作為知識的一種重要方式。可一旦自己開始閱讀和欣賞，就難免發現任何文學史都令人意猶未盡，有的甚至掛一漏萬。

站在專業立場上，我們應當反問自己：何為文學史，文學史何為？但這樣一種自覺，其實在很多時候是欠缺的。我們現在熟悉的文學史並非古來有之，中國直到二十世紀初期才出現今天所謂的「文學史」。而需要了解的是，教科書式的文學史是一種西方定義的產物。過去一百年間，我們對於文學史的認識與實踐，基本都是在這一定義下展開的。

那麼，一百年過去，在一個新的時間節點上，我們難道不需要對於文學史 —— 無論它的結構、敘事模式、操作方式，還是它的必要性與合理性 —— 重新作出思考嗎？新的思考需要與我們置身的時代、環境的巨變相互呼應。就是在這樣的背景下，2017 年《哈佛文學史》問世。

關於《哈佛文學史》出版的台前幕後的故事，我和浴洋專門做過一次對話。（王德威、李浴洋《何為文學史？文學史何為？ —— 王德威教授談〈哈佛新編中國現代文學史〉》，《現代中文學刊》2019 年第 3 期）那時中文本還沒有問世。現在回頭來看，我可以說《哈佛文學史》是一次相對大膽的實驗，把那種大家熟悉的敘事套路打散，以一則一則的短文重新成就。這樣碎片化的處理方式，觀者當然可以附會到各種「後現代」理論上去。但在另外一個更為直觀的層次上，我們可以自問：這難道不就是歷史的本來面目？我們不就是生活在生命的不同層次以及方方面面的喜怒哀樂的經驗中嗎？文學史難道不需要傳達生命的各種參差？

《哈佛文學史》成功與否，可以交給時間評價。作為主編，我也深知它不是一個完美的文本。但同時我又認為它至少是一次自覺的方法實驗。從學院內部的角度看，《哈佛文學史》會帶來理論上的啟發。但更為重要的，它是對於我們今天討論的文學與歷史如何互動的回應，而且是我有感而發的回應。這是一個與時代、環境對話的文本。

剛才我說「文學就是 AI」，這樣的隱喻不是無的放矢。以《哈佛文學史》為例，與其說它是如何精心地設計與製作出來的，不如說是自在地生成。把文學史原有的敘事打散以後，讓很多線索並置在那裏，無數的話頭自己就冒了出來。而我們就是這樣一種 AI 的參與者，在其中可以看到許多意料之外的奇花異果。

文學史不應該被某種特定的論述方法制約，它傳遞的應當是浩瀚的、複雜的與千回百轉的歷史面貌。《哈佛文學史》大概永遠不會成為教科書，但我相信這樣一個萬花筒式的作品可以引起更多讀者對於現代文學的興趣，並且從中理解文學與歷史的多樣性。這就是我在文學史的界面上對於文學與歷史關係問題的思考。

前面也說了，《哈佛文學史》是一次實驗。實驗都帶有開放性，所以我歡迎各種批評聲音，也期待它能夠引起持續不斷的討論。而現在我正在做另外一個實驗，就是主編一部四卷本《中國近三百年文學史》。我們需要解放文學史的想像力，所以也需要不斷實驗。

許：我想先推薦一下王德威教授的《哈佛文學史》。這本書非常難得。王教授說它不是教科書。但它比教科書更加值得閱讀。所有做中國文學研究的本科生和研究生都應當一讀。

根據統計，內地先後出版了 700 多種現代文學史。當中品質有高下，但彼此重複很多，真有自己特點的屈指可數。王教授這部，是獨一無二的。他邀請 100 多位漢學家，以及部分中國學者，一起合作了這本文學史，從不同的角度來講現代文學。這是名副其實的「世界中的中國文學」，是此前從來沒有過的文學史的寫法。在這個意義上，我非常推薦。

剛才聽你們二位談話，我突然想到一個問題。關於文學和歷史的關係，兩者並不是平等的，歷史的分量比文學要重得多。我們經常聽到這樣的話——「你這樣做事情，將來在歷史上沒法交代」;「你對不起歷史，你是歷史罪人」;「你有歷史使命」，等等。如果把這裏的「歷史」換成「文學」——「你這樣做，將來在文學上沒法交代」;「你是文學罪人」;「你有文學使命」——給人感覺就無所謂。對不起文學就對不起了，做文學罪人就做了，有甚麼大不了的？所以，「歷史」比「文學」重得多。

大學裏邊，地位最低的是寫作課。寫作課被台港文學看不起，台港文學被當代文學看不起，當代文學被現代文學看不起，最上面的是文學史。而文學史就是文學學科中關於「歷史」的那一部分。要說「文學」，寫作課最「文學」，但事實上它的地位最低。

文學史是文學的歷史化和學科化。作為一個學科，它必須有可教、可學、可背、可考、可以傳承、可以生產的東西。這個東西，在國外主要靠形式主義和新批評，在國內就是文學史。而兩者的核心都是把文學作為一種知識。也就是說，文學研究和文學批評首先不是「文學」，它們是學科知識，是「科學」。

如果按照這樣的標準，我的《重讀二十世紀中國小說》不是文學史。我就是具體講了一百部小說。我可以根據我的喜好選擇講誰不講誰，也可以參照作家的了不起程度，比如魯迅自己就占去十部。但考慮到受眾，我不能這麼講。我還是需要找到一套標準。

這樣，我就和文學史發生了關聯。跟王德威教授的《哈佛文學史》一樣，我採用編年體。而一旦有了年份，歷史的感覺馬上就出來了。所以，我說這是一部「另類的文學史」。就是它本來無意做成文學史，可最終還是加入到文學史的行列。我發現我也是能夠寫文學史的人了，這讓我挺高興的。

通過這部《重讀二十世紀中國小說》，可以看到一個世紀當中絕大多數的中國作家，尤其是以往文學史評價高的作家，基本都是在寫「中國故事」。一百本小說講了一百個「中國故事」，這就是我的文學史的內在線索。

三、從文學史看到現代性的更多面向

李：剛才兩位老師分享了各自的文學觀與文學史觀，給予我們很多啟發。接下來也許就着「文學的現代中國」的節目展開順序，我們可以討論文學史上的一些具體話題。

「文學的現代中國」與《哈佛文學史》，都以 1635 年，也就是晚明作為起點開始現代文學史的敍述。我想請教王老師，晚明在何種意義上標誌着中國文學進入現代或者具備了現代性？

王：我們今天對於「現代」與「現代性」這些概念的使用，已經習以為常。但我們經常會忽略這本身就是現代性的一種表徵。所謂「現代」，是西方基督教時間觀發展到十六至十七世紀形成的新的歷史觀念。這種觀念在輸入西方世界以外的不同區域時，產生了各種不同的反響與回應，這些共同構成了世界的「現代」。

所以對於中國文學而言，何時是「現代」的起點，讓我充滿好奇。而必須為一部文學史確定一個可能的起點時，又令我不安。因為我知道，實際的情形絕非線性發展。

在比較鑒別了各種關於中國現代文學的起點的論述之後，我選擇了晚明。這其實是受周作人與嵇文甫的影響。三十年代，立場各異的周、嵇二人不約而同地將現代文學或者現代思想的起點上溯到晚明。

而我們的客觀經驗，也可以支撐這樣的論述。十六至十七世紀，正是西方發生驚天動地巨變的歷史節點。大航海時代方興未艾。經過一百多年的探索，工業革命在十八至十九世紀引領了世界潮流。器物層面的變化帶來制度革新。在以西方為主導座標的語境中，所有這些共同塑造了「何為現代」的看法。

但我必須說，無論周作人與嵇文甫，還是今天的我們，當我們闡釋「晚明的現代性」時，都是基於一種後見之明，基於後設的「何為現代」的觀點。

具體到「文學的現代中國」與《哈佛文學史》，我看重的是一套西方知識伴隨傳教士的活動進入中國，中國知識分子的觀念世界開始發生改變，重新定義了「甚麼是世界」、「甚麼是宇宙」與「甚麼是人」，也包括「甚麼是文學」。

從 1635 年入手，我希望可以觀察「文學」觀念如何被重新設定。設定的過程牽涉中西知識體系的相互協商與碰撞，從而造就了一種新的可能性。直到 200–300 年後，這一協商與碰撞達成的結果在十九世紀末、二十世紀初的文學變革中爆發出來，形成晚清和「五四」時期的「現代文學」。

「文學」被重新設定的過程，並不只在觀念層面進行。書寫方式、閱讀市場以及各種物質條件 —— 比如從印刷時代到機器時代再到數位時代 —— 的推陳出新同樣至關重要。這也是「現代性」。

既往的文學史，不管怎麼寫來寫去，基本都是圍繞上層建築。但在關於文學現代性的討論中，除了敘事的打磨，文學生活本身，尤其是物質本身的脈動也是重要組成部分。《哈佛文學史》有意將上層與下層、主流與基石之間你來我往的關係呈現出來，雖然可能少了大家期待的某種邏輯性與秩序性，但我相信，這樣的方式未嘗不能帶來對於中國文學從傳統到現代本身具有的複雜、紛擾與多元的感受。

回到說的「起點」問題。我願意重申晚明只是起點「之一」。我期待各種不同的對話增益、修訂甚至反駁這樣的觀點。

李：王老師為《哈佛文學史》撰寫的導論題為《「世界中」的中國文學》。「世界中」的概念源自海德格爾。王老師特別強調了「worlding」的動態性與過程性。將晚明作為現代文學的起點，既有實證意義上的依據，但更為重要的是凸顯了這樣一個動態過程的發端。感謝王老師的回應。

如果我們把話題從晚明一下子跳到晚清——這可以說是現代文學的又一起源時刻，一個引人注目的事實是小說地位的躍升。在此之前，詩文是中國文學絕對的核心。而從晚清開始，一個「小說的世界」徐徐展開。甚至我們今天說到文學時，很多時候都是在說小說。比如內地的文學最高獎「茅盾文學獎」就是授予長篇小說的，但我們不叫「茅盾小說獎」。經過二十世紀的強化，小說已經取代詩文，成為現代文學的核心文類。

許老師的《重讀二十世紀中國小說》是關於現代小說的著作。您如何看待小說這一文體在二十世紀的勝出？

許：如果簡單回答，小說勝出的根源在印刷工業的普及和閱讀人口的增加。所以小說的發達既是作家努力的結果，也是時代的選擇。一句話來說，時代改變了。

由這個問題，我想談到王德威教授。在我看來，王教授的學術對於內地現代文學研究有兩個最大的影響，一是他對於晚清的重視，一是他對於文學現代性的開放的理解。

王教授的「沒有晚清，何來五四」向現代文學研究提出了如何面對晚清的問題。這是意義重大的。儘管在所謂「主流」學界看來，這有點離經叛道，一直都有學者表示反對。反對的理由，講來講去就那麼幾條，並不新鮮。但在高調反對的同時，今天的現代文學研究還能無視晚清嗎？其實大家已經接受了王教授的影響，這點必須承認。

我在《重讀二十世紀中國小說》裏面，講到「五四」有四大特點：白話文、憂國憂民、進化論和反禮教。這是「五四」之為「五四」的主要意涵。但前三者在晚清時期就都有了，只有一個例外，就是反禮教。《老殘遊記》不反禮教，禮教在裏面還是好的，不好的人是因為他們違背了禮教。但從「五四」開始，禮教成為不好的東西。我把從晚清到「五四」的這一轉型稱為從批判官本位到批判國民性。這是甚麼意思呢？

我曾經概括，晚清小說的一個普遍結構是士、官、民三者關係。其中發生衝突的雙方是官和民，所以小說寫的是「士見官欺民」。而到了「五四」以後，官在文學中就退場了。此後二三十年，現代文學幾乎沒有作品專門寫官員。這個現象是值得思考的。

我有這樣的發現，除去自己閱讀作品，也要感謝王德威教授的《被壓抑的現代性：晚清小說新論》的啟發。他對於晚清小說的梳理，是到目前為止最好的。我願意向大家推薦他的這一本書。這本書很豐富，不是只有「沒有晚清，何來五四」那句著名的口號。

王教授的第二個重要的影響，是他對於文學現代性的開放的理解。但如何定義「現代」實在不是個容易的事情。剛才他已經談了一些，借着這個機會，我想請他再多講一講。他的書名叫「被壓抑的現代性」,「現代性」可以被別的東西壓抑，但這個概念本身也挺令人壓抑的。我們做文學研究的，已經被它壓抑了很多年了。

王：我努力把這個問題回答得輕鬆一點，不要讓我們的對話也變得壓抑。

《被壓抑的現代性：晚清小說新論》已經是我二十多年前的作品了。從出版以來，這本書就受到了各種各樣的批評。但如果把批評意見匯攏起來，會發現蠻有意思的，因為大家對於它的期待竟然南轅北轍：有人認為壓得太重了，有人認為壓得還不夠，還有人認為壓錯了方向……總之，這些意見都讓我受教，也讓我意識到「壓抑」是一件多麼嚴肅與嚴重的事情。

「現代性」這個詞就像萬靈丹一樣。所以我大概很難在有限的時間內回答許老師的提問。但有一點可以分享，那就是在晚清和「五四」時期，文人與知識分子是絕對不會一天到晚把「現代性」這類概念掛在嘴邊的。我不知道許老師看到過這樣的例子沒有？

許：大概真的沒有。

王：這就是問題所在。「現代」與否，更多是我們的焦慮，這讓我們不知道應當如何解釋一百年前或者一百年來的各種各樣的現象，其中的憧憬、矛盾與恐懼。在感受的層面上，我們把自身的感覺投射到了十九世紀末二十世紀初的時間節點。當然，不是說當時沒有這樣的情況，而是對於「現代性」的追尋、焦慮與想像更多是一個愈演愈烈的過程。

晚清時，最為主要的感受是陷落。就像《老殘遊記》隱喻的世變甚至整個宇宙的改變，都像山雨欲來一樣。在時間上，乃至在空間上，都有一種不得不去發生、不得不去感受的體驗。這種體驗轉化成為強大的不確定性，貫穿了整個現代文學。

我又要為文學辯護了。因為從歷史的角度看，甚麼是「現代」、甚麼是「現代中國」，其實已經有了答案。但對於這些答案，我們已經滿意了嗎？為甚麼對於「現代性」，我們還是充滿焦慮？我認為，從文學史可以看到「現代性」的更多面向，那些複雜的、糾結的、曖昧的面向。

「現代性」可以是前進的、不可遏止的，也可能是在打轉、循環往復的，甚至有時還是彌散的、沒有方向的。那種習以為常的線性時間觀念，無法回應我們對於「現代」的想像。在這個意義上，文學可以把複雜的感受，把進步、退步與一再的轉折以精微的方式呈現出來。

「現代性」就像是一個漩渦，到了二十一世紀的今天依舊如此。而這個漩渦的動力，正是來自我們不斷定義「現代」的衝動。理論家們可以告訴我們很多關於「現代」的道理，但文學家對於「現代」的探索可能更加豐富。

李：王老師的提醒很有必要。當我們使用「現代性」這個概念時，確實應該意識到它是不斷層累的。比如，在大陸的語境中，直到九十年代更多使用的概念其實是「現代化」而非「現代性」。「現代性」逐漸取代「現代化」是最近二三十年的事情。在某些特定領域中，「現代化」現在也還在繼續使用。

卡林內斯庫的《現代性的五副面孔》啟發我們，「現代性」原本就有多重面向。而現在我們知道，它可能不止有「五副面孔」，十副、五十副都有可能。

「現代性」是過去一個世紀最大的一個概念，同時又是最不穩定的概念。正如王老師所言，有時我們覺得不夠「現代」，「現代性」是我們的目標；但有時又覺得分明已經「後現代」了，對於「現代性」的執迷已經成為障礙。的確，各種各樣的立場、思路與關懷圍繞「現代性」匯聚成為一個巨大的漩渦。

四、「現代文學三十年」是通例還是特例

李：走過晚明、晚清，下面我們的話題進入「五四」。無論「壓抑」與否，討論現代文學最繞不開的還是「五四」。從「五四」到1949年，是群星閃耀的「現代文學三十年」。這也是兩位老師在專業上最為熟悉的時段，你們的許多著作都是關於這一時期的文學的。我想知道，二位老師有沒有甚麼新的思考？

許：過去我們討論晚清與「五四」的關係，習慣把它們當成兩碼事。剛才提到王教授的「沒有晚清，何來五四」引起的爭議，就和這點有關。既然是兩碼事，那就得分個誰輕誰重、誰主誰次，這樣一來就爭論起來。但我現在更傾向於把兩者看作一體，因為它們都和此前的中國傳統社會具有重大區別。

葛兆光教授推薦我看過一本書，叫做《中國紳士：關於其在十九世紀中國社會中作用的研究》，作者張仲禮。這本書做了許多調查，描繪了十九世紀中國的人口比例。簡單來說，當時清代的官員是2萬人，全國人口是2億人，也就是官民比例是1:10000。而在2萬官員和2億人口之間，還有一個階層，就是200萬的「生員」。「生員」是可以參加科舉考試的人，大概每100個人有1個。這200萬人通過考試往上走，其中的1%最終考中，成為官員。

當然，我們說每100個人中有1個「生員」，這不是平均的，因為50%的女性不包括在內，太窮的人也不參加，相當於每十幾二十個人出1個「生員」。再經過選拔，其中的1%由「民」成為「官」。

張仲禮的論述打破了我一直以來的觀念。我從小就被教育，在皇帝和百姓之間有一個地主階層。范文瀾的《中國通史》告訴我們，皇帝代表地主階層的利益壓迫民眾。但張仲禮提供的資料，說明在皇帝

與百姓之間的是士紳階層。而士紳階層是流動的。其實地主階層也是流動的。你今天是地主，明天打牌打輸了就不是了，像《活着》中的福貴，就是一個例子。

余英時認為，中國士大夫最為重要的品德是憂國憂民，這是優於西方知識分子的地方。可看完張仲禮的書，就會知道憂國憂民不假，但這不是士大夫特別的「美德」，而是他們的身份決定的，一定是向上憂國，向下憂民，因為他們就是在兩者之間流動的。

「生員」可以終生，但是不能世襲。這是中國的士紳制度與西方的貴族制度的很大不同。考上了就去做官，考不上也有考不上的責任，比如辦學、修路、救災。按照今天的標準，「基層管理」就是由這一階層來承擔的。這樣的位置在中國傳統社會一直存在，也就是「士助官治民」。

但到了晚清和「五四」時期，士大夫階層就失去了這樣的中間位置。過去，他們向上是統治階級的預備隊，向下是基層社會的治理者。可突然之間就甚麼都不是了，成為一個獨立的階層。只有了解這樣的變動，才能明白為甚麼他們甚麼都敢反了，甚至反皇帝，反孔子，反禮教。

如今回看，知識分子成為一個獨立的階層是非常短暫的事情。因為當時帝制走向滅亡、西方文化傳入，整個社會發生前所未有的鬆動，知識分子獲得了罕見的獨立地位，有自己的經濟力量，不必依附任一現成的階層。晚清和「五四」知識分子的獨立地位是理解這一時期文學的關鍵。當然，此後情況又有變化。

李：許老師在大的社會變遷的背景下闡釋晚清與「五四」時期文學新變的根本原因，很有意義。在「文學的現代中國」節目中，我們也專門介紹了職業作家這一群體的出現，同樣是以許老師提到的這一背景為參照。

對於「現代文學三十年」的表現，王老師有沒有甚麼補充？

王：我覺得許老師講得很好，我對此沒有甚麼特別要補充的。我想，或許我可以分享一下自己接觸現代文學的經驗。

我來自台灣，大學教育也是在台灣完成的。在我讀書的那個年代，所謂「現代文學三十年」的知識其實是隱晦與殘缺的。我除了私下知道一點魯迅以外，對於「五四」文學主要的了解就是郁達夫和朱自清。他們都是 1949 年以前過世的作家，所以在台灣可以講授。

真正接觸從「五四」到 1949 年的現代文學，是我到美國以後。和許老師在大陸的教育體系中接受了循序漸進的完整訓練不同，我主要靠後天「補課」。好在求學的威斯康辛，尤其任教的哈佛的燕京圖書館，館藏十分豐富，給我提供了許多便利。我至今都記得自己急行軍似地閱讀的場面，總想儘可能多地知道那個時代林林總總的一切。

其中，最打動我的是「五四」知識分子的情懷，他們面對各種挑戰時展現的生命狀態。許老師剛才說得很對，在那一代人身上有一種非常罕見的力量。在這個意義上，他們的文學是否符合西方現代審美的評價標準已經不是最重要的事情了。文學的生命力，是「五四」帶給我的最大教益。

李：在談到「五四」文學時，我們一方面對比古典文學，另一方面其實也以 1949 年之後的當代文學為參照。1949 年對於兩岸來說，都是一個意義非凡的年份。剛才王老師也說到，許老師正是成長于這一階段的內地。對於「十七年」文學，您當時有怎樣的閱讀記憶，現在又怎樣看待？

許：當時主要的閱讀記憶是《豔陽天》，這是我讀得最多的一部小說。現在回想起來，「十七年」時期的文學和晚清以前比較接近，都是向上盼望領導英明，向下協助上面治理百姓。

過去經常強調「十七年」文學與「五四」或正或反的關係，但這還不夠，需要再把晚清文學引入進來。「十七年」當然繼承了「五四」，那就是肯定民眾，進而發展為歌頌民眾。但另一方面，「士見官欺民」的模式沒有了，又回到了「士助官治民」的狀態。後者的「士」在「十七年」的語境中叫做「幹部」。

我前面說官員形象在「五四」以後的現代文學中不見了。但在「十七年」文學中，成群結隊的幹部回來了。陳平原教授在研究晚清小說時有一個重要觀點，是說晚清文學的兩種重要模式——官民模式與忠奸模式——在「五四」以後都被打掉了。可我們知道，到了「十七年」時期這兩種模式就都恢復了。

當年閱讀的時候意識不到這些問題，但現在把整個二十世紀的中國小說放在一起，就可以很清晰地見出這一現象。

王德威教授說要打開現代文學的視野，只看三十年不夠，要看三百年。我很贊同。錢理群教授有一個非常經典的概括，「現代文學三十年」最為主要的人物形象是知識分子和農民。我開玩笑說，「我」和閏土的關係，可以串起整個三十年的故事。但如果往前加上晚清，往後加上當代，那麼至少有三種人物是同等重要的，在知識分子和農民之外，還有官員（幹部）。這三者的關係，在不同時代是不一樣的。

我們過去對於現代文學的想像主要是根據「現代文學三十年」來的。當打開視野，從「五四」到 1949 年這「三十年」，究竟是現代文學的通例，還是一個特例？這恐怕是需要認真思考的問題。

李：許老師提出的是一個「大哉問」。作為現代文學主體的「三十年」，到底是通例還是特例？我們應當據此想像文學的現代性，還是將之作為一段「例外」？在此基礎上，也還可以更進一步追問：除去這樣的現代性，現代文學是否還有另外的可能？

兩岸在八十年代都進入了新的文學時代。大陸的「八十年代」通常被認為是第二個「五四」。「新時期」文學異彩紛呈，但我們今天就不專門討論了。我更想請王老師介紹一下台灣八十年代文學的狀況。

王：從美國畢業以後，我回到台灣教了幾年書，也就有機會現場觀察台灣八十年代文學百花齊放的盛況。五十至六十年代的台灣儘管國民黨官方文學一家獨大，但因為國民黨的統治相對鬆散，很難形成無孔不入的執行力，所以現代主義文學也繁榮滋長出來。不同背景和風格的作家都在現代主義文學實驗中找到了自我發抒、解放，甚至和客觀政治環境抗衡的可能。與此同時，七十年代以後台灣經濟起飛，中產階級誕生，文學有了更為豐饒的土壤。

八十年代初期的台灣文學既有鄉土文學的持續辯證，也有現代主義的不斷實驗，還有女性文學的爆發性成長。到了 1985 年前後，這三股力量繼續發展，同時後現代主義高調進入台灣，開始解構歷史，以各種先鋒姿態挑戰主流的寫實主義與現代主義。這一時期的台灣文學基本可以與大陸同期的「新時期」文學類比，只不過台灣沒有所謂「前三十年」的驚濤駭浪，儘管也有「白色恐怖」的壓抑，但總體上相對平緩一些，所以八十年代不太像是「轉折」，而更多是多源匯流的結果。

我們今天比較熟悉的一批重要的台灣作家，像張大春與朱天文，都是八十年代的收穫。在老一輩的作家中，司馬中原與朱西寧等人當時也都有比較創新的作品發表。現在回想起來，那真是一個十分精彩的時代。

李：說到這裏，我突然想到您的第一本書《從劉鶚到王禎和：中國現代寫實小說散論》就是 1986 年出版的，也參與了台灣八十年代的文學繁榮。

也許在今天的讀者聽來，王禎和已經是一個遙遠又陌生的名字了，但在八十年代，他曾經風行一時。在您看來，除去我們人所共知的名家，當時的台灣文學有沒有甚麼遺珠，特別值得向今天的讀者再次推薦？

王：這是一個好的問題。首先就是王禎和。感謝浴洋提出他的名字。他是一位出生於台灣東部小城花蓮的青年作家，在台大外文系接受了很好的西方文學訓練，並且開始創作。繼而有幸在 1961 年，他得到了張愛玲的青睞。他早期的寫作兼具鄉土和現代的實驗精神。到了八十年代，王禎和的風格發生很大轉變，採用嬉笑怒罵、葷腥不忌的情色書寫，嘲諷台灣世道人心的失落，以及官場的形形色色。這一下子就銜接到了晚清文學的傳統中。我用《從劉鶚到王禎和》這個書名便是想建立從晚清到當代台灣的文學脈絡，而王禎和正是其中的關鍵一環。

不過很可惜的是，王禎和後來很快就過世了（1940–1990）。他的創作生涯不長，所以一般讀者也就逐漸把他遺忘了。但如果我們想要重新思考台灣文學，特別是見證文學在八十年代台灣的爆發力的話，我願意推薦他的作品。

另外一位作家是黃凡。他在 1979 年通過《時報》文學獎的競逐一舉成名。在八十年代文壇，他風頭甚健。他以凜冽的文風，剖析當時台灣社會不同層面的現實，從倫理、情感、教育的各種挫敗，到經濟本身在資本結構中發展到一定程度之後出現的各種「怪現狀」。對於這些，他都有非常獨到的見解。在八十年代，他是一位大家都樂於閱讀的作家。

但八十年代末期，黃凡就很神祕地消失了，停止了創作。也許是他自己的選擇，也許有別的甚麼原因。遺憾的是，他的風格也隨之消逝，沒有傳人。所以我願意在今天再次提到他，特別是他在台灣文學轉型過程中的重要貢獻。當然，多年以後其實他又重新拾筆，但風頭已經不復當年。

五、不必維護四大文類的永恆，可以擁抱《黑神話：悟空》

李：我們匆匆忙忙，就來到了二十一世紀。在今天對話的最後一個單元，想請二位老師發表關於新世紀以來文學的看法。所謂「新」世紀，其實也已經二十多年，足以作為一個獨立的文學階段來討論了。在這一過程中，最為顯著的特點之一是媒介力量更加強勢地崛起。

王老師前面談到物質條件的更新對於文學現代性的作用。我們都知道，現代文學與古典文學的一大區別便是媒介不同，而且媒介的介入程度不同。進入二十一世紀，這一趨勢更為突出。無論影視的力量，短視頻的興起，還是 AI 的突飛猛進，都給文學閱讀與寫作帶來新的挑戰與契機，同時也促使「文學」重新尋找自己的位置。

許子東老師剛到美國加州分享過新媒體的話題。我想請教許老師，您如何看待文學與媒介在今天的關係？

許：這次去美國演講，最反諷的一個經驗是我在矽谷講魯迅，主辦方是要賣門票的，最便宜的 39 刀，好的位置要 100 刀。結果來了 600 多人，把我都看呆掉了。

我跟他們說，我們搞文學的人現在的焦慮都是他們搞出來的，因為他們主要來自大廠，蘋果啦、Facebook 啦，還有的來自斯坦福大學。結果他們居然跑來聽我講文學，而且不是一個兩個，是 600 多人。這確實出乎我的預料。他們自嘲加州是「科技聖地，文化沙漠」。

我講魯迅有兩個關鍵字——「奴隸」和「奴才」。講完以後，我就看他們發小紅書，說他們碼農就是奴才。「碼農」，顧名思義就是「寫代碼的農民」。這個說法蠻有意思的。

他們對於媒介的東西最敏感，但另一方面，他們也需要文學。我認為不必太放大短視頻的影響。至少在我看來，除去媒介的力量，當代文學還有一個更為根本的特點值得我們關注，那就是從八十年代到現在，這四十年的文學構成一個整體，一個文學史上史無前例的階段。這好像又是一個特例。

我們回看晚清以來的中國文學，從晚清到「五四」，到三十年代，到延安文學，再到五十年代以後，幾乎每隔十年就會有一場革命，把此前一個十年的文學基本上否定掉。這樣一種浪潮到八十年代才中止。

今天經常有朋友私下發牢騷，賈平凹、莫言、王安憶這些作家，已經寫了四十年了，怎麼現在還是領軍人物？我說請珍惜吧！這說明四十年來社會穩定，沒有天翻地覆的運動。這是一百年來少有的一段相對「不折騰」的時光。不是說其間沒有風浪，也不是說不存在暗流湧動，但總的來說比較平穩。這代作家還在第一線，只是這個大的歷史趨向的表徵罷了。我個人認為，這是比短視頻、網絡小說更加值得關注的現象。

關於二十一世紀以來的中國小說，我寫了一本書，題目是「從先鋒到守望者」。四十年前，當代文學的角色是思想解放的「先鋒」。Sex 的問題不能寫，王安憶就通過「三戀」來突破；右派不平反，張賢亮就寫一個小說來呼籲。當初很多中國人對於歷史和現實的重新認識，就是從文學開始的。

四十年後，文學不再是「先鋒」，而變成「守望者」，守望了八十年代以來的一些基本價值觀。當然在細節方面還是繼續有突破，比如《一句頂一萬句》和《繁花》這類碎碎念的細密現實主義的寫法。但整體而言，文學的功能是守望。

在這個背景下再看短視頻，它當然有很大的影響，但有那麼大的影響嗎？可能還需要觀察。剛才王教授也講了，各種花樣的背後其實都有文學性。到底是它們衝擊文學，還是文學影響它們，不好一概而論。就像《繁花》，這麼難讀的小說，竟然變成了熱門的電視劇，這不是很好嗎？

我自己也刷短視頻，睡不着的時候就刷。但不認為會妨礙我研究文學。我也知道它有一些壞處，例如根據演算法總是給你推薦你喜歡的東西。可如果你有這樣的意識，就多檢索一點不一樣的東西好了。短視頻上好的東西也不少。

一種媒介興起，會推出一批作家作品，也會打掉一批作家作品。但我始終相信，好的文學從根本上不會被媒介制約。相反，各種媒介都需要它們支援。

王：今天媒介興盛，我們會聽到焦慮的聲音。如果仔細分辨，其實它們的來源並不廣泛。這種聲音無非是覺得人心不古。但我們又何必故作清高？生命本身就是豐富的，環境本來就是複雜的。許多現象之所以有趣，恰是因為它們形成了一股情緒、一種氛圍與一套敘事。而這些無不需要文學性參與其間，並且不斷生成新的文學性。

無論中國還是西方，我們似乎從來沒有像過去一個世紀這麼狹隘地定義「文學」。「文學」的世界無比寬廣，何必一定要是一個學科、一個專業與某種固定的話語體系？在這個意義上，我們不必維護四大文類的永恆。想像力、好奇心與勇氣，才是真正可以定義「文學」的標準。

今天最新最火的遊戲是《黑神話：悟空》。2024 年 8 月 20 日甫一上線，迅速吸引了全球電競玩家的關注。我在美國也第一時間看到了，《紐約時報》做了報導。坦白說，我真的被這樣精緻的、神乎其神的影像打動了。只可惜，我不是一個玩家，只能像欣賞一件藝術品那樣觀看。

但我的學生很多都是很好的遊戲玩家，有一個甚至以遊戲為題寫了一部博士論文，我樂觀其成。我有時想，這不就是文學的未來，或者至少是未來之一嗎？試問，全球幾億《黑神話：悟空》的玩家，如果對於《西遊記》完全沒有任何理解，又怎樣進入「黑神話」的世界中去？今天我還看到國外的各種視頻，紛紛在揣摩這隻 monkey 到底有甚麼意義。這大概是近年中國文化「軟實力」最為不可思議的一次呈現。所以，文學的力量真的不必局限在教科書、文學史或是高考題上。我認為可以擁抱《黑神話：悟空》，這絕對是一個文學的關鍵時刻。

甚麼是今天的文學？這個問題的價值就在於它沒有標準答案。每個「今天」的回答可能都不一樣。

李：感謝兩位老師。今天的文學的確是活潑的。相比之下，不夠活潑的可能是我們的文學觀與文學史觀。在新的媒介技術的加持下，文學能動或者情動的力量值得拭目以待。

如果我們把話題從媒介拉回到文學「內部」中來，我想請教王老師，您認為二十一世紀以來華語文學中最為突出的主題是甚麼？

王：我想先說一個比較容易回答的答案，再說一個我心目中的答案。比較容易回答的是科幻。過去二十年的中國科幻，已經是在世界範圍內看到的中國文學的主流中的主流了。科幻的創造力令人震驚。在二十一世紀的第一個二十年，最能代表中國文學的文類一定是科幻小說。

剛才浴洋問到文學史的「起點」問題，但「終點」在哪裏同樣關鍵。

《哈佛文學史》與「文學的現代中國」都選擇以科幻收尾，當然是基於科幻的重要性與未來性。不過今天也許不必重複這一論斷，我反而想提出一項反思的課題。正如所有文學研究的定律一樣，當我們充分意識到一種現象的存在時，它的生產力的巔峯往往已經過去。

許老師說到八十年代登場的作家還在孜孜不倦地寫作，這確實也是一個重要現象。當然，他們有的是在重複已有的成就，雖然可以維持較高的創作水準，但並不見得真正有新意。在這樣的背景下，能夠推陳出新的資深作家值得我們報以格外的敬意。我想借此機會特別向王安憶致意，她是我衷心敬佩的一位作家。

接下來我要說的是我心目中的答案，就是「邊地文學」。這是最近幾年我在哈佛推動的一項研究，希望有機會和大家分享。

就我個人閱讀所及，「邊地文學」是過去二十年來華語文學中非常值得關注的現象。在更早也更長的時段中，因為種種限制，也包括我們的閱讀趣味的自我限制，「邊地文學」似乎沒有特別進入文學愛好者的眼界。但近年這一情況發生了很大變化。

我所謂「邊地文學」，是最為廣義的定義，不只是指通常意義上的少數民族文學，而是覆蓋一切對於遠方的想像，對於我們熟悉的都市生活、文學生態與舒適文化的反動。最近這些年間，這類「邊地」想像在年輕世代的作家筆下浮現出來。比如「新東北作家群」、「新南方寫作」、「南洋文學」，以及對於西南的種種興趣。「邊地」的凸顯，代表了文學世代的交替。

剛才說了，八十年代出道的作家繼續令人尊重。但年輕世代的眼光和嚮往已經與他們不同。最近學生推薦我閱讀童末的《大地中心的人》，這是非常不同的作品。當我們閱讀雙雪濤、林棹與童末等人的作品時，我們需要重新定義。這不是既有的當代文學的升級版本，而是一種新的經驗。

我希望提出「邊地」這一概念來提醒大家，提醒這個時代的作家與讀者，去勇敢地想像遠方的可能性。這裏的「遠方」可能是國境之內的某個偏遠的地方，也有可能是國境本身，還有可能是國境以外更為廣闊的天地。而在這個天地的盡頭，沒準兒已經從寫實進入科幻。

李：王老師關於「邊地文學」的研究計劃，讓我們很期待。我知道您在哈佛已經開設了這一方面的課程，希望接下來可以看到更多成果。

同樣的問題，許老師對於今天的文學印象最深的是甚麼？

許：我概括今天的中國文學叫做「國民文學」。「國」和「民」兩個字可以拆開，就像「國民經濟」中的「國」和「民」一樣。錢是國營企業多，就業的人口是民營企業多。兩者合在一起，是整個「國民經濟」。文學也是如此。

一方面，當代文學由各級作家協會管理，依託一套體制進行運作。體制通過各種手段，比如身份、獎項，來確認你的位置。我最近注意到，在公開場合介紹王安憶，只說「作家」和「著名作家」是不夠的，通常還必須加上「茅盾文學獎獲得者」，在她卸任以前還必須強調「上海作協主席」，否則就不合規格。

許多人做過統計，「茅盾文學獎獲得者」主要是各地作協主席和副主席。這沒有甚麼奇怪的，因為「茅盾文學獎」本身就是體制來認可你的一種手段。直到今天，「茅盾文學獎」對於文學發展的引導作用還是很強大的。這就是「國」的層面。

另一方面則是「民」，也就是民間讀者市場的需求，真實的中國人的文學生活的要求。例如余華的《活着》，再如網絡文學，這是專業讀者以外大家真正的需要。這點不用多解釋。

不過「國」和「民」不是楚河漢界，而是可以合作。最簡單的例子便是金宇澄的《繁花》。開始他是在上海的「弄堂網」開專欄，是網絡文學。而且他用方言寫作，並且和方言愛好者分辨哪些是上海話，哪些是寧波話，哪些是蘇州話，等等。這是真正從「民間」生長出來的文學。

但金宇澄其實是文學體制內的，位置還很重要。他是《上海文學》的資深編輯。因為對於主流文學太熟悉了，他知道「五四」以來的文藝腔的弊病，所以在他自己寫作時，就立下宏大志向，要徹底跳脫這套話語。金宇澄要寫話本，要向《海上花列傳》看齊，從頭到尾不用問號和感歎號。

這就是文人傳統和網絡世界互相改造。後來《繁花》獲得「茅盾文學獎」，體制也認可了。不會上海話的讀者，同樣也可以看得懂。更妙的是，這本小說遇到了天才王家衞。《繁花》原著裏面到處都是 sex ，而且很多六十年代的場面，這些都是沒法拍的。沒想到王家衞移花接木，把它改到了九十年代，演了一出改革開放的大戲。這就可以放開手腳了。

電視劇《繁花》啟用了經典的通俗文學的敘事模式：一男三女、鴛鴦蝴蝶、啼笑因緣。三個女主角，一個追求幸福，一個是外貿大樓的公務員，還有一個是炒股票的，再加上男主角是靚仔，非常好看。

內地的讀者或許對於這套陌生一些。但這種一男三女的模式在香港文學中一直都是主流。例如劉以鬯的《酒徒》、昆南的《地的門》、徐速的《太陽・星星・月亮》，都是這樣的格局。而內地在很長時間內不太使用這樣的模式。現在王家衞一用，再加上 50 多首經典老歌一包裝，《繁花》就大紅大紫。

我又得回到我的老本行來談。《繁花》是《子夜》以後中國文學中第一次把商人塑造為正面形象的。《子夜》奠定的一個傳統是商人都是壞的。但《繁花》告訴我們，商人代表了時代發展。這樣一部作品得獎、大賣、熱映，反映了很多時代資訊。「國」和「民」實現了很好的合作。

當然，兩者合作中間有很多計謀，也有很多巧合。但無論如何，至少提示我們它們不一定是衝突的，而是可以合作的。這是二十一世紀以來中國文學的一個很有意思的現象。

六、推薦八位作家

李：兩位老師生動的講述，讓人實在不忍心打斷。但我們今天的對話已經將近三個小時，可能不得不進入尾聲了。

我們對話的主題是「甚麼是今天的文學」。最後的最後，我想請兩位老師向大家推薦幾位你們認為「今天」特別值得閱讀的作家。可以是魯迅、張愛玲，但也可以不必依循文學史的標準，就從二位老師的立場和觀點出發，分別提出在當下此刻這個時代應當關注的作家有哪些。

王：我先提出兩位，後面再做補充。一位是路翎，一位是韓松。

我從不掩飾對於路翎的喜愛。他是現代中國最具左翼精神的左翼作家，但思想與才華又不為「左翼」所限。他是最左翼的，也是最現代主義和先鋒主義的。他的生命歷程遭遇的挫折，同樣是最酷烈的。我認為路翎特別值得今天的讀者重讀，也包括重新體會他的經歷。

另外一位我想推薦的是韓松。就中國科幻而言，劉慈欣的聲望已經登峯造極了，不需要再多說。韓松在科幻中延續與發展了魯迅的傳統。特別是他的「幽暗意識」，十分獨特。他的想像力的向度和劉慈欣十分不同，代表了科幻應該具有的另一面向。

許：我的名單可能比較保守。之前我們也專門聊過，我這一輩子寫了三部「作家論」：郁達夫、張愛玲、魯迅。（許子東、李浴洋《為我的「問題」，找到合適的「方法」—許子東教授訪談錄》，《傳記文學》2024 年第 3 期）所以我還是想推薦他們三個。

第一個是郁達夫。他的寫作有三個主題——「民族」、「性」和「鬱悶」。連起來，就是「民族・性・鬱悶」。你怎麼斷句都可以。迄今這都是我們的「主流民意」。所以郁達夫並不過時，甚至在網絡時代還很時髦。

第二個是張愛玲，這就不用多說了。第三個是魯迅。我認為魯迅所有的作品都可以概括為國歌的第一句：「起來，不願做奴隸的人們。」這難道不就是這個時代的聲音嗎？

如果要湊足五位，我還想推薦劉鶚和陳忠實。因為他們最好的作品——《老殘遊記》和《白鹿原》，是我最喜歡的中國小說。我說我很「保守」，還有一重意思，就是我們之所以關心文學，除去關心審美和抒情，歸根結底還是希望從文學看中國，關心中國向何處去。《老殘遊記》和《白鹿原》可以很好地告訴我們中國這一百年是怎麼過來的。

我要退休了，很多工作就做到這裏了。回頭去看，我真正關心的就是這五位作家的「中國故事」。

王：我還要再追加一位。我發現子東老師和我推薦的都是大陸作家，所以我想補充一位台灣或者海外作家。我一下子想到兩三位，都很傑出，但我認為應該把火力集中到一位身上，向大家做特別鄭重地推薦。他就是在台灣寫作的馬華作家黃錦樹。

我們今天時不時會談到魯迅。在大陸的語境中，魯迅更絕對是神話級別的存在。但如果不把魯迅定義為某種特定的觀點與立場的話，那麼在海外真正可以在氣性層面上與他相提並論的便是黃錦樹了。甚至在許老師剛才總結的郁達夫的三個關鍵字——「民族」、「性」和「憂鬱」。

黃錦樹 1967 年出生於馬來西亞，1986 年到台灣，此後定居台灣。他的作品基本以馬來西亞的華人社群為背景，在觸及的話題上具有非常特別的思考。他創作小說，也有散文和理論論述。他在氣性上的爆發力，超過了絕大多數當代作家。而且他是少有的憤怒型的作家，是用生命在寫作。像他如此拼搏式的作家，我很難想到另外的例子。

現在黃錦樹已有部分小說在大陸問世，不過他在台灣出版的作品更多，值得大家關注。

李：我記錄了一下，兩位老師為大家一共推薦了八位作家。按照時間順序，分別是：劉鶚、魯迅、郁達夫、張愛玲、路翎、陳忠實、韓松和黃錦樹。這是一份很有分量的名單，相信可以成為讀者的重要參考。

限於時間，我們的對話到此就要結束了。王德威老師曾經說，希望《哈佛文學史》成為一次「文學的邀請」。但願我們的「文學的現代中國」節目也可以成為一份「文學的陪伴」。

今天很辛苦兩位老師。因為時差關係，王老師在波士頓起了一個大早，許老師在香港已經入夜。我們就聊到這裏。感謝二位老師。未來我們在節目中再會。

王：感謝大家，感謝浴洋，我們再會。

許：正好我的電腦馬上要沒電了，哈哈。

本次對話根據 2024 年 11 月 13 日在「理想國」視頻號上播出的「甚麼是今天的文學」整理而成。對話稿經三位主講人審閱。感謝何豔玲女士對於整理工作的支持。